KB013964

라우루스

Published with the support of the Institute for Literary Translation (Russia).

이 책은 러시아문학번역원의 번역금 지원 프로그램의 도움으로 출간되었습니다.

# 라
## 우
## 루
## 스

예브게니 보돌라스킨 장편소설

승주연 옮김

은행나무

타티야나에게

# 한국 독자들에게

 

 

한국에서 제가 쓴 장편소설 《라우루스》가 출간된다고 하니 걱정도 되고 기대도 됩니다. 걱정이 앞서는 이유는 제게 낯선 나라인 한국의 독자들이 제 책을 어떻게 평가할지 전혀 예상할 수 없기 때문입니다. 하지만 그보다 기대가 더 큰데, 이 소설이 한국 독자들에게 특별한 인상을 줄 수 있기 때문입니다. 사실 다른 문화권의 언어로 번역하기 힘든 문화적 요소들이 있습니다. 얼핏 보면 《라우루스》는 중세 시대 러시아에 속한 듯 보입니다. 하지만 더 깊이 들여다보면 《라우루스》는 삶과 죽음, 영원한 사랑과 회개에 관한 책입니다. 이것은 세상 모든 문화권에서 이해할 수 있는 범세계적 개념이며 특정 시대에 얽매이지도 않습니다. 한국의 경우 상당히 현대적인 나라이면서 동시에 전통을 중시하는 나라입니다. 그리고 이 두 가지 상반되는 특징의 결합은 창의성과 연결됩니다. 이로 인해 한국인들은 세상과 본문을 창의적으로 바라볼 수 있다고 생각합니다. 그러니까 이를테면 고대의 눈을 통해 현대를 바라보는 시각 같은 것 말입니다. 다소 역설적으로 들릴 수도 있겠지만, 그런 의미에서 《라우루스》는 현시대를 살아가는 우리 모두를 위한 책이라고 말씀드리고 싶습니다.

예브게니 보돌라스킨

# 차례

# 서문

그는 여러 시대를 살면서 서로 다른 네 개의 이름으로 불렸다. 인생은 단순하지 않기 때문에 그의 이러한 점을 장점으로 볼 수도 있다. 때로는 한 사람 인생의 다양한 시기 사이에 공통점이 거의 없는 경우도 있곤 한다. 공통점이 거의 없다시피 해서 그의 삶을 이루는 부분들이 서로 다른 여러 사람의 삶처럼 느껴질 정도로 말이다. 이런 경우 이 모든 삶을 산 사람이 한 명임을 알게 되면 놀라지 않을 수 없다.

그는 별명도 두 개다. 그중 하나는, 그가 태어난 루키나 마을에서 유래한 '루키나인'이다. 하지만 대부분의 사람들에게는 '의사'라는 별명으로 유명한데, 동시대인 대부분이 그를 의사로 알고 있었기 때문이다. 실은 의사보다 더 대단한 사람이라고 생각해야 하는데, 그가 의사들의 능력 이상으로 더 대단한 일을 했기 때문이다.

'의사'라는 뜻의 '브라치'라는 단어가 '주술을 걸다'라는 뜻의 '브라티'에서 유래했다는 설이 있다. 이는 치료를 하는 과정에서 '말'이 결정적인 역할을 한다는 것에 기인한다. 그 말이 어떤 의미인지는 차치하고 말이다. 약의 종류가 다양하지 않던 중세 시대의 경우 말의 역할이 지금보다 훨씬 더 컸다. 말도 상당히 많이 해야 했다.

의사들은 치료를 하면서 말을 했다. 그들은 특정 질병에 대한 치료법을 알고 있었지만 병에 대고 직접 말할 수 있는 기회도 놓치지 않았다. 의사들은 겉으로 봤을 때 아무런 의미도 없는 리드미컬한 단어인 병명을 '주술을 걸듯이 발음하면서' 그 병이 환자의 몸을 떠나기를 바랐다. 당시 의사와 주술사의 경계는 다소 모호했다.

병을 치료하는 과정에서 환자들 역시 말을 했다. 병명을 진단할 수 있는 기술이 없었던 탓에 환자들은 고통스러운 몸 안에서 일어나는 모든 변화를 자세히 묘사해야 했다. 이따금 그들은 입 밖으로 내뱉은, 통증으로 얼룩진 말들과 함께 질병도 서서히 몸 밖으로 나가는 것 같은 착각이 들기도 했다. 그들은 의사들에게만 질병에 대해 자세히 이야기할 수 있었고, 그러고 나면 몸이 더 좋아지곤 했다.

환자의 친척들도 말을 했다. 그들은 환자들이 알려주는 증상을 더 정확하게 알려주거나 환자들이 한 말을 고쳐 말하기도 했는데, 병 중에는 환자 스스로 정확한 정보를 알 수 없는 경우도 있었기 때문이다. 환자의 친인척들은 불치병이라는 사실을 직설적으로 표현할 수 있었으며 (중세 시대는 감상주의와는 거리가 먼 시대였다) 환자를 돌보는 것이 얼마나 힘든지 그 어려움을 호소할 수 있었다. 그들 역시 이 말을 하고 나면 마음이 한결 가벼워지곤 했다.

하지만 이 이야기의 주인공의 경우 특이하게도 말수가 적었다. 그는 "나는 입 밖으로 낸 말들에 대해서는 종종 후회했지만, 침묵한 일에 대해서는 단 한 번도 후회한 적이 없다"고 한 성 대(大)아르세니오스의 말을 기억하는 사람이었다. 그는 말없이 환자들을 보는 일이 많았다. 그러곤 "자네 몸은 아직 자네에게 봉사할 걸세"라는 말만 할 뿐이었다. 혹은 "자네 몸은 쓸모없어졌으니 이제 자네 몸을 보내줄 준비를 하게나" 혹은 "이 몸뚱어리는 불완전하다는 것을 알아두게나"라는 말을 했다.

그의 명성은 실로 어마어마했으니, 사람이 사는 모든 세계에 널리 퍼졌기 때문에, 그가 자신의 명성으로부터 숨을 수 있는 곳은 없었다. 그가 가는 곳마다 많은 사람이 모였다. 그는 모여든 사람들을 찬찬히 살펴보았고, 그의 침묵은 모여든 사람들에게 그대로 전달되었다. 그러면 군중은 일제히 입을 다물었다. 벌린 입 밖으로 나온 입김만이 그곳을 가득 채울 뿐이었다. 그는 추운 날씨 속에서 입김이 서서히 사라지는 모습을 지켜봤다. 1월에 내린 눈이 그의 발밑에서 사각사각 밟히는 소리가 들렸다. 9월에는 낙엽 밟히는 소리가 들렸다. 모두들 기적을 기다렸고, 그곳에 선 사람들의 얼굴에는 땀방울이 흘러내렸다. 소금기 있는 땀방울이 땅에 떨어지는 소리가 크게 들렸다. 사람들이 그에게 길을 내주면서 그가 봐야 할 환자에게 다가갈 수 있도록 해주었다.

그는 환자의 이마나 환부에 손을 갖다 댔다. 많은 사람들은 그가 환부에 손만 대도 병이 나을 것이라고 믿었다. 그가 태어난 곳의 지명을 따라 붙여진 '루키나인'이라는 별명은 이렇게 해서 또 하나의 의미를 얻었다.* 해를 거듭할수록 그의 의술은 점점 더 탁월해졌고 인생의 최전성기에는 정점에 달했는데, 이것은 인간의 한계를 넘어선 것처럼 보였다.

그가 불로장생약을 갖고 있다는 말도 있었다. 사람들을 치료한

---

* '루키나인(Rukinets)'의 어원인 '루카(ruka)'는 '손'을 뜻한다.

그가 다른 사람들과 달리 죽지 않는다는 의견도 이따금 있었다. 이는 그가 죽고 나서도 시신이 부패하지 않았음에 기인한 것이었다. 수일 동안 밖에 있었는데도 시신은 전혀 부패하지 않았다. 그런 후에는 마치 그 몸의 주인이 누워 있는 것이 지겨웠다는 듯 사라졌다. 일어나서 떠나기라도 한 것처럼. 하지만 사람들은 천지가 창조된 이래로 두 사람만이 죽음을 보지 않고 세상을 떠났다는 사실을 망각하곤 한다. 에녹은 적그리스도의 출현을 예언한 후에 주님이 데려가셨고, 엘리야는 불마차를 타고 하늘로 올라갔다. 하지만 러시아인 의사에 대한 이런 유의 전설은 없다.

그에 관한 얼마 안 되는 정보로 미루어 짐작하건대 그는 자기 몸이 영생하길 원했다기보다는 살아 있는 동안 자기 몸을 차지하는 것에 만족했다. 게다가 그에게는 불로장생약도 없었던 것 같다. 또한 이것은 우리가 그에 대해서 아는 사실과도 다소 대치된다. 그가 현재 우리와 함께 있지 않다는 것은 명확한 사실이기 때문이다. 그 자신도 그가 정확히 어떤 시대에 속했는지 이해하지 못한 적이 꽤 있었다는 사실 역시 흥미롭다고 말할 수 있다.

지각의 책

ã

그는 벨로오제로의 성 키릴 수도원 부근에 있는 루키나 마을에
서 태어났다. 때는 천지창조력 6948년 5월 8일로, 우리 구세주 예
수 그리스도 탄생일로부터 1440년이 되던 해, 은수자 성 대아르세
니오스의 탄생일이었다. 7일이 지나서 그는 아르세니라는 이름으
로 세례를 받았다. 생후 7일이 될 때까지 어머니는 아이를 첫영성
체에 준비시키기 위해 고기를 먹지 않았다. 아이를 낳고 40일 동
안은 교회에 가지 않고 자기 몸의 정결례를 치를 때까지 기다렸다.
육체가 정결하게 되었을 때 어머니는 오전 예배에 갔다. 교회 앞에
서 이마를 땅에 대고 몇 시간 동안 아들을 제발 살려달라고 간청했
다. 아르세니는 셋째 아들이었다. 이전에 태어난 아이들은 1년을
못 넘기고 죽었다.

아르세니는 1년을 무사히 넘겼다. 1441년 5월 8일에 벨로오제

로의 성 키릴 수도원에서 가족은 감사기원식을 올렸다. 그런 후에 수도자 성 키릴의 성해에 입을 맞추고 부모는 아르세니를 데리고 집으로 가고 조부인 흐리스토포르는 수도원에 남았다. 다음 날 일흔 번째 생일을 맞이한 그는 니칸드르 원로\*에게 자신이 앞으로 어떻게 살면 될지 물었다.

원로가 말했다. "사실 나는 그대에게 할 말이 없습니다. 다만 무덤 가까이에서 사는 것이 어떨까 싶습니다. 그대는 키가 너무 커서 무덤까지 옮기는 것이 힘들 테니 말입니다. 그리고 혼자 사십시오."

Б̃

그래서 흐리스토포르는 인근 묘지 한 곳으로 갔다. 루키나 마을에서 멀리 떨어진 곳에 울타리로 둘러싸인 묘지 옆에서 비어 있는 농가 한 채를 발견했다. 집주인들이 역병을 견디지 못한 것이었다. 사람 수보다 빈집 수가 더 많았던 때였다. 그 누구도 견고하고 넓지만 주인 잃은 농가에 들어갈 결심이 서지 않아서 농가는 비어 있었다. 게다가 바로 옆에는 역병으로 죽은 이들의 시신이 많이 묻힌 묘지가 있었다. 하지만 흐리스토포르는 그곳에서 살기로 마

---

\*   수도자들 중 영적 경험과 지식이 풍부하여 다른 수도자들을 지도하는 사람들을 지칭한다.

음먹었다.

사람들의 말에 따르면 그때 이미 그는 이 장소가 앞으로 어떤 운명을 겪게 될지 아주 명확하게 예측했다고 한다. 그러니까 당시 그는 먼 미래인 1495년에 그의 농가 옆 묘지에 교회가 세워지리라는 것을 알았다. 교회는 천지창조력 7000년이 되던 1492년이 무사히 잘 지나간 것을 감사하기 위해서 지어졌다. 비록 그해에 예상하던 종말은 오지 않았지만 그와 동명이인인 흐리스토포르*가 놀랍게도 아메리카 대륙을 발견하게 된다(당시만 하더라도 이 일에 큰 관심을 두지 않았다).

1609년에 교회는 폴란드인들에 의해서 파괴되었다. 묘지가 텅 비고 그 자리에 소나무 숲이 만들어졌다. 이따금 버섯을 캐러 온 사람들에게 유령들이 나타나 말을 걸었다. 1817년에 상인 코즐로프가 목재를 생산할 목적으로 숲을 사들이게 된다. 2년 후 묘지가 있던 자리에 자선병원이 지어진다. 그로부터 정확히 100년 후 병원 건물에 체카** 지부가 자리를 잡는다. 그 장소의 초기 이용 목적에 따라 기관 측은 그곳에 많은 사람을 묻게 된다. 하지만 1942년 독일인 조종사 하인리히 폰 아인지델이 이곳에 추락하면서 건물은 지구상에서 완전히 사라진다. 1947년에 이곳은 군사작전 지역으로 탈바꿈해서 K. E. 보로실로프의 이름을 딴 붉은 깃발 군대 제

---

* 이탈리아인 탐험가 크리스토포로 콜롬보(1451~1506)를 가리킨다.
** '반혁명 방해 공작 대처를 위한 전 러시아 국가특수위원회'의 약자로, 1917년 10월 혁명 성공 후 창설한 구소련 비밀 정보기관.

7기갑여단이 차지한다. 1991년부터 땅의 소유주는 '백야'라는 삼림조합이 된다. 조합원들이 감자를 캐는 과정에서 수많은 유해와 많은 양의 탄약을 발견했지만 그들은 그 지역 관할 행정 관청에 서둘러 이의를 제기하지 않았다. 어차피 다른 땅을 받는 것은 힘들어 보였기 때문이다.

우리가 이런 땅에서 살 운명이라면 어쩌겠냐고 말이다.

흐리스토포르는 이러한 일이 일어날 것을 구체적으로 알았으니, 그가 살아 있는 동안은 이 땅이 무사하며 그가 선택한 집도 54년 동안은 훼손되지 않으리라는 것을 알고 있었다. 게다가 굴곡이 심한 역사를 가진 나라에서 54년은 절대 짧은 시간이 아님을 알았다.

이곳은 다섯 개의 벽으로 이루어진 통나무집이었는데 네 개의 외벽 외에 내부에 다섯 번째 벽이 하나 더 있었다. 내부에 있는 벽 덕분에 방이 두 개 생겼는데 그중 하나는 (난로가 있어서) 따뜻했고, 나머지 방 하나는 추웠다.

흐리스토포르는 처음 집에 들어와서, 벽을 구성하는 통나무 사이사이에 빈틈이 없는지 확인하고는 유리 대신 황소 오줌보를 창문에 팽팽하게 씌워서 바람이 들지 않게 했다. 그는 종자유를 뽑아낼 수 있는 콩과 향나무 열매를 가져다가 거기에 향나무 톱밥과 유향을 섞었다. 그리고 참나무 잎과 루타 잎을 추가했다. 이것들을 잘게 빻고는 숯 위에 올려놓고 하루 동안 불을 피워서 연기를 냈다.

흐리스토포르는 때가 되면 역병이 농가 밖으로 나갈 것을 알고 있었지만 역병을 막는 이런 유의 노력이 헛된 것이라 여기지 않았다. 그는 집을 찾아올 친지들이 염려되었다. 또한 치료를 받으려고 찾아오는 환자들도 걱정되었는데 그의 집은 환자들로 늘 북적였기 때문이었다. 흐리스토포르는 약초에 대해 잘 알았고, 여러 부류의 사람들이 그의 집을 방문했다.

기침으로 고생하는 사람들이 올 때면 보릿가루와 밀가루를 섞은 후에 꿀을 넣어서 주었다. 이따금 야생 밀을 삶아서 주기도 했는데 야생 밀은 폐에서 객담을 없애는 역할을 하기 때문이다. 기침의 종류에 따라 완두콩 수프나 순무 삶은 물을 주기도 했다. 흐리스토포르는 기침을 소리로 구별했다. 기침 소리가 불분명하다면 한쪽 귀를 환자의 가슴에 대고 그의 숨소리를 한참 동안 들었다.

사마귀를 빼달라고 오는 환자들도 있었다. 이런 사람들에게는 다진 양파에 소금을 섞어서 사마귀가 난 부위에 바르라고 처방했다. 혹은 잘게 부순 참새 똥에 침을 섞어서 환부에 바르라고 했다. 하지만 그가 생각했을 때 가장 좋은 방법은 잘게 빻은 수레국화 씨앗을 사마귀에 얇게 바르는 것이었다. 수레국화 씨앗을 바르면 사마귀가 났던 자리에 더는 사마귀가 생기지 않았다.

흐리스토포르는 침대 위에서 일어나는 일에도 도움을 주었다. 이러한 문제로 그의 집을 찾는 사람들은 쉽게 알아볼 수 있었는데, 그들은 그의 집 문지방에서부터 당혹스러운 표정을 드러냈기 때문이다. 그런 경우 흐리스토포르는 그들이 비극을 맞이했거나 큰 잘못을 저지른 듯한 표정을 짓고 있는 모습을 볼 때면 웃음이 나오려고 했지만 그들이 보는 앞에서 티를 내지는 않았다. 흐리스토포르는 장황하게 설명하지 않고 바로 손님들에게 바지를 벗으라고 했고, 그러면 그들은 조용히 그의 말에 순종했다. 가끔 그들에게 옆방에 가서 씻고 오라고 했는데 이때 포피 부분을 특별히 신경 써서 씻으라고 했다. 그는 중세 시대에도 개인위생을 철저하게 준수해야 한다고 확신했다. 바가지 물이 나무 양동이 안으로 졸졸 떨어지는 소리를 들을 때면 신경이 곤두섰다.

그는 이 일에 관한 모든 것을 흰색의 자작나무 껍질에 화를 내면서 썼다. 여자들은 어떻게 이런 걸 참고 산단 말인가? 정말 끔찍해.

만약 성기에 눈에 띄는 손상이 발견되지 않는다면 흐리스토포르는 환자에게 그가 겪는 증상에 대해 자세히 물어봤다. 사람들은 그가 입이 무거운 사람임을 알고 있었기 때문에 그에게 자신의 증상에 대해 이야기하는 것을 주저하지 않았다. 발기부전이 있을 경우 값비싼 아니스와 아몬드, 아니면 저렴한 박하 시럽을 음식에 넣어서 먹으면 정자 수를 늘려서 침대 위 성욕 증진에 효과가 있다고 조언했다. 이 외에 짚신나물이라는 특이한 명칭을 가진 풀이나 손쉽게 구할 수 있는 밀도 도움이 되었다. 마지막으로 흰 뿌리와 검은 뿌리를 갖고 있는 히숍이라는 약초가 있다. 흰 뿌리를 먹으면 발기가 되고, 검은 뿌리를 먹으면 성기가 오히려 오그라든다. 단점이 있다면 결정적인 순간에 흰 뿌리를 입 속에 넣고 있어야 한다는 것이었다. 하지만 이것을 실행에 옮길 수 있는 사람은 많지 않았다.

만약 위에 언급된 모든 방법을 사용해도 정자 수가 늘지 않고 성욕이 일지 않는다면 흐리스토포르는 식물 세계에서 동물 세계로 옮겨 가서 해결책을 찾았다. 성기능을 상실한 사람에게는 오리 고기나 수탉의 콩팥을 추천해주었다. 최악의 경우 여우의 고환을 구해서 절구에 넣고 빻은 다음 와인과 같이 마시라고 했다. 그럴 만한 여건이 안 되는 사람의 경우에는 양파와 순무의 작은 조각들을 입 안에 넣고 달걀을 먹으라고 했다.

흐리스토포르는 약초의 효능을 믿는다기보다는 특정 질병을 치료하는 데에 있어서 신이 약초를 통해 일하신다고 믿었다. 신은 사람들을 통해서도 일하신다. 그렇기 때문에 사람도 약초도 신의 뜻을 이루기 위한 도구다. 그가 아는 모든 약초의 효능이 저마다 다른 것에 대해 그는 중요한 문제가 아니라고 보고 깊이 생각하지 않았다. 흐리스토포르는 누가 약초에 특정 약효를 부여했는지 알고 있었고, 이것을 아는 것만으로도 충분하다고 생각했다.

흐리스토포르가 가까운 이들에게 도움을 주는 것은 비단 의술에만 한정된 것이 아니었다. 그는 약초들의 신비스러운 효능이 인간 삶의 모든 영역에 영향을 끼친다고 확신했다. 흐리스토포르는 밀랍처럼 밝은색 뿌리를 가진 방가지똥이 성공을 가져다준다고 알고 있었다. 그는 이 풀을 상인들에게 주어서 그들이 어디를 가든지 환대를 받고 칭송을 얻기를 바랐다.

그러면서 그는 지나친 교만을 금하라고 했다. 교만은 모든 악의 근원이라면서 말이다.

방가지똥의 경우 그가 절대적으로 믿는 사람들에게만 주었다.

흐리스토포르는 빨간색을 띠며 길이가 바늘만 한 *끈끈이주걱*을 제일 좋아했다. 그의 집에는 항상 *끈끈이주걱*이 있었다. 그는 어떤 일을 시작할 때면 그것을 품속에 넣고 있으면 좋다는 것을 알고 있었다. 이를테면 재판정에 갈 때 유죄판결을 면하기 위해 품에 넣고 가는 것이다. 혹은 긴장의 끈을 놓고 있는 모든 사람의 머리카락을 자르는 이단 추종자*를 두려워하지 않기 위해 연회에 갈 때 이 풀을 갖고 가기도 했다.

흐리스토포르는 이단을 좋아하지 않았다. 그는 맨드레이크를 이용해서 그들을 분간했다. 늪지대 주위에서 이 풀을 모으면서 그는 십자성호를 그으며 "신이시여, 저를 긍휼히 여기소서"라고 말했다. 그리고 축성을 위해 사제에게 풀을 준 후에 제단 위에 40일 동안 올려놓아달라고 부탁했다. 40일이 지난 후에 그 풀을 지니고 있으면 무리 안에 섞인 이단이나 악마를 정확하게 구별할 수 있었다.

의처증이 있는 남편에게는 늪지대를 덮고 있는 좀개구리밥이 아니라 땅 위에서 자라는 검푸른색 개구리밥을 추천했다. 그는 아내가 잠들면 그 풀을 머리맡에 두라고 했는데, 일어나면 아내 스스로가 자기 자신에 대해 모든 것을 털어놓으리라고 했다. 좋은 일과 나쁜 일을 가리지 않고 말이다. 그녀가 속엣말을 털어놓게 하는 또다른 방법이 있었는데, 그것은 올빼미의 염통이었다. 잠든 아내의 가슴에 그것을 올려놓아야 했다. 하지만 실행이 쉽지 않은 이 방법을 사용한 사람은 많지 않았다.

흐리스토포르의 경우 아내가 30년 전에 죽었기 때문에 이 방법을 쓸 일이 없었다. 아내와 함께 약초를 캐러 갔을 때 뇌우를 만났고, 숲을 거의 다 나왔을 때 아내가 번개에 맞아서 죽었다. 방금 전

---

\* 머리카락이 길수록 영성이 더 많다고 여겨졌으며, 머리카락이나 수염을 자르는 것은 그를 죽이는 것과 다름없다고 간주되었다.

까지 살아 있던 아내의 죽음을 흐리스토포르는 눈으로 보고도 믿지 못했다. 아내의 어깨를 흔들었지만 축축한 머리카락만 그의 양손을 타고 흘러내릴 뿐이었다. 그는 아내의 볼을 문질렀다. 하지만 그의 손가락 아래에서 입술만이 조용히 움직일 뿐 그녀는 말이 없었다. 크게 뜬 두 눈은 소나무 꼭대기를 응시하고 있었다. 그는 어서 일어나서 집으로 돌아가자고 아내를 설득했다. 하지만 아내는 말이 없었다. 그 무엇도 그녀가 다시 말하게 하지 못했다.

이사를 가던 날, 흐리스토포르는 중간 크기의 자작나무 껍질을 가져다가 메모를 남겼다. "그들은 이제 성인이다. 아이가 벌써 한 살이 되었다. 이제는 내가 없는 편이 그들에게 나을 것 같다." 흐리스토포르는 잠시 생각한 후에 덧붙였다. "나는 다만 원로의 조언을 따를 뿐이다."

Г̄

아르세니가 두 살이 되자, 부모는 아이를 할아버지 집에 데리고 다니기 시작했다. 가끔은 점심 식사를 한 후에 아이를 데리고 떠났다. 하지만 보통은 아르세니만 며칠씩 두고 가곤 했다. 그는 할아버지 집에 머무는 것이 좋았다. 이것은 아르세니의 어린 시절에서 잊지 못할 첫 번째 기억이었다. 동시에 마지막으로 잊게 될 추억이기도 했다.

아르세니는 할아버지가 사는 농가에서 나는 냄새가 좋았다. 천장 아래에 널어놓은 수많은 건초들에서 나는 냄새였는데, 세상 그 어디에서도 맡을 수 없는 진귀한 냄새였다. 이 외에도 한 순례자가 흐리스토포르에게 가져다준 공작새 깃털도 좋아했는데, 깃털들은 부채 모양으로 벽에 고정돼 있었다. 공작새 깃털 무늬는 꼭 사람 눈 같았다. 그래서 흐리스토포르의 집에 있는 동안 소년은 마치 누군가에게 감시당하는 것 같은 기분이 들곤 했다.

이 외에도 그는 그리스도 성상화 밑에 걸린 성 크리스토포로스 순교자 성상화가 마음에 들었다. 근엄한 모습을 하고 있는 다른 러시아 성상화들 사이에서 이 성상화는 단연 돋보였는데, 성 크리스토포로스 순교자는 개의 머리를 하고 있었기 때문이다. 아이는 몇 시간이고 앉아서 성상화를 자세히 살펴봤는데, 시노세팔리처럼 개의 머리를 한, 감동적인 성상화 속 성자의 모습에서 점점 할아버지의 모습이 보였기 때문이다. 길고 풍성한 눈썹. 코에서 뻗어 나오는 주름들. 눈 아래쪽에서부터 돋아 나오는 턱수염. 숲에서 많은 시간을 보내는 할아버지는 점점 더 자연 속에 녹아들었다. 그는 개와 곰을 닮아갔다. 그에게서 풀과 그루터기의 모습도 보였다. 목소리도 나무처럼 허스키했다.

이따금 흐리스토포르는 성상화를 벽에서 떼어내서 아르세니가 입 맞출 수 있게 해주었다. 아이는 생각에 잠긴 듯한 표정을 지으면서 성 크리스토포로스 순교자의 북실북실한 머리카락에 입 맞추었고, 빛바랜 부분에 손바닥을 갖다 댔다. 그러면 흐리스토포르는 성상화의 신비스러운 힘이 아르세니의 손으로 흘러 들어가는 듯한 모습을 관찰했다. 이와 관련하여 흐리스토포르는 이런 메모를 남기

기도 했다. "이 아이는 비범한 집중력을 타고났다. 크게 될 운명을 타고난 것 같지만 그게 구체적으로 무엇인지는 잘 보이지 않는다."

아이가 네 살이 되던 해부터 흐리스토포르는 아이에게 다양한 약초의 효능을 가르쳤다. 그들은 아침부터 밤까지 숲을 돌아다니면서 다양한 약초를 채집했다. 골짜기에서는 베르날리스복수초라는 약초를 찾았다. 흐리스토포르는 아르세니에게 이 약초의 작고 뾰족뾰족한 잎을 보여주었다. 베르날리스복수초는 탈장이 생기거나 열이 날 때 효과가 있었다. 열이 날 때는 이 약초와 카네이션을 함께 주었고, 이를 복용한 환자는 땀을 비 오듯 쏟았다. 만약 땀이 걸쭉하고 악취가 나면 (흐리스토포르는 아르세니의 얼굴을 보고 갑자기 입을 다물었다) 죽음을 맞이할 준비를 해야 했다. 아르세니의 얼굴에서 아이답지 않은 눈빛을 보면 마음이 좋지 않았다.

"죽음이 뭐예요?" 아르세니가 물었다.

"죽음이란 사람이 움직이지 않고 말을 하지 않는 때를 일컫는단다."

"이렇게요?" 아르세니가 이끼 긴 바닥에 팔다리를 뻗고는 눈도 깜빡이지 않으면서 흐리스토포르를 응시했다.

아이를 일으켜 세우면서 흐리스토포르는 속으로 생각했다. '이 아이의 할머니인 아내도 과거에 이렇게 누워 있었기 때문에 지금 나는 무척 겁이 난다.'

아이가 큰 소리로 말했다. "무서워하지 마세요, 왜냐하면 전 다시 살아났거든요."

한번은 숲속을 걷고 있을 때 아르세니가 흐리스토포르에게 할머니는 지금 어디에 있느냐고 물었다.

흐리스토포르가 대답했다. "하늘에 있단다."

그날 아르세니는 하늘까지 날아서 올라가기로 결심했다. 오래전부터 하늘에 관심이 많았던 데다 그가 본 적도 없는 할머니가 거기에 있다는 말을 들으니 호기심이 극에 달했던 것이다. 그런 그를 도와줄 수 있는 것은 너무나도 아름다운 공작새 깃털뿐이었다.

집에 돌아온 후에 아르세니는 광에서 밧줄을 챙기고 공작새 깃털을 벽에서 떼어낸 후에 사다리를 타고 지붕으로 올라갔다. 깃털을 정확히 두 부분으로 나눠서 팔에 단단히 묶었다. 처음에는 하늘에 오랫동안 머무를 생각이 없었다. 파란 하늘의 공기를 마시고 운이 좋아 할머니를 만나면 좋겠다는 생각을 했을 뿐이다. 할머니를 만나면 흐리스토포르 할아버지 안부도 전해주면 좋겠다고 말이다. 아르세니는 흐리스토포르 할아버지가 준비하는 저녁 식사 시간까지는 충분히 돌아올 수 있을 거라고 생각했다. 아르세니는 용마루 쪽으로 다가가서 날갯짓을 한 번 하고는 앞으로 첫발을 내디뎠다.

비행 속도는 굉장히 빨랐지만 오래가지는 못했다. 땅에 먼저 닿은 오른발에 강한 통증을 느꼈다. 몸을 일으킬 수 없었던 그는 양다리를 날개 밑에 뻗은 채로 말없이 누워 있었다. 아이가 땅에 떨어진 후에 부러진 공작새 깃털을 발견한 것은 흐리스토포르가 저녁 먹으라고 아이를 부르러 나왔을 때였다. 흐리스토포르는 아이의 한쪽 다리를 만져보곤 골절이 되었음을 알았다. 그는 부러진 뼈가 어서 속히 붙도록 하기 위해서 간 완두콩을 넣은 붕대로 골절된 부위를 감았다. 다리를 고정하기 위해 나무판자를 덧댔다. 그런 후에 아르세니의 영육이 모두 강건해지도록 손자를 수도원에 데리고 갔다.

니칸드르 원로가 수도원 문턱에서 아이에게 말했다. "네가 하늘 위로 올라가고 싶어 한 걸 안단다. 하지만 네가 보여준 행동은, 미안하지만, 무척 이상하구나. 때가 되면 하늘 위로 올라가는 방법을 알려주마."

아르세니가 다시 걸을 수 있게 되자 그들은 또다시 약초를 채집하러 다녔다. 처음에는 집에서 멀지 않은 숲에 갔고 매일 아르세니의 상태를 봐가면서 점점 더 멀리 갔다. 강가나 개울가에서는 해독 작용을 하는, 가운데가 노란 붉은색 꽃과 흰색 잎의 수련을 채집했다. 같은 강가에서 바클란도 찾곤 했다. 흐리스토포르는 손자에게 노란 꽃과 동그란 잎, 흰 뿌리로 바클란을 알아볼 수 있다고 알려주었다. 말과 젖소를 치료할 때 이 약초를 사용했다. 숲이 끝나는 지점에서는 봄에만 나는 할미꽃을 발견했다. 이 꽃은 4월 9일, 22일, 23일에만 꺾어야 했다. 통나무집을 지을 때 맨 밑에 있는 통나무 아래에 할미꽃을 넣었다. 그들은 사바라는 신비스러운 약초도 캤다. 흐리스토포르는 사바를 채집할 때 조심했는데, 이 풀을 만지면 흥분할 수 있기 때문이었다. 하지만 (그는 아이 앞에 무릎을 꿇고 앉아서) 만약 이 약초를 도둑이 지나간 자리에 놓으면 도둑맞은 물건을 되찾을 수 있다고 했다. 그는 약초를 바구니에 넣고 우엉 잎으로 덮었다. 집으로 돌아갈 때면 늘 뱀을 쫓는 도하(渡河)라는 약초의 씨앗을 모았다.

한번은 흐리스토포르가 말했다. "이 약초의 씨앗을 입 속에 넣고 있으면 물이 양쪽으로 흩어진단다."

아르세니가 진지한 표정을 지으면서 물었다. "물이 갈라지다니요?"

"기도를 하면 양쪽으로 갈라진단다." 흐리스토포르는 난처했다. "사실 여기에서 가장 중요한 것은 기도란다."

"그러면 씨앗을 왜 입 속에 물고 있어요?" 소년이 고개를 들자 흐리스토포르의 미소 띤 얼굴이 눈에 들어왔다.

"그런 전설이 있어. 나도 들은 대로 알려줄 뿐이란다."

약초를 캐던 어느 날 그들은 늑대 한 마리를 발견했다. 늑대는 그들로부터 몇 걸음 떨어진 곳에 서서 그들의 눈을 바라봤다. 늑대는 혓바닥을 축 늘어뜨리고 헐떡거리면서 몸을 떨었다. 늑대가 불쌍했다.

흐리스토포르가 말했다. "움직이지 말자꾸나. 그러면 갈 거야. 성 게오르기우스 님이여, 도와주소서."

"그래도 안 갈 거예요. 우리와 함께 있으려고 온걸요." 아르세니가 그의 말을 반박했다.

아이가 늑대에게 다가가서 목덜미를 잡았다. 그러자 늑대가 앉았다. 뒷다리 뒤로 꼬리 끝부분이 보였다. 흐리스토포르는 소나무에 기대서 아르세니의 행동을 자세히 관찰했다. 그들이 집 쪽으로 걷자 늑대도 그들을 따라왔다. 늑대의 혓바닥은 붉은 깃발처럼 여전히 축 처져 있었다. 마을의 경계선에 다다르자 늑대가 멈춰 섰다.

그날 이후부터 그들은 숲에서 자주 늑대를 만났다. 그들이 점심을 먹을 때면 늑대는 옆에 앉았다. 흐리스토포르는 늑대에게 빵 조각을 던져주었고, 그러면 늑대는 이빨을 부딪치면서 날아서 빵을 낚아챘다. 그러곤 풀 위에 몸을 쭉 뻗고 사색에 잠긴 듯이 전면을 응시했다. 할아버지와 손자가 집으로 돌아갈 때면 집 바로 앞까지 그들을 바래다주었다. 가끔은 마당에서 잠을 잘 때도 있어서 다음 날 아침이 되면 셋이서 약초를 캐러 숲으로 향하곤 했다.

아르세니가 지치면 흐리스토포르는 캔버스 가방 속에 아이를 넣고 등에 지고 갔다. 얼마 안 있어서 아이의 볼이 목에 닿았고, 그걸로 아이가 잠든 것을 알았다. 그러면 따뜻한 여름날 이끼 긴 땅 위를 조용히 걸어갔다. 바구니를 들지 않은 손으로는 가방 어깨끈을 바로잡고 잠든 아이에게 달려드는 파리를 쫓아냈다.

집에 도착하면 흐리스토포르는 아르세니의 긴 머리카락에 붙은 우엉꽃을 떼어내고 가끔은 약초 물로 아이의 머리를 감겼다. 이것은 단풍나무 잎과 흰색을 띠는 에녹이라는 약초로 만들었는데 그들은 이 약초를 고지대에서 채집했다. 이 약초 물로 머리를 감으면 아르세니의 금발 머리는 실크처럼 부드러워졌다. 햇빛을 받으면 그의 머리카락은 빛났다. 흐리스토포르는 사람들이 보고 좋아하도록 아이의 머리카락에 안젤리카 잎사귀를 섞어서 땋았다. 물론 그는 사람들이 아르세니의 꾸밈없는 모습 그대로를 좋아한다는 것을 알고 있었다.

아이가 나타나면 사람들은 기분이 좋아졌다. 루키나 마을 사람들은 모두 같은 마음이었다. 그들은 아르세니의 손을 잡으면 놓기 싫었다. 게다가 그의 머리카락에 입 맞추면, 마치 샘물을 마신 것 같은 기분이 들었다. 아르세니에겐 그들의 고단한 삶을 위로할 수 있는 무언가가 있었다. 이로 인해서 그들은 아이에게 고마워했다.

밤이면 흐리스토포르는 아이에게 솔로몬과 켄타우로스* 이야기를 해주었다. 두 사람 모두 이 이야기를 외울 정도로 잘 알고 있었지만 아이는 매번 처음 듣는 것처럼 재미있어했다.

사람들이 켄타우로스를 솔로몬 왕에게 데리고 갔을 때 그는 부츠를 산 사람을 발견했다. 그 사람은 그 부츠 한 켤레로 7년을 버틸 수 있는지 물었고, 그러자 켄타우로스는 큰 소리로 웃었다. 계속 걸으면서 켄타우로스는 결혼식을 보았고, 이번에는 대성통곡을 했다.

솔로몬 왕이 그에게 웃은 까닭을 물었다.

켄타우로스가 말했다. "그 사람은 7년은 고사하고 7일도 못 살고 죽을 것이기 때문입니다."

솔로몬 왕이 그가 운 까닭을 묻자 켄타우로스가 말했다. "신랑이 30일도 되기 전에 죽을 운명이라서 그가 불쌍해서 울었습니다."

어느 날 아이가 말했다.

"저는 켄타우로스가 웃은 까닭을 모르겠어요. 죽은 이가 부활할 것을 알고 있었기 때문인가요?"

"글쎄다. 나도 잘 모르겠구나."

흐리스토포르 역시 켄타우로스가 그 상황에서 웃지 않으면 좋았을 것 같았다.

흐리스토포르는 아르세니가 빨리 잠들도록 아이의 베개 밑에 부

---

* 그리스 신화의 반인반마.

처꽃을 넣었다. 덕분에 아르세니는 빨리 잠들 수 있었다. 악몽도
꾸지 않고 잘 잤다.

Ã

아르세니가 열네 살이 될 무렵 아버지가 아이를 흐리스토포르에
게 데리고 갔다.

아이의 아버지가 말했다. "머지않아 우리 마을에도 역병이 돌 거
고 마을에 있는 것이 안전하지 못할 듯합니다. 아이가 마을 사람들
로부터 멀리 떨어져서 지내도록 해주세요."

흐리스토포르가 제안했다. "너도 아내와 같이 와서 지내렴."

"아버지, 저는 밀을 수확해야 해요. 이 겨울에 먹을 양식을 어디
에서 구한단 말입니까?" 그는 이 말을 하면서 어깨를 한 번 으쓱할
뿐이었다.

흐리스토포르는 뜨거운 유황을 빻아서 그에게 주면서 달걀노른
자와 함께 복용한 후에 로즈힙 즙을 마시라고 했다. 그리고 창문을
열지 말고 아침과 저녁에 마당에 참나무 장작을 쌓아놓고 모닥불
을 피우라고 말했다. 숯이 만들어지면 거기에 쓴 쑥과 노간주나무,
루타를 던지라고 했다. 그거면 된다고. 이것이 그들이 할 수 있는
최선이라고 말이다. 이 말을 하고 흐리스토포르는 한숨을 내쉬었
다. "아들아, 이런 슬픔 속에서 너 자신을 지키거라."

아버지가 짐마차 쪽으로 걸어가는 모습을 보면서 아르세니는 울

었다. 키도 크지 않은 아버지가 뛰는 듯 걸어가는 뒷모습을 보면서 말이다. 그는 마차 안에 쪼그려 앉아서 마차에 실린 건초 위에 두 다리를 얹는다. 마차의 채찍을 잡고 말에게 뽀뽀한다. 그러자 말이 히잉 하는 소리를 내더니 머리를 앞으로 쭉 내밀고는 천천히 움직이기 시작한다. 사람과 동물이 많이 지나다녀서 평평해진 땅 위를 걷는 말발굽 소리가 둔탁하게 들린다. 아버지 몸이 조금 흔들린다. 그가 뒤돌아보며 손을 흔든다. 마차가 점점 멀어지면서 그가 마차와 하나가 된다. 점이 되는가 싶더니 이내 시야에서 사라진다.

흐리스토포르가 아이에게 물었다. "왜 우느냐?"

아이가 대답했다. "아버지에게서 죽음의 그림자를 보았기 때문이에요."

그는 7일 밤낮으로 울었다. 아르세니의 말이 옳았기 때문에 흐리스토포르는 그에게 아무 말도 하지 않았다. 그 역시 아이 아버지에게서 죽음의 기운을 보았기 때문이다. 또한 그가 준 약초와 그가 해준 말이 아무런 도움이 되지 못한다는 것도 알고 있었다.

8일째 되는 날 낮에 흐리스토포르는 아이의 손을 잡고 루키나 마을로 향했다. 화창한 날이었다. 그들은 풀도 밟지도 않고 먼지도 일으키지 않고 걸었다. 까치발로 걷듯이, 고인이 있는 방에 들어가듯이 조용히 걸었다. 루키나 마을에 거의 다 왔을 때 흐리스토포르는 주머니에서 와인 식초에 적신 안젤리카 뿌리를 꺼내서 그것을 둘로 쪼갰다. 절반은 자기가 갖고 나머지 절반은 아르세니에게 주었다.

"자, 이걸 입에 넣으렴. 그러면 신의 가호가 있을 거다."

마을에 들어서자 개 짖는 소리와 젖소 울음소리가 들려왔다. 흐리스토포르는 이 소리를 잘 알고 있었는데, 다른 소리와 절대 헷갈릴 수 없는 소리였기 때문이다. 이것은 역병을 알리는 소리였다. 할아버지와 손자가 길을 따라 천천히 걷자 개들만 사슬을 끊고 그들에게 올 뿐이었다. 사람들의 모습은 보이지 않았다. 그들이 아르세니의 집 앞에 다다랐을 때 흐리스토포르가 말했다.

"더는 가지 말거라. 이곳 공기 중에 죽음의 기운이 있구나."

아이 역시 죽음의 날개를 보았기 때문에 할아버지의 말을 수긍하며 고개를 끄덕였다. 이 죽음의 날개는 집 위를 부유하고 있었다. 공기가 뜨거워져서 지붕의 용마루가 흔들렸다.

흐리스토포르가 십자성호를 긋고 마당 안으로 들어갔다. 담장 옆에는 미처 도정하지 못한 밀짚이 널브러져 있었다. 농가 문도 열려 있었다. 8월의 태양 아래 속을 훤히 드러내고 있는 농가의 모습은 불길했다. 집은 낮이 가진 모든 색깔 중 검은색만 받아들였다. 집은 가능한 모든 검은색과 차가움을 잔뜩 머금고 있었다. 이런 곳에 들어가서 어떻게 살아남을 수 있단 말인가? 잠시 망설인 후에 흐리스토포르는 문 쪽으로 한 걸음 내디뎠다.

어둠 속에서 누군가의 목소리가 들렸다. "거기 서요."

이 목소리는 아들의 목소리를 닮았다. 하지만 그저 닮았을 뿐이었다. 마치 누군가가 아들 행세를 하면서 목소리를 흉내 낸 것 같았다. 흐리스토포르는 그 목소리를 믿지 않고 문 쪽으로 한 걸음을 더 내디뎠다.

"멈추지 않으면 죽이겠습니다."

어둠 속에서 쾅음이 들리더니 어디선가 망치가 날아와서 문설주에 부딪혔다.

"얼굴 좀 보게 해다오." 흐리스토포르가 쉰 목소리로 말했다.

갑자기 목소리가 나오지 않았다.

어둠 속에서 목소리가 들려왔다. "우리는 이미 죽은 목숨이에요. 우리 안에는 생명이 없습니다. 아르세니가 죽기 원하지 않으니 들어오지 마세요."

흐리스토포르가 멈춰 섰다. 그는 아들의 관자놀이 정맥이 뛰는 소리를 듣고 아들의 말이 사실임을 깨달았다.

"목말라." 어둠 속에서 아이 어머니가 신음하면서 말했다.

아르세니가 "엄마!"라고 소리 지르면서 농가 안으로 뛰어 들어왔다.

그가 우물물을 길어다가 긴 의자에서 떨어진 어머니에게 갖다주었다. 그는 젤리처럼 흐물흐물한 어머니의 얼굴에 입을 맞추었지만 그녀는 잠을 자고 있는지 눈을 뜨지 못했다. 어머니를 바닥에서 일으키려고 부축하자 겨드랑이에 염증성 멍울이 생긴 것이 손바닥에 느껴졌다.

"아들아, 난 이제 눈을 뜰 수 없구나……."

아버지의 한쪽 손이 아르세니를 낚아채서는 그를 문지방 쪽으로 던졌다. 문지방에서는 흐리스토포르가 그를 끌어내고 있었다. 아르세니는 있는 힘껏 비명을 질렀지만 마을에서 그의 목소리를 들을 수 있는 사람은 아무도 없었다. 사방이 고요해졌을 때 그는 문지방에서 죽은 아버지의 몸을 발견했다.

그날 이후로 아르세니는 흐리스토포르와 함께 살게 되었다. 어느 날 흐리스토포르는 메모했다. "아이는 뛰어난 재능을 타고났다. 무엇을 알려주든지 이해가 빠르다. 아이에게 다양한 약초의 효능에 대해서 알려주었으니 평생 먹고살 걱정은 없을 것이다. 그 외에도 아이의 세계관이 넓어지도록 많은 지식을 전해주어야겠다. 세상이 어떻게 만들어졌는지 알아서 나쁠 건 없을 테니까."

별이 총총한 10월의 어느 밤에 흐리스토포르는 아이를 목초지에 데리고 가서 하늘과 땅이 맞닿은 모습을 보여주었다.

"태초에 하느님께서 하늘과 땅을 지어내셨단다. 인간들로 하여금 하늘과 땅이 저절로 생긴 것이라고 생각하지 않도록 말이다. 그리고 하느님은 빛과 어둠을 나누셨단다. 하느님은 빛을 낮이라, 어둠을 밤이라 부르셨단다."

발아래에서는 풀이 간지럽히고 머리 위로는 운석이 날아갔다. 아르세니는 뒤통수에 흐리스토포르의 따뜻한 손이 닿는 것을 느꼈다.

"그리고 하느님은 낮을 비추는 태양을 만드시고, 밤을 비추는 달과 별들을 만드셨단다."

아이가 물었다. "하늘은 큰가요?"

흐리스토포르가 인상을 찌푸리면서 말했다. "그렇다고 볼 수 있지……. 달의 둘레는 대략 12만 스타디온*에 달하고, 태양의 둘레

---

* 고대 그리스의 거리 단위로, 1스타디온은 178미터.

역시 대략적이긴 하지만 300만 스타디온에 달한단다. 육안으로 보면 작아 보이지만 실제 크기는 상상도 못 할 정도로 크지. 높은 산에 올라가서 들판을 바라보렴. 거기에서 보면 가축 무리가 개미처럼 작아 보이지 않겠느냐? 하늘도 마찬가지란다."

몇 날 며칠 동안 그들은 태양과 달과 다양한 징후에 대해 말했다. 흐리스토포르는 아이에게 여러 번 본 적 있는 환일(幻日)이라는 현상에 대해 이야기해주었는데, 이런 현상이 동쪽이나 서쪽에 나타나면 홍수가 나고 바람이 불 징조라고 했다. 이따금 태양이 붉은색을 띠는 것처럼 보일 때가 있는데 이것은 안개 때문이며 습도가 높은 것을 가리킨다. 가끔 태양 빛이 머리카락과 비슷하고 (이 말을 하면서 흐리스토포르는 아르세니의 머리를 쓰다듬는다) 구름이 불타는 것처럼 보일 때가 있는데 이것은 바람이 불고 추워질 것을 의미했다. 태양 광선이 아래에서 위로 뻗어나가고 석양에 드리운 구름이 검은빛을 띠면 악천후가 예상되었다. 일몰 때 태양 색이 맑다면 날씨가 좋고 바람도 불지 않을 것을 의미했다. 초승달 사흘 후 달이 깨끗하고 가늘다면 좋은 날씨가 예상되었다. 만약 초승달이 가늘긴 하지만 붉은빛을 띤다면 강한 바람이 예상되었고, 달의 뾰족한 양쪽 중 북쪽으로 향한 뿔이 또렷이 보이면 북풍이 잠잠해질 징후였다. 보름달이 어두운색을 띠는 것은 비가 올 징후였고, 달의 양쪽 끝이 살짝 잘려 나간 모양을 하면 바람이 불 징조였으며, 달무리는 악천후의 징후였고, 달무리가 어두워지면 심각한 악천후가 예상되었다.

'아이가 진심으로 이러한 자연현상에 관심이 있다면 이야기해주지 못할 이유가 무언가?' 흐리스토포르는 생각했다.

어느 날 그들이 호숫가에 갔을 때 흐리스토포르가 말했다.

"하느님이 바다에는 물속 깊숙이 헤엄치는 물고기가 우글거리고 땅 위 하늘 창공 아래에는 새들이 생겨 날아다니라고 명하셨단다. 물고기와 새 모두 적합한 환경에서 헤엄칠 수 있도록 만들어졌지. 또 하느님은 땅은 네발 달린 짐승들을 내라고 명하셨단다. 아담과 하와가 죄를 짓기 전까지 짐승들은 그들에게 순종했단다. 순종보다는 사랑에 더 가까웠던 것 같구나. 그런데 이제 짐승과 사람의 관계는 예전만 못한 데다 모두 뿔뿔이 흩어졌구나."

흐리스토포르는, 조심스럽게 그들 뒤를 따르던 늑대의 갈기를 잠시 만졌다.

"사실 자세히 살펴보면 새와 물고기, 짐승 모두 많은 점에서 인간과 닮았단다. 그러니까 우리 모두는 공통점을 갖고 있단다. 우리는 서로를 가르치지. 아르세니야, 새끼 사자는 늘 죽은 채로 태어나지만, 사흘 후 숫사자가 와서 생명을 불어넣으면 살아난단다. 인간 아기도 세례를 받기 전에는 영원히 죽은 몸이지만, 세례를 받으면 생명을 얻는 것과 같은 이치란다. 발이 많이 달린 물고기\*가 있는데 접근하는 바위와 같은 색으로 변해서 흰색 바위에 붙으면 흰색으로 변하고, 초록색 바위에 붙으면 초록색으로 변한단다. 얘야, 사람들 역시 그리스도인과 함께 있으면 그리스도인이 되고, 불신자들과 함께 있으면 신을 부인하게 되지. 불사조라는 새도 있는데

---

\* 고대 러시아 문헌에 등장하는 물고기.

이 새는 짝짓기도 하지 않고 새끼도 낳지 않는단다. 아무것도 안 먹지만 레바논 삼나무 사이를 날아다녀서 날개에 삼나무 향이 배지. 이 새가 늙으면 하늘 높이 날아올라 성령의 불로 인해 불탄단다. 그러고는 아래로 내려와서 자기 둥지를 불태우고 자기 스스로도 불에 타서 없어지는데, 나중에 둥지의 재에서 지렁이가 부활하고 이 지렁이가 자라서 불사조가 된다고 하지. 아르세니야, 그러니까 그리스도를 위해서 고통을 감내한 사람들은 하늘나라를 위한 모든 영광을 받으면서 부활한단다. 마지막으로 칼라드리우스라는 새가 있는데 온몸이 새하얀 털로 뒤덮였단다. 병에 걸린 사람을 이 새한테 데리고 가면 환자가 죽을지 살지를 알 수 있다고 해. 만약 환자가 살 수 없으면 새는 환자로부터 고개를 돌리고, 환자가 살게 되면 새는 기쁜 마음으로 태양 반대편으로 날아가는데, 그러면 다들 칼라드리우스가 환자의 병을 가져다가 공중에 흩어버린다고 생각하는 거야. 그렇듯 우리 주 예수 그리스도도 우리 죄를 사하시려고 십자가에 못 박히시어 흠 없는 피를 쏟으셨단다."

"이 새는 어디에 가면 잡을 수 있을까요?" 아이가 물었다.

"아르세니야, 네가 그 새가 되렴. 너도 조금 날 줄 알잖니."

소년이 생각에 잠긴 표정을 하고 고개를 끄덕였고, 흐리스토포르는 아이의 진지한 표정이 마음에 걸렸다.

호숫가로부터 마지막 잎새들이 바람에 날려 와서 호수의 검은 물에 빠졌다. 나뭇잎들은 갈색빛이 도는 풀 위를 구르더니 호수의 잔물결 위에서 찰랑찰랑 흔들렸다. 잎사귀들은 더 멀리 갔다. 호수 바로 앞 땅이 어부들의 장화 자국으로 깊이 파인 것이 보였다. 발자국은 물로 가득 찼고, 굉장히 오래된 것 같아 보였다. 땅에 영원히 새겨진 것 같기도 했다. 거기에도 나뭇잎들이 떠다녔다. 어부들의 보트는 호숫가에서 멀지 않은 곳에서 흔들렸다. 추위로 빨갛게 언 손으로 어부들이 그물을 잡아당겼다. 이마와 턱수염은 땀에 젖어 있었다. 옷소매는 물에 젖어 무거워졌다. 그물에는 중간 크기의 물고기 한 마리가 팔딱거렸다. 탁한 가을 햇빛을 받으며 반짝거리는 물고기는 보트에 호숫물을 튀겼다. 어부들은 만족스러운지 큰 소리로 대화를 했다. 아르세니는 그들이 하는 말을 이해하지 못했다. 그들의 발음은 정확했지만 그들이 내뱉는 단어를 하나도 따라 하지 못했다. 단어들은 의미라는 겉껍질을 벗어던지고 천천히 소리로 변화하더니 녹아서 공기 중으로 스며들었다. 하늘은 여름에 모든 색을 주었기 때문에 퇴색되었다. 그리고 난로 연기 냄새도 났다.

아르세니는 그들 역시 집에 도착하는 대로 난로에 불을 붙이고 가을이 선사하는 쾌적함을 만끽할 생각을 하자 기분이 좋아졌다. 그들 집 역시 주위에 있는 다른 집들처럼 난로에 불을 지피면 연기가 집 안에 갇히는 구조였다. 덕분에 벽난로에 불을 지피면 농가는 금세 따뜻해졌다. 농가 벽을 이루는 두꺼운 통나무도 온기를 오랫동안 유지해주었다. 벽난로 중에서도 진흙을 구워서 만든 벽난로가 온기를 더 오랫동안 유지했다. 벽난로 옆에 놓인 돌멩이들이 빨갛게 달아올랐다. 연기는 높은 천장 바로 밑까지 올라가서 사색에 잠긴 듯 느리게 문 위에 있는 연통을 통해서 집 밖으로 빠져나갔다. 아르세니는 연기가 마치 살아 있는 생명체 같았다. 연기의 느린 움직임을 보면 마음이 편안해지곤 했다. 연기가 사는 곳은 연기에 그을려서 검게 변한 농가의 윗부분이었다. 반면에 농가의 아랫부분은 밝고 아름다웠다. 농가의 윗부분과 아랫부분은 가로지른 넓은 나무판을 기준으로 나뉘었고, 이 나무판 위에 그을음이 내려앉았다. 벽난로를 제대로만 사용하면 연기는 위와 아래를 가르는 나무판 밑으로 내려오지 않았다.

난로에 불을 지피는 일은 아르세니의 몫이었다. 아르세니는 장작을 쌓아두는 곳에서 자작나무 장작을 가져와서 난로 안에 작은 집처럼 쌓았다. 장작 사이사이에는 나뭇가지를 넣었다. 불을 지필 때는 불씨가 남은 숯을 이용했다. 불쏘시개용 숯이 있는 난로 화구에서 숯을 꺼내고는 마른 나뭇잎 속에 넣고 있는 힘껏 숨을 불어넣었다. 그러면 천천히 잎사귀들의 색이 변했다. 나뭇잎은 안쪽에 불이 붙어도 여전히 말라가기만 하나 싶다가 불길에 순식간에 집어삼켜져서 어느새 타오른다. 나뭇잎에 붙은 불은 나뭇가지로 옮겨 가고, 나뭇가지에서 장작으로 이동한다. 통나무는 측면부터 타기 시작한다. 통나무가 수분을 머금고 있으면 불꽃을 튀기면서 타닥거렸다. 아이는 불꽃 세례 속에서 불사조를 보고, 옆에 앉아 있는 늑대에게 새를 보라고 가리켰다. 늑대는 이따금 실눈을 떴지만 정말로 새를 보았는지는 알 수 없었다. 아르세니는 의심 섞인 눈초리로 늑대를 힐끗거리면서 흐리스토포르에게 말했다.

"늑대가 뭔가 부자연스럽다기보다는 긴장한 것 같아요. 가죽이 탈까 봐 두려운 것 같기도 하고요."

아이의 말이 옳았다. 난로에서 불꽃이 날아와서 늑대가 긴장한 것 같았다. 불길이 잦아들자 그제야 늑대는 바닥에 몸을 쭉 뻗고 개처럼 머리를 앞다리에 얹었다.

"우리는 우리가 길들인 대상을 책임져야 한단다." 흐리스토포르가 늑대를 보면서 말했다.

아르세니는 이따금 난로 속에 비친 자기 얼굴을 보았다. 흰머리는 뒤로 묶고 있었다. 얼굴에는 주름이 가득했다. 현재 자기 얼굴과 많이 다르지만 아이는 그것이 자기 얼굴임을 알고 있었다. 지금이 아니라 수년 후의 자기 얼굴임을 말이다. 물론 그때는 그가 처한 상황 또한 다르리라. 그 얼굴은 불 옆에 앉아서, 밝은색 머리카락을 가진 소년의 얼굴을 바라보며, 지금 집에 들어온 남자가 자신을 방해하지 말아줬으면 하는 사람의 얼굴이었다.

집에 들어온 남자는 문지방에 서서 발의 먼지를 털어내고 입술에 손가락을 갖다 대고는 누군가의 귀에 대고 루시* 사람들을 치료하는 의사가 지금 바쁘다고 속삭였다. 난로 속 불을 관찰하고 있다고 말이다.

"멜레티, 그 여자를 들여보내세요." 노인이 뒤를 돌아보지 않은 채로 말한다. "여자여, 그대가 원하는 것이 무엇인가?"

"살고 싶습니다, 의사 선생님. 저를 좀 도와주세요."

"죽고 싶지 않다는 건가?"

"죽고 싶어 하는 사람들도 있으니까요." 멜레티가 설명한다.

"저한테는 아들이 하나 있어요. 아이를 생각해서라도 도와주세

---

* 고대 러시아를 가리킨다.

요."

"이런 모습인가?" 노인이 난로 속 불길 사이로 언뜻 보이는 소년의 모습을 가리키며 묻는다.

"공후 부인, 무릎을 꿇다니 공연한 짓을 하는군요. (멜레티는 긴장해서 손톱을 물어뜯는다.) 이분은 이런 행동을 좋아하지 않으십니다."

노인은 불길로부터 고개를 돌린다. 그러고는 무릎을 꿇고 있는 공후 부인에게 다가가서 같이 무릎을 꿇는다. 멜레티는 뒷걸음질쳐서 나간다. 노인은 공후 부인의 턱을 잡고 눈을 바라본다. 그러곤 손등으로 눈물을 닦아준다.

"여인이여, 당신 머리에 혹이 있소. 그래서 시력도 나빠지는 것이오. 청력도 무뎌지고 있고."

그는 그녀의 머리를 꼭 끌어안는다. 공후 부인은 그의 심장 소리를 듣는다. 노인의 숨소리는 고르지 않다. 그의 셔츠 안에 있는 십자가 목걸이의 차가운 감촉도 느낀다. 단단한 갈비뼈도 느껴진다. 그녀 스스로도 자기가 이 모든 것을 느낀다는 사실이 놀랍다. 문밖에서는 멜레티가 홰로 사용할 나무를 자르고 있다. 아무런 감정이 드러나지 않는 표정이다.

"주님과 동정녀 마리아를 믿고 도움을 구하시오." 이 말을 하면서 노인이 마른 입술로 그녀의 이마에 입 맞춘다. "이제 머릿속에 있는 혹이 줄어들 겁니다. 안심하고 더는 슬퍼하지 마시오."

"아르세니야, 너는 왜 우느냐?"

"기뻐서 웁니다."

아르세니는 말없이 늑대 쪽으로 몸을 돌린다. 늑대가 그의 눈물을 핥는다.

$$\tilde{s}$$

"사람은 흙으로 창조되었단다. 그리고 죽은 후에는 다시 흙으로 돌아가지. 하지만 이 세상에 사는 동안 잠시 갖게 되는 몸은 실로 아름답단다. 아르세니야, 너는 이 몸을 그 누구보다 잘 알아야 하느니라."

흐리스토포르는 노브고로드 사람 안드론의 시신을 고향으로 보내기 전에 방부 처리를 하면서 이렇게 말했다. 루키나 마을에 있는 한 목욕탕에서 흐리스토포르는 안드론의 피부에 꿀과 소금을 섞은 개잎갈나무 송진을 발랐다. 흐리스토포르가 송진을 바르느라 시신을 문지르자 안드론이 잠시 경련을 일으켜서 마치 살아 있는 것 같았다. 체격은 건장했으나 키가 작은 편인 그에게 어울리지 않는 커다란 성기가 이로 인해 더 커졌다. 아르세니는 안드론이 벌떡 일어나서 흐리스토포르에게 감사를 표하고 신선한 공기를 마시러 밖으로 나갈 것만 같았다. 하지만 안드론은 일어나지 않았다. 한밤중에 벌어진 주먹다짐 후에 그는 두개골이 골절된 상태로 누워 있었고 등 쪽에 먼저 사후반점이 생겼다. 타지인인 안드론은 마을 처녀들이 마음에 들었다(어제만 하더라도 그랬다). 이것이 문제의 발단이 되어 그는 주먹다짐을 했다. 오늘 안드론은 노브고로드로 향할 것이며, 이것이 그의 마지막 여행이 되리라.

흐리스토포르가 말했다. "물방울 속에 비친 태양처럼 인간의 작은 몸에는 하느님의 무한한 지혜가 깃들어 있단다. 인간의 장기 하나하나는 하느님의 섬세한 계획하에 만들어진 것이지. 예를 들어 우리 몸은 심장을 통해 피가 돌며 우리의 모든 감정이 그 안에 있다고들 하기 때문에 갈비뼈가 심장을 잘 보호하고 있단다. 이빨은 음식을 씹기 때문에 단단한 뼈로 만들어졌고, 혀는 맛을 느끼기 때문에 스펀지처럼 부드럽고 오톨도톨하며, 귀는 공기 중에 있는 소리를 감지하기 위해서 달팽이 모양을 하고 있지. 그리고 덜렁거리는 귓바퀴는 (이 말을 하면서 흐리스토포르는 안드론의 한쪽 귀를 한 손가락으로 만졌다) 공담(空談)적 성향을 나타낸단다. 하지만 귀는 겉으로 드러나는 부분 외에도 우리 눈으로 보지 못하는 부분도 있단다. 이 부분은 겉으로 드러난 귀에서 소리를 받아서 뇌로 보내고, 뇌는 소리를 말로 바꿔주지. 눈과 연결돼 있는 혈관도 뇌로 향하는데 여기에서 뇌는 글자를 단어로 변화시켜준단다. 뇌는 인간 몸 전체의 왕이고 몸의 가장 윗부분에 위치하는데, 땅에서 만들어진 모든 생명체 중에서 인간이 가장 이성적이고 직립보행이 가능하기 때문이지. 인간의 기도가 하늘에 닿으면 세상의 완전함을 이해하게 된단다. 그리고 지혜는 영혼의 눈이어서 이 눈이 상하면 영혼은 앞을 못 보게 되지."

"영혼이 뭔가요?" 아르세니가 물었다.

"그것은 하느님이 인간의 몸에 불어넣는 것이고 이로 인해 우리가 바위나 식물과는 구별되지. 아르세니야, 영혼은 우리에게 생명을 불어넣어준단다. 영혼은 양초의 불꽃과 같은데 다만 이승에 속하지 않아서 하늘로 올라가려고 하는 성질이 있단다."

"만약 영혼이 생명을 불어넣는다면 동물에게도 영혼이 있나요?" 아르세니는 옆에 서 있는 늑대를 가리키면서 질문했다.

"그래, 동물에게도 영혼이 있지만 그것은 동물의 육체에 속하며 동물의 피 속에 있단다. 하지만 동물이 죽으면 그 영혼도 죽기 때문에 영혼을 지키기 위해 대홍수 전에는 사람들이 동물을 먹지 않았지. 인간의 영혼은 육과 분리가 되고 육과 함께 죽지 않는데 인간의 영혼은 창조자의 은총으로 부여된 것이어서 동물의 영혼과 다르기 때문이란다."

"인간의 육신은 어떤 운명을 타고났나요?"

"우리 육신은 결국 흙으로 돌아간단다. 하지만 인간을 흙으로 빚은 하느님이 흩어진 우리의 육신을 모두 모아서 다시 원래대로 만드실 거다. 죽으면 다른 물질들과 섞여서 땅과 강, 풀의 일부가 되어서 흔적도 없이 사라지는 것 같지만 그렇지 않단다. 아르세니야, 바닥에 쏟아진 수은이 여러 개의 작은 방울로 흩어지지만 땅에 스며들지 않듯이 우리 육신도 이와 같단다. 수은은 솜씨 좋은 장인이 나타나서 다시 용기 안에 넣어줄 때까지 그대로 있단다. 이렇듯 전지전능하신 그분 역시 우리의 흩어진 육신을 모아서 부활시켜주시는 거란다."

흐리스토포르의 노력 덕분에 안드론의 부패가 잠시 멈췄다. 시신은 이따금 은은하게 반짝거렸고 개잎갈나무 냄새를 풍겼다. 시신은 믿기 힘들 정도로 흰색을 띠었다. 얼마 전에 햇볕에 그은 흔적이 남아 있는 얼굴과 팔꿈치 아래쪽 부분만 다소 어두운 색을 띠었을 뿐이었다. 흐리스토포르는 방부 처리 작업을 마치고 안드론을 캔버스 끈으로 감기 시작했다. 그가 가져온 캔버스 끈 뭉치에서 캔버스 끈을 떼어내자 쩍 소리가 났고, 그는 그 끈을 연고에 적신 후에 고인의 몸에 단단히 붙여나갔다. 안드론은 저항하지 않았다. 살짝 감긴 눈은 조소하는 듯하거나 근심 걱정이 없는 듯한 인상을 풍겼다. 그래서 땀까지 흘려가면서 열심히 그의 장례 준비를 하는 흐리스토포르의 노력을 비웃는 것처럼 보였다. 무슨 일이 있어도 안드론이 노브고로드까지는 가게 하겠다는 단호한 의지를 온몸으로 보여주는 그의 노력 말이다.

흐리스토포르는 안드론의 얼굴을 보지 않았다. 그는 끈으로 고인의 몸을 칭칭 감고는 매듭을 단단히 지었다.

흐리스토포르가 말했다. "육신에 대한 말이 나왔으니 아이가 어떻게 생기는지 이야기해주마. 너도 이제 어린아이가 아니고 아담과 하와가 죄를 짓고 난 이후로 하느님이 사람을 창조하지 않고 인간 스스로 자식을 낳으니까 말이다. 그 결과 인간은 죽음을 보게 되었는데, 새로운 생명을 잉태할 수 있게 되면서 죽음이라는 선물도 같이 받았기 때문이지. 아이는 남자의 씨와 여자의 피로 만들어진단다. 남자의 씨앗은 아이의 뼈와 혈관을 튼튼하게 만들고, 여자의 피는 살을 부드럽게 한단다. 너도 알다시피 피는 붉은색을 띠고 혈관을 따라 흐르며, 남자의 씨앗은 여기에 있고 (이 말을 하면서 흐리스토포르는 커다란 안드론의 고환을 가리키고는 그것을 허벅지에 붙이고는 끈으로 감았다) 흰색을 띤단다."

아르세니는 씨앗의 색을 알고 있었지만 흐리스토포르에게는 내색하지 않았다. 그는 니칸드르 원로에게 하는 고백성사에서 이 일에 대해 말한 적 있다.

"탁자 위에 두 손을 얹으렴." 니칸드르 원로가 조언했다.

"집이 아니라 묘지에서 있었던 일이에요." 아르세니가 말했다.

"이런, 이런, 묘지에서 그러다니." 원로가 휘파람을 불면서 말했다. "거기엔 산 사람들이 누워 있단다."

"저는 죽은 사람들만 봤는걸요."

"하느님 앞에서는 모두가 산 사람들이란다."

아르세니가 그로부터 몸을 돌리고 말했다.

"언제부턴가 전 죽음이 무서워요."

그러자 원로가 한 손으로 아르세니의 머리를 쓰다듬으면서 말했다.

"우리 모두는 아담이 간 길을 가고 순결을 잃으면 비로소 우리가 언젠가는 죽을 운명이라는 것을 깨닫게 된단다. 아르세니야, 울면서 기도하렴. 그리고 죽음은 아픈 이별만 의미하는 것은 아니니 죽음을 두려워하지 말거라. 죽음으로써 해방되는 기쁨도 누리게 될 테니 말이다."


# 3


아르세니는 글을 일찍 깨쳤다. 흐리스토포르가 알려준 글자를 며칠 만에 모두 외우고 얼마 지나지 않아 글자를 이용해서 단어를 만들었다. 하지만 처음 한동안은 책 속에 있는 대부분의 단어들이 서로 떨어져 있지 않고 붙어 있어서 힘들었다. 그러던 어느 날 아르세니는 단어들이 왜 서로 붙어 있는지 그 이유를 물었다.

"발음할 때 따로 떨어뜨려서 발음하느냐?" 흐리스토포르가 반문했다. "이제 더 많은 얘기를 해주마. 가끔은 누가 무엇을 말했는지가 중요하지 않을 때가 있단다. 어떤 말을 했다는 사실 자체만 중요한 거란다. 심지어는 어떤 생각을 했다는 사실 자체가 중요할 때도 있단다."

처음에 아르세니는 흐리스토포르가 자작나무 껍질에 써둔 메모를 읽는 것을 좋아했다. 여기에는 몇 가지 이유가 있다. 자작나무 위에 쓴 글씨들은 알아보기가 쉽고 글자 크기도 컸다. 내용도 길지 않았다. 그리고 이 메모는 농가 여기저기에 흩어져 있었기 때문에 힘들여 찾으러 다닐 필요도 없었다. 마침내 자작나무에 메모를 적는 과정도 지켜볼 기회가 생겼다.

봄에 나무에서 수액이 분비되는 때에 흐리스토포르는 자작나무 쪽지를 만들었다. 그는 자작나무 줄기에서 껍질을 넓게 벗겨내서는 소금물에 넣고 몇 시간 동안 끓였다. 그러면 자작나무 껍질이 부드러워지고 잘 부서지지도 않았다. 이렇게 한 후에 흐리스토포르는 자작나무 껍질을 동일한 크기로 잘랐다. 비싼 종이를 대체할 자작나무 껍질은 이렇게 만들어졌다.

흐리스토포르는 시간을 정해두고 메모하지 않았다. 그는 아침이나 낮, 저녁 중 언제든 하고 싶을 때 메모를 했다. 이따금 중요한 생각이 떠오를 때면 한밤중이라도 일어나서 메모하곤 했다. 흐리스토포르는 책에서 읽은 내용을 메모하기도 했는데, 이를테면 솔로몬 왕은 700명의 후궁과 300명의 첩을 거느렸으며 8000권의 책을 가졌다는 것을 써두었다. 흐리스토포르는 직접 관찰한 것도 메모했는데, 이를테면 9월의 열 번째 날 아르세니의 이빨 하나가 빠진 사실 같은 것이다. 그는 환자를 치료할 때 외는 기도문, 치료제 성분, 약초에 대한 설명, 이상기후, 날씨와 관련된 구전 지식을 메모했고, "몰래 무는 사나운 수캐처럼 악한 남편의 침묵을 조심하라"와 같이 짧지만 교훈적인 글도 적었다. 자작나무 껍질 안쪽에는 동물 뼈로 만든 뾰족한 막대기로 긁어서 글자를 썼다.

흐리스토포르는 무언가를 잊을까 두려워서 메모를 한 것이 아니었다. 그는 늙었어도 기억력이 좋아서 한번 본 것은 잊는 법이 없었다. 그는 메모를 함으로써 세상을 정리할 수 있을 것 같았다. 세상의 흐름을 멈추게 할 수 있으리라 여겼다. 그는 세상에 있는 것들이 없어지는 것이 싫었다. 바로 이러한 이유로 흐리스토포르의 관심사의 범위는 무척 넓었다. 그의 생각에 그의 관심사는 세상의 넓이에 부합해야 할 것 같았기 때문이다.

메모는 긴 의자, 난로 위, 장작을 쌓아두는 곳 등 그가 메모를 했던 곳에 그대로 두었다. 그는 메모가 바닥에 떨어져도 줍지 않았는데, 먼 훗날 유적지가 된 이곳에서 누군가 이 메모를 발견하리라는 것을 알고 있었기 때문이다. 흐리스토포르는 자신이 쓴 것이 영원히 보전되리라는 것을 알고 있었다. 훗날 무슨 일이 생겨도 그가 메모한 것이 없어지지 않을 뿐만 아니라 그가 쓴 것이 실현되리라는 것도 알고 있었다.

아르세니는 흐리스토포르를 따라다니면서 그가 쓴 메모가 있는 위치도 확인했다. 이따금 같은 날 같은 장소에서 메모를 몇 개씩 발견하는 경우도 있었다. 가끔 아르세니는 할아버지가 황금 알을 낳는 닭같이 느껴졌고, 그가 그렇게 낳은 알을 줍기만 하면 됐다. 아이는 흐리스토포르의 표정을 보고서 그가 어떤 내용의 글을 쓰는지 알아맞히는 법을 터득했다. 그가 인상을 찌푸리면서 메모를 하면 이단에 대한 글을 쓰고 있음을 추측할 수 있었다. 교훈적인 내용을 담은 문장을 쓸 때는 은근히 기뻐하는 것이 표정에 드러났다. 높이나 부피, 거리를 적을 때는 사색에 잠긴 듯 코를 문질렀다.

아이는 자작나무에 쓴 메모를 소리 내어 읽었다. 중세 시대 사람들은 주로 소리 내어 글을 읽었고, 소리 내어 읽기 힘든 상황에는 입술이라도 움직였다. 그중 가장 마음에 드는 메모는 아르세니가 바구니에 따로 모아뒀다. "목에 가시가 걸리거든 성 블라시오에게 도움을 요청하라." "성 대(大)바실리오스는 아담은 천국에 40일 동안 머물렀다고 말씀하셨다." "여자와 우정을 쌓지도 말고 불로 태우지도 말아라." 다양한 글을 읽은 덕분에 아이의 상상력도 풍부해졌다.

하지만 아이는 할아버지가 써놓은 메모만 읽은 것은 아니었다. 집 한쪽 구석에 성상화가 놓인 곳 바로 밑에서 알렉산드로스 대왕에 관한 고대소설인 《알렉산드리아》*를 찾았다. 이 책은 흐리스토

---

*  고대 러시아의 번역 소설.

포르 할아버지의 할아버지인 페오도시가 베껴 쓴 것이었다. "죄 많은 나 페오도시는 용맹스러운 사람들의 행적이 잊히지 않도록 이 책을 베껴 쓰노라." 페오도시는 책의 맨 앞 장에 이 책을 읽을 후손들을 위해 이렇게 썼다. 그는 아르세니의 얼굴에서 자신이 찾던 독자의 얼굴을 발견했으리라.

아르세니는 한쪽에 성상화를 조심스럽게 내려놓고 양손으로 독서대에 있는 책을 집어 들었다. 책 표지에 쌓여 있을 법한 먼지를 없앨 양으로 입김을 불고는 한 손으로 검게 변한 가죽 표지를 쓰다듬었다. 책 표지에 먼지는 없었지만 흐리스토포르가 평소에 하던 대로 흉내 낸 것이었다. 그런 후에 소년은 책의 걸쇠를 잡고 조용히 열었다. "나 페오도시는……." 자필로 쓴 글 아래에는 고조할아버지가 직접 그린 알렉산드로스 대왕의 초상화가 있었다. 주인공은 머리에 왕관을 쓰고 불편한 자세로 앉아 있었다.

아르세니는 《알렉산드리아》를 수시로 읽었다. 아침과 저녁에 긴 의자 위에 앉아서 읽기도 하고, 난로 위에 이불을 깔고 누워서 두 손을 무릎 사이에 넣은 채로 읽거나 한 손을 머리 밑에 넣고 읽을 때도 있었다. 가끔은 홰에 불을 붙여놓고 밤에 읽기도 했다. 흐리스토포르는 손자가 책을 많이 읽는 것이 좋아서 참견하지 않았다. 아르세니가 《알렉산드리아》의 처음 몇 단어만 읽어도 늑대가 그에게 다가왔다. 늑대는 그의 발치에 자리를 잡고 앉아서 신기한 이야기를 들었다. 이렇게 해서 늑대는 아르세니가 읽어주는 마케도니아 왕국의 왕이 겪는 사건들에 관한 이야기를 경청했다.

"알렉산드로스가 동방에 도착했을 때 그는 야만인들을 만나게 된다. 키는 2사젠*에 달했고 (이 말을 할 때 아르세니의 한 손은 늑대의 머리 위에 있다) 더벅머리에 머리숱도 많았다. 6일이 지나자 알렉산드로스 대왕이 이끄는 군대는 사막 한가운데서 팔과 다리가 여섯 개씩 달린 사람들을 만나게 된다. 알렉산드로스는 그중 많은 이들을 죽였고, 생포한 사람도 많았다. 그는 그들을 문명 세계로 데리고 가고 싶어 했지만 그들이 무엇을 먹고 사는지 아무도 알지 못했고 결국 모두 죽고 말았다. 그 땅의 개미가 얼마나 크던지 그중 한 마리가 말을 물고는 자기가 사는 개미굴로 끌고 가버렸다. 그러자 알렉산드로스가 지푸라기를 가져오라 명해서 개미굴에 불을 붙였고 개미들이 전부 불타 죽었다. 그리고 6일을 더 걸어가서 알렉산드로스는 언덕 위에 한 사람이 쇠사슬로 묶여 있는 것을 발견했다. 이 사람의 키는 1000사젠이고 품은 200사젠에 달했다. 알렉산드로스는 그를 보고 놀랐지만 가까이 다가갈 용기가 없었다. 이 사람은 그들이 보는 데서 울었고, 그 후로도 4일 동안 그의 목소리가 들렸다. 알렉산드로스는 울창한 숲에 다다르게 되었고 거기에서 또 다른 신기한 사람들을 발견했는데, 그들은 반인반마들이었다. 그가 그들을 문명 세계에 데리고 가려고 하자 그들을 향해 차가운 바람이 불어서 모두 죽었다. 알렉산드로스는 그 후로도 100일을 더 갔고, 우수에 차서 땅끝에 도달했다."

아르세니는 노을빛 아래 묘지에서 읽던 책을 덮었다. 아직 춥지는 않다. 한낮 햇볕에 달궈진 바위가 아직 따뜻했다. 묘석 위에

---

\* 고대 러시아의 길이 단위로, 1사젠은 2.13미터.

두 다리를 쭉 뻗고 누워서 아이는 온몸으로 묘석의 감촉을 느꼈다. 묘석에 이름이 없었다.

"무덤에 왜 이름이 없지요?" 어느 날 아르세니가 물었다.

흐리스토포르가 대답했다. "하느님은 그들 모두를 묘석 없이도 다 아시기 때문에 그럴 필요가 없단다. 그리고 후손들에게는 이름이 무의미하지. 100년 후에 비석이 누구의 것인지 기억을 할지도 의문이고 말이다. 50년 후에도 잊힐 수 있고, 심지어 30년 후에 잊히는 경우도 있을 테니까 말이다."

"전 세계 사람들이 그런 걸까요? 아니면 루키나 마을 사람들의 특성일까요?"

"아마 전 세계 사람들이 그럴 거다. 물론 루키나 마을 사람들이 특히 더 그런 것 같기도 하고. 우리가 묻힌 묘지가 먼 훗날 숲과 들판으로 변할 것을 알기 때문에 우리는 관을 넣기 위한 대리석 건축물을 짓지도 않고 우리 이름을 거기에 새기지도 않아. 그래서 기쁘단다."

"그렇다면 사람들의 기억력이 별로 좋지 못하다는 말인가요?"

"그렇다고 볼 수 있지. 기억력이 지나치게 좋은 것도 좋지는 않단다. 삶을 살아가는 데에 아무런 도움이 안 되거든. 기억하지 못하는 것도 있어야지. 나만 하더라도 (흐리스토포르는 회색 돌판을 가리키면서 말한다) 이곳에 옐레아자르 베트로두이가 묻혔다는 것을 기억하고 있어. 그 사람은 부자였고 이런 묘석을 살 여유가 됐지. 하지만 나는 이 묘석이 아니어도 그를 기억했을 거야. 이 사람은 다리를 조금 절고 목소리는 상당히 걸걸했어. 말을 할 때도 쉬엄쉬엄 했기 때문에 말도 역시 절었단다. 그는 배에 가스가 많이 차서 힘들어했어. 큰 소리로 방귀를 뀌어서 그에게 캐모마일을 우려낸 물을 처방해주었지. 딜을 넣어서 만든 약제와 구풍제도 주었단다. 그리고 밤에는 방금 짠 신선한 우유를 마시지 말라고 했지. 하지만 그는 젖소를 키웠고 옐레아자르는 우유를 정량보다 더 많이 마시는 것을 좋아해서 밤에도 실컷 마셨단다. 그 결과 배에 가스가 찼던 거야. 옐레아자르는 목각화를 좋아했어. 루키나 마을에서 그보다 더 목각을 잘하는 사람은 없었는데 특히 창틀 장식을 정말 잘했지. 식식거리면서 일했어. 조용히 혼잣말도 하면서. 하던 말을 멈출 요량인지 손바닥으로 입술을 쓰다듬기도 했지. 자기가 내뱉은 말을 누가 들을까 봐 두려워하는 것 같기도 했고 말이야. 솔직히 그가 한 말 중에 위험한 말은 없어 보였지만 말이다. 이를테면 참나무는 단단하고 소나무는 무르다는 등 나무의 성질에 대해 말했는데 사실 그런 이야기는 그가 굳이 말하지 않더라도 마을 사람들 대부분이 알고 있는 것이었단다. 아르세니야, 그가 만든 창틀 장식은 여전히 남아 있지만 사람들은 그걸 만든 옐레아자르라는 사람은 기억하지 못한단다. 젊은이에게 옐레아자르가 누군지 아느냐고 물어보면 말이다, 대답을 못 할 거야. 노인들 역시 기억이 가물가물할 거고, 설령 기억한다 해도 그에 관한 무미건조한 기억이 전부일 거야. 하지만 하느님은 한 사람 한 사람을 사랑을 듬뿍 담아 기억하고 우리에 대해 사소한 것 하나도 전부 기억하시니까 우리의 이름이 필요 없으시지."

아르세니는 따뜻한 돌판 위에 누워 있다. 아니, 배를 깔고 엎드려 있으며, 옆에는《알렉산드리아》라는 책이 덮인 채로 놓여 있다. 노란 미나리아재비꽃이 그의 얼굴을 간지럽힌다. 간지러워서 웃는다. 늑대는 보일 듯 말 듯 꼬리를 흔든다.

"옐레아자르, 한 번만이라도 좋으니 방귀 좀 뀌어줘요. 당신이 하늘에서 나를 보고 있다는 걸 알 수 있게 말이에요." 아이가 작은 목소리로 그에게 부탁한다.

하지만 옐레아자르는 언짢은지 말이 없다.

Й

7월 후덥지근한 날에 넥타리 원로가 살해됐다. 넥타리 원로는 수도원 근처 숲속에 있는 거처에서 생활했다. 아침이면 어깨에 새들이 앉았고, 그러면 그는 수도원에서 가져온 빵을 나눠주었다. 죽기 직전에 넥타리 원로는 돈을 빼앗으려는 이들로부터 고문을 받았지만 그에게는 돈이 없었다. 책만 몇 권 있을 뿐이었다. 거처 근처 빈터에 죽어가는 원로를 버려두고 그들은 그의 책을 챙겨서 떠났다. 다음 날 수도원 수련수사들이 발견했고, 그들은 그가 죽었다고 생각했다. 아직 목숨은 붙어 있지만 마지막으로 "잘 있게나"라는 말을 할 기운밖에는 남아 있지 않았다. 한편 악당들은 하느님의 심판을 두려워하면서도 여전히 주위를 어슬렁거리고 있었다. 이들은 혼자 다니는 나그네들과 작은 마을을 습격했고, 그들의 생김새를 아는 사람이 아직 아무도 없었는데, 그들을 만난 이들 중에 살아서 그들을 떠난 이가 없었기 때문이다.

그러던 어느 날 그들은 개와 함께 길을 가던 사람을 죽였다. 그들은 그의 옷을 벗기고 그를 길에 버려뒀고, 개는 주인 옆에 남아서 주인을 지켰다. 그런 그를 어떤 자비로운 사람이 발견했고, 그는 길옆에 술집을 하나 갖고 있는 사람이었다. 그는 하느님만이 아시는 이름 모를 하느님의 종이 평안히 잠들 수 있도록 고인을 위한 기도문을 낭독한 후에 그를 땅에 묻어주었다. 그의 자비로운 모습을 지켜본 개는 그를 따라갔고, 그날부터 그가 운영하는 술집에서 지내게 되었다.

그러던 어느 날 이 술집에 한 취객이 들어오려고 하자 개가 그의 출입을 막으며 맹렬하게 짖었다. 이런 일이 몇 번 반복되자 술집 사람들은 이 개가 겪은 일을 떠올렸고, 예감이 좋지 않았다.

그래서 그를 붙잡아서 물고문을 했다. 그를 밧줄로 묶어서 호수에 던졌고, 그가 가라앉았는데, 다들 무고한 사람을 잡은 것이 아닌가 생각할 즈음 그가 수면 위로 모습을 드러냈고, 태연하게 수영을 하는 것이었다. 그는 물보다 가벼운 술을 마신 덕분에 물에 뜬 것이라고 소리 질렀지만 다들 악령이 그를 붙잡고 있다고 생각했다.

그의 죄가 모두 앞에 밝혀졌을 때 그는 달궈진 쇠로 고문을 받았는데, 이런 고문은 견디기 힘들어 결국 거짓이 탄로 나기 때문이었다. 그의 몸을 제대로 지지자 그는 나머지 세 명의 악당은 이곳에서 5베르스타* 떨어진 작은 마을에 있다고 실토했다. 그러자 그들

---

* 러시아의 거리 단위이며, 1베르스타는 1.07킬로미터.

모두 함께 5베르스타 거리를 말을 타고 달려갔다. 그러곤 아무도 빠져나가지 못하도록 마을을 에워쌌다. 처음 들어간 집에서 두 명을 발견했고, 둘은 원로에게서 빼앗은 책을 갖고 있었다. 악당들은 결박당하는 중에 이미 죽음에 이르렀다. 집으로 돌아왔을 때 먼저 잡아둔 악당이 고문을 못 견디고 죽었다는 것을 알았다. 그들은 자애로웠고, 홀가분한 마음으로 한숨을 쉬었는데, 이들이 하느님 앞에서 변명을 할 수 없다면 (이들은 자그마치 성자를 죽였다) 하느님이 자비를 베푸셔서 이곳에서 고통을 받은 만큼 그곳에서의 고통이 줄기를 바랐다.

하지만 네 번째 악당은 끝내 잡히지 않았다. 그도 잡고 싶었지만 생김새를 포함해서 그에 대해 아는 것이 하나도 없었기 때문에 쉽지 않았다.

"그자는 누구였나요?" 아르세니가 슬픔에 잠긴 목소리로 물었다.

"러시아 사람이겠지. 이곳엔 러시아 사람 말고는 없으니까 말이다." 흐리스토포르가 대답했다.

하루는 어둠이 짙게 깔렸을 때 묘지에서 어떤 움직임이 있는 것을 발견했다. 발견했다기보다는 느꼈다는 표현이 더 정확할 것이다. 조용한 시골 묘지에서 불길한 기운이 일었다. 아르세니는 언뜻언뜻 보이는 그림자에서 죽은 사람의 그림자를 본 것 같았지만 흐리스토포르는 그에게 두려워하지 말라고 말했다. 흐리스토포르는 두려워할 대상은 죽은 사람이 아니라 살아 있는 사람임을 알고 있었다. 지금까지 그에게 일어난 불미스러운 일은 모두 다름 아닌 산 사람들로 인한 것이었기 때문이다. 흐리스토포르는 아르세니에게 아무것도 설명하지 않고 집에서 나가서 마을 사람들을 불러오라고 시켰다.

"같이 가요, 할아버지. 여기 계시면 안 돼요."

"아니다, 나는 침입자가 의심하지 않도록 여기 남아야 한단다. 아르세니야, 어서 가렴." 흐리스토포르는 홰에 불을 붙이면서 말했다.

아르세니는 집 밖으로 나갔다.

하지만 잠시 후에 아이는 다시 문 앞에 나타났다. 누군가의 힘에 의해 끌려왔는지 집 안으로 던져졌다. 흐리스토포르는 이 힘의 주인과 곧 마주했다. 아르세니의 등 뒤에 한 형상이 서 있었는데 노인은 그 형상을 바로 알아봤다. 그것은 죽음이었다. 그것은 쾨쾨한 냄새와 인간이 견디기 힘든 고통을 풍기고 있었는데 이로 인해 마음속에 공포가 싹텄다. 모든 살아 있는 것이 이 고통을 느끼고 있었다. 이로 인해 창밖에 있는 나뭇잎들이 때도 되기 전에 떨어졌다. 하늘 위를 날아다니던 새들이 땅으로 떨어졌다. 늑대는 다리 사이로 꼬리를 집어넣고 긴 의자 밑으로 기어 들어갔다.

"멀리 도망치려던 새 한 마리를 내가 잡아 왔지."

그는 쉰 목소리로 이 말을 했다. 엉킨 턱수염을 고르면서. 잠시 몸이 흔들리는가 싶더니 빗장을 걸어 잠갔다. 그런 후에 침입자는 흐리스토포르 쪽으로 다가갔고, 흐리스토포르는 그의 숨소리를 듣고 몸이 좋지 않다는 것을 직감했다.

"이보게, 동향인, 무서운가 보지?"

"그리스도를 믿나?" 흐리스토포르가 굴하지 않고 물었다.

"숲에 살면서 하늘을 보고 기도한다네. 이게 우리 믿음일세. 그리고 우리가 돈이 좀 필요한데 말이야, 동향인. 좀 찾아줘야겠어."

"내가 왜 자네 동향인인가?"

그러자 침입자가 한쪽 눈을 찡긋하고는 말했다. "우리 둘 다 땅에 속한 사람이니 동향인이지. (이 말을 하면서 부츠에서 칼을 꺼낸다.) 너도 그 땅으로 보내주지."

"돈은 줄 테니 우리를 떠나게. 아무에게도 자네를 봤다는 말은 안 할 테니."

"어련하시려고." 그는 이가 없는 잇몸을 드러내면서 웃었다. 그러고는 몸을 돌려서 칼의 손잡이 부분으로 아르세니를 쳤다. 그러자 아르세니가 쓰러졌다. "서두르는 게 좋을 거야. 이제부턴 칼날로 칠 거거든."

그는 과장된 동작으로 칼을 위로 들었다.

늑대가 그에게 달려들었다.

늑대가 달려들어서 침입자의 한쪽 팔에 매달렸다. 늑대는 사내의 팔뚝을 물고 앞발을 사용해 매달렸다. 칼을 쥐고 있지 않은 팔이었다. 칼을 쥔 손이 늑대를 몇 번이나 찔렀지만 늑대는 떨어지지 않았다. 늑대는 있는 힘껏 사내를 물었다. 사내의 손에서 칼이 떨어졌다. 사내는 힘이 빠진 채로, 늑대가 매달린 왼손을 도울 요량으로 오른손을 뻗었다. 오른손으로 늑대의 갈기를 잡고 고통받는 육체에서 늑대를 떼어내려고 했다. 그러자 늑대 머리가 얼굴에 썼던, 늘어나는 재질의 탈을 벗을 때처럼 길어졌다. 늑대의 눈은 두 개의 흰 공처럼 보였다. 그 눈은 천장 어딘가를 향했고, 불타는 횃불이 눈동자에 비쳤다.

흐리스토포르는 침입자가 늑대와 실랑이를 벌이고 있을 때 칼을 집어 들었다. 침입자는 고통스러워하면서 늑대를 떼어내려고 노력했고, 결국 떼어냈다. 늑대 주둥이에 남은 것이 셔츠 조각인가? 살덩이인가? 뼈인가? 늑대도 자신이 물고 있는 것이 무엇인지 모르는 것 같았다. 늑대는 바닥에 누워서 주둥이를 다물고 으르렁거렸다. 다만 침입자가 팔 비슷한 걸 달고 나간 걸로 봐서 늑대가 물고 있던 것이 그의 팔은 아닌 것 같았다. 그의 어깨에 무언가가 달려 있는 것까지는 봤는데 그것이 정확히 무엇이었는지는 알 길이 없었다. 침입자의 어깨에 채찍 비슷한 무언가가 힘없이 달려 있었는데, 아르세니에게는 그것이 곧 어깨에서 떨어질 것처럼 위태로워 보였다. 침입자는 문에 몸을 부딪쳤지만, 이상하게도 나가지 못했다. 흐리스토포르는 다치지 않은 그의 한쪽 팔을 잡고 빗장을 열어주었다. 그러자 침입자는 나가면서 문틀에 머리를 찧었다. 현관 쪽에서 몸이 한 번 더 부딪혔다. 그는 보폭을 좁혀서 가을 낙엽 위를 사각거리면서 걸었다. 그러곤 금세 조용해졌다. 그는 사라졌다. 아니, 공기 중으로 증발했다.

"우리를 버리지 않으신 전지전능하신 하느님께 감사드립니다." 흐리스토포르가 무릎을 꿇고 십자성호를 그었다. 그런 후에 아르세니 쪽으로 몸을 숙였다. 아이는 여전히 바닥에 누워 있었고, 한쪽 볼과 머리카락에 피가 묻어 있었다. 홰에 불을 붙인 터라 내부가 다소 어두웠지만 아르세니의 머리카락 색이 밝았기에 피가 더 선명하게 보였다.

"한쪽 눈썹에 상처가 있긴 하지만 이 정도는 금방 나을 거다." 흐

리스토포르는 아르세니를 부축해서 일으켰다. "질경이풀로 상처를
싸매주마."

"그보다 늑대가 좀 이상해요." 아르세니가 말했다.

바닥에 누운 늑대 주위에 피가 흥건했다. 움직임도 없었다. 흐리
스토포르가 늑대의 주둥이를 벌려서 무언가 무시무시한 것을 꺼냈
다. 아르세니에게는 보여주지 않고 집 밖으로 갖고 나갔다. 흐리스
토포르가 돌아왔을 때 늑대의 꼬리가 한 번 움직였다.

"살아 있어요!" 아르세니가 기뻐하면서 말했다.

"글쎄다. 숨이 끊어진 것은 아니지만 얼마 못 갈 것 같구나." 흐
리스토포르가 식식거리면서 늑대를 살펴보곤 말했다.

늑대의 몸이 파르르 떨렸고 머리를 앞발 위에 얹은 채로 누워 있
었다.

"할아버지, 이 녀석을 살려주세요."

흐리스토포르가 칼을 갖고 와서 상처 주위의 털을 베었다. 몇 가
지 약초를 섞은 오일을 데워서 상처 부위에 조심스럽게 발랐다. 그
러자 늑대가 몸을 한 번 움직이긴 했지만 고개를 들지는 않았다. 흐
리스토포르는 털을 잘라낸 곳에 참나무 잎사귀 빻은 것을 얇게 펴
발랐다. 얼음 창고에서 꺼내 온 햄 조각을 따뜻하게 데운 후에 늑대
의 몸을 덮고 캔버스 천으로 칭칭 감았다. 아르세니가 늑대를 조금
들어 올렸고, 그 틈에 흐리스토포르가 늑대 밑에 캔버스 천을 넣었
다. 늑대는 얌전하게 있었다. 늑대는 그 어느 때보다 얌전했다. 근
육도 탄력을 잃었다. 눈을 뜨고 있었지만 고통만 표현할 뿐이었다.

흐리스토포르가 광에서 지푸라기를 가져왔고, 아르세니가 난로

에 불을 피웠다. 그들은 난로 옆에 지푸라기를 고르게 펴서 깐 다음 늑대를 그 위에 눕혔다. 늑대는 눈을 깜빡이지도 않고 난로 속 불길을 응시했다. 불을 봐도 전처럼 무섭지 않은 것 같았다.

아르세니는 늑대의 기력이 모두 쇠했다는 것을 직감했다. 아르세니는 긴 의자에 앉아서 양팔로 의자에 기댔다. 흐리스토포르가 머리 밑에 베개를 넣어주던 따스한 손길이 마지막 기억이 되었다.

아침에 잠에서 깼을 때 늑대는 집에 없었다. 피 묻은 발자국은 난로에서 문으로, 또 문에서 마당으로 이어졌다. 그러곤 길에 떨어져 있는 조금 썩어서 미끌미끌한 낙엽을 끝으로 그의 흔적이 사라졌다.

"멀리 못 갔을 테니 지금 찾으러 가요. 왜 아무 말씀을 안 하시는 거예요?" 아르세니가 흐리스토포르를 보면서 말했다.

"그는 자기가 죽을 것을 알고 우리를 떠난 거란다. 동물의 습성이란다."

하지만 아르세니는 고집을 부렸고, 그들은 늑대를 찾아 나섰다. 어디에서 찾아야 할지 몰라서 늑대를 처음 만났던 곳으로 갔다. 하지만 늑대는 거기에도 없었다. 늑대가 갈 만한 또 다른 장소에도 가봤지만 거기에도 보이지 않았다. 때는 가을이었고, 해가 짧아 어느덧 해가 기울고 있었다.

어둠 속에서 그들은 전날 그들의 집에 침입했던 사내를 발견했다. 그는 입을 딱 벌리고 양팔도 크게 벌려 환영을 표현했다. 뭔가 부자연스러운 포옹이었다. 넓게 벌린 양팔에 극도의 고통이 묻어났다. 자리에서 일어나려고 했지만 몸이 말을 듣지 않는 듯했다. 아르세니는 끔찍한 형태의 왼팔을 보지 않으려고 했지만 그의 시선은 가혹하게도 어깨 아래에 흰 뼈가 보이는 곳에 가 있었다. 늑대에게 물린 팔 한쪽이 이미 먹히고 그 자리에는 뼈만 덜렁거렸다. 그들이 누군가의 저녁 식사를 방해했다는 데에는 의심의 여지가 없었다. 흐리스토포르가 죽은 이에게 다가갔을 때, 아르세니는 토했다.

"이제 속이 편해질 거다." 흐리스토포르가 말했다.

집에 도착할 때까지 그들은 말없이 걷기만 했다. 묘지에 다 왔을 때에야 비로소 아르세니가 말했다.

"몸에 캔버스 천을 칭칭 감았는데 늑대가 어떻게 집을 나갔는지 이해가 안 돼요. 굉장히 무거웠을 텐데 말이에요."

"무거웠겠지." 흐리스토포르가 그의 말을 수긍했다.

아르세니는 흐리스토포르의 가슴에 얼굴을 묻고 통곡하기 시작했다. 울면서 뭐라고 웅얼거렸다. 띄엄띄엄 커졌다 작아졌다를 반복하면서. 묘지의 고요함을 깨면서 말이다.

"우리 옆에서 죽을 수는 없었을까요? 아껴준 우리가 지켜보는 가운데 죽는 것이 낫지 않나요?"

흐리스토포르가 아르세니의 눈물을 닦아주었고, 할아버지의 거친 손이 아이의 볼에 닿아 까슬까슬했다. 흐리스토포르가 아이의 이마에 입 맞추었다.

"늑대는 이렇게 마지막 순간에 우리 모두 하느님과 독대하리라는 것을 알려준 것이란다."

## ᄋ

흐리스토포르는 성모가호대축일* 때 벨로오제로의 성 키릴 수
도원에서 영성체를 지내기로 마음먹었다. 그를 방문한 마을 사람
들과 함께 가기로 했다. 성모가호대축일 전날 흐리스토포르와 아
르세니를 데리러 짐마차가 왔다. 거기에는 축일을 수도원에서 보
내려고 하는 사람 네 명이 이미 타고 있었다. 그들은 서로 인사를
나눴고, 그들의 입에서 입김이 나왔다. 그런 후에 마차로 이동하는
동안은 한마디도 하지 않았는데, 고백성사를 위해 말을 아껴야 했
기 때문이다. 얼어붙은 땅 위를 말이 달렸고, 말발굽 소리가 말없
는 그들이 내는 메아리처럼 쩌렁쩌렁 울렸다. 마차가 지나갈 때마
다 바퀴는 뽀드득 소리를 냈다. 전날부터 몰아닥친 강추위로 인해
진흙이 뭉쳐져서 거리는 빨래판을 방불케 했다. 아르세니는 자기
이빨이 부딪히는 소리를 들었다. 혀를 깨물까 봐 턱에 힘을 잔뜩
주고 있었다. 그러고는 자기도 모르는 새에 잠이 들었다.

짐마차가 멈추는 통에 잠에서 깼다. 끝부분이 거칠게 찢어진 것
같은 모양을 한 구름 사이로 달빛이 비쳤다. 빠르게 흘러가는 구름
은 여러 개의 십자가에 의해 부서졌다. 어두운색을 띤 엄청나게 큰
돔 지붕을 보면서 아르세니는 지금껏 이렇게 높은 건물을 본 적이
없다는 생각을 했다. 밤에 보니 이 지붕들이 더 크고 신비스러워
보였다. 그곳은 하느님의 집이었다. 수도원 내부에 있는 수많은 촛

---

* 10월 14일에 지내는 러시아 정교회 절기.

불에서 엄청난 빛이 새어 나왔다.

　도착한 이들은 우선 성 키릴에게 경배를 드렸는데, 이 성인은 28년 전에 선종했고, 8년 전에 시성됐다. 흐리스토포르와 아르세니는 성인의 성해함 앞에 촛불들을 세워놓고 약간 어두운 데로 물러났다. 거기서 그들은 철야과(徹夜課)*가 끝나는 것을 들었고, 니칸드르 원로가 성당 한가운데로 나와 도착한 이들의 고백성사를 준비하는 것을 보았다.

　원로는 기도문을 읽으면서 성직복에서 '평신도와 성직자 모두에게 적용되는 다소 무거운 죄들'이라는 제목의 작은 8절판 노트를 꺼냈다. 가벼운 죄들은 낭독할 필요가 없다고 간주되었기 때문에 노트에 적지 않았다. ("가벼운 죄들에 대하여는 스스로 참회하고 이런 일로 나를 힘들게 하지 마십시오. 하지만 이런 죄라도 회개하지 않으면 구원을 받을 수 없습니다." 그는 신도들에게 이렇게 가르쳤다.) 무거운 죄들의 경우 이것이 영원히 기록으로 남는 것이 두려워 노트에 적지 않았다. 이런 죄의 경우에는 신도들에게 그의 귀에 대고 말해달라고 부탁했고, 그는 자기 귓속에 그들의 죄를 묻었다.

　예배에 늦거나 혹은 예배가 끝나기도 전에 나가는 것이 '다소 무거운 죄들'에 해당한다. 또한 예배 중 잡담을 하거나 성당 안을 돌아다니거나 예배 외의 다른 생각을 하는 것이 이에 속한다. 금식을

---

*　러시아 정교회에서 보통 주일과 대축일 전야에 저녁 예배인 만과와 아침 예배인 조과가 합쳐져 연이어 거행되는 형태의 특수 예배.

지키지 않거나 눈물이 날 정도로 웃거나 험담을 하거나 잡담을 하거나 한쪽 눈을 찡긋하거나 광대와 함께 춤을 추거나 장사꾼이 무게나 크기를 속여서 물건을 판매하거나 건초를 훔치거나 남의 얼굴에 침을 뱉거나 칼로 찌르거나 헛소문을 퍼뜨리거나 수도사제를 비방하거나 과식을 하거나 술을 마시거나 물놀이하는 사람들을 훔쳐보는 것도 그렇다. 니칸드르 원로가 이제 막 죄목을 낭독하기 시작했을 뿐인데 아르세니의 눈꺼풀은 벌써 무겁다.

동틀 무렵에 그들의 차례가 되어 고백성사를 할 때가 되었을 때 아르세니와 흐리스토포르는 더 고백할 새로운 죄가 남아 있지 않았다. 놀랍게도 니칸드르 원로는 그들이 겪을 대부분의 일을 알고 있었다. 흐리스토포르는 고백성사를 마친 후 잠시 침묵한 후에 원로의 눈을 들여다봤다.

"내 눈 속에서 읽고 싶은 것이 무엇입니까?" 원로가 물었다.

"원로님이 보시는 것을 보고 싶습니다."

"내가 그대에게 말할 수 있는 것은 시간이 얼마 안 남았다는 것입니다. 앞으로 몇 년도 아니고 몇 달도 아닙니다. 울지 말고 진정한 그리스도인답게 차분하게 받아들이시오."

흐리스토포르는 고개를 끄덕였다. 그는 성당 반대편 끝 기둥 옆에 지친 아르세니가 쭈그려 앉아 있는 것을 발견했다. 수시로 열리는 문으로 바람이 들이쳐서 아이의 머리 위에 있는, 성당 중앙의 샹들리에가 흔들렸다. 샹들리에의 촛불이 흔들리면서 길게 늘어졌지만 꺼지지는 않았다. 흐리스토포르는 바람의 습도로 미루어 이른 새벽이 되면서 날이 더 따뜻해졌다는 것을 깨달았다. 멀리서 수

닭 울음소리가 들렸지만 마름모꼴 철창으로 덮인 창문 밖은 여전히 어두웠다.


ĩ


수도원에서 돌아온 후 흐리스토포르는 집 안을 자세히 살펴봤다. 이틀 후, 그가 마을에서 주문한 통나무와 나무 판이 도착했다. 지붕 골조를 통나무로 받치면서 흐리스토포르와 아르세니는 비와 실내 수증기로 인해 썩은, 지붕 꼭대기에 있는 마룻대를 교체했다. 흐리스토포르는 벽을 이루는 통나무 사이사이를 확인해서 틈새 상당 부분을 아마 줄기와 말린 이끼로 메웠다. 그런 후에 군데군데 구멍 난 마룻바닥을 새로운 나무 판으로 교체했다. 이렇게 하자 집 안에는 약초 냄새 외에도 막 대패질을 해서 평평하게 만든 나무 판 향이 퍼졌다. 아르세니는 흐리스토포르가 서두른다는 인상을 받았지만, 이유를 묻지 않고 묵묵히 그를 도왔다.

짙은 어둠이 깔리자 흐리스토포르는 아르세니의 약초 지식을 시험했다. 꼭 필요한 경우 손자의 대답을 고쳐주거나 보완했지만 그런 경우는 드물었다. 할아버지가 질문하는 것은 모두 아르세니가 한때 그로부터 들었던 것이었고, 아르세니는 이것들을 아주 잘 기억하고 있었다.

그 후로 저녁이면 이따금 흐리스토포르는 갖고 있는 책과 문서들을 살펴봤다. 책장을 빨리 넘기는가 하면 어느 부분에서는 멈춰

서 마치 뭔가 골똘히 생각이라도 하는 듯이 읽었다. 입술을 움직이면서 말이다. 이따금 책장에서 시선을 떼고는 불붙인 홰를 한참 동안 응시할 때도 있었다. 집 안에서는 대부분 책을 소리 내어 읽었기 때문에 아르세니는 그런 할아버지의 모습이 낯설었다.

"할아버지, 그런데 지금 뭘 읽고 계신 거예요?"

"《아브라함의 묵시록》*인데 성경책은 아니란다."

"할아버지가 소리 내어 읽어주시면 제가 들을게요."

그래서 흐리스토포르는 소리 내어 읽었다. 노안으로 인해 필사본을 눈에서 멀리 떨어뜨린 후에 하느님이 아브라함에게 대천사 미카엘을 어떻게 보냈는지에 관해 읽었다.

"하느님이 가라사대 '아브라함에게 가서 전하라. 그의 때가 다 되었음이니라.' 대천사 미카엘이 아브라함에게 갔다가 다시 돌아왔다. 그가 말하길, '하느님의 벗인 아브라함의 죽음을 알리는 것은 쉬운 일이 아닙니다.' 아브라함의 아들 이삭이 꿈에서 모든 것을 보았다. 한밤중에 이삭이 일어나서 아비의 방문을 두드리며 가라사대 '아버지, 제게 문 열어주소서. 아버지가 아직 여기 계신지 보길 원하나이다.' 아브라함이 문을 열자 이삭이 그에게 달려들어 그의 목에 매달리며 그에게 울며 입 맞추었다. 아브라함의 집에서 잠을 잔 대천사 미카엘이 그들이 우는 모습을 보고 함께 울었는데 그의 눈물은 돌덩이와 같았더라."

흐리스토포르도 울었다. 아르세니도 흐리스토포르의 눈물이 종

---

* 슬라브어 역본에만 남아 있는 유대교 외경.

이 위에 떨어져서 잉크로 쓴 글씨가 더 진해지는 것을 보면서 울었다.

"하느님이 대천사 미카엘에게 아브라함을 향해 가는 '죽음의 천사'를 아름답게 치장하라 명하셨다. 자신에게 다가오는 죽음의 천사를 본 아브라함이 두려워 떨며 가라사대 '청하건대 네가 누구인지 나로 알게 하라. 내게서 떠나라. 내 마음이 너를 보고 두려워함일러라. 너의 아름다움이 이 세상 것이 아니므로 내가 너의 영광을 감당치 못하겠노라.'"

아이가 잠드는 밤이면 흐리스토포르는 자작나무 껍질 위에 아이가 어려서 아직 이해하지 못하는 약초의 효능에 대해 적었다. 그는 의식을 잃었을 때 도움이 되는 약초와 침실에서 일어나는 일에 도움이 되는 약초에 대해 적었다. 치질에 얇게 펴 바르는 딜과 마법을 퇴치하는 불가리스쑥과 고양이에게 물렸을 때 도움이 되는 다진 양파에 대해서도 썼다. 땅에 붙어서 자라는 앵무새라는 약초에 관해서도 썼다. 돈이나 빵을 구하러 갈 때 지니되 남자한테 구하러 갈 땐 가슴팍 오른쪽에 넣고 여자한테 구할 땐 왼쪽에 넣는다. 만약 광대들이 공연을 할 때 발밑에 이 약초를 던지면 그들은 서로 주먹다짐을 하면서 싸울 것이다. 유혹과 방탕한 생각을 떨쳐버리기 위해서는 라벤더 달인 물을 마시면 된다. 처녀성을 확인하려면 3일 동안 마노를 넣어둔 물을 여자에게 마시라고 한다. 그 물을 삼키는 것을 힘들어하면 그 여자는 처녀성을 잃은 것이다. 터키석을 몸에 지니고 다니면 살해당할 위험으로부터 몸을 지킬 수 있는데, 살해당한 이의 소지품에서 이 원석이 발견된 바가 없기 때문이다.

수탉의 위돌은 적이 빼앗아 간 나라를 돌려준다. 자석을 지니고 다니는 남자는 여자들 사이에서 인기가 있다. 금가루를 복용하면, 혼 잣말을 하고 혼자 문답하는 우울증을 앓고 있는 사람에게 도움이 된다. 멧돼지 폐를 말려서 가루로 만들어 물에 타서 마시면 연회에 가서 술을 마셔도 술에 취하지 않는다. 끝.

1455년 12월의 어느 날 아침에 흐리스토포르는 평소와 달리 침 대에서 일어나지 못했다. 몸을 조금 일으켜서 앉기는 했지만 더는 움직일 기력이 없었다. 그의 도움을 구하러 온 이들에게 흐리스토 포르는 말했다.

"내게 더는 이승의 말을 하지 마시오. 더는 이승과 연결되지 않 기 때문이오. 내 몸이 쇠약하여 죽음을 맞이하고 심판을 받으리라 는 것을 믿어 의심하지 않는다오."

이 말을 들은 사람들이 모두 떠났다.

정오 즈음 아르세니는 흐리스토포르가 볼일을 보려고 나가는 것 을 도와주었다. 이때 그는 할아버지가 이젠 거의 걷지 못한다는 것 을 깨달았다. 그는 흐리스토포르의 한쪽 팔을 자기 어깨에 얹고 그 를 데리고 마당을 지나갔다. 흐리스토포르의 다리가 힘없이 땅에 질질 끌렸다. 늘 그래왔듯이 이번에도 흐리스토포르와 아르세니는 한 발씩 번갈아가면서 앞으로 걸었다. 그리고 방금 내린 눈을 한쪽 으로 모았다. 집으로 돌아와서 아르세니가 물었다.

"할아버지, 뭐 필요하신 거라도 있으세요?"

"숨을 좀 돌렸으면 좋겠구나, 얘야." 이 말을 하고 흐리스토포르 는 침대 끝에 구부정하게 앉았다. 이마에 땀이 맺힌 것이 보였다.

"숨을 좀 돌렸으면 좋겠구나."

"누우세요, 할아버지."

"내가 누우면 그 즉시 죽을 거다."

"죽지 마세요, 할아버지. 할아버지가 돌아가시면 전 이제 혼자 남아요."

"얘야, 나도 그래서 죽는 것이 두렵구나. 내 가슴이 찢어지는 것 같고 너를 혼자 두고 떠나는 것이 괴롭지만 선지자의 말씀에 따라 내 슬픔을 하느님께 맡기기로 했단다. 이제부터 네 할아버지는 하느님이시란다. 이제 나는 이 세상을 떠날 때가 되었단다. 약초로 사람들의 병을 치료해주면 그걸로 네가 생활할 수 있을 거다. 하지만 그보다는 수도원에 가서 그곳에서 하느님의 촛불이 되렴. 내 말대로 하겠니?"

"죽지 마세요, 할아버지. 죽지 마세요……." 아르세니가 헐떡거리면서 숨을 들이마셨다.

"내가 눕는 즉시 죽는데 나더러 어쩌란 말이냐?" 흐리스토포르가 마지막 남은 힘을 모아서 큰 소리로 말했다.

"내가 할아버지를 잡고 있을게요, 할아버지."

이틀 밤 사흘 낮 동안 흐리스토포르는 한쪽 다리는 바닥에 닿게 하고 다른 한쪽 다리는 침대로 쓰이는 긴 의자에 뻗은 채로 앉아 있었다. 아르세니가 그를 부축해서 앉아 있도록 해주었다. 아이는 자기 등으로 할아버지 등을 받치고 앉아서 할아버지 심장에 바짝 댄 자기 심장으로 그가 고르게 숨을 쉴 수 있도록 해주었다. 그리고 그가 숨을 가쁘게 쉬면 숨을 다시 고르게 쉴 수 있도록 했다.

아이는 물을 마시거나 화장실에 갈 때 빼고는 할아버지 곁을 지켰다. 사흘째 되던 날 수도원에서 니칸드르 원로가 와서 아르세니에게 집에서 나오라고 명했다. 원로는 한참 동안 흐리스토포르와 앉아 있었다. 나가면서 아르세니가 흐리스토포르의 몸을 받치고 있는 모습을 보고 말했다.

"이제 할아버지를 놓아드리렴. 너로 인해 떠날 결심이 서질 않나 보구나."

하지만 이 말을 듣고 아르세니는 오히려 고쳐 앉아서 할아버지 등을 더 단단하게 받쳤다.

"자정까지 함께 깨어 있다가 놓아드리렴." 원로가 말했다.

자정 무렵에 아르세니는 할아버지 상태가 호전된 것 같았다. 숨 쉬는 것도 힘들어하지 않는다는 것을 깨달았다. 아르세니는 등을 대고 있으면서 할아버지의 미소를 봤고, 놀라웠다. 가벼워진 마음으로 아이는 할아버지가 방 안을 왔다 갔다 하면서 구석에 걸린 에버라스팅을 건드리는 모습을 지켜봤다. 이로 인해 천장 밑에 걸린 모든 약초가 흔들렸다. 천장도 흔들렸다. 잠든 아이의 볼을 쓰다듬으면서 흐리스토포르는 하느님께 말했다.

"당신 손에 제 영혼을 맡기니 저를 긍휼히 여기시고 제게 영생을 허락하여주옵소서. 아멘."

기도를 하고는 십자성호를 긋고 손자 옆에 누워 눈을 감았다.

아르세니는 이른 아침에 잠에서 깼다. 그러고는 옆에 누워 있는 흐리스토포르를 바라봤다. 집 안에 있는 모든 공기를 들이마시고 있는 힘껏 소리 질렀다. 수도원에서 아이의 비명을 들은 니칸드르 원로가 아르세니에게 말했다.

"네 할아버지는 편안하게 가셨으니 그렇게 소리 지를 것 없다."

아이의 비명 소리를 들은 마을 사람들이 하던 일을 멈추고 흐리스토포르의 집 쪽으로 왔다. 흐리스토포르가 치료해준 사람들은 그가 한 선한 일들을 기억할 것이다.

이렇게 해서 흐리스토포르가 없는 첫날이 시작되었고, 아르세니는 이날의 절반을 울면서 보냈다. 그는 집에 온 마을 사람들을 봤지만 눈물 때문에 그들의 얼굴이 흐릿하게 보였다. 오전 내내 울어서 기력이 쇠한 채로 오후에 잠이 들었다.

잠에서 깼을 때는 한밤중이었다. 하지만 이내 흐리스토포르가 이제 세상에 없다는 사실을 떠올리고는 다시 울기 시작했다. 흐리스토포르는 긴 의자에 누워 있었고, 머리맡에는 양초 하나가 세워져 있었다. 또 다른 양초 하나는 이전에 선반 위에 놓여 있던 성경책을 비췄다. 니칸드르 원로가 양초를 들고 있었다. 그는 흐리스토포르와 아르세니를 등지고 서서 성상화 앞에서 작은 목소리로 성경책을 읽었다.

"여기를 좀 읽으렴. 나는 그동안 눈 좀 붙이마. 그리고 이제 그만 통곡하려무나." 원로가 뒤를 돌아보지도 않은 채 그에게 말했다.

아르세니가 원로의 손에서 초를 받아 들고 성경책 앞에 섰다. 그리고 그는 원로가 흐리스토포르를 옆으로 살짝 옮기고 그의 옆에 자리를 잡는 모습을 곁눈질로 봤다. 시편 구절은 여전히 눈앞에 아른거렸는데, 목소리가 말을 듣지 않았다. 아르세니는 목을 가다듬고 성경책을 읽기 시작했다. "네가 코브라와 바실리스크를 밟으며 사자와 뱀을 발로 누르리로다."* 아르세니는 성경을 읽으면서 흐리스토포르가 이 행위를 해야 했을 것 같다는 생각을 했다. 아르세니가 니칸드르 원로 쪽으로 몸을 돌려서 묻는다.

"바실리스크가 누구입니까?"

하지만 원로는 자고 있었다. 그는 흐리스토포르의 어깨에 어깨를 대고 누워 양팔을 가슴에 얹고 자고 있었다. 그들의 코가 촛불 아래에서 이따금 반짝거렸다. 두 사람 모두 움직이지 않아서 죽은 사람 같았다. 하지만 아르세니는 두 사람 중 죽은 이는 흐리스토포르뿐임을 알고 있었다. 니칸드르가 잠시 죽은 척하는 이유는 연대감을 나타내기 위함이었다. 흐리스토포르가 죽음을 향해 첫걸음을 뗄 때 그와 함께하기로 마음먹은 것이었다. 첫발을 내딛는 것이 제일 힘들 테니까 말이다.

ҭı

흐리스토포르의 장례식은 다음 날에 치러졌다. 무덤을 흙으로 메웠을 때 니칸드르 원로가 말했다.

"그는 평생 묘지 옆에서 살았고, 죽어서도 집 옆에 있는 묘지에 묻혔습니다. 고인이 알게 된다면 분명 기뻐할 것이라 확신합니다."

묘지는 조용했다. 최근에 마을에 역병이 돌던 때부터 묘지를 찾

---

* 시편 91편 13절 참고.

는 발길이 뜸해졌는데, 과거 이곳을 찾던 이들이 이제는 다른 곳에 머무르기 때문이다. 흐리스토포르가 무덤으로 거처를 옮기면서 그는 온전한 안식을 누리게 되었다.

장례를 치른 후에 흐리스토포르에게 신세를 진 마을 사람들이 아르세니에게 그들의 집에 와서 살 것을 권했지만, 아르세니는 거절했다.

"할아버지에 대한 기억은 그분이 힘이 닿는 한도 내에서 열심히 손보며 돌아가시기 직전까지 머무셨던 곳에 보존되어야 해요. 이곳에 있는 벽 하나하나가 그분의 따스한 시선과 거친 손바닥이 닿았던 감촉을 기억하고 있어요. 제가 어떻게 이곳을 떠난단 말입니까?"

사람들도 더는 그를 설득하지 않았다. 한편으론 그가 흐리스토포르의 집에 머무르기로 해서 마음이 놓이는 눈치였다. 이렇게 해서 낯익고 익숙한 약방 노인의 집은 보존되었다. 흐리스토포르가 죽은 후에도 아르세니는 흐리스토포르의 집에서 여전히 사람들에게 약을 처방해주었고, 아르세니는 어느새 점점 흐리스토포르가 되어갔다. 그리고 달라진 것은 없다는 확신을 갖고 약 처방을 받으려고 그의 집을 찾는 마을 사람들의 노력 또한 헛되지 않았다.

덕분에 그와 환자 사이의 관계 역시 금세 가까워졌다. 남녀 모두 흐리스토포르 앞에서 그랬듯이 스스럼 없이 옷을 벗었다. 이따금 아르세니는 남자들보다 여자들이 더 부끄러움이 없는 것 같았고, 그럴 때면 그가 오히려 민망해했다. 처음엔 손가락 끝을 그들의 몸에 갖다 댔지만, 곧 그들이 환자임을 인식하고는 편안하게 손바닥

전체를 갖다 댔고, 필요한 경우 몸을 누르거나 주무르기도 했다.

아르세니가 환부에 손('루카')을 대고 나면 증세가 호전되었기 때문에, 그의 첫 번째 별명인 '루키나인'은 어느 정도는 이로 인한 것이라고 할 수 있었다. 사실 이 별명은 그가 사는 지역 사람들 모두의 별명이라고 볼 수 있었다. 다른 마을 사람들은 루키나 마을 사람들을 이렇게 불렀기 때문이다. 먼 고장에서 온 다른 마을 사람들은 흐리스토포르도 '루키나인'이라고 불렀다.

루키나 마을 사람들은 모두 '루키나인'들이었기 때문에 그들에게 이 말은 사실상 별명이라고 볼 수 없었다. 하지만 아르세니의 경우는 달랐다. 루키나 마을 안에서조차 사람들은 그를 '루키나인'이라 불렀다. 이것은 마치 그들이 사랑하는 알렉산드로스 대왕을 '마케도니아인'이라고 부르는 것처럼 그를 추켜세워서 이렇게 부른 것이었다. 한편 아르세니의 치유의 은사에 대한 명성이 루키나 마을에 대해 한 번도 들은 적이 없는 곳까지 퍼졌을 때 (그리고 그런 곳은 무척 많았는데) 그의 '루키나인'이라는 별명은 또다시 그 의미를 상실했다. 그곳 사람들은 아르세니를 그냥 '의사'라고 불렀기 때문이다.

청소년 특유의 통통한 손바닥으로 인해 아르세니의 모습은 고귀한 인상을 풍겼다. 손가락은 길어졌고, 관절은 조금 도드라졌으며, 살갗 밑에는 과거에는 보이지 않던 핏줄이 튀어나와 있었다. 손동작은 유연해졌고, 몸짓에는 감수성이 묻어났다. 이것은 인간의 몸이라는 가장 훌륭한 악기를 선물로 받은 음악가의 손이었다.

환자의 몸에 손을 대면 아르세니의 손은 물질성을 상실하고 마치 흘러내리는 것 같았다. 거기에는 뭔가 샘물같이 차가운 것이 있었다. 아르세니가 처음 사람들을 치료할 무렵에 그에게 치료를 받으러 온 사람들은 그가 환부에 손을 대면 병이 나을 것에 대해서는 의문을 가졌지만, 그때 그의 손이 닿는 감촉이 좋다는 것은 이미 확신했다. 치료에는 통증이 수반된다는 것에 익숙한 사람들은 마음속 깊숙이 의사의 치료 행위가 기분 좋으면 치료에 도움이 되지 않으리라는 의구심을 떨쳐버리지 못한 것 같았다. 그래도 그들은 그에게 치료를 받으러 왔다. 첫째, 아르세니는 흐리스토포르가 썼던 약재를 그대로 써서 치료했으며, 눈에 띄는 실수 역시 흐리스토포르보다 많지 않았다. 둘째, (이것이 사실 본질적인 이유에 속한다고 할 수 있는데) 마을 사람들에게는 선택의 여지가 없었기 때문이다. 이런 경우 도움이 안 될 것이라고 의심하면서 치료를 받는 것보다는 치료를 받으면 나을 것이라는 생각을 하면서 편안하게 받는 편이 더 나았으리라.

아르세니에게도 사람들과의 만남은 중요했다. 환자들은 푼돈 외에도 빵, 꿀, 우유, 치즈, 완두콩, 말린 고기 등을 갖다주었기 때문에 먹을 것에 대한 걱정은 할 필요가 없었다. 하지만 먹을 것을 갖다준다는 이유만으로 환자들을 치료한 것은 아니었으며, 아르세니는 그들이 지불한 것 이상을 해주었다. 사실 아르세니에게 가장 중요한 것은 사람들과의 교제였고, 그들과 만나고 나면 마음이 한결 편안해졌다.

치료가 끝난 후에도 사람들은 바로 떠나지 않았다. 그들은 아르세니에게 결혼식, 장례식, 건축물, 화재, 농노들이 지주들에게 바치는 공물, 추수하는 곡식의 종류 등에 대한 이야기를 해주었다. 마을에 온 사람들과 마을 사람들의 여행에 관한 이야기도 해주었다. 모스크바와 노브고로드 이야기도 해주었다. 벨로제르스크라는 도시에 사는 공후들에 대한 이야기도 있었다. 중국산 실크에 관해 이야기하기도 했다. 그리고 그들 역시 아르세니와의 대화가 즐겁다는 것을 깨달았다.

아르세니는 흐리스토포르가 죽기 전까지 그 누구와도 교제를 나눈 적이 없다는 사실을 문득 깨달았다. 흐리스토포르가 유일한 혈육이자 대화 상대이자 벗이었기 때문이다. 흐리스토포르와 함께 산 수년 동안 그의 삶은 흐리스토포르로 채워져 있었다. 흐리스토포르의 죽음 이후에 아르세니의 삶은 공허해졌다. 생명은 붙어 있지만 그 안은 텅 빈 듯했다. 텅 빈 삶이 어찌나 가볍던지 세찬 바람이 불어와 저 멀리 구름 너머로 날아가서 흐리스토포르가 있는 곳에 가까이 갈 수도 있을 것만 같았다. 이따금 아르세니는 자신이 진정 원하는 것이 이것일지도 모른다는 생각이 들었다.

이제 아르세니가 삶을 살아갈 유일한 이유는 그를 찾아오는 사람들을 만나는 것이 되었다. 아르세니는 그들을 진심으로 반겼다. 하지만 그들의 방문 자체와 그들과 나눌 대화로 인해 기뻐한 것은 아니었다. 아르세니는 환자들이 그에게서 여전히 흐리스토포르의 모습을 보는 것을 알고 있었고, 그래서 그들이 방문할 때마다 할아버지의 생명이 연장되는 것 같았다. 공허함을 감춘 채로 아르세니 역시 자신이 흐리스토포르를 닮아간다는 것을 느꼈고, 환자들 역시 말을 하지는 않았지만 그렇게 확신하는 것 같았다.

아르세니가 환자들과의 교제를 중요하게 생각하기는 했지만 같이 있을 때 말수가 많지는 않았다. 어쩌면 그는 흐리스토포르와 대화를 하며 하고 싶은 말을 다 했는지도 모를 일이다. 흐리스토포르와의 대화는 하루 일과의 대부분을 차지했고 매번 대화의 형태는 달랐다.

아침에 일어나자마자 아르세니는 묘지로 걸어갔다. 사실 '걸어가다'라는 단어는 다소 과장된 측면이 없지 않았는데, 담장만 넘어가면 바로 묘지가 나왔기 때문이다. 집과 묘지는 담장을 사이에 두고 있었으며 담장에는 오래전부터 쪽문이 존재했다. 흐리스토포르는 쪽문 바로 옆에 묻혀 있었다. 죽어서도 집을 떠나기 싫어하던 그는 생전에 이미 자신이 묻힐 곳을 정해놓았고 그런 자신의 결정을 후회하지 않는 것 같았다. 그는 집 안에서 일어나는 모든 일을 관찰자로서라기보다는 거의 집 안에 있어서 알았다고 할 수 있었다. 흐리스토포르는 자신이 죽었음을 기억했고 산 자와 죽은 자가 함께 기거할 수 없음을 알고 있었기 때문에 '온전히' 그 안에 머물 수는 없었으리라.

땅이 얼어붙어서 만들어진 언덕 옆에 마을 목수가 긴 의자를 하나 만들었다. 매일 아침 아르세니는 이 의자에 앉아서 언덕 밑에 묻혀 있는 흐리스토포르와 담소를 나누었다. 그는 집을 방문한 사람들과 그들이 앓고 있는 병에 관해 이야기했다. 환자들이 그에게 한 말들, 아르세니가 약초를 달여서 만든 탕약과 그가 찧은 약초 뿌리, 구름의 이동과 바람의 방향 등 이야기의 소재는 다양했고, 이것들은 모두 아르세니의 도움 없이는 흐리스토포르가 알 수 없는 것들이었다.

아르세니에게 가장 힘든 시간은 밤이었다. 난로 옆에 흐리스토포르가 없다는 사실이 여전히 낯설었다. 눈썹은 진하고 주름이 자글자글한 얼굴에 난로 불빛이 일렁거리던 일이 태곳적 모닥불처럼 아득했다. 이러한 일렁임은 불꽃의 특성이었고 난로와 분리해서 생각할 수 없는 부분이었으며, 따라서 본질적으로는 사라질 수 없었다.

흐리스토포르에게 일어난 일은 알 수 없는 곳으로 떠난 이의 부재가 아니었다. 이것은 옆에 누워 있던 사람의 부재였다. 추운 겨울날이 되면 아르세니는 양털 코트로 언덕을 덮었다. 물론 흐리스토포르가 더는 추위를 타지 않는다는 것을 알고 있었지만 자기는 따뜻한 집 안에 있으면서 할아버지가 차가운 땅 밑에 누워 있다는 생각을 하면 견디기 힘들었다. 저녁에는 흐리스토포르가 써둔 글을 읽으며 그의 부재를 견뎠다.

"솔로몬이 말하여 이르기를 '바가지 긁으며 괴롭히는 아내와 사는 것보다 광야에 나가 사는 것이 낫다.'* 필론**은 정의로운 사람은 다른 사람의 마음을 아프게 하지 않는 사람이 아니라 다른 이의 마음을 상하게 할 수 있었으나 원치 않은 사람이라고 말했다. 자기 초상화를 바위에 새기도록 하기 위해 화가들에게 서둘러 가는 친구를 본 소크라테스가 말하길, '자네는 왜 스스로 바위와 같은 모

---

* 잠언 21장 19절.
** 헬레니즘 시대 대표적인 유대 철학자.

양이 되려 하지 않고 바위로 하여금 자네를 닮도록 조바심을 내는 가.' 필리포스 2세*가 한 사람을 재판장으로 삼으려다가 그가 자기 머리카락과 수염을 염색한다는 사실을 알고는 면직시키고는 말하길 '네가 자신의 머리카락도 부정하거늘 하물며 사람들 앞에서 정직히 재판하겠느냐.' 솔로몬이 말하길 '이상한 일이 세 가지, 정말 모를 일이 네 가지 있으니, 곧 독수리가 하늘을 지나간 자리, 뱀이 바위 위를 기어간 자리, 배가 바다 가운데를 지나간 자리, 사내가 젊은 여인을 거쳐간 자리다.**'" 솔로몬은 이것을 이해하지 못했다. 흐리스토포르 역시 이것을 알 수 없었다. 후에 밝혀진 사실이지만 아르세니 역시 이것을 이해하지 못했다.

 БІ

2월 말이 되자 봄 내음이 났다. 눈은 아직 녹지 않았지만 북부 지역에 봄이 오고 있다는 것은 확실했다. 봄이 되면 으레 그렇듯이 귀청이 떨어질 것 같은 새들의 지저귐도 들렸고, 공기는 봄의 부드러움으로 가득 차 있었다. 작년 가을이 끝날 무렵 이후 처음으로 거리가 환한 빛으로 밝아졌다.

아르세니가 흐리스토포르에게 말했다. "할아버지가 돌아가실 무

---

\* 마케도니아 왕(재위 BC. 359~336). 알렉산드로스 대왕의 아버지.
\*\* 잠언 30장 18~19절.

렵만 하더라도 자연은 어두컴컴했어요. 하지만 지금은 또다시 밝아졌고, 할아버지가 이 풍경을 못 보신다고 생각하니 슬퍼서 눈물이 나요. 무엇보다 중요한 것에 대해 말씀드리면, 하늘이 더 높아지고 파래졌어요. 이 밖에 또 다른 변화들이 있지만 이것들은 나중에 변화된 모습을 보고 할아버지한테 알려드릴게요. 몇 가지는 지금 바로 설명해드릴 수도 있어요."

아르세니는 계속 말을 하고 싶었지만 자기도 모르게 입을 다물었다. 누군가의 시선을 느꼈기 때문이다. 보이지는 않았지만 느껴졌다. 견디기 힘든 시선이라기보다는 허기진 시선에 가까웠다. 조금 더 정확히는 불행한 자의 시선이었다. 그 시선은 멀리 떨어진 묘석 뒤에서 희미하게 반짝거렸다. 시선의 방향을 좇아가보니 숄과 붉은 머리카락 한 다발이 보였다.

"거기 누구요?" 아르세니가 물었다.

"전 우스티나라고 해요." 쪼그려 앉아 있던 그녀가 자리에서 일어나서는 잠시 말없이 아르세니를 바라봤다. "먹을 것 좀 주세요."

옷도 더럽고 처지가 딱해 보였다.

"들어와요." 아르세니가 자기 집을 가리키면서 말했다.

"그럴 수가 없어요." 우스티나가 대답했다. "전 역병이 돌고 있는 지역에서 왔어요. 들어가서서 먹을 것을 좀 가져다주세요. 음식을 근처에 두고 가시면 제가 집어 갈게요."

"그러지 말고 들어와요. 안 그러면 얼어 죽어요."

우스티나의 볼을 타고 눈물이 흘러내리는 것이 보였다. 눈물은 멀리서도 보였는데 아르세니는 눈물방울의 크기에 적이 놀랐다.

"어제 마을에서 저를 내쫓았어요. 제가 역병을 옮긴다고 말하면 서요. 역병이 두렵지 않으세요?"

아르세니가 어깨를 으쓱하면서 말했다.

"얼마 전에 할아버지가 돌아가셔서 이젠 두려운 게 없어요. 어차 피 모든 것은 신의 뜻대로 될 테니까요."

우스티나는 눈을 내리깔고 집 안으로 들어왔다. 너덜너덜한 외 투를 벗자 벌써 며칠째 외투를 벗지도 않고 계속 입고 있었음을 알 수 있었다. 오랫동안 씻지 않은 몸에서 나는 쾨쾨한 냄새가 코를 찔렀다. 그것도 젊은 여자의 몸 냄새 말이다. 고약한 냄새는 오히 려 그녀 안에 있는 젊음과 여성성을 부각했다. 아르세니는 순간 긴 장했다.

우스티나의 손과 팔, 얼굴에는 생채기가 많았다. 아르세니는 옷 을 제때에 갈아입지 않을 경우에도 욕창이 생긴다는 것을 알고 있 었다. 몸을 청결하게 해주어야 했다. 그는 커다란 항아리에 물을 채워서 난로 바로 앞에 놓았다. 오래전에는 무언가를 끓일 때 불 '위에' 올려놓지 않고 불 '옆에' 놓고 끓였다. 이 난로 역시 무언가 를 데울 때 화구 바로 앞에 놓아서 데우거나 끓이는 구조였다.

우스티나는 두 손을 포개서 무릎 위에 얹은 채로 구석에 앉아 있 었다. 그녀는 그을음이 묻은 건초가 놓인 바닥을 자세히 살펴봤다. 그녀의 검은 옷도 얽히고설킨 건초 같아 보였다. 사실 사람이 입는 옷이라고 하기도 힘들어 보였다.

수면 위에 작은 거품이 일자, 아르세니는 가장 큰 집게를 집어 들 고 조심스럽게 (긴장해서 혀끝이 윗입술을 눌렀다) 난로 앞에 있는 항아리를 꺼냈다. 그러곤 방 한가운데에 커다란 나무 양동이를 놓고 거기에 찬물을 붓고는 단풍나무 잎과 에녹이라는 약초를 섞은 잿물을 넣었다. 그런 후에는 항아리의 뜨거운 물을 부었다. 그리고 헹굼용 찬물이 담긴, 손잡이 달린 항아리를 옆에 세워두었다.

"씻고 싶으면 씻어요."

이 말을 하고 그는 추운 옆방으로 가서는 문을 닫았다. 잠시 후에 우스티나의 옷이 사각거리는 소리가 들렸다. 아르세니는 그녀가 조심스럽게 나무 양동이 안으로 들어가고 바가지가 양동이에 닿는 소리를 들었다. 물소리도 들렸다. 그것은 자기 머릿속에서 들리는 소리이기도 했다. 성에 낀 벽에 등을 기댔고, 그러자 마음이 편안해졌다. 그제야 그는 길게 숨을 내쉬고 공기 중에 입김이 천천히 퍼지는 것을 관찰했다.

"어떤 옷을 입으면 될까요?" 옆방에서 우스티나가 물었다.

아르세니는 생각에 잠겼다. 흐리스토포르와 함께 살던 집에는 여자의 옷이나 물건이 하나도 없었다. 돌아가신 할머니 옷은 아르세니의 어머니가 오래도록 입은 데다 그마저도 어머니가 역병으로 돌아가신 후에는 불태우고 없었다. 아르세니는 우스티나 쪽을 보지 않고 방에 들어가서 궤짝을 열었다. 궤짝 위쪽에 있던 물건의 일부를 열어젖힌 궤짝 뚜껑 위에 얹어두었다. 그리고 원하는 옷을 찾았다. 그는 여전히 우스티나 얼굴을 보지 않은 채 그녀에게 자신의 붉은색 셔츠를 내밀었다. 셔츠처럼 얼굴을 붉힌 채로 말이다. 금발 머리의 모든 사람들이 그렇듯 그 역시 쉽게 얼굴을 붉혔다.

우스티나는 양팔을 셔츠에 끼워 넣었고, 그러자 리넨 재질의 셔츠가 가볍게 어깨에 내려앉았다. 과거에 아르세니가 입고 다니던 옷이 이제는 그의 체형과 다른 몸을 감싸고 있었다. 이렇게 해서 그들은 얼떨결에 동거하게 되었다. 아르세니는 그녀 역시 자신과 같은 생각을 갖고 있는지 알지 못했다.

셔츠 소매가 우스티나에게 길었고, 그녀는 소매를 걷어 올렸다. 그때 여전히 열려 있는 궤짝 속에서 그녀는 리넨 천 조각 하나를 발견했다.

"가져도 돼요?"

"물론이죠."

그녀는 천으로 셔츠의 허리부터 허벅지까지 덮었다. 그러자 포뇨바*처럼 보였다. 그런 후에 궤짝에서 발견한 밧줄로 허리를 묶었다. 그리고 아르세니를 쳐다봤다. 그는 고개를 끄덕였고, 순간 그의 얼굴에 온화함이 밀려드는 것을 느꼈다. 그는 눈을 내리깔았고 또다시 얼굴을 붉혔다. 자신의 셔츠를 입고 있는 비쩍 마른 빨간 머리 아가씨가 너무 딱해서 아르세니는 목이 메었다. 그는 지금껏 그 누구도 이렇게 딱하게 여겼던 적이 없다는 생각이 들었다.

"이런, 잊고 있었군요. 몸에 역병의 증상이 있으면 나한테 보여주세요."

우스티나는 셔츠 깃을 젖히고 그에게 목을 보여줬다. 그러곤 잠시 망설이다가 셔츠 단추 하나를 끌러서 그에게 겨드랑이를 보여줬다. 아르세니는 그녀의 살냄새를 맡았다. 발진이 크지는 않았지

---

* 러시아 전통 여성 의상으로, 결혼한 여자들이 입던 모직 치마.

만 염증이 보였다. 아르세니는 발진이 난 부위를 말려야 한다는 것을 알고 있었다. 그는 천으로 매듭을 지어서 꺼내기 쉽게 만들어놓은, 여러 종류의 항아리가 올려져 있는 선반에 다가가서 잠시 생각에 잠겼다. 그러곤 버드나무 껍질을 태운 것이 든 항아리를 찾았다. 그는 깨끗한 천 조각에 항아리 안에 든 것을 소량 뿌린 후에 식초로 적셨다. 그런 후에 염증이 난 부위에 갖다 댔다. 우스티나가 입술을 살짝 깨물었다.

"조금만 참아요. 발진이 난 부위가 또 있나요?"

"있긴 한데 보여드릴 순 없어요."

그러자 아르세니가 식초에 적신 천 조각을 내밀었다.

"자, 직접 발라요, 나는 안 볼 테니." 이 말을 하고 그는 난로 쪽으로 돌아섰다.

난로 옆에 우스티나가 입고 왔던 낡은 옷가지가 놓여 있었고, 마침 난로 옆 옷가지가 보이자 아르세니는 자신이 해야 할 일을 깨달았다. 아르세니는 말없이 그것들을 난로 속에 던졌다. 이것은 자연스러운 행위였고, 그는 자신이 해야 할 일을 했다. 하지만 이것은 돌이킬 수 없는 결과를 초래할 터였다. 언젠가 흐리스토포르 할아버지가 해주신 옛날이야기처럼 말이다. 불길이 낡은 옷가지를 삼키는 모습을 지켜보면서 아르세니는 이제 우스티나는 앞으로 자신의 셔츠만 입고 다닐 것이라는 생각을 했다. 또, 그녀가 실은 그와 나이가 같을지도 모른다는 생각도 했다.

그는 우스티나에게 빵과 크바스*를 줬고, 한 손에 그녀 입술의 감촉을 느꼈다.

"지금은 이것밖에는 줄 게 없네요." 아르세니가 한 손을 급히 빼면서 말했다.

그는 조금 더 말을 하고 싶었지만 목소리가 말을 듣지 않는다는 것을 느꼈다.

미리 끓여놓지 않았기 때문에 먹을 수 있는 수프도 없었다. 흐리스토포르* 할아버지한테 간단한 음식 만드는 법을 배우긴 했지만, 할아버지가 돌아가신 후에는 음식을 만들어 먹는 것이 더는 의미가 없어 보였다. 우스티나는 애써 천천히 먹으려고 했지만 뜻대로 되지 않았다. 그녀는 빵 껍질에서 작은 조각을 떼어다가 천천히 입속에 넣었다. 그리고 거의 씹지도 않고 삼켰다. 아르세니는 그런 우스티나의 모습을 관찰하는 동안 그녀가 그의 손에 입맞춤을 하는 것 같은 기분이 들었다.

그는 자루에서 도정된 귀리를 조금 꺼냈다. 거기에 물을 붓고 난롯불 속에 넣어서 물에 붇기를 기다렸다. 저녁으로 우스티나에게 죽을 만들어줄 생각이었다.

"우리 마을 사람들은 전부 다 죽었어요." 우스티나가 말했다. "저만 살아남았죠. 나도 죽을까 봐 두려워요. 당신은 죽음이 두렵지 않나요?"

아르세니는 대답하지 않았다.

그러자 우스티나는 갑자기 강한 힘을 가진 목소리로 고음을 내며 노래를 부르기 시작했다.

---

\* 호밀을 발효시켜 만든 러시아 전통 음료이자 주류.

영혼이 죄 없는 육체에서 빠져나가는구나,

죄 없는 내 육체여, 나를 용서하려무나(그리고 그녀는 숨을 들이마셨다).

육체여, 너는 축축한 땅으로 가서,

축축한 땅에 네 몸을 맡기려무나(그녀 목의 핏줄이 부풀어 올랐다),

피에 굶주린 지렁이의 먹이가 되도록.


노래를 부른 후에 우스티나는 말없이 그의 얼굴을 차분하게 바라봤다. 마치 노래를 부른 적이 없다는 듯이 시치미를 떼면서 말이다. 그에게서 시선을 거두지도 않았다. 감은 머리는 말라가고 있었고, 아직 땋지 않은 머리카락이 풍성하게 반짝거렸다. "당신의 머리카락은 길르앗으로부터 올라온 염소 떼와 같아요. 오래전에는 머리카락을 드러내놓고 다니지 않았기 때문에 지금보다 머리카락에 신경을 더 많이 썼어요. 머리카락은 거의 은밀한 부분에 가까웠죠."

아르세니는 우스티나의 눈을 빤히 쳐다봤다. 그는 그들이 서로의 시선을 견디는 것을 힘들어하지 않는다는 것을 깨닫고 놀랐다. 그들 사이를 연결하는 실이 불편한 감정 그 위에 있다는 것도 놀라웠다. 그는 그녀의 빛나는 빨간 머리를 감상했다. 그녀가 숨을 들이마시고 내쉴 때마다 십자가가 매달린 리넨 줄이 걸쳐진 쇄골이 올라갔다가 내려가는 모습을 보는 것도 좋았다. 이 목걸이가 우스티나의 물건 중에 유일하게 남은 물건이었다.

저녁에 그들은 아르세니가 아마기름을 섞어서 맛을 낸 죽을 함께 먹었다. 두 사람은 불 앞에서 도자기 그릇을 무릎 위에 올려놓고 앉았다. 아르세니는 흐리스토포르 할아버지가 돌아가신 후엔 이렇게 앉아본 적이 없었다. 그는 불길과 같은 색을 띤 그녀의 머리카락에 불빛이 일렁이는 모습을 조용히 관찰했다. 이젠 머리를 한 갈래로 땋아서 아까와는 전혀 다른 모습을 띠고 있었다. (흐리스토포르가 만든) 나무 숟가락을 입에 가져가면서 우스티나는 우스꽝스럽게 입술을 앞으로 내밀었다. 흡사 입맞춤을 하려는 것 같았다. 마치 흐리스토포르에게 입맞춤을 하려는 듯했다. 아르세니는 이 숟가락이 어떻게 만들어졌는지 알았는데, 그때도 겨울이었고, 장소도 지금처럼 난로 앞이었다. 잠시 후에 그가 우스티나의 얼굴을 봤을 때 그녀는 잠들어 있었다.

그는 그녀의 손에서 그릇과 숟가락을 조심스럽게 빼냈다. 우스티나는 깨지 않았다. 마치 꿈속에서도 그녀에게만 보이는 힘겨운 길을 가는 듯이 긴장의 끈을 놓지 않고 잠들기 전과 같은 자세로 흐트러짐 없이 앉아 있었다. 아르세니는 긴 의자에 우스티나의 잠자리를 준비했다. 그는 그녀를 깨우지 않으려고 천천히 의자에서 안아 들었고 그녀가 굉장히 가벼워서 놀랐다. 그녀의 머리가 뒤로 젖혀져서 아르세니의 팔에 얹혔다. 머리를 받치기 위해 팔을 안으로 굽혔다. 우스티나의 투명한 피부 밑 관자놀이에 있는 정맥이 보였다. 입술에서는 향기가 났다. 입술은 새빨간 실오리.* 그는 한쪽 볼을 그녀의 이마에 갖다 댔다. 그리고 조심해서 긴 의자에 눕히곤

---

* 아가서 4장 3절.

가죽옷으로 덮어줬다.

　아르세니는 머리맡에 앉아서 우스티나를 바라봤다. 처음에는 팔짱을 끼었고, 잠시 후에는 손바닥으로 턱을 괴고 자는 모습을 지켜봤다. 가끔 우스티나의 얼굴에 가벼운 경련이 일었다. 이따금 자면서 소리를 지르기도 했다. 아르세니가 그녀의 얼굴을 손바닥으로 쓰다듬자 진정했다.

　"자요, 자, 우스티나." 아르세니가 속삭였다.

　그래도 우스티나는 잠에서 깨지 않았다. 그녀 밑에 깔려 있는 천 조각이 구겨졌다. 그녀의 한쪽 볼이 나무 의자에 닿았다. 아르세니는 천 조각의 주름을 펴기 위해 그녀의 고개를 조심스럽게 살짝 들었다. 여전히 잠이 든 채로 우스티나는 아르세니의 손바닥을 잡고 자신의 볼 밑에 넣었다. 그러자 그는 허리를 구부리고 오른팔을 왼팔로 받쳐야 했다. 몇 분이 지나자 등과 팔에 통증을 느꼈지만 그렇게 있는 것이 싫지 않았다. 그는 자신이 그렇게 희생함으로써 우스티나의 마음의 짐을 조금이나마 덜어준 것 같다는 생각이 들었다. 그 역시 어느새 졸기 시작했다.

　그는 속눈썹이 움직이면서 손바닥을 간지럽히는 바람에 잠에서 깼다. 우스티나가 눈을 뜬 채로 누워 있었다. 그녀의 눈에 난로 모서리가 희미하게 투영되었다. 아르세니의 손바닥은 그녀가 흘린 눈물로 인해 축축했다. 그는 우스티나의 눈꺼풀에 입 맞췄고, 그러자 짠맛이 느껴졌다. 우스티나가 그가 앉을 자리를 만들어주려고 옆으로 비켜 앉았다.

　"캄캄한 데 혼자 있으면 무서워서요."

그가 긴 의자 끝부분 그녀 옆자리에 앉자 그녀가 그의 무릎에 머리를 대고 누웠다.

"내가 잠들 때까지 같이 있어주세요, 아르세니."

그녀가 말을 할 때 그의 옷에 그녀의 따뜻한 입김이 느껴졌다.

"당신이 잠들 때까지 곁에 있을게요."

"나한텐 이제 당신밖에 없어요. 당신을 꼭 끌어안고 놓아주기 싫어요."

"나 역시 당신을 안고 싶어요. 나 역시 혼자 있는 것이 너무 무서워요."

"그럼 내 옆에 누워요."

그래서 그는 누웠다. 그들은 끌어안은 채로 오랫동안 함께 누워 있었다. 얼마나 시간이 흘렀을까. 그는 온몸에 땀이 났고, 몸이 약하게 떨렸다. 그의 땀이 그녀의 땀과 섞였다. 그런 후에 그의 몸이 그녀의 몸 안으로 들어갔다. 다음 날 아침 그들은 캔버스 천이 붉게 물든 것을 발견했다.


П


이제 사랑과 두려움으로 가득 찬 아르세니의 새로운 삶이 시작되었다. 한편으로는 우스티나를 사랑하면서도 한편으로는 그녀가 갑자기 그의 삶에 등장한 것처럼 예고도 없이 사라질까 봐 두려웠다. 그는 자신이 허리케인, 번개, 화재 혹은 불순한 시선 중에 구체적으로 무엇을 두려워하는지 알지 못했다. 어쩌면 이 모두가 두려운지도 몰랐다. 그에게 우스티나는 사랑 그 자체였다. 우스티나가 사랑이었고, 사랑이 우스티나였다. 그는 그녀가 마치 어두운 숲속에 있는 양초라도 되는 양 안고 다녔다. 그는 밤에 주로 이동하는 탐욕스러운 수천 마리의 동물들이 이 불빛을 보고 날아와서 날개로 이 불꽃을 꺼버리지는 않을까 두려웠다.

그는 몇 시간이고 같은 자세로 우스티나를 예술 작품 보듯 감상하곤 했다. 그녀의 손을 잡고 천천히 팔을 들어 올리면서 보일 듯 말 듯 한 금빛 솜털을 입술로 느끼곤 했다. 또, 그녀의 무릎을 베고 누워 목과 턱 사이의 비현실적인 선을 손가락 끝으로 쓰다듬었다. 속눈썹을 혀로 핥아보기도 했다. 그녀가 머리에 쓴 숄을 조심스럽게 벗기곤 머리카락을 풀어 헤쳤다. 그러곤 머리를 땋아줬다. 다시 머리를 풀어 헤치고 머리카락을 천천히 빗으로 빗어줬다. 머리카락이 호수이고 빗이 작은 돛단배라고 상상하면서 말이다. 황금빛 호수를 따라 미끄러져 내려가면서 그는 그 빗 속에 있는 자기 자신을 발견하곤 했다. 그는 가라앉는 듯한 기분이 들었지만 가장 두려운 것은 자신이 구조되는 것이었다.

그는 아무한테도 우스티나를 소개해주지 않았다. 밖에서 문 두드리는 소리가 들리면 그는 우스티나에게 흐리스토포르가 입던 겉옷을 던져주고 옆방으로 보냈다. 그러고도 마음이 놓이지 않아 의자에 우스티나의 존재를 들킬 만한 물건이 없는지 확인했다. 하지만 그런 물건은 없었다. 흐리스토포르와 아르세니가 함께 살던 집에는 여성이 쓰는 물건은 하나도 없었기 때문이다. 우스티나가 있는 방의 문이 굳게 닫힌 것을 확인하고 현관문을 열곤 했다.

우스티나가 조용히 옆방에 앉아 있는 동안 아르세니는 환자들을 진료했다. 진료 시간은 전보다 짧아졌고, 환자들도 눈치챘다. 이제 아르세니는 환자들과 대화를 나누지 않았다. 불필요한 말은 한마디도 하지 않고 환부를 손으로 만지면서 진찰했다. 그리고 환자들이 말해주는 증상을 경청하고 처방전을 써주었다. 환자들은 형편껏 진료비를 냈다. 치료와 관련해서 할 말을 모두 하고 나면 아르세니는 뭔가를 기다리듯이 환자를 쳐다봤다. 그러면 환자들은 이것을 의사의 인기가 올라간 것과 연관시키며 그를 전보다 더 많이 존경하는 것이었다.

우스티나의 존재에 대해 아는 사람은 없었다. 그녀가 집 밖을 나가는 일도 거의 없었고, 유리 대신 황소 오줌보를 팽팽하게 씌워서 만든 작은 창문으로는 아무것도 보이지 않았다. 솔직히 집 안에서도 창밖 풍경이 전혀 보이지 않기는 마찬가지였다. 따라서 밖에서 누군가가 아르세니의 집 창문으로 내부를 들여다보려고 하더라도 소득은 많지 않았을 것이다. 다행히 창문으로 집 안을 들여다보는 사람은 없었다.

한번은 아르세니가 발기부전 환자를 치료하고 있을 때 옆방에 있던 우스티나가 재채기를 했다. 옆방이 추웠기 때문에 재채기를 한 것인데, 큰 소리는 아니더라도 누가 들어도 그건 재채기 소리가 분명했다. 환자는 질문하고 싶은 표정을 지으면서 아르세니를 쳐다보곤 방금 그 소리가 무슨 소리냐고 물어봤다. 아르세니는 대답 대신 자기도 모르겠다는 표정을 지을 뿐이었다. 그러곤 지금 치료에 집중하지 않으면 절대로 병을 치료할 길이 없을 것이라고 말했다.

아르세니는 '절대로'라는 단어를 강조하며 당근을 더 많이 먹으라고 조언했다.

환자를 배웅하면서 아르세니는 일부러 큰 소리를 내면서 걸었지만 다행히 우스티나는 더는 재채기를 하지 않았다. 그녀가 방에 들어오자 아르세니는 다음번에도 재채기가 나올 것 같으면, 가죽이 소리가 밖으로 새어 나가는 것을 어느 정도 막아주니, 털옷 안쪽에 대고 재채기를 해달라고 부탁했다.

"보통은 그렇게 해요. 그런데 이번에는 옷으로 가릴 틈도 없이 재채기가 나와서 그러지 못했어요." 우스티나가 말했다.

아르세니는 전과 달리 환자들을 대할 때 집중력이 조금 떨어졌다. 손과 눈으로는 환자들을 진료했지만, 생각이 다른 데 가 있다는 것이 점점 더 티가 났다. 만약 환자들이 우스티나의 존재를 알았다면 그들은 그의 생각이 옆방에 가 있다고 생각했을 것이다. 하지만 그들이 생각할 수 없는 것도 있었다.

아르세니는 우스티나에 대해 생각만 하고 있던 것은 아니었다. 그는 조금씩 그와 우스티나로 구성된 완전하고 특별한 세계에 빠져들고 있었다. 이 세계에서 그는 우스티나의 아버지이자 아들이었다. 친구이자 형제였고, 무엇보다도 남편이었다. 그의 이 모든 역할 덕분에 우스티나도 더는 외롭지 않았다. 그래서 그는 이 역할들을 자처했다. 그 자신의 외로움은 우스티나가 채워줄 것이다. 이렇게 해서 그들은 서로를 위한 모든 것이 되었고, 그들이 속한 세계의 원은 닫혔다. 이 원이 완전했기 때문에 아르세니의 마음에는 다른 무언가가 자리 잡을 틈이 없어졌다. 그들 두 사람이 만나서 하나의 완전체를 이루었고, 아르세니는 둘 사이에 무언가가 들어오는 것은 불필요한 것으로 그치지 않고 용납할 수 없는 것으로까지 여겼다. 그들에게 그 무엇도 강요하지 않는 대상이 잠시 그들 사이에 들어온다 하더라도 말이다.

두 사람이 다른 사람들과 철저하게 단절된 생활을 했지만 우스티나가 이로 인해 힘들어하지 않았기 때문에 아르세니는 자신들의 연합이 완전하다고 여겼다. 그는 그녀 역시 그와 동일하게 그들 삶의 원인과 의미를 강렬하게 받아들이고 있다고 생각했다. 만약 그렇지 않다고 하더라도 끊임없이 이 방에서 저 방으로 왔다 갔다 하면서도 늘 그와 함께 있는 것을 커다란 복으로 여긴다고 생각했다.

매일 저녁 그들은 책을 읽었다. 불을 붙여놓은 홰를 갈기 위해 자주 자리에서 일어나는 번거로움을 덜고자 등잔을 이용해 방을 밝혔다. 등잔불이 밝지는 않았지만 방을 고르게 비췄다. 우스티나는 글을 몰랐기 때문에 아르세니가 책을 읽어주었다.

아르세니 덕분에 그녀는 처음으로 안티폰*이 알렉산드로스 대왕에게 예언한 일을 알게 되었다.

안티폰은 "온 세상의 주인이 뼈로 만든 하늘 아래 철로 만든 땅 위에서 죽으리라"라고 말했다. 알렉산드로스는 구리가 섞인 땅을 밟게 되었을 때 두려움에 휩싸였다. 이 공포는 어스름 속에 있던 우스티나의 눈에도 희미하게 나타났다 사라졌다. 알렉산드로스 대

---

* 고대 그리스의 소피스트.

왕은 병사들에게 땅의 성분을 분석하라 명하였다. 그들은 그 즉시 땅의 성분을 연구했고, 그 땅이 철은 하나도 없고 구리로만 구성되었다는 것을 알아냈다. 그 말을 들은 알렉산드로스 대왕은 철보다 더 마음을 단단하게 먹고 앞으로 계속 전진하라고 명했다. 그래서 그들은 구리로 이루어진 땅을 따라 걸었고, 그 땅 위를 걷는 말발굽 소리가 천둥처럼 느껴졌는데……

우스티나가 아르세니의 어깨를 부드럽게 치면서 물었다.

"당신은 당신이 읽고 있는 것을 이해하나요, 아니면 책장만 넘기는 건가요?"

우스티나는 그의 품에 더 깊이 파고들고는 두 손으로 자신의 무릎을 감싸 안았다. 그러곤 천천히 책을 읽어달라고 부탁했다. 그는 고개를 끄덕였지만 자기도 모르게 또다시 빠른 속도로 읽기 시작했다. 매일 저녁 그들은 5페이지씩 읽었고, 시간이 지날수록 아르세니가 점점 더 빨리 읽어서 우스티나는 무슨 연유로 그가 그렇게 서두르는지 계속 물었다. 그는 대답 대신 자신의 한쪽 볼을 그녀의 볼에 대고 꼭 눌렀다. 사실 그는 저녁만 되면 자신보다 우스티나의 관심을 더 많이 받는 알렉산드로스 대왕에게 질투를 느끼고 있었다.

가끔은 켄타우로스에 대한 책도 읽었다. 켄타우로스는 다른 사람들로부터 아내를 숨기기 위해 한쪽 귀에 아내를 넣고 다녔다. 아르세니 역시 할 수만 있다면 우스티나를 귓속에 넣고 다니고픈 심정이었다.

# АI

3월 말에 우스티나가 말했다.

"경수가 끊어진 걸 보니 수태한 것 같아요."

그녀는 두 손으로 긴 나무 의자를 짚고 몸을 살짝 구부린 채로 아르세니 옆을 보면서 말했다. 그때 아르세니는 난로 속에 장작을 던지고 있었다. 그는 우스티나 쪽으로 한 걸음 앞으로 다가와서 앉아 있는 그녀 앞에 무릎을 꿇었다. 한 손으로는 여전히 장작을 꼭 쥐고 있었다. 잠시 후에 장작이 그의 손에서 떨어졌고 요란한 소리를 내면서 바닥을 굴렀다. 아르세니가 우스티나의 붉은색 셔츠에 얼굴을 파묻었다. 뒤통수에서 다정하고 조심스러운 그녀의 손길이 느껴졌다. 그는 우스티나를 안아서 조심스럽게 의자에 눕혔고, 그녀의 셔츠가 천천히 주름이 지면서 올라가기 시작했다. 배가 보이자 그는 배에 입술을 갖다 댔다. 우스티나의 배는 골짜기처럼 납작했고, 피부는 탄력이 있었다. 흔들리는 갈비뼈가 배를 지탱하고 있었다. 달라진 것은 전혀 없었다. 아무리 봐도 그 안에 있는 누군가가 이 경계를 허물려고 한다는 것을 알 수 없었다. 아르세니는 배의 아래쪽으로 입을 맞추며 내려오면서 우스티나의 임신만이 그의 한량없는 사랑을 표현할 수 있으며 우스티나라는 토양에 싹을 틔운 것은 다름 아닌 자신이라는 사실을 깨달았다. 그는 이제부터 자신이 우스티나 안에 늘 존재한다는 사실로 인해 행복감을 느꼈다. 이제 그는 그녀의 일부가 된 것이었다.

아르세니는 이제 우르티나가 전보다 그를 더 많이 의지하게 되리라는 것을 깨달았다. 그래서인지 그녀를 잃을지도 모른다는 불안감이 줄어들고 반대로 전보다 그녀를 더 다정하게 대했다. 아르세니는 우스티나가 전보다 더 많이 먹는 것을 보면서 사랑스러워했다. 그녀 스스로도 자신의 식탐이 우습게 여겨졌다. 그녀가 웃자 빵가루가 사방으로 튀었다. 아르세니는 우스티나의 얼굴이 창백해지거나 걱정하는 표정을 짓는 것을 보면 사랑스러움을 느꼈다. 그럴 때면 육두구기름을 꺼내다가 숟가락으로 떠서 주곤 했다. 그는 우스티나가 입술로 숟가락을 스치는 모습을 지켜보다가 천천히 자기 쪽으로 숟가락을 가져갔다. 또 그는 임신한 후로 완전히 달라진 그녀의 눈을 감상하는 것이 좋았다. 그녀의 눈 속에는 무언가 축축하고 연약한 것이 생겼다. 송아지의 눈을 연상시키는 눈이었다.

이따금 눈에서는 슬픔이 새어 나왔다. 물론 아르세니와 단둘이 지내면서 그녀는 행복했다. 하지만 날을 거듭할수록 더 또렷해지는 무언가가 있었다. 아르세니가 그녀에겐 전 세계와 다름없다 하더라도 온 세상을 대신할 수는 없었다. 사회와 단절되었다는 생각을 하면 우스티나는 불안했다. 아르세니도 모르는 바는 아니었다.

한번은 우스티나가 여자 옷을 사줄 수 있는지 물었다. 아르세니의 집에 머무는 동안 그녀는 늘 그의 옷을 입고 있었다.

"내 옷을 입는 것이 불쾌하오?" 아르세니가 물었다.

"그렇지 않아요, 당신 옷을 입고 있는 것은 굉장히 좋아요. 다만 내 옷도 입고 싶을 뿐이에요. 여자 옷 말이에요……."

아르세니는 생각해보겠다고 약속했다. 그는 정말로 이 일에 대해 여러 번 생각했지만 결론에 도달하지 못했다. 그가 우스티나의 존재를 숨기면서 여자 옷을 살 수 있는 방법은 없어 보였다. 그렇다고 그가 신뢰할 수 있는 사람이 있는 것도 아니었다. 마을에 우스티나를 혼자 보내는 것은 있을 수도 없는 일었다. 첫째, 마을 사람들이 그녀가 어디에서 왔는지 알아내는 건 일도 아닐 것이며, 둘째……. 아르세니는 큰 소리로 한숨을 내쉬며 목에 뭔가 걸리는 것 같은 기분이 들었다. 우스티나와 반나절이라도 떨어져 있는 것은 상상할 수도 없었다.

얼마간 시간이 흐른 후에 그녀는 다시 한번 자신의 부탁에 대해 아르세니에게 말했지만, 확답을 듣지 못했다. 몇 주가 더 지나자 우스티나의 배가 너무 많이 불러서 맞는 옷을 찾는 것이 힘들어졌기 때문에 옷을 사는 건 의미가 없어 보였다. 그녀는 아르세니의 옷을 수선해서 입었다.

사실 그는 옷보다 영성체에 못 가는 것이 훨씬 더 신경 쓰였다. 하지만 영성체에 참례해서 주님의 살과 피를 상징하는 빵과 포도주를 먹고 마시기 위해서는 고백성사를 해야 했기 때문에 교회에 가는 것이 두려웠다. 고백성사에는 우스티나에 대한 이야기가 들어갈 터였다. 게다가 고백성사 이후에 그가 어떤 답변을 듣게 될지 알지 못했다. 결혼식을 치르라고 할 것인가? 교회식으로 결혼을 할 수만 있다면 행복할 것이다. 하지만 그녀를 버리라고 한다면? 혹은 서로 잠시라도 떨어져서 지내라고 한다면? 그는 지금껏 이와 같은 일을 겪은 적이 없기 때문에 이로 인해 어떤 말을 듣게 될지 몰랐다.

사제의 명령에 복종하지 않을 것이 두려워 아르세니는 교회에 가지도 않았고 고백성사도 하지 않았다. 우스티나 역시 교회에 가지 못했다.

한번은 그녀가 질문했다.

"나를 아내로 맞아주시겠어요?"

"당신은 내가 내 생명보다 귀히 여기는 내 아내요."

"난 하느님과 사람들 앞에서 당신의 아내가 되고 싶어요, 아르세니."

"조금만 참아요, 내 사랑." 이 말을 하면서 그는 그녀의 쇄골 위 움푹 팬 곳에 입 맞췄다. "당신은 하느님과 사람들 앞에서 내 아내가 될 거요. 조금만 참아줘요, 내 사랑."

그들은 거의 매일 숲에 갔다. 하지만 이것은 절대 쉬운 일이 아니었는데, 그곳에는 여전히 눈이 많이 쌓여 있었기 때문이다. 무릎까지 다리가 빠졌지만 그들은 아랑곳하지 않고 걷고 또 걸었다. 아르세니는 우스티나가 신선한 공기를 마셔야 한다는 것을 알고 있었다. 게다가 쉽지 않은 산책이지만 집에 있는 것보다는 나았다. 흐리스토포르의 부츠를 신으면서 종종 우스티나의 발이 까졌다. 천으로 발을 여러 겹 칭칭 감아도 상황은 나아지지 않았다. 당시 사람들은 부드러운 가죽으로 부츠를 만들었지만 오른발과 왼발의 크기가 다른 것을 감안하지 않았기 때문이었다. 게다가 우스티나는 흐리스토포르보다 발이 훨씬 작았다.

우스티나는 아르세니의 뒤에 바짝 붙어서 따라갔다. 매일 아침 그들은 똑같은 길을 따라 걸었지만 매번 처음 같았는데, 하루만 지나도 길에 눈이 많이 쌓였기 때문이었다. 폭설이 없었다 하더라도 바람 때문에 눈이 쌓였다. 묘지와 숲 사이에 있는 공터에는 항상 강한 바람이 불었다.

그들이 숲에 들어가면 바람이 잦아들곤 했다. 이따금 그곳에서 자신들이 낸 발자국을 발견하곤 했다. 이 발자국들 위로 눈이 내리고 가끔 짐승이나 새의 발자국이 찍혀 있기도 했지만, 그 밑으로 그들의 발자국이 보이긴 했다. '완전히 사라진 건 아니군.' 아르세니가 생각했다.

숲을 향해 걸어갈 때와 달리 숲속에 들어가면 그렇게 춥지 않았다. 심지어 따뜻하게 여겨졌다. 우스티나는 여러 날 동안 나뭇가지 위에 쌓인 눈을 보면서 모피 같다고 생각했다. 그녀는 나뭇가지에 쌓인 눈을 털어내는 것을 좋아했고, 눈이 그녀와 아르세니의 어깨 위에 쌓이는 것을 감상하곤 했다.

"이런 모피 코트 사줄 거죠?" 우스티나가 물었다.

"물론이지. 꼭 사주리다." 아르세니가 대답했다.

그 역시 그런 모피 코트를 무척 사주고 싶었다.

4월 중순이 되자 눈이 녹기 시작하면서 푸석푸석해지고 듬성듬성해졌다. 게다가 이제 막 내리기 시작한 비로 구멍이 숭숭 뚫렸다. 우스티나는 이제 모피 코트는 원치 않았다. 그녀는 발밑을 자세히 살펴보면서 눈이 녹은 작은 언덕에서 언덕으로 발을 옮겼다. 눈 녹은 자리에는 작년에 떨어진 낙엽들, 색이 바랜 천 조각들과 병과 같은, 숲속에 버려진 온갖 종류의 쓰레기가 그 모습을 드러냈다. 햇볕이 닿는 공터에는 풀이 싹을 틔웠지만, 깊은 숲속에는 아직 눈이 많이 쌓여 있었다. 그곳은 추웠다. 결국 그곳의 눈도 녹았지만, 눈이 녹아서 생긴 웅덩이는 한여름까지 남아 있었다.

5월이 되자 우스티나는 부츠를 벗고 아르세니가 만들어준 랍티[*]를 신고 다녔다. 우스티나는 랍티가 마음에 들었는데, 그녀의 발에 맞게 만들어졌고, 무엇보다도 아르세니가 만들어준 것이었기 때문이다. 아르세니는 그녀가 허리를 굽히지 못하게 하고 조심스럽게 랍티의 끈을 묶어줬는데, 그것 역시 마음에 들었다. 신발은 가벼운 대신 물이 잘 스며들었다. 가끔 우스티나는 발이 다 젖은 채로 집에 돌아왔지만 절대로 부츠를 다시 신고 싶지는 않았다.

"앞으로 좀 더 조심해서 다닐게요." 그녀가 아르세니에게 말했다.

그들의 산책은 이제 훨씬 더 길어졌다. 이제 가장 가까운 숲뿐만 아니라 언젠가 흐리스토포르가 아르세니를 데리고 갔던 인적이 드문 숲에도 갔다. 그곳에 가면 아르세니는 마음이 더 편안해졌다. 집 근처에 있는 숲에선 사람들을 볼 때가 있었고, 멀리서라도 그들을 보게 되면 서둘러 몸을 숨겼다. 하지만 집에서 멀리 떨어진 곳에 가면 아무와도 마주치지 않았다.

"길 잃을 일이 걱정되지는 않나요?" 우스티나가 아르세니에게 물었다.

"어렸을 때부터 이 마을을 아니, 염려하지 마시오."

아르세니는 이렇게 멀리 나올 땐 먹고 마실 것을 자루에 넣어서 가져왔다. 양가죽도 넣어 왔는데, 아르세니는 우스티나가 지치지 않는지 살피며 산책 도중 오랫동안 쉴 때 그 양가죽을 바닥에 깔고 앉았다. 산책을 하면서 약초도 캤다. 아르세니는 우스티나에게 식

---

[*]　옛날 러시아 시골에서 신던 신발. 자작나무 껍질 등으로 만든다.

물들의 특성들을 설명해주었고, 그녀는 그의 해박한 지식에 놀라곤 했다. 그 외에도 그는 인체의 구조와 동물들의 습성, 행성들의 공전, 역사적인 사건들과 숫자들의 상징에 대해 이야기해주었다. 이럴 때 그는 자신이 그녀의 아버지가 된 것 같은 기분이 들었다. 혹은 그에게 이토록 해박한 지식을 전수해준 할아버지가 된 것 같기도 했다. 아르세니가 생각했을 때 빨간 머리 아가씨는 그의 손에 들린 점토 같아서 자신이 그 점토로 아내를 빚어낸 것 같았다.

## ㅌ

사실 우스티나의 존재에 대해 아는 사람이 전혀 없는 것은 아니었다. 먼발치이긴 하나 사람들은 숲에 있는 두 사람을 여러 번 목격했다. 우스티나를 아는 사람은 없었지만, 아르세니는 멀리서도 어렵지 않게 알아볼 수 있었다. 아르세니의 집에 오면 벽 뒤에서 우스티나가 내는 소리가 들렸는데 누구든 늘 한결같이 아무 소리도 내지 않을 수는 없기 때문이다. 많은 사람들이 아르세니의 집에 또 다른 누군가가 살고 있으리라는 추측을 하긴 했지만, 그가 이러한 사실을 숨기고 있었기에 아무도 그에게 묻지 않았다. 아르세니는 그들의 의사였고, 그들은 의사의 심기를 불편하게 할까 봐 늘 노심초사했기 때문이다. 아르세니 역시 그들이 의심하는 부분에 대해 짐작하는 듯했다. 사람들이 추측하는 사실을 긍정도 부정도 하지 않았다. 사람들이 이 일에 대해 묻지 않는 것만으로도 다행이라 여겼다. 아르세니는 그 누구도 그가 속한 세계를 침범하지 않는 것으로 만족했다. 우스티나와 그만 존재하는 세계 말이다.

초여름 무렵에는 오랫동안 산책을 하면 우스티나가 힘들어했고, 그들은 전보다 더 자주 집 근처에 앉아 있곤 했다. 한번은 농가를 수리하고 나자 통나무와 나무판자가 몇 개씩 남았고, 그러자 아르세니는 마당에 그늘막을 만들기로 마음먹었다. 판자를 하나씩 붙이면서 아르세니는 대략 1년 전쯤 이런 유의 일을 흐리스토포르 할아버지가 하면서 심부름시키던 일이 떠올랐고 마음이 아팠다. 아르세니는 할아버지 목소리로 우스티나에게 특정 공구를 갖다달라고 부탁했지만, 할아버지 목소리처럼 되지는 않았다. 판자를 붙이는 일 역시 할아버지만 못했다. 흐리스토포르 할아버지가 살아계셨다면 그의 이런 모습을 보고 무슨 말씀을 하셨을까? 우스티나에 대해서는 또 무슨 말씀을 하셨을까?

그늘막은 집 뒤쪽에 설치했기 때문에 길에서는 보이지 않았다. 아르세니가 팽팽하게 잡아당긴 밧줄을 따라 몇 주가 지나자 메꽃이 빽빽하게 자랐다. 지붕은 지푸라기로 덮어서 비가 새지 않았다. 이제 궂은 날에도 밖에 나와 있을 수 있게 되었다. 그들은 밤에 집 밖으로 나와 그늘막 밑에 앉아 있는 것을 가장 좋아했다.

7월의 어느 긴 밤, 우스티나는 아르세니에게 글을 가르쳐달라고 부탁했다. 처음에 그는 이런 부탁을 듣고 놀랐다. 그들이 읽어야 하는 모든 책은 그가 읽어줄 수 있었고, 이것은 그들이 함께하는 삶의 일부였다. 아르세니는 메꽃을 하나 꺾어다가 우스티나의 코끝에 조심스럽게 올려놓았다. 아르세니는 글은 배워서 뭐 하느냐고 묻고 싶었지만, 그러지 않았다. 대신 집 안에 들어가서 시편을 들고 다시 밖으로 나왔다. 그러곤 우스티나 옆에 앉아서 책을 펼쳤다. 빨간색으로 보이는 첫 글자를 검지로 가리켰다. 석양 아래에서 글자가 붉은빛을 띠었기 때문이었다.

이것은 **Б**라는 글자였다. 제일 처음 문장의 첫 단어인 **Блажен***의 첫 글자였다.

"복되어라. 악을 꾸미는 자리에 가지 아니하고 죄인들의 길을 거닐지 아니하며 조소하는 자들과 어울리지 아니하고.****" 우스티나가 천천히 읽었다.

아르세니는 말없이 우스티나의 얼굴을 쳐다봤다. 그러자 그녀는 그의 한쪽 어깨에 고개를 기댔다.

"시편은 대부분 외우고 있어요. 여러 번 듣고 외운 거죠."

글자를 배울 때 이 점이 굉장히 도움이 되었다. 몇 글자를 읽자 우스티나는 문장 전체를 기억해냈고, 덕분에 순식간에 다음 글자들을 알아맞힐 수 있었다. 아르세니는 그녀가 그렇게 빨리 글자를 깨치게 되리라고는 생각지도 못했다.

우스티나는 무엇보다도 글자들에 이름이 있다는 사실이 마음에 들었다. 그녀는 글자들을 작은 소리로 발음했고, 입술도 연신 움직였다. **Аз**(아즈). **Буки**(부키). **Веди**(베지).**** 그녀는 나뭇가지 하

---

\* '복이 있다'라는 뜻.

\*\* 시편 1편 1절.

\*\*\* 고대 슬라브어 글자는 각각 의미를 지니고 있다. 'А(아즈)'는 '나는'을, 'Б(부키)'는 '글자들'을, 'В(베지)'는 '안다'를 뜻하므로, 모두 합하면 '나는 글자들을 안다'가 된다.

나를 꺾어서, 그들이 자주 지나다녀서 평평해진 마당과 숲속 오솔길에 글자들의 이름을 적었다. **Глаголь Добро**(글라골 도브로).[*] 이름들 덕분에 각각의 글자는 독립된 삶을 얻게 되었고, 글자 하나하나가 지닌 의미를 알게 된 우스티나는 그 아름다움에 매료되었다. **Како Людие Мыслете**(카코 류디예 미슬레테).[**] **Рцы Слово Твердо**(르치 슬로보 트베르도).[***]

마지막으로 글자들은 숫자와도 연관이 있었다. 예를 들면 글자 ā의 경우 그 위에 가로로 선을 그릴 경우 숫자 1을 뜻하며, B̄의 경우 숫자 2를, Ḡ의 경우 숫자 3을 뜻한다.

우스티나는 ā 뒤에 바로 B̄가 오는 것을 보고 의아해했다.

"Б̄는 어디에 있는 거죠?"[****]

"숫자를 나타낼 때는 그리스어 알파벳을 따르는데 그리스어에는 그 글자가 없다오."

"그리스어도 알아요?"

"아니." 이 말을 하면서 아르세니는 양 손바닥을 우스티나의 양 볼에 대고 그녀의 코에 자신의 코를 비볐다. "할아버지가 그렇게 말씀하셨다오. 할아버지도 그리스어는 모르셨지만 많은 것들을 본능적으로 느끼셨지."

우스티나를 놀라게 만든 글자들의 특성은 그 의미만큼이나 놀라

---

[*] '선한 말을 하라'라는 뜻.

[**] '당신이 생각하는 대로'라는 뜻.

[***] '확신을 갖고 말하라'라는 뜻.

[****] 고대 러시아어의 알파벳 순서는 а, б, в이기 때문에 질문한 것이다.

운 숫자의 의미로 인해 뇌리에 깊이 자리 잡았다. 아르세니는 덧셈과 뺄셈, 곱셈과 나눗셈을 설명해주었다. 숫자는 그리스도가 태어나신 창조년 ϰⲉⲫ(5500년)처럼 인류 역사에서 가장 중요한 시점을 나타내기도 했다. 또한 적그리스도 x͞ѕ͞ѕ(666)를 뜻하는 무시무시한 숫자를 통해 역사의 종말을 나타내기도 했다.

숫자에겐 숫자만의 하모니가 있어서 세계와 세계 안에 존재하는 모든 것의 전체적인 조화를 반영하고 있었다. 우스티나는 이와 관련된 수많은 정보를 아르세니가 한아름씩 가져다준, 흐리스토포르 할아버지가 남긴 자료를 읽고 알게 되었다. 일주일에는 7일이 있으며, 이것은 삶의 여러 시기를 나타낸다. 월요일을 뜻하는 ā는 아이의 출생을 나타내며, 화요일을 나타내는 B̄는 청년의 날을, 수요일인 r̄는 성년이 된 날을 뜻하며, 목요일인 д̄는 중년의 날을 나타내고, 금요일인 Є̄는 백발이 되는 날을, 토요일인 ꙃ는 노년의 날을 뜻하고, 일요일인 ꙁ는 죽음을 뜻한다.

흐리스토포르는 숫자가 무엇을 상징하는 것에만 관심을 가졌던 것은 아니었다. 우스티나는 그가 남긴 글 중에서 도시 간 거리를 나타내는 자료도 발견했다. 이를테면 모스크바에서 키예프까지는 1500베르스타에 달하며, 모스크바에서 볼가강까지는 с̄м̄* 베르스타에 달하고, 벨로오제로 호수에서 우글리치까지도 с̄м̄ 베르스타에 달한다. 우스티나는 이 부분을 읽으면서 그가 왜 이 모든 것을 적어놨는지 의아해했다. 아르세니는 마음속으로 흐리스토포르는

---

\* 첫 번째 글자는 200을, 두 번째 글자는 40을 나타내므로, 240이다.

물론 모스크바나 키예프, 볼가강 그 어디에도 간 적이 없다고 대답했다. 이 자료에서 할아버지의 관심을 끈 것은 두 번씩이나 등장하는 240베르스타였던 것 같았다. 아르세니는 고인이 된 할아버지는 비록 그 의미를 완벽하게 이해하진 못했어도 이러한 우연의 일치에 특별한 의미를 부여한 것 같다고 생각했다. 아르세니는 또한 중요한 것은 우리가 말하지 않고도 서로를 이해하는 것이라는 생각 역시 마음속으로 대답했다.

<br>

## 51

우스티나는 임신 기간 동안 힘들어했다. 이따금 두통과 현기증을 호소했다. 이런 경우 아르세니는 딜의 기름이나 딸기 달인 물로 관자놀이를 문질러주었다. 우스티나가 말하기 민망하여 아르세니에게 숨기는 것도 있었다. 이를테면 변비 같은 것 말이다. 이것을 알아차린 아르세니는 이제 그들은 한 몸이며 그녀는 그에게 숨기는 것이 아무것도 없어야 한다며 나무랐다. 그는 변비 치료를 위해 엘더베리 관목의 여린 잎사귀를 넣고 달인 물을 주었다. 봄에 둘이 같이 이 잎사귀들을 따서 꿀 속에 넣고 끓였었다.

우스티나는 불면증에도 시달렸다. 아르세니는 숨소리가 들리지 않는 것을 보아 그녀가 한밤중에 깬다는 사실을 알게 되었다. 우스티나가 잠을 자는 동안은 시끄럽지만 규칙적인 숨소리를 냈다. 수면 장애를 고치기 위해 아르세니는 자기 전에 나무 이끼 달인 물을 주었다.

우스티나의 몸은 눈에 띄게 정신의 견고함을 시험하고 있었다. 게다가 우스티나는 늘 속이 쓰렸다. 아이가 자리 잡은 배에서는 통증과 묵직함이 느껴졌다. 커진 배에 캔버스 천으로 만든 아르세니의 셔츠가 닿으면 굉장히 가려웠다. 몸이 무거워지니 발도 부었다. 얼굴선도 변한 것 같았다. 눈에는 잠이 걸려 있었다. 우스티나의 표정에는 전에는 찾아볼 수 없었던 산만함이 등장했다. 아르세니는 이런 변화를 알아차렸고 이런 그녀가 걱정되었다. 생기 잃은 우스티나의 눈동자에서 그는 임신으로 인해 생긴 피로감을 보았다.

임신 후반기에 생긴 증상은 임신 초기에 그녀를 힘들게 했던 증상들을 이겨내는 데에 도움이 되었다. 하지만 얼마간 시간이 지나자 이 역시 더는 새롭지 않았다. 익숙하고 힘든 증상이 되었다. 가을이 오자 북부 지역답게 낮이 짧아졌다. 벨로오제로를 에워싼 어둠으로 인해 우스티나는 우울해졌다. 자연이 생기를 잃어가고 있지만 그녀가 할 수 있는 일은 아무것도 없었다. 나무에서 나뭇잎이 떨어지는 모습을 보면서 우스티나 역시 눈물을 흘렸다.

그녀는 자신의 몸에 생긴 변화를 이제 마치 남의 일인 것처럼 관찰했다. 잔뜩 부풀어 오른 데다 제대로 움직이지도 못하는 몸에서 과거의 날렵하고 유연하고 강한 자신의 모습을 찾아내기가 점점 더 힘들어졌다. 누군가가 그녀를 남의 몸에 집어넣은 것 같은 기분이 들었다.

사실 그것은 알 수 없는 누군가가 아니라 아르세니에 의한 것이었다. 이런 생각이 들자 우스티나는 생각의 바닥을 치고 이 생각으로부터 벗어나려고 애쓰며 또다시 수면 위로 헤엄쳐 갔다. 그러자 그녀를 에워싼 모든 기쁨이 보였다. 그리고 우스티나의 기쁨이 고통보다 더 강렬했다.

그녀는 그녀 안에 있는 식욕이 눈을 뜬 것으로 인해 기뻤는데, 이제 그녀는 혼자가 아니라 아이와 함께 음식을 먹고 있음을 알았기 때문이다. 또한 이따금 젖꼭지에서 나오는 모유로 인해 기뻤다. 아기를 어서 속히 만나고 싶은 열망에 휩싸여 태어날 아기에 대한 상상 속에 잠기게 될 때면 그녀는 이것을 아르세니와 나눴다.

"만약 딸이 태어나면 루키나 마을에서 가장 예쁘게 자랄 테니 공후에게 시집을 가게 될 거예요."

"하지만 루키나 마을에는 공후가 없다오."

"우리 딸을 보러 공후가 오겠지요. 아들이 태어나면, 솔직히 나는 아들이 태어났으면 좋겠는데, 아르세니 당신처럼 금발 머리에 현명하게 컸으면 한답니다."

"한 집에 금발 머리에 현명한 남자가 둘씩이나 필요하오?"

"난 그랬으면 좋겠어요. 나쁠 건 없지 않나요, 여보? 그렇다고 해도 나쁠 건 전혀 없다고 생각해요."

어느 날 아르세니는 손바닥으로 우스티나의 배를 천천히 만지더니 말했다.

"사내아이요."

"오, 하느님, 감사합니다. 정말 무척 기뻐요. 누굴 주시든 기쁘겠지만, 아들이면 특별히 더 기쁠 거예요."

우스티나는 긴 의자에 앉아서 평소처럼 배를 쓰다듬었다. 이따금 배 속에 있는 아이가 움직이는 것이 느껴졌다. 아르세니가 성별을 말해준 후에 그녀는 정말로 사내아이가 태어날 것이라는 확신이 들었다. 이따금 아르세니는 그녀의 배에 귀를 갖다 댔다.

"아이가 뭐랍니까?" 우스티나가 물었다.

"당신보고 조금만 더 참으라는군. 12월 초까지만."

"아이가 그러길 바란다면 그렇게 해야죠. 내 생각엔 이 녀석도 이젠 배 속에 있는 것이 지겨울 것 같지만 말이에요."

"당신이 상상할 수도 없을 만큼 지겨울 거요."

배 속에 있는 아이를 즐겁게 해줄 심산으로 우스티나는 노래를 불렀다.

어머니, 어머니, 성모마리아님,

세상에서 가장 성스러운 마리아여(우스티나는 가슴에 대고 십자성호를 긋고는 배에도 십자성호를 그었다),

어머니, 당신은 어디에서 밤을 보내셨나요?

나는 도시 살렘에서 묵었어요.

하느님이 계신 교회 안에, 제단 앞에서,

잠은 많이 못 잤지만, 많은 것을 보았어요.

마치 내가 그리스도를 낳아서 속싸개로 싸주고

실크 허리띠로 속싸개를 고정한 것 같은

꿈을 꾸었지요.*

---

*  '성모마리아의 꿈'이라는 기도문의 일부.

아르세니는 귀청을 째는 듯한 그녀의 목소리가 집 밖에서도 들릴 것 같다는 생각을 하면서도 아무 말도 하지 않았다. 아기가 좋아할 테니 그대로 둬야겠다고 생각한 것이다.

그녀는 아이 옷도 직접 만들었다.

"아직 아기가 태어나기도 전에 옷을 만드는 건 나쁜 징조예요." 그녀가 말했다.

하지만 그렇게 말하고도 옷은 만들었다. 천은 흐리스토포르가 남긴 것에서 가져다가 썼다.

"고인이 두고 간 물건을 쓰는 것도 좋은 일은 아니지요." 그녀가 말했다.

그녀는 한 땀 한 땀 바느질을 하면서 한숨을 깊이 내쉬었고, 그럴 때마다 커다란 배도 움직였다. 손바느질로 속싸개도 만들고 인형 옷 크기의 바지와 배냇저고리도 만들었다.

인형도 만들었다. 인형 여러 개를 천 조각으로 만들고는 다양한 그림을 그려서 꾸몄다. 지푸라기로도 만들었다. 지푸라기 인형은 전부 똑같이 생겼고 모두 우스티나를 닮아 있었다. 아르세니가 이 말을 하자 그녀는 울음을 터뜨렸다.

"칭찬해줘서 고마워요." 그녀는 고개를 끄덕이면서 말했다. "정말 고마워요."

아르세니는 그녀를 끌어안으면서 말했다.

"바보, 당신을 사랑해서 한 말이잖소. 나처럼 당신을 사랑하는 사람도 없고, 앞으로도 없을 거요. 우리 사랑은 특별하다오."

그는 한쪽 볼을 그녀의 머리카락에 갖다 댔다. 그러자 그녀가 조심스럽게 그의 품에서 벗어나고는 말했다.

"아르세니, 저 영성체에 참례하고 싶어요. 영성체를 하지 않고 아이를 낳으려니 무서워서요."

그는 그녀의 입술에 손바닥을 갖다 대고 말했다.

"영성체는 아이를 낳고 나서 받아도 늦지 않아요, 내 사랑. 지금 그런 몸으로 어떻게 교회에 간단 말이오? 그러니까, 출산 후에 모든 사람들이 보는 앞에서 우리 아들도 보여주고 영성체도 받읍시다. 그러는 편이 마음이 더 편할 거요. 아이는 우리 사랑의 증표이니 사람들에게 설명할 필요도 없을 거고, 그렇게 하면서 새로이 삶을 시작하는 거요, 이해하오?"

"이해했어요. 하지만 무서워요. 아르세니." 우스티나가 대답했다.

그녀는 자주 울었다. 아르세니 몰래 울려고 애썼지만 특히 최근 몇 달 동안 그들은 늘 붙어 있었기 때문에 그가 보지 않을 때에 울기란 힘들었고, 그 역시 그녀가 우는 모습을 보았다.

이제 우스티나는 책을 읽는 것이 점점 더 힘들어졌다. 집중력이 흩어졌다. 앉아 있는 것도 누워 있는 것도 힘들었다. 누울 땐 등을 바닥에 대고 눕지 못하고 옆으로 누워야 했다. 이제 그녀는 아르세니에게 책을 읽어달라고 부탁하는 일이 더 잦았고, 그는 물론 책을 읽어주었다.

"한번은 알렉산드로스 대왕이 늪지대에 온 적이 있었다. 알렉산드로스는 몸이 아팠지만 늪지대에는 누울 곳조차 보이지 않았다. 그에게 낯선 하늘에서 눈이 내렸다. 알렉산드로스는 병사들에게 갑옷을 벗어 바닥에 잘 깔라고 명했다. 그들은 그렇게 해서 늪지대에 그를 위한 잠자리를 마련했다. 그는 바닥에 누워서 괴로워했으며, 그에게 눈이 떨어지지 않도록 병사들은 방패로 그의 몸을 덮었다. 어느 순간 알렉산드로스는 자신이 뼈로 만든 하늘 아래 철로 만든 땅 위에 누워 있다는 사실을 깨달았는데……."

"그만해요." 우스티나는 힘들게 몸을 돌려서 다른 쪽으로 돌아누웠고, 그러자 아르세니와 등을 맞대게 되었다. "오늘 여기에도 눈이 왔는데 왜 하필 왜 이 부분을 읽어주는지……."

"당신한테 읽어줄 다른 책을 찾아보리다, 내 사랑."

그러자 우스티나가 그를 보며 돌아누웠다.

"산파 좀 구해줘요. 곧 필요할 거예요."

"무식한 노파 따위가 왜 필요한 거요? 당신한텐 내가 있잖소." 아르세니는 그녀를 이해할 수 없다는 투로 말했다.

"아이를 받아본 적이 있어요?"

"없소, 하지만 흐리스토포르 할아버지가 나한테 자세히 설명해주셨지. 또 이 모든 것을 소상히 적어두시기도 했고." 아르세니는 바구니를 뒤지더니 거기에서 쪽지 하나를 꺼냈다. "여기 있소."

"쪽지를 보면서 아이를 받는 게 가능할까요?" 우스티나가 물었다. "난 사실 그보다 당신이 나의 그런 모습을 안 봤으면 해요. 싫어요, 아르세니."

"우리가 한 몸이란 사실을 잊었소?"

"물론 한 몸이죠. 그래도 싫어요."

아르세니는 그녀와 논쟁하지 않았다. 하지만 산파를 찾지도 않았다.

11월 27일 날이 저물 무렵에 우스티나의 양수가 터졌다. 그녀는 이것을 잠자리가 젖은 것을 보고서야 알았다. 그녀가 요강 위에 앉아 있는 동안 아르세니가 잠자리에 깔려 있는 캔버스 천을 갈았다. 그는 오한을 느꼈다. 우스티나가 다시 자리에 눕자 그는 집에 있는 등잔 두 개와 홰에 불을 붙였다. 우스티나가 그의 손을 잡고 옆에 앉혔다. "걱정하지 말아요, 여보, 다 잘될 거예요." 아르세니는 그녀의 이마에 입술을 대고 울었다. 그는 이전에 한 번도 겪어본 적이 없는 공포를 느꼈다. 우스티나는 그의 뒤통수를 쓰다듬었다. 한 시간 후에 진통이 시작되었다. 어둑어둑한 실내에서 그녀의 얼굴은 굵은 땀방울로 반짝거렸고, 그는 그런 얼굴이 낯설었다. 익숙한 얼굴 너머에 다른 얼굴이 보였다. 그 얼굴은 추했고 부었으며 비극적인 분위기를 띠고 있었다. 그가 알던 우스티나의 모습은 온데간데없었다. 그가 알던 우스티나는 떠나고 마치 다른 우스티나가 온 것 같았다. 혹은 다른 우스티나가 온 것이 아니라 과거의 우스티나가 떠나고 있는지도 몰랐다. 불완전한 모습으로 변하면서 서서히 완전함을 잃어가고 있었다. 배아기에 조금 더 가까워진 것 같기도 했다. 그녀가 영원히 그의 곁을 떠날 수 있다는 생각을 하자 아르세니는 갑자기 숨을 쉴 수가 없었다. 그는 지금껏 단 한 번도 그녀의 부재에 대해 생각해본 적이 없었다. 이 생각은 예상했던 것보다 훨씬 더 고통스러웠다. 그녀가 그를 아래로 끌어 내렸고, 그는 의자에서 바닥으로 기어 내려왔다. 마치 멀리서 나무에 머리를 부딪히는 듯한 소리를 들은 것 같았다. 그는 우스티나가 힘겹게 의자 위에서 일어나서 그를 향해 허리를 구부리는 모습을 봤다. 그는 전부 봤다. 그는 분명 의식이 있었지만 움직일 수 없었다. 마을에 가서 우스티나에 대해 이야기하는 두려움이 이 생각의 무게에 비하면 얼마나 가벼운지, 이 생각의 무게가 이렇게 무거울지 미리 알았더라면 좋았을 것이다. 아르세니는 천천히 앉아서 말했다. "마을에 빨리 자서 산파를 데리고 오리다, 금방 오리다." "이젠 늦었어요. (이 말을 하면서 우스티나는 여전히 그를 쓰다듬었다.) 이젠 날 혼자 두면 안 돼요. 우리 둘이서 해야 해요. 다만 한 가지 걱정되는 건…… 확신이 없어서 말하고 싶지 않았는데……." 아르세니는 우스티나를 긴 의자에 앉혔다. 그는 그녀의 손에 입맞춤을 퍼부었고, 그녀가 하는 말은 조각조각 나뉘어서 그의 머릿속에서 흩어졌다. 그는 두려웠고, 이 공포가 석연치 않았다. 우스티나가 배를 만지면서 말했다. "어제부터 아이 소리가 들리지 않아요……. 사내아이 말이에요. 움직이지 않는 것 같아요." 아르세니가 한 손을 그녀의 배 쪽으로 뻗어서 조심스럽게 위에서 아래로 만졌다. 아랫배에서 그의 손이 멈췄다. 아르세니는 눈을 깜빡이지 않고 우스티나의 얼굴을 봤다. 배 속에서 더는 태동이 느껴지지 않았다. 그가 수개월 동안 들어왔던 아이의 심장 소리도 더 이상 들리지 않았다. 아이는 죽었다. 아르세니는 그녀가 옆으로 눕는 것을 도와주고는 말했다. "아이는 여전히 움직이고 있으니 걱정 말고 낳으시오." 그는 긴 의자 끝에 앉아서 우스티나의 한 손을 잡고 있었다. 그리고 계속해서 불붙인 홰를 갈았다. 등잔에 기름도 계속 부었다. 한밤중에 우스티나가 몸을 조금 일으키곤 말했다. "아이가 죽었는데 왜 말이 없어요? 벌써 몇 시간째 말을 안 하고 있지 않아요?" "말을 안 한 게 아니오."(내가 말했던가?) 아르세니는 마치 자신과 상관없는 얘기 하듯 말했다. '내가 어찌 침묵할 수 있단 말인가?' 그는 이런 생각을 하면서 흐리스토포르가 쓰던 선반 쪽으로 잰걸음으로 가다가 그만 요강을 엎었다. 그는 뒤돌아서 요강이 천천히 의자 밑으로 굴러가는 모습을 봤다. '내 어찌 침묵할 수 있단 말인가? 그렇다고 말을 할 수도 없는 노릇이다.' 아르세니는 쑥 달인 물을 꺼냈다. "이것을 마셔요." "이게 무엇이죠?" "마셔보면 안다오." 그는 그녀의 머리를 살짝 들어 올리고는 입술에 컵을 갖다 댔다. 이내 방 전체가 울리도록 큰 소리로 액체를 삼키는 소리가 들렸다. "이건 쑥 달인 물이라오. 배출하는 데 도움을 준다오……." "무엇을 배출한단 말인가요?" 우스티나는 사레들려서 기침을 했고, 달인 물이 코에서 흘러내렸다. "쑥 달인 물은 사산아를 몸 밖으로 빼낸다오." 우스티나는 조용히 울었다. 아르세니는 선반에서 작은 상자 하나를 꺼내서는 그 안에 있는 걸 석탄 위로 쏟았다. 그러자 방 안에 고약한 냄새가 훅 끼쳤다. "이건 무엇인가요?" 우스티나가 물었다. "유황이오. 이 냄새를 맡으면 출산을 앞당길 수 있소." 잠시 후에 우스티나는 토했다. 음식을 안 먹은 지 오래된 데다 방금 약초 달인 물을 마셨기 때문이었다. 우스티나는 또다시 누웠다. 아르세니는 다시 그녀를 쓰다듬었다. 그녀는 다시 진통이 시작되는 것을 느꼈다. 강한 통증도 느꼈다. 처음에는 배만 아프더니 통증은 금세 온몸으로 퍼졌다. 그녀는 마치 인근에 있는 모든 마을에 존재하는 통증이 한곳에 모인 후에 몸 안에 들어온 것 같은 기분이 들었다. 우스티나의 죄는 인근 마을의 모든 죄를 능가했고, 언젠가는 그것에 대한 책임을 져야 할 것이기 때문이었다. 우스티나는 소리 지르기 시작했다. 이 비명은 맹수의 포효와도 같았다. 그 소리에 아르세니는 겁을 먹고 그녀의 손목을 단단히 붙잡았다. 비명 소리에 우스티나 스스로도 겁이 났지만, 그녀는 비명을 멈출 수 없었다. 우스티나는 여전히 비명을 지르면서 한쪽 다리를 옆으로 벌렸고, 아르세니는 그 다리를 받쳤다. 다리는 구부러졌다가 펴지기를 반복했고, 마치 움직임이 없는 우스티나와 함께하기 싫은 개별적인 생명체 같았다. 아르세니는 두 손으로 한쪽 다리를 쥐고 있었지만 여전히 역부족이었다. 우스티나는 몸을 반대편으로 심하게 틀었고, 그녀의 넓적다리 안쪽에 똥이 반짝거리는 것이 보였다. 우스티나는 여전히 비명을 지르고 있었다. 아르세니는 아이가 움직이는지 알 수 없었다. 손가락 밑으로 우스티나의 외음부 쪽에 난 털이 닿자 그는 다른 감촉들도 떠올렸고, 신께 우스티나가 겪고 있는 통증의 절반이라도 좋으니 그에게 나눠달라고 기도했다. 의식이 잠시 돌아왔을 때 우스티나는 하느님께 자신이 저지른 죄와 아르세니가 저지른 죄를 자신이 지게 해주신 데 대하여 감사했는데, 그를 향한 그녀의 사랑이 컸기 때문이다. 아르세니는 우스티나의 음부에서 아이의 머리가 나온 걸 보기 전에 먼저 손으로 느꼈다. 손으로 만졌을 때 머리는 엄청나게 컸고, 아르세니는 머리가 밖으로 더 나오지 못하리라는 생각을 하면서 절망에 빠졌다. 머리가 정말로 나오지 못하고 있었다. 아이가 조금씩 밖으로 나오면서 정수리 부분이 보이는가 싶더니 이내 사라졌다. 아르세니가 아이의 머리 밑으로 손가락을 집어넣으려고 했지만 들어가지지 않았다. 심지어 그가 아이의 머리를 꺼내려고 만져서 오히려 머리가 우스티나의 몸 안으로 더 깊숙이 들어간 것 같다는 생각마저 들었다. 그의 몸에서 열이 났다. 몸의 열을 견디기 힘들어서 그는 한 번에 셔츠를 벗어 던졌다. 아이의 머리는 여전히 보이지 않았다. 우스티나의 비명 소리가 더 작아지긴 했지만 더 공포스러웠는데, 긴장이 풀려서 힘이 빠진 것이 아니었기 때문이다. 우스티나는 의식을 잃어가고 있었다. 아르세니는 그녀가 의식을 잃어가는 것을 보고 의식을 붙잡아두기 위해 그녀에게 소리 질렀다. 그가 우스티나의 양쪽 볼을 때려도 그녀의 머리는 힘없이 이쪽저쪽으로 흔들릴 뿐이었다. 아르세니는 그녀의 한쪽 다리를 자신의 한쪽 어깨에 얹고 오른손을 질 입구에 집어넣으려고 시도했다. 손이 들어가진 않았지만 손가락에 아이가 만져졌다. 정수리. 목. 어깨. 머리와 연결된 세 부분. 아이의 몸이 밖으로 나왔다. 무언가가 부러지는 소리가 들렸다. 아르세니는 더는 아이 생각은 하지 않았다. 아이가 어쩌면 아직 살아 있을지도 모른다는 생각도 하지 않았다. 그는 이제 우스티나 생각만 했다. 아이 머리를 잡고 밖으로 *끄집어내면서* 메슥거리는 것을 참았다. 회음부가 찢어진 것을 보았고 우스티나가 엄청나게 큰 소리로 비명을 지르는 것을 들었다. 아르세니의 양손에 아이가 안겨 있었다. 아이는 세상 밖으로 나왔지만 소리 지르지 않았다. 아르세니는 미리 준비한 칼로 탯줄을 잘랐다. 그는 아이를 한 번 때렸다. 아이가 첫 숨을 쉴 수 있게 하기 위해 산파들이 이렇게 한다는 것을 들어서 알고 있었다. 한 번 더 아이를 때렸다. 하지만 아이는 여전히 울지 않았다. 아르세니는 조심스럽게 아이를 속싸개 위에 놓고 우스티나를 보려고 허리를 구부렸다. 진통은 계속되고 있었다. 아르세니는 태반이 나오기 때문임을 알았다. 그는 우스티나의 몸에서 나온 점액질의 핏덩어리를 요강에 넣었다. 잠자리를 덮은 캔버스 천이 온통 피투성이였고 그는 일반적인 출산 때보다 출혈이 심한 것 같다는 생각을 했다. 하지만 그는 출산 시 정상적인 출혈량이 얼마나 되는지 알지 못했다. 다만 출혈이 멈추지 않는다는 것을 눈으로 보고 있을 뿐이었다. 출혈은 자궁에서 시작되었고, 출혈을 멈추게 할 방법을 알 길이 없어서 두려웠다. 그는 손가락으로 진사(辰砂)*를 잘게 부순 것을 집어서 우스티나의 질에 최대한 깊숙이 집어넣었다. 진사 가루가 상처에 난 출혈을 멈춘다고 했던 흐리스토포르의 말이 떠올랐다. 하지만 상처가 보이지 않았고, 정확한 출혈 부위도 알지 못했다. 그래서 출혈은 멈추지 않았다. 피가 점점 더 많이 나와서 우스티나의 잠자리를 적셨다. 우스티나는 눈을 감고 누워 있었고, 아르세니는 그녀가 죽어간다는 것을 직감했다. "우스티나, 죽지 마시오." 아르세니의 목소리가 얼마나 크던지 수도원에 있는 니칸드르 원로도 들었다. 원로는 수도원에 있는 자신의 골방에 서서 기도를 하고 있었다. "이제 소리 질러서 기도하는 건 무의미한 것 같구나." 그는 올해 들어 처음 내린 눈이 문틈으로 들어오고 틈새 바람으로 촛불이 꺼졌지만 달이 찢어진 구름 사이로 모습을 드러

---

* 수은과 같은 결정구조를 가지는 광물.

내서 문틀을 비추는 것을 바라봤다. "그러니 이제부터는 네 생명을 보존해달라고 기도하마, 아르세니야. 앞으로 며칠 동안 다른 기도는 하지 않으마." 그는 방문을 잠그면서 말했다. 농가 안에 잠시 완전한 고요가 자리 잡았고, 이때 우스티나가 눈을 뜨고 말했다. "아르세니, 내가 이토록 캄캄한 가운데 죽게 돼서 안타까워요. 창밖에는 또다시 바람 소리가 들리기 시작했군요." "우스티나, 떠나지 마시오. 나 혼자 어찌 살라고 이러오." 하지만 우스티나의 숨은 끊어졌고, 그녀는 더는 그의 목소리를 듣지 못했다. 그녀는 등을 대고 누워 있었고, 구부러진 한쪽 다리는 힘이 빠져서 한쪽으로 처졌다. 한쪽 팔은 그녀가 누워 있는 긴 의자 밖으로 축 처졌다. 그녀는 캔버스 천 한쪽 귀퉁이를 쥐고 있었다. 얼굴은 아르세니를 향하고 있었지만 감기지 않은 두 눈은 허공을 향하고 있었다. 아르세니는 우스티나가 누워 있는 의자 옆 바닥에 누웠다. 그의 삶은 계속되고 있었지만 이 역시 장담할 수 없었다. 아르세니는 그녀가 죽은 날 밤부터 다음 날 하루 종일 누워 있었다. 이따금 눈을 떴고, 이상한 꿈을 꿨다. 우스티나와 흐리스토포르가 어린 그의 손을 잡고 숲을 지나가는 꿈이었다. 그들이 양쪽에서 그를 살짝 들어 올리자 그는 마치 자신이 나는 것 같은 착각이 들었다. 우스티나와 흐리스토포르는 그가 어떤 기분을 느낄지 알고 있었기에 이런 그를 보고 웃었다. 흐리스토포르는 이따금 약초를 캐려고 허리를 굽혔고, 약초를 따면 캔버스 천 자루에 넣었다. 우스티나는 아무것도 캐지 않았고 흐리스토포르의 행동을 관찰하기 위해 걸음걸이를 늦출 뿐이었다. 우스티나는 남성용 붉은 셔츠를 입고 있었고 그 셔츠는 때가 되면 아르세니에게 전해주려고 마음먹고 있었다. "이 셔츠는 당신에게 돌려줄 테지만 대신 당신 이름을 바꿔야 해요. 이해할 수는 없겠지만 이제부터는 이름을 우스틴으로 바꾸세요. 그렇게 해주겠어요?" 아르세니는 우스티나를 아래에서 위로 쳐다봤다. 우스티나의 진지한 모습이 우스웠지만 자신의 생각을 드러내지 않았다. "그럼, 당연히 그래야지." 흐리스토포르의 가방은 이미 약초로 가득 찼다. 그는 여전히 약초를 캤고, 그가 걸을 때마다 가방 속에 있던 약초가 오솔길 위로 떨어졌다. 오솔길은 가방에서 흘러내린 약초로 온통 뒤덮였다. 하지만 흐리스토포르는 여전히 약초를 캐고 있었다. 얼핏 봤을 때 아무 의미 없어 보이는 이 행위에는 나름의 아름다움과 의미가 있었다. 이것은 이 행위가 필요한지에는 전혀 관심이 없는 자에게서 비롯된 일방적 관대함이었다. 아침이 되자 집 안이 밝아졌지만 아르세니는 잠에서 깨지 않기 위해 가능한 한 모든 방법을 동원했다. 그는 꿈속에서조차 우스티나가 죽은 것을 발견하게 될까 봐 두려웠다. 하지만 우스티나 없이 새날을 맞이하는 것은 견디기가 더 힘들었기 때문에 아침을 맞이하는 것이 너무 끔찍해졌다. 그는 자신이 의식을 잃을 정도로 잠에 빠지게 만들었다. 잠은 아르세니의 혈관을 타고 흘렀고, 심장을 두드렸다. 잠에서 깨는 것이 너무도 두려워서 시간이 흐르면 흐를수록 점점 더 깊은 잠에 빠져들었다. 아르세니가 어찌나 깊이 잠들었는지 그의 영혼이 이따금 몸에서 빠져나가 천장 아래에 걸려 있곤 했다. 누워 있는 아르세니와 우스티나를 본질적으로 높지 않은 곳에서 관찰하면서 그의 영혼은 집 안에 자신이 사랑하는 우스티나의 영혼이 없다는 사실로 인해 의아해했다. 그리고 죽음의 천사를 본 아르세니의 영혼이 말했다. "나는 당신의 명성을 참을 수가 없습니다. 내가 보니 당신의 아름다움은 이 세상에 속한 것이 아니군요." 그런 다음 발견한 우스티나의 영혼을 자세히 살펴봤다. 우스티나의 영혼은 투명하다시피 했기 때문에 잘 보이지 않았다. '내 영혼도 이렇게 보이는 걸까?' 아르세니의 영혼은 이렇게 생각하고 우스티나의 영혼을 만지려고 했다. 하지만 죽음의 천사의 행동이 더 빨랐고, 아르세니의 영혼은 하려던 행위를 그대로 멈췄다. 죽음의 천사는 우스티나의 영혼의 한 손을 잡고 데려가려고 했다. "그녀를 데려가지 마세요. 나와 그녀는 한 몸입니다." 아르세니의 영혼이 울면서 말했다. "이별에 익숙해지려무나. 아프긴 하겠지만 오래가진 않을 테니." 죽음의 천사가 말했다. "우리가 사후에도 영원히 서로를 알아볼까요?" 아르세니의 영혼이 물었다. 그러자 죽음의 천사가 말했다. "그건 네가 하기 나름일 것 같구나. 살아 있는 동안 영혼들은 자주 감정이 퇴색되고, 그렇게 되면 죽음 후에 서로를 알아보지 못하는 경우가 많단다." 그리고 죽음의 천사가 물었다. "만약 네 사랑이 거짓이 아니고, 시간이 지나도 닳아 없어지지 않는다면, 질병도 슬픔도 불평도 없고 영생만 있는 곳에서 너희가 서로를 못 알아볼 것이 무엇이더냐?" 죽음의 천사가 우스티나의 영혼의 볼을 잠시 토닥였다. 우스티나의 영혼은 어린아이와 다름없을 정도로 작았다. 친근감을 표시하는 이런 몸짓에 그녀는 고마워하기보단 공포에 떨었다. 기약 없는 시간 동안 친지들을 대신해서 자신들을 돌보는 사람들에게 아이들은 보통 이렇게 반응하는데, 그들과 함께 사는 것(혹은 죽는 것)도 나쁘지는 않겠지만 예전의 생활 방식도, 익숙한 사건들이나 익숙한 표현들도 없어서 친지들과 함께 살던 때와 전혀 다른 삶을 살게 되리라고 예감하는 데서 비롯되는 반응이다. 그들은 낯선 이들의 손에 이끌려서 친지들로부터 멀어질 때 자주 뒤를 돌아보면서 친지들의 눈에 고인 눈물에서 자기 자신의 겁먹은 모습을 발견하곤 한다.

# 用

아르세니가 잠에서 깼을 때는 날이 어두웠다. 아래로 축 늘어진 우스티나의 손에 그의 한쪽 손이 닿아 있었다. 그녀의 손은 차가웠고 구부려지지 않았다. 난로 안에 있는 석탄은 식은 지 오래였지만, 그리스도 성상화 밑에 있는 등잔에 무언가가 희미하게 반짝이고 있었다. 아르세니는 등잔에 양초를 가까이 갖다 댔다. 촛불은 집에 마지막으로 남은 불이었기 때문에 아르세니는 촛불이 꺼지지 않도록 조심해서 들고 있었다. 촛불은 (시간이 조금 걸리긴 했지만) 활활 타올라서 방을 환하게 비추었다. 아르세니는 주위를 둘러봤다. 그는 작은 물건 하나하나를 놓치지 않고 자세히 살펴봤다. 물건들이 여기저기에 흩어져 있었다. 약초들을 넣어뒀던 항아리들은 깨져 있었다. 이 모든 것을 보는 동안은 우스티나를 보지 않을 수 있었기 때문에 그는 사소한 것 하나도 놓치지 않고 살펴보았다. 그런 후에야 그녀를 봤다.

우스티나는 어제 본 자세 그대로 누워 있었지만 어제와 전혀 다른 모습이었다. 콧날은 뾰족해졌으며, 감지 않은 두 눈의 흰자가 움푹 꺼져 있었다. 얼굴은 앨러배스터*색을 띠고 있었지만 귀 끝은 납빛을 띤 붉은색이었다. 아르세니는 서서 우스티나를 내려다보며 그녀의 몸을 건드리는 것이 두려웠다. 그가 느낀 감정은 혐오감이 아니라 공포에 가까웠다. 두 다리를 흉하게 벌리고 있는 몸에서 과거 우스티나의 모습을 찾을 수는 없었다. 그는 반쯤 구부린 그녀의 한쪽 다리 쪽으로 한 손을 뻗어서 조심스럽게 만졌다. 손바닥으로 살결을 만졌는데 피부가 차갑고 표면이 거칠거칠했다. 우스티나가 살아 있을 때는 단 한 번도 이런 적이 없었다. 그는 우스티나의 다리를 펴보려고 노력했지만 눈을 감기기 힘들었던 것과 마찬가지로 다리도 펴지지 않았다. 그렇다고 다리를 누르자니 두려웠다. 그가 만진 그녀의 몸은 조심하지 않으면 쉽게 부서질지도 모를 일이었다. 그는 얼굴만 빼고 이불로 그녀의 몸을 덮었다.

아르세니는 고인을 위한 기도문을 읽기 시작했다. 그는 하느님께 우스티나가 밤에 찾아오는 공포와 낮에 날아드는 화살을 두려워하지 않도록 죽음의 올무와 비방하는 말로부터 지켜달라고 기도했다.** 이따금 몸을 돌려서 우스티나의 얼굴을 쳐다봤다. 자신의 목소리가 먼 곳으로부터 들리는 것 같았다. 가끔 울먹이는 목소리를 낼 때도 있었다. 잘 들리지 않는 자신의 목소리가 말하길 하느

---

님이 우스티나를 위해 천사들에게 명하사 그녀가 가는 모든 길에서 그녀를 지키게 하실 것이라고 말했다.* 아르세니는 우스티나가 그의 곁을 떠날 때 하나의 점으로 변할 때까지 죽음의 천사의 손을 잡고 있었음을 기억했다. 그때 그녀와 함께 있었던 건 천사들이 아니라 죽음의 천사였다. 아르세니는 기도문에서 눈을 뗐다.

"이제 당신은 천사들의 손에 이끌려야 하오." 아르세니는 용기를 내어 우스티나에게 말했다. "행여 너 돌부리에 발을 다칠세라 천사들이 손으로 너를 떠받고 가리라."**

그는 다시 한번 우스티나 쪽으로 몸을 돌렸고 문득 그녀의 얼굴이 움직인 듯 보였다. 자신의 눈을 믿을 수 없었다. 양초를 위로 조금 들어 올리고 더 가까이 다가갔다. 그러자 우스티나 코의 그림자가 얼굴을 따라 이동했다. 그림자만 움직인 것이 아니라 우스티나의 얼굴도 변했다. 이 변화는 무언가 부자연스러워 보였으며 우스티나의 생생한 표정 변화에 부합하지 않았지만, 여기에는 죽은 사람의 것이라고는 보기 힘든 무언가가 있었다. 우스티나가 완전히 살아 있다고 볼 수 없다 하더라도 완전히 죽었다고도 볼 수 없을 것 같았다.

아르세니는 자신이 우스티나의 얼굴에서 발견한 생명이 움트는 순간을 놓칠까 두려웠다. 이를테면 이대로 이런 징후를 멈추게 할까 두려웠다. 그제야 그는 지난 며칠 동안 집에 불을 때지 않아서

---

* 시편 91편 11절. "주께서 너를 두고 천사들을 명하여 너 가는 길마다 지키게 하셨으니,"
** 시편 91편 12절.

춥다는 것을 깨달았다. 즉시 난로로 달려가서 불을 붙였다. 긴장한 나머지 손이 떨렸다. 갑자기 그는 지금 얼마나 빨리 불을 붙이느냐에 따라 모든 것이 달려 있을지도 모른다는 생각을 하게 되었다. 몇 분이 지나자 난로 안에서 장작이 타닥타닥 타는 소리가 들렸다. 아르세니는 우스티나가 몸을 단장할 시간을 주기 위해 애써 우스티나 쪽을 보지 않았다. 하지만 우스티나는 일어나지 않았다.

아르세니는 우스티나의 생명의 싹이 겁먹지 않도록 이 싹의 존재를 못 본 척하기로 마음먹었다. 그는 고인을 위한 기도문을 계속해서 읽었다. 그 후에는 시편을 읽었다. 서두르지 않고 단어 하나하나를 또박또박 발음하면서 읽었다. 시편을 끝까지 읽은 후에 생각에 잠겼다. 그러곤 시편을 다시 한번 더 읽기로 마음먹었다. 아침이 올 무렵에 시편을 다 읽었다. 그러자 갑자기 허기를 느꼈고, 빵 한 조각을 잘라서 다 먹었다.

음식물이 그의 코를 열어주기라도 한 것처럼 그는 공기를 들이마셨다. 시체 썩는 냄새가 났다. 아르세니는 죽은 아이한테서 냄새가 난다고 생각했다. 정말로 어린아이의 몸이 썩는 징후가 눈에 띄었다. 동이 트자 아르세니는 아이를 창문 쪽으로 데리고 갔다.

"넌 햇빛을 한 번도 본 적이 없구나. 이렇게 작은 양의 햇빛이나마 쏘인다면 덜 억울할 것 같다는 생각이 드는구나." 그가 아이에게 말했다.

사실 아르세니는 그가 아들과 대화할 때 우스티나가 끼어들기를 마음속으로 바랐다. 하지만 그녀는 대화에 끼어들지 않았다. 게다가 우스티나가 누워 있는 자세 역시 얼핏 봤을 땐 조금 전과 달라진 게 없어 보였다.

그는 우스티나를 내려다보면서 시편을 세 번째로 읽기로 결심했
다. 열 번째 카티스마*를 읽다가 아르세니는 긴 의자에서 움직임을
포착했다. 곁눈질로 의자 위의 움직임을 계속 예의 주시 했지만,
움직임은 더는 반복되지 않았다. 시편을 끝까지 다 읽은 후에 문득
의아함을 느꼈다. 그는 삶과 죽음이라는 불안정한 상태에 있는 그
녀를 내려다보면서 무엇을 더 읽어야 할지 알지 못했다. 그러다 그
녀가 생전에 《알렉산드리아》 듣는 것을 좋아했던 것이 떠올라서
《알렉산드리아》를 읽기 시작했다. 그가 알렉산드로스 대왕에 대한
책을 읽어줄 때면 그녀는 무척 재미있게 들었으니, 어쩌면 지금도
그녀에게 긍정적인 영향을 끼칠지 모른다고 생각했다.

다음 날 아침까지 그는 우스티나를 내려다보면서 《알렉산드리
아》를 읽어주었다. 잠시 생각한 후에는 《아브라함의 묵시록》과 《인
도 왕국에 대한 이야기》**와 솔로몬과 켄타우로스에 대한 이야기
들을 읽어주었다. 아르세니는 특별히 더 재미있고 삶의 의지를 불
러일으키는 작품들을 골랐다. 밤이 되자 그는 흐리스토포르가 남
긴 쪽지 중에 일상생활의 지혜에 대한 것들이나 처방전이 아닌 것
들을 읽기 시작했다. 날이 밝을 무렵에는 흐리스토포르가 남긴 마
지막 메모까지 다 읽었다. "물 외에는 모욕받은 제의(祭衣)를 씻을

---

* 동방교회 비잔틴 성무일도서 시편은 20마디씩 한 묶음으로 나누어 아침 기도 시에 노
래한다. 이 한 묶음을 '카티스마'라 한다.
** 12세기 그리스 문학작품으로, 고대 러시아 번역문학의 기념비적인 작품이기도 하다.

수 없으며, 혐오스러운 죄와 영혼의 더러움은 눈물 외에는 씻어낼 수 없나니."

눈물은 며칠 동안 흐른 후에 더 나오지 않았다. 목소리도 잘 나오지 않아서 마지막 쪽지는 속삭이듯 작은 소리로 읽었다. 힘도 없었다. 불 피운 난로에 기댄 채 바닥에 앉아 있었다. 그러곤 어느새 졸았다. 그는 창가에서 들리는 바스락거리는 소리에 잠에서 깼다. 죽은 아이 옆에 쥐가 앉아 있었다. 아르세니가 한 손을 움직이자 쥐는 도망갔다. 그는 아들의 몸을 지키고 싶다면 잠을 자선 안 된다는 것을 깨달았다. 그는 우스티나를 봤다. 얼굴이 부어 있었다.

아르세니는 힘들게 몸을 일으켜서 우스티나에게 다가갔다. 그녀를 덮어놓았던 이불을 살짝 들추자 고약한 냄새가 코에 끼쳤다. 우스티나의 배가 어마어마하게 커져 있었다. 임신했을 때보다 훨씬 더 커져 있었다.

"만약 당신이 정말로 죽은 것이라면 나는 당신 몸을 보존해야 하오. 나는 당신 몸이 가까운 미래에 필요할지도 모른다고 생각했지만, 만약 그렇지 않다면 우리 모두가 부활하는 날을 대비해서 당신 몸을 보존하기 위해 최선을 다할 생각이오. 무엇보다 피부 조직의 부패를 재촉하는 난로를 그만 때야 할 것 같소. 이 안은 난로가 아니어도 11월답지 않게 파리가 날아다니는데, 솔직히 파리가 생기는 것이 놀랍소. 특히 우리 아들이 무척 걱정되오. 상태가 아주 안 좋소. 본질적으로 우리가 해야 할 일은 그렇게 어려운 일은 아니라오. 우리 할아버지 흐리스토포르는 천지가 창조되고 7000년째 되는 해에 세상의 종말이 도래할 수 있다고 말씀하셨소. 올해가 6964년이니 종말까지 36년만 더 버티면 되오. 그래도 천지가 창조된 시점부터 지금까지 지난 시간과 비교하면 그리 많은 시간도 아니잖소, 안 그렇소? 지금 밖은 춥고 우리 모두는 조금씩 추위에 떨 거요. 그런 후에는 물론 서른여섯 번에 걸쳐서 여름이 오겠지만 (여름엔 우리가 있는 지역도 덥지요) 날이 따뜻해질 무렵이면 우리는 새로 바뀐 날씨에 적응할 거요. 처음 몇 달 동안은 힘들기도 하고 중요한 시기이기도 하니까 말이오."

이때부터 아르세니는 난로를 때지 않았다. 식욕이 없어서 음식도 먹지 않았다. 양동이에 있는 물만 이따금 마실 뿐이었다. 양동이는 문 옆에 세워져 있었고 아침마다 양동이에 있는 물이 얇은 얼음판으로 덮여 있는 것을 발견하곤 했다. 한번은 물을 마시고 있을 때 우스티나가 움직인 것 같은 생각이 들었다. 그는 우스티나 쪽을 돌아봤고, 한쪽으로 치워진 상태에서 살짝 들어 올려져 있던 한쪽 다리가 이제는 긴 의자 위에 길게 뻗어 있는 것을 보았다. 그는 우스티나에게 다가갔다. 그가 본 것은 환각이 아니었다. 우스티나의 다리는 정말로 내려와 있었다. 아르세니는 한쪽 다리를 잡고 다리를 구부렸고, 다리는 우스티나가 살아 있을 때처럼 구부러졌다. 그는 아래로 늘어뜨려진 우스티나의 한쪽 팔을 들고 조심스럽게 의자 위에 올려놓았다. 아르세니는 사후경직이 지났다는 것을 깨달았지만, 여전히 희망을 잃지 않고 더 빨리 뛰려고 하는 자신의 심장을 나무랐다. 이때 그는 우스티나를 보았고 그의 실낱같은 희망도 무너졌다. 배는 전보다 더 커져 있었고 그녀가 죽던 날 미처 밖으로 나오지 못한 것을 자궁 밖으로 밀어냈다.

아르세니는 더는 아무것도 읽지 않았다. 우스티나의 상태를 보고 이제 그녀는 그가 읽어주는 이야기를 들을 상황이 아님을 깨달았기 때문이다. 우스티나와 대화하는 횟수도 줄었는데, 이제 더는 희망적인 이야기를 할 수 없었기 때문이다.

그러던 어느 날 그가 말했다. "나는 우리 아이 때문에 두렵다오. 오늘 코 속에서 구더기를 보았소."

이 말을 하고 나자 안쓰러운 마음이 들었다. 우스티나 스스로도 힘든 상황에서 그녀가 할 수 있는 일은 없었기 때문이다. 코와 입술이 잔뜩 부풀어 올랐고, 눈꺼풀도 부어 있었다. 생전에 하얗던 피부는 이제 기름기가 도는 갈색빛을 띠고 있었고 군데군데 살이 터져서 고름이 흘러나왔다. 살갗에 비정상적으로 또렷한 초록색을 띠는 정맥이 보였다. 끈적끈적한 머리카락만이 여전히 예전의 붉은색을 보존하고 있었다.

아르세니는 양팔로 무릎을 끌어안은 채 난로 앞에 앉아서 우스티나를 뚫어지게 응시했다. 이제 그는 물을 마시고 싶어도 일어나지 않았다. 가끔 문을 두드리는 소리가 들렸지만 자신이 그렇게 부동자세로 앉아 있기 전에 문을 잠가둔 사실로 인해 조용히 기뻐했다. 그는 사람들이 부르는 소리에 응하지도 않았고 마당에서 들리는 발소리에도 관심을 기울이지 않았다. 이런 소리들이 잦아들면 아르세니는 또다시 평안을 회복하고 그 안에 빠져들었다. 그의 마음속에 평안함이 점점 더 깊이 자리 잡아갔다. 그리고 평안의 가장 깊은 곳 어딘가에 마치 눈 덮인 땅에서 꽃 한 송이가 조심스럽게 자라듯 곧 우스티나를 만나게 되리라는 희망이 조금씩 싹을 틔우고 있었다.

그러던 어느 날 그는 창문 근처에서 움직임을 포착했다. 창틀에 팽팽하게 고정된 황소 오줌보가 날카로운 소리를 내면서 찢어지더니 칼을 든 손 하나가 보였다. 그 뒤에 얼굴이 보였다. 하지만 그 즉시 팔이 코를 가리는 바람에 얼굴이 보이지 않게 되었다. 아르세니는 신선한 공기의 움직임을 느꼈고, 비명 소리도 들었다. 사람들이 그를 불렀다. 하지만 그는 또다시 우스티나 쪽으로 몸을 돌리고 창문에서 시선을 거두었다. 잠시 후에 문을 두드리는 소리가 들렸다. 아르세니는 문이 흔들리는 것을 보았다. 사람들이 문을 두드리기 전에 죽지 못한 일이 후회되었다.

문의 윗부분이 떨어져 나오더니 커다란 문이 떨어졌다. 문을 부수고도 사람들은 집 안에 들어오지 않았다. 그들은 공포로 인해 집 안에 들어오는 것을 서두르지 않았다. 아르세니는 앞에 있는 두 명을 자세히 쳐다봤다. 이들은 마을 사람들로 니콜라 트카치와 데미드 솔로마였는데, 그에게 치료를 받기 위해 그의 집에 자주 드나들던 이들이었다. 그들은 바닥에 떨어진 문 위에 서서 자기들끼리 짧은 대화를 나누고 있었다. 입과 코는 상의 옷깃에 가려 보이지 않았다.

데미드가 우스티나 쪽으로 가자 아르세니가 말했다.

"건드리지 마시오."

아르세니는 이 말을 하면서 겨우 몸을 일으켰다. 그는 데미드가 우스티나에게 접근하는 것을 막으려고 했지만 데미드가 손바닥으로 그의 가슴을 살짝 밀쳤다. 그러자 아르세니는 그대로 자리에 주저앉더니 움직이지 않았다. 니콜라가 양동이 물을 그에게 뿌렸다. 그제야 아르세니가 눈을 떴다.

"살아 있군." 니콜라가 말했다.

이 말을 하고 그는 아르세니의 겨드랑이 밑에 팔을 끼우고 그의 몸을 조금 일으켜서 난로에 기대게 했다. 아르세니의 머리는 어깨에 힘없이 떨구었지만 눈은 여전히 뜨고 있었다. 데미드는 집 안에 있는 시체들을 매장지로 옮겨야 한다고 말했다. 그러자 니콜라는 그렇게 하려면 마을에서 짐수레를 갖고 와야 한다고 말했다. 그들은 그곳에 도착한 이래로 한마디도 하지 않은 세 번째 사람을 마을로 보내서 짐수레를 가져오라고 했다.

매장지는 슬픈 장소였다. 아르세니와 흐리스토포르가 함께 살던 집 근처에 있는 묘지가 오히려 유쾌한 곳처럼 여겨질 정도였다. 매장지 혹은 '하느님의 집'이라는 곳은 흐리스토포르의 집에서 2베르스타 떨어진 언덕 위에 있었다. 그곳에는 전염병으로 인해 죽은 사람들, 여행자, 교살된 사람들, 세례를 못 받고 죽은 영아들과 자살한 사람들이 묻혔다. 또한 익사한 자들, 전사한 자들, 살해당한 이들, 불에 타 죽은 이들이 있었다. 몰래 납치당한 이들, 번개 맞은 이들, 동사한 이들과 온갖 유의 부상을 당한 이들 역시 이곳에 묻혔다. 이렇듯 불쌍한 사람들의 삶은 다양했고, 그들의 공통점은 삶보다는 죽음에 있었다. 그들은 회개하지 않고 죽은 이들이었다.

이렇게 죽은 사람들을 위해서는 교회식 장례를 치르지 않았고, 이들은 공동묘지에 묻힐 수도 없었다. 이들은 매장지로 옮겨졌다. 그곳에서는 시체를 깊은 구덩이에 내리고 소나무 가지로 덮었다. 비명횡사한 이들은 이렇게 묻혔다. 이렇게 해서 망자들은 죽음 이후에도 집 없는 떠돌이처럼 그곳에 누워 있는 것이었다. 흙이 얇게 덮인, 그들의 회색빛 얼굴들은 이따금 나뭇가지 사이로 보이곤 했다. 봄이 되어 녹은 눈 때문에 그들의 몸을 뒤덮던 나뭇가지들이 조금 이동하면 그곳의 광경은 특히 더 슬퍼졌다. 그럴 때면 구덩이 안에 누워 있는 망자들은 눈과 코가 없는 가장 끔찍한 모습으로 팔과 다리는 여전히 달려 있는 채로 옆에 누워 있는 다른 시체들 쪽으로 이동했고, 그 모습은 흡사 시체끼리 서로 끌어안고 있는 것 같아 보였다.

하지만 하느님과 구세주 예수 그리스도의 한량없는 은혜로 그들의 운명 역시 구원받을 기회가 생겼다. 부활절 후 일곱 번째 주 목요일이면 벨로오제로의 성 키릴 수도원에서 사제가 와서 매장지에 누워 있는 사람들을 위한 장례식을 치러줬다. 이날을 세미크*라고 불렀다. 이때 흙을 파내고 새로 구덩이를 만들었다. 새 구덩이는 다음 세미크가 올 때까지 덮지 않고 두었다.

---

* 여름 명절로, 부활절 다음 제7주째의 목요일에 기념한다.

매장지 망자들의 고난은 교회식 장례식을 치르지 못하는 데에서 그치지 않을 때가 있었다. 사람들은 흉년일 때도 그들을 떠올렸다. 전통을 중요시하는 사람들이라면 누구나 액운의 원인을 대부분 이렇게 매장지에 매장된 이들의 탓으로 돌리는 것을 알고 있었다. 자살한 사람들은 목숨이 끊어지는 데까지 시간이 걸린다고 믿는 미신도 존재했다. 축축한 대자연 어머니가 그들의 시체를 받아들이지 않고 지상에서 해야 할 일을 찾아보라고 강요하며 자기 자신으로부터 밀어냈기 때문이다.

사후에도 죽은 사람들은 빼앗긴 시간을 살고 있었지만 주변 사람들에게 이것은 엄청난 손실을 가져다주었다. 망자들은 미처 사용하지 못한 힘을 분출할 방법을 찾으면서 농작물을 죽이고 여름 가뭄을 야기했다. 이러한 현상에 대해 잘 아는 사람들은 죽은 이들이 (특히 과음으로 죽은 이들이) 엄청난 갈증을 느껴서 땅에서 수분을 빨아 먹은 탓이라 설명했다.

힘든 시기에는 땅속에 묻힌 시체를 이따금 파내서, 교회의 반대에도 불구하고, 덤불 숲이나 늪에 두고 왔다. 물론 시체를 그대로 두고 오기도 했지만, 그렇다고 하더라도 시체의 얼굴이 아래로 향하도록 해놓았다. 근본적인 해결책이 되지 못하는 이러한 행위를 탐탁지 않게 여기는 사람들도 있었지만 이러한 행위나마 아무것도 하지 않는 것보다는 낫다고 여겨졌다.

산 사람들의 상황도 자세히 살펴보면 쉽지 않았다. 회개를 하지 않은 이들을 묻으면서 대자연의 미움을 샀기 때문에 대자연은 그들에게 때 아닌 봄의 혹한으로 답하곤 했다. 그렇다고 시신을 묻지 않으면 망자들의 미움을 사서 여름 농작물이 무차별적으로 죽어나 갔다. 이렇듯 복잡한 상황에서 세미크는 본질적으로 솔로몬 왕의 판결과 같은 해결책인 셈이었다. 그 덕분에 농부들은 봄이나 가을 이 끝날 때까지 망자들의 미움을 사지 않으면서 이 시기를 잘 지낼 수 있었다. 부활절이 끝나고 일곱 번째 되는 주에 교회식으로 장례 를 치르고 시신을 땅에 묻고 나면 복수심에 불탄 망자들이 이미 무 르익은 곡식을 망치지 않으리라는 기대를 할 수 있었다.

이제 이 망자들 중에 우스티나도 들어갈 터였다. 아르세니가 끔 찍이도 사랑하는 그녀를 이제 매장지에 던지려고 했다. 끝내 이름 도 얻지 못한 채 죽음을 맞이한 아들도 함께 던져질 터였다. 양팔 을 낡은 천으로 칭칭 감은 데미드와 니콜라는 우스티나 시신을 농 가 밖으로 가지고 나와서 마을에서 가져온 짐수레에 실었다. 잠시 후에 니콜라가 앞으로 쭉 뻗은 두 팔에 반쯤 부패한 어린아이의 시 신을 얹어서 밖으로 내왔다. 짐수레 뒤로 마을 사람들이 천천히 다 가오고 있었다. 그들은 집 안으로 들어가지 않고 말없이 길에 서 있었다.

그때까지 무심하게 그들을 지켜보며 바닥에 앉아 있던 아르세니 가 난로에서 칼을 꺼내서는 밖으로 나왔다. 그는 천천히 움직였지 만 조금 전까지 반쯤 실신했던 사람답지 않게 똑바로 걸었다. 고요 속에서 그가 맨발로 땅 위를 걷는 소리가 들려왔다. 그의 눈빛이 건조했다. 짐수레 옆에 서 있던 사람들이 뒤로 물러섰는데, 그가 지닌 힘이 마치 인간의 힘을 넘어서는 것 같은 기분이 들었기 때문 이다.

그가 짐수레 위에 한 손을 얹고는 말했다.

"건드리지 마시오."

그가 소리 질렀다.

"건드리지 마시오!"

짐수레에 매달려 있는 말이 서서 코를 골기 시작했다.

그는 소리를 질렀다.

"이 두 사람을 놔두고 당신들이 사는 곳으로 돌아가시오. 이들은 내 아내와 내 아들이고, 당신들의 가족은 마을에 있으니 가족들 품으로 돌아들 가시오."

마을 사람들은 감히 그에게 다가가지 못했다. 그들은 칼 손잡이를 쥐고 있는 대리석 같은 손가락을 봤다. 또한 그의 양 볼에 나 있는 솜털이 바람에 흔들리는 것도 보았다. 그들이 두려워한 것은 칼이 아니라 아르세니였다. 예전의 그와는 다른 그를 두려워했던 것이다.

"그건 날카로운 물건이네, 나한테 주게."

무리 한가운데에서 니칸드르 원로가 모습을 드러내면서 말했다. 그는 한쪽 다리를 살짝 바닥에 끌면서 한 손을 아르세니를 향해 뻗은 채로 그에게 다가갔다. 사람들은 마치 모세 앞에서 바닷물이 갈라지듯이 그에게 길을 내주었다. 그를 수행하는 수도자 한 명이 그의 뒤를 따랐다.

"믿어주게, 사실 내 몸 상태가 썩 좋지 않지만 자네한테서 칼을 받아야겠다고 여겨서 여기에 온 거라네."

"이 사람들이 우스티나와 아이를 매장지에 데리고 가려고 합니다. 이들이 곧 부활할 수 있다는 것도 전혀 이해하지 못하고 있습니다." 아르세니가 말했다.

그의 손에 들렸던 칼이 원로가 내민 손에 떨어졌다.

"이들에게 시신을 주게나. 사실 시신을 갖고 있다고 해결될 문제가 아니지 않은가?" 원로가 말했다. "두 사람을 묘지에 매장한다 하더라도 이들이 (원로가 아르세니를 보며 칼로 사람들을 가리키면서 말했다) 가뭄이 오기가 무섭게 시체를 파낼 거라네. 십중팔구는 그럴 것이네. 무신론자들이여, 자네들은 정말로 시신을 파낼 건가?" 그가 서 있는 사람들에게 묻자 그들은 고개를 숙였다. "십중팔구는 시신을 파낼 것이네. 죽어서 하늘나라에 간 자들이 부활하고 영혼이 구원받기 전에 무슨 일이 있을지는 내가 자네와 단둘이 있을 때 알려주겠네."

원로는 같이 온 수도자에게 밖에서 기다리라는 신호를 했다. 그런 후에 그는 아르세니의 팔짱을 껴서 부축했고, 아르세니는 그 즉시 몸의 긴장을 풀었다. 그들이 현관 계단으로 올라갈 때 원로가 계단 위에서 몇 번이나 한쪽 발을 헛디뎠다. 서 있던 사람들이 이 모습을 보고 울기 시작했다. 그들은 원로의 영혼은 강건하나 육체는 눈에 띄게 많이 쇠하였다는 사실을 깨달았다. 그들은 결국 이것이 어떤 결과를 초래할지 알고 있었다. 짐수레는 조용히 출발했다. 니칸드르 원로는 아르세니와 함께 문지방 너머로 몸을 숨겼다.

"내가 먼저 죽음에 대해 말한 후에 할 수 있다면 삶에 대한 말도 하겠네." 원로가 말했다.

그는 긴 의자에 앉은 후에 아르세니에게 자기 옆에 앉으라며 손짓을 했다. 아르세니가 의자에 앉자 노인은 두 손으로 의자를 잡고 고개를 떨궜다. 그는 아르세니를 보지 않고 말했다.

"나는 자네가 죽고 싶어 한다는 걸 알고 있네. 자네는 죽음이 자네에게 소중한 모든 이를 앗아 갔다고 생각할 테지. 하지만 그것은 오산이라네. 죽음은 자네에게서 우스티나를 앗아 간 것이 아니라네. 죽음은 그녀를 심판할 분께 데리고 가는 것뿐이라네. 그래서 만약 지금 자네가 죽는다 하더라도 우스티나와 만날 수는 없을 것이네. 이제 삶에 관해 말하지. 자네는 이제 자네 인생에서 본질적으로 중요한 것은 아무것도 남아 있지 않다고 여길 테고 삶의 의미가 없다고 생각하겠지. 하지만 바로 지금 자네 인생에 전에 없던 가장 큰 삶의 의미가 생겼다네."

원로가 아르세니 쪽으로 돌아앉았다. 아르세니는 눈을 깜빡이지도 않고 전면을 응시했다. 양 손바닥은 무릎 위에 놓여 있었다. 한쪽 볼을 따라 파리 한 마리가 기어갔다. 원로는 파리를 쫓아내고는 아르세니의 턱을 잡고 그의 얼굴을 자기 쪽으로 돌렸다.

"자네를 불쌍하게 생각하지는 않겠네. 그녀의 육신이 죽은 것에 대해 자네 책임이 있으니 말일세. 그녀의 영혼이 죽는다면 그 또한 자네의 잘못이겠지. 한 가지만 말해두자면, 사후에 그녀의 영혼을 구할 수는 없다고 말했어야 하는지도 모르지만 확신할 수는 없다네. 지금 그녀가 있는 곳에는 '벌써'가 없다네. '아직'도 마찬가지로 없지. 시간 대신 한량없는 하느님의 자비가 있어, 우리는 그 자비를 온전히 기대한다네. 하지만 자비는 노력에 대한 보상이어야 하네." 원로는 기침을 하기 시작했다. 그는 한 손으로 입을 막았고, 그러자 기침이 나오려고 하면서 볼이 불룩해졌다. "사실, 육체를 떠난 영혼은 무력하다네. 영혼은 몸 안에서만 활동할 수 있지. 영혼은 지상에 사는 동안만 구원받을 수 있다네."

아르세니의 눈에서는 여전히 눈물이 나지 않았다.

"하지만 제가 지상에서의 그녀의 삶을 빼앗았습니다."

원로는 차분한 표정으로 아르세니의 얼굴을 보면서 말했다.

"그러면 그녀에게 자네의 삶을 주면 되겠군."

"제가 그녀 대신 그녀의 삶을 살 수 있단 말입니까?"

"가만히 생각해보면 가능할 것도 같네. 사랑이 자네와 우스티나를 한 몸으로 만들었으니 우스티나의 일부가 여전히 이곳에 있겠지. 그것은 다름 아닌 자네라네."

또 다른 수도자가 문을 잠시 두드리더니 원로에게 불붙은 숯이 든 대접을 건넸다. 원로는 불붙은 숯을 난로 속에 쏟고 그 위에 불쏘시개용 나뭇가지를 던졌다. 그런 다음 그 위에 장작을 조금 얹었다. 순식간에 불길이 장작을 핥기 시작했다. 노인의 창백한 얼굴도 발그레해졌다.

"흐리스토포르는 자네에게 수도원에 가라고 조언했지. 나는 스스로에게 자네가 왜 그의 말을 듣지 않았는지 물어봤지만 원하는 답은 얻지 못했다네……. (이 말을 한 후 그는 아르세니에게 다가갔다.) 그럼 이만 작별 인사를 해야 되겠네. 이것이 우리의 마지막 만남일 것 같으니 말일세. 머지않아 내 목숨이 다할 것 같다네. 내 기억이 정확하다면 그 일은 12월 27일에 일어날 것이네. 정오나 정오 무렵이 될 거라네."

이 말을 한 후에 원로는 아르세니를 끌어안은 다음 집 현관 쪽으로 향했다. 그러곤 문지방에서 뒤를 돌아봤다.

"자네는 앞으로 힘든 여정을 겪게 될 것이네. 자네 사랑 이야기는 이제 막 시작된 것이니 말일세. 아르세니, 이제 모든 것은 자네 사랑의 힘에 달려 있을 거라네. 물론 자네 기도의 힘 역시 중요하다네."

### K̃

그해 겨울은 여느 해 겨울과 달랐다. 춥지도 않았고 눈도 오지 않았다. 안개와 연기가 끼었는데 겨울만 그런 것이 아니라 늦가을에도 그랬다. 눈이 오더라도 비와 섞여서 내렸다. 사람들은 이런 눈은 금방 녹으리라는 것을 알고 있었다. 눈은 땅에 닿기도 전에 녹았고, 아무도 이런 눈을 보고 기뻐하지 않았다. 겨울은 이제 막 시작되었지만 사람들은 이미 이런 겨울에 지쳤다. 자연에서 일어나는 일을 보며 사람들은 나쁜 징조를 느꼈다. 그리고 그들의 예감은 틀리지 않았다.

크리스마스 다음 날 니칸드르 원로가 도착했다. 그리스도의 탄생 대축일 예배가 끝난 후에 그는 수도자들에게 생일인 12월 27일에 생일 파티를 하려고 한다고 말했다. 원로는 그때까지 단 한 번도 생일을 축하한 적이 없었지만 정해진 시간에 호기심이 많은 수도자들이 그의 골방에 모였다.

"영생을 위한 생일 파티요." 구석에 있는 나무 의자에 마련된 잠자리에서 그가 설명했다. 그의 두 손은 가슴 위에 기도하듯 합쳐졌다.

그제야 무슨 영문인지 이해한 수도자들은 통곡했다.

"이제 곧 나는 하느님의 얼굴을 보게 될 것이니 나로 인하여 통곡하지 마시오. 하느님, 당신 손에 내 영혼을 맡기니 나를 긍휼히 여기시고, 나로 하여 영생을 허락하여주소서. 아멘."

"아멘." 그곳에 모인 다른 수도자들 역시 그의 영혼이 그의 육체를 떠나는 모습을 지켜보면서 대답했다.

그들의 눈물은 말랐고, 얼굴은 더 밝아졌다. 수도원은 기적을 기다리는 인근 주민들로 가득 찼는데, 수도자가 선종한 순간에 특별한 힘이 나타나기 때문이다. 그리고 그들은 믿음대로 기적을 보았다.

겨울다운 겨울은 여전히 시작되지 않았다. 길은 질벅대고 강은 아직 얼지 않았다.

마을 내에서는 A 지점에서 B 지점으로 가는 길이 망가져서 이동이 불가능하거나 굉장히 어려워 보였다. 사실 전에도 '길'이라는 단어가 지닌 진정한 의미의 '길'이 없었지만 이제는 불완전한 길이나마 사실상 상실한 거나 다름없었다.

하지만 길의 부재조차 당시 가장 큰 비운인 전염병은 막지 못했다. 전염병이 처음 발견된 곳은 공국의 주요 도시인 벨로제르스크였다. 전염병은 그곳에서 천천히 남동쪽을 향해 움직였다. 전염병은 마치 적의 군대처럼 마을 하나하나를 점령하며 점령한 곳에서 무자비하게 행동했다.

하지만 집을 떠나는 이는 없었는데, 질병으로부터 피할 곳이 없였기 때문이다. 심지어 질벅대는 길을 건너간다 하더라도 질병으로부터 무사할 수 있으리라는 보장은 없었다. 벨로제르스크 주민들이 들은 소문에 따르면 루시 전역의 날씨가 비슷했고, 이것은 전염병이 어느 지역이든지 다시금 발생할 수 있음을 의미했다. 자주 그렇듯이 가을에 시작된 전염병이 겨울에도 사멸되지 못했는데, 겨울 추위가 아직 시작되지 않았기 때문이었다.

루키나 마을까지 전염병이 퍼지지는 않았지만 주민들은 벌써 걱정하고 있었다. 전염병이 돌 것을 예상한 그들은 아르세니와 상의하기로 마음먹었다. 마을 사람들은 아르세니에게 일어난 변화로 인해 겁을 먹어서 처음에는 찾아가고 싶어 하지 않았다. 하지만 무시무시한 위험을 감지한 그들에게 선택의 여지는 없었다. 흐리스토포르의 집에 도착했을 때 그들은 집이 비어 있는 것을 발견했다.

문이 닫혀 있지 않았기 때문에 그들은 별다른 어려움 없이 안으로 들어갔다. 집 안은 완벽하게 정리돼 있었지만 더는 아무도 살지 않는다는 것은 누가 봐도 알 수 있었다. 조금 더 정확히는 정리정돈된 그곳에서 사람 사는 냄새가 느껴지지 않았다. 난로를 만져봤지만 난로 역시 굉장히 차가웠다. 얼마 전에 땐 난로에서 반드시 느껴질 법한 온기의 흔적조차 없었다. 마을 사람들은 아르세니의 메모 같은 것이 남아 있지는 않은지 찾아봤다. 하지만 그가 남긴 메모 역시 없었다. 그들은 불길한 예감에 휩싸여 의자 밑을 살펴봤고, 마당에 나가 이것저것을 살펴봤으며, 심지어 집 옆에 있는 묘지도 둘러봤다. 결국 그들은 살아 있는 아르세니는 고사하고 시체도 발견하지 못했다. 어쩌면 난로 온기에 녹는 밀랍처럼 그 역시 녹았는지도 모른다는 생각을 했다. 조금 더 정확히 말하자면, 그들은 자신들이 무슨 생각을 해야 옳은지조차 알지 못했다.

부인의 책

ã

아르세니는 녹아 없어지지 않았다. 마을 사람들이 흐리스토포르
가 살던 집에서 그를 찾던 날 그는 집에서 이미 10베르스타는 떨어
져 있었다. 이틀 전 그는 등에 캔버스 천 자루를 짊어지고 집을 떠
났다.

자루에는 약간의 생필품과 치료용 도구를 넣었다. 남는 공간에
는 흐리스토포르가 남긴 쪽지를 넣었다. 이것은 그가 남긴 글의 일
부인데, 남긴 메모가 너무 많아서 큰 자루에 넣는다 해도 다 못 넣
을 것 같았기 때문이다. 아르세니가 챙긴 자루는 크지 않았다. 따
라서 흐리스토포르가 남긴 훌륭한 메모의 대부분을 아쉬움을 뒤로
한 채 집에 두고 와야 했다.

아르세니는 집에서 나와서 코셰예보 마을로 향했다. 코셰예보에
서 파블로보로 갔고, 파블로보에서 판코보로 향했다. 축축한 진흙

에 발이 미끄러져서 깊은 물웅덩이에 빠졌고, 부츠에 금방 물이 찼다. 아르세니의 길은 직선이 아니었는데 이는 그가 어디로 가야 할지 미리 정하지 않은 까닭이었다. 그는 서두르지도 않았다. 한 마을에 들어서면 아르세니는 그 마을 사람에게 그곳에 전염병이 도는지 물었다. 그가 처음 도착한 마을 몇 군데에는 전염병이 돌지 않았다. 그곳에서 사람들이 아르세니를 알아보았고, 그를 집 안으로 들이곤 심지어 먹을 것도 주었다.

날이 일찍 어두워진 탓에 아르세니는 판코보에서 하룻밤을 묵어야 했다. 다음 날 아침에 또다시 길을 떠나서 니콜스코예에 도착했지만, 그곳에서는 그를 받아주지 않았다. 니콜스코예 마을에서는 타지인을 들여서 전염병이 돌게 될 것을 염려하여 아무도 들여보내주지 않았다. 니콜스코예에서 1베르스타 떨어져 있는 쿠즈네초보예에서도 문전박대를 당했다. 아르세니는 말로예 자코지예로 떠났지만 마을 입구에 장작이 잔뜩 쌓여 있었다. 그래서 볼쇼예 자코지예로 가려고 했지만 그곳에도 똑같이 잔뜩 쌓인 장작이 길을 가로막고 있었다.

아르세니의 다음 목적지는 벨리코예 셀로였다. 마을 안으로 들어가는 것은 어렵지 않았지만 마을 분위기가 심상치 않다는 것을 단번에 알아차렸다.

"이곳은 액운의 냄새가 나오. 이 마을에는 우리 도움이 필요하오." 아르세니가 우스티나에게 말했다.

이것은 우스티나가 죽고 나서 그가 처음으로 그녀에게 한 말이었고, 그는 두려움을 느꼈다. 아르세니는 그녀에게 용서를 구하지는 않았는데, 스스로 용서받을 자격이 있다고 여기지 않았기 때문이다. 그는 다만 그녀에게 중요한 일을 하는 데 동참해주길 부탁했고, 그녀가 거절하지 않길 바랐다. 하지만 우스티나는 말이 없었다. 그녀의 침묵 속에서 그는 그녀가 그의 의도를 의심하고 있다고 느꼈다.

"날 믿어요, 내 사랑, 내가 죽고 싶어서 이러는 것은 아니라오. 오히려 그 반대요. 내 생명은 나와 당신의 희망이라오. 이제 와서 내가 죽음을 찾아 나설 수 있다고 생각하오?"

처음 들어간 농가는 그를 들여보내주지 않았다. 마을에 전염병이 돈다면서 말이다. 아르세니는 환자가 있는 곳이 어딘지 물었고, 그러자 그에게 예고르 쿠즈네츠가 사는 집을 가리켰다. 그는 그 집의 문을 두드렸다. 대답이 없었다. 아르세니는 자루에서 캔버스 천 조각을 꺼내서 입과 코를 가리고 천의 양쪽 끝을 뒤통수에서 연결했다. 십자성호를 그은 후에 안으로 들어갔다.

예고르 쿠즈네츠는 긴 의자에 누워 있었다. 그의 거대한 팔은 아래로 축 처져 있었다. 이따금 주먹을 쥐는 것으로 보아 살아 있음을 알 수 있을 뿐이었다. 아르세니는 맥박을 확인하기 위해 예고르의 손목을 잡았다. 하지만 맥박이 거의 느껴지지 않았다. 이때 예고르가 갑자기 눈을 떴다.

"물."

농가 안에 물은 없었다. 예고르의 팔 바로 옆 바닥에 바가지가 엎어져 있었고, 그 바가지 밑에 마지막 남은 물방울이 반짝였다. 예고르가 바가지를 엎었고, 우물에서 물을 길어 올 기력은 남아 있지 않았던 것 같았다.

아르세니는 집 밖으로 나와서 학 모양의 우물 쪽으로 발걸음을 옮겼다. 학은 슬픈 표정을 짓고 있었다. 나무로 만든 학의 목은 몸통 부분인 통나무 우물에 거멀못으로 연결되어 있었는데, 바람 때문에 삐거덕 소리를 내면서 조금씩 흔들렸다. 아르세니는 우물 속으로 양동이를 내렸다. 지하수는 아직 얼음이 덮여 있지 않았고, 우물물이 많이 차 있었다. 아르세니는 물속에 비친 자신의 모습을 봤지만 낯설었다. 얼굴이 많이 달라져 있었다.

"내 얼굴이 달라졌소. 이 변화를 뭐라고 설명해야 할지 모르겠지만, 내 사랑, 달라진 것은 사실이오." 그가 우스티나에게 말했다.

농가로 돌아온 후에 그는 예고르 쿠즈네츠에게 물을 먹여주었다. 아르세니는 한 팔로 그의 머리를 받쳤고, 예고르는 그런 그의 얼굴을 보지 않고 물을 마셨다. 그는 헐떡거리면서 물을 마셨다. 물은 그의 턱수염을 타고 셔츠 안으로 흘러들었다. 그는 여전히 갈증이 나는 것 같았다. 한 손으로 아르세니의 팔을 잡고 있었고, 아르세니는 그 손의 무게를 간신히 견디고 있었다. '과거에 이 사람은 무척 힘이 셌을 거야. 하지만 이제 얼마나 쇠약한가.' 아르세니가 생각했다. '고작 며칠 아팠을 뿐인데 그의 몸은 힘없는 고깃덩어리로 변했어. 이제 또 며칠이 지나면 그의 몸은 부패하겠지.' 그는 이 육체에 더는 생명이 없음을 느꼈다.

갑자기 예고르가 눈을 뜨고 말했다.

"당신은 나를 데리러 온 죽음의 천사요?"

"아니요." 아르세니가 부정했다.

"천사님, 제 죄가 무엇인지 말씀해주십시오."

아르세니는 예고르의 눈꺼풀이 천천히 닫히는 모습을 지켜봤다.

"당신은 곧 죽을 것이오." 아르세니는 작은 목소리로 말했지만, 예고르는 이제 그의 말을 듣지 못했다.

그는 힘들게 숨을 쉬었고, 이마에서 땀방울이 떨어졌으며, 땀은 이내 풍성한 머리카락 사이로 사라졌다. 아르세니는 그의 옆에 앉아서, 잠든 우스티나를 보던 때를 회상했다. 그녀가 숨을 쉴 때마다 이불 속 가슴이 보일 듯 말 듯 오르내렸다. 이따금 우스티나는 콧구멍으로 공기를 소리 나게 들이마시곤 다른 쪽으로 돌아누웠다. 한쪽 볼을 문지르기도 했다. 입술을 움직일 때도 있었다. 아르세니도 입술을 움직였다. 그는 임종기도문을 읽고 있었다. 그의 시선은 점점 날카로워졌고, 우스티나의 모습 뒤에서 예고르의 얼굴을 보았다. 예고르는 죽었다.

아르세니는 부근에 있는 집들에 갔다. 거기엔 산 사람들과 죽은 사람들이 같이 누워 있었다. 시신을 밖으로 끌어낸 후에 캔버스 천과 마른 나뭇가지로 덮었다. 시신 한 구를 끌어내면서 아르세니는 아직 그 안에 생명이 남아 있음을 느꼈다. 영혼이 아직 이 육체를 잡고 있는 것이 보였다. 젊은 여자의 육체였다.

"누군가 나에게 귀띔하고 있는 것 같소. 아직 희망이 있다고 말이오." 그가 우스티나에게 말했다.

아르세니는 여자를 다시 집 안에 들여놓았다. 아침까지 집주인들이 걸을 수 있어서 난로에 불을 땠기 때문에 집 안에는 아직 온기가 남아 있었다. 아르세니는 여자의 배가 바닥을 향하도록 눕힌 후에 목을 살펴봤다. 마치 목에 거대한 붉은색 구슬 목걸이를 한 것처럼 림프샘이 잔뜩 부어 있었다. 아르세니는 난로 속 꺼져가는 석탄의 불씨를 살리고 그 위로 장작을 던졌다. 가방에서 도구 여러 개를 꺼내서 긴 의자 위에 펼쳐놓았다. 잠시 생각에 잠겼다가 끝이 날카로운 도구를 골라서 불에 가져갔다. 도구가 달궈지자 그는 환자에게 다가갔다. 도구를 쥐지 않은 손으로 부어 있는 부위를 찾아서 만졌다. 가장 크고 부드러운 부위를 찾아서 그곳을 끝이 날카로운 도구로 찌른 후에 두 손가락으로 눌렀다. 고약한 냄새가 나는 불투명한 고름이 흘러나왔다. 끈적끈적한 고름이 손에 묻었지만 끔찍한 정도는 아니었다. 여자의 목에서 나온 고름으로 몸에서 질병이 나오고 있다는 것을 눈으로 확인할 수 있었다. 아르세니는 기뻤다. 그는 손가락으로 멍울 하나하나를 만지면서 환자에게서 고름을 짜냈다.

목에서 겨드랑이로, 겨드랑이에서 사타구니로 옮겨가면서 고름을 짜냈다. 고름 냄새 외에 다른 냄새도 났고, 아르세니는 그 냄새가 신경 쓰였다. '내 안에 얼마나 많은 짐승 같은 생각이 있단 말인가. 얼마나 많단 말인가.' 아르세니는 생각했다. 이렇게 고름을 짠 후에 멍울이 가장 많은 부위에서 피를 뽑았다. 그곳의 피는 좋지 않았기에 짜내야 했다. 아르세니가 첫 번째 혈관을 찔렀을 때 여자가 정신이 들었는지 신음했다.

"여자여, 조금만 참아보시오." 아르세니가 그녀에게 작은 목소리로 말했고, 그녀는 또다시 의식을 잃었다.

그는 몸의 여러 부위에 흩어져 있는 혈관을 찔렀고, 매번 그녀는 신음 소리를 냈지만 눈을 뜨지는 않았다. 일을 마친 후에 아르세니는 이불로 여자를 덮어주었다.

"이제 푹 자고 기력을 회복하시오. 이제 깨면 죽지 말고 사시오. 예후가 좋으니 말이오."

이 말을 하고 아르세니는 그 집에서 나왔다. 밤이 되기 전까지 몇 집에 더 갔고, 그곳에서도 그는 시체와 산 사람들을 봤고 아직 살아 있는 사람들이 죽어가는 모습도 봤다. 한 집에서 그는 코와 입을 가렸던 천이 얼굴에서 떨어져 나간 것을 알았다. 새로운 붕대나 천을 찾을 시간은 없었고, 그는 수호천사에게 그의 오른쪽 어깨에 앉아서 전염병이 오는 것을 날개로 막아달라고 기도했다. 이따금 아르세니는 천사의 기운을 느꼈고, 그러자 마음이 편안해졌다. 이제 환자들의 치료에 온전히 전념할 수 있었다.

아르세니는 환자들의 손목을 잡고 맥박을 느꼈다. 가끔 한 손으로 가슴이나 정수리를 만져볼 때도 있었다. 이렇게 하면 환자가 어떻게 될지 가장 확실하게 알 수 있었다. 환자가 완치될 수 있으면 아르세니는 미소를 짓고 그의 이마에 입을 맞추었다. 만약 그가 죽을 운명이라면 아르세니는 조용히 울었다. 이따금 환자가 어떻게 될지 알 수 없으면 환자의 완치를 놓고 열심히 기도했다. 그는 누워 있는 환자의 손을 잡고 생명력을 전해주었고, 환자가 생과 사의 갈림길에서 살 것 같은 생각이 들 때만 손을 놓아주었다.

그날 그는 난생처음으로 한꺼번에 많은 사람들을 치료했기 때문에 굉장히 피곤했다. 마지막으로 방문한 집에서 그는 환자 옆에서 잠이 들었다. 꿈에서 그에게서 전염병을 몰아내고 있는 수호천사를 봤다. 천사는 심지어 밤에도 날개를 접지 않았다. 아르세니는 천사가 지치지 않는 모습을 보고 놀라서 그에게 피곤하지 않냐고 물었다.

"천사들은 힘을 아끼지 않기 때문에 지치지 않는다네. 만약 자네가 자네 힘의 한계에 대해 생각하지 않는다면 자네 또한 지치지 않을 걸세. 아르세니, 물 위를 걸을 수 있는 자는 물에 빠질 것을 두려워하지 않는 자뿐이라는 사실을 기억하게나." 천사가 대답했다.

다음 날 아침에 아르세니와 환자는 동시에 잠에서 깼다. 환자는 자신이 완치되었다는 사실을 깨달았다.

ß

아르세니는 벨리코예 셀로에서 2주간 머물렀다. 그곳에 있는 동안 환자들을 치료하고 씻겼다. 그는 환자들에게 물과 음식을 건넸는데, 물을 가장 먼저 주었다. 또한 완치된 이들에게 환자 간호하는 법을 알려주었다.

"여러분은 이제 전염병의 영향력에서 벗어났습니다. 전염병을 앓고 완치된 사람은 다시 그 병에 걸리지 않습니다." 아르세니가 완치된 이들에게 말했다.

하지만 완치된 이들 중에 그의 말을 믿지 않는 이들도 있었다. 그런 자들은 또다시 전염병에 걸릴 것이 두려워서 조용히 마을을 떠나 전염병이 돌지 않는 곳으로 갔다. 하지만 머지않아 이것이 실수였다는 확신을 갖게 된다. 병을 앓은 후에 약해진 그들의 육체는 힘든 여행을 견디기 어려웠고, 전염병에 다시 걸리지는 않았지만 질퍽거리는 땅과 여행길을 에워싼 차가운 안개와 맞닥뜨렸다. 한편 마을에 남은 사람들은 (대부분의 사람들이 마을에 남았다) 아르세니가 하는 말을 자기 스스로의 말을 믿듯이 믿었다. 아르세니는 목숨을 구해준 사람이었고, 그의 말이 옳다는 것은 자신들이 보는 데서 환자들이 완치되는 것으로 확인할 수 있었다. 그들은 아르세니와 함께 전염병이 도는 집 안에 들어갔지만 그 누구도 이로 인해 해를 입지 않았다.

산 사람들을 돕기 위한 조수가 많아지자 아르세니는 죽은 사람들을 맡아보기 시작했다. 그들 역시 도움이 시급했다. 집 밖으로 꺼낸 이후라도 시체는 빠른 속도로 부패했다. 고인들의 찡그린 표정을 보면 그들 스스로 더는 아무것도 할 수 없음을 알 수 있었다. 그들을 속히 도와야 했다. 손수레를 발견하고, 거기에 시체를 쌓았다. 그러곤 3베르스타 떨어진 가장 가까운 매장지에 수레를 끌고 가서 세미크를 기다렸다. 시체를 처리한 사람들은 울지 않았다. 당시에는 우는 사람이 아무도 없었는데 운다고 해서 그들을 잃은 슬픔이 줄어들지 않았기 때문이다. 게다가 더 흘릴 눈물이 남아 있지 않았다.

벨리코예 셀로에서 많은 환자들이 완치되자 아르세니는 그곳을 떠나기로 했다. 화창한 1월의 어느 날 아침에 그는 마을 사람들과 작별 인사를 하고 마을이 끝나는 지점까지만 배웅할 수 있도록 허락했다. 하지만 벨리코예 셀로 마을에서 시작된 아르세니의 위대한 명성은 이 마을 밖으로 퍼졌다.

　아르세니의 의지와 상관없이 그의 뛰어난 의술에 관한 명성은, 살을 에는 듯한 습한 추위와 도시와 마을 간 도로의 부재에도 불구하고, 도시들과 마을들에 퍼졌다. 아르세니는 루킨스카야라는 시골로 향했지만 그가 들른 첫 번째 집에서 벌써 그를 알아봤다. 시골 아낙이 카라바이\*를 들고 조각 무늬를 낸 문틀에 기대서 있었다.

　"그대가 아르세니요?" 아낙이 물었다.

　"그러하오." 아르세니가 대답했다.

　아낙은 그에게 카라바이를 내밀었고, 그는 기계적으로 빵을 조금 뗐다. 카라바이가 딱딱한 것으로 보아 빵을 구운 지 오래되었다는 것을 깨달았다.

　"우리 좀 도와주시오, 아르세니, 목숨이 위태롭소."

　"하느님의 뜻이라면 도와드리겠소." 아르세니는 여자의 얼굴을 보지 않고 중얼거렸다.

　그녀가 그를 어떻게 아는지 알지 못했지만 그는 말없이 그녀를 따라갔다. 발밑에서 진흙이 질버덕거렸고, 보기 흉하게 사방으로 넓게 벌린 자작나무의 가지 사이로 그들을 향해 축축하고 커다란 눈덩이들이 날아들었다. 나뭇가지도 하얀색이어서 눈과 가지가 잘 구별되지는 않았지만 피부에 닿는 감촉으로 눈이라는 것을 알았다. 눈은 볼에 닿기가 무섭게 녹았고 잠시 속눈썹에 매달려 있기도 했다.

---

\*　러시아에서 주로 결혼식 때 굽는 커다랗고 둥근 빵.

"이 여자는 나를 어떻게 아는 걸까요?" 아르세니는 우스티나에게 물었지만 우스티나는 아무 말이 없었다.

잠시 침묵한 후에 아르세니가 그녀에게 말했다. "아무래도 나를 다른 사람과 착각하고 있는 것 같소. 내 능력을 과대평가하는 것 같기도 하고 말이오."

이따금 그는 여자를 앞질러서 눈을 들여다봤다. 두 눈은 어두운 회색빛 하늘을 품고 있었다. 그는 여자의 한쪽 어깨를 세게 잡고 멈춰 세웠다. 그녀는 고개를 돌렸지만 그의 옆을 응시했다.

"당신은 손자가 죽었다는 걸 알잖소. 뭐 하러 나를 그에게 데리고 가는 것이오?" 아르세니가 말했다.

"나는 무슨 연유로 산단 말이오?" 아낙은 상관없다는 투로 물었다.

아르세니는 뭐라고 대답해야 할지 몰랐고, 사실 그녀의 말은 질문이 아니기도 했다. 질문이라 하더라도 그가 대답할 수 있는 것도 아니었다. 그는 여자가 흩날리는 눈을 맞으면서 사라지는 모습을 말없이 지켜봤다. 그녀의 모습이 보이지 않게 되자 가장 가까운 농가로 향했다. 그곳에선 그가 해야 할 일이 이미 그를 기다리고 있었다.

아르세니는 벨리코예 셀로보다 루킨스카야에서 더 오래 있었다. 이곳에는 환자가 더 많았다. 죽은 사람 수도 더 많았다. 루킨스카야에는 무기력이 팽배했고, 서로를 돕는다 해도 상황을 호전시키는 것은 훨씬 더 어려웠다. 하지만 아르세니는 이곳에서도 사람들을 도왔고, 큰 도움을 주었다.

그는 그들이 건강을 되찾는 데는 스스로의 노력이 가장 중요하다고 설득했다. 삶의 의욕을 불러일으키기 위해 아르세니는 신은

스스로 돕는 자들을 돕는다는 것을 그들 앞에서 증명하려고 노력
했다. 그들은 아르세니가 바로 그렇게 스스로 노력하는 자라는 것
을 알고 있었기 때문에 고개를 끄덕였다. 하지만 스스로 그와 같이
노력하는 자가 되려고 하지는 않았다. 혹은 그렇게 되려고 노력한
다 해도 할 수 없다 여겼을 수도 있다. 하지만 살 희망이 없다고 여
기고 이미 곡을 했던 환자 몇 명이 완치가 되자 그들 속에 희망이
싹텄다.

완치된 사람들이 환자들을 돕고 시신을 한곳에 모으기 시작했
다. 그들은 고아가 된 아이들에게 빵을 나눠주고, 아이들을 씻기고,
연기가 집에 가득 차도록 굴뚝을 막고 불도 때고*, 전염병이 도는
동안 돌보지 못했던 마당과 거리를 청소했다. 이런 그들을 보며 아
르세니는 루킨스카야를 나와서 또다시 길을 떠났다.

아르세니의 다음 목적지는 고리라는 시골이었다. 얼마간 고리에
머문 후에 키셈스코예 호수를 돌아 10베르스타 정도를 더 가서 시
골 마을 쇼르티노에 도착했다. 쇼르티노에서는 쿨리기로 향했고,
쿨리기에서는 도브릴로보로, 도브릴로보에서는 자고리예로 향했
다. 아르세니가 어딜 가든 사람들은 그를 기다리고 있었고, 치료자
인 그를 도와서 무슨 일을 해야 하는지도 이미 알고 있었다. 그의
명성처럼 그가 했던 말들이 앞서가서, 사람들은 아르세니가 오면
무슨 말을 할지 미리 알고 있었기 때문에, 그는 이제 말을 많이 할
필요가 없어졌다. 덕분에 아르세니는 한결 수월해졌는데, 그는 말

* 고대 러시아에서는 이렇게 함으로써 소독했다.

하는 것을 가장 힘들어했기 때문이다.

아르세니가 자고리예에 머무는 동안 기다리던 강추위가 강타했다. 추위는 상당했다. 일주일도 채 지나지 않아서 얇지만 단단한 얼음이 셱스나강을 뒤덮었다. 그때부터 아르세니는 얼어붙은 셱스나강 위로 이동했다. 이따금 꽁꽁 언 강 위에서 미끄러지기도 했고, 가끔 얼음으로 뒤덮인 부들을 잡기도 했지만 강 위를 걷는 편이 길 없는 땅 위를 걷는 것보다 더 수월했다.

이렇게 해서 그는 이바체보라는 큰 마을에 도달했다. 이 마을은 낚시를 해서 먹고살던 부유한 마을이었다. 이곳에는 석조 건축물인 첫 사도 성 안드레아 성당이 있었고, 안드레아는 사도로 부름을 받기 전에 어부였다. 이바체보의 농가들에서는 시신이 부패하는 냄새 외에도 그물과 절인 생선 냄새가 났다. 강을 낀 다른 마을들이 그렇듯 수영을 하거나 여행을 하는 사람들을 받아주었기 때문에 전염병이 돈 지는 오래되었다.

뭍에서 자란 아르세니는 강이 인접해 있음을 매시간 느꼈다. 셱스나강은 크지 않았지만, 얼음 밑으로도 보이는 엄청난 물이 특별한 운동에너지를 뿜어내고 있었다. 아르세니는 평생 이런 유의 에너지를 본 적이 없어서 낯설고 신경 쓰였다. 이 에너지는 그에게 방랑 생활을 하고 싶은 욕구를 부추겼다.

# Γ̄

어느덧 이바체보에도 봄이 왔다. 전염병의 확산을 다소 늦춘 강추위가 물러가고 날이 다시 따뜻해졌다. 아르세니는 전염병이 다시 한번 확산되는 것을 막기 위해 최선을 다했다. 그는 이바체보 마을 사람들에게 달걀노른자에 곱게 간 유황을 섞어서 장미 진액과 함께 먹으라고 했다. 그리고 이것을 복용하는 동안은 돼지고기를 먹지 말고 우유와 와인을 마시지 말라고 했다. 아르세니는 낮에는 환자들의 집을 돌아다녔고, 밤에는 환자들의 병이 낫고 전염병이 더 이상 퍼지지 않도록 해달라고 기도했다.

섹스나강 가에서 아르세니는 강을 덮은 얼음이 곧 녹으리라는 생각을 했다. 날이 더 따뜻해지기 전에 서둘러 강 위를 걸어서 다른 시골로 이동해야 했다. 그가 막 떠나려고 하던 어느 날 아침에 썰매 하나가 섹스나강의 두꺼운 얼음 위를 달려서 도착했다. 썰매의 아름다움을 보곤 이바체보 마을 사람 하나가 그것은 공후의 썰매라고 했다. 그리고 이것은 사실로 밝혀졌다. 썰매는 벨로제르스크에서 미하일 공후가 아르세니를 데려오라고 보낸 것이었다.

"나를 말이오?" 아르세니는 썰매가 오게 된 경위를 듣고는 의아하다는 듯 물었다.

"자네를 데려가기 위한 것이 맞는다네." 벨로제르스크에서 온 사람들이 그의 질문에 답했다. "공후의 부인과 딸이 전염병에 걸렸다네. 아르세니, 자네의 명성이 벨로제르스크에도 자자하다네. 자네의 뛰어난 의술을 보여주면 공후가 극진히 대접할 것이네."

"내가 한 행위에 대해 구세주 예수 그리스도가 갚아주시기만을 나는 기다린다오. 공후의 극진한 대접을 받을 이유가 무엇이란 말이오?"

그는 몸을 한쪽으로 돌려서 우스티나에게 말했다.

"내 사랑, 내가 이 사람들을 위해 무슨 일을 할 수 있을지 보겠소. 공후의 가족일지라도 전염병이 가볍게 지나가지 않을 것이오. 어쩌면 더 위중할 수도 있소."

이 말을 하고 아르세니는 화려한 그림이 그려진 썰매에 올라탔다. 솜털로 가득 찬 방석이 놓인 의자는 몸에 온기를 전해줬으며, 값비싼 물건을 제공할 준비가 돼 있음을 애써 표현하고 있었다. 공후가 보낸 이들이 아르세니의 몸을 이불로 감쌌고, 그는 자신을 쳐다보는 마을 사람들 앞에서 마음이 불편했다. 그는 지금껏 단 한 번도 이런 썰매를 타본 적이 없었다. 또한 다른 마을로 가는 길이 이렇게 편할 줄은 상상하지도 못했다. 한편 썰매는 빨랐다.

썰매 날은 조용히 크리스털 같은 소리를 내며 강 위를 달렸고 얼음 밑에 있는 묵직한 물은 그들에게 무거운 종소리로 화답했다. 썰매가 많이 다녀 움푹 팬 길로 썰매가 달렸고, 그 위로 바람이 일었다. 얼음 밑으로는 겁먹은 물고기 한 마리가 이리저리 몸을 움직였다. 셱스나강은 굽이졌고, 여러 숲을 지나자 마을들이 모습을 드러냈다.

사실 벨로제르스크까지 이어지는 지름길도 있었다. 이 길은 강 위로 가는 길만큼 편하지 않았고 드문드문 나타나는 마을을 지나 갔다. 하지만 벨로제르스크에서 온 사람들은 이 길이 깨끗하게 치워져 있는지 알 길이 없었다. 따라서 강을 건너서 가는 편이 더 안전하고 빠르다는 것을 알고 있던 그들은 서둘러서 강을 건너가기로 마음먹었던 것이다. 어쩌면 이 마을들에 전염병이 창궐하기 때문에 그곳을 지나가지 않으려 했는지도 모른다. 전염병이라면 (썰매를 이끄는 사람은 인상을 쓰면서 아르세니를 쳐다봤다) 벨로제르스크에도 충분히 퍼졌지만 말이다.

해가 저물 때 즈음 얼음 덮인 땅이 더 넓어졌다. 사방을 둘러본 후 아르세니는 강가는 이제 왼편에만 있다는 것을 깨달았다. 강의 오른편은 수 베르스타에 걸쳐서 끝도 없이 얼음이 덮여 있었다. 이곳이 벨로오제로 호수였다. 호수 위를 덮은 얼음의 표면이 강물 위보다 더 골랐기 때문에 썰매는 속도를 더 낼 수 있었다. 날이 완전히 어두워졌을 때 호수에서 도시로 천천히 넘어갔다. 이렇게 해서 그들은 공국의 주요 도시인 벨로제르스크에 도착했다.

썰매는 어두운 거리를 지나 미끄러져 갔다. 아르세니는 지금껏 그렇게 긴 거리도, 그렇게 높은 집도 본 적이 없었다. 집들의 높이는 위층에 나 있는 창문에서 새어 나오는 빛으로 가늠할 수 있었다. 그들이 공후의 집 앞에 도달했을 때 사람들이 이미 기다리고 있었다. 사람들은 아르세니를 썰매에서 끌어내고는 계단을 따라 2층으로 데리고 갔다. 다소 어두운 방 두 개를 뛰어가듯 지나간 후에 세 번째 방에 다다랐다. 불이 환하게 켜진 방 안에 한 사람이 서 있었다. 그가 바로 미하일 공후였다.

"자네가 솜씨 좋은 의사라고 들었네." 공후가 말했다. 그는 아르세니에게 가까이 다가와서 귓속말에 가까울 정도로 작은 소리로 말했다. 키가 큰 그는 위에서 아래를 내려다보며 말했다. "아내와 딸이 어젯밤부터 아프다네, 이해하겠나? 이곳 의사들은 손을 쓰지 못하고 있다네. 아무것도 못 한단 말일세. 이빨 하나도 못 고친단……."

"그건 당연합니다. 공후님도 숨을 내쉴 때 소리가 좋지 않습니다."

"내 가족의 병을 낫게 해주게나, 아르세니. 자네는 할 수 있을 거라 생각하네."

"그렇게 생각하시는 연유가 무엇인지요? 제가 치료한 사람들 중 상당수가 죽었습니다." 아르세니가 말했다.

공후는 조각이 새겨진 묵직한 나무 의자에 앉았다. 그가 앉자 정수리가 훤한 것이 보였다. 그는 부자연스럽게 고개를 돌려서 아르세니를 쳐다봤다.

"자네는 죽지 않았으니까 말일세. 자네는 전염병이 도는 수많은 마을을 지나왔지만 죽지 않았다고 들었네. 자네가 축복받은 사람이라는 증거라고 생각하네."

아르세니는 말없이 그의 말을 들었다.

공후는 여자들의 방이 있는 곳으로 그를 데리고 갔다. 환자들이 누워 있는 방 앞에 왔을 때 아르세니는 공후를 멈춰 세웠다.

"여기서부터는 저 혼자 가겠습니다."

이렇게 말한 후에 그는 고갯짓을 하고 안으로 들어갔다.

침대 두 개가 나란히 놓여 있었다. 그중 한 침대에는 젊은 여자가 누워 있었고 (그녀는 공후보다 나이가 훨씬 어려 보였다) 나머지 한 침대에는 여섯 살쯤 돼 보이는 여자아이가 누워 있었다. 아이는 의식을 잃은 상태였다. 공후 부인은 아르세니를 바라보며 보일 듯 말 듯 고개를 끄덕였다. 먼저 그는 아이에게 다가가 손목을 잡았다. 그런 후에는 이마를 짚어봤다.

"어떤가, 아르세니." 공후 부인이 물었다.

"제 이름을 아시는군요." 아르세니가 의아해하면서 말했다.

그는 그녀의 침대 위에 앉았다. 사위가 어둑했지만 공후 부인의 눈이 파랗다는 것을 알 수 있었다. '햇빛을 받으면 그녀의 눈은 하늘색으로 빛나겠군. 하느님께는 이런 색이 있으니까.' 아르세니가 생각했다. 그는 조심스럽게 아이의 머리를 들어서 목을 만져봤다.

"어떤가?" 그녀가 또다시 그에게 물었다.

"부인, 기도하십시오. 그러면 하느님이 긍휼히 여기실 겁니다."

아르세니는 방에서 나와 문을 닫았다. 그러자 공후가 그에게 조용히 다가왔다. 그리고 다른 쪽을 응시하고 물었다.

"그들을 봤나?"

"봤습니다. 위중하긴 하지만 그분들께 생명이 남아 있습니다. 신의 가호가 있다면 아침 무렵에 증세가 호전될 거라 생각합니다." 아르세니가 말했다.

공후는 아르세니의 한쪽 어깨에 고개를 기댔다. 아르세니는 자신의 어깨에 눈물이 닿는 것을 느꼈다.

아르세니는 환자들에게 돌아가서 그 방에서 아침까지 머물렀다. 그는 생명이 죽음과 겨루는 모습을 보며 생명이 죽음을 이길 수 있도록 도와줘야 한다는 것을 깨달았다. 그는 모녀의 흑사병 궤양이 나을 수 있도록 치료했다. 그들에게 물을 많이 줬는데 물은 모든 더러운 것을 몸 밖으로 내보내는 역할을 하기 때문이었다. 그들이 토할 땐 머리 밑에 양동이를 받쳐주었다. 무엇보다 그들 스스로에게 죽음과 싸울 힘이 부족하다고 느끼면 그들에게 자기 자신의 생명 에너지를 주었다.

아르세니는 특히 여자아이가 걱정됐는데, 아이들은 보통 어른들보다 전염병을 더 심하게 앓았기 때문이다. 틈만 나면 그는 아이의 손을 잡아주었다. 맥을 짚어보고 상태가 변한 것을 가늠했고 아이가 생사의 기로에서 생명을 얻을 수 있도록 도와줬다. 아르세니는 반드시 환자의 치료에 개입해야 할 때를 감으로 알았다. 그런 순간이면 자기 안에서 찾아낼 수 있는 모든 생명력을 아이에게 남김없이 주려고 했다. 그가 두려워한 것은 자신의 힘이 다하는 것뿐이었다.

다음 날 아침에 사람들이 방에 들어왔을 때 아르세니는 미동도 없이 바닥에 앉아서 아이의 손을 잡고 있었다. 방에 들어온 사람들은 그가 죽은 줄 알았다. 공후의 부인과 딸도 함께 죽었다고 생각했다. 하지만 아르세니는 살아 있었다. 공후의 부인과 딸도 기력은 많이 쇠했지만 건강을 회복하고 있었다.

$$\tilde{A}$$

이 일을 계기로 아르세니의 신분이 상승했다. 가족을 무척 사랑하는 공후는 가족이 완치되자 깊은 감명을 받았다. 그는 아르세니에게 흑담비 털 코트를 선물했다. 따뜻한 계절이었지만 누가 봐도 귀한 선물이었다. 공후는 아르세니를 공국의 의사로 임명하고 자신이 살고 있는 궁전에 살게 하도록 하려고 마음먹었다.

당시 공후의 궁전이라는 것은 현재 궁전에서의 삶에 대해 상상할 수 있는 것과는 다소 달랐다고 할 수 있다. 러시아 귀족들은 보통 목조건물에 기거했다. 그들이 거하는 집과 평민들이 사는 집의 차이는 우선 규모 면에서 달랐는데, 귀족들이 사는 집이 더 넓고 더 높았다. 게다가 그들이 사는 궁전 건축은 계속 이어졌다. 잠시 중단됐다가도 수리나 증축 등이 필요하다고 여겨지면 그 즉시 공사가 재개되었다. 가족 중에 누군가가 결혼을 하게 되면, 기존의 궁전이 증축되었다. 부엌이 더 커지고, 새로 부리게 될 하인들을 위한 방과 창고가 늘어나는 식이었다. 건물은 더 커졌지만, 더 아름다워지지는 않았다. 궁전은 벌집이나 조개 서식지의 모습을 연상시켰다. 이 궁전의 가장 큰 장점은 궁전을 소유하는 공후 가족들의 마음에 들도록 지어졌다는 것이었다.

아르세니는 공후의 궁전에서 몇 주간 머무른 후에 공후에게 그를 궁전에서 나가게 해달라고 부탁했다. 아직 벨로제르스크에는 그의 도움을 필요로 하는 환자가 많았기 때문에 아르세니는 그곳을 떠나기보다는 그가 묵을 집을 따로 마련해주길 원한 것이었다. 처음에 공후는 그의 이런 부탁을 듣고 의아해했지만, 다른 환자들의 집을 방문하고 다시 궁전에 들어오면 공후 가족들에게 전염병을 옮길 수 있다는 아르세니의 설명을 들은 후에는 수긍했다. 이 말은 사실이었지만 이것 때문만은 아니었다. 사실 아르세니는 궁전 안에서 생활하는 것이 힘들었다.

"이곳에서의 화려한 삶 속에 있다 보면 당신을 전보다 더 희미하게 느낀다오. 내가 이곳에 남아서 해야 하는 일을 궁전에서 하는 것은 불가능하다오." 아르세니가 우스티나에게 눈물을 흘리면서 말했다.

공후는 아르세니의 말을 경시하지 않았기 때문에 그의 부탁을 들어주기로 마음먹었다. 그렇게 해서라도 아르세니를 공국에 붙잡아두고 싶었다. 그는 아르세니에게 궁전에서 멀지 않은 곳에 있는 집 한 채를 주고 그의 뜻대로 그곳에 살게 해주었다. 아르세니의 바람은 그 도시를 강타한 전염병을 없애는 것이었다. 짧은 시간 안에 아르세니는 벨로제르스크에서도 완치된 사람들이 환자들을 돕도록 만들었다. 한 도시 안에 있는 모든 환자들을 혼자서 돌본다는 것은 역부족이었기 때문이다.

아르세니는 날이 밝을 무렵에 집을 나와서 전염병에 걸린 환자들이 있는 집들을 회진했다. 그는 그들을 진찰하고, 병의 진행 상황을 가늠하고, 살 가능성을 타진했다. 그의 도움이 생사에 결정적인 역할을 할 수 있는 곳에서는 몇 시간 동안 머물면서 슬픔에 빠진 죽음의 천사들에게 시간을 조금만 더 달라고 설득했다. 이따금 자신의 기력이 완전히 쇠했다고 여겨지면 그는 벨로오제로 호수로 향했다.

벌써 5월 말이었지만 호수는 여전히 얼음으로 뒤덮여 있었다. 끝도 없이 펼쳐진 잿빛 호수는 초록색 풀로 뒤덮인 호숫가와 대조를 이루었다. 아르세니는 얼음으로 뒤덮인 호수 위를 걸으면서 호수 깊숙한 곳에서 올라오는 한기를 느꼈다. 이 냉기는 마치 죽음의 냉기와 같았고, 마치 벨로제르스크의 죽은 모든 주민들을 호수의 심연이 품고 있는 것 같은 기분이 들었다. 그는 겨우내 꽁꽁 언 얼음을 몇 시간이고 앉아서 들여다볼 수 있었는데, 그 안에는 항아리 조각, 모닥불을 태워서 나온 숯, 죽은 늑대, 랍티 신발 외에도 호수 안에 오래 머무르는 동안 최초의 모습을 상실하고 순수한 물질로 변화된 것이 있었다.

아르세니는 자신이 잠시나마 사람들의 눈을 피해 혼자 있다고 생각했지만, 실상은 그렇지 않았다. 어딜 가든지 그에 대한 명성이 그를 따라다녔다. 아르세니는 보지 못했지만, 호숫가의 벨로제르스크 사람들이 그를 관찰하고 있었다. 사람들은 평범한 인물이라면 결코 해내지 못할 힘든 일을 그가 해내고 있음을 알았기 때문에 그가 혼자 있으면서 힘을 얻는 것을 방해하지 않았다.

하지만 어느 날 호숫가에서 어떤 점 하나가 떨어져 나와서 아르세니를 향해 재빨리 다가왔다. 아르세니는 그 점이 자신을 향해 온다는 확신이 들어 예의 주시 했다. 아르세니는 다가오는 사람이 아직 멀리 있다고 생각했지만 그 사람의 덩치가 작아서 그렇게 느낀 것뿐이었다. 그 사람이 아르세니의 앞에 도달했을 때 그는 상대가 일곱 살쯤 돼 보이는 사내아이임을 보았다.

"제 이름은 실베스트르예요. 어머니가 아파서 왔어요. 아르세니 선생님, 우리 좀 도와주세요."

이 말을 한 후에 아이는 아르세니의 한 손을 잡고 호숫가 쪽으로 이끌었다. 실베스트르의 손은 차가웠다. 아르세니는 말없이 아이를 따라갔다. 실베스트르는 얼음 위를 걸으면서 몇 번 미끄러져서 아르세니의 손에 우스꽝스럽게 매달렸다. 하지만 기쁜 일로 가는 것이 아니었기 때문에 둘 중 그 누구도 웃지 않았다. 그들의 발걸음에 맞춰 발밑에서 얼음이 갈라지는 소리가 났다. 머리 위로는 따뜻한 곳에서 돌아온 새들이 지저귀는 소리가 들렸다. 이따금 강가에서 따뜻한 바람이 불어와서 차가운 얼음 위에 서 있는 그들의 언 몸을 녹여주었다.

"아버지는 2년 전에 돌아가셨어요. 역병을 이겨내지 못했거든요. 어머니 이름은 크세니야고요." 실베스트르가 말했다.

아르세니는 실베스트르가 그를 보고 있는 것을 눈치채고는 고개를 끄덕였다.

실베스트르가 사는 집은 늪으로 변한 연못 근처 도시 경계선에 위치하고 있었다. 아르세니가 예상했던 것과는 달리 집은 좋았다. 거기에는 고독감이나 버려진 것 같은 분위기는 느껴지지 않았다.

문지방을 넘어서 안으로 들어가기 전에 아르세니가 물었다. "어머니가 언제부터 아프신 것이냐?"

"어제부터요." 소년이 대답했다.

아르세니가 안으로 들어갔다. 아르세니가 위험하다는 신호를 보냈지만 실베스트르는 그를 따라 들어왔다.

"이분은 저의 어머니예요. 어머니로부터 나오는 것이 제게 나쁠 리 없어요." 실베스트르가 속삭였다.

"하지만 지금은 네 어머니가 병에 걸려서 자기 몸을 자기 마음대

로 할 수 없단다." 아르세니 역시 귓속말로 말하곤 아이를 밖으로
내보냈다.

크세니야는 눈을 감고 누워 있었다. 아르세니는 몇 분간 그녀를
말없이 바라봤다. 역병으로 인해 부종이 있었지만 얼굴선은 그대
로 남아 있었다. 아르세니는 한 손으로 이마를 만졌고, 스스로도
자신의 조심스러운 손동작에 놀랐다. 용기를 내기 위해 그는 손바
닥으로 이마를 눌렀다. 그러자 크세니야가 눈을 떴다. 눈에는 아무
런 감정이 실려 있지 않았고 눈은 다시 천천히 감겼다. 자기도 모
르게 잠이 오는 것 같았다. 아르세니는 맥박을 짚어봤다. 한 손을
경동맥에 갖다 댔다. 그는 몇 번이고 심장박동이 느껴지는 부위를
눌러봤다. 하지만 생명이 꺼져가는 것만 느껴질 뿐이었다.

현관 앞에서 실베스트르가 궁금한 것이 있다는 표정을 지으며
아르세니를 쳐다봤다. 아르세니는 이런 유의 시선이 무엇을 의미
하는지 잘 알고 있었지만, 지금껏 단 한 번도 어린아이가 이런 표
정을 짓는 것을 본 적이 없었다. 그래서 이런 표정을 짓고 있는 아
이에게 무슨 말을 해야 할지 알 길이 없었다.

"그게 말이다, 상황이 좋지 않단다." 아르세니는 아이로부터 등
을 돌리고 말했다.

"네 어머니를 살리지 못할 것 같아 마음이 무겁구나."

"하지만 공후 부인도 고쳤잖아요. 제 어머니도 고쳐주세요." 소
년이 말했다.

"모든 것은 하느님의 뜻에 달렸단다."

"사실 하느님한테 어머니 병 고치는 것쯤은 일도 아니잖아요. 이

건 굉장히 쉬운 일이잖아요, 아르세니 선생님. 함께 하느님께 기도드려요."

"그러자꾸나. 다만 혹여 어머니가 돌아가신다 해도 하느님을 원망하지는 않았으면 좋겠구나. 다시 한번 말하지만 네 어머니는 살 가능성이 희박하단다."

"그렇다면 선생님은 하느님께 기도하면서 하느님이 우리 부탁을 들어주리라는 걸 의심하시는 거예요?"

아르세니는 아이의 이마에 입 맞추었다.

"아니란다. 당연히, 아니고말고."

그는 현관 앞에 실베스트르의 잠자리를 펴주었다. "오늘은 여기서 자려무나."

"네, 하지만 그 전에 같이 기도해요." 실베스트르가 말했다.

아르세니는 방에서 그리스도와 동정녀 마리아와 치유자 성 판텔레이몬 대순교자 성상화를 가져왔다. 선반 위에 있던 바가지를 치우고 거기에 성상화들을 올려뒀다. 아르세니와 소년은 함께 무릎을 꿇었다. 그들은 그렇게 한참 동안 기도했다. 아르세니가 그리스도 구세주께 드리는 기도문 읽는 것을 마쳤을 때 실베스트르가 그의 한쪽 소매를 잡아당겼다.

"잠깐만요. 나도 기도하고 싶어요. (아이는 이마를 땅에 댔고, 그러자 목소리가 더 불분명하게 들렸다.) 하느님, 어머니를 살려주세요. 전 이제 더는 아무것도 필요 없어요. 아무것도요. 앞으로 1세기 동안 하느님께 감사드릴게요. 어머니가 돌아가시면 저 혼자 세상에 남는 거 아시잖아요. (이 말을 하면서 그는 손차양을 만들어 그리스도 성상화를 쳐다봤다.) 이 세상에 저 혼자 남겨지는 거예요."

소년은 어머니가 돌아가시면 어떻게 되는지 구세주께 알려드리면서도 자기 자신을 걱정한 것이 아니었다. 그는 어머니를 생각하며 어머니를 치료해주셔야 하는 가장 중요한 이유를 골라서 말했다. 그리고 그의 청을 거절하지 않길 바랐다. 아르세니도 이것을 보았다. 그리고 그리스도가 이런 그의 마음을 헤아려주리라고 믿었다.

그런 후에 그들은 성모마리아에게 기도했다. 어느 순간 실베스트르의 목소리가 들리지 않아서 아르세니는 주위를 둘러봤다. 실베스트르가 무릎을 꿇은 채로 잠이 들어 있었다. 궤짝에 기댄 채로 말이다. 아르세니는 조심스럽게 아이를 들어서 잠자리로 옮겼다. 이제부터는 치유자 성 판텔레이몬 대순교자에게 혼자 기도했다. 자정 무렵에 그는 방에 들어가서 크세니야를 간호하기 시작했다.

$$\tilde{\epsilon}$$

며칠이 지났지만 크세니야의 상태는 호전되지 않았다. 그렇다고 죽어가는 것 같지도 않았다. 아르세니는 이런 그녀를 보며 하느님의 한량없는 자비와 그녀가 생사의 기로에서 살려고 발버둥치는 동안 하느님이 그녀를 지켜주고 있음을 느꼈다. 그 역시 그녀가 생을 위해 투쟁하는 것을 계속 도왔다. 그는 크세니야의 고개를 조금 들어서 역병을 이겨내는 데 도움이 되는 약뿐만 아니라 죽음과 사투를 벌일 수 있는 힘을 줄 약초 진액을 먹였다. 크세니야의 한 손을 잡고 들릴 듯 말 듯 한 목소리로 기도하면서 하느님의 도움이 그를 통해 그녀에게 흘러드는 것을 느꼈다.

그는 방에서 나올 때 집 현관 앞에 있는 실베스트르를 봤다. 그들은 크세니야의 목숨을 살려달라는 기도를 한 후에 잠시 호수 방향으로 걸었다. 벨로제르스크의 날씨는 더워졌고, 호수에서 기분좋은 선선한 바람이 불어왔다. 호수를 뒤덮은 얼음은 이제 믿을 만하지 않았기 때문에 호수 위로 걷지는 않았다. 호수 군데군데 얼음이 녹아서 호수 속 지하수가 고인 부분이 모습을 드러냈다. 단단한데다 파란색을 띠던 얼음은 부서지기 쉬운 검은색으로 변했다.

"우리 어머니랑 결혼할 거죠?" 그들이 호숫가를 거닐 때 실베스트르가 그에게 물었다.

아르세니는 갑작스러운 질문에 당황하며 발걸음을 멈췄다.

"저는 우리가 항상 함께했으면 좋겠어요." 실베스트르가 말했다.

"실베스트르야, 그러니까 말이다…….'

아르세니보다 많이 앞서서 걷던 아이가 천천히 그가 있는 쪽으로 돌아오고 있었다.

"다른 여자가 있어요?"

"굉장히 어른스러운 질문을 하는구나."

"그럼 있단 말이에요?"

"그렇다고 볼 수도 있지."

아르세니는 아이의 눈에 눈물이 가득 고인 것을 봤다. 실베스트르는 감정을 애써 억눌렀고, 그러자 눈물이 볼을 타고 내려가지는 않았다.

"그분 이름이 뭔데요?"

"우스티나란다."

"선생님 마을에 사는 사람이에요?"

"아니란다."

"벨로제르스크에 살아요?"

"이 세상 사람이 아니란다."

그러자 소년은 그의 한 손을 잡았고, 그들은 그 후로 말없이 걸었다. 5일째 되는 날부터 크세니야의 병세가 호전되기 시작했다. 기력은 쇠할 대로 쇠했지만 위험한 고비는 넘긴 것 같았다. 그녀는 약과 죽을 먹여주고 요강이 있는 데에 갈 때 부축해준 아르세니를 보며 고맙다는 표정을 지어 보였다.

"당신 앞에서는 부끄러운 것이 없어요. 나도 이런 내가 놀라워요." 한번은 그녀가 불쑥 이런 말을 했다.

"사람이 아프면 육체가 부끄러움을 상실하는 법이랍니다. 육체는 단지 껍데기일 뿐이라는 깨달음을 얻게 되지요. 그러면 거리낌도 없어집니다." 아르세니는 잠시 생각한 후에 대답했다.

"당신 앞에서는 거리낌이 없어요. 이제 당신은 내게 소중한 사람이 되었으니까요." 얼마간 시간이 흐른 후에 크세니야가 또 말했다.

크세니야의 병세는 더 호전되었다. 그리고 며칠이 더 지난 어느 날 저녁에 그녀는 자리에서 일어나서 순무를 삶았다. 그런 후에 순무를 똑같은 크기로 동그랗게 잘라서 각자의 접시에 나눠 담았다. 그녀는 행복한 표정을 지으며 두 남자를 바라봤다. 하지만 아이가 음식을 거의 입에 대지 않았기 때문에 아르세니가 아이를 쳐다봤다. 하루 종일 아이는 기운이 없었고, 아르세니는 아이가 슬슬 걱정되기 시작했다.

저녁 식사 후에 아르세니는 실베스트르의 손목을 잡았다. 아르세니는 아이에게 다가갔을 때 상황이 좋지 않다는 것을 벌써 알았지만 실베스트르의 맥박을 짚어본 후에야 상황이 얼마나 안 좋은지 깨달았다. 아르세니는 자신의 피가 역류하는 것 같은 기분이 들었다. 곧 코와 귀, 목에서 피가 나올지도 모른다. 크세니야는 계속 말했지만, 그는 더는 입을 열어 대화에 동참할 수 없었다. 자신이 아이를 도울 수 없으리라는 무력감을 확실히 느꼈다. 그는 아이를 보면서 또다시 죽고 싶은 마음이 들었다.

실베스트르는 밤에 잠을 자지 못했다. 알 수 없는 불안감에 시달렸고, 잠자리에서 몸을 이리저리 뒤척였다. 한쪽 옆으로 누웠다가 다시 다른 쪽으로 누웠지만 편한 자세를 잡기가 힘들었다. 팔다리의 근육이 쑤셨다. 몇 분간 잠이 들었나 싶다가도 바로 잠이 깨서 크세니야와 아르세니가 옆에 있는지를 묻곤 했다. 그는 그들이 옆에 없는 것 같았다. 하지만 그들은 옆에 있었다. 그들은 그의 침대 옆에 앉아서 그를 계속 응시했다. 크세니야는 아무 말도 하지 않았다. 눈물이 그녀의 볼을 타고 흘러내렸다. 아침나절에 실베스트르는 의식을 잃었다.

크세니야가 고개를 들었다.

"아르세니, 아이를 살려주세요. 제 목숨과도 같은 아이입니다."

아르세니는 바닥에 앉아 있는 그녀 옆에 앉아서 그녀의 무릎에 얼굴을 파묻고 목 놓아 울었다. 그는 실베스트르를 잃을지도 모른다는 두려움과 그를 돕지 못할지도 모른다는 무력함으로 인해 울었다. 자신이 끝내 살리지 못한 모든 이들을 위해 울었다. 죄책감을 느끼면서도 이런 감정을 나눌 사람이 없어서 슬펐다. 그리고 문득 강렬하게 느껴지는 외로움으로 인해 울었다.

실베스트르의 병을 치료하려고 애쓰면서 그는 언젠가 흐리스토포르한테 배운, 역병을 치료할 때 쓰는 모든 방법을 동원했다. 그는 자신이 직접 두 눈으로 효능을 확인한 약재를 사용했다. 아르세니는 아이를 자기 무릎에 앉히고 놓아주지 않았다. 자신이 옆에 없을 때 죽음의 천사가 아이를 데리러 올까 봐 두려웠다. 아르세니는 결정적인 순간에 자신의 심장에 있는 생명의 기운을 아이에게 전해주기 위해 자신이 아이를 꼭 끌어안으리라는 것을 알고 있었다. 그는 실베스트르가 기침을 시작하자 두려웠다. 아이의 입에서 피 섞인 점액을 닦아주면서 그가 기침을 심하게 하면 그의 몸에 위태롭게 매달려 있는 영혼도 기침과 함께 날아가버릴까 봐 겁이 났다.

실베스트르의 기도를 떠올리며 아르세니는 하느님께 기도했다.

"그 아이를 도와주세요, 당신껜 어려운 일도 아니잖아요. 저도 제가 뻔뻔하다는 것을 압니다. 저는 우스티나로 인해 영원히 죄책감을 안고 살아가야 하기에 아이 대신 제 생명을 앗아 가달라고 말씀드릴 수도 없습니다. 그럼에도 불구하고 저는 여전히 주님의 한량없는 자비를 믿고 이렇게 부탁드립니다. 주님의 종 실베스트르의 목숨을 보존해주세요."

아르세니는 5일 밤낮으로 잠을 자지 않았다. 반쯤 앉아 있는 실베스트르를 잡고 있어야 했기 때문에 아이를 놓아주지 않았다. 아이가 눕자 가래가 폐를 빠른 속도로 채워서 기침을 굉장히 심하게 했기 때문이다. 6일째가 되자 아르세니는 몇 가지 변화를 알아차렸다. 육안으로 확인되지는 않았지만 아르세니는 알 수 있었다.

그는 아무것도 설명하지 않고 크세니야에게 기도를 더 세게 하라고 명했다. 크세니야는 잠을 못 자서 피로가 쌓여 쓰러지면서도 기도를 더 세게 했다. 그녀는 '아름다운 구석'* 앞에 무릎을 꿇고 몇 시간씩 기도했다. 이로 인해 목소리가 쉬었다. 머리카락이 머리를 감싸는 숄 밖으로 흘러내렸지만 머리를 다듬을 힘도 남아 있지 않았다. 눈물도 말라서 더는 볼을 타고 흘러내리지도 않았다. 7일째가 되자 아이가 눈을 떴다.

아르세니는 감사 기도를 드리고 그대로 긴 의자에 주저앉았다. 그는 이틀 밤낮으로 잠을 잤지만 여전히 피곤했다. 그는 일어나야 한다는 것을 알았고 자신이 일어나는 꿈을 꾸었다. 실베스트르의 몸을 살펴보고 싶었지만 대신에 아이의 몸을 살펴보는 꿈을 꾸었다. 꿈속에서 실베스트르의 몸을 진찰했고, 아이는 무사했다. 아르세니는 이것이 꿈임을 알고 있었지만 꿈이 현실과 다르지 않음도 알고 있었다. 만약 꿈이 현실과 달랐다면 다른 꿈을 꾸었을 테니까 말이다.

그는 한쪽 팔에 무언가 차가운 것이 닿는 감촉으로 인해 잠에서 깼다. 크세니야의 입술이 그의 팔에 닿은 것이었다. 아르세니가 눈

---

* 집 안에 성상화를 세워두던 성스러운 자리를 뜻한다.

을 뜬 것을 보고 크세니야는 그의 손바닥을 자신의 이마에 갖다 댔다. 그녀의 등 뒤에 실베스트르가 서 있었다. 병을 앓은 후 아이는 창백하고 말랐다. 창백하다 못해 거의 유령에 가까울 정도로 투명했다. 아이가 입은 셔츠의 등 쪽에 난 주름이 천사의 날개처럼 덜렁거렸다. 그는 아르세니에게 다가올 생각은 하지 않고 그대로 서서 미소만 지을 뿐이었다. 그리고 자신의 어머니를 앞으로 내세웠다.

## 5

호수를 덮은 얼음이 다 녹기가 무섭게 도시는 더 따뜻해졌다. 날이 더워지자 전염병도 소강 국면으로 돌아서기 시작했다. 벨로제르스크는 일상으로 돌아가고 있었고, 주민들의 우려도 점점 엷어지고 있었다. 하지만 아르세니의 명성은 여전해서 이젠 공국 전체에 떠들썩했다. 사람들은 몸이 아파서도 아르세니를 찾아왔지만, 아무런 이유가 없어도 그를 찾았다. 벨로제르스크 사람들은 그와 대화를 나눌 때면 확실히 어떤 은혜 같은 것을 느꼈다. 아르세니는 과묵한 편이었지만 그의 관심 자체와 미소, 손길로 인해 그들의 마음이 기쁨과 힘으로 가득 차곤 했다.

이따금 미하일 공후가 그를 점심 식사에 초대했다. 식사 때 그는 다시금 아르세니에게 그가 머무른 궁전으로 거처를 옮기라고 종용했지만 아르세니는 몇 차례에 걸쳐서 그의 제안을 완곡하게 사양했다. 공후는 자신이 머무는 궁전 근처에 아르세니를 위해 큰 집을 한 채 지어주려고 했지만 아르세니는 이 역시 거절했다. 점심 식사 역시 거절하고 싶었지만 이것까지 거절하면 공후의 노여움을 살 수 있었기 때문에 식사에는 참석했다.

공후는 영리한 사람이었고 아르세니에게 자신과의 친분을 강제하지 않았다. 아르세니에게 어느 정도의 독립성이 보장되어야 한다는 것을 깨달은 미하일 공후는 그에게 자신과의 교제를 강요하지 않기로 마음먹었다. 하지만 '어느 정도의 독립성'이라는 것의 경계는 공후 자신이 정했다. 즉, 공후는 아르세니가 자기 의지대로 도시 안에서 사는 것은 허락하되 도시 밖으로 나가는 것은 제한했다. 이와 관련해서 아르세니에게 정중하면서도 단호하게 자신의 의사를 밝혔다.

이 무렵 아르세니에게는 공후와 함께하는 점심 식사 외에도 불편한 일들이 생겼다. 아르세니는 공후의 궁전보다 크세니야의 집을 더 자주 갔고 그럴 때마다 그의 마음은 더 괴로웠다. 실베스트르는 하루가 멀다 하고 그의 집에 와서 그를 자기 집으로 이끌었다. 그리고 아르세니는 공후의 점심 식사 초대보다 크세니야의 집에서 하는 식사 초대를 거절하는 것이 훨씬 더 힘들었다. 무엇보다 아르세니는 자기도 그 집에서의 식사를 원한다는 것으로 인해 두려웠다.

그는 크세니야의 집에 와서 그녀가 식탁에 음식을 차리는 모습을 지켜봤다. 그녀의 차분하고도 정확한 동작을 감상했다. 크세니야와 말은 거의 하지 않았다. 같이 있을 땐 말을 하지 않아도 불편하지 않았고 아르세니는 이 점 또한 마음에 들었다. 이따금 실베스트르가 말을 하긴 했지만 아이는 되도록 그 두 사람이 단둘이 시간을 보낼 수 있도록 자리를 비켜주려고 노력했다. 점심 식사 후에 아이는 아르세니를 집까지 바래다주었다. 아르세니는 이 시간 역시 좋았다. 가끔 그는 실베스트르가 자신이 다른 집에 가지는 않을까 염려하는 것 같다는 인상을 받았다.

"우스티나는 선생님의 아내가 될 수 없어요." 어느 날 실베스트르가 아르세니를 집까지 바래다주면서 말했다.

"왜지?" 아르세니가 물었다.

"이 땅에 사는 사람이 아니니까요."

"난 그녀가 어디에 있든지 그녀를 책임져야 한단다."

아르세니는 실베스트르의 한쪽 어깨에 한 손을 얹었지만 실베스트르는 등을 돌리고 섰다.

실베스트르만 불편한 건 아니었다. 아르세니 역시 자기 자리를 못 찾긴 마찬가지였다. 그는 크세니야의 집에 가지 말아야 할 마땅한 이유를 찾지 못했기 때문에 그 집에 계속 갔다. 그보다 그는 자신이 그녀의 집에 가는 것을 잔칫집에 가듯 기다린다는 사실을 깨닫고 당혹스러웠다. 게다가 벨로제르스크에서는 자신의 명성으로부터 몸을 숨길 수 없었기 때문에라도 이 일로 인해 창피했다.

이제 벨로제르스크 사람들이 그의 집에 직접 찾아왔다. 그들 역시 루키나 마을 사람들과 같은 병에 걸렸고, 이번에도 그는 이 도시 사람들의 병을 치료했다. 그는 그 누구에게도 치료비를 달라고 하지 않았지만 그에게 무료로 치료를 받고자 하는 사람은 드물었다. 루키나 마을 사람들과 달리 벨로제르스크 시의 주민들은 치료비 명목으로 식료품보다는 돈을 더 선호했다. 그리고 루키나 마을 사람들보다 훨씬 더 많은 돈을 지불했다. 미하일 공후 역시 그에게 값비싼 선물을 자주 했다.

아르세니는 이 돈으로 크지 않은 책 몇 권을 구매했는데 거기에는 약초와 원석의 약성이 나와 있었다. 그중 한 권은 외서였고, 독일 땅에 다녀왔던 아파나시 블로하라는 상인에게 번역료를 지불했다. 블로하의 번역은 이상적인 번역과는 거리가 있었기 때문에, 실제로 그 책을 활용하는 데에는 어려움을 겪었다. 아르세니는 흐리스토포르에게 들어서 아는 내용과 일치한 경우에만 책 속에 있는 처방전을 사용했다.

상인 블로하가 모르는 글자들을 읽고 그 글자들로 이루어진 단어들을 해석하는 모습을 지켜보며 아르세니는 언어와 언어 간의 연관성에 관심을 갖기 시작했다. 전 세계에 72개 언어가 존재한다는 것에 대해서 아르세니는 바벨탑 건설과 관련된 혼돈의 역사를 통해 알고 있었지만, 지금까지 러시아어 외의 다른 언어는 들은 적이 없었다. 그는 입술을 움직여서, 블로하가 발음하는 소리와 단어들의 특이한 조합을 작은 목소리로 따라 했다. 그가 이렇게 만들어진 말의 의미를 알게 되었을 때 그는 낯익은 것들을 이토록 이상하고 불편한 방법으로 표현할 수 있다는 사실을 알고 놀랐다. 이와 동시에 이렇듯 다양한 방식으로 익숙한 것들을 표현할 수 있다는 사실에 매료되고 끌렸다. 그는 러시아어와 독일어 단어들의 연관성과 블로하의 발음 모두 기억하려고 노력했지만 그의 발음은 실제 독일어 단어의 발음과는 거리가 멀었다.

사업 수완이 좋은 블로하는 아르세니가 독일어에 관심을 보이는 것을 알아채고 그에게 독일어를 가르쳐주겠다고 제안했다. 아르세니는 기다렸다는 듯이 그 제안을 받아들였다. 이렇게 해서 받게 된 수업은 본질적으로 일반적인 강의나 수업과는 거리가 있었는데, 아파나시 블로하는 언어 자체에 대해서 명료하게 설명할 수 없었기 때문이다. 그는 언어의 구조에 대해 한 번도 깊이 생각해본 적이 없었고 언어의 규칙에 대해서는 더더욱 아는 것이 없었다. 처음 한동안 수업은 블로하가 약초의 효능이 적힌 외서를 소리 내어 읽고 해석하는 식으로 진행되었다. 이러한 수업과 전에 하던 번역이 다른 점이 있다면 책의 한 챕터가 끝나면 블로하가 아르세니에게 질문을 하는 것뿐이었다.

"이해되오?"

이렇게 해서 상인은 아르세니로부터 외서를 해석하는 비용과 수업료를 모두 받아냈다. 아르세니는 이와 관련해서 불만을 토로하지 않았는데 그에게 돈을 내는 것이 아깝지 않았기 때문이다. 적어도 벨로제르스크에는 외국어를 아는 사람이 아파나시밖에는 없었기 때문에 아르세니는 그런 그의 재능을 높이 평가했다. 아르세니는 약초의 효능이 적힌 책을 읽는 것만으로는 실력이 크게 늘지 않을 것임을 깨닫고 한번 들은 것을 잘 기억하는 스승의 장점을 활용하기로 마음먹었다.

독일에 오래 머무는 동안 블로하는 특정 상황에서 발음되는 단어들의 조합을 터득했고 유사한 상황에 적합한 단어나 표현이 무엇이냐는 질문을 받으면 이 단어들을 재현할 수 있었다. 아르세니는 블로하에게 특정 상황을 묘사하곤 이런 상황에서는 사람들이 뭐라고 말하는지 물었다. 상인은 (이건 일도 아니죠! 라고 말하고 싶은 듯이) 의아하다는 듯 한 손을 들고 아르세니가 묘사한 상황과 관련해서 자신이 들은 모든 표현들을 말해주었다. 그러면 아르세니는 블로하에게 들은 말을 적어두었다. 그리고 혼자 있을 때 자신이 메모한 것을 정리했다. 그리고 블로하에게 들은 표현이나 단어 중에서 모르는 단어들을 뽑아서 자신이 만든 사전 안에 적어 넣었다.

한번은 길에서 사망한 외국인 상인의 물건을 처분할 때 아르세니는 독일 연대기 한 권을 샀다. 이것은 두껍고 굉장히 낡은 필사본이었다. 책이 너무 낡아서 앞부분을 어렵게 찾아 펼친 아르세니와 블로하는 책에서 눈을 뗄 수 없었다.

그들은 사티로스*라고 불리는 사람들에 대한 부분을 읽었는데, 그들이 달리면 아무도 따라잡을 수 없다는 것이었다. 그들은 옷을 벗고 다니고 짐승들과 함께 사는데, 몸은 온통 털로 덮여 있다. 사티로스는 말은 하지 않고 소리만 지른다. 아르세니와 블로하는 태평양 북부에 살고 있는 아타나시아에 대해서도 읽었다. 그들은 무척 큰 귀를 갖고 있었는데, 귀가 너무 커서 몸 전체를 덮을 수도 있었다. 반대로 귀가 없지만 온몸에 구멍이 있는 시리티에 대해서도 읽었다. 인도에 사는 만티코어라는 괴물에 대해서도 읽었는데, 이 괴물은 이빨이 빗처럼 촘촘하게 세 줄로 늘어서 있으며 인간의 얼굴을 하고 사자의 몸을 갖고 있다.

---

\* 그리스 신화에 나오는, 반인반수의 모습을 한 숲의 정령.

'세상은 참 다채롭군.' 아르세니는 이런 생각을 하면서 《알렉산드리아》에서 이와 유사한 부분을 떠올렸고, 열거된 생명체들이 그가 속한 세계에서 어떤 위치를 차지할지 생각해봤다. '합리적으로 잘 만들어진 세계에서 이것들의 존재가 실수로 잘못 만들어진 존재가 될 수는 없지 않은가?'

아르세니는 번 돈을 대부분 썼지만 책 구매나 수업료로 쓴 것은 아니었다. 아르세니는 대부분 약초나 약초 뿌리, 광물 등 약을 조제하는 데 필수적인 것들을 구매하는 데에 썼다. 이렇게 많은 돈을 들여서 조제한 약제는 치료비를 지불할 수 없는 사람들에게 나눠주었다. 가장 비싼 것은 외국에서 들여온 것들이었다. 그중에는 아르세니가 흐리스토포르로부터 듣거나 독일 전통 의학책에서 본 것들도 있었다. 인심이 후한 벨로제르스크 사람들 덕분에 이제 아르세니는 이런 약제들도 써볼 수 있게 되었다.

우선 그는 진주 몇 알을 사서 곱게 빻았다. 여기에 말린 장미 꽃잎을 곱게 빻아서 설탕 가루와 섞은 것을 역병을 앓은 후에 기력이 쇠한 사람에게 먹으라고 주었다. 흐리스토포르의 말에 따르면 이 약은 기력을 회복하는 데에 도움이 된다고 했다. 이것을 먹은 환자는 정말로 기력을 회복했으며, 다른 병을 앓고 나은 환자들에게도 도움이 되었다. 한편 빻은 진주의 효능은 아르세니에게 여전히 수수께끼로 남았다. 그가 확신할 수 있는 것은 진주가 환자의 몸에 해를 끼치지는 않는다는 정도였다.

아르세니는 영국에서 들여온 에메랄드라는 놀라운 원석도 샀다. 흐리스토포르는 에메랄드를 자주 보는 사람은 시력이 좋아진다고 말한 적이 있었다. 에메랄드를 곱게 빻아서 물에 섞은 것은 맹독 해독에 효능이 있다고 한다. 아르세니는 해독제로 사용하지는 않았지만 에메랄드를 보고 있으면 정말로 기분이 좋아졌다.

이 외에도 전에는 본 적이 없는 기름을 사용했다. 생긴 지 얼마 안 된 상처에는 테레빈유를 사용했고, 효과가 있는 것 같았다. 관절에 통증이 있을 때는 환부에 검은 기름인 석유를 발랐다. 환자들은 아르세니가 치료하면 몸이 더 좋아지는 것을 느꼈다. 사실 그들은 아르세니가 어떤 기름을 바르든지 상관없었다. 그들에게 중요한 것은 이것을 다름 아닌 아르세니가 치료한다는 사실 자체였는데, 그들 스스로가 환부에 석유를 발라봤지만 효과가 훨씬 덜했기 때문이다. 그렇다고 석유의 효능을 부정한 것은 아니었다.

전에는 구할 수 없던 약들을 사용한 후에 아르세니는 마음이 놓였다. 적어도 그는 흐리스토포르의 말을 믿었기 때문에 이것들의 효능을 완전히 부정했다고 볼 수는 없었다. 이와 동시에 아르세니는 흐리스토포르 역시 많은 약의 효능을 경험에 의해 직접 터득한 것이 아님을 감안했다. 따라서 이러한 것들은 그가 직접 확인하고 스스로 판단해야 했다. 결국 아르세니는 약은 부차적인 의미만을 갖는다는 자신의 추측에 대해 확신을 얻게 되었다. 약보다 더 중요한 것은 어떤 의술을 가진 의사가 치료하는가 하는 것이다.

한편 북부 지방의 짧은 여름은 이미 끝나고 있었다. 밤에 난로로 아늑함을 얻고 홰로 집 안을 밝히는 때가 되었다. 밤이 되면 기온이 영하로 내려갈 때도 있었다. 아르세니는 실베스트르와 크세니야가 사는 집에 밤늦도록 있으면서 흐리스토포르가 남긴 메모들을 읽어주었다.

"성 대바실리오스가 말씀하시길 '노년의 순결은 순결이 아니라 정욕이 약해지는 것이다.' 자신과 이름이 같은, 소름 끼치는 사람을 본 알렉산드로스 대왕이 말하길 '자네 이름을 바꾸거나 생활 방식을 바꾸게나'라고 말했다. 시노페의 디오게네스는 머리가 벗어진 사람이 그를 나무라자 다음과 같이 말했다. '자네의 비난에 비난으로 답하지 않겠네만 자네 머리를 덮고 있던 머리카락을 칭찬하고 싶네. 자네 머리카락은 자네 머리의 어리석음을 발견하고 전부 도망쳤기 때문일세.' 한 젊은이가 시장에서 자랑하듯 자기는 현명하다고 말했는데, 그 이유는 그가 많은 현자들과 대화를 나눴기 때문이라고 했다. 그러자 데모크리토스가 말하길, '나는 수많은 부자들과 대화를 나눴지만 이로 인해 부자가 되지는 못했소.' 시노페의 디오게네스에게 어떻게 하면 진실과 함께 살 수 있는지 물었을 때 그는 대답했다. '진리는 불과 같아서 너무 가까이 가면 불에 델 것이며 너무 멀리 떨어지면 추위에 떨 것이다.'"

## 3

날씨가 이미 부쩍 추워졌다. 바람이 벨로제르스크의 나무들에서 잎들을 떼어내서는 호수로 던졌다. 바람은 점점 더 강해졌고, 나뭇잎들은 가지에 위태롭게 붙어 있었다. 호수로 날아간 나뭇잎들은 북쪽으로 날아가던 작은 새들의 모습을 닮아 있었다.

아르세니는 벨로제르스크 사람들을 여전히 치료했지만 그들만 치료한 것은 아니었다. 이제 벨로제르스크 공국에 있는 사람들 모두 그의 명성을 듣고 찾아왔다. 처음에 아르세니는 그들을 집 현관 앞에 앉혔다. 집 현관 앞에도 자리가 부족해지자 그는 마당에 긴 의자 몇 개를 놓아달라고 했다. 마당에 놓은 의자로도 부족해지자 아르세니는 진료받을 환자 수를 제한했다. 그는 마당의 긴 의자에 앉은 환자들만 진료했다. 하지만 미처 의자에 앉지 못한 자들도 바로 자리를 떠나지 않았다. 그들은 마당을 배회하며 의사가 자비를 베풀 때까지 인내심을 갖고 기다렸다. 아르세니가 결국 진료를 기다린 모든 환자들을 진찰해주리라는 것을 알고 있었기 때문이다.

환자들은 많았고, 그들이 찾아온 이유 역시 다양했다.

뼈가 부러진 사람을 데리고 온 적도 있었다. 아르세니는 뼈를 맞추고 부러진 부분을 연고를 바른 캔버스 천으로 감았다. 이것은 외국산 와인에 아욱과를 넣고 끓인 것이었다. 그리고 수레국화를 빻아서 넣은 가시자두 잎사귀 즙을 마시도록 했다. 환자들은 인내심을 갖고 붕대를 감고 다녔고 8일간 아침마다 그가 만들어준 약을 마셨다. 그러자 뼈가 붙었다.

화재로 화상을 입은 사람들과 뜨거운 물에 덴 사람들도 그에게 데리고 왔다. 그러면 아르세니는 화상을 입은 환부에 양배추 다진 것과 달걀흰자를 넣은 캔버스 천을 갖다 댔다. 캔버스 천을 갈면서 환부에 진사 가루를 뿌렸다. 그리고 화상 환자들에게 예필리야라는 약초의 즙을 마시게 했다. 그러면 얼마 안 있어서 상처 부위가 당겨지면서 흉터가 생겼다.

기생충으로 고통받는 사람들도 찾아왔다. 그러면 서양무아재비를 잘게 다져서 꿀과 섞은 것을 처방해주었다. 아몬드도 처방해주었다. 그리고 식초에 소금을 넣고 함께 끓인 어린 쐐기풀도 처방해주었다. 만약 이걸 복용하고도 기생충의 일부가 남아 있을 경우 녹반 한 꼬집을 식후에 복용시켜서 남은 기생충이 모두 나오도록 했다. 중세 시대에는 기생충이 많았다.

치질로 고생하는 사람들도 그에게 치료를 받았다. 아르세니는 딜 씨앗 다진 것이나 안티몬 가루를 환부에 뿌리라고 지시했다. 가슴이 가려운 사람들도 찾아왔다. 그는 무리를 지어 다니며 밤에 눈이 빛나는 청어를 상인들에게서 사라고 처방했다. 그 청어를 세로로 길게 자른 후에 가슴에 대라고 했다. 잇몸이 아픈 사람들도 아르세니를 찾아왔다. 그는 잇몸이 단단해질 수 있도록 아몬드를 입속에 자주 넣고 있으라고 조언했다.

실베스트르도 여전히 아르세니를 데리러 와서 그를 어머니 집으로 인도했다. 그는 아르세니가 하루 종일 환자를 보느라 바쁜 것을 알고 있었기 때문에 늦은 밤이 되어서야 그에게 왔다. 아르세니는 하루 일과가 끝날 즈음이면 자기도 모르게 서두르기 시작해 실베스트르가 올 때쯤 함께 나갈 수 있도록 최대한 준비했다. 아르세니의 환자들도 이것을 알아차렸고 저녁에는 오지 않으려고 노력했다. 결국 아르세니 역시 이런 자신의 모습을 눈치챘다. 이런 사실을 깨달았을 때 그는 심장이 조여오는 것을 느꼈다. 그는 해가 질 때까지 침묵했고 저녁 무렵이 되어서도 결국 그들에게 읽어줄 쪽지를 준비하지 못했다.

실베스트르가 왔을 때 아르세니는 함께 가야 할지 말지를 고민하기 시작했다. 사내아이는 말없이 그를 쳐다봤고 아르세니는 더는 아이의 시선을 견딜 수 없어서 말했다.

"가자꾸나, 실베스트르."

그들은 가는 동안 내내 말없이 걷기만 했다. 아이는 아르세니의 심경에 어떤 변화가 일었다는 것을 느꼈지만 묻기가 두려웠다. 집에 도착하자 음식은 이미 식탁 위에 차려져 있었다. 아르세니는 음식을 먹고 싶지 않았다. 하지만 크세니야의 정성을 생각해서 조금 먹었다. 그는 흐리스토포르가 남긴 쪽지를 갖고 오지 않았고 대화도 자주 끊겼다. 실베스트르가 현관 밖으로 나가자 아르세니가 말했다.

"크세니야, 나는 여기 오면 안 되오."

이 말을 듣고도 크세니야의 표정은 변하지 않았다. 그녀는 언젠가는 그가 이 말을 할 것을 예상했기 때문에 마음의 준비를 하고 있었다. 하지만 이 말을 듣자 괴로웠다.

"나는 당신이 우스티나를 여전히 사랑하고 있다는 것을 알고 있어요. 그래서 당신을 사랑해요. 그렇다고 우스티나의 자리를 대신할 마음은 없어요." 크세니야가 말했다.

"나도 당신과 있으면 좋고 기쁘다오. 하지만 우스티나는 나의 영원한 신부요." 아르세니가 말했다.

"만약 나와 있는 것이 기쁘다면 내 형제가 돼주세요. 온전한 사랑을 하면서 함께 살아요. 아르세니, 저는 당신을 볼 수 있다는 것만으로 만족해요."

"하지만 나는 당신과 온전한 사랑을 하면서 살 수 없소. 내 의지가 약하기 때문이오. 하느님을 봐서라도 나를 용서하시오."

"하느님은 용서하실 거예요." 크세니야가 말했다. "당신은 당신의 기억을 좇으며 지고지순한 사랑을 보여주고 있어요. 하지만 아르세니, 당신은 지금 죽은 자들로 인해 산 자들을 죽이고 있어요."

"우스티나는 살아 있소." 아르세니가 언성을 높였다. "아이도 살아 있고, 두 사람 모두 내 기도로 죄 사함 받기를 간절히 기다리고 있소! 죄를 지은 내가 그들을 위해 기도하지 않으면 누가 그들을 위해 기도한단 말이오!"

"우리요. 실베스트르와 나는 당신과 함께 기도를 한다면 행복할 거예요. 당신이 다시금 평안을 찾을 수 있게 도와준다면 그 아이도 행복해할 거예요. 그 아이의 기도는 하느님이 기뻐 받으실 테니까요. 매일 아침부터 밤까지 우리 셋이서 함께 기도해요. 내 형제 아르세니, 부탁이니 우리를 버리지 마세요."

크세니야는 창백했고 이로 인해 말로 표현할 수 없을 정도로 아름다웠다. 아르세니는 목에서 어떤 덩어리가 자라고 있는 듯한 것을 느꼈다. 집 밖으로 나오자 현관 앞에 있는 실베스트르를 발견했고 그의 고아 같은 시선과 마주쳤다. 그의 이 표정을 보자 아르세니는 통곡했다. 두 손으로 얼굴을 가리고 밖으로 뛰쳐나갔다. 소나무로 만든 담장을 따라 걸으면서 큰 소리로 통곡했다. 벨로제르스크는 어느덧 밤이 되었기 때문에 그를 본 사람은 아무도 없었다. 그의 통곡 소리가 사람들 귀에 닿긴 했지만 아르세니가 이렇게 우는 소리를 들은 적이 없기 때문에 누가 그렇게 우는지 알 길이 없었다.

집으로 돌아와서 아르세니는 눈물을 닦고는 우스티나에게 말했다.

"내 사랑, 당신도 지금 나한테 무슨 일이 일어나고 있는지 보고 있을 거요. 내 사랑, 벌써 몇 달 동안 난 당신과 얘기하지 않았고, 내겐 변명의 여지가 없소. 이 무시무시한 죄를 사함받는 대신 나는 이 죄에 점점 더 깊숙이 빠져들고 있소. 불쌍한 내 여인이여, 나 스스로가 죄의 나락으로 빠져들고 있으면서 어떻게 당신의 죄를 사해달라고 기도할 수 있단 말이오? 나 혼자 죄에 빠지는 것은 상관없으나 만약 그렇게 된다면 누가 당신과 아이의 죄를 사해달라고 기도한단 말이오? 내가 당신과 아이의 죄 사함을 위해 기도할 수 있는 유일한 사람이기에 단지 그 이유 하나만으로 아직 희망을 잃지 않고 버티고 있소."

우스티나에게 이렇게 말한 후에 아르세니는 흐리스토포르가 남긴 메모들을 모아서 우스티나에게 보여주고는 덧붙였다.

"여기 흐리스토포르 할아버지가 남긴 메모가 담긴 자루가 있는데 본질적으로는 이것이 나에게 가장 소중한 거라오. 이것을 갖고 발길 닿는 데로 갔으면 하오. 나에 대한 명성이 나를 막고, 이 땅에 나를 옭아매고, 내가 하느님과 대화하지 못하도록 훼방하고 있소. 여보, 나는 이곳을 떠나고 싶지만 이 도시의 공후가 나를 놓아주지 않고, 무엇보다 크세니야와 실베스트르가 마음에 걸리는구려. 그들은 나와 함께 당신과 아이를 위해 기도하는 것을 행복으로 알지만, 이 일은 나만이 할 수 있다는 것을 이해하지 못하는 듯하오. 이 땅에서 당신과 연결된 사람은 내가 유일하고, 당신은 나로 인해 여전히 살아 있소. 하지만 크세니야는 내가 죽은 자들을 위해 산 자들을 죽이고 있다고 여기고 당신을 망자라 여기며 그런 당신을 위해 기도하길 원하오. 하지만 나는 당신이 조금 다른 방식으로 살아 있다는 것을 안다오."

아르세니는 생각에 잠겼다. 그러곤 쪽지가 든 자루를 쓰다듬었고, 쪽지들은 자작나무 껍질 특유의 바스락거리는 소리로 그에게 화답했다.

"도시 입구에 있는 성문으로 가봐야 할 것 같소. 성문은 현재 닫혀 있지만, 필요하다면 천사가 나를 이 도시에서 나갈 수 있도록 해줄 거요."

이 말을 한 그의 시선이 공후에게 선물로 받은 모피 코트에 닿았다. 그는 이 코트를 한 번도 입은 적이 없었다. 코트는 커 보였지만 무겁지도 않았고, 몸에 맞을 것 같았다. 아르세니는 코트를 입고 방에서 몇 걸음을 걸어봤다. 코트가 마음에 들었다. 아르세니는 자신이 값비싼 물건들이 주는 편리함을 좋아하기 시작했다는 생각을 했고, 그러자 마음이 불편해졌다. 잠시 코트를 입고 서 있었지만 벗지 않기로 마음먹었다. 만약 그가 정말로 여행을 떠날 것이라면 이런 유의 모피 코트는 도움이 될 터였다. 문 옆에 있는 긴 의자에 흐리스토포르가 남긴 쪽지 몇 개가 더 있는 것을 발견했다. 이미 잘 정리해서 입구를 묶어놓은 자루를 다시 풀고 싶지는 않았다. 아르세니는 이 쪽지들을 코트 주머니에 넣고 집에서 나갔다.

밖으로 나오자 땅 위로 바람이 불고 있었다. 어두워서 아무것도 보이지 않았지만 아르세니는 볼을 할퀴는 듯한 따끔한 감촉을 느꼈다. 창문에 불이 들어와 있는 집은 없었고, 이것은 좋은 징조였다. 한밤중에 창밖으로 새어 나오는 불빛들은 그가 기억하는 한 질병과 죽음을 동반했다. 반면에 어둠은 그가 가는 길을 방해하지 않았다. 성문까지 가는 길은 눈을 감고도 갈 수 있을 터였다.

성문 옆에 있는 공터에 다다르자 사위가 조금 더 밝아졌다. 광장의 한구석에서 아르세니는 움직임을 포착했다. 잠시 망설이다가 그곳으로 발걸음을 옮겼다. 얼마 전에 다듬은 장대들을 연결해 만든 담장 앞으로 말과 기수가 나오는 것이 보였다. 아르세니는 천사들이 말을 타고 다니는지는 알지 못했다. 그 옆에 말 한 필이 더 있는 것이 보였다.

"준비되셨소?" 기수가 조용히 물었다.

"준비되었습니다." 아르세니 역시 조용히 대답했다.

기수가 말없이 두 번째 말을 가리키자 아르세니가 말의 안장 위에 올라탔다. 기수는 성문 쪽으로 향했다. 아르세니는 그를 뒤따랐다. 성문에 다다르자 기수는 서둘렀고, 초소 문을 두드렸다. 그러자 초소에서 누군가가 잠이 묻은 목소리로 대답하는 것이 들렸다. 기수가 안으로 들어갔다. 초소에서 조용히 대화하는 소리와 동전이 짤랑거리는 소리가 들렸다. 잠시 후에 초소에서 몇 명이 나왔는데 그중에 기수도 있었다. 기수는 또다시 자기 말에 올라탔다. 두 사람이 열쇠를 자물쇠 안에 집어넣었고, 열쇠는 고요한 도시를 깨우듯 갑자기 큰 소리를 내며 돌아갔다. 나머지 세 명은 성문을 밀었다. 그러자 성문은 또다시 삐거덕거리는 소리를 내면서 말이 지날

만큼의 공간을 만들어내며 열렸다. 이 틈으로 한밤중에 여행을 떠난 이들이 사라졌다.

## Й

"보초들은 뇌물을 좋아한다니까." 그들이 성문에서 멀어졌을 때 아르세니와 동행하는 사내가 말했다.

아르세니는 고개를 끄덕였지만, 이 모습을 본 사람은 없었다. 사내는 아르세니에게 아무 말도 걸지 않았다. 이윽고 그들은 숲속에 들어갔다. 숲속에 들어가자 비로소 진짜 어둠이 무엇인지 이해가 되었다. 말들은 조심스럽게 한 발 한 발 앞으로 내디뎠고, 천천히 갈 수밖에 없었다. 한번은 사내의 얼굴이 나뭇가지에 걸렸고 그는 거칠게 욕을 했다. 그때 아르세니는 그가 천사가 아니라는 것을 깨달았다. 물론 그는 처음 만났을 때부터 그가 천사가 아닐지도 모른다고 생각했다.

15분쯤 지나자 또다시 나뭇가지가 남자의 얼굴을 덮쳤고, 그는 말에서 떨어졌다. 말에서 떨어지면서 발을 잘못 디뎌서 다쳤다. 그는 즉시 일어나려고 하면서 다친 다리에 힘을 주었고, 신음 소리를 내면서 쓰러졌다.

"다리가……. 말을 너무 오랫동안 타서 다리에 힘이 빠졌소, 젠장."

아르세니도 말에서 뛰어내려서는 쓰러진 사내에게 다가갔다. 그

196

러곤 다친 다리를 자세히 촉진했다.

"크게 걱정하지 않아도 됩니다, 염좌입니다. 뼈가 부러지지는 않았습니다."

아르세니의 목소리를 듣자 사내는 경계했다. 아르세니는 그의 발이 경련을 일으키는 것을 느꼈다.

"금방 나을 겁니다." 아르세니가 그를 위로했다.

그러자 상대방은 말없이 아르세니의 머리카락을 낚아채고는 자기 쪽으로 잡아당겼다. 그러곤 아르세니의 목에 칼을 겨눴다.

"넌 뭐 하는 놈이냐?" 낯선 사내가 허스키한 목소리로 물었다.

"나 말이오? 아르세니라고 하오."

"젠장칠 놈, 내가 널 죽여주마."

"무슨 연유로 이러는 거요?" 아르세니가 물었다.

하지만 아르세니 스스로도 이 질문이 아무런 의미가 없다는 것을 깨달았다.

"원래 네 자리엔 내 친구 질라가 있었어야 했단 말이다." 낯선 사내는 아르세니의 머리를 한 번 흔들었고 그러자 목이 칼에 살짝 베였다. "혹시 질라인가?"

"아니요." 아르세니가 말했다.

"젠장맞을, 그렇다면 어떻게 해서 네가 여기에 있는 거지?"

"그대가 나보고 준비됐냐고 물었잖소."

"그랬지."

"그때 마침 나도 준비가 돼 있었소."

"이런, 젠장맞을……. 이제 질라한테 걸리면 나는 죽은 목숨이야.

너도 너지만 둘이 같이 번 돈도 내가 갖고 있단 말이다……. 이제 그놈은 내가 자기를 배신했다고 생각할 게 분명한데, 이 일을 어쩐다. 이제 이 일을 어쩌느냔 말이다!"

사내는 다시금 아르세니의 머리채를 쥐고 흔들었지만 이번에는 칼에 목이 베이지는 않았다.

"그를 만나면 내 잘못이라고 설명하면 되잖소." 아르세니가 말했다.

"마치 상대가 내 설명만을 기다리고 있는 것처럼 말하는군. 젠장맞을, 내가 입을 벌리기도 전에 목이 달아날 텐데. 그 전에 내가 네 목을 베어야겠어, 알아들어?"

말은 험하게 했지만 실상 그렇게 위협적이지는 않았다. 사내의 말투로 미루어 그는 화해할 수 있는 여지가 있다는 것을 직감했다. 아르세니는 상대방한테서 손쉽게 칼을 빼앗고는 그의 다리를 치료했다. 그가 외마디 비명을 질렀고, 이내 다리가 교정되었다.

"미리 말이라도 하고 치료하든가." 환자가 불평했다.

"준비되지 않은 상태에서 하는 편이 낫소."

아르세니의 부축을 받아서 일어난 그는 조심스럽게 삐었던 다리로 걸어봤다.

"아까보다 나은 것 같군."

"다 나을 때까지는 걷지 말고 말을 타고 다니시오. 며칠 후면 완전히 나을 테니." 아르세니가 말했다.

숲속은 이제 제법 밝아졌다. 아직 미명이었지만, 곧 날이 밝으리라는 것을 알 수 있었다. 사내는 흥미로운 듯 아르세니의 모습을 자세히 훑어봤다.

"어쩌면 질라가 정말로 벨로제르스크에 남았어야 하는지도 모르겠군. 어쩌면 그러는 편이 더 옳았는지도 모르겠어." 그가 골똘히 생각하며 말했다.

그는 말 두 필의 굴레를 잡고 숲속으로 더 깊숙이 들어가기 시작했다.

"너도 이제 꺼져. 누구랑 같이 다니는 게 불편해서 말이야. 길에서 멀리 떨어진 곳에서 잠시 쉬었다가 밤에 천천히 떠날 테니…….그런데 이봐, 형제, 자네가 걸친 모피 코트는 벗어주고 가지, 좋아 보인단 말이야."

"뭐라고요?" 아르세니는 그가 한 말의 뜻을 이해하지 못했다.

"모피 코트는 벗어두고 떠나라고. 내 다리도 고쳐줬으니 그 대가로 목숨은 살려주지. 눈알은 왜 굴리고 난리야?"

그의 손에 들린 칼이 또다시 반짝거렸다. 아르세니는 모피 코트를 벗어서 상대방에게 건넸다. 그러자 그는 자신이 입고 있는 겉옷을 벗어서 아르세니에게 던지곤 말했다.

"자, 이거 입어."

그는 모피 코트를 입고는 어깨 부분이 좁지는 않은지 확인했다. 그리고 아르세니 앞에서 우스꽝스럽게 한 바퀴 돌아봤다. 잠시 생각한 후에 아르세니가 타고 온 말 쪽으로 다가가서 가죽 자루를 안장에 묶었던 끈을 한참 동안 풀었다. 끈이 잘 풀리지 않았다. 그가 끈을 칼로 자르자 자루가 쨍그랑 소리를 내면서 땅에 떨어졌다. 상대는 떨어진 자루를 집어 들곤 한쪽 눈을 찡긋했다.

"이건 내 거고, 이건 (그는 아르세니에게 굴레를 하나 던졌다) 네가 가져. 이 말은 나한테 필요 없어. 이 말을 타고 어디든 좋으니 가라고, 벨로제르스크에 가도 좋아. 길에서 자고 가도 돼. 벨로제르스크 말이라 어떻게 해서든 원하는 데까지 데려다줄 거야. 그리고 우리 둘 사이에서 있었던 일은 잊으라고, 알아들었지?"

아르세니는 벨로제르스크로 돌아갈 생각은 없었다. 그가 성문에서 나오고 도시의 성문은 닫혔다. 그는 이제 그곳에 들어갈 수 없다는 것을 알고 있었다. 벨로제르스크에서 지내는 동안 행복했고, 그래서 그는 그곳을 떠난 것이었다. 도시에 있는 동안 그는 우스티나에게서 멀어졌다. 아르세니는 벨로제르스크와 반대 방향으로 떠났다.

그는 풀이 죽은 상태로 말을 타고 갔다. 그와 동행했던 사내가 당부했지만 아르세니는 그를 잊을 수가 없었다. 상대가 그에게 한 짓으로 인해 속상했던 것은 아니었다. 도시에서 그를 꺼내준 것이 그의 바람대로 천사가 아니었다는 사실로 인해 속상한 것도 아니었다. 알 수 없는 방향으로 천천히 이동하는 동안 아르세니는 불안했다. 불안의 구체적인 원인은 알 수 없었지만 시간이 가면 갈수록 불안감은 점점 더 커져서 그가 남겨두고 온 사람 주위를 맴돌았다. 아르세니는 상대가 그를 쫓아냈기 때문에 그에게 돌아가면 안 된다는 것을 알고 있었다. 혼자 있는 것이 좋다고 했기 때문이다.

한 시간쯤 더 갔을 때 아르세니는 벨로제르스크를 떠나기 직전에 모피 코트 주머니에 흐리스토포르 할아버지의 쪽지 몇 개를 넣어뒀던 것이 떠올랐다. 모피 코트의 새 주인이 그것의 가치를 모를 수도 있다는 생각을 하자 아까웠다. 그렇다면 돌려받을 수도 있을 것 같았다. 이로써 상대방에게 돌아갈 수 있는 구실이 생겼다. 그는 말을 돌렸다. 그가 왔던 길로 말을 돌리자 불안감은 점점 더 커졌다.

아르세니는 샛길로 빠져야 하는 지점에 다다랐을 때 마음이 조급해졌다. 그는 말을 나무에 묶어두고 숲으로 들어갔다. 멀리서도, 가지만 앙상한 나무 뒤에서 무언가가 움직이는 것이 보였다. 말 두 필 사이에서 한 사람이 그의 모피 코트를 입고 걷고 있었지만 아르세니가 밤에 함께 말을 타고 왔던 사내의 모습은 온데간데없었다. 그는 단 한 번도 질라를 본 적이 없지만 그가 다름 아닌 질라임을 깨달았다. 질라는 왼손에 몽둥이를 들고 있었다. 왼손잡이인 것 같았다. 몇 걸음을 더 가서 아르세니는 자신과 함께 동행했던 남자도 발견했다.

그는 두 마리 말 중 한 마리 뒤에, 그것도 땅 위에 누워 있었는데, 자세가 부자연스러워 보였다. 고개는 위로 향하고 한쪽 팔은 무슨 까닭에서인지 등 뒤에 있었고 두 다리는 땅 위에서 경련을 일으키듯 움직이고 있었다. 한쪽 발뒤꿈치가 땅에 얕은 구덩이를 팠는데 구덩이 가장자리에는 소나무 잎들이 떨어져 있었다. 초점 없는 눈은 아르세니를 향했고 그 눈을 보며 아르세니는 그가 곧 죽게 되리라는 것을 깨달았다.

아르세니는 질라는 아랑곳하지 않고 죽어가는 사람에게 다가가서 그를 향해 허리를 숙였다. 사내는 더는 미동하지 않았다. 질라는 잠시 생각하더니 몽둥이로 아르세니의 머리를 내리쳤다.

숲에 땅거미가 내려앉았다. 황혼 무렵인지 새벽 미명인지 구분하기가 힘들었다. 조금 더 밝아진 후에야 비로소 그는 새벽이 되었다는 것을 알았다. 아르세니는 자신의 머리를 머리 밑에 있던 것으로부터 간신히 떼어냈다. 그것은 동행인의 시체였다. 고인의 몸은 땅처럼 차가웠다.

"내 몸에는 온기가 있소." 아르세니는 우스티나에게 말했다. "그를 죽게 한 장본인인 나는 살아 있고 온기가 있소. 지금 나는 오직 당신을 위해 목숨을 부지했지만, 또 한 명이 나로 인해 죽었소. 그는 내가 한 말로 인해 죽었소. 만약 내가 그에게 준비되었다고 말하지 않았다면 그는 여기에 이렇게 차갑게 누워 있지 않았을 것이오. 나는 성 대아르세니오스가 자신의 입으로 한 말로 인하여는 수차례에 걸쳐서 후회를 했지만, 침묵한 일로 인해서는 후회하지 않았다는 사실을 기억하고 있었소. 내 사랑, 이제부터 나는 당신 외에 그 누구와도 말하길 원치 않소."

아르세니는 나무를 잡고 일어났다. 말은 없었다. 질라가 말을 모두 데리고 간 것이 분명했다. 아르세니는 천천히 힘들게 길 쪽으로 걸었다. 다행히도 그가 묶어둔 말은 여전히 그 자리에 있었다. 그는 나무에 묶여 있던 말을 풀고, 넘어지지 않기 위해 말갈기를 잡고 숲속으로 들어갔다. 그의 몸이 이리저리 후들거렸다.

아르세니는 시체 앞에 와서 잠시 쉬려고 앉았다. 그러곤 힘을 내서 시신을 말 쪽으로 끌고 가서 말안장 위에 얹으려고 했다. 하지만 시신이 구부려지지 않아서 몇 번이고 말에서 미끄러져 내렸다. 시신은 둔탁한 소리를 내면서 바닥에 떨어졌다. 아르세니는 있는 힘껏 시신의 두 팔을 안장 위로 던지곤 자기 머리로 두 다리를 받치고 시신을 안장 위로 밀었다. 그러자 시신은 안장 위에서 무심한 듯 균형을 잡으며 흔들리기 시작했다. 감지 못한 눈의 시선에도 무심함이 묻어나 있었다. 시신은 자신을 가만히 내버려두길 원하는 자의 표정을 하고 있었다.

아르세니는 힘이 들었지만, 시신의 얼굴이 정면을 향하도록 몸을 돌려서 안장에 앉혔다. 그를 말에 묶어서 고정할 것을 발견하지 못한 아르세니는 살해당한 남자의 부츠 안을 확인했다. 부츠 한 짝 안에서 어제 그를 위협하던 칼을 발견했다. 아르세니는 고인이 그에게 준 겉옷을 벗어서 가느다란 여러 개의 끈이 되도록 잘랐다. 잘게 잘라진 끈을 서로 연결하자 상당히 긴 밧줄이 만들어졌다. 이렇게 만든 밧줄로 그는 고인의 두 다리를 안장에 고정했다.

아르세니는 말을 끌고 큰길로 나갔다.

"그는 네가 벨로제르스크에서 온 말이라고 했단다. 이 사람을 땅에 묻을 수 있도록 그리로 데려다주려무나."

하지만 말은 한참 동안 아르세니를 쳐다보기만 할 뿐 움직이지 않았다.

"나는 안 간단다. 이 사람에겐 네가 필요해." 아르세니는 이렇게 말하곤 말의 엉덩이 부분을 살짝 때렸다.

그러자 말이 움직였고, 벨로제르스크 방향으로 갔다. 죽은 기수는 말갈기에 몸을 기댄 채로 말을 타고 갔다. 아르세니는 그들을 지켜봤고 그들은 점점 투명해졌다. 그러곤 어느 순간 하나의 커다란 원으로 변하더니 금세 작은 원으로 흩어졌다. 원들은 유영할 뿐 서로 만나지 않았다. 원들이 서로 만날 때는 서로를 통과했다. 아르세니는 토했다. 그의 두 다리도 더는 그를 지탱하지 못했다.

.....................................................................
.....................................................................
.....................................................................

그들은 그가 살아 있는 사람처럼 보이지 않았기 때문에 죽었다고 생각했다. .....................................................................
.....................................................................
.....................................................................
.....................................................................

열흘이 지나서 질라는 노브고로드에 도착했다. 말 한 필은 자기가 탔고, 기수가 없는 두 번째 말은 겁을 먹었는지 조금 뒤처져서 왔다. 날이 추워서 딱딱해진 땅 위로 네 개의 말발굽 소리가 지나치게 크게 들렸다. 그는 서두를 이유가 없었기 때문에 천천히 갔다. 질라가 한 손을 모피 코트 주머니에 넣자 주머니 안에 있던 흐리스토포르의 쪽지 몇 개가 딸려왔다. 그는 입술을 움직이면서 읽었다.

"다윗이 말하길 '악인들은 그 행실로써 죽음을 부르고.'" 솔로몬이 말하길 '칭찬은 남이 해주는 것이지 제 입술로 하는 것이 아니

---
＊    시편 34편 21절.

다."* 키리크**가 니폰트 주교에게 물었다. '기도를 할 때 부정한 도자기 그릇 위에서 해야 할까요, 아니면 나무 그릇 위에서 하고 나머지는 깨야 하나요?' 그러자 니폰트 주교가 대답했다. '나무 그릇과 도자기 그릇, 그리고 구리 그릇, 유리 그릇, 은그릇을 포함해서 모든 그릇 위에서 기도할지니라.'*** 선한 일을 하면 많은 적이 반드시 따르므로 인내할지니. 많은 돈이 친구를 가져오는 것이 아니라 친구가 부를 가져오나니. 앞에 있는 친구들 앞에서 곁에 없는 친구들을 떠올릴지니, 그리하면 그들 역시 곁에 있지 않을 때 자기들을 잊지 않으리라는 것을 알게 될 것이기 때문이다." 질라의 모든 친구들은 곁에 없었고 그는 혼자서 그들을 회상해야 했다.

$$\tilde{I}$$

"그가 눈을 떴어요." 사람들이 아르세니를 내려다보면서 말했다.

그도 자신이 눈을 떴다는 것을 깨달았다. 머리 위로 가지들이 엉켜 있던 것은 꿈인 것 같았다. 누군가의 얼굴이 그의 앞에 나타났다. 그 사람의 얼굴이 어찌나 큰지 머리 위에서 유영하던 모든 사물을 가렸다. 아르세니는 그 얼굴에 있는 모든 주름과 얼굴의 윤곽

---

* 잠언 27장 2절.
** 노브고로드의 키리크. 12세기 초 고대 러시아의 수도사, 사상가, 연대기 작가.
*** 그릇 위에서 기도함으로써 몸을 정결하게 하고 잃었던 힘을 되찾는다.

을 이루는 턱수염을 봤다. 턱수염 속에 있는 입이 움직이더니 그에게 질문했다.

"자네 이름이 어떻게 되는가?"

'소리가 이렇게 만들어지는 것이군.' 아르세니는 생각했다.

"자네 이름이 어떻게 되는가?" 또다시 수염 속에 있던 입이 말을 걸었다.

그는 마치 누워 있는 남자의 청력을 못 믿겠다는 듯 네 단어를 따로따로 발음했다.

"우스틴." 아르세니가 들릴 듯 말 듯 한 작은 목소리로 말했다.

"우스틴이라는군." 그 입의 주인이 누군가를 향해 고개를 돌리고 말했다. "이 남자의 이름이 우스틴이라는군. 우스틴, 자네 무슨 일을 당한 것인가?"

아르세니는 그의 얼굴을 보는 것이 힘들어서 눈을 감았다. 등과 다리에 부드러운 건초가 느껴졌다. 한 손에 손수레의 나무 바닥이 만져졌다.

"그를 그대로 놔두게나. 여기에서 가장 가까운 시골까지 데리고 가서 그곳에서 그를 어떻게 할지 결정하게 하는 것이 좋겠네." 또 다른 사람이 말했다.

아르세니는 또다시 눈을 떴지만 손수레의 흔들림이 더는 느껴지지 않았다. 추웠다. 그는 무언가 딱딱한 물건 위에 누워 있었다. 장작 같았다. 그는 등 밑에 있던 장작 하나를 꺼내서는 한참 동안 바라봤다. 살짝 열린 문으로 빛이 새어 들어왔다. 삐거덕거리는 소리도 들렸다. 그가 있는 곳은 장작을 쌓아두는 광 같았다.

팔꿈치를 이용해서 몸을 조금 일으킨 아르세니는 자신이 벌거벗었음을 알아챘다. 옆에는 자루와 넝마가 놓여 있었다. 잠시 망설인 후에 넝마 쪽으로 한 손을 뻗었지만, 그 즉시 손을 거뒀다. 역겨웠기 때문이다. 넝마가 더러웠기 때문만은 아니었다. 그것이 그의 옷을 벗긴 자가 입던 옷이라고 생각하자 끔찍했다. 상대방이 흐리스토포르가 남긴 쪽지가 든 자루를 두고 간 것을 보고는 오히려 속상해했다. 역겨운 것을 꾹 참고 아르세니는 셔츠, 바지, 허리띠가 뭉쳐져 있는 쪽으로 한 손을 뻗었다.

신던 부츠까지 없어졌기 때문에 신발도 필요했다. 잠시 생각을 한 후에 그는 자작나무 장작 두 개에서 껍질을 벗긴 후에 발에 대봤다. 이빨을 사용해서 자작나무 껍질을 필요한 형태로 만들었다. 그런 다음 넝마에서 허리띠를 끄집어내서는 문틀에 대고 문질렀다. 낡은 허리띠가 잘려서 두 줄이 되자 아르세니는 그걸로 자작나무 껍질을 발바닥에 고정했다. 신발을 신은 후에 문득 자신이 신발을 신느라 옷 입는 것을 미루고 있었음을 깨달았다. 추워서 으스스했지만 천천히 옷을 입었다.

벌거벗은 채로 광에서 나갈 수는 없었다. 아르세니는 한때 셔츠였던 것으로 추측되는 넝마를 집어 들고는 가슴에 대봤다. 잠시 망설인 후에 양팔을 소매에 집어넣고 구멍이 있는 곳에 머리를 집어넣었는데, 옷깃은 뜯겨 나가고 없었다. 셔츠는 형태를 알아보기 힘든 넝마 조각처럼 몸에 걸렸다. 단조로운 셔츠에 덧댄 천들이 활기를 불어넣고 있었다.

바지 입는 것이 가장 힘들었다. 바지 상태가 셔츠보다는 조금 나았지만 바로 그런 이유로 더 입기 힘들었다. 바지를 입은 후에 아르세니는 그의 옷을 훔쳐 간 도둑의 민망한 부분이 옷에 닿았을 것이라는 생각을 했다. 바지를 입는 것은 의도치 않게 도둑과 몸이 닿는 것을 의미했고, 혐오스러워서 몸이 떨렸다. 옷을 도난당한 후에 견디기 힘든 것은 자신의 옷을 잃어버렸다는 것보다 남의 것을 획득했다는 것이었다. 아르세니는 이제 자신의 몸을 경멸할 것 같아 겁이 나서 울기 시작했다. 하지만 도둑의 옷을 입었기 때문에 자기 자신의 몸을 경멸하게 되리라는 것을 깨닫자 자기도 모르게 웃음이 나왔다.

광에서 나올 때 아르세니의 기분은 좀 좋아졌다. 새 옷을 입고 몇 걸음 걸은 후에 우스티나에게 말했다.

"내 사랑, 그거 아시오? 벨로제르스크에 도착한 후로 이것이 내가 처음으로 옳은 방향으로 발걸음을 내딛는 거요."

광은 시골 끝에 위치하고 있었다. 아르세니는 가장 가까운 농가에 가서 문을 두드렸다. 그곳에는 안드레이 소로카가 가족과 함께 살고 있었다.

"당신은 뭐 하는 사람이오?" 소로카가 아르세니에게 물었다.

"우스틴입니다." 아르세니가 말했다.

"우스틴, 세례를 받을 때까지 기다리시오." 비웃음 섞인 소로카의 말이 끝나기가 무섭게 문이 세게 닫혔다.

그러자 아르세니는 티모페이 쿠차의 집 문을 두드렸다. 티모페이는 아르세니를 훑어보곤 말했다.

"꼴을 보아 하니 이가 없을 수가 없으니 자네한테서 이가 옮을 것 같군. 아니면 벼룩이나. 자네가 들고 있는 자루에도 득실댈 것 같고 말일세."

자루 안에는 흐리스토포르가 남긴 쪽지밖에 없었지만 아르세니는 티모페이 앞에서 자루의 끈을 풀지 않았다.

다음 집은 이반 수호보크가 사는 농가였다. 아브라함이 손님을 환대하던 것이 기억나서 이반은 방랑객을 쫓아내고 싶지는 않았다. 그렇다고 집에 들일 마음도 없었다. 그는 아르세니를 이나 벼룩, 이방인을 두려워하지 않는 예브도키야라는 할머니가 사는, 시골의 반대편 끝 집으로 데리고 갔다.

그들이 집 안에 들어갔을 때 예브도키야는 부드러운 빵의 안쪽 부분을 씹고 있었다. 치아가 없었기 때문에 빵을 잇몸으로 씹었고 이로 인해 빵을 씹는 동안 얼굴 전체가 움직였다. 얼굴은 심하게 흔들렸고 접혔다가 펴지기를 반복해서 낡은 가죽 지갑을 연상시켰다.

이반은 예브도키야의 얼굴을 잠시 관찰한 후에 말했다.

"할멈, 내가 자네한테 자기가 우스틴이라는 말 외에는 한마디도 하지 않는 손님을 데리고 왔네. 이 정도 정보라도 괜찮았으면 좋겠네만."

"그 정도면 충분할 것 같네." 예브도키야가 고개를 끄덕이면서 말했다.

그녀는 부드러운 빵의 절반을 잘라서 아르세니에게 내밀었다.

"우스틴, 먹게."

이반과 예브도키야는 아르세니가 빵 먹는 모습을 말없이 지켜봤다.

"배가 고팠나 보군." 이반이 말했다.

"그런가 보군." 예브도키야가 그의 말에 동의했다. "우리 집에 묵으라고 하지."

몸을 조금 녹이자 아르세니는 머리가 가려운 것을 느꼈다. 그가 입은 옷에는 이가 많았다. 따뜻한 곳에 오자 이가 생기를 얻고는 아르세니의 머리카락 안으로 기어가기 시작한 것이다. 그는 이가 아래에서 위로 목을 타고 올라가는 것을 느끼면서 앉아 있었다. 아르세니는 이를 몸 밖으로 내보내는 게 힘들다는 것을 알고 있었고, 예브도키야에게 미안했다. 그녀의 삶을 더 힘들게 하고 싶지 않았다. 그래서 그곳을 떠나기로 마음먹었다. 아르세니는 일어나 허리를 굽혀서 예브도키야에게 인사를 했다. 예브도키야는 여전히 빵을 씹어 먹고 있었다. 그는 밖으로 나와서 문을 닫았다.

밖은 추웠다. 그는 여전히 문고리를 잡고 있었다. 문고리를 잡아당겨서 다시 따뜻한 농가 안으로 들어가고 싶은 마음이 생겼다. 하지만 현관 앞에 있는 계단을 따라 내려온 후에 다시 그곳으로 돌아가지 않으리라 마음을 굳혔다. 어스름이 짙어지고 있었다. 아르세니는 추위와 공포를 느끼며 걸었다. 자신이 왜 따뜻한 곳에서 나왔는지 스스로도 이해하지 못했다. 그는 다만 험난한 길이 기다리고 있음을 짐작할 수 있었지만 자신이 그 길을 잘 지나갈지는 알 수 없었다. 게다가 이 길이 자신을 어디로 인도할지 알지 못했다.

아르세니는 점점 더 어두워지는 숲길을 따라 걸었다. 추위 탓에 다리가 구부려지지 않아서 죽마 타기를 하는 것처럼 걸었다. 잠시 후에 눈이 내리기 시작했다. 올해 처음 보는 눈이었는데 눈발은 수

줍은 듯 조심스럽게 날렸다. 처음에는 드문드문 날렸지만 눈 결정이 컸다. 풍성한 눈 결정을 보자 조금 따뜻해진 것 같은 기분이 들었다. 눈은 눈보라로 변할 때까지 점점 더 내렸다. 눈보라가 그치자 달이 모습을 드러냈고, 사위가 밝아졌다. 그러자 굽이진 길이 눈에 들어왔다.

달이 뜨자 추위가 더 맹렬해진 것 같았다. 다름 아닌 달이 땅 위로 퍼지는 은빛 추위를 내보내는 것 같았다. 꽁꽁 언 몸이 불쌍해지던 찰나에 타인의 옷과 이로 인해 자신의 몸이 더럽혀졌다는 사실이 떠올랐고, 그러자 불쌍한 마음도 사라졌다. 이제 그의 몸은 그의 것이 아니었다. 그의 몸은 이와 그가 입은 옷의 원래 주인과 추위에 속했다. 그는 더는 자기 몸의 주인이 아니었다.

'남의 육체를 빌려 쓰고 있는 것 같군.' 아르세니는 생각했다.

남의 몸은 아무리 불쌍하게 여긴다 해도 자신의 고통이 될 수는 없는 법이다. 사람들의 병든 몸을 치료해주었기에 아르세니는 이것의 의미를 알고 있었다. 환자들의 고통을 덜어주기 위해 그들의 통증을 이해하려고 노력했을 때조차 그는 단 한 번도 통증의 본질을 이해할 수 없었다. 게다가 지금 그의 몸은 그가 그다지 불쌍하게 여기지 않는 몸이었다. 더 정확히는 경멸하는 몸이었다.

아르세니는 남의 몸을 빌렸기 때문에 더는 추위를 느끼지 못했다. 오히려 자신이 빌린 몸에 힘이 솟아올라서 새벽 미명을 맞이하기 위해 힘차게 걸어가고 있음을 또렷하게 느꼈다. 그는 발걸음에 힘이 있고 양팔의 움직임이 큰 것을 보고 놀랐다. 따뜻한 기운이 갑자기 아래쪽 어딘가로부터 올라와서 머리까지 차올랐다. 아르세

니는 넘어지면서도 지칠 줄 모르는 그의 동작이 중단된 것을 눈치
채지 못했다.

.......................................................................................................................................................................

.......................................................................................................................................................................

.......................................................................................................................................................................

आ

.......................................................................................................................................................................

.......................................................................................................................................................................

.......................................................................................................................................................................

　아르세니는 생각했다. '마치 내가 방금 어린아이의 모습이 아니
라 어른의 모습으로 세상에 나왔는데 지금껏 내 삶에서 아무 일도
일어나지 않은 것처럼 살고 싶은 걸까? 혹은 기억이라는 것은 고
통스러운 경험으로부터 벗어나려는 경향이 있으니 지금까지 겪
은 것 중에서 좋은 것만 기억하고 싶은 것일까? 내 기억은 이따금
나를 버리며, 머지않아 나를 영원히 버릴 수도 있다. 하지만 잊히
는 것만으로 용서와 구원을 얻을 수 있을까? 나는 이것은 사실과
다르며 내 질문도 잘못되었음을 알고 있다. 내 삶에서 가장 큰 행
복이자 고통인 우스티나 없이는 내 구원도 존재할 수 없기 때문이
다. 그러니 하느님, 당신께 기도드립니다. 제게서 우스티나를 구원
할 희망이 존재하는 기억을 앗아 가지 말아주십시오. 만약 제 영혼

을 거두시어 당신께로 인도하신다면 부디 제게 자비를 베푸시어 그녀가 이 땅에서 한 일로 인해 심판하지 마시고, 그녀를 구원하고 싶어 한 제 간절한 바람으로 심판하여주십시오. 그리고 제가 한 일 중 얼마 안 되는 착한 일은 그녀가 한 것으로 기록해주십시오.'

..................................................................................................

..................................................................................................

..................................................................................................

젖소의 혀는 부드럽고 이를 꺼리지 않는다. 젖소가 까끌까끌한 혀로 그를 핥자 잠시나마 인간이 주는 온기를 느끼게 된다. 사람들은 이가 있고 몸에 농이 있는 사람을 간호하는 것을 힘들어한다. 사람은 환자가 있는 공간 안에 들어가서 환자 옆에 빵 껍질과 물컵을 두고 갈 수는 있지만 진심 어린 보살핌은 젖소한테서나 기대할 수 있다. 젖소는 아르세니에게 빨리 적응해서 그를 자기 가족처럼 받아들였다. 젖소는 그의 머리카락에 말라붙은 피딱지와 고름딱지를 기다란 혀로 닦아냈다.

몇 시간씩 젖소의 젖이 흔들리는 것을 관찰하던 아르세니는 이따금 젖꼭지에 입술을 갖다 대기도 했다. 젖소는 아침과 저녁에 하는 착유를 더 좋아하긴 했지만, ('내 젖이 필요한 이유는 모르겠지만 원하면 먹어도 좋아'라는 뜻으로) 그의 이러한 행위를 가만히 받아들였다. 사실 젖몸살을 풀어주는 것은 여주인의 손뿐이었다. 아르세니의 입과 달리 주인의 손에는 힘이 있었다. 주인은 자작나무 껍질로 견고하게 만든 통에 우유를 한 방울도 남기지 않고 다 넣으려고 했다. 젖소의 젖에서 우유가 처음에는 가는 줄기로 나오다가 큰 소리로 졸졸거리며 나왔는데, 통이 차면서 묵직해졌고 출렁거렸다. 그중 일부는 주인의 손가락 사이로 흘러내렸다. 하루에 두 번 착유하는 모습을 관찰하자 아르세니는 주인의 얼굴보다 손가락을 더 잘 알아봤다. 그는 손가락 하나하나가 어떻게 생겼는지 알고 있었지만 손가락의 감촉은 한 번도 느낀 적이 없었다.

이따금 젖소가 꼬리를 살짝 들면 (이때 꼬리가 흔들렸다) 꼬리 바로 밑 축사 바닥에 따끈따끈한 똥 덩어리가 둔탁한 소리를 내면서 떨어졌다. 이따금 되직한 덩어리들이 사방으로 튀기도 했다. 그러면 아르세니는 얼굴에 튄 되직한 액체를 건초 덩어리로 닦아냈다.

......................................................................................

......................................................................................

......................................................................................

머리에 난 상처는 거의 다 아물었지만 두통이 생겼다. 두통은 상처 부위에서 생긴 것이 아니라 머릿속 깊숙한 곳에서 발생하고 있었다. 아르세니는 그곳에 지렁이가 생겨서 지렁이가 움직일 때마다 견디기 힘든 통증을 야기하는 것 같다는 생각이 들었다. 통증이 시작되면 머리를 양손으로 움켜쥐거나 얼굴을 무릎에 파묻었다. 그러곤 머리를 격렬하게 긁었고, 그러면 머리 표면에 생긴 통증이 잠시나마 머리 내부에 생긴 두통을 잊게 만들었다. 하지만 이렇게 해서 잠시 사라졌던 두통은 마치 잠시 휴식을 취했다는 듯 곧 새로운 힘을 갖고 또다시 그를 괴롭혔다. 아르세니는 뇌가 든 두개골을 반으로 갈라 흔들어서 그 안에 있는 지렁이를 끄집어내고 싶었다. 그는 이마와 정수리를 때렸지만 머릿속에 있는 지렁이는 그 정도로는 자기를 어찌할 수 없음을 너무나도 잘 알고 있는 것 같았다. 기고만장한 지렁이로 인해 아르세니는 미칠 것 같았다.

.................................................................................................

.................................................................................................

.......................................................................... 그들은 아르세니에게 뭐 하는 사람인지 물었지만, 그는 침묵했다. 그리고 옆에 젖소가 없다는 사실을 알고 놀랐다.

아르세니는 옆 사람 중 한 명에게 젖소가 어디에 있는지 물었다. "젖소는 정말 좋은 친구였고 제 목숨을 구해준 녀석이었습니다."

그의 옆에 있다고 생각했던 사람들이 사라졌기 때문에 아무도 그의 질문에 대답하지 않았다. 아르세니에게서 가장 가까운 쪽에 있는 것처럼 여겨졌던 사람은 작고 구부러진 데다 회색빛을 띠고 있었는데 자세히 보니 쟁기 손잡이였다. 그 사람 옆에 있다고 여겼던 다른 사람들 역시 휘어지고 뼈가 튀어나와 있었다. 이것들은 엄청나게 큰 멍에들이었다. (여기에서는 어떤 동물들을 타고 다니는 걸까?) 썰매 날들도 있었다. 썰매 채들과 물지게들이 보였다. 하지만 공간은 완전히 다른 곳으로 변해 있었다.

"흥미롭군." 아르세니는 자기 밑에 있는 손수레 바퀴를 만지며 말했다. "시간이 지났는데 나는 나 자신의 생명 보존이라는 굉장히 중요한 문제에 대해 전혀 생각하지도 않고 손수레 안에 누워 있구나."

아르세니는 힘겹게 일어나서 조심스럽게 발을 디디면서 문밖으로 나갔다. 그의 앞에 푹신푹신한 모자를 닮은 지붕을 쓴, 처음 보는 시골 농가들이 펼쳐져 있었다. 바람 한 점 없는 야외에 집집마

다 연기가 나오고 있었다. 모든 농가가 모두 동일한 세기로 집 밖
으로 내보내는 연기로 만들어진 실로 하늘과 연결돼 있는 것 같았
다. 연기 특유의 유동성을 상실하며 하늘과 연결돼 있는 연기로 이
루어진 실은 엄청난 내구성을 가지고 있는 듯했다. 집이 몇 사젠
정도 위로 들려 있는 경우 연기 길이가 조금 짧았다. 가끔 연기는
흔들렸다. 여기에는 무언가 부자연스러운 것이 있었고, 아르세니
는 갑자기 현기증을 느꼈다. 그는 문설주를 잡고 말했다.

"이 지방에서는 익숙할지 몰라도 하늘과 땅의 연결은 그렇게 단
순하지 않다. 세상을 바라보는 이런 유의 시각은 지나치게 기계론
적이라는 생각이 드는군."

이제 막 쌓인 눈이 덮인 땅 위를 뽀드득거리며 걸으면서 아르세
니는 마을에서 멀어졌다. 잠시 후에 문득 발에서 나는 소리에 의문
을 가지며 두 발을 자세히 살펴봤는데, 자신이 랍티를 신고 있는
것을 발견했다.

이전에 신발 대신 자작나무 껍질을 발에 붙였었다는 사실이 떠
올랐다. 보고도 믿기 힘든 상황이었다.

등에는 흐리스토포르의 쪽지가 든 자루가 덜렁거렸다.

## ƃ⥜

아르세니는 마을에서 마을로 이동했고 기억은 그를 더는 떠나지
않았다. 두통은 전보다 덜했고, 가끔은 두통을 전혀 못 느낄 때도

있었다. 아르세니는 모든 질문에 자신은 우스틴이라고 대답했는데 그의 생각에 현재는 이것이 가장 중요하다고 여겨졌기 때문이다. 한편 그가 무엇을 하는 사람인지, 그가 어떤 도움을 필요로 하는지는 굳이 말로 표현하지 않아도 알 수 있었다. 과거의 아르세니는 온데간데없었다. 방랑을 하는 동안 그 어떤 설명도 필요 없는 행색을 갖추게 되었다. 말을 하지 않아도 사람들은 그에게 광이나 축사에서 잘 수 있게 해주거나 그마저도 내주지 않을 때도 있었다. 따뜻한 농가에 사는 사람들 중에도 그에게 빵을 주는 이들도 있고 그러지 않는 이들도 있었다. 하지만 대다수는 그에게 먹을 것을 주었다. 그래서 그는 말을 하지 않고도 살 수 있다는 사실을 깨달았다.

아르세니는 자신이 어느 방향으로 가는지, 정해진 방향이 있는지조차 알지 못했다. 엄밀히 말하면 목적지가 없었기 때문에 방향도 필요하지 않았다. 게다가 자신이 벨로제르스크를 떠난 이래로 얼마나 많은 시간이 지났는지도 알지 못했다. 추위가 수그러든 것으로 판단했을 때 봄이 가까이 왔다는 것은 짐작할 수 있었다. 사실 날씨 역시 크게 걱정할 일은 아니었다. 남의 몸을 빌려 쓰고 있던 아르세니는 이미 추위에 적응했기 때문이다. 크라스노예 마을에서 구멍이 숭숭 뚫린 따뜻한 상의를 선물 받았을 때 이 옷이 꼭 필요한 것인지 의구심이 들었다. 그래서 보즈네센스코예 마을에 도착했을 때 우스티나에게 다음과 같이 말하고는 한 농가에 사는 여자에게 이 옷을 주고 나왔다.

"이 옷을 모두 다 든 채로는 승천하신 그리스도를 뒤따라갈 수 없을 거요. 여보, 사람에게 불필요한 재산과 애착을 갖는 물건이 많으면 그는 땅에 미련이 남을 거요. 만약 당신이 내 건강을 염려한다면 그 점은 걱정하지 않아도 되오. 아직은 쌀쌀하지만 봄이 오고 있으니 말이오."

군데군데 얼음이 많이 녹아 푹신해진 길을 따라 이동하면서 아르세니는 봄이 왔다는 사실을 깨달았다. 그는 과거에 공기의 온도가 변했을 때 자신이 느꼈던 기쁨을 떠올렸다. 에너지로 가득 찬 햇살이 그의 얼굴에 닿아 온몸으로 느꼈을 때 경험했던 기쁨 말이다.

한번은 그가 봄이 되면서 얼음이 녹아 생긴 물웅덩이에 비친 자신의 얼굴을 보곤 울었다. 헝클어진 머리카락은 아무런 색을 띠지 않았다. 푹 꺼진 양 볼에 턱수염이 군데군데 달려 있었다. 하지만 이것은 턱수염이라기보다는 군데군데 고드름이 매달린, 살 이곳 저곳에 붙어 있는 털 뭉치에 더 가까웠다. 아르세니는 그런 자신의 모습이 안쓰러웠다기보다는 흘려보낸 시간이 억울해서 울었다. 그는 그렇게 지나간 시간은 돌아오지 않으리라는 것을 알고 있었다. 아르세니는 심지어 과거에 봄을 만끽했던 땅이 여전히 존재하는지도 확신할 수 없었다. 다행히도 그 땅은 여전히 과거에 있던 그곳에 있었다.

아르세니는 울면서 프스코프라는 도시에 도착했다. 이곳은 그가 지금까지 본 도시 중에서 가장 큰 도시였다. 가장 아름답기도 했다. 아르세니는 아무에게도 물어보지 않았기 때문에 도시 이름도 알지 못했다. 큰 도시에 사는 사람들이 그렇듯 그곳 주민들 역시 아르세니에게 아무것도 물어보지 않았고, 그는 오히려 그 점이 마음에 들었다. 이런 곳에서라면 조용히 살 수 있을 것 같다는 생각도 했다.

그는 프스코프의 성벽을 따라 걸으면서 성의 견고함을 보고 놀랐다. '이런 성에서라면 걱정 없이 살 수 있겠어.' 아르세니가 생각했다. '이런 성벽을 적이 부수거나 타넘고 들어온다는 건 상상하기 힘들군. 이런 벽에 적합한 사다리도 있을 리 만무해. 이렇게 두꺼운 벽을 뚫을 수 있는 무기도 없을 거야. 하지만 (아르세니가 고개를 뒤로 젖히자 벽이 천천히 그에게 절하는 것 같은 기분이 들었다) 이런 벽이라도 성 내부에 있는 적의 위험으로부터까지 자유롭지는 않을 것이다. 물론 이것은 최악의 상황이자 가장 위험한 상황일 것이다.'

벽을 따라 걷던 아르세니는 벨리카야강을 맞닥뜨렸다. 강 위에는 아직 얼음 조각이 떠다녔지만 전반적으로 보면 강 위에 떠 있는 얼음은 많지 않았다. 강가에서 뗏목 사공들이 배에 탈 사람들을 모으고 있었다. 아르세니 역시 강 건너편에 가고 싶어서 뗏목에 탔다.

"자네 뱃삯은 냈나?" 사공 한 명이 아르세니에게 물었다.

아르세니는 그의 질문에 대답하지 않았다.

"그 사람에게 돈을 요구하지 마시오. 당신 앞에 있는 그 사람이 하느님의 사람인 것이 안 보인단 말이오?" 누군가가 사공에게 말했다.

"보입니다. 혹시나 해서 물어본 것일 뿐이에요." 사공이 그의 말을 수긍했다.

이 말을 한 사공이 긴 막대기를 나루터에 대자 나룻배는 모래가 있는 강바닥을 긁으면서 출발했다. 강 한가운데에 도달했을 때 아르세니는 고개를 들었다. 전에는 보이지 않던 둥근 지붕이 성안에 있는 것이 보였다. 석양이 비추자 금빛 지붕이 두 배로 반짝였다. 성 안에 있는 가장 큰 종이 울리자 종소리가 물속에서 들린다는 것을 알 수 있었는데, 물 위에 비친 둥근 지붕들이 하늘 높이 올라가 있는 둥근 지붕보다 더 생기가 있었기 때문이다. 이때 둥근 지붕이 약하게 흔들렸고, 이로 인해 종소리가 얼마나 큰지 가늠할 수 있었다.

뗏목에서 내린 아르세니는 눈앞에 펼쳐진 풍경을 한참 동안 감상했다.

"내 사랑, 난 사실 아름다운 것을 오랫동안 잊고 살았다오." 그가 우스티나에게 말했다. "다만 강을 건넜을 뿐인데 갑자기 눈앞에 이토록 아름다운 풍경이 펼쳐지니 이것을 어떻게 표현해야 할지도 모르겠소. 강을 건너기 전의 나는 더뎅이와 이로 덮인 사람이었지만 강 건너편에 이토록 아름다운 곳이 있다니 말이오. 부족한 어휘로나마 이 아름다움의 위대함을 강조하고 싶소. 이렇게 하면 나는 이렇듯 아름다운 풍경을 창조한 자 중 한 명이 된 것 같은 기분이 들기 때문이오."

날이 어두워지자 아르세니는 강가를 따라 천천히 걷기 시작했다. 결국 그는 한 벽에 다다랐다. 벽을 따라 걷다가 그 안에 있는 좁은 구멍을 발견했다. 구멍 속의 어둠은 구멍 주위의 어둠보다 훨씬 더 짙었다. 구멍의 테두리를 손으로 만져서 찾은 후에 아르세니는 구멍 안으로 들어갔다. 그의 앞에 등불이 몇 개 희미하게 켜져 있는 것이 보였다. 희미한 불빛 속에서 십자가 형상들이 흐릿하게 보였다. 그가 도달한 곳은 묘지였던 것이다. '얼마나 멋진 장소인가!

이보다 더 좋은 장소는 없을 거야.' 아르세니가 생각했다. 바로 지금 같은 상황에서 꼭 필요한 곳이었다. 그는 그곳에 켜져 있는 등불 하나를 골라서 등불 위에 두 손을 갖다 댔다. 그러자 온몸으로 온기가 전해졌다. 아르세니는 머리 밑에 자루를 대고 잠이 들었다. 꿈속에서 이따금 몸을 떨었고, 그럴 때면 볼 밑에서 흐리스토포르가 남긴 쪽지가 바스락거렸다.

П

그는 새들이 지저귀는 소리에 잠에서 깼다. 봄이 왔는지 확신할 수는 없었지만 이것은 분명 봄을 알리는 노랫소리였다. 일부 무덤 위에는 여전히 눈이 쌓여 있지만, 새들의 지저귐이 눈이 녹는 것을 재촉하고 있었다. 새들이 노래를 부르자 눈이 물로 변해서 무덤 속에 있는 사람들에게 스며들었고, 그들에게도 봄이 온다는 복된 소식을 가져다주었다. 봄은 벨로제르스크보다 프스코프에 더 빨리 찾아왔다. 벨로제르스크 사람들은 늘 프스코프 사람들을 남부 지방 사람들이라 여겼다. 지금도 그러한 생각에는 변함이 없다.

아르세니가 하룻밤을 보낸 묘지는 수녀원 내에 있는 묘지였다. 그는 묘지를 따라 걷고 있는 수녀들을 보고서야 이러한 사실을 알았다. 수녀들이 뭐 하는 사람이냐고 물었을 때 아르세니는 이번에도 우스틴이라고 자신을 소개했다. 그는 물론 이 말밖에는 하지 않았다. 수녀들은 그가 선구자 성 요한 수녀원 안에 위치하고 있노라고 말했다. 그들은 아르세니가 그들의 말을 이해하지 못했을지도 모른다는 의구심이 들었다. 잠시 상의를 한 후에 아르세니에게 생선 수프 한 그릇을 갖다주었다. 아르세니가 수프를 다 먹자 그들은 그의 팔짱을 끼고 수녀원 밖으로 데리고 갔다.

아르세니는 하루 종일 벨리카야강 가를 배회했다. 강가에 접근한 뗏목을 보고 강 반대편으로 갈 결심을 했다. 이번에는 뱃사공이 뱃삯을 요구하지 않았다. 그는 다만 다음과 같이 말했다.

"그대가 원한다면 뗏목을 타고 강을 건너시오, 하느님의 사람이여. 당신이 배를 타는 것은 축복이라 생각한다오."

강 건너편에서는 유로디비* 포마가 아르세니를 맞이했다.

"이런, 자네야말로 진정한 유로디비군. 진정한 유로디비야." 포마가 소리 질렀다. "내가 이런 쪽으로 냄새는 최고로 맡는다니까. 하지만 이보게, 친구, 자네가 알아둬야 할 것이 있는데 말이야, 프스코프 안에 있는 구역마다 유로디비는 한 명씩만 있을 수 있다는 거야."

아르세니는 대꾸하지 않았다. 그러자 유로디비 포마는 그의 한 팔을 잡고 끌고 갔다. 그들은 프스코프의 성벽 주위를 거의 뛰다시피 했지만, 아르세니는 그의 이런 행위를 멈출 방법을 알지 못했는데, 포마가 그의 팔을 아주 단단히 붙잡고 있었기 때문이다. 그들 앞에 또 다른 강이 나타났다. 이것은 벨리카야강으로 강물을 흘려보내는 프스코바강이었다.

"저기 프스코바강 뒤에 유로디비 카르프가 살고 있네." 유로디비

---

\* 신으로부터 복을 받은 거룩한 바보.

포마가 말했다. "그가 쓰는 단어는 많지 않고 알아듣기도 힘들지. 이따금 자기 이름만 몇 번이고 반복하기도 한다네. 카르프, 카르프, 카르프, 라고 말하는 식이지. 굉장히 훌륭한 사람일세. 하지만 나는 그런 그의 얼굴을 한 달에 한 번꼴로 때리게 되지. 이런 일은 그가 강을 건너 도시에 오면 벌어진다네. 나는 유로디비 카르프를 피가 나도록 때리면서 프스코바강 뒤에 있는 그의 구역인 잡스코비예를 떠나지 말라고 말한단 말이야. 그의 구역은 프스코바강 뒤라는 걸 명심하라고 말일세. 그곳은 그가 없으면 고아가 되는 것이고, 따라서 내 구역에 그가 오면 유로디비가 지나치게 많아지는 거지. 과잉은 부도덕하며, 영혼의 황폐를 초래한다네……. 이런 식으로 갑자기 나타나는 건 곤란해!"

유로디비 포마가 팔짱을 끼고 강 건너편을 바라봤다. 그곳에는 유로디비 카르프가 주먹을 흔들면서 위협하고 있었다.

"얼마든지 위협하게, 위협하라고." 유로디비 포마는 악의 없이 소리 질렀다. "하지만 만약 내가 자네를 여기에서 발견하면 인정사정없이 사지를 부러뜨려줄 테야. 그러면 자네는 연기가 사라지듯 사라질 테니까."

"이들은 나를 유로디비라고 생각하는구려." 아르세니가 우스티나에게 말했다.

"그러면 자네를 누구라고 생각하겠는가?" 포마가 의아하다는 듯 말했다. "자네 자신을 보게, 아르세니. 자네는, 험한 데다 인간들이 경멸하는 거처를 고른 유로디비가 아닌가."

"그가 내 세례명도 알고 있소."

그러자 포마가 웃으면서 말했다.

"세례받은 모든 사람들의 얼굴에 쓰여 있는 걸 모른다는 게 말이 되나? 우스티나에 대해 추측하는 건 물론 더 어렵지만 자네 세례 명은 자네 스스로가 알려주고 있으니 말이야. 그러니 이보게, 유로 디비, 그들과 너무 가깝게 지내지는 말게. 안 그러면 자네를 향한 그들의 존경심 때문에 결국 화를 내게 될 테니. 그들이 자네를 존 경하는 것은 자네가 추구하는 목표와 일치하지 않으니 말일세. 벨 로제르스크에서 지내는 동안 어떤 일이 있었는지 생각해보게. 또 다시 그런 일을 겪고 싶은 건가?"

"나의 모든 비밀을 아는 이자는 누구란 말인가?"

아르세니는 포마 쪽으로 몸을 돌려서 그에게 물었다.

"당신은 누구요?"

"젠장맞을." 포마가 대답했다. "쓸데없는 질문을 하는군. 지금 여 기에서 중요한 이야기를 해주지. 후에 콤소몰스카야 광장이 될 곳 에 세워져 있는 선구자 성 요한 수녀원이 있는 곳, 자벨리치예로 돌아가게. 어젯밤에 이미 수녀원 공동묘지에서 잠을 잤을 것 같네 만. 그곳에 남아서 그 수녀원에 우스티나가 있을지도 모른다는 믿 음을 가지게나. 내 생각에 그녀는 거기까지 못 갔을 것 같네만. 대 신 자네가 그곳에 도달했지. 그러니 자네 자신과 죽은 아내를 위해 기도하게나. 자네가 자네이자 그녀라고 생각하고 기도하게. 소란 을 피우게. 하느님을 경외하는 것은 쉽고 유쾌한 일이지만 자네는 미움받는 사람이 되게. 프스코프 주민들이 잠을 자지 못하게 괴롭 히게나. 그들은 게으르고 호기심이 없는 사람들이니 말일세. 아멘."

포마는 한 손을 번쩍 들어서 아르세니의 얼굴을 내리쳤다. 아르세니는 턱과 목을 따라 코피가 흐르는 것을 느끼면서 포마를 말없이 쳐다봤다. 그러자 포마는 아르세니를 끌어안았고, 그의 얼굴 역시 피범벅이 되었다.

"자네는 우스티나를 위해 자신을 희생하면서 몸을 무척 혹사하고 있지만 자신의 몸을 거부하는 것만으로는 부족하네. 이보게, 그로 인해 오히려 오만한 마음을 가질 수 있다네."

'그렇다면 제가 뭘 더 해야 할까요?' 아르세니가 생각했다.

"지금보다 더 노력하게나." 포마가 그의 한쪽 귀에 대고 속삭였다. "자기 자신을 부인하게나. 자신을 우스틴이라고 부르면서 이미 첫발을 내디뎠잖나. 이제 자기 자신을 완전히 부인하게나."


## ĀĪ

바로 그날부터 아르세니는 공동묘지에서 살기 시작했다. 한쪽 벽면 근처에서 그는 서로 붙어 있는 참나무 두 그루를 발견했고, 그 두 그루가 그의 새집의 첫 번째 벽이 되었다. 공동묘지의 벽은 두 번째 벽이 되었다. 세 번째 벽은 아르세니가 직접 만들었다. 강가를 지나오면서 그곳에 떨어져 있는 나무토막과 부서진 벽에서 떨어져 나온 벽돌, 그물 조각들과 집을 짓는 데에 꼭 필요한 많은 물건들을 주웠다. 네 번째 벽은 필요하지 않았는데 그곳을 출입구로 사용했기 때문이다.

수녀들이 그가 하는 일을 예의 주시 했지만 아무 말도 하지 않았다. 아르세니 역시 그들에게 아무 말도 하지 않았다. 건축은 양측의 암묵적 동의하에 진행되었다. 집을 다 짓자, 수녀원장이 수녀 몇 명을 동반하고 찾아왔다. 작년에 싹을 틔운 노란 풀 위에 누워 있는 아르세니를 보고는 그녀가 말했다.

"이곳에 사는 분은 하늘을 이불 삼고 땅을 잠자리 삼아 사시는군요."

"네, 이런 곳을 집이라고 부르긴 힘들죠." 수녀들이 그녀의 말에 동의했다.

"이분의 진짜 집은 하늘 위에 있습니다. 하느님의 사람이여, 우리를 위해서 기도해주세요." 수녀원장이 말했다.

수녀원장의 명령으로 수녀들이 아르세니에게 죽 한 그릇을 갖다주었다. 아르세니가 죽의 온기를 채 느끼기도 전에 두 손이 그릇을 놓쳤다. 그러자 그릇은 둔탁한 소리를 내면서 바닥에 떨어졌지만 깨지지는 않았다. 죽이 풀에 천천히 스며들었다. 누런 풀잎 사이로 첫 번째 푸른 새싹이 나오고 있는 것이 보였다.

"이 풀에게도 먹을 것이 필요하오. 이 풀이 우리 아이를 찬양하며 자라주면 좋겠소." 그가 우스티나에게 말했다.

그 후로도 수녀원에서 그에게 죽을 여러 번 갖다주었지만 매번 죽 그릇은 똑같이 바닥에 떨어졌다. 아르세니는 풀에 스며들고 남은 것만 먹었다. 그는 손가락을 갈퀴 삼아 조심스럽게 남은 죽을 긁어냈다. 이따금 담장에 난 구멍을 통해 공동묘지로 개들이 들어와서 길고 빨간 혀로 죽을 핥아 먹었다. 아르세니는 개들 역시 먹을 것을 필요로 한다는 것을 알고 있었기 때문에 쫓아내지 않았다. 게다가 개를 보면 어렸을 때 사랑했던 늑대가 생각났다. 개에게 먹이면 그때 그 늑대에게 먹이를 주는 것 같은 기분이 들었다. 그러자 늑대에 대한 기억이 떠올랐다. 이렇게 해서 개들은 언젠가 늑대가 미처 다 먹지 못한 먹이를 먹는 셈이었다. 개들이 떠날 때면 아르세니는 쫓아가서 큰 소리로 작별 인사를 하고 늑대에게 안부를 전해달라고 부탁했다.

"너희들은 한 형제가 아니더냐. 나는 너희들이 그 녀석에게 안부 전할 방법을 알 것 같구나." 아르세니가 개들을 향해 외쳤다.

아르세니가 식사하는 방식이 다른 사람들과 다름을 알고 수녀들은 그의 음식을 가져와서 풀 위에 얹어두고 갔다. 그는 그들 쪽은 보지도 않고서 감사의 뜻으로 고개를 숙였고, 그들이 떠날 때도 쳐다보지 않았다. 그에게 찾아온 수녀들의 얼굴에서 우스티나의 얼굴을 발견하게 될까 봐 두려웠기 때문이다.

프스코프에서 지내는 처음 몇 주 동안 아르세니는 새벽 어스름에 일어나서 자벨리치예를 따라 걸으러 갔다. 그는 그곳에 사는 사람들을 유심히 살펴봤다. 멈춰 서서 일반인들과 다른 관심사를 가진 자 특유의 표정으로 그들을 응시했다. 담장 안을 들여다봤다. 이마를 창문에 갖다 대고 프스코프 사람들의 내밀한 삶을 관찰했다. 하지만 그들의 삶이 그에게 기쁨을 가져다주지는 않았다.

자벨리치예에 있는 집들에서는 수증기 섞인 연기가 나왔다. 그곳에서도 옷을 말리고 생선국을 끓였다. 아이들을 때렸고, 노인들에게 고함을 질렀으며, 가족 모두가 함께 사용하는 공간에서 성관

계도 가졌다. 음식을 먹기 전과 잠자기 전에는 기도를 했다. 이따금 녹초가 될 정도로 일을 한 후에 기도도 하지 않고 그대로 쓰러져서 잠이 들 때도 있었다. 혹은 만취해서 쓰러져 자기도 했다. 아내가 받쳐놓은 누더기 위에 부츠도 벗지 않은 두 다리를 아무렇게나 올려놓은 채로 말이다. 그러곤 큰 소리로 코를 골았다. 입에서 흐르는 침을 닦으며 파리를 쫓으면서 잠을 잤다. 강판으로 무언가를 가는 것 같은 소리를 내면서 얼굴을 긁기도 했다. 욕도 했다. 무언가가 찢어질 정도로 큰 소리를 내면서 공기를 오염할 때도 있었다. 흥미로운 것은 이 모든 것을 잠이 든 채로 한다는 것이다.

자벨리치예의 거리들을 따라 걸으면서 아르세니는 신을 경외하는 자들의 집에 돌을 던졌다. 나무 벽에 맞은 돌멩이들은 둔탁한 소리를 내면서 튕겨져 나왔다. 그러면 집 안에 있던 사람들이 밖으로 나왔고 아르세니는 십자성호를 그으면서 그들에게 인사했다. 타락했거나 행실이 좋지 못한 사람들의 집에는 아르세니가 바짝 다가갔다. 그러곤 무릎을 꿇고 이 집들의 벽에 입 맞추고 조용히 뭐라고 말했다. 많은 사람들이 아르세니의 행동을 보며 의아해하자 유로디비 포마가 말했다.

"자세히 생각해보면 그가 하는 행동은 납득이 되네. 우리의 우스틴 형제는 전적으로 옳아. 그는 하느님을 경외하는 사람들이 사는 집에만 돌멩이를 던지지. 이 집에 있던 악마들은 천사들에 의해서 쫓겨났고. 이렇게 쫓겨난 악마들은 안에 들어가는 것이 두려워 보통 집의 모퉁이 뒤에 붙어 있다네." 이 말을 하고 유로디비 포마는 한 집의 모퉁이를 가리켰다. "모퉁이들에 붙어 있는 수많은 악마들이 보이나?"

"우리 눈에는 안 보이네." 사람들이 대답했다.

"그런데 그의 눈에는 보인단 말이네. 그래서 악마들을 향해 돌멩이를 던지는 거지. 하지만 타락한 자들의 집에는 악마들이 집 안에 있는데, 사람의 영혼을 구원하기 위해 존재하는 천사들이 그 집 안에 거할 수 없기 때문이야. 천사들은 그들이 사는 집 근처에 서서 타락한 영혼들을 구원해달라고 기도하면서 울고 있다네. 그래서 우리 형제 우스틴이 천사들에게 다가가서 그들의 영혼이 완전히 죽지 않도록 비는 자신의 기도를 들어달라고 부탁하는 것일세. 그런데 자네들은, 젠장칠, 그가 벽과 대화를 한다는 생각이나 하고, 참 한심하네……."

유로디비 포마는 자기가 하는 말을 듣고 있는 사람들 중에서 유로디비 카르프를 발견했다. 카르프는 햇볕을 쬐려고 얼굴을 내밀고 있었다. 그는 포마의 말을 들으면서 멍청하게 웃고 있었다. 봄의 뜨거운 햇살과 자신이 그곳에 있다는 사실을 만끽하고 있었다. 포마의 화난 표정과 맞닥뜨린 카르프는 자신이 포마가 금지한 행위를 했음을 깨달았다. 그는 조용히 그곳을 떠나고 싶었지만 그렇게 하는 것이 쉽지 않으리라는 걸 알았다. 카르프는 프스코프강을 건너는 다리 쪽으로 갈 생각으로 사람들이 서 있는 곳을 옆걸음으로 한 바퀴 돌아서 걷기 시작했다. 그는 옆으로 걸으면 그가 무엇을 하려는지 사람들이 모를 줄 알았다. 하지만 그는 곧 다리로 향하는 길을 포마가 가로막고 있다는 사실을 깨달았다.

"카르프, 카르프, 카르프." 이 말을 하며 통곡하면서 유로디비 카르프는 옆걸음으로 반대편으로 이동하기 시작했다.

하지만 유로디비 포마는 유로디비 카르프보다 걸음이 더 빨랐다. 포마의 손바닥이 금기를 깬 자의 목을 덮쳤고 부자연스러울 정도로 크게 철썩거렸다.

"내 이럴 줄 알았소." 카르프가 소리를 지르고는 다리가 있는 방향으로 뛰기 시작했다.

그러자 포마는 그에게 발길질을 하면서 그를 뒤쫓아 갔다. 다리한가운데에 다다랐을 때 카르프가 멈춰 섰다. 그를 추격하던 자가다가오자 카르프가 있는 힘껏 상대방의 따귀를 때렸다. 유로디비 포마는 순순히 따귀를 맞았는데 그가 서 있는 곳은 유로디비 카르프의 구역이었기 때문이다.

# 13

"너희들은 내가 육체와 싸워서 이길 수 있도록 도움을 주는 진실한 친구들이로구나. 너희들은 내 육체가 자신에게 편안한 조건을 지시하도록 내버려두지 않지." 아르세니가 모기들에게 말했다.

수녀원이 위치하는 벨리카야강 변에는 모기가 많았다. 강변에서 불어오는 바람이 닿지 않는 공동묘지의 벽 뒤에는 강가보다 모기가 더 많았다. 그 누구도 그렇게 많은 모기는 본 적이 없을 터였다. 흡혈성 곤충이 이토록 많아진 이유는 올봄이 평년보다 더 따뜻해졌기 때문이다.

중세 사람들의 몸 중에 밖으로 드러난 부분은 얼굴과 손밖에 없었지만 이것만으로도 프스코프 사람들의 인내심을 시험하기에 충분했다. 프스코프 사람들은 물린 부위를 긁고 손바닥에 침을 뱉어서 그 침을 물린 부위에 바르면서 가려움을 조금이나마 덜어내길 바랐다. 한편 겉으로 드러난 신체 부위가 너무 적은 탓에 잔뜩 화가 난 흡혈 곤충들은 심지어 두꺼운 옷에도 침을 꽂았다.

하지만 아르세니는 모기들의 공격을 신경 쓰지 않았다. 따뜻하고 습한 밤에 공기 중에 윙윙거리는 덩어리들이 생겨날 때면 그는 옷을 홀딱 벗고 자기 집 앞에 있는 묘비 위에 자리를 잡았다. 이때 한 손으로 자기 몸을 만지면 묘한 기분에 사로잡히곤 했다. 순간 그의 피부가 에서의 몸을 덮는 털 같은 식물로 빼곡하게 덮인 것 같은 기분이 들었다. 그가 이 식물을 건드리면 그것은 피로 변했다. 어둠 속에서 피를 볼 수는 없었지만 피 냄새가 났고 모기를 죽일 때 모기가 터지면서 나는 소리가 들렸다. 사실 그는 밤에 서서 우스티나를 위해 열심히 기도했기 때문에 모기떼를 신경 쓰지 않았다.

그는 날이 어두울 때만 이렇게 서 있었는데 모기가 많은 탓에 짧은 시간에도 모기에게 많은 피를 빼앗길 수 있었다. 하지만 모기의 공격은 생각보다 견딜 만했다. 모기들이 아르세니의 피에 질렸거나 그가 지나치게 관대하게 피를 내줬기 때문인지는 모르지만 흡혈 곤충들은 정도껏 피를 먹었고, 밤에 옷을 벗고 서 있는 것만으로 목숨을 잃지는 않았다. 아침이면 사람들이 숨을 쉬지 않는 그를 발견했지만 매번 그는 정신을 차렸다.

"썩어 문드러질 정욕의 옷을 벗어버리고 정욕에 흔들리지 않는 제의를 입으세요." 이런 날에는 수녀원장이 그의 벗은 몸을 보지 않으려고 돌아서서 말했다.

시간이 갈수록 모기의 수는 줄어들었지만 아르세니는 여전히 철야 기도를 했다. 그는 철야 기도를 중단할 수 없었는데, 기도에 집중할 수 있는 시간은 밤이 유일했기 때문이다. 낮에는 걱정과 염려로 가득 차 있었던 탓이다.

아르세니는 자벨리치예를 돌면서 그곳의 삶을 지켜봤다. 악마들을 향해 돌멩이를 던지고 천사들과 대화를 나눴다. 그는 모든 세례, 결혼식, 장례식에 대해 알고 있었다. 자벨리치예에 새로운 영혼들이 태어나는 것에 관해서도 알고 있었다. 아이가 새로 태어난 집 앞에 서 있으면 아이의 운명을 예견할 수 있었다. 만약 아이가 장수할 운명을 타고났다면 아르세니는 웃었다. 하지만 곧 죽을 운명이라면 아르세니는 울었다. 당시에 유로디비 포마 외에는 아르세니가 무슨 연유로 웃고 우는지 알지 못했다. 포마는 자벨리치예에 잘 오지도 않았지만 이와 관련해서 사람들에게 서둘러 설명하려 들지도 않았다.

한번은 유로디비 포마가 자벨리치예에 와서 아르세니에게 자신을 따라 강을 건너자고 강요했다.

"자네가 조언을 해줬으면 하네. 어려운 일이라 자네를 내 구역에 데리고 가는 거라네."

백부장* 페레조가의 아이인 안픰이 병에 걸렸다. 아이는 요람에

---

* 고대 러시아에서 백 명의 군사를 거느린 지휘관.

누워서 말없이 위만 쳐다봤다. 조용히 요람이 흔들리는 박자에 맞춰서 열 쌍의 눈이 움직였다. 안핌의 요람 옆에 가장 가까운 친척 여자가 섰다. 아르세니가 아이를 안았을 때 아이는 절망적으로 소리 지르기 시작했다. 아르세니의 눈은 눈물로 가득 찼고, 그는 안핌을 다시 요람에 눕혔다. 그런 후에 바닥에 누웠다. 그리고 팔짱을 꼈다. 눈도 감았다.

"우리 형제 우스틴은 아이가 죽으리라는 것을 알고 있습니다. 그 어떤 치료도 도움이 안 된답니다." 유로디비 포마가 말했다.

안핌은 황혼이 깃들 때 더는 숨을 쉬지 않았다. 나룻배 근처에서 아르세니와 작별 인사를 하면서 유로디비 포마는 있는 힘껏 그의 따귀를 때렸다.

"이건 내 구역에 온 것에 대한 값이네. 이러는 편이 마음이 더 편하지 않겠나?"

강 중간쯤 왔을 때 아르세니는 고개를 끄덕였다. 물론 그의 마음은 더 편해졌다. 사위는 어두운데, 강물 속에서 무언가가 희미하게 반짝이는 것이 보였다. 가장 커다란 불꽃이 파도를 따라 천천히 움직이고 있었고, 아르세니는 이것이 죽은 아이의 영혼이라고 생각했다. 작은 몸뚱어리에서 빠져나와 밤을 쳐다보는 것이라고 말이다.

"너는 여기에서 아직 사흘은 더 있어야 한단다." 아르세니가 아이의 영혼에게 말했다. "사람들은 영혼이 보통 죽기 전까지 살았던 곳에 사흘은 더 머문다고 생각한단다. 사실 프스코프는 좋은 도시이고, 이곳에서 세상을 떠나지 말란 법도 없지 않으냐? 저길 보렴. 강가에 있는 집들에 불이 켜졌고, 다들 이제 잘 준비를 하는구나.

하지만 서쪽 어딘가에 있는 하늘은 아직도 여전히 밝지. 그곳 하늘에는 군데군데 끝이 붉은 구름이 걸려 있어. 아침이 될 때까지 구름은 움직일 생각이 없단다. 저녁이 되면 더 강해진 바람에 보리수 나뭇잎이 약하게 흔들리지. 따뜻한 여름밤의 풍경이야. 너는 이 모든 것을 뒤로하고 떠날 거고, 두려울 수도 있겠구나. 나를 보고 네가 소리를 지른 이유는 이것이 두려워서 그랬겠지? 내 표정 속에서 네 죽음이 임박했다는 것을 직감했겠구나. 하지만 두려워하지 말거라. 원한다면 네가 외롭지 않도록 네가 이곳에 머무는 사흘 동안 함께 있어주려고 하는데, 그렇게 해주랴? 나는 수도원의 공동묘지에 살고 있는데, 굉장히 조용한 곳이란다."

이 말을 하고 아르세니는 안핌의 영혼을 공동묘지로 인도했다.

그는 사흘 밤낮으로 기도문을 읽었다. 사흘이 끝날 때 즈음 아르세니는 더는 입술을 움직일 수 없었지만 아이를 향한 사랑은 무뎌지지 않았다. 그리고 그 사랑이 아르세니에게 "힘내"라고 말했다. 그 사랑은 "자네가 땅바닥에 앉으면 잠이 들 것이다"라고 말했다. 그래서 아르세니는 앉지 않았지만, 집의 한쪽 벽인 붙어 있는 참나무 두 그루에 팔꿈치로 기댔다. 그는 아이가 죽음과 단둘이 있도록 내버려두고 싶지 않았다.

안핌의 영혼과 작별 인사를 하면서 아르세니는 속삭였다.

"얘야, 부탁이 하나 있단다. 네가 가는 그곳에서 한 사내아이를 만나게 되거든, 그 아이는 너보다 더 작단다…… 이름도 없는 아이라 쉽게 찾을 수 있을 거다. 그 아이는 내 아들이란다. 네가 그 아이에게……." 아르세니가 이마를 참나무에 기대자 나무의 단단한 느낌이 그의 안에 차오르는 것을 느꼈다. "나 대신 그 아이에게 입 맞춰주렴. 입맞춤만 해다오."


## 51


유로디비 카르프의 아침은 이렇게 시작되었다. 그는 뒷짐을 진 채로 칼라치*를 굽는 삼손의 집 앞에 서 있었다.

"카르프, 카르프, 카르프." 유로디비 카르프가 행인들을 향해 말했다.

삼손이 행상용 목판을 허리춤에 달고 밖으로 나오면 카르프는 이빨로 반 젠가**어치의 칼라치를 낚아채고는 도망갔다. 이빨로 칼라치를 문 사람치고는 굉장히 빨리 달렸다. 입에 빵을 물고 있어서 말을 하고 싶어도 할 수는 없었다. 여전히 뒷짐을 진 채였다. 유로디비가 칼리치를 결국 떨어뜨릴 것을 아는 가난한 사람들이 그를 잡으려고 달려갔다. 그리고 그들의 바람대로 칼라치가 떨어지면 주웠다. 유로디비의 입 속에 들어간 것은 오늘 하루 동안 먹을 그의 양식이었다.

칼라치를 굽는 삼손은 유로디비 카르프를 뒤쫓아 가지 않았다. 가고 싶다 하더라도 무거운 행상용 목판을 들고 뛰는 것은 불가능

---

\* 도넛처럼 가운데에 구멍이 뚫린 빵.
\*\* 고대 러시아의 화폐 단위로, 18세기 말까지 통용되던 은화.

했을 것이다. 사실 달리고 싶은 마음도 없었다. 유로디비 카르프에게 화를 내지도 않았다. 유로디비를 만나고 나면 장사도 잘돼서 그가 만든 칼라치가 굉장히 빨리 팔렸기 때문이다. 만약 유로디비가 바빠서 늦기라도 하는 날이면 삼손은 잡스코비예에 있는 자기 집 앞에서 그를 손꼽아 기다리곤 했다.

하지만 자벨리치예에 사는 프로호르라는 이는 삼손과는 다른 자였다. 그는 표정이 다소 어둡기로 유명했고, 칼라치를 나눠 먹고 싶어 하지도 않았다. 아르세니는 자벨리치예를 담당했기 때문에 프로호르라는 사람과 맞닥뜨릴 수밖에 없었다. 결국 여름이 끝날 무렵에 사건이 발생했다.

칼라치를 갖고 있는 프로호르를 보자 아르세니의 마음이 동요되었다. 그는 프로호르의 얼굴을 뚫어지게 쳐다보았고, 표정이 점점 더 어두워졌다.

"유로디비, 자네 뭘 그리 보는 건가?" 프로호르가 물었다.

아르세니는 한마디도 하지 않고 행상용 목판 아래쪽을 위로 쳤다. 그러자 칼라치들이 사이좋게 목판에서 떨어지더니, 8월의 먼지 가득한 땅바닥 위에서 큰 소리를 냈다. 행인들이 칼라치에서 먼지를 털어내고 집어 들려고 하는 찰나에 아르세니가 그들을 막았다. 그는 프로호르가 만든 칼라치를 조각조각 자르고 발로 밟아 뭉갰다. 칼라치가 먼지 덩어리로 변하자 그제야 프로호르는 정신이 드는 것 같았다. 그는 천천히 아르세니를 향해 걸어갔는데, 그가 쥔 두 주먹이 칼라치 같았다. 그는 팔을 흔들지도 않고 바로 아르세니의 얼굴을 주먹으로 가격했다. 아르세니는 쓰러졌고, 그러자 상대는 그를 발로 찼다.

"그를 건드리지 마시오. 그는 하느님의 사람이오." 이 모습을 본 행인들이 그에게 소리 질렀다.

"내가 만든 칼라치를 찢은 자는 하느님의 사람이 아니란 말이오? 내 빵을 발로 밟은 자는 하느님의 사람이 아니란 말이오?"

질문을 할 때마다 프로호르는 아르세니를 발로 찼다. 그가 발길질을 할 때마다 누워 있던 아르세니는 천 뭉치처럼 위로 들렸다 떨어졌다. 사실 그의 안에는 살이 거의 남아 있지 않아서 그는 정말로 천 뭉치였는지도 모를 일이다. 악을 쓰면서 사내는 아르세니의 등에 뛰어올랐고 모두들 갈비뼈에서 우두둑하는 소리를 들었다. 그러자 남자들이 칼라치 행상 프로호르에게 달려들어서 그의 두 팔을 뒤로 꺾었다. 누군가가 허리띠로 그를 결박했다. 힘센 프로호르는 결박을 풀고 또다시 아르세니에게 달려들었다.

"하느님의 사람이여, 떠나시오." 주위에 있던 사람들이 아르세니에게 말했다.

하지만 아르세니는 떠나지 않았다. 미동하지도 않았다. 두 팔을 벌린 채 누워 있었고, 머리카락 밑으로 붉은 액체가 흘러나왔다. 다들 조금 진정한 프로호르를 쳐다봤다. 나룻배가 있는 곳으로부터 유로디비 포마가 걸어오고 있었다.

"이제부터 자네는 칼라치를 만드는 자가 아니라 주먹을 놀리는 자라 불릴 것일세." 포마가 프로호르를 향해 소리 질렀다. "지저분한 당신네들에게 (그는 그곳에 서 있는 사람들을 훑어봤다) 다음과 같은 사실을 알려주겠소. 지난밤에 이자는 자기 부인과 성관계를 가졌소. 그런 후에 씻지도 않고 반죽을 하고 칼라치를 빚었소. 그러곤 아침에 이토록 불결한 것을 정교회 신자들에게 팔려고 했기 때문에 우리 형제 우스틴이 아니었다면 이자는 분명히 사람들에게 이걸 팔았을 것이오."

"이것이 사실이오?" 사람들이 그에게 물었다.

프로호르는 대답하지 않았지만 사실상 침묵으로 답을 한 셈이었다. 게다가 모두들 유로디비 포마는 진실만을 말한다는 사실을 알고 있었다. 프로호르는 지하 감옥에 보내기로 결정되었다. 아르세니의 운명이 확실해질 때까지 벌은 보류하기로 했다. 그러곤 말했다.

"만약 하느님의 사람이 죽는다면 그 죗값은 네가 치르게 될 것이다."

그들은 아르세니를 거친 천 위에 눕히고 성 요한 수녀원으로 향했다.

수녀원 대문에서 아르세니에게 정든 수녀들이 그들을 눈물로 맞이했다. 그들은 이미 그가 겪은 일을 알고 있었다. 수녀들은 그를 눕힌 천의 끝자락을 잡고, 아르세니의 통증이 더 심해지는 것을 막기 위해서 수녀원 안으로 데리고 갔다. 하지만 아르세니는 아무것도 느끼지 못했기 때문에 통증도 느끼지 못했다. 수녀들은 발 맞춰서 보폭을 좁혀 걸으려고 애썼지만 아르세니의 머리는 조금씩 흔들렸다.

수녀원장이 말했다.

"당신은 자기 나라에서 배척을 당하면서도 오래전에 멸망한 당신의 조국을 찾기 위해 그리스도의 자녀로서 모든 것을 기쁜 마음으로 인내했군요."

수녀원장은 얼굴을 두 손으로 가렸고 목소리는 허스키했지만 그녀의 말을 알아들을 수는 있었다.

수녀들은 남자가 머물러도 수녀들 중 그 누구도 불편해하지 않을, 멀리 떨어진 독방 하나를 아르세니를 위해 비워주었다. 수녀들 스스로는 불편해하지 않았는데, 그들이 보기에 유로디비 우스틴은 남성성을 상실했고, 어느 정도는 고자라고 생각했기 때문이다. 그들은 환자를 그 방에 데리고 가면서 그가 어서 속히 건강을 되찾기를 바라면서도 그의 죽음을 대비했다.

"안타깝지만 환자가 입은 부상이 너무 심해서 생존 가능성이 낮다는 사실을 인정할 수밖에 없습니다." 수녀원장이 말했다. "그런데 우리 형제 우스틴의 경우 죽음이라는 것이 아주 낯설지는 않은데, 우리 형제 우스틴의 육은 이미 죽었기 때문입니다. 성령이 충만한 유로디비 우스틴은 애도를 받아 마땅한 자처럼 다녔지만 그의 속사람은 살아날 것입니다. 집도 없이 떠돌아다닌 우리의 이 형제는 자신의 집을 하늘나라에 지었습니다."

아르세니가 죽을 때를 대비하여 수녀들은 아르세니가 봄에 자리를 잡고 살기 시작한 공동묘지 벽 옆에 묏자리를 준비했다. 그들이 보기에 아르세니의 집은 이미 준비된 무덤 같았다. 쾌적하고 편안해 보였다.

# 31

다행히도 아르세니는 살아났다. 며칠이 지나자 의식을 회복했고, 뼈도 조금씩 붙기 시작했다. 아르세니는 뼈가 부러질 때처럼 뼈가 붙는 것 역시 아주 잘 느꼈다. 소리는 나지 않았지만 뼈가 붙는 것이 확실히 느껴졌다.

수녀들은 아르세니에게 음식을 숟가락으로 떠먹였다. 그는 말없이 입을 열었고 그럴 때면 양 볼을 따라 눈물이 흘러내렸다. 수녀들의 볼에도 눈물이 흘렀다. 아직 일어나지 못하는 아르세니를 씻기기 위해 목수 블라스를 불렀다.

9월 1일에 아르세니에게 유로디비 포마가 와서 교회력 시작일을 축하했다. 그는 선물로 죽은 쥐를 가져왔다. 포마는 쥐의 꼬리를 잡고 있었고, 그러자 쥐가 축 늘어진 채로 이리저리 흔들렸다.

유로디비 포마는 아르세니의 머리맡에 쥐를 놓고 쥐의 앞발을 대가리에 대고 누르고 환자 쪽을 보면서 말했다.

"이보게, 나는 자네가 슬픈 길을 택하지 않아서 진심으로 기쁘다네. 사실 희망이 보이지 않았었지. 새로운 6967년을 맞이한 걸 축하하네. 오랜 전통에 따라 우리는 이토록 밝은 9월의 날에 7000년이 되기 33년 전인 이해를 기념하고 있지."

수녀들은 쥐의 등장이 못마땅한 눈치였지만 감히 나서서 포마에게 말하는 사람은 없었다. 그리고 아르세니의 미소를 보자 그들은 더는 화를 내지 않았다. 최근 몇 달 동안 그가 처음 짓는 미소였다. 유로디비 포마가 쥐의 꼬리 끝으로 아르세니의 콧구멍을 잠시 간

지럽히자 그는 재채기를 했다.

"환자에게 필요한 건 신선한 공기요!" 포마가 소리 질렀다. "그런데 여기는, 이런 표현은 좀 죄송하지만, 젠장맞을, 끔찍하단 말이오. 그를 강 근처로 데리고 나가시오. 그곳에는 물도 흐르고 공기도 순환되니까. 그렇게 하면 회복하는 데도 도움이 될 거요."

수녀원장은 눈을 홉뜨고 뒤로 돌았지만, 수녀들에게 유로디비가하라는 대로 하라는 신호를 보냈다. 그들은 환자를 캔버스 천으로옮겼고(아르세니는 이때 신음하기 시작했다) 그런 후에 그들은 조심해서 천을 위로 들어 올렸다(그는 한 번 더 신음했다).

"계속 그렇게 신음하라고, 신음하라고, 쓸모없는 빗자루 같으니." 포마가 못마땅하다는 듯이 말했고, 그러자 수녀원장이 또다시뒤돌아섰다.

수녀들이 아르세니를 강가로 데리고 나왔다. 포마가 환자가 누워 있으면 좋을 법한 장소를 가리켰다. 수녀들이 굉장히 조심하면서 아르세니를 풀 위에 눕혔다.

"이제 교태 부리는 여자들이여, 썩 꺼지시오." 유로디비 포마가수녀들을 향해 말했다.

수녀들은 한마디도 하지 않고 수녀원 쪽으로 갔다. 그들의 옷자락 끝이 바람에 나부꼈고, 아르세니와 포마는 그들의 뒷모습을 지켜봤다. 수녀들의 뒷모습으로 판단하건대 그들은 사실상 포마에게서운해하지는 않는 것 같았다. 거의 그렇다고 볼 수 있었다.

수녀들이 수녀원 안으로 사라지자 유로디비 포마가 말했다.

"프로호르와 관련해서 자네가 부탁한 대로 했네. 강 건너편에서 자네가 취한 제스처를 내가 제대로 이해한 게 맞는다면 자네는 권력자들이 그를 벌하지 않길 원한 것 같네만."

그러자 아르세니가 우스티나에게 말했다. "나는 다만 그를 위해 기도했소. 이렇게 기도했소. 하느님, 그에게 이 죄를 묻지 말아주십시오. 그는 자신이 한 일을 알지 못하기 때문입니다. 내 사랑, 당신도 그를 위해 기도하구려."

유로디비 포마도 고개를 끄덕이면서 말했다.

"자네 기도와 관련해서는 자벨리치예 사람들이 이미 알고 있네. 내가 그들에게 말했지. (이 말을 하면서 그는 한 손으로 이미 모여 있는 자벨리치예 사람들을 가리켰고, 그러자 그들이 그가 한 말을 긍정했다.) 다만 우려되는 것은 자네가 이런 유의 기도를 앞으로 더 하게 될 것 같다는 것이네. 이보게, 친구, 자네 면상을 앞으로도 여러 번 갈아엎게 되겠지."

"그런 일이 반드시 일어난다는 보장은 없지요. 루시에 사는 사람이라면 누구든지 유로디비를 때리면 안 된다는 것을 아니까요." 자벨리치예 사람들이 말했다.

그러자 포마가 큰 소리로 웃으면서 말했다.

"그 이유를 역설적으로 표현해볼까? 유로디비를 패는 이유는 그들을 때리면 안 되기 때문이오. 유로디비를 패는 사람은 모두 악한이라는 것을 모르는 사람이 없으면서도 말이지."

"그렇다면 누가 그런 짓을 한단 말입니까?" 자벨리치예 사람들이 그의 말을 수긍하면서 말했다.

"바로 그 점이 중요하오." 유로디비 포마가 말했다. "러시아인은 경건하지. 그래서 유로디비는 고통을 참아야 한다는 것을 알고 있고, 그가 겪어야 할 고통을 만들어주기 위해 죄를 짓지. 그렇다면 누군가는 악한이 돼야 하는 것 아니겠소? 누군가는 유로디비를 패거나 죽여야 한단 말이오. 여러분 생각은 어떤가?"

"하지만 그건 좀…….." 사람들이 술렁이기 시작했다. "때리는 거야 그럴 수 있다손 치더라도 죽이는 것도 하느님을 경외하는 일에 속한단 말이오? 이것을 이렇게 표현할 수 있을지 모르겠지만 이것은 대죄가 아닌가?"

"젠장맞을!" 유로디비 포마가 화를 버럭 내면서 말했다. "러시아인이 경건하기만 한 건 아니잖소. 러시아인은 무모하고 무자비해서 언제 어느 순간에 대죄를 지을지 모른다오. 경계선이 아주 얇아서 당신네 같은 개새끼들은 이해할 수 없다 이 말이지."

자벨리치예 사람들은 뭐라고 대답해야 할지 알지 못했다. 무리 안에 끼어 있던 유로디비 카르프 역시 적합한 답변을 모르긴 마찬가지였다. 그는 입을 벌린 채로 유로디비 포마가 하는 말을 전혀 이해하지 못하겠다는 표정을 지으며 듣고 있었다.

"이런, 여기 있는 자네 역시 죄인이군." 유로디비 포마가 큰 소리로 외쳤고, 유로디비 카르프는 울음을 터뜨렸다. "그러고 보니 내가 자네 면상을 안 패준 지도 오래됐군."

이 말을 하고 포마가 카르프를 향해 다가갔지만 상대는 이미 뒷걸음질 쳐서 수녀원으로 향했고, 그의 등 뒤에 있는 무리가 길을 비켜줬다.

"오, 나는 불행한 사람이로구나." 유로디비 카르프가 소리 질렀다.

무리에서 빠져나온 그는 수녀원 대문을 향해 달려갔다. 하지만 문은 닫혀 있었다. 카르프는 있는 힘껏 문을 두드렸고, 그를 향해 다가오는 포마의 모습을 보면서 공포에 떨었다. 하지만 문이 열리지 않자 카르프는 뒷짐을 지고 강 쪽으로 달려갔다. 수녀원 문이 열렸을 때 그 옆을 포마가 뛰어서 지나갔다. 문밖으로 고개를 내민 수녀들을 향해 포마가 혀를 내밀고는 계속 뛰어갔다. 수녀들은 낯익은 풍경을 보기라도 하는 듯이 서로를 쳐다봤다.

"내가 자네한테 잡스코비예에 있으라고 했나, 안 했나?" 유로디비 포마가 유로디비 카르프에게 소리 질렀다.

그러자 카르프는 얼굴을 두 손으로 가린 채 계속 뛰었다. 그가 맨발로 뛰자 발밑에서 풀이 서걱거렸다. 그가 강 바로 앞에서 멈춰 섰다. 얼굴을 가린 손을 치우자 그는 포마가 자신을 따라잡으려고 하는 것을 보았다.

"카르프, 카르프, 카르프." 유로디비 카르프가 소리 질렀다.

그는 물속으로 걸어 들어가서 조심스럽게 걷기 시작했다. 바람이 불긴 했지만 그날따라 벨리카야강의 파도는 높지 않았다. 처음에 카르프는 두려운 듯 조심해서 걸었지만 발걸음이 서서히 빨라졌다.

포마가 강에 다가와서 엄지발가락을 물속에 넣어봤다. 속상한 듯 고개를 흔들곤 그 역시 물속으로 들어갔다. 아르세니와 자벨리치예 사람들은 한마디도 하지 않고 유로디비들이 서로 쫓고 쫓기는 모습을 관찰했다. 그들은 파도 위에서 살짝 뛰어올랐고 균형을 잡기 위해 우스꽝스럽게 두 팔을 흔들었다.

"지금 보니 물속에서는 걷기만 하는가 보군. 아직 물속에서 뛰는 법은 터득하지 못한 거야." 자벨리치예 사람들이 말했다.

유로디비 카르프가 강 한가운데까지 가서 멈춰 섰다. 그러곤 유로디비 포마를 기다린 후에 그의 뺨을 있는 힘껏 내리쳤다. 따귀 때리는 소리는 강가에 서 있는 사람들 귀에까지 들렸다.

"그는 그럴 자격이 있어. 자기 구역에 있으니까." 자벨리치예 사람들이 으쓱하면서 말했다.

유로디비 포마는 한마디도 하지 않고 뒤돌아서 자기 구역으로 향했다. 가을의 낮은 태양 빛이 강물이 흐르는 모습을 비췄다. 강물에 파도와 잔물결이 일다가 멈추곤 했다. 한참 동안 강물을 들여다보고 있으면 강물이 다시 상류로 역류하는 것 같은 착각이 들었다. 어쩌면 빠른 속도로 움직이는 구름의 모습이 강물에 비춰졌기 때문인지도 모를 일이다. 강물의 흐름에 맞춰서 작은 몸뚱이 두 개가 미끄러지듯 흩어지고 있었다. 아르세니와 그를 에워싼 자벨리치예 사람들만 여전히 그 자리에 서 있었다.

# ㅒ

겨울이 가까워졌을 때 즈음 아르세니는 걸을 수 있었다. 뼈도 붙었고 가끔 기력이 쇠한 것 빼고는 아프기 전과 크게 다르지 않았다. 아르세니는 건강을 회복하자 전에 살던, 공동묘지에 있는 자기 집으로 돌아갔다. 수녀들은 그가 쓰던 구석진 독방을 쓰라고 설득했지만 그는 완강했다.

"떠돌이 방랑자여, 축복받으라." 수녀원장이 이 말을 하고는 아르세니가 자신이 선택한 장소에서 살 수 있게 해주었다.

서로 붙어 있는 참나무 밑으로 돌아온 아르세니는 자신이 편안한 삶에 익숙해졌다는 사실을 깨달았다. 그는 수녀원 독방에서 몇 주 동안 머물면서 마치 그 시간을 잃어버린 것처럼 곡을 하면서 시간을 보냈는데, 수녀원에서 보낸 시간 동안 계속 자신의 몸에 신경을 쓰도록 강요받았기 때문이다. 하지만 사실 그 시간 동안 오히려 그는 자신의 몸에 신경을 안 써서 자기 집으로 돌아오고도 처음 며칠 동안은 언 몸이 녹지 않았다. 그는 끊임없이 자기 몸에게 남의 몸을 입고 있다고 속삭였지만 몸이 이해하는 데는 나흘이 걸렸다.

7일째 되는 날 그에게 칼라치를 만드는 프로호르가 찾아왔다. 그는 말없이 품에서 칼라치를 꺼내고는 아르세니 앞에 무릎을 꿇었다. 자기 집 앞에 서 있던 아르세니 역시 프로호르에게 다가왔다. 그러곤 그의 옆에 같이 무릎을 꿇고는 그를 끌어안았다. 그리고 그가 주는 칼라치를 받았다.

"저는 7일 동안 금식했습니다." 프로호르가 말했다.

아르세니는 칼라치의 형태와 칼라치에서 나는 맛있는 냄새로 봐서 그의 말이 사실임을 알았기 때문에 고개를 끄덕였다.

"저를 용서해주세요, 성스러운 우스틴." 프로호르가 울면서 말했다.

아르세니가 프로호르의 한쪽 볼을 만지자 그의 검지에 프로호르의 눈물이 묻어 나왔다. 그는 칼라치 끝부분으로 그 눈물을 닦았다. 칼라치에 프로호르의 눈물이 스며든 부분을 아르세니가 조금 베어 물었다. 그 빵을 씹은 후에 아르세니는 자리에서 일어나면서 프로호르도 일으켰다. 그런 후에 십자성호를 긋고는 프로호르를 돌려보냈다. 프로호르가 구멍을 지나 사라지자 아르세니는 칼라치를 들고 밖으로 나갔다. 수녀원의 벽 주변에 가난한 사람들이 서 있었다. 아르세니는 칼라치를 몇 조각으로 나눈 후에 그들에게 나눠주었다.

그날부터 프로호르는 아르세니의 집에 자주 왔다. 올 때마다 칼라치를 여러 개씩 가져왔다. 아르세니는 감사한 마음으로 칼라치를 받았다. 프로호르가 떠나면 칼라치를 수도원 벽이 있는 곳으로 갖고 나와서 가난한 사람들에게 나눠주었다.

시간이 지나자 아르세니가 나눠주는 칼라치를 기다리는 사람들이 늘어났다. 도시와 잡스코비예에서 사람들이 왔는데, 그중 많은 이들이 부유한 자들이었다. 그들은 허기지지 않았지만 아르세니가 주는 칼라치가 굉장히 맛있고 몸에도 좋다는 것을 알고 있었다. 그들이 관찰해온 바로는 그가 주는 빵을 먹으면 힘이 났고 출혈이 멈췄으며 신진대사가 더 좋아졌다.

한번은 아르세니가 빵을 나눠준다는 얘기를 듣고, 프스코프 시장 가브리일이 찾아왔다. 가브리일은 칼라치 절반을 받아서 자기 집으로 돌아갔다. 그 빵은 그와 아내, 그리고 서로 나이가 다른 네 자녀가 나눠 먹었다. 그들은 빵이 마음에 들었고, 사실 빵을 먹기 전에도 상당히 건강한 편이었지만 빵을 먹은 후에 건강이 더 좋아진 것을 느꼈다.

"이것은 가능한 모든 방법을 동원해서 사례를 해야 하는 진귀한 일이다." 가브리일 시장이 말했다.

그는 아르세니의 집에 가서 수녀들이 보는 앞에서 그에게 은화가 든 작은 주머니를 건넸다. 아르세니는 그가 내미는 주머니를 받았고, 가브리일 시장은 놀랐다. 시장은 그곳을 떠나면서 수녀원 근처에 자기 사람 한 명에게 남으라고 하곤 유로디비가 받은 돈을 어떻게 사용하는지 지켜보라고 했다. 바로 그날 저녁 그 사람은 가브리일 시장에게 와서 유로디비 우스틴이 제일 먼저 상인 네고다의 집으로 갔다고 보고했다. 또한 유로디비가 그 집에 들어갈 때는 은화 주머니가 있었지만, 그 집에서 나올 때는 은화 주머니가 없었다고 덧붙였다.

그러자 가브리일 시장은 또다시 아르세니에게 가서 그가 무슨 연유로 거지들에게 돈을 주지 않고 상인에게 돈을 줬는지 물었다. 그러자 아르세니는 말없이 시장의 얼굴을 쳐다봤다.

"아니, 그 연유를 정녕 모른단 말이오?" 유로디비 포마가 한쪽 벽의 허물어진 곳에 서서 의아하다는 듯 말했다. "네고다라는 상인이 파산해서 그의 가족이 끼니를 거르고 있소. 하지만 그는 강직하기 때문에 구걸하는 것을 창피해하고 있단 말이오. 그와 그의 가족이 뒈질 때까지, 젠장맞을, 참겠지요. 그래서 우스틴이 그들에게 돈을 준 거요. 거지들이야 어떻게 해서든 먹고살고, 구걸하는 건 그들의 일이기도 하니까 문제가 없다 이거지요."

가브리일 시장은 아르세니의 지혜에 놀라서 물었다.

"우스틴 형제여, 자네가 사는 데 필요한 것이 무엇이뇨? 나에게 말하면 내가 선물하겠네."

아르세니가 침묵하자 유로디비 포마가 말했다.

"내가 그를 대신해서 말하면 선물하겠소?"

그러자 가브리일 시장이 대답했다.

"선물하겠네."

"그에게 위대한 도시 프스코프를 주시오. 그거면 그가 먹고살 수 있을 거요." 유로디비 포마가 말했다.

아르세니에게 도시 전체를 내줄 수는 없었기에 시장은 한마디도 하지 못했다. 가브리일 시장이 상심에 잠긴 것을 본 유로디비 포마가 큰 소리로 웃으면서 말했다.

"이런, 뭘 그렇게 괴로워하시오? 이 도시를 그에게 못 줄 것 같으면 안 주면 될 것을. 당신이 안 줘도 그가 갖게 될 테니 말이오."


⚠

그해 겨울은 유난히 추웠다. 프스코프 사람들도 겪은 적이 없을 정도로 힘든 겨울이었던 만큼 아르세니에게는 더더욱 낯선 겨울이었다. 한편 아르세니는 프스코프에 온 이래로 얼마나 많은 겨울이 지났는지도 기억하지 못했다. 어쩌면 단 한 번의 겨울만 났을지도 모를 일이다. 어쩌면 모든 겨울이 하나의 겨울로 합쳐져서 시간은 아무런 의미가 없을지도 모를 일이었다. 하나의 거대한 겨울로 변한 채로 말이다.

처음에는 도시가 눈으로 덮였다. 눈은 밤낮으로 쉬지 않고 내렸고, 공기 중에도 땅 위에도 온통 눈이 내려서 세상이 하나의 거대한 우유 푸딩 같았다. 눈은 축사에도, 집에도, 높지 않은 교회에도 쌓였다. 이 눈은 거대한 눈 더미로 변했고, 이따금 그 위로 십자가가 보이기도 했다. 낡은 집들의 지붕에 눈이 많이 쌓이면 집들이 우지직 소리를 내면서 무너졌다. 그러면 사람들은 집을 잃고 거리에 나앉게 되었고 하늘에서는 계속해서 눈이 내려서 무너져 내린 집들 안에도 쌓였다. 3주 동안 눈이 온 후에는 강추위가 도시를 강타했다.

추위는 무자비했다. 바람으로 인해 체감온도는 세 배나 더 떨어졌고, 그 누구도 이 바람을 피할 수는 없었다. 바람은 행인들의 다리를 덮쳤고, 문틈으로 들어가 단단하게 연결하지 않은 통나무 사이에서 쌩쌩 불었다. 이 바람으로 인해 하늘을 날던 새들이 죽었고, 수심이 얕은 강물에서는 물고기들이 꽁꽁 얼었으며, 숲에서는 짐승들이 쓰러졌다. 심지어 기력이 없어서 불을 피워놓고 몸을 녹이던 사람들조차 이 맹렬한 추위를 견딜 재간이 없었다. 도시와, 도시에서 멀리 떨어진 시골, 그리고 길에서 많은 사람들과 가축들이 얼어 죽었다. 거지들과 순례자들은 그리스도를 위해 이 무시무시한 재난을 견뎌내면서 가슴 깊이 통곡을 하며 서럽게 울었고 계속 몸을 떨면서 죽어갔다.

수녀원장이 맹렬한 추위가 지나갈 때까지 아르세니의 거처를 수녀원 구석에 있는 골방으로 옮기도록 지시했다. 하지만 3일 후에 아르세니는 골방을 떠나 자신이 살던 공동묘지에 있는 집으로 돌아갔다. 다들 그에게 수녀원에 있을 것을 종용했지만 그는 침묵으로 일관했다.

"우스티나, 당신은 아시오? 골방에 있으면 내 육체가 따뜻한 곳에 있으면서 더 많은 걸 요구하게 된다오. 하지만 내 사랑, 이곳에서는 그런 것은 꿈도 꾸지 못하오. 내 육체에게 손가락 하나를 양보하면, 내 육체는 팔 전체를 가져가버릴 테니까 말이오. 내 사랑, 신선한 공기를 마시는 편이 좋겠소. 얼어 죽지 않기 위해 자벨리치예를 돌아다닐 생각이오. 이 세상에서 어떤 일이 일어나는지 관찰할까 하오. 지금껏 단 한 번도 온 세상이 이토록 하얗던 적은 없으니 말이오."

이렇게 해서 아르세니는 자벨리치예를 돌아다니기 시작했다. 걷다가 추위에 떨고 있는 사람이나 술에 취한 사람 혹은 눈 무더기 안에서 잠을 자려고 하는 사람을 만나면 그들을 집까지 바래다주었다. 집이 없는 사람의 경우에는, 날이 추울 때를 대비해서 성 요한 수녀원 벽 근처에 있는 오래된 광에 가난한 자들을 위해 준비해 놓은 거처로 데리고 갔다.

한번은 아르세니가 얼어붙은 강 주위를 걷고 있을 때 강 위에 있는 유로디비 포마를 발견했고, 포마가 그에게 말했다.

"이보게, 친구, 이제 도시 안에 있는 구역 간 경계선이 자연스럽게 지워졌다네. 자네와 나 사이에 있던 장애물이 유례없이 두꺼운 얼음 아래로 잠시나마 사라졌다는 사실을 말하지 않을 수 없네. 만약 밖에서 추위에 떠는 사람들을 구하고 싶다면 전혀 반대하지 않겠네."

유로디비 포마가 이 말을 한 후에는 아르세니가 자벨리치예 구역 밖에도 다녔다. 그는 도시에도 가고, 심지어 유로디비 카르프가 사는 잡스코비예에도 갔다. 이것은 선구자 성 요한 수녀원에서 여러 방향으로 흩어지는 그의 맨발 자국을 보면 알 수 있었다. 매일 아침마다 프스코프 사람들은 새로운 방향으로 향한 발자국을 발견했는데, 그 발자국을 통해 지난밤에 아르세니가 어느 구역에 갔었는지를 가늠할 수 있었다.

어느 날 밤에 아르세니는 한 방랑자를 집까지 바래다준 적이 있었다. 선술집에서 나왔는데 기력이 거의 없는 자였다. 그는 아르세니에게 계속 자기를 내버려두라고 요구하면서 길바닥에 앉았다. 아르세니는 눈 위를 걸으면서 낯선 이를 억지로 끌고 갈 수밖에 없었다. 눈 위를 미끄러져 걷는 것이 쉽지는 않았는데, 걷기 시작한 지 얼마 안 됐을 때 사내가 큰 소리로 웃으면서 부츠 코로 눈을 모았기 때문이다. 하지만 한 시간이 지나자 그는 추위에 떨었고, 흥도 떨어졌다. 그는 조용히 아르세니의 뒤를 따랐고, 그즈음에는 술도 상당히 깼고 독이 바짝 올라 있었다.

그들은 그의 집을 찾아 주변에 있는 마을을 돌아다녔다. 자정이 다 되었을 때 하늘에 달이 모습을 드러냈고 그걸로 문제도 해결되었다. 사내는 여러 개의 눈 무더기 중 한 무더기 속에 있는 자신의 농가를 발견하고는 현관 쪽으로 성큼성큼 다가갔다. 그러고는 역시 거침없이 현관 계단으로 올라가 집 안으로 들어가서 문을 세게 닫았다.

아르세니는 주위를 둘러봤다. 너무 멀리 온 탓에 길을 잃어서 어느 쪽에 도시가 있는지 가늠할 수도 없었다. 또다시 달이 구름 속으로 숨었다. 아르세니는 만약 농가에서 몇 걸음이라도 더 멀어지면 농가조차 찾지 못할 것이라는 것을 깨달았다. 게다가 자신도 언 몸을 속히 녹여야 한다는 것을 직감했다.

"내 사랑, 지금은 내가 단 한 시간이라도 따뜻한 곳에서 몸을 녹여야 할 그런 순간이라오. 하지만 내 걱정은 마오, 당신이 보다시피 나는 아직 멀쩡하다오. 숨을 깊게 들이마시면 돌아갈 수 있을 거요, 내 사랑." 아르세니가 우스티나에게 말했다.

아르세니는 웃으려고 했지만 입술과 볼의 감각이 없다는 것을 깨달았다. 잠시 망설인 후에 농가로 돌아가서 얼음 덮인 현관 계단 위로 올라갔다. 그러곤 문을 두드렸다. 아무도 문을 열어주지 않아서 한 번 더 문을 두드렸다. 그러자 문이 열렸다. 문지방에 낯익은 사내가 서 있었다. 그는 아르세니가 안으로 들어올 수 있도록 하려는 듯이 뒤로 물러섰다. 하지만 아르세니는 사실 이 사람이 집 밖으로 뛰쳐나가려 한다는 것을 깨달았고, 슬펐다. 문을 연 사람은 비명을 지르며 달려 나갔고, 두 손으로 아르세니를 현관 계단에서 밀쳤다.

아르세니가 정신을 차렸을 때 달빛이 또다시 사방을 비추고 있었다. 그는 눈 뭉치를 잡고 언 얼굴을 문질렀다. 그가 닦고 버린 눈에 피가 묻어 있었다. 달빛이 비추자 아르세니의 눈에 멀리 떨어진 집들이 어렴풋이 보였다. 그는 휘청거리면서 그쪽으로 발걸음을 옮겼다. 집들은 낡았고, 아르세니는 그곳에 가난한 사람들이 살고 있다는 것을 깨달았다. 그가 문을 두드리자 지팡이를 잡은 사람들이 나와서는 말했다.

"가서 죽어버려, 유로디비. 너 때문에 우리가 죽을 수도 있다고."

아르세니는 이 사람들이 자신을 측은하게 여기지 않는다는 것을 깨닫고 떠났다. 그는 집 주위를 돌아서, 거리 끝에 한쪽으로 기운 광 하나를 발견했다. 그의 눈이 어둠에 적응했을 때 그는 광의 구석에 눈 몇 쌍이 있는 것을 발견했다. 지붕 틈으로 들어온 달빛이 눈에 비쳤다. 커다란 개 몇 마리가 아르세니를 보고 있었다. 그는 기어서 개들 쪽으로 갔다. 개들은 으르렁대긴 했지만 아르세니를 해치지는 않았다. 그는 개들 사이에 누워서 졸기 시작했다. 그가 잠에서 깼을 때 개들은 이미 사라지고 없었다.

"내가 얼마나 끔찍한 사람인지. 하느님과 사람들 모두 나를 버렸다오. 개들도 나를 두고 떠났다는 건 나와 함께하기 싫어한다는 의미일 거요. 나 역시 지저분하고 창백해진 내 몸뚱어리가 역겹다오. 이 모든 것을 통해 알 수 있는 것은 내 육체는 더는 존재 의미가 없어서 이젠 끝에 이르렀다는 것이오. 그러니까 내 사랑, 이제 더는 내가 당신을 위해 기도할 수 없을 것 같소." 아르세니가 우스티나에게 말했다.

아르세니는 쪼그리고 앉아서 머리를 두 손으로 움켜쥐고는 무릎 사이에 넣었다. 그는 이제 머리나 팔이나 무릎에 감각이 없음을 깨달았다. 심장박동만 희미하게 들릴 뿐이었다. 몸속 깊숙이 자리 잡은 심장만이 추위로부터 자신을 지켜내고 있었다.

'내 몸의 일부와는 이미 작별 인사를 해서 다행이야. 아직 얼지 않은 몸의 일부와 작별 인사를 하는 것은 지금까지 겪은 것을 토대로 판단하건대 훨씬 수월하겠어.' 아르세니가 생각했다.

아르세니가 이런 생각을 했을 때, 그는 몸속이 점점 따뜻해지는 것을 느꼈다. 아르세니가 눈을 뜨자 자기 앞에 잘생긴 청년이 있는 것이 보였다. 그의 얼굴은 태양 빛처럼 빛났고, 한 손에 붉은 꽃과 하얀 꽃이 잔뜩 달린 나뭇가지 하나를 들고 있었다. 이 나뭇가지는 이 세상 것 같지 않고 그 아름다움 역시 무척 생경했다.

한 손에 나뭇가지를 들고 있는 잘생긴 청년이 물었다.

"아르세니, 자네는 지금 어디에 있는 것인가?"

"어둠 속에 쇠사슬에 묶인 채로 죽음의 골짜기에 있습니다." 아르세니가 대답했다.

그러자 청년은 나뭇가지로 아르세니의 얼굴을 때리고는 말했다.

"아르세니, 무적 같은 자네 몸이 생명을 얻었고 정결함을 받았으니 이제는 자네 몸이 혹독한 추위로부터 더는 고통받지 않을 것이다."

이 말을 들은 후에 아르세니의 가슴에 꽃 향기가 들어왔고 그가 두 번째로 선물받은 생명을 느꼈다. 그가 눈을 치켜뜨고 주위를 둘러봤을 때는 이미 청년의 모습이 사라진 뒤였다. 이때 아르세니는 그 청년이 누구였는지 깨달았다. 그는 생명을 부여하는 성가곡 가사가 떠올랐다. '만약 하느님이 원하시면 자연의 섭리도 그 앞에 순종한다네.' 자연의 순리대로라면 아르세니는 죽었어야 했다. 하지만 죽음을 향해 날아가던 그를 하느님이 붙잡아주셨고, 그는 죽지 않고 살았다.

# K̃

그때부터 아르세니의 시간은 완전히 다른 방식으로 흘러가기 시작했다. 조금 더 정확히는, 그의 시간은 움직임 자체를 멈췄고 안정된 상태를 유지했다. 아르세니는 세상에서 일어나는 사건들을 보긴 했지만, 이 사건들이 이해할 수 없는 방식으로 시간과 갈라섰고 더는 시간의 영향을 받지 않는다는 것도 발견했다. 이따금 이 사건들은 예전처럼 하나씩 차례대로 움직이긴 했지만 가끔은 거꾸로 움직이기도 했다. 그보다 더 드물게는 아무런 순서 없이 일어나고, 뻔뻔하게도 순서가 뒤바뀌기도 했다. 게다가 시간은 이 사건들을 통제할 수 없었다. 시간은 이런 유의 사건들을 감독하는 것을 거부했다.

"알고 보니 사건들이 늘 시간 안에서 흘러가는 것은 아니더군. 이따금 사건들은 독자적으로 흘러가곤 하오. 시간에서 빠져나와서 말이오. 내 사랑, 당신은 이것을 잘 알고 있겠지만, 나는 이런 일을 처음 겪소." 아르세니가 우스티나에게 말했다.

아르세니는 봄에 눈이 녹아서 수녀들이 만들어놓은 낙수 홈통을 통해 구정물이 벨리카야강으로 흘러드는 모습을 관찰한다. 매년 봄에 수녀들은 낙수 홈통을 깨끗하게 청소하는데, 가을이면 이 홈통에 참나무와 단풍나무 잎사귀가 들어가서 막히기 때문이다. 바람이 불면 이 나뭇잎들이 아르세니의 집에 가서 쌓이지만 아르세니는 이불 속처럼 쌓이는 잎들을 거부하지 않는데, 사람의 노력으로 만들 수 없는 것이라 여기기 때문이다.

아르세니는 한밤중에 비가 내린 후에 6월의 때 이른 태양이 얼굴을 내미는 것을 본다. 나뭇잎들에 맺힌 빗방울은 여전히 나뭇잎 위에서 흔들린다. 선구자 성 요한 수녀원의 둥근 지붕에서 수증기가 구름처럼 나오고 비현실적으로 파란 하늘 속으로 사라진다. 풀헤리야 수녀는 빗자루에 팔꿈치를 기댄 채 물이 수증기가 되는 모습을 관찰한다. 따뜻한 바람이 숄에서 빠져나온 그녀의 황금빛 머리카락을 건드린다. 풀헤리야 수녀는 사색에 잠긴 채로 점을 쓰다듬으며 패혈증으로 죽어간다. 그녀는 아르세니의 집에서 몇 사젠 떨어진 곳에, 만든 지 얼마 안 되는 무덤에 누워 있다. 그녀의 무덤에 눈이 쌓인다.

나뭇잎이 한참 많이 떨어지던 어느 날 아르세니에게 수녀원장이 다가와서 말한다.

"내가 근심 많은 이 세상으로부터 영원히 늙지 않는 곳으로 갈 날이 다가왔습니다. 우스틴, 나를 축복해주세요."

나뭇잎들이 사각거리면서 그녀의 옷 위로 미끄러져 내린다. 아르세니는 수녀원장을 축복한다.

"나에게는 그녀를 축복할 권한이 없다오. 그러니 내 사랑, 사실 나는 이 여인이 나한테 부탁하기 때문에 하는 것일 뿐 권한이 있어서 한 것은 아니기 때문에 나의 이 행위는 비난받아 마땅하오. 그건 그렇고 그녀의 여정은 정말 멀고, 그녀도 이것을 알고 있소." 아르세니가 우스티나에게 말한다.

수녀원장이 죽어간다.

어느 무더운 여름날 낮에 선구자 성 요한 성당 근처에 빗자루에 팔꿈치를 대고 아가피야 수녀가 서 있다. 그녀는 성당의 둥근 지붕을 보고 있고, 한 손이 얼굴에 있는 점을 만지려고 한다. 아가피야 수녀의 손이 점을 만지려고 반쯤 갔을 때 아르세니가 그녀의 손을 멈췄다. 마침 그런 그녀를 늦지 않게 본 것이었다.

'죽지 않겠군.' 아르세니는 그녀에게서 멀어지면서 생각했다.

아르세니는 단호한 발걸음으로 요한 사제의 집으로 향한다. 그리고 갑자기 문을 활짝 열어젖힌다. 살을 에는 듯한 강추위가 집 안으로 들이닥친다. 요한 사제와 가족은 식탁 앞에 앉아 있다. 사제의 아내는 상 차릴 준비를 하고 있다. 그녀는 눈 외에는 보이지 않는 뿌연 창밖을 자세히 살펴본다. 요한 사제는 다가올 자신의 운명을 자세히 들여다보려고 하는 듯이 자기 앞을 쳐다본다. 아내가 아르세니에게 함께 식사를 하자고 청하면서 조용히 손짓을 한다. 그녀가 그를 식탁에 초대하려고 취하는 제스처는 그녀에게서 나와서 열린 문 밖으로 날아간다. 하지만 아르세니는 그녀의 제스처를 못 본다. 아이들은 상체를 숙인 채로 기다란 의자에 앉아서 무릎 위에 올려둔 자기 손을 응시한다. 손가락이 셔츠의 거친 천을 잡아당긴다. 아르세니는 아이들에게 아버지가 어느 날 본 회색빛 번개와 같은 존재이다. 아버지는 만약 집 안에 회색빛 번개가 들어오면 움직이지도 말고 눈에 띄는 행동을 하지 말라고 가르쳤다. 숨을 내쉬고 움직이지 말라고 말이다. 그래서 그들은 움직이지 않는다. 아르세니는 식탁에서 칼을 집어 들고는 요한 사제에게 달려든다. 요한 사제는 계속해서 앞을 응시하고 아르세니를 못 본 체한다. 사실 그는 아르세니의 모든 행동을 보지만 운명을 거스르는 것은 의미가 없다고 생각한다. 아르세니는 요한 사제의 얼굴 앞에서 칼을 흔든다. 요한 사제는 여전히 움직이지 않고, 어쩌면 회색빛 번개를 생각할지도 모를 일이다. 번개가 결국 그를 발견했다고 말이다. 아르세니는 칼을 바닥에 던지고 농가에서 뛰쳐나간다. 요한 사제는 여전히 마음이 불안하다. 그는 방금 일어난 일이 무언가에 대한 암시임을 알기 때문이다. 이것은 섬광에 불과하니, 그는 진짜 번개가 오기를 기다린다. 그리고 기다리던 번개가 오면 피하기가 쉽지 않으리라는 것도 짐작하고 있다.

아르세니는 잡스코비예를 따라 걷고, 사내아이들이 숨어서 그가 나타나기를 기다린다. 그들은 포장도로 위에 있는 나무판자로 그를 쓰러뜨린다. 그는 저항하지 않지만 몇 쌍의 손이 그를 나무판자에 꼭 누르고 있다. 그를 잡지 않고 있는 소년의 손이 아르세니의 셔츠 자락에 못을 박는다. 아르세니는 사내아이들이 소리 내어 웃는 모습을 보면서 자기도 웃는다. 사내아이들이 셔츠 자락에 못을 박을 때마다 그는 아이들과 함께 웃는다. 그리고 조용히 하느님께 이 죄를 그들에게 묻지 말아달라고 부탁한다. 그는 박아놓은 못에서 셔츠를 잘 떼어낼 수 있었지만 그렇게 하지 않는다. 아르세니는 사내아이들이 좋아하는 것을 하고 싶어 한다. 그가 자리에서 벌떡 일어나자 셔츠 자락이 우지직하는 소리를 내면서 찢어진다. 사내아이들은 재미있다고 배를 잡으며 땅 위에서 구른다. 그날 그 시간 이후에 아르세니는 쓰레기 더미에서 천 조각을 발견하고는 떨어져 나간 셔츠 자락 대신 기워 넣는다. 셔츠에 덧댄 천 조각을 본 사내아이들은 전보다 더 많이 웃는다.

아이들이 떠나자 주위가 조용해진다. 한 아이만 남아서 아르세니에게 다가와 그를 끌어안는다. 그러곤 운다. 아르세니는 이 소년이 그를 불쌍하게 여기지만 모두가 보는 앞에서 표현하기를 주저했음을 알고 가슴이 조여든다. 그는 아이가 기뻐하길 원하는데 이 아이의 모습에 다른 아이의 모습이 겹쳐 보였기 때문이다. 그래서 아르세니도 운다. 그는 아이의 이마에 입 맞추고 서둘러 그 자리를 떠나는데, 그의 심장이 터질 것 같기 때문이다. 아르세니는 통곡을 하느라 헐떡거린다. 그는 뛰어가고 통곡으로 인해 몸이 흔들리고 볼을 타고 흘러내리는 눈물은 사방으로 흩어지면서 갓길에 떨어져 수많은 볼품없는 식물처럼 변한다.

봄이 되자 벨리카야강의 수면이 올라가고, 군데군데 거리에 깔린 나무 포장재들이 물 위에 떠 있는 것이 보인다. 잡스코비예에 진흙이 생겨서 더럽다. 요한 사제가 집에 가는 길에 진흙탕 길을 걷는다. 그는 등 뒤로 진흙탕이 철퍼덕거리는 소리를 뒤로하고 계속 걷는다. 그리고 천천히 뒤를 돌아본다. 그의 앞에 진흙을 뒤집어쓴 채로 칼을 든 사람이 서 있다. 요한 사제는 말없이 한 손을 가슴에 갖다 댄다. 그의 머리에 아르세니의 예언이 스쳐 지나간다. 그의 가슴에는 그가 미처 입 밖으로 내지 못한 기도 소리가 들린다. 그자는 그를 칼로 스물세 번 찌른다. 상대가 칼을 들 때마다 그는 신음하며 근육이 경직됨으로 인해 고통스러워한다. 요한 사제는 진흙 바닥에 누워 있다. 범인의 흔적은 즉시 사라진다. 사람들의 말에 따르면 진흙이 철퍼덕거리는 소리만 들릴 뿐 마치 범인은 그곳에 온 적이 없는 것 같다고 한다. 요한 사제를 등 뒤에서 덮친

자는 범행 직후에 사라졌다. 잠시 후에 인간의 소리라고 믿기 힘든 비명이 들려온다. 비명은 벨리카야강과 프스코바강을 지나 프스코프 도시 전체에 퍼진다. 이것은 사제의 아내의 비명 소리다.

가브리일 시장이 보낸 사람이 온다. 그리고 그에게 말한다.

"우스틴, 자네는 특별한 사람이고 자네가 방문하는 곳에는 좋은 일이 생기네. 시장의 부인이 3주째 치통으로 괴로워하니 와서 도와줄 수 없겠나? 많은 의사들이 치료하러 왔지만 사실상 아무런 도움이 되지 않았네. 그래서 시장은 자네가 와서 도와주길 원한다네."

아르세니는 시장이 보낸 사람들을 본다. 그들은 그를 기다린다. 그들은 시장의 아내가 그가 있는 공동묘지에 직접 올 수도 있었겠지만 장소가 하필 공동묘지라 내키지 않아 했노라고 말한다. 아르세니는 고개를 내젓는다. 그는 한 손을 입에 집어넣고 잇몸에 붙어 있는 사랑니를 뽑아서 그를 찾아온 이들에게 건네준다. 그들은 이것이 바로 복 있는 자의 답변이라는 것을 깨닫는다. 그들은 아르세니의 이빨을 아주 조심해서 시장의 아내에게 갖다준다. 시장의 아내는 그것을 자신의 입 안에 넣었고 그러자 치통이 사라진다.

가브리일 시장이 수행인들을 데리고 아르세니에게 온다. 그는 아르세니에게 값비싼 옷을 선물하고는 입어보라고 부탁한다. 아르세니는 옷을 입는다. 가브리일 시장과 아르세니에게 외국산 와인을 한 잔씩 갖다준다. 시장은 와인을 마시고, 아르세니는 몸을 숙여 인사를 하고 북동쪽으로 몸을 돌려서 천천히 와인을 땅에 쏟는다. 와인은 땅에 떨어지면서 나선형을 만들고 매끈매끈한 표면처럼 반짝인다. 풀이 값비싼 액체를 탐욕스럽게 빨아들인다. 해가 중

천에 떠 있다. 가브리일 시장은 인상을 찌푸린다.

"당신은 정녕 하느님의 사람 우스틴이 당신이 준 와인을 북동쪽을 향해 바닥에 버린 연유를 모른단 말이오?" 유로디비 포마가 시장에게 묻는다.

시장은 이것을 이해하지 못하며 자신이 이해하지 못한다는 사실을 숨기려고 하지도 않는다.

"이보시오, 당신은 벨리키노브고로드에 현재 화재가 났다는 것을 전혀 모르기 때문에 하느님의 종인 우스틴이 가능한 방법을 동원해서 불을 끄려고 하는 것이오." 유로디비 포마가 말한다.

그러자 가브리일 시장이 그의 말이 사실인지 알아보기 위해 자기 사람들을 벨리키노브고로드로 보낸다. 그의 사람들이 돌아와서 가브리일 시장에게 보고하길 그날 아침에 노브고로드에 정말로 화재가 심하게 났지만 정오 즈음에 노브고로드 사람들의 엄청난 노력 덕분에 화재가 진압되었다고 했다. 시장은 아무 대답도 하지 않는다. 그는 도착한 수행원들에게 나가라는 신호를 했고, 그러자 그들은 인사를 하고 나간다. 시장은 램프에 불을 붙인다. 문밖에 서 있는 사람들의 귀에 그가 작은 목소리로 기도하는 소리가 들린다.

아르세니는 선물 받은 옷을 입고 선술집에 간다. 선술집 손님들이 아르세니의 옷을 벗기고 그 옷값으로 3일 밤낮으로 술을 마시려고 한다. 아르세니는 낡은 옷가지가 들어 있는 보따리를 갖고 있었기 때문에 거기에서 옷을 꺼내서 입는다. 그는 편안한 마음으로 숨을 내쉰다. 선술집에 있는 사람들이 술을 한 잔씩 시킨다. 이것을 본 아르세니는 그들의 손에 들린 술잔을 내리친다. 술이 절반씩

찬 주석 술잔이 바닥에 구른다. 술집에 있는 사람들이 두 번째 잔을 주문하지만 이번에도 아르세니는 술을 못 마시게 한다. 그중 한 명이 아르세니의 얼굴을 내리치려고 하지만 술집 주인이 못 하게 저지한다. 술집 주인은 술집에서 폭행을 하게 되면 자신이 책임을 져야 한다는 것을 알고 있기 때문에 손님들을 발로 차서 내쫓는다. 손님들은 각자 돈을 갖고 맨정신으로 집으로 돌아간다. 그들의 손에서 돈을 빼앗은 가족들은 무슨 영문인지 알지 못한다. 그들은 결국 아무것도 이해하지 못한다.

"자네, 그거 아는가, 자네가 이곳에 온 이후로 몇 년이 흘렀는지 말일세." 유로디비 포마가 아르세니에게 묻는다.

아르세니는 어깨를 한 번 으쓱한다.

"하긴 자네가 이런 걸 알아서 뭐 하겠는가. 당분간은 시간의 흐름과 무관하게 살게나."

아르세니는 잡스코비예에서 존경받는 주민 몇 명을 향해 진흙 덩어리를 던진다. 이번에도 그들 등 뒤에 붙은 크고 작은 악마들을 보았기 때문이다. 주민들은 이런 그가 마음에 안 드는 눈치다.

"이 상황에서 위로가 되는 것은 악마들이 그들보다 화가 더 많이 났다는 것이오." 아르세니가 우스티나에게 말한다.

이따금 그는 성당 문에도 돌멩이를 던진다. 거기에도 상당히 많은 악마들이 모여 있다. 성당 안에는 감히 들어가지 못하고 입구에 붙어 있는 것이다.

아르세니가 밤마다 기도하는 모습을 지켜보면서 새로 부임한 수녀원장이 그에게 말한다.

"낮에는 하느님의 종 우스틴이 세상을 보며 웃지만 밤에는 세상을 위해 우는군요."

사람들이 목수 아르테미의 딸인 예프락시야를 수녀원에 데리고 온다. 두 달 전에 천장 대들보가 예프락시야를 덮쳐서 그때부터 그녀는 몸을 전혀 움직이지 못하고 누워 있다. 이 일로 인해 앓아누운 그녀는 살아 있는 것도 아니지만 그렇다고 죽었다고 할 수도 없는 상태였다. 따라서 예프락시야와 가까운 이들은 그녀가 삶과 죽음 이 두 가지 상태 중 어느 쪽에 더 가까운지 알 길이 없었다.

수녀원에서 예프락시야에게 손님용 독방을 내주고 그녀를 위해 기도문을 읽는다. 날씨가 좋을 때면 그녀를 수녀원 마당에 데리고 나가서 신선한 공기를 마시도록 하면서 기도문을 읽어준다. 예프락시야의 머리카락이 바람에 나부끼지만, 그녀는 여전히 움직이지 못한다. 마당에 예프락시야가 누워 있는 침대로 아르세니가 다가온다. 그는 그녀의 한 손을 잡는다.

"생명이 그녀를 완전히 떠나지는 않았소. 그녀가 눈을 뜰 수도 있을 것 같소. 내가 조금만 도와주면 될 것 같소." 아르세니가 우스티나에게 말한다.

아르세니가 예프락시야의 이마에 손바닥을 댄다. 그녀의 입술이 움직인다. 예프락시야가 눈을 뜬다. 그녀는 아르세니와 그녀를 에워싼 수녀들을 본다. 때는 여름이었고 날씨가 따뜻하다. 나무들의 그림자가 선명한 색을 띠며 바닥에 누워 있다. 그림자는 태양의 움직임에 따라 이동한다. 피나무 나뭇잎들은 끈적끈적해서 바람이 불어도 약하게 흔들린다. 이때 새로 부임한 수녀원장이 말한다.

"예프락시야가 다시 살게 된 것을 축하합시다. 하지만 이것은 일시적이라는 것을 기억할진대, 세상에 있는 모든 것이 일시적이기 때문입니다."

그러자 목수 아르테미가 말한다. "저는 이 아이와 딱 한 번이라도 잠시 말을 하고 싶었습니다. 그런데 이제 딸과 얼마든지 많이 말을 할 수 있게 됐군요. 물론 이 역시 영원하지는 않겠지만 말입니다. 하느님의 무한한 자비와 하느님의 종 우스틴에게 내린 은혜를 생각하니 눈물이 앞을 가립니다. 이곳에 서 있는 우리 모두는 따뜻한 여름날의 냄새를 맡을 수 있고 새들의 지저귐을 들을 수 있습니다. 우리 모두 예외 없이 이것을 할 수 있는데, 모두 아르세니 덕분입니다."

목수 아르테미는 아르세니 앞에 무릎을 꿇고 그의 한 손에 입을 맞춘다. 아르세니는 그에게서 손을 빼고는 얼음 덮인 벨리카야강을 건너서 잡스코비예에 다다른다. 이른 아침에 칼라치를 만들어서 파는 삼손이 자신이 만든 칼라치를 가져온다. 그는 자신이 만든 칼라치를 훔치러 올 유로디비 카르프를 기다린다. 유로디비 카르프는 반 젠가어치의 칼라치를 낚아채고는 뒷짐을 지고 칼라치를 만들어 파는 삼손으로부터 멀리 벗어나서 내달린다. 칼라치 상인은 선한 미소를 짓는다. 그의 입에서 나온 김이 얼어서 턱수염에 서리가 낀다. 그는 한 손으로 턱수염을 쓰다듬으면서 말한다.

"하느님의 사람은 말이야. 복 있는 사람이야."

칼라치 장인은 자신이 느낀 감정을 더 그럴싸하게 표현하고 싶지만 늘 그렇듯이 표현력이 부족하다. 유로디비 카르프는 이번에도 칼라치를 바닥에 떨어뜨리고, 그가 떨어뜨린 칼라치를 가난한 사람들이 줍는다. 카르프는 입에 남은 칼라치 조각의 맛을 음미하면서 천천히 씹는다.

그가 칼라치를 다 씹어 삼켜서 입을 움직일 수 있게 되자 소리 지른다.

"누가 예루살렘까지 나와 동행할 텐가?"

바닥에 떨어진 칼라치를 주운 사람들이 그가 한 말의 뜻을 이해하지 못한다. 그래서 그들은 말한다.

"우리 카르프는 복 있는 자요. 도대체 프스코프인 중에 누가 예루살렘에 갈까?"

"누가 예루살렘까지 나와 동행할 텐가?" 유로디비 카르프는 그곳에 모인 사람들을 향해 소리 지른다.

그러자 사람들이 그에게 대답한다.

"예루살렘은 그 왜 먼 곳 아니오? 거기에 어떻게 가겠소?"

유로디비 카르프는 눈 한번 깜빡거리지 않고 아르세니를 쳐다본다. 아르세니는 그의 시선을 외면하지는 않지만 말이 없다. 아르세니의 목에 무언가가 걸린 것 같다. 그는 유로디비 카르프를 실컷 보고 싶어서 이곳에 왔기 때문에 그의 얼굴을 오랫동안 보고 싶을 뿐이다. 그러자 카르프는 몸을 웅크리고 고개를 푹 숙인 채로 그곳을 떠난다. 그러곤 사색에 잠긴 듯 다음과 같이 말한다.

"카르프, 카르프, 카르프."

사람들이 기운이 없는 다비드를 수녀원에 데리고 온다. 다비드는 어릴 때부터 몸이 아프다. 그는 움직이지 못하며 고개를 지탱할 힘도 없다. 사람들이 그에게 죽을 먹일 때면 고개를 살짝 들어준다. 이따금 죽이 입 밖으로 흘러나오기도 한다. 그러면 숟가락으로 턱에 묻은 죽을 긁어모아서 다시 입 속에 넣어준다. 사람들이 그런 그를 수녀원에 있는 공동묘지에 데리고 온다. 아르세니의 집 옆 무덤 위에 조심스럽게 그를 눕힌 다음 말한다.

"우스틴, 할 수 있거든 우리를 도와주시오."

아르세니는 아무 말도 하지 않는다. 맨손으로 무덤 위에 난 쐐기풀을 뜯어서 덩어리로 만든다. 쐐기풀 단이 만들어지자 아르세니는 이 단으로 그에게 찾아온 사람들의 얼굴과 팔을 때린다. 그들은 자신들이 그곳을 떠나야 한다는 것을 직감한다. 그렇게 그들은 다비드를 무덤 위에 두고 떠난다. 아르세니는 잠시 생각한 후에 다비드 역시 쐐기풀 단으로 때린다. 다비드는 인상을 찌푸리지만 몸을 움직이지 못하기 때문에 계속 누워 있다. 그날따라 해가 평소보다 더 빨리 진다. 그리고 어느덧 달이 하늘 위에 모습을 드러낸다.

아르세니는 다비드 옆에 무릎을 꿇고 앉아서 한쪽 팔을 건드린다. 하얘서 산 사람 같지 않은 피부를 살펴본다. 이 피부는 달빛을 위해 만들어진 것이었다. 아르세니는 손가락으로 피부를 쓰다듬더니 살을 꼬집는다. 그러곤 다른 팔로 이동한 다음, 환자의 몸을 뒤집어서 배가 아래로 향하도록 한다. 마치 육체에 생명을 불어넣겠다는 듯 있는 힘껏 감각을 잃은 살을 꼬집는다. 다비드의 척추 부근을 문지른 다음 두 다리를 마사지하자 무덤 위에 늘어뜨렸던 두 팔이 조금 움직인다. 환자는 커다란 인형 같다. 새로 부임한 수녀원장이 지난밤에 두 번 무덤으로 와서 아르세니가 환자를 살리기 위해 쉴 새 없이 움직이는 모습을 본다. 새벽 미명에 다비드는 천천히 두 다리로 일어난다. 그는 사람들이 기다리고 있는 수녀원 쪽으로 부자연스럽게 몇 걸음을 걷는다. 하지만 다리 근육이 걷는 데 익숙하지 않아서 두 다리에 곧 힘이 빠진다. 친지들이 다비드에게 달려들어 그를 부축한다. 그들은 처음 몇 걸음이 가장 중요하다는 것을 알고 있다. 가장 어렵다는 것도 안다.

"무슨 일이지요? 이것은 우리 형제 우스틴이 열심히 그를 치료한 덕분인가요, 아니면 인간의 노력에 하느님이 내려주신 기적인가요?" 새로 부임한 수녀원장은 영문을 몰라 그곳에 있는 사람들에게 묻는다. "본질적으로 그렇습니다. 이 두 가지 모두 대답이 될 수 있는데, 믿음을 가지고 노력을 한 결과 기적이 일어난 것일 수도 있기 때문입니다." 질문한 수녀원장이 대답도 자기가 한다.

아르세니는 벨리카야강과 프스코프에 있는 여러 숲에서 약초를 채집한다. 프스코프는 벨로제르스크보다 더 남쪽에 위치하기에 약초가 더 많이 난다. 이곳에는 흐리스토포르가 메모해두지 않은 약초도 있다. 아르세니는 이 약초들의 효능과 관련해서 냄새와 잎사귀 모양을 보고 추측한다. 이런 약초는 수녀원 광에 넣고 말린 후에 자기 자신에게 먼저 써본다. 그는 다른 약초도 말린다.

일부 기독교인들이 벨리카야강에서 커다란 물고기를 잡아 콘스탄틴 사제에게 선물한다. 그러면 아내 마르파가 저녁 식사 때 먹기 위해 생선을 요리한다. 그녀는 남편에게 큰 생선의 가시는 크니 조심해서 먹으라고 말한다. 콘스탄틴 사제는 조심성이 없는 사람이어서 가시 생각은 하지도 않고 생선을 먹는다. 그는 짓고 있는 본

당에 대해 생각한다. 이번에 구입한 건축 자재의 수를 세고 모자랄까 봐 걱정한다. 콘스탄틴 사제는 부드러운 살을 가진 생선에 척추가 부러져 아치형으로 생긴 가시가 있어서 목에 걸렸다는 것을 바로 알아차리지 못했다. 기침을 해서 입에서 생선 조각이 튀어나오지만 가시는 나오지 않고 그대로 남아 있다.

가시는 목의 세 군데에 박혀서 나오지 않는다. 아래로 내려가지도 않고 위로 올라오지도 않는다. 너무 깊게 들어가버려서 손가락을 넣어 빼낼 수도 없다. 아내 마르파가 남편의 등을 내리쳐보지만 가시는 움직이지 않는다. 콘스탄틴 사제는 식탁 위에 배를 깔고 엎드리고는 머리를 거의 땅에 닿게 늘어뜨리고 기침을 해서 가시를 뱉으려고 시도한다. 입에서 피가 섞인 침이 나오지만 가시는 조금도 움직이지 않는다.

콘스탄틴 사제에게 의사 테렌티를 데리고 온다. 테렌티는 환자에게 입을 벌리라고 하고는 양초를 입 가까이에 갖다 댄다. 하지만 촛불로 비춰봐도 가시는 보이지 않는다. 테렌티는 환자의 목에 긴 손가락을 집어넣으려고 하지만, 그의 긴 손가락으로도 가시는 만져지지 않는다. 콘스탄틴 사제는 토할 것 같은 기분이 들어서 말없이 몸을 떨더니 결국 의사의 손가락으로 인해 구토를 한다. 아내 마르파는 테렌티를 집에서 내보낸다.

"저들은 치료를 거부하고 있어요. 가슴에 손을 얹고 말씀드리지만, 그들의 생각이 옳은 겁니다. 가시가 너무 깊숙이 박혀서 현대의학으론 고치기 힘들기 때문입니다." 의사 테렌티가 밖에 모인 사람들에게 말한다.

콘스탄틴 사제가 밤새도록 고통받은 후에 그를 강 건너 잡스코 비예로 데리고 간다. 성 요한 수녀원에 있는 묘지에 도착해서 사제를 아르세니 앞에 데리고 간다. 환자는 더 이상 서 있을 기력도 없어서 묘비 위에 앉아 있다. 목은 잔뜩 부었고, 그는 헐떡거린다. 이제 곧 자신이 죽을 것만 같아서 눈에는 고통과 슬픔이 서려 있다. 죽은 후에도 통증이 사라지지 않을까 두려워한다.

아르세니는 콘스탄틴 사제 앞에 쪼그리고 앉는다. 그는 두 손으로 목을 만져본다. 사제는 조용히 신음한다. 그런데 이때 갑자기 아르세니가 두 발을 잡고는 땅 위로 조금 들어 올린다. 그러곤 엄청나게 강하게 미친 듯이 그의 몸을 흔들어댄다. 아르세니의 광기는 환자가 앓는 질병을 고치기 위함이다. 그러자 환자의 목에서 비명 소리와 붉은색의 점액과 가시가 나온다.

사제는 땅에 누워서 거칠게 숨을 쉰다. 반쯤 눈을 감은 채로 자신에게 고통을 준 대상을 바라본다. 무덤에 온 사람들 중 몇 명이 그를 일으켜주려고 하지만 그는 그들의 행위를 한 손을 흔들면서 저지한다. 잠시 그대로 숨을 고르고 싶다는 뜻이다. 아내 마르파는 아르세니 앞에 무릎을 꿇는다. 아르세니는 몸을 숙여 인사하고 아내의 다리 역시 위로 올릴 기세로 잡는다. 그의 아내가 소리 지른다. 그녀는 너무 무겁고 아르세니는 힘이 많이 빠진 상태다.

"저 여자를 드는 건 사실상 불가능해." 그곳에 있는 사람들이 고개를 내저으며 수군거린다.

아르세니는 마르파를 두고 무덤을 떠난다. 아내는 남편의 목에서 나온 가시를 가족의 가보로 삼을 요량으로 숄로 싼다.

가브리일 시장의 딸 안나가 죽는다. 그녀의 나이 16세다. 뗏목에서 미끄러져서 물에 빠져 무거운 바위처럼 바닥에 가라앉는다. 아이를 구하러 장정 몇 명이 물속에 뛰어든다. 그들은 계집아이의 몸이 떨어진 곳을 알아내기 위해 여러 방향으로 잠수를 한다. 숨이 차면 물 위로 고개를 내밀고 폐에 공기를 잔뜩 품고 또다시 잠수한다. 어렵게 벨리카야강 바닥까지 내려가지만 거기에서도 시장의 딸을 찾지 못한다. 물이 탁하다. 물살은 빠르고 소용돌이도 많다. 잠수한 사내 중 한 명이 익사할 뻔하지만 이런 잠수부들의 노력에도 별다른 성과는 없다. 익사한 여자아이의 시신은 몇 시간 지나서 강의 아래쪽에서 발견되는데, 강물에 휩쓸려 자갈에 걸려 있다.

딸을 잃은 가브리일 시장은 깊은 슬픔에 잠겨 있다. 그는 딸을 성 요한 수녀원에 있는 공동묘지에 매장하길 원해서 수녀원장에게 간다. 수녀원장은 그에게 안나를 집단 매장지에 묻는 것이 좋겠다고 말한다. 그러자 가브리일 시장은 원장의 어깨를 잡고 한참 동안 흔든다. 수녀원장은 시장을 공포가 아닌 슬픔이 서린 눈으로 바라본다. 그녀는 결국 시장에게 딸을 수녀원에 묻어도 좋다고 허락한다. 시장은 딸이 죽어서도 아름다움을 잃지 않도록 금은 장신구로 장식하라고 지시한다. 여자아이의 시신을 실은 뗏목을 자벨리치예와 프스코프의 다른 지역에 사는 주민들이 맞이한다. 모두 눈물을 글썽이고 있다. 무덤 위에서 통곡을 하며 안나를 땅에 묻는다. 시장 빼고 모두 그곳을 떠난다. 그는 남아서 몇 시간 동안 방금 만든 무덤 위에 누워 있다. 밤이 되자 사람들이 시장을 데리고 간다. 공동묘지에는 서로 붙어 있는 참나무에 기댄 채 아르세니만 남아 있다. 그 역시 참나무 껍질의 색과 움직이지 않는 특성을 모방해서 나무들과 붙어서 자란 것 같다.

하지만 아르세니에 관한 이런 인상은 옳지 않은데, 아르세니의 본질은 나무 같지 않고 인간적이며, 무엇보다 그는 기도하는 사람이다. 그의 몸속 심장은 뛰고 입술은 움직인다. 그는 이제 막 무덤에 누운 안나를 위해 하늘의 은총을 구한다. 그는 눈을 크게 뜨고 있다. 공동묘지를 희미한 빛으로 가로지르는 촛불이 눈동자에 투영된다. 촛불이 십자가들을 감싸듯 비추고 여러 무덤 위에서 조금 위로 올라간다. 그러곤 안나의 무덤에 도달해서는 멈춰 선다. 보이지 않는 손이 초를 무덤 옆에 있는 그루터기 위에 단단히 고정한다. 나머지 한 손은 유럽사시나무의 가지를 부러뜨려서 그 가지로 수녀원 쪽으로부터 나오는 불빛을 덮는다. 촛불이 흔들리며 사방을 비추는 가운데 삽이 하나 나타난다. 삽은 큰 어려움 없이 봉분을 잘라낸다. 흙이 아직 굳지 않아서 크게 힘들이지 않아도 된다. 무덤을 파내는 사람은 이제 무덤 안에서 흙이 무릎까지 차는 깊이에 서 있다. 이윽고 허리까지 차는 깊이에 서 있다. 금세 그의 얼굴이 초와 같은 높이에 있다. 아르세니는 이 얼굴을 알아본다.

"질라군." 그가 조용히 말한다.

질라는 몸을 부르르 떨고는 고개를 든다. 그는 아무도 보지 못한다.

"질라, 자네가 만약 이 무덤에 가슴이 찰 때까지 들어간다면 절대로 거기에서 못 나올 걸세. 자네가 훔친 쪽지에 죄인들의 죽음은 고통스럽다고 적혀 있지 않던가?" 아르세니가 말한다.

질라의 몸이 떨린다. 그는 어두운 하늘을 올려다본다.

"당신은 천사인가?"

"내가 천사인지 사람인지, 내가 누군지가 중요한가? 전에는 산 사람들의 것을 훔치더니 이제는 무덤 도둑이 되었구나. 살아 있을 때 이미 흙의 특성을 알았으니 이로 인해 즉시 흙이 되겠구나." 아르세니가 대답한다.

"그러면 내가 어떻게 하면 좋겠소? 나도 이런 내가 싫다면 말이오." 질라가 질문한다.

"끊임없이 기도하고, 무덤의 흙부터 메우게."

질라는 무덤의 흙을 메운다.

"천사가 아닐진대 내 이름을 어떻게 아시오? 오늘 프스코프에 처음 왔기 때문이오." 그는 위를 올려다보면서 말한다.

시간이 가면서 아르세니의 뛰어난 의술에 대한 명성이 서서히 프스코프 전역에 퍼진다. 온갖 종류의 다양한 질병을 앓고 있는 사람들이 그를 찾아와서 치료를 부탁한다. 그들은 유로디비의 파란 눈을 보면서 자기 이야기를 한다. 아르세니의 이 눈에 그들의 불행이 가라앉는 것을 느낀다. 아르세니는 아무 말도 하지 않고 고개도 끄덕이지 않는다. 그들이 하는 말을 경청하며 끝까지 듣는다. 그들은 그의 관심을 특별하다고 여겼는데, 말을 거부하는 사람은 청력으로 의사를 표현하기 때문이다.

이따금 아르세니는 그들에게 약초를 준다. 아가피야 수녀가 그의 자루를 뒤져서 흐리스토포르가 남긴 쪽지 중 특정 질환과 연관이 있는 것을 꺼내 사람들 앞에서 소리 내어 읽는다. "선옹초를 뿌리와 함께 달여 먹으면 귀에 있던 염증이 사라진다. 구주개밀은 벌에 물린 데 주며 물린 부분을 문지르면 된다." 아르세니는 말없이 아가피야 수녀가 읽어주는 것을 경청하지만 쪽지에 쓰인 약초의 효능을 과대평가하고 싶어 하지는 않는다. 그간 의사로서의 경험에 비춰보면 치료에서 중요한 것은 약이 아님을 알기 때문이다.

아르세니는 모든 사람의 병을 고쳐줄 수 없다. 자신이 아무런 도움을 줄 수 없다는 것을 느끼면 환자가 하는 말을 끝까지 들어주고 그로부터 등을 돌린다. 이따금 자신의 이마를 환자의 이마에 맞댈 때도 있는데 그럴 때면 그의 눈에서 눈물이 흐른다. 그는 환자의 통증과 어느 정도는 죽음도 함께 나눈다. 아르세니는 환자가 죽고 나면 세상은 전과 달라지고 그의 가슴은 슬픔으로 가득 찬다는 것을 이해한다. 그런 환자를 본 후에 아르세니는 우스티나에게 이렇게 말한다.

"만약 내 안에 빛이 있었다면 나는 그를 치료했을 거요. 하지만 내 죄가 중해서 나는 그들을 치료할 수 없소. 바로 이 죄로 인해 나는 이 사람을 구원할 수 있는 곳까지 올라갈 수가 없다오. 내 사랑, 나는 그의 죽음에 잘못이 있고, 그래서 그가 세상을 떠난 것과 나의 죄로 인해 운다오."

하지만 아르세니가 치료하지 못하는 환자들도 그와 만나는 것을 좋아한다. 그들 생각에 아르세니를 만나고 나면 통증이 더 줄어들고, 더불어 공포도 줄어드는 것 같기 때문이다. 불치병을 앓고 있는 자들은 아르세니가 통증을 연구할 때 통증의 가장 밑바닥까지 내려가기 때문에 통증의 깊이를 이해할 수 있다고 여긴다.

환자들만 아르세니를 찾아오는 것은 아니었다. 그가 사는 공동묘지에 임신한 여자들도 온다. 그는 눈물을 흘리면서 그들을 바라보고는 손바닥을 그들의 배에 갖다 댄다. 유로디비와 만나고 나면 여자들은 몸이 더 좋아지는 걸 느끼고 출산도 수월하다. 젖이 마른 여자들도 온다. 아르세니는 그들에게 약초 피카리아를 준다. 만약 약초를 복용하고도 도움이 안 된다면 자벨리치예에 있는 젖소 우리로 데려가서는 젖소의 젖을 짜보라고 지시한다. 그리고 긴장을 해서 빨갛게 변한 손가락 사이로 흰색 액체가 흐르는 것을 지켜본다. 딱딱하게 뭉쳐 있는 젖소의 젖이 흔들리는 모습도 본다. 뒤에 있는 문 쪽에 주인 내외가 서 있는 모습도 본다. 그들 역시 그 모습을 바라본다. 그들은 유로디비와 여자가 온 것이 축복임을 안다. 아르세니는 수유기에 있는 여자에게 방금 짠 우유를 마시라는 신호를 준다. 그녀가 우유를 마시고 나면 젖이 차오르는 것을 느낀다. 그러면 자기 아이에게 젖을 먹이기 위해 서둘러 아이에게 가는 것이다.

아르세니는 벨리카야강을 건넌다. 강을 건너면서 얼음이 이미 다 녹았지만 물은 여전히 차갑다는 것을 확인한다. 이른 아침부터 차가운 강바람이 잡스코비예에 불어서 도시의 이 부근이 추워진다. 유로디비 포마는 실눈을 뜨고 어딘가 먼 곳을 응시한다. 유로디비 포마의 턱수염이 바람에 나부낀다. 유로디비 카르프는 양손으로 얼굴을 가린 채 서 있다. 유로디비 포마 쪽으로 반쯤 몸을 튼 채로 서 있다. 이윽고 칼라치를 만들어서 파는 삼손도 칼라치가 담긴 목판을 메고 등장한다. 콧수염에는 선한 미소가 걸려 있다. 유로디비 카르프는 지친 듯 얼굴에서 두 손을 떼어내고는 두 팔을 등 뒤로 보내서 두 손을 잡는다. 그의 관자놀이에 파란색 정맥이 뛰는 것이 보인다. 사실 그는 젊지 않다. 얼굴선은 가늘다. 유로디비 카르프는 발레리나처럼 가벼운 발걸음으로 칼라치를 만들어서 파는 삼손에게 다가가서 이빨로 가장 가까이에 있는 칼라치를 문다. 삼손이 들고 있는 목판에서 한 걸음 떨어져서 걸은 후에 유로디비 카르프는 뒤를 돌아본다. 그러곤 슬픈 표정을 지으면서 삼손을 본다. 삼손은 표정을 바꾸지 않고 목판을 벗어 조심스럽게 땅에 내려 놓는다. 그리고 유로디비 카르프 쪽으로 몇 걸음 다가간다. 건장한 삼손의 몸이 우스꽝스럽게 변한다. 그는 한 손을 부츠의 종아리 부분에 뻗는다. 거기에 반짝이고 차갑고 날카로운 것이 있다. 칼라치를 만들어서 파는 사내는 카르프 쪽으로 바짝 다가간다. 카르프는 두 팔을 위로 뻗으면서 몸을 길게 편다. 그는 칼라치를 만들어 파는 사내보다 키가 커서 상대가 호흡하면서 내보내는 입김이 목에 느껴진다. 칼은 천천히 유로디비의 몸 안에 들어간다. 그리고 칼라치를 만드는 삼손이 속삭인다. "천사여, 내가 이날을 얼마나 오랫동안 기다렸는지 모를 겁니다."

여정의 책

ã

암브로조 플레키아는 마냐노라는 지역에서 태어났다. 마냐노의
동쪽으로 말을 타고 하루면 가는 곳에 밀라노, 즉 성 암브로시오의
도시가 있었다. 사내아이가 태어나자 아이의 이름은 성인의 이름
을 따서 지었다. 따라서 아이의 이름은 암브로조였다. 물론 이것은
그의 부모 언어에서 그렇단 말이다. 어쩌면 암브로시아라는 불멸
의 음료를 생각하면서 아이의 이름을 지었을지도 모를 일이다. 사
내아이의 부모는 포도 농장을 갖고 있었고, 와인도 만들었다.

암브로조가 청소년기에 이르자 부모님을 돕기 시작했다. 그는
부모가 시키는 모든 일을 불평하지 않고 다 했지만 그의 노동에 기
쁨은 없었다. 아버지 플레키아는 여러 번 몰래 아들을 지켜봤고,
시간이 지날수록 그가 일을 좋아하지 않는다는 것에 확신을 갖게
되었다. 심지어 큰 나무통 안에서 맨발로 포도를 짓이기는 동안에

도 (아이에게 이보다 더 기쁜 일이 있을까?) 암브로조는 진지한 표정을 짓고 있었다.

대대로 포도를 재배해서 와인을 만들던 아버지 플레키아 자신도 지나친 흥은 좋아하지 않았다. 그는 와인이 발효되는 과정이 느리고 심지어 우울하기에 와인을 만드는 과정에서 어느 정도의 진지함은 허용될 수 있다고 봤다. 하지만 아들이 와인을 만들 때 품고 있는 감정은 다른 것이었고, 아버지가 봤을 때 이 감정은 냉담함과 경계선에 있었다. 하지만 훌륭한 와인은 (아버지 플레키아는 손가락에 묻은 비료를 털어내면서 한숨을 쉬었다) 냉담하지 않은 사람만이 만들 수 있다.

사내아이는 가족 대대로 하는 일을 예상 밖의 방식으로 도왔다. 포도를 대대적으로 수확하기 5일 전에 암브로조는 부모에게 포도를 당장 따야 한다고 말했다. 아침에 그가 아직 잠이 덜 깼을 때 꿈속에서 뇌우를 봤다고 말했다. 이것은 무시무시한 뇌우였고, 암브로조는 그것을 자세히 묘사했다. 그가 묘사한 바에 따르면 사방이 갑자기 어두워졌고, 바람이 포효했으며, 달걀 크기의 우박이 획획거리는 소리를 내며 날아다녔다. 소년은 잘 익은 포도송이가 포도나무 가지를 문지르고, 동그란 우박이 바람에 흩날리는 나뭇잎에 구멍을 내고 땅에 떨어진 열매들 위로 떨어지던 것을 이야기했다. 게다가 하늘에서 강추위가 닥쳐서 참사가 일어난 장소는 눈으로 얇게 뒤덮였다.

아버지 플레키아는 이런 뇌우를 살면서 딱 한 번 본 적이 있었고, 사내아이는 단 한 번도 본 적이 없었다. 한편 아이가 자세히 묘사한 뇌우의 모습은 한때 아버지가 마주한 적이 있는 뇌우와 완벽하게 일치했다. 아버지 플레키아는 신비주의와 거리가 있는 사람이었지만, 잠시 고민한 후에 암브로조의 말대로 포도 수확에 착수했다. 비웃음거리가 될까 두려워서 이웃들에게는 아무 말도 하지 않았다. 하지만 그로부터 5일 후에 마냐노에 정말로 무시무시한 뇌우가 발생했고, 그해 농사지은 작물을 수확한 건 플레키아 가족이 유일했다.

가무잡잡한 피부의 사내아이는 다른 꿈도 꾸었다. 이것은 실로 다양한 삶의 영역과 연관이 있었지만 포도나무 재배나 와인을 만드는 일과는 상당히 거리가 있었다. 이를테면 암브로조는 1494년에 피에몬테주에서 프랑스와 신성로마제국 간에 발생할 전쟁을 예언했다. 아들은 전방에 위치한 프랑스 군인들이 마냐노 옆을 지나 서쪽에서 동쪽을 향해 행진하는 꿈을 꾸었고, 잠에서 깬 후에도 꿈을 생생하게 기억했다. 프랑스인들은 그 지역의 민간인들은 거의 건드리지 않고 식량 확보 차원에서 작은 가축과 그들의 마음에 들었던 피에몬테산 와인을 담은 오크 통 스무 개를 가져갔다. 이 정보를 아버지 플레키아는 1457년에 알게 되었는데 그때는 전쟁이 일어나기 훨씬 전이어서 이 정보를 적절하게 활용하지 못했다. 게다가 사내아이가 말한 군사작전에 대한 것을 일주일 후에 잊었다.

암브로조는 1492년에 크리스토포로 콜롬보가 아메리카 대륙을 발견한 것도 예언했다. 이 사건 역시 아버지의 관심 밖이었는데, 이 사건은 피에몬테산 포도를 재배하고 와인을 만드는 일에 큰 영향을 주지 않았기 때문이다. 하지만 소년은 이 사건으로 인해 두려웠는데, 콜롬보가 이끄는 세 척의 배에서 나오는 불빛을 봤고 불길한 징조를 느꼈기 때문이다. 아메리카를 처음 발견한 자의 독수리 같은 옆모습 역시 불길한 불빛이 비추었다. 이탈리아 제노바 공화국 출신이던 콜롬보는 스페인군에 들어가긴 했지만 원래는 암브로조와 동향인이었다. 이런 자가 1492년 10월 12일에 무언가 그와 어울리지 않는 일을 했다는 생각을 하고 싶지 않았기 때문에 아이는 꿈에서 본 불빛을 대서양 연안에 감도는 팽팽한 긴장감으로 설명하고 싶어 했다.

청소년기를 지날 무렵 대학에서 공부하기 위해 피렌체로 떠나고 싶다는 바람을 내비쳤다. 아버지 플레키아는 아들의 이런 바람을 가로막지 않았다. 그 무렵 그는 아들이 포도를 재배하고 와인을 만드는 일을 하기에 적합하지 않다고 확신했기 때문이다. 사실 마냐노 사람들은 모두 아들 플레키아를 잘려 나간 조각 같은 존재로 여겼기 때문에 다들 그가 조만간 그곳을 떠날 거라고 생각했다. 한편 암브로조 스스로 출발을 미뤘는데, 앞으로 2년 동안 피렌체에 흑사병이 심하게 돌 것을 예지했기 때문이다.

결국 청년 암브로조는 피렌체에 도착했다. 이 도시에 있는 모든 것이 달라서 마냐노의 모습은 찾을 수 없었다. 암브로조가 도착했을 때는 도시가 막 흑사병에서 벗어났을 때여서 아름다운 도시 곳곳에 역병의 흔적이 남아 있었다. 암브로조는 대학에서 7개 교양 과목을 배웠다. 3학, 즉 문법, 변증법, 수사학을 마스터한 후에 산술, 기하학, 천문학, 음악이 포함된 4학으로 넘어갔다.

당시 대학들이 으레 그렇듯 교과 과정은 길었다. 대학에서 그는 수년간에 걸쳐서 열심히 공부해야 했고, 배운 내용을 확인하느라 수년씩 수업이 중단될 때도 있었는데, 학교에 가지 않을 때면 이탈리아 전역으로 여행을 떠났다. 그가 가장 멀리 떨어진 곳으로 여행을 떠날 때조차 모교와의 연결 고리는 끊어지지 않았고, 한편으로는 조국이 크지 않아 다행이기도 했다.

그가 대학에서 처음 접한 과목 중에 제일 좋아한 과목은 역사였다. 대학에서는 역사를 3학 중에서도 수사학의 일부로 보았기 때문에 독립된 과목은 아니었지만 역사와 관련된 과제를 할 때는 몇 시간이고 앉아서 할 준비가 돼 있을 정도였다. 과거로의 여행은 미래를 예견하는 예지몽을 더 잘 이해할 수 있게 해줬고 그에겐 현실을 잠시나마 잊을 수 있는 탈출구 같은 것이었다. 현재가 과거와 미래를 넘나드는 것은 암브로조에겐 공기처럼 꼭 필요한 것이었는데, 이것이 그가 숨 막혀 하는, 시간의 일차원적 성질을 깨뜨렸기 때문이다.

암브로조는 고대 그리스와 로마의 사학자들과 중세 시대 사학자들이 쓴 책을 읽었다. 그는 편년체로 쓰인 역사서, 연대기, 편년사, 도시들의 역사, 땅들의 역사, 그리고 전쟁의 역사를 읽었다. 또한 여러 제국이 수립되고 파괴되는 과정과 지진이 일어나고 별이 떨어지며 강이 범람하는 것을 알게 되었다. 그중에서도 그는 예언이 이루어지고, 징조가 생기고 그것이 실현되는 일들에 주목했다. 이런 식으로 그가 시간을 극복하면 그는 땅 위에서 일어나는 모든 일에는 이유가 있다는 확신을 갖게 되는 것이었다. 암브로조는 사람들이 서로 마주치고 서로를 향해 원자처럼 날아든다고 생각했다. 그들에게는 자기만의 궤적이 없기 때문에 그들의 행동은 의도된 것이 아니다. 하지만 이런 우연이 모이면 그 안에 어떤 일을 예견할 수 있는 법칙이 생긴다고 생각했다. 물론 모든 것을 완벽하게 아는 이는 이 모든 것을 만든 분밖에 없다는 것 또한 모르는 바는 아니었다.

어느 날 프스코프 출신의 상인이 피렌체에 왔다. 그의 이름은 페라폰트였다. 그는 끝이 두 갈래로 갈라진, 굉장히 긴 턱수염에 천연두 자국이 있는 커다란 코를 갖고 있어서 그 지방 출신이 아니라는 것은 어렵지 않게 알 수 있었다. 페라폰트는 흑담비 모피 뭉치 외에도 루시 사람들이 1492년 세상의 종말을 예견하고 있다는 소식을 가져왔다. 하지만 피렌체 사람들은 이러한 정보에 전반적으로 차분하게 반응했다. 첫째, 피렌체 사람들은 해결되지 않은 여러 가지 문제들로 인해 골머리를 앓고 있었기 때문에 현재와 거리가 먼 일들에 대해서는 생각할 시간적 여유가 없었다. 둘째, 피렌체 사람들 대부분은 루시라는 나라가 어디에 있는지조차 알지 못했다. 페라폰트란 자의 특이한 모습을 보아 판단하건대 (그의 고향 사람들이 모두 그와 같은 턱수염과 코를 갖고 있는지도 알 수는 없었다) 루시에 사람이 살지 않을 가능성도 배제할 수 없었다. 따라서 이곳 사람들은 그가 말하는 세상의 종말이라는 것이 루시에만 국한되길 바라는 것이었다.

피렌체 사람들 중 상인 페라폰트가 말한 것을 중요하게 여긴 사람은 암브로조 한 명뿐이었다. 청년은 페라폰트를 수소문해서 그에게 무슨 근거로 세상의 종말이 1492년에 있을 것이라는 결론을 내렸는지 물었다. 페라폰트는 이러한 결론을 내린 사람은 자신이 아니며 자기도 이 일에 대해 잘 아는 프스코프 사람들에게서 들었노라고 대답했다. 운명적인 연도에 대한 근거를 말하는 재주가 없던 페라폰트는 농담조로 암브로조에게 프스코프에 직접 가서 알아보라고 제안했다. 암브로조는 웃지 않았다. 그 역시 이런 가능성을 배제하지 않았기 때문에 생각에 잠긴 듯 고개를 끄덕였다.

이 대화가 있고 나서 그는 상인한테서 (고대) 러시아어 수업을 받았다. 아버지 플레키아는 그의 돈이 어디에 어떻게 쓰이는지 전혀 몰랐다. 암브로조 역시 이와 관련해서 아버지에게 아무 말도 하지 않았는데, 아버지 플레키아는 언젠가 아들이 설명한 1494년에 일어날 전쟁에 대한 이야기보다 루시의 존재가 더 믿기 힘들 것이기 때문이다.

바로 이 무렵 암브로조는 아메리고 베스푸치*가 항해사가 되기 전에 그와 만나게 된다. 베스푸치가 봤을 때 암브로조는 그가 어디로 가야 할지 어렵지 않게 알고 있는 것 같았다. 1490년에 아메리고가 세비야로 떠나서 잔노토 베라르디 상사에서 일하면서 콜롬보 항해에 재정 지원을 하는 일에 동참하리라는 것은 불 보듯 뻔한 일이었다. 콜롬보의 성공에 영감을 받은 그는 1499년부터 직접 몇 번의 항해를 떠나는데, 이 항해가 어찌나 성공적이었던지 또다시 발견된 대륙에 콜롬보가 아니라 그의 이름이 붙게 된다. (암브로조는 상인 페라폰트에게 말하지 않을 수 없었는데, 바로 1499년에

---

* 이탈리아의 항해가, 탐험가(1454~1512).

노브고로드의 겐나디 대주교가 루시 최초로 성경을 완성하면서 후에 이 책은 겐나디 성경으로 불리게 된다고 했다.)

암브로조는 아메리고 베스푸치에게 1492년에 발생할 사건들의 이상한 연관성에 관심을 기울이도록 했다. 한편으로 보면 이것은 신대륙의 발견과 연관이 있었고, 다른 한편으로 보면 루시에서 예견되는 세상의 종말과 연관이 있었다. 암브로조는 이 두 개의 사건이 얼마나 연관이 있는지 이해할 수 없었는데, 만약 이 두 사건이 연관이 있다면 어떤 식으로 연관이 있는 것인지도 알 수 없었다. 설마 (암브로조는 추측한다) 신대륙의 발견이 오랜 시간에 걸쳐서 진행될 세상 종말의 시작이란 말일까? 만약 정말로 그렇다면 (암브로조는 아메리고의 양쪽 어깨를 붙잡고 그의 눈을 똑바로 쳐다본다) 이렇게 발견한 대륙에 이름을 붙일 필요가 있을까?

이때도 상인 페라폰트와의 수업은 계속되었다. 암브로조는 상인의 집에 있는 슬라브어 시편을 읽었는데, 라틴어 시편을 외우고 있었기 때문에 슬라브어 시편을 읽으면서 많은 것을 이해했다고 할 수 있었다. 그리고 그는 페라폰트가 읽어주는 것을 재미있게 들었다. 암브로조의 부탁에 따라 페라폰트는 시편에 있는 모든 시를 여러 번 읽었다. 덕분에 암브로조는 시편을 외울 수 있었을 뿐만 아니라 (그는 페라폰트가 시편을 읽어줄 때 이미 시편을 외우려고 노력했다) 발음의 특성도 기억할 수 있었다. 페라폰트는 청년이 조금씩 자기와 똑같이 말하는 것을 알고는 놀랐다. 이탈리아인의 입에서 프스코프 상인인 페라폰트 특유의 억양이 묻어 나왔기 때문에 암브로조가 발음한 몇몇 단어에는 당시 루시의 표준어와 거리가 먼 단어들이 있어서 바로 이해하기 힘들었고, 이런 일은 점점 더 잦아졌는데, 이럴 때면 페라폰트는 자기도 모르게 어깨를 으쓱했다.

그러던 어느 날 암브로조가 루시로 떠날 준비가 됐다는 것을 깨달았다. 피렌체 사람들이 그의 입에서 마지막으로 들은 말은 1966년 11월 4일에 도시를 덮칠 무시무시한 홍수에 대한 예언이었다. 암브로조는 피렌체 사람들에게 주의를 당부하면서 아르노강이 범람해서 거리에 3억 5000만 세제곱미터의 물이 도시의 거리들을 덮칠 거라고 알려주었다. 하지만 후에 피렌체 사람들은 예언자도, 그가 한 이 예언도 잊었다.

암브로조는 마냐노로 떠나면서 자신의 계획에 대해 아버지에게 말했다.

"하지만 그곳은 사람 사는 땅의 끝이 아니더냐? 너는 왜 그곳으로 가려 하느냐?" 아버지 플레키아가 물었다.

"공간의 경계선에서 어쩌면 시간의 경계에 대해 무언가를 알게 될지도 모르니까요." 암브로조가 대답했다.

ҕ̃

암브로조가 피렌체를 떠날 때 아쉬움이 남지 않은 것은 아니었다. 당시에는 산드로 보티첼리, 레오나르도 다빈치, 라파엘로 산치오, 미켈란젤로 부오나로티와 같은 거장들이 활동했고, 암브로조는 이들이 문화 전반에 걸쳐서 어떤 역할을 하고 있는지 이미 알고 있었다. 하지만 암브로조가 알고 싶어 하던 세상의 종말이라는 문제에 대해 명료한 해답을 제시하는 이는 그들 중에도 없었다. 암브로조는 그들이 이 문제에 관심이 없는 이유는 영원을 위해 작품을 창작하기 때문이라고 생각했다.

암브로조는 피렌체를 떠나기 며칠 전에 크고 작은 사건과 관련된 예지몽을 꾸었다. 하지만 자신도 이 꿈의 의미를 완전히 이해하지 못했기 때문에 아무에게도 자신이 꾼 꿈에 대해 이야기하지 않았다. 그가 꿈에서 본 사건들은 나라나 도시의 역사와는 무관했다. 그것은 개개인의 삶과 관련된 이야기들이었고, 암브로조는 이러한 이야기들이 모여서 결국 나라나 도시의 역사가 만들어진다고 생각했다. 그가 본 예지몽 하나는 매우 이해하기 힘든 것이었는데, 이것은 바로 그가 가려고 하는, 북부 지역의 그 큰 나라와 관련이 있는 것이었다. 잠시 생각한 후에 암브로조는 이것을 상인 페라폰트에게 이야기하기로 마음먹었다. 간단하게 요약하면 이 꿈은 다음과 같았다.

1977년에 유리 알렉산드로비치 스트로예프는 역사학 박사 학위를 따기 직전, 즈다노프 기념 레닌그라드 대학*에서 프스코프로 고고학 탐사를 떠나게 된다. 유리 알렉산드로비치의 박사 논문은 초기 러시아 연대기에 관한 것이었고 거의 다 써놓은 상태였다. 결론 부분만 쓰면 되는데, 무슨 연유에서인지 이 부분이 잘 써지지 않았다. 이상한 것은 그가 결론을 내리려고만 하면 그 즉시 불완전해지

---

* 현 상트페테르부르크 국립대학교.

면서 그 결론이 오히려 논문을 단순화하거나 어떤 의미에서는 그가 지금까지 쓴 모든 노력을 부정하는 것 같은 생각이 드는 것이었다. 어쩌면 논문을 지나치게 열심히 써서 지친 것인지도 모를 일이다. 적어도 지도 교수인 이반 미하일로비치 네치포루크는 그렇게 생각했다. 사실 그가 스트로예프를 고고학 탐사 팀에 넣은 장본인이기도 했다. 학생들의 논문을 지도한 경험이 풍부한 교수는 그가 조금만 쉬면 결론이 저절로 내려질 것이라 생각했다.

프스코프에서 탐사 참가자들의 숙소는 개인 소유의 여러 채의 아파트에 위치했다. 스트로예프가 묵는 아파트는 잡스코비예의 페르보마이스카야 거리에 있었고, 인근에 역병이 대대적으로 돌던 1487년에 지어진 '손으로 만들지 않은 구세주 이콘 성당'*이 근처에 있다. 방 두 개짜리 아파트였다. 큰 방에는 다섯 살짜리 아들을 데리고 있는 젊은 여자가 살았고, 작은 방이 스트로예프에게 배정되었다. 그가 듣기로 여자의 이름은 알렉산드라 뮐러였고, 러시아계 독일 여자였다.

그 독일 여자는 스트로예프에게 자기 이름이 사샤라고 했다. 함께 손님을 맞이한 아들의 이름 역시 동일했다. 사내아이가 엄마의 한쪽 다리를 끌어안자 알렉산드라의 옥양목 원피스가 다리에 착 달라붙어 바지로 변했다. 스트로예프는 머릿속으로는 박사 논문을 생각하면서도 알렉산드라의 다리가 날씬하다는 것을 놓치지 않았다.

---

\* 인공적인 방식이 아니라 기적에 따라 저절로 형상이 나타났다고 알려진 성상화가 있는 성당을 가리킨다.

스트로예프는 집이 마음에 들었다. 이 건물은 붉은 벽돌로 지어졌으며 1층에는 상점이 있었다. 저녁이면 창문이 노란 불빛으로 빛났다. 스트로예프가 처음으로 발굴 작업을 하고 돌아왔을 때 그는 창밖으로 새어 나오는 불빛을 감상하기 위해 현관 계단 옆에 멈춰 섰다. 불빛은 집 근처에 세워둔 포베다 자동차 창문에 투영됐다. 포장도로를 구성하는 동그란 조약돌에도 닿았다.

스트로예프가 집에 들어가자, 알렉산드라는 아들과 함께 차를 마시고 있었다. 그도 함께 차를 마셨다.

"당신이 속한 탐사단은 무슨 일을 하죠?" 알렉산드라가 질문했다.

옆집에서 누군가 바이올린을 연주하기 시작했다.

"우리는 선구자 성 요한 성당의 주춧돌을 연구합니다. 수 세기를 거치면서 성당의 주춧돌이 많이 내려앉았답니다." 스트로예프는 손바닥을 천천히 식탁 쪽으로 내려놨다.

사내아이의 손바닥 역시 식탁에 거의 닿을 것 같았다. 아이는 스트로예프의 시선을 알아차리고 식탁보 무늬를 손가락으로 만졌다. 무늬는 작고 복잡했지만 사내아이의 손가락이 더 작았다. 따라서 아이의 손가락은 이러한 기하학 무늬를 섬세하게 만질 수 있었다.

"성 요한 수녀원에 자기를 우스틴이라고 부르는, 아르세니라는 유로디비가 살았어요. 공동묘지의 벽 옆에 살았지요." 알렉산드라가 말했다.

"지금 그곳에는 벽이 없어요."

"그곳엔 공동묘지도 없는걸요." 이 말을 하면서 알렉산드라는 스트로예프에게 차를 더 따라주었다. "공동묘지는 콤소몰스카야 광장이 되었답니다."

"그럼 죽은 사람들은 어쩌고요? 설마 그 사람들이 콤소몰*이 된 건 아니겠죠?" 사내아이가 물었다.

스트로예프가 몸을 숙여 아이의 한쪽 귀에 대고 말했다.

"발굴을 하다 보면 알게 될 거란다."

다음 날 저녁에 그들은 산책을 나갔다. 그들은 트루드 거리를 건너서 그레먀차야 탑까지 간 후에 그곳에서 프스코바강 가에 앉아 있었다. 사내아이는 강에 돌멩이 몇 개를 던졌다. 스트로예프는 타일 조각 몇 개를 발견하고는 강물 위로 물수제비를 떴다. 가장 큰 조각은 수면 위로 다섯 번 점프했다.

또 한번은 함께 자벨리치예에 갔다. 소베츠카야 아르미야 다리를 따라 강을 건넌 후에 성 요한 수녀원 쪽으로 향했다. 성당 쪽으로 다가가서 발굴 장소 끝부분에 한참 동안 서 있었다. 계단을 따라 조심스럽게 밑으로 내려갔다. 그리고 따뜻한 8월의 밤공기에 데워진 오래된 바위들을 쓰다듬었다. 수 세기가 흐르는 동안 처음으로 따뜻해진 바위들이라고 알렉산드라는 생각했다. 그녀는 이 바위들 옆에 있던 유로디비를 상상했고 그에 대해 읽은 내용을 자신이 정말로 믿는지 스스로에게 대답하기가 망설여졌다. 유로디비가 정말 존재하긴 했던 것일까? 그의 사랑도 존재했던 것일까? 만약 그의 사랑 역시 존재했던 것이라면 수 세기가 흐르는 동안 그 사랑은 어떤 모습으로 변한 것일까? 만약 오래전에 사랑하던 이들

---

*    1918년에 결성된 청년 동맹.

이 한 줌 먼지가 되었다면 이젠 누가 그 사랑을 느끼는 것일까?

'이 두 사람에게서 친근함이 느껴져서 나는 이 두 사람과 함께 있는 것이 좋아.' 스트로예프가 생각했다. '그녀에게는 독일인의 피가 흐르긴 하지만 무언가 마음이 통하는 것 같아. 그녀는 차분하고 머리카락은 밝은 갈색을 띠고 얼굴선도 예쁘단 말이야. 그런데 왜 이 여자는 사내아이와 단둘이 사는 것이며 남편은 어디에 있단 말인가? 창문이 땅속에 박혀 있어 창밖이 잘 보이지 않는 집들과 낡은 자동차들, 바지 속에 넣지 않고 입는, 주머니를 덧댄 리넨 셔츠들 사이에서, (그들의 밑에 있는 나래새*가 바람에 나부끼고 있다) 비에 젖고 먼지가 잔뜩 묻은 주름투성이에 누런 얼굴을 가진 사람들의 사진이 생산성을 높인 사람들을 게시하는 게시판에 붙어 있는 러시아 지방 도시에서 그녀는 무엇을 하고 있는가? 그녀는 여기에 있기 아까운 사람이니, 나도 그녀가 여기에서 무엇을 하는지 모르겠다.' 그리고 알렉산드라 밀러가 레닌그라드의 소란스러운 거리에서나 키로프 극장**에서 공연 시작을 알리는 세 번째 종소리 직전에 얼굴을 잔뜩 붉히고 있는 모습을 상상하자 그의 심장이 떨리기 시작했는데, 그가 마음만 먹으면 그녀를 그곳에 데리고 갈 수도 있었기 때문이다.

그 후에 그들은 집으로 돌아와서 차를 마셨고 옆집에서 또다시 바이올린 연주 소리가 들려왔다.

---

\* 볏과의 여러해살이풀.
\*\* 현 마린스키 극장.

"파르호멘코가 연주하는 거예요. 우리는 그의 연주를 듣는 걸 좋아해요." 사내아이가 말했다.

알렉산드라는 어깨를 으쓱했다.

스트로예프는 노랗게 불 켜진 창가에 선 그들 세 사람의 모습을 거리에서 바라보는 자신을 상상해보려고 노력했다. 어쩌면 레닌그라드에서 그들을 보는 자신의 모습을 상상하는지도 모르겠다. 그는 벌써 자신이 이 부엌과 창가에 서 있는 포베다 자동차와 자갈이 깔린 거리, 본 적 없는 파르호멘코의 바이올린을 그리워하리라는 것을 알고 있었다. 벌써 그는 앉아 있는 그들을 소중한 사진을 자세히 살펴보듯 했다. 창틀은 그 사진의 액자 틀이며, 샹들리에 빛은 빛바랜 시간인 셈이었다. 나는 왜 (스트로예프는 생각했다) 사건을 미리 예측하며 미래로 가서 벌써부터 이곳을 그리워하는 것일까? 그리고 늘 그래왔듯이 내가 미래에 이곳을 그리워하리라는 것을 어떻게 해서 아는 것일까? 이 그리움의 결과는 무엇이란 말인가?

"저는 학교에서 러시아어와 문학을 가르치지만, 이곳에서는 이 과목에 관심을 갖는 사람이 별로 없어요." 알렉산드라가 말했다.

스트로예프는 병에서 과자를 꺼내 과자로 아랫입술을 지그시 눌렀다.

"그렇다면 그들은 무엇에 관심을 갖고 있죠?"

"잘 모르겠어요."

잠시 침묵한 후에 그녀가 다시 물었다.

"그렇다면 선생님은 왜 중세 시대 역사를 선택하셨죠?"

"어려운 질문이군요……. 어쩌면 중세 시대 사학자들은 요즘 사학자들과 다르기 때문인지도 모르죠. 그들은 역사적 사건을 설명하기 위해 늘 도덕적 원인을 찾곤 했거든요. 한편 사건과 사건 사이의 직접적인 연관성은 발견하지 못한 것 같았어요. 혹은 이것에 큰 의미를 부여하지 않았을지도 모르죠."

"사건과 사건 간의 연관성을 보지 않고서 세계를 어떻게 설명할 수 있나요?" 알렉산드라가 의아하다는 듯 물었다.

"그들은 일상 너머에 있는 것을 바라봤고, 그렇게 하면 고차원적인 연관성이 보였지요. 게다가 모든 사건을 연결하는 것은 시간이었는데 당시 사람들은 이러한 연관성을 못 미더워했죠."

사내아이가 과자를 아랫입술에 갖다 댔다. 그러자 알렉산드라가 웃으면서 말했다.

"사샤가 당신이 하는 행동을 똑같이 따라 하는군요."

2주 후에 스트로예프는 집으로 돌아왔다. 새 학기가 시작되었고, 그의 우려와 달리 처음 한동안은 그가 머물렀던 곳을 그리워하지 않았다. 그 이후에도 그리워하지 않았는데, 논문을 마저 쓰고 논문 발표 준비를 하느라 바빴기 때문이다. 결국 연말에 성공적으로 논문 발표를 했다. 다들 그의 논문을 보고 만족스러워했으며, 특히 논문을 쓰고 있던 그를 발굴 현장에 보내길 잘했다고 확신한 교수 네치포루크가 더 만족스러워했다. 스트로예프는 오랫동안 그를 짓누르던, 조금 더 정확히 말하자면 그의 존재 자체에 위협을 가하던 짐을 던져버리고 다음 해 1월을 시작했다. 그러자 마음이 편안해졌다. 마음이 가벼워서 하늘을 날 것 같은 상태가 되자 알렉산드라 뮐러의 부재를 실감했다.

그렇다고 스트로예프가 늘 알렉산드라 생각을 했다는 것은 아니다. 그녀를 보기 위해 적극적인 조치를 취했다고 볼 수도 없는 것이 그렇기엔 그가 너무 소극적으로 행동했기 때문이다. 하지만 낮에 하던 일을 끝내고 자려고 누웠는데 잠이 오지 않을 때면 알렉산드라를 떠올리곤 했다. 이럴 때면 그녀 집의 부엌과 천으로 만든 램프 갓과 나뭇잎이 그려진 찻주전자가 눈앞에 아른거렸다. 잠자리에 누운 채로 스트로예프는 프스코프의 낡은 집 냄새를 떠올렸다. 그러면 그 집 창밖에서의 행인들의 발소리와 그들이 나누던 대화의 조각들이 들려왔다. 또 그의 제스처를 따라 하던 사내아이도 떠올랐다. 그러면 스트로예프는 마음이 편안해져서 잠이 들었다.

그러던 어느 날 그는 알렉산드라에 대해서 친구이자 동료인 일리야 보리소비치 웃킨에게 이야기했다.

"그거 사랑 아닌가?" 웃킨은 잠시 망설이더니 말했다.

"하지만 사랑이란 것은 (이 말을 하면서 스트로예프는 어깨를 으쓱했다) 내가 이해하기론 경련을 일으킬 정도로 강렬하면서 다른 모든 감정을 밀어내는 그런 감정인 걸로 아네만. 몸도 아프고 그러지 않나. 그런데 그런 감정은 느끼지 않는단 말이지. 그녀가 보고 싶긴 해. 옆에 있고 싶기도 하고 말이지. 목소리를 듣고 싶기도 해. 하지만 미칠 것 같은 정도는 아니란 말이야."

"자네가 말하는 것은 사실 광기에 가까운 열정이야. 하지만 지금 내가 말하는 것은 이성적이면서 특정 대상을 향하는 사랑이라고. 자네가 누군가 보고 싶다고 말할 때는 자네 자신의 신체 중에 무언가가 없다고 말하는 것과 같기 때문이라네. 그러니까 자네는 자네 몸에서 없어진 이 부분을 찾고 싶은 거지."

'상당히 로맨틱하게 들리지만 현실에서 이 감정을 어떻게 적용할 것인가?' 스트로예프는 생각했다. '이를테면 알렉산드라에게는 굉장히 사랑스러운 아들이 하나 있다. 하지만 이 아이는 내 아들이 아니다. 그 애 아버지에 대해 나는 아는 것이 없다. (이 생각을 하면서 그는 입술을 살짝 깨물었다.) 엄밀히 말하면 알고 싶지 않다. 이 사람과 연관된 우울한 이야기가 있을 가능성도 배제할 수 없다. 어쩌면 알렉산드라의 삶에 존재하는 나락 같은 것일지도 모른다. 사실 큰 틀에서 본질은 그게 아니다. 나는 다만 아이와 잘 못 지낼까 두렵다.'

대략 한 달 후에 그는 웃킨에게 말했다.

"나는 계속 아이 생각을 하고 있다네. 아이가 나와 알렉산드라 사이에 버티고 서 있으면 어떡하지?"

"설마 그쪽에서 자네 아내가 되겠다고 하던가?"

"자네 생각에는 그녀가 동의하지 않을 것 같은가?"

"나야 모르지. 전화해서 물어보지 그러나."

"그런 일은 전화로 하는 게 아니지."

"그렇다면 직접 가서 말하면 되겠네."

"자네도 알지 않나, 일리야……. 내가 그럴 준비가 안 됐다는 걸."

'솔직히 나도 내가 무엇을 원하는지 모르겠군.' 스트로예프는 자기 스스로에게 고백했다. '머릿속이 수없이 많은 생각과 감정으로 가득 차 있는데 이번에도 결론을 못 내리겠어.'

3월에 웃킨이 먼저 스트로예프에게 알렉산드라 얘기를 물었다. 그러자 스트로예프가 말했다.

"나는 그녀가 단지 지방 도시를 떠날 목적으로만 나와 결혼할까 봐 두렵다네. 혹은 아이에게 아버지가 있었으면 하는 바람으로 결혼할지도 모르지."

"그렇다면 자네는 그녀가 지방 도시를 떠나고 아이에게 아버지가 있기를 바라지 않는단 말인가?"

"나한테 왜 그런 질문을 하는 건가?"

"왜냐하면 자네는 아직 그녀의 입장에서 지금 이 상황을 보지 않기 때문일세. 만약 자네가 그녀의 입장에서 생각할 수 있다면 자네는 그녀를 사랑하는 것이고 그렇다면 그녀에게 갈 테니까."

5월 말에 스트로예프가 웃킨에게 말했다.

"이보게, 웃킨, 나는 가야 할 것 같네."

스트로예프는 기차를 타고 프스코프로 떠났다. 창문으로 사시나무 꽃가루가 잔뜩 들어왔다. 스트로예프는 가면서 그가 그곳에서 알렉산드라를 만나지 못할지도 모른다는 생각을 했다. 그가 그녀의 집 현관에 다가가지만 아무도 그에게 문을 열어주지 않을지도 모른다. 그는 부엌 창문 유리에 이마를 댈 것이다. 창문에 비친 상이 그를 방해하지 못하도록 양쪽 관자놀이에 손바닥을 대고 집중하면 그는 과거 행복의 흔적들을 발견할 것이다. 램프 갓과 식탁이 보인다. 식탁 위에는 아무것도 없다. 가슴이 조여온다. 옆집에서 인상을 찌푸리면서 파르호멘코가 나오는데 ('제가 당신들을 위해 연주했어요'라고 말하고 싶은 표정을 짓고 있다) 어깨가 벌어져 있고, 다리가 짧다. 훌륭한 연주를 한 이가 이런 사람이라니. '그들은 없어요. 영원히 떠났어요'라고 파르호멘코는 말할 것이다. '영-원-

여정의 책  297

히. 고민을 너무 오랫동안 하셨어요. 사실 진정한 사랑은 시간 밖에 존재하기 때문에 문제는 시간이 아니죠. 누군가를 진정으로 사랑한다면 평생 동안 기다릴 수도 있어요. (이 말을 하면서 파르호멘코는 한숨을 쉴 것이다.) 이 모든 사건들의 원인은 가슴이 뜨겁지 않기 때문이에요. 솔직히 당신의 문제는 당신이 결론을 내릴 수 있는 사람이 아니라는 거죠. 당신은 당신이 내린 결정으로 인해 이후에 다른 결정을 내리지 못할까 봐 두려운 것이고, 이로 인해 그 어떤 결정도 내리지 못하는 거예요. 당신은 지금도 당신이 이곳에 온 목적을 모르고 있어요. 동시에 당신의 운명이 당신을 위해 준비한 가장 훌륭한 것을 놓쳤지요. 솔직히 당신은 조용한 프스코프에 있는 집, 창가의 늙은 피나무들과 벽 너머에서 들려오는 좋은 음악까지 신이 인간에게 제공할 수 있는 모든 것을 얻었어요. 하지만 앞에서 열거한 것 중 그 무엇도 당신은 사용하지 않았고, 과거나 지금이나 당신은 이곳에서 공연히 시간만 낭비하고 있어요.'

"공연한 시간 낭비라." 암브로조가 무언가 생각하듯 말했다.

"공연한 시간 낭비라." 상인 페라폰트가 그의 말을 따라 했다.

Г

암브로조 플레키아가 루시에 오게 된 때는 1477년이나 1478년이었다. 상인 페라폰트가 그를 프스코프로 보냈고, 그곳에서는 이 이탈리아 사람을 맞이할 때 감정을 드러내지 않고 적대감도 없이 받아들였다. 그들은 그를 방문 목적이 불분명한 사람으로 받아들였다. 그러다 암브로조의 유일한 관심사가 세상의 종말이라는 확신이 들자 그를 더 따뜻하게 대했다. 세상의 종말에 대해 밝히는 것은 많은 사람들이 생각할 때 존경받아 마땅한 일이었는데, 루시에서는 그처럼 원대한 과제를 좋아했기 때문이다.

"세상의 종말을 밝히는 건 해도 좋지. 내 경험상 세상 종말의 특징은 우리 도시에서 가장 분명히 나타날 테니." 가브리일 시장이 말했다.

가브리일 시장은 그와 가까이에서 인사를 나눈 후에 그의 보호자를 자청했다. 사실 암브로조는 그곳에서 아무것도 생산하지 않았고 상거래를 하지도 않았기 때문에 시장의 비호 없이는 그곳에서 지내는 것이 쉽지 않았을 것이다. 프스코프에서 지내는 동안 그는 넉넉한 생활을 할 수 있었고, 이것은 시장이 도와준 덕분이었기 때문에 그는 시장에게 무척 고마운 마음을 갖고 있었다.

가브리일은 암브로조와 대화하는 것을 좋아했다. 이 이탈리아인은 시장에게 지난 과거에 있었던 계시와 세상의 종말을 알리는 징후, 유명한 전투들과 이탈리아에 대한 이야기를 해주었다. 암브로조는 자기 나라에 대해 이야기하면서 파도가 치는 것같이 파란 산, 짭짤하고 수분기가 많은 공기 등과 같은 아름다운 이탈리아의 모습을 제대로 표현할 수 없었기 때문에 무척 슬펐다.

"자네는 그런 곳을 떠나는 것이 아쉽지 않았나?" 한번은 가브리일 시장이 그에게 물었다.

"아쉽지요, 물론. 하지만 고향 땅의 아름다움으로 인해 정작 중요한 것에 집중할 수가 없었습니다." 암브로조가 대답했다.

암브로조는 틈이 날 때마다 러시아 책들을 읽으면서 그가 알고 싶은 문제에 대한 해답을 찾으려 애썼다. 그가 무엇에 대해 궁금해하는지 알고 있던 많은 이들이 그에게 종말이 언제 도래할지 묻곤 했다.

"하느님 한 분만이 이것을 아신다고 생각합니다. 종말은 제가 읽은 많은 책에 수없이 언급되었지만 정확한 때에 대한 내용은 없었습니다." 암브로조가 질문에 대한 직접적인 대답을 피하며 말했다.

세상의 종말에 대해 서로 다르게 언급한 책이 많았기에 암브로조는 마음이 불편했지만 세상 종말의 정확한 날짜를 알고자 하는 시도는 멈추지 않았다. 7000년을 세상의 종말이 올 수 있는 가장 확실한 때로 보았지만 무시무시한 사건이 다가온다는 기분이 들지 않는다는 것이 의아했다. 암브로조가 본 크고 작은 예지몽들은 오히려 이 일이 그보다 더 나중에 있으리라는 것을 가리키고 있었다. 그는 오히려 기뻤지만 이로 인해 그의 의문은 더 커져만 갔다.

암브로조가 읽은 내용에 따르면 6967년에 적그리스도가 태어날 것이고 그가 태어날 때 지진이 일어날 것인데 전에 없이 엄청난 지진이어서 전 세계 여기저기에서 곡소리가 크리라는 것이다.

'맞아, (암브로조가 생각했다) 적그리스도는 세상에 종말이 오기 33년 전에 세상에 나와야 해. 하지만 천지창조력을 기준으로 6967년은 (이해는 그리스도가 탄생하고도 1459년이 지난 해이다) 이미 오래전에 지났고, 적그리스도의 출현에 대한 징조는 아직 느껴지지 않는다. 이것으로 세상의 종말은 무기한 연기된다고 봐도

되는 것일까?'

하루는 가브리일 시장이 그에게 말했다.

"나를 위해 예루살렘까지 가줄 사람이 한 명 필요하다네. 성묘 교회에 가서 죽은 내 딸 안나를 위해 향로를 걸어두고 왔으면 해. 자네가 이 일을 해주면 좋겠네만."

"그런 일이라면 제가 가야지요. 시장님께 은혜를 많이 입었으니 제가 돌아가신 따님을 위해 향로를 갖다 두고 오겠습니다." 암브로조가 대답했다.

가브리일 시장이 암브로조를 끌어안으면서 말했다.

"나는 자네가 이곳에서 세상의 종말을 기다린다는 것을 안다네. 나는 자네가 세상 종말이 오기 전에 돌아올 거라 생각하네."

"걱정 마세요, 시장님. 만약 제가 기다리던 일이 일어난다면 세상 어디에 있어도 알 수 있을 겁니다. 그리고 예루살렘을 방문하는 것은 복된 일이니 가야지요."

거리에서는 밧줄에 묶인 칼라치 상인 삼손이 끌려가고 있었다.

"내가 사랑하는 빵들아." 칼라치를 만드는 이가 울면서 말했다. "프스코프에 있는 사람 중 나보다 더 너희들을 사랑으로 키운 사람이 없으니 나는 내 목숨과 다른 사람 목숨보다 너희를 더 사랑하였구나. 유로디비 카르프는 더러운 입으로 너희들을 물어서 땅에 내동댕이치고는 빵 조각만큼의 가치도 없는 인간들에게 너희들을 나눠주었고, 그러면 다들 그가 선한 일을 하기라도 하는 듯이 미소를 지었단다. 나도 미소를 지었지. 다들 나를 착한 사람이라고 생각하는데 나라고 별수 있나. 사실 잘 생각해보면 나는 그런 사람이었던 것 같단다. 다만 사람들이 나의 선함을 다소 과대평가했고, 이런 일은 얼마든지 일어날 수 있으니 그리 놀라운 일은 아니란다. 이제 와서 너희들에게 말하지만, 사람들이 나에 대해 거는 기대와 실제 내 모습 사이의 간극은 납빛 악으로 가득 찼단다. 이 간극이 커졌고, 내 악도 커져서 내 입에는 미소가 피었는데, 이 미소는 본질적으로 경련과 같은 것이었지."

"자네가 프스코프에서 얼마나 오랫동안 머물렀는지 아는가?" 유로디비 포마가 아르세니에게 물었다.

아르세니는 어깨를 들썩일 뿐이었다.

"나는 알지." 유로디비 포마가 무척 기뻐하며 말했다. "자네는 레아, 라헬, 그리고 또 한 명의 생명을 구하기 위해 일을 했지."

'우스티나만 빼고 말이지.' 아르세니는 속으로 생각했다.

포마가 경비병에 의해 끌려가는 칼라치 상인 삼손을 가리키면서 소리 질렀다.

"카르프가 세상을 떠났기 때문에 자네의 침묵은 더는 의미가 없어. 자네가 침묵할 수 있었던 것은 카르프가 말을 했기 때문이지. 하지만 이젠 그럴 수가 없게 됐어."

"그렇다면 나는 이제 무엇을 해야 하는가?" 아르세니가 물었다.

"카르프는 자네에게 도성*에 함께 가자고 청했지만 자네는 그와

---

* 요한의 묵시록 21장 27절. "그러나 더러운 것은 아무것도 그 도성으로 들어가지 못하고 흉측한 짓과 거짓을 일삼는 자도 결코 들어가지 못합니다. 그 도성에 들어갈 수 있는 자는 다만 어린 양의 생명의 책에 이름이 올라 있는 사람들뿐입니다."

함께 가기를 거부했지. 우스티나 없이는 갈 수 없을 테니 그럴 만하지. 하지만 이제 이 땅에 있는 예루살렘으로 가서 우스티나를 위해 하느님께 기도하거나."

"내가 어떻게 예루살렘까지 간단 말이오?" 아르세니가 물었다.

"나한테 한 가지 좋은 생각이 있네. 나한테 흐리스토포르가 남긴 쪽지가 담긴 자루를 주고 가게나. 그 자루는 이제 자네한테 필요 없을 테니."

아르세니는 유로디비 포마에게 흐리스토포르가 남긴 메모가 들어 있는 자루를 주면서 슬펐다. 자루를 건네면서 아르세니는 자신에게 물욕이 있다는 생각을 했고, 이런 자신이 부끄러웠다. 유로디비 포마는 아르세니의 생각을 꿰뚫고는 말했다.

"아르세니, 슬퍼하지 말게나. 흐리스토포르가 남긴 지혜는 그가 남긴 글이 아니어도 얻게 될 테니. 약초에 대한 효능과 관련된 글은 내가 보기에 이미 자네는 이 단계를 터득한 것 같네. 환자들을 치료하면서 그들의 죄를 자네가 짊어지게나. 자네도 이해하길 바라네만, 이런 치료를 위해서는 약초가 필요 없지 않나. 또 한 가지 말하자면, 자네는 오늘부터 우스틴이 아니라 전처럼 아르세니라네. 이보게, 이제 길 떠날 채비를 하게."

Ã

곧 프스코프에 있는 모든 사람이 우스틴이 말하기 시작했다는 소식을 알게 되었다. 게다가 그의 이름은 우스틴이 아니라 아르세니라는 것이었다. 그래서 다들 그를 보러 갔지만 만날 수 없었는데, 그가 더는 공동묘지에 살지 않고, 선구자 성 요한 수녀원에 있는 손님용 독방에 기거하기 때문이었다.

"여기가 무슨 서커스장이라도 된다고 생각하는 건가요?" 그를 찾아온 사람들에게 수녀원장이 물었다. "14년 동안 야외에서 생활을 하던 사람인 만큼 건물 안의 생활에 적응할 수 있도록 좀 도와주세요."

그러던 어느 날 암브로조가 아르세니를 찾아왔다.

"가브리일 시장이 당신한테 가보라고 해서 왔습니다. 그는 당신이 나와 함께 예루살렘에 가길 원합니다. 나는 세상의 종말이 예수 그리스도가 탄생한 지 1492년이 되는 7000년 이후에나 온다고 생각합니다. 그러니 내 생각대로 된다면 우리는 그 전에 이곳에 돌아올 수 있습니다." 암브로조가 말했다.

"무슨 근거로 그렇게 말씀하시는 거죠?" 아르세니가 그에게 물었다.

"아주 쉬운 이치입니다. 시편에 '당신 앞에서는 천 년도 하루와 같아, 지나간 어제 같고'*라고 돼 있듯이 하루를 천 년으로 계산하면 됩니다. 일주일에는 7일이 있으니 7000년이 되는 것이지요. 올해가 6988년이니 아직 12년이 남은 것입니다. 아직 회개를 할 시간은 충분하다고 봅니다."

---

\*    시편 90편 4절.

"그런데 올해가 바로 그해라는 것을 확신하나요? 그러니까 내 말은 천지창조년부터 현재까지 정확히 6988년이 지났다는 것이 확실한가요?" 아르세니가 질문했다.

"만약 내가 이것을 확신하지 못했다면 당신에게 예루살렘에 함께 가자는 말도 안 했을 겁니다. 한번 생각해보세요. 고대 그리스와 로마의 연대기들에 따르면 예수 그리스도가 탄생한 5500년부터 왕들이 통치한 사실이 기록돼 있습니다. 로마와 콘스탄티노플의 모든 황제가 통치한 시기를 더하면 답이 나올 겁니다."

"이봐요, 이방인, 당신은 어째서 천지창조년부터 구세주 예수 그리스도가 탄생하기까지 정확히 5500년이 지났다고 생각하는 겁니까? 그렇게 결론을 내린 근거가 무엇입니까?"

"저는 다만 성경을 주의 깊게 읽을 뿐이며, 오로지 성경에 근거하여 말씀드리는 겁니다." 암브로조가 대답했다. "예를 들어 창세기에는 모든 족장이 첫째를 낳을 때의 나이를 명시하고 있습니다. 게다가 창세기에는 족장이 첫째 자녀를 낳고 몇 년을 살았는지와 족장의 수명까지 나와 있습니다. 아르세니 형제, 보시다시피 마지막에 언급한 두 가지만 갖고도 충분히 계산할 수 있습니다. 얼마나 많은 시간이 흘렀는지 알기 위해서는 그들의 첫째 자녀들이 태어날 무렵 족장들의 나이를 더하기만 하면 됩니다."

"하지만 숫자를 나타내는 글자들이 훼손되지 않았습니까?" 아르세니가 반박했다. "오랜 시간이 흐른 탓에 숫자를 나타내는 글자들이 지워져서 알 수 없게 된 경우들이 있습니다. 만약 300을 뜻하는 글자에서 세로선이 지워지면, 300(Т)을 나타내는 글자가 있었는지, 80(π)을 나타내는 글자가 있었던 것인지 알 수 없게 되고, 따라서 300년이었는지 80년이었는지도 불분명해지는 것입니다. 그러니 암브로조, 당신의 계산이 옳고 우리 구세주 예수 그리스도의 탄생이 정말로 5500년에 일어났다는 것을 어떻게 증명할 건가요? 당신은 어떤 조화에 근거하여 이 모든 대수학을 증명할 겁니까?"

"아르세니, 수는 고차원적 의미를 갖고 있는데, 숫자라는 것은 당신이 묻는 바로 그 하늘의 조화를 반영하고 있기 때문입니다. 이제 제 얘기를 잘 들어보세요. 예수님의 수난은 여섯째 날 제6시*에 있었고, 이것은 구세주가 6000년대 중반에 태어나셨다는 것이며, 다시 말하면 천지가 창조된 때로부터 5500년이 되는 해에 태어나셨음을 의미합니다. 모세의 언약궤 역시 이러한 수치를 가리키는데, 출애굽기 25장에 따르면 길이, 너비, 높이를 모두 합하면 다섯 규빗 반이 됩니다. 따라서 진정한 언약궤이신 예수 그리스도는 5500년에 오셨어야 맞습니다."

"이 사람은 합리적으로 생각할 줄 아는 것 같소." 아르세니가 우스티나에게 말했다. "이런 사람이라면 예루살렘에 갈 때 동행해도 괜찮겠소. 만약 그의 계산대로라면 (나는 그의 계산이 맞는 것 같소) 우리 여행은 최소 10년이 걸릴 것 같소. 그러니 내 사랑, 난 이제 이 땅의 정중앙으로 간다오. 하늘에 가장 가까운 바로 그 지점으로 가는 거라오. 만약 내 기도가 하늘에 닿을 수 있다면 이 일은 바로 그곳에서 일어날 거요. 그리고 내 기도는 당신에 대한 것뿐이오."

---

* 정오~오후 3시에 해당한다.

$\tilde{\epsilon}$

그날부터 아르세니와 암브로조는 예루살렘으로의 여행을 준비했다. 가브리일 시장은 두 사람에게 각각 두카트 금화가 들어 있는 주머니를 주었다. 두카트는 프스코프부터 예루살렘까지 펼쳐진 전 지역에서 통용되는 화폐였기에 성지 순례자들이 길 떠날 때 선호했다. 시장은 그들에게 금화를 더 많이 줄 수도 있었지만 중세 시대에는 금화나 은화를 여행자들이 오랫동안 들고 다니는 경우가 드물다는 것을 알고 있었다. 돈이나 물건을 들고 먼 거리를 다니는 것은 힘들었다. 그리고 돌아올 때는 돈도 물건도 없이 빈털터리인 경우가 허다했다. 그보다 더 자주, 많은 이들이 살아 돌아오지 못했다.

따라서 여행을 떠난 이들에게는 돈보다 추천서나 개인적인 인맥이 더 도움이 되었다. 당시처럼 힘든 시기에는 누군가가 누군가를 특정 장소에서 기다린다거나 누군가를 어딘가로 보낸다거나 누군가의 신원을 보증한다거나 그에게 도움을 줄 것을 부탁하는 것이 중요했다. 말하자면 이것이 특정인이 과거에 특정 장소에 실제로 살았고, 그가 정직하게 여행을 하고 있다는 것을 확인시켜주는 역할을 하는 것이었다. 큰 틀에서 봤을 때 여행은 여행자들의 신원을 신뢰하지 못하는 세상 사람들에게 그들이 속한 공간의 연속성을 확인시켜주는 역할을 하기도 했다.

아르세니와 암브로조는 몇 개 도시에서 도움이 될 만한 추천서를 받았다. 이것은 공후 신분을 가진 귀족들과 성직자들과 부유한 상인들에게 보내는 편지였고, 도움이 필요하면 그들 중 누구든 두 사람에게 도움을 줄 수 있을 터였다. 두 사람은 말 두 필과 승마용 카프탄*을 두 벌씩 하사받았다. 그들은 카프탄 밑단에 두카트가 든 주머니를 매달았다. 금화가 짤랑거리고 만져질 것을 우려해 금화 사이사이에 가죽끈을 넣었다. 그리고 안장을 얹지 않은 말 두 필에 실을 수 있을 만큼의 마른 고기와 생선을 샀다. 이 모든 것은 장거리 여행 경험이 있는 암브로조의 지시하에 이루어졌다.

옷과 음식을 챙기면서 그들은 크게 욕심 부리지 않았다. 프스코프는 따뜻한 계절이 지나가고 있었고, 팔레스타인 땅은 사시사철 따뜻했다. 그 땅은 물이 많고, 깊은 곳으로부터 샘이 흘러나와 목초지와 산을 적시며, 포도나무와 무화과나무, 대추야자나무에 물을 대며, 땅에서는 올리브유와 꿀이 넘쳐흘렀는데, 그곳은 축복받은 땅이며 하느님의 하늘에 가장 가깝기 때문이었다.

아르세니와 암브로조가 여행을 떠나기 전날 가브리일 시장이 그들을 불러서 육면체의 은향로를 건넸다. 불필요한 주의를 끌지 않도록 향로는 크지 않게 만들어져 있었다. 동일한 이유로 시장은 향로와는 별도로 그들에게 다이아몬드 여섯 개를 주었다. 그곳에 도착하면 향로에 표시된 부분에 여섯 개의 다이아몬드를 끼워 넣어야 했다. 다이아몬드를 끼워 넣은 후에는 뾰족한 돌기가 있는, 잘 휘어지는 부분을 구부려서 다이아몬드가 빠지지 않도록 막아야 했다. 시장이 그 부분이 어떻게 구부려지는지 보여줬다.

---

* 발목까지 내려오는 남성용 겉옷.

"하나도 어렵지 않다네."

그리고 그는 잠시 말이 없었다.

"사실 예루살렘에 누구를 보낼지를 두고 오랫동안 고민한 끝에 두 사람을 선택했네. 두 사람 모두 신실한 기독교 신자들이지. 두 사람은 정교를 믿는 땅과 정교를 믿지 않는 땅을 다닐 것이고 두 사람의 다름이 오히려 도움이 될 것이네."

이 말을 하고 가브리일 시장은 향로에 입 맞추었다. 그리고 아르세니와 암브로조를 포옹했다.

"이것은 내게 중요한 일이네. 그것도 아주 많이 말이네."

그들은 가브리일 시장에게 허리를 숙여 인사했다.

ṣ

말들이 강가에 서서 제자리걸음을 하면서 배에 타는 것을 두려워했다. 이 말들은 여러 번 강을 횡단한 적이 있었는데, 그때는 배를 타지 않고 직접 건넜기 때문에 물이 두려워서는 아니었다. 말들은 물 '위로' 움직이는 것을 두려워했다. 말들의 생각에는 이러한 행위가 부자연스러웠기 때문인 것 같았다. 그래서 두 사람은 말고삐를 잡고 말들이 배와 강가를 연결하는 다리를 건널 수 있도록 이끌었다. 그러자 말들은 울부짖으며 나무 바닥을 말발굽으로 내리쳤다. 말을 보느라 아르세니는 배가 육지에서 멀어지는 것을 알아차리지 못했다.

강가에 있던 한 무리의 사람들도 멀어졌다. 사공들이 빠른 속도로 노를 젓자 사람들의 모습도 더 작아지고 말소리도 더 작아졌다. 사람들이 소용돌이처럼 변하더니 웅성거리는 것이 보였다. 사람들은 그들의 한가운데 서 있는 시장 주위를 둘러쌌다. 시장은 손도 흔들지 않았다. 그 자리에 움직이지 않고 서 있었다. 그의 옆에서 선구자 성 요한 수녀원의 수녀원장 옷이 이리저리 흔들리는 것이 보였다. 이따금 그녀가 입은 검은 수녀복이 시장의 얼굴에 닿았지만 그는 피하지 않았다. 바람이 불자 수녀원장은 몸집이 평소보다 훨씬 커 보였다. 살짝 부풀어 오른 것 같기도 했다. 그녀는 멀어지는 배를 향해 천천히 넓게 팔을 펴서 성호를 그으면서 축복했다.

강변이 노를 젓는 박자에 맞춰서 움직였다. 노는 하늘 위에서 미끄러지는 구름을 따라잡으려고 하지만, 배가 움직이는 속력이 한참 못 미쳤다. 아르세니는 강바람에 여행의 기운이 묻어 있음을 알고 강바람을 음미하며 들이마셨다.

"내가 이곳에서 수년 동안 아무 데도 가지 않고 있다가 이제는 남쪽을 향해 고집스럽게 항해하고 있구려." 그가 우스티나에게 말했다. "내 사랑, 나는 이 행위가 선하다고 느낀다오. 덕분에 나는 당신과 더 가까워지고 사람들로부터 멀어지게 되었는데, 솔직히 이제는 그들의 관심이 힘들어지기 시작했소. 내 사랑, 지금 나는 총명한 젊은이와 동행하고 있고, 그는 해박한 지식을 소유하고 있다오. 얼굴은 가무잡잡하고 곱슬머리요. 턱수염이 없는데 그가 사는 곳에서는 턱수염을 밀기 때문이라오. 그는 세상 종말의 정확한 때를 알고자 하는데 그가 이것을 잘 안다는 확신은 서지 않지만 종말 신학에 대한 관심 자체는 내가 봤을 때 장려할 가치가 있소. 프스코프의 선원들이 우리와 함께 항해하고 있소. 그들은 벨리카야 강을 따라 프스코프 땅이 끝나는 지점까지 우리를 데려다줄 거요. 강폭은 넓다오. 배로 강을 건너는 주민들이 우리를 발견하면 눈인사를 하지. 이따금 우리 등 뒤에 대고 손을 흔들기도 하고. 그러면 우리 역시 그들을 향해 손을 흔든다오. 앞으로 우리에게 어떤 일이 생길 것 같소? 이루 말로 표현할 수 없는 기쁨을 느끼고, 아무것도 두렵지 않다오."

저녁 무렵에 강가에 배를 대고 모닥불을 피웠다. 말들을 배에서 내리지는 않았는데, 말들이 배에 적응했기 때문이다. 잠시 후에 프스코프의 늦은 밤이 시작되었다.

"우리 땅에서는 놀라운 일을 기대하기 힘들지요." 선원들이 말했다. "여기에서 더 가면 개의 머리를 가진 사람들을 만날 수 있다고들 합니다. 그런 말은 있지만 이 말이 사실인지는 모릅니다."

"물론 안심하기엔 이릅니다. 여기에도 온갖 종류의 다양한 사람들이 있으니까요. 이를테면 궁전만 해도 그런 이들은 무척 많답니다." 암브로조가 대답했다.

때때로 선원이 근처 숲에 가서 바닥에 떨어진 나뭇가지를 주워 왔다. 아르세니는 모닥불이 타오르는 모습을 지켜봤다. 그는 생각에 골몰하면서 나뭇가지를 하나씩 얹었고, 나뭇가지는 피라미드 모양으로 쌓였다. 처음에는 불길이 나뭇가지들을 핥았다. 나뭇가지들을 완전히 삼키기 전에 맛을 보려는 듯이. 일부 나뭇가지들은 타면서 타닥타닥 소리를 냈다.

"나뭇가지들이 젖었군요. 숲이 아직 습하다는 뜻이지요." 선원들이 말했다.

모닥불 주위에 모기와 날벌레들이 모여들었다. 벌레들은 거의 연기처럼 불투명하게 무리를 지어 날고 있었다. 날벌레들은 그 안에서 원과 타원형을 만들고 있어서 마치 누군가가 이 벌레들을 이용해서 저글링을 하는 것같이 보였다. 물론 이 벌레들을 이용해서 저글링을 하는 사람은 없었다. 모닥불에서 나온 연기가 벌레 쪽으로 향하자 날벌레들은 흩어졌다. 아르세니는 모기가 달아나자 기뻤고, 이런 자신의 모습에 놀랐다.

아르세니가 우스티나에게 말했다. "내가 까탈스러워진 나머지 이제 흡혈 곤충을 무서워한다는 게 믿어지오? 마치 남의 몸을 빌려 쓰고 있는 것처럼 살기 시작한 이래로 지금껏 아무도 두려워하지 않았다오. 그런데 말이오, 내 사랑, 이 녀석들을 보면 겁이 난다오. 내가 지금껏 당신을 위해 모은 지난 세월을 순식간에 잃어버린 것은 아닐까 하고 말이오."

선원이 말했다. "부활절에 하늘에서 성묘 교회에 있는 예수의 분묘에 떨어지는 성령의 불은 타오르지 않는다고 들었답니다. 두 분은 부활절 이후에 여행길에 올랐으니 그 놀라운 불을 못 보시겠군요."

"우리에게는 매일이 부활절이 아니던가요?" 아르세니가 물었다.

그리고 그는 한 손바닥을 불길 바로 위에 대고 펼쳤다. 그러자 불길이 펼친 손바닥을 관통해 손가락을 분홍빛으로 비추었다. 어두컴컴한 밤에 아르세니의 손바닥이 모닥불보다 더 밝게 빛났다.

암브로조는 그런 아르세니를 뚫어지게 바라봤다. 선원들은 그런 그를 보면서 십자성호를 그었다.

$$\tilde{3}$$

다음 날 그들은 프스코프 땅의 남쪽 경계선에 도달했다. 이곳은 선원들이 두 명의 순례자와 동행하는 최종 목적지이기도 했다. 벨리카야강의 폭이 좁아졌고, 동쪽으로 방향을 틀었다.

선원들이 말했다. "강은 상류에 가까워졌고, 얕은 곳이 점점 자주 나타나고 있어서, 이 지역 사람들이 골머리를 앓고 있답니다. 솔직히 저희도 여러분과 헤어지기 싫고 유일한 위안이라면 저희가 돌아갈 때는 강물이 흐르는 방향으로 가면 된다는 것뿐입니다."

"강물이 흐르는 대로 항해하는 것이 훨씬 더 수월하다는 것은 이미 오래전에 깨달은 사실이오. 그러니 평안히 가시오." 암브로조가 말했다.

선원들이 말들을 강가에 내려놓았고, 암브로조와 아르세니는 선원들과 포옹하며 작별 인사를 했다. 하지만 배가 멀어지는 모습을 보며 불안감을 느꼈다. 이제부터는 자기 자신과 하느님을 의지할 수밖에 없었다. 앞으로 힘든 여정이 그들을 기다리고 있었다.

그들은 남쪽으로 향했다. 아르세니와 암브로조가 천천히 말을 타고 가고 있었고 뒤에는 고삐에 묶인 말 두 마리가 따라오고 있었다. 길은 좁았고, 언덕이 많아서 울퉁불퉁했다. 식사를 할 때는 말에서 내렸다. 그들은 기다랗게 말린 고기를 잘라서 먹고, 물을 마시면서 목을 축였다. 이렇게 멈출 때면 말들은 서둘러 풀을 뜯어먹었다. 시내를 건널 때면 시냇물에 입을 대고 콧김을 내면서 목을 축였다.

날이 저물 무렵 세베시라는 작은 도시에 도착했다. 도시에 들어서서 사람들에게 묵을 만한 곳이 있을지 물었다. 그러자 사람들은 선술집을 가리켰다. 선술집에서는 맥주 냄새인지 오줌 냄새인지 알 수 없는 악취가 풍겼다. 선술집 주인은 술에 취해 있었다. 주인은 선술집에 들어온 손님들을 한쪽 의자에 앉히고 자기는 다른 의자에 가서 앉았다. 그런 후에 한참 동안 눈도 깜빡이지 않고 그들을 쳐다봤다. 그는 두 다리를 넓게 벌리고 양 팔꿈치를 무릎에 대고 앉아 있었다. 질문에 대답하지는 않았다. 그의 한쪽 어깨를 만져본 아르세니는 그가 자고 있다는 것을 깨달았다. 눈을 뜬 채로 자고 있었던 것이다.

선술집 주인의 아내가 나타나서 말들을 우리에 데리고 갔다. 손님들에게는 방을 보여줬다.

"이봐, 체르파크!" 여자가 남편을 불렀지만 상대는 꼼짝도 하지 않았다. "체르파크!" 여자는 한 번 더 남편을 부르더니 깨우는 것을 포기한 듯 손을 한 번 아래로 흔들었다.

"눈을 감겨주세요." 암브로조가 부탁 조로 말했다. "잘 때는 눈을 감고 자는 편이 훨씬 좋은 법이지요."

"아니, 저렇게 놔두는 편이 낫답니다. 당신네들이 선술집 안을 돌아다니면 깰 거예요." 아내가 말했다.

"체르파크는 자고, 체르파크는 잘 때도 본다오." 선술집 주인이 트림을 하면서 말했다. "허튼수작 부릴 생각은 하지 마시오. 무엇보다 내 아내를 범할 생각은 마시오. 아내가 먼저 당신네들을 덮칠 테니." 그는 두 다리를 의자에 얹고 삼베로 얼굴을 가렸다. "당신들은 내가 어떤 광경을 보고도 눈을 감아야 하는지 상상도 못 할 거요."

한밤중에 아르세니는 무언가 따뜻한 것이 배 위에서 움직이는 것 같은 기분이 들었다. 그는 쥐라고 생각하고 잡아서 던져버릴 생각으로 잡아당겼다.

"쉿." 선술집 주인의 아내가 속삭였다. "소란 피우지 말아요. 난 정말 상징적이라고 할 수 있는 액수만 받는답니다. 돈을 아예 안 받고 싶은데, 내 남편이란 자가 보셨다시피 짐승 같은 놈이라 모든 일에는 대가가 따른다고 생각하니, 그 인간을 설득하는 건 힘들어요. 그리고 당신도 원하는 일이잖아요, 안 그래요?"

"가시오." 그는 들릴 듯 말 듯 작은 목소리로 속삭였다.

그녀는 아르세니의 배를 계속 쓰다듬었고, 그러자 그는 예쁘지도 않은 중년 여자의 손 아래에서 자신이 무장해제되는 것 같은 기분이 들었다. 그는 우스티나에게 그가 지금껏 쌓아온 것이 한순간에 무너질 것 같다는 말을 하고 싶었지만 이때 선술집 주인의 아내가 쉰 목소리로 거의 소리 지를 듯이 말했다.

"난 당신 형제를 아주 잘 알아요……."

그녀의 한 손이 아르세니의 배 아래로 미끄러져 내리자 아르세니가 벌떡 일어났고, 그가 일어나면서 뭔가 단단한 것에 머리가 부딪혀서 큰 소리가 났으며, 그것이 벽에서 떨어지면서 바닥에서 구르더니 튀어 올랐고, 선술집 주인의 아내와 함께 방에서 빠른 속도로 날아갔다.

옆방에는 불이 켜져 있었다.

"아니, 당신이 봐봐, 당신이 보라니까." 선술집 주인의 아내는 아르세니를 가리키면서 소리 질렀다. "이놈이 나한테 치근덕댔어요."

"내가 긴장을 풀고 있는 틈을 탔단 말이지." 선술집 주인 남자가 말했다. 술이 거의 깨서 화가 나 있었다.

"체르파크, 이 남자가 내가 싫다는데도 치근덕댔다고! 이 남자의 두 손에 내 옷 조각이 남아 있을 거예요. 내가 이 사람의 손을 뿌리치고 나왔으니."

아르세니는 두 손을 뻗었고, 손에는 아무것도 없었다.

"나한테는 그 누구의 옷도 없소."

선술집 주인의 아내는 아르세니를 쳐다보고는 이젠 더 차분한 어조로 소리 질렀다.

"당신은 당신 고향인 프스코프가 아닌 곳에서 소란을 피웠어요. 내 명예를 더럽힌 값을 금화로 지불해요."

"이곳은 리투아니아 대공국이오." 선술집 주인이 말했다. "그리고 나는 그 누구도 이런 일을 벌이는 것을 용납하지 않……."

아르세니가 울음을 터뜨렸다.

"이보게, 체르파크." 암브로조가 말했다. "나한테는 당신네 공국의 위정자들에게 전달할 문서가 있다네. 하지만 (이 말을 하면서 암브로조는 선술집 주인 남자에게 바짝 다가섰다) 그들에게 세베시에서 손님들을 어떻게 대접했는지도 말해주겠네. 나는 그들이 이 말을 듣고 기뻐할 거라 생각하지 않네."

"아니, 그게." 선술집 사내가 말했다. "나야 여편네 말만 듣고 판단한 거니. 원치 않으면 명예를 더럽힌 것에 대해 돈을 지불하지 않아도 좋소."

그러자 선술집 주인의 아내가 그를 노려봤다.

"이런, 체르파크. 조금 전에 당신이 나한테 내 아름다움을 마음껏 즐기라고 말했잖아. 내가 이 남자에게 하지 말라고 했다니까. 금화가 아니라도 좋으니 뭐라도 줘요."

"당신 아름다움에 대해서라도 돈을 지불할까요?" 암브로조가 물었다.

"이 여자가 나를 거부한 대가를 지불하지요." 아르세니가 말했다. "만약 말로써 나를 거부할 수 있다면 실제로도 거부할 수 있는 사람일 테니 말입니다. 전부 내 잘못이고, 내가 타락한 것이오, 선한 여자여, 나를 용서하시오, 우스티나, 당신도 나를 용서하오."

더는 한마디도 하지 않은 채 암브로조가 두카트를 꺼내서 선술집 주인의 아내에게 내밀었다. 여자는 눈을 내리깔고 서 있었다. 선술집 주인 남자가 어깨를 으쓱했다. 그녀는 남편의 얼굴을 한 번 보고는 조심스럽게 두카트를 받았다. 창밖에서 날이 밝고 있었다.

세베시에서 폴라츠크\*까지 가는 동안 두 사람은 한마디도 하지 않았다. 아르세니가 탄 말이 조금 앞섰고, 암브로조는 그를 따라잡지 않았다.

---

\*   벨라루스에 있는 도시.

"너무 오랫동안 말을 안 한 탓에 다시 말하는 데에 적응하려면 힘들겠습니다." 암브로조가 말했다.

아르세니가 고개를 끄덕였다.

그들이 휴식을 위해 말에서 내렸을 때 암브로조가 말했다.

"나는 당신이 왜 자신을 탓하는지 알 것 같습니다. 세상을 끌어 안은 자는 세상에서 일어나는 모든 일에 대해 책임을 지려고 하지요. 하지만 당신은 이 여자가 죄책감을 느낄 기회를 빼앗았다는 생각은 하지 못한 것 같습니다. 그 덕분에 이제 그 여자는 자기가 하고 싶은 일을 전부 해도 된다고 확신할 테니 말입니다."

"당신의 말은 틀렸습니다. 내가 내 주머니에서 찾은 것을 보여주지요." 아르세니가 말했다.

그는 주머니에서 손을 뺀 후에 주먹을 폈다. 그의 손바닥에는 두 카트가 놓여 있었다.

Й

그들은 폴라츠크에 있는 구세주의 성 에브프로시니 수녀원 부근에서 말에서 내렸다. 암브로조는 늙은 느릅나무에 말들을 묶었다. 아르세니는 수녀원 담장에 이마를 대고 말했다.

"안녕하시오, 성녀 에브프로시니시여. 당신이 보시다시피 나와 나의 동반자인 암브로조는 (암브로조가 머리를 조아렸다) 예루살렘으로 가는 중입니다. 당신은 그 길을 이미 지났지만, 우리는 여정의 출발 지점에 있을 뿐이기에 그 길이 얼마나 험한지 알지 못합니다. 돌아오는 길은 시작조차 하지 않았기에 더더욱 알지 못합니다. 성녀시여, 당신은 돌아오는 길을 스스로 거부하고 거룩한 땅에 묻히셨지요. 우리는 두 여인으로 인해 그곳에 가고 있고, 당신의 도움이 절실합니다. 성녀 에브프로시니시여, 우리를 축복하여주소서."

그들은 고개를 숙여 성녀에게 인사를 하고 길을 떠났다.

폴라츠크 외곽에서 암브로조가 행인에게 물었다.

"우리는 오르샤로 가는 길을 찾고 있습니다."

"오르샤는 드네프르강 부근에 자리 잡고 있습니다. 드네프르강은 크기 때문에 무궁무진한 가능성을 펼쳐 보이지요." 행인이 말했다.

그는 오르샤로 가는 길을 손으로 가리키고는 가던 길을 갔다.

암브로조가 말했다. "나는 행인의 뒷모습을 보고 고대 루시 사람들이 육로로 다니는 것이 불편해서 수로를 더 선호한다는 것을 깨달았습니다. 그런데 말입니다, 그들은 아직 루시가 고대 러시아라는 것을 아직 모르고 있지만, 때가 되면 알게 되겠지요. 내겐 어느정도 예지 능력이 있어서 확신할 수 있습니다. 육로 사정이 크게 달라지지 않으리라는 것도 알고 있습니다. 전체적으로 봤을 때 당신 나라의 역사는 상당히 특이하게 펼쳐질 것입니다."

"우리 나라 역사가 무슨 두루마리라도 된단 말입니까?" 아르세니가 물었다.

"모든 역사는 어느 정도는 전지전능한 하느님의 손에 들린 두루마리와 같습니다. 몇몇 사람에게는 (예를 들면 저 같은 사람 말입니다) 그걸 이따금 들여다보고 앞으로 무슨 일이 생길지 볼 수 있지요. 다만 한 가지 알 수 없는 것은 이 두루마리가 갑자기 버려지지는 않을까 하는 것입니다."

"세상의 종말을 말씀하시는 겁니까?" 아르세니가 물었다.

"네, 맞습니다. 동시에 암흑의 끝이기도 하지요. 이 사건에는 말입니다, 대칭이 있습니다."

그들은 몇 시간 동안 말없이 말을 타고 갔다. 길은 드비나강을 돌아 나 있었다. 길은 강을 따라 나 있었고, 굽이졌고, 작아졌다가는 완전히 사라지기도 했다. 하지만 반드시 어딘가에 길이 다시 나왔다. 그들은 소나무 숲으로 들어갔고, 그러자 말발굽 소리가 더 크게 들리기 시작했다.

이때 아르세니가 물었다.

"만약 역사가 창조자의 손에 들린 두루마리와 같다면 내가 생각하고 행하는 모든 것이 내가 하는 것이 아니라 나를 만든 창조자가 하는 것이 아닌가요?"

"그렇지 않습니다. 창조자는 선하시지만, 당신은 선한 것만 생각하고 행하지는 않으니까 말입니다. 당신은 하느님의 형상대로 창조되었지만 동시에 자유의지도 부여받았기 때문입니다."

"하지만 만약 사람들이 자유롭게 생각하고 행동한다면 역사는 그들에 의해 자유롭게 만들어지겠군요."

"사람들은 자유의지를 갖고 있지만 역사는 자유롭지 못합니다. 당신이 말했듯이 역사 안에는 생각과 행동이 무수히 많아서 역사는 이 모든 것을 하나로 모을 수 없으며, 오직 하느님만이 주관하신답니다. 조금 더 정확히는 사람들이 함께 자유의지를 갖고 있는 것이 아니라 개개인이 자유의지를 갖고 있는 것입니다. 사람들의 의지가 모이는 것은 그릇 속에 있는 벼룩과 같아서 움직이는 것은 분명하나 정해진 방향이 없습니다. 따라서 인류가 그렇듯 역사에도 목적이 없는 것입니다. 목적을 소유한 것은 개개인입니다. 물론 모든 사람이 갖고 있는 것은 아니지만 말입니다."

ã

그들은 벌써 이틀째 말을 타고 강을 따라갔다. 숲을 지나면서 빈터를 보고 물이 있는 쪽으로 나 있는 내리막길을 보았다. 암브로조는 말이 실컷 목을 축일 수 있도록 말에서 내렸다. 내리면서 바로 강 옆에 있는 진흙에 미끄러져서는 물에 빠졌다. 물은 생각보다 깊어서 거의 목까지 왔다. 암브로조는 입에 들어온 수초를 뱉어내면서 웃었다. 그의 검고 긴 머리카락도 수초를 닮았다. 웃고 있는 그의 얼굴 위로 머리카락이 흘러내렸다. 암브로조의 웃음은 수면 위에서 반짝이는 햇살처럼 출렁거렸다.

"오늘은 날이 따뜻하다 못해 덥군요. 지금 우리 옷을 좀 빨아서 널면 저녁까지 다 마르겠어요." 아르세니가 말했다.

그는 모닥불을 피우려 자작나무 껍질과 가지를 모았다. 그리고 자루에서 부시와 부싯돌을 꺼낸 후에 천으로 싸맨 다공균 버섯으로 만든 부싯깃도 꺼냈다. 불꽃이 튀어서 부싯깃에 불이 붙을 때까지 부싯돌에 부시를 대고 문질렀다. 그는 가늘고 긴 연기가 난 것으로 불이 붙은 것을 알아차렸다. 그는 부싯깃에 보일 듯 말 듯 불이 붙은 것을 발견했는데 불붙은 부위가 넓어지기 시작했다. 아르세니는 그 위에 얇고 평평한 자작나무 껍질과 바짝 마른 뾰족한 소나무 잎을 얹었다. 그리고 넓은 자작나무 껍질로 불붙은 곳을 부채질했다. 불이 활활 타기 시작하자 아르세니는 가는 나뭇가지를 모닥불 위에 얹었다. 그런 후에 조금 더 굵은 나뭇가지를 그 위에 얹었다.

"이제 나무가 재가 되길 기다리기만 하면 되겠군요. 재는 빨래할 때 필요하니까요." 아르세니가 말했다.

암브로조는 여전히 물속에 서 있었다. 그는 양손으로 거품이 이는 수면 위에 반원 두 개를 그렸다.

"그대도 들어와요." 그가 아르세니에게 소리 질렀다.

아르세니는 잠시 망설인 후에 옷을 벗고 강물 속으로 뛰어들었다. 물속에 들어가자 누군가가 그를 만지는 것 같은 기분이 들었다. 마치 누군가의 차가운 손길이 그의 몸 전체를 어루만지는 것 같았다. 아르세니는 행복감을 느끼면서 동시에 창피했는데, 우스티나가 그와 함께 드비나강 물속에 들어올 수 없었기 때문이다. 그는 강물 밖으로 나왔다. 나체의 몸을 부끄러워하며 빨 생각이 없었던 폭이 넓은 허리띠를 둘렀다.

나뭇가지의 일부가 불에 타자 아르세니는 재를 한쪽에 모으고는 물을 부었다. 그런 후에 땅 위에 천을 펼치고 재를 얹었다. 천의 양쪽 끝을 묶었다. 만져보니 단단하게 묶였다. 그런 후에 물 밖으로 뛰어나온 바위를 발견하고 빨랫감을 가져갔다. 물에서 나온 암브로조는 물에 젖은 겉옷 상의를 힘겹게 벗었다. 겉옷 상의에 셔츠를 더해서 아르세니가 산처럼 쌓아놓은 빨랫감 위에 얹어놓았다.

아르세니는 옷과 속옷을 물에 적신 후에 바위 위에서 재를 넣어 묶은 보따리로 빨랫감을 문질렀다. 그는 쪼그리고 앉아 있었다. 겉옷 상의 자락에 매달아놓은 두카트가 바위에 닿자 둔탁한 소리가 들렸다. 암브로조는 빨래를 물에 넣어 헹구고는 낮은 나뭇가지들에 널었다. 그는 장미 관목과 어린 소나무에 빨래를 널었고, 그러자 젖은 중세 시대 옷의 무게로 나뭇가지들이 휘었다.

아르세니는 강가에 엎드려 누웠다. 등으로는 태양의 열기를 느꼈고, 배로는 풀의 부드러움을 느꼈다. 이 두 가지 모두 그의 몸에 좋은 것이었다. 그러자 자신이 풀이 된 것 같았다. 그의 팔 위로 이름을 알 수 없는 작은 생명체들이 기어 다녔다. 이 생물들은 그의 피부 위에 있는 작은 솜털들을 넘고 손발을 씻는 행위를 하더니 사색에 잠긴 듯 위로 날아올랐다. 강물 속에 있는 오리들은 수면 위에서 날갯짓을 했다. 바람은 참나무 꼭대기를 흔들었고, 나뭇잎의 안쪽 면이 바깥쪽으로 휘어졌다. 아르세니는 잠이 들었다.

잠에서 깼을 때 아르세니는 자신이 그늘에 누워 있는 것을 깨달았다. 해는 그의 뒤에 있는 나무 뒤에 숨었다. 이따금 강한 바람이 불면 나무 꼭대기 사이로 햇빛이 비칠 때가 있었다. 암브로조가 바짝 마른 자작나무 줄기를 십자가 모양으로 얹어놓은 모닥불의 재가 바람에 날렸다. 나무줄기는 천천히 안정적으로 탔다. 암브로조는 이미 나뭇가지에 걸려 있던 속옷을 걸었고, 이제 겉옷인 카프탄을 만져봤다. 카프탄은 여전히 축축했다.

"내 생각에는 우리는 오늘 밤 여기에서 자야 할 것 같습니다." 암브로조가 말했다.

"그래야지요." 아르세니가 고개를 끄덕이면서 말했다.

그는 이곳에 영원히 머물고 싶었지만 그럴 수 없다는 것을 알고 있었다.

날이 어두워지자 기온이 선선해졌다. 그들은 숲에서 마른 나뭇가지를 가져다가 모닥불 옆에 쌓아두었다. 하늘 위로 먹구름이 생겼고 사방이 완전히 어두워졌다. 달도 별도 보이지 않았다. 숲도 강도 볼 수 없었다. 모닥불과 그 불빛이 비추는 약간의 사물만 보일 뿐이었다. 그리고 엉성한 피라미드를 이룬 장작이 있을 뿐이었다. 그 곁에는 순례자 두 명이 앉아 있었다. 그리고 나뭇가지들이 무수히 많은 손 그림자를 만들었다.

"여러 개의 손이 달린 괴물이 존재한다는 것이 사실일까요?" 아르세니가 물었다.

"그런 괴물이 있다는 말은 들은 바가 없지만 우리 나라 사람 한 명이 루시에서 동쪽으로 여행을 하면서 팔이 하나밖에 없는 괴물을 봤다고 했는데 그 팔도 가슴 한가운데에 달렸다고 했어요. 다리도 하나밖에 없죠. 이런 특성으로 인해 그들은 활 하나로 두 명이 함께 쏘았어요. 그리고 다리 하나로 뛰었음에도 불구하고 말이 따라잡을 수 없을 만큼 빨리 이동했답니다. 그들이 지치면 한 팔과 한 다리를 이용해서 원을 그리면서 걸었다고 합니다. 상상이 갑니까?"

암브로조는 고개를 뒤로 젖히고 앉아 있었기 때문에 그의 얼굴 표정은 보이지 않았다. 아르세니는 다만 이 이탈리아인의 목소리를 듣자니 상대가 웃고 있는 것 같다고 생각했다. 하지만 정작 아르세니는 진지했다. 그는 등 뒤에 펼쳐진 어둡고 거대한 세상에서 벌어지는 일로 인해 무척 놀랐다. 이 세계 속에는 알 수 없는 것이 많고 위험이 도사리고 있으며, 바람에 나뭇잎이 사각거리는 소리가 들렸고 괴로운 듯 나뭇가지들이 삐거덕거렸다. 아르세니는 이 세계가 항상 존재했는지 혹은 적어도 그가 어둠 속에 있는 지금처럼 불안정한 시간이나마 존재했었는지 알지 못했다. 하루 중 어두운 시간 동안은 숲이나 강, 도시들이 존재하지 않는 것은 아닐까? 자연은, 아침이 되면 힘을 내서 카오스 상태에서 또다시 우주로 돌려놓을 힘을 얻기 위해 저녁에는 잠시 질서로부터 벗어나 쉬는 것은 아닐까? 이토록 이상한 시간에 암브로조만이 유일하게 변하지 않았고 아르세니는 이 일로 인해 그에게 무척 고마웠다.

Ĩ

며칠 후에 그들은 오르샤에 도달했다. 그리고 여행을 하는 동안 식량이 급격하게 줄어들어서 이제 짐을 싣는 말이 필요 없게 되었다는 사실을 깨달았다. 그렇게 해서 오르샤에서 말 두 필을 팔았다. 수로로 이동할 때는 남은 말 두 필을 끌고 가는 편이 더 수월할 터였다. 이틀 후에 키예프로 향하는 배를 발견했고 그 배에 탔다.

오르샤에 있는 드네프르강의 폭은 아직 넓지 않았다. 벨리카야

강과 비슷한 정도였다. 하지만 아르세니와 암브로조는 프스코프에 있는 강과 달리 드네프르강은 정말로 크다는 것을 들어서 알고 있었기 때문에 강폭이 앞으로 더 넓어질 것이라 짐작하고 있었다. 암브로조는 이 강에 대해 더 많이 알고 싶었지만 선원들은 음침한 표정을 짓고 있었고, 대화도 하기 싫어했다. 선원들은 사람들과 짐을 실어 나르는 데에 대해 돈을 받는다는 것을 알고 있었다. 동시에 대화에 대해서는 돈을 받지 않는다는 것도 알고 있는 듯했다.

심지어 그들은 저녁마다 함께 모여서 탁한 음료를 마실 때조차 대화하지 않았다. 아르세니와 암브로조 두 사람 모두 그들이 무엇을 마시는지 알지 못했지만 한 가지 분명한 것은 그 음료를 마신 후에도 그들의 기분이 나아지지 않았다는 것이다. 등도 더 많이 굽어졌다. 그들이 앉아 있는 모습은 밤이면 봉오리를 오므리는 크고 흉하게 생긴 꽃을 연상시켰다. 이따금 작은 목소리로 어떤 노래를 부를 때도 있었다. 노래 역시 그들이 마시는 음료처럼 음울하고 탁했다.

"많은 러시아인들이 음울하더군요." 암브로조가 자신이 보고 느낀 것을 말했다.

"기후 때문일 겁니다." 아르세니가 고개를 끄덕이면서 말했다.

사흘 후에 배가 마힐료프*에 정박했다. 도시는 고사하고 도시 이름도 선원들의 기분을 좋게 하지 못했다. 저녁에 그들은 평소보다 술을 더 많이 마셨지만 바로 잠자리에 들지는 않았다. 자정 무렵에 짐마차 하나가 부두에 도착했다. 마차 안에 있는 사람들이 휘파람

---

* 벨라루스 동부에 있는 대도시.

을 불었다. 그러자 선원들이 서로 시선을 교환하고는 배에서 내렸다. 그들이 배에 돌아올 때는 입구를 단단히 묶은 자루를 갖고 왔다. 짐마차를 타고 온 사람들이 그들이 배에 짐 싣는 것을 도왔다. 암브로조는 외국인 특유의 호기심으로 그들에게 자루 안에 무엇이 들어 있는지 물어보려고 했지만 아르세니가 그의 입술에 손가락을 갖다 댔다.

배가 출발하자 아르세니는 선원 한 명에게 다가갔다. 아르세니는 양손으로 그의 목을 잡고 물었다.

"이보게, 자네 이름이 무엇인가?"

"프로코피입니다." 선원이 대답했다.

"자네 기도에 종양이 있네. 위험하긴 하지만 희망이 없진 않네. 만약 하느님께 도움을 얻기로 마음먹는다면 우선 자네를 힘들게 하는 마음의 짐부터 벗어버리게나."

선원 프로코피는 아르세니에게 아무 말도 하지 않았지만 그의 눈에서 눈물이 흘렀다.

라하초우*에서 강폭이 훨씬 더 넓어졌다.

류베치**에서 프로코피가 아르세니에게 다가와 말했다.

"제가 앓고 있는 병에 대해 아직 아무도 모르지만 저는 벌써 숨이 찹니다."

"자네는 자네가 지은 죄로 인해 숨이 찬 것이라네." 아르세니가

---

* 벨라루스에 있는 도시.

** 벨라루스 국경과 가까운 곳에 있는 우크라이나 도시.

대답했다.

그들이 키예프에 거의 다 왔을 때 선원 프로코피가 아르세니에게 말했다.

"당신이 한 말을 이해했고, 이제 당신이 말한 대로 하겠습니다."

오른쪽 항구 쪽에서 키예프의 산들을 발견한 프로코피가 소리질렀다.

"성 안토니우스 페체르스키여, 우리를 위해 하느님께 기도해주십시오!"

그러자 그의 동료들이 침울한 얼굴을 하고 프로코피를 쳐다봤다. 그가 갑자기 경건한 모습을 보이자 그들은 걱정이 됐다. 키예프의 포딜 부근에 정박하기 위해 배가 포차이나강에 들어섰을 때 프로코피가 그들에게 말했다.

"나는 내 죄를 자복하고 위정자들의 뜻에 맡기고 싶으니 이 배를 떠나게."

만약 배가 사람이 많은 키예프의 부둣가에 정박하지 않았고 갑판에 두 명의 손님이 없었더라면, 프로코피는 그토록 쉽게 배를 떠나지 못했을 것이다. 만약 그랬다면 그는 배를 떠나지 못했을 가능성이 농후하다. 하지만 상황은 프로코피의 편이었다.

그는 배에서 내려서 마지막으로 동료 선원들에게 당부했다. 그는 그들에게 죄에 머물지 말고 회개하고 드네프르강을 따라 오르샤 시까지 가서 그곳에서 정직한 일거리를 찾으라고 조언했다. 선원들은 그의 말을 듣기만 했는데, 그 이유는 프로코피가 하는 말이 옳아서 그의 말을 반박할 수 없었기 때문이다. 그의 입술이 움직이는 것을 지켜보면서 한편으로는 류베치 부근에서 그의 목을 꺾고 수위가 높은 드네프르강에 던지지 못한 것을 후회했다.

부두에서 근무하는 관리들이 배로 다가왔다. 그러자 프로코피는 자발적으로 배에 두 명의 순례자와 말 두 필, 리넨 셔츠, 도자기 그릇 외에 마힐료프에서 강도질한 재물을 싣고 왔다고 이야기했다. 또한 3주 전에 마힐료프에서 사바 치기리라는 이름의 상인이 살해 당했다고 이야기했다. 사바의 재산을 마힐료프에서 팔면 사람들이 알아볼 위험이 있어서 수로를 이용해 키예프로 실어 왔다고 했다. 프로코피는 아무런 설명도 듣지 못하고 이 일을 시작했기 때문에 전에 마힐료프에 있는 다른 상인들의 재산도 이렇게 실어 날랐다는 것을 전혀 알지 못했다고 했다. 물론 한밤중에 셔츠와 그릇을 지나치리만치 조심해서 배에 싣는 것을 보고 놀라기는 했노라고 말했다. 하지만 이번에는 자루 하나에서 그릇 대신 귀금속과 살해 당한 사바의 은잔을 발견했을 때 (은잔에는 그의 이름이 새겨져 있었다) 프로코피는 바로 상황이 심상치 않다는 것을 알아차렸다고 했다. 그의 건강이 악화된 것도 그의 생각에 우연이 아니며, 순례자 아르세니의 말을 듣고 하느님의 뜻을 보았고, 그래서 모든 사람 앞에서 자신의 죄를 자복하는 것이라고 말이다. 프로코피는 숨을 내쉬었다. 그런 후에 숨을 들이마실 때는 전보다 더 수월해진 것을 느꼈다.

그의 자백을 들은 부두 관리들이 갑판에 올라갔을 때는 배에 탔던 사람들이 이미 모두 도망가고 아무도 없었다. 하지만 귀금속이 가득 찬 자루 몇 개가 정말로 발견되었다. 그러자 관리들은 프로코피에게 그의 동료들에 대해 꼬치꼬치 캐물었고, 그는 자신이 알고 있는 것을 전부 다 이야기해주었다. 그는 숨 쉬기가 힘들어서 힘없는 목소리로 말했다.

아르세니는 프로코피에게 다시 다가가서 또다시 그의 목에 양손을 갖다 댔다. 그러곤 엄지손가락 두 개로 후두 부분을 눌렀다. 그러자 선원이 기침을 하기 시작했다. 그는 몸을 종이처럼 접었고, 목에서 피 섞인 침이 나왔다. 침은 프로코피의 수염에 붙어서 가느다란 분홍색 고드름처럼 매달려 있었다.

그가 진심으로 자신의 죄를 자백했고 범죄에 자발적으로 가담하지도 않은 데다 건강이 나빴기 때문에 관리들은 그를 풀어주었다.

"이제 영성체를 받고 건강을 회복하시오. 프로코피 형제여, 당신은 굉장히 쉽게 나쁜 길로부터 벗어난 것이오, 내 말을 믿어도 좋소." 아르세니가 그에게 말했다.

ai

아르세니와 암브로조는 프스코프 시장 가브리일이 키예프군 지휘관인 세르게이에게 보내는 편지를 갖고 있었다. 가브리일은 세르게이에게 보내는 편지에서 두 사람을 도와달라고 부탁했으며, 가능하다면 이따금 키예프에서 출발하는 상인 무리에 합류할 수 있도록 도와달라고 했다. 두 사람이 사람들에게 어디 가면 군 지휘관을 만날 수 있는지 자세히 묻자, 그 지역 주민들이 한 성을 가리켰다. 높지 않은 고원에 위치하며 성벽으로 둘러싸인 곳이었다.

성은 어느 곳에서 봐도 잘 보였다. 아르세니와 암브로조는 말고삐를 아래쪽으로 잡고 천천히 한쪽 거리를 따라 걸어 올라갔다. 길은 구불구불했지만 그들은 길을 잃지 않으리라는 것을 알고 있었다. 그들 머리 위에 보이는 성은 통나무 벽이 재가 된 것 같은 모습을 띠고 있었다.

길에서 만난 행인이 시커멓게 변한 벽을 가리키면서 말했다. "칸국 짓입니다. 보아하니 두 분은 여행을 하고 계신 듯하니, 벽에 있는 나무가 재로 변한 이유를 말씀드리죠. 이것은 메잉리 1세 기라이의 칸국이 한 짓입니다. 솔직히 말씀드리면, 커다란 골칫거리예요."

그는 이가 없는 입을 크게 벌려서 환하게 웃고는 가던 길을 갔다.

아르세니가 암브로조에게 말했다. "당신 생각처럼 모든 러시아인이 침울한 표정을 짓고 다니는 것은 아닙니다. 러시아인들도 가끔은 기분이 좋을 때가 있답니다. 예를 들면 칸국이 떠난 후랄까요."

성 입구에 경비병들이 서 있었다. 그들이 각자 이름을 말하자 안으로 들여보냈다. 성안에는 키예프 귀족들의 집 몇 채와 성당 몇 곳이 자리 잡고 있었다. 그들은 군 지휘관인 세르게이의 집 앞에 가서 경비병들에게 자기소개를 했다. 그들이 하는 말을 끝까지 들은 후 경비병 한 명이 집 안으로 사라졌다. 몇 분 후에 그가 돌아와서는 이방인들의 몸을 수색하라는 신호를 했다. 그리고 잠시 아르세니와 암브로조의 옷과 몸을 수색한 후에 안으로 들여보냈다.

군 지휘관 세르게이의 머리는 벗어졌지만 눈썹 숱은 많았다. 별다른 특징이 없는 그의 얼굴은 눈썹 덕분에 감정 표현이 더 풍부한 얼굴이 되었다. 보통 사람들의 얼굴에서 작은 감정 변화를 읽는 것은 어려웠지만, 군 지휘관 세르게이의 경우는 눈썹 덕분에 표정에서 감정이 드러났다. 그는 다소 험상궂은 표정으로 (눈썹이 위로 올라갔다) 그들에게서 가브리일 시장의 편지를 건네받았다. 편지에 집중하면 할수록 눈썹이 내려가며 일직선을 이루어 굵은 선이 될 때까지 얼굴 표정이 밝아졌다. 편지를 끝까지 다 읽은 그는 편지를 탁자 위에 올려놓고 손으로 눌렀다. 나머지 한 손의 손가락은 카프탄의 왼쪽 옷깃 안에 들어가 있었다. 그 안에 있는 손가락은 계속 움직였다.

"시장은 나도 아는 사람이니 여러분을 돕겠소. 가장 빨리 떠나는 상인 무리와 함께 떠날 수 있도록 하지요. 그들을 기다리는 동안은 숙박 시설에서 지내도록 하시오." 군 지휘관 세르게이가 말했다.

"얼마나 기다려야 할까요?" 암브로조가 물었다.

"일주일이 될지 모릅니다. 어쩌면 한 달이 될지도 모르지요. 누가 그걸 알겠소?" 그는 백조 모양의 바가지에 담긴 물을 조금 마시고는 손바닥으로 이마를 닦으면서 말했다. "덥군요."

이로써 손님 접대가 끝났다는 것을 알 수 있었다. 아르세니는 문지방에서 서서 말했다.

"지휘관님, 심장이 문제가 아닙니다. 척추에 문제가 있습니다. 우리 몸에서 척추는 굉장히 중요한 역할을 합니다. 이따금 척추의 역할은 우리가 생각하는 것보다 훨씬 더 중요합니다."

이 말을 들은 군 지휘관 세르게이의 눈썹이 위로 천천히 올라갔다.

"내 심장이 아픈 걸 알고 있단 말이오?"

"다시 한번 말씀드리지만, 심장이 아니라 척추에 문제가 있는 겁니다. 심혈관 한 군데에 통증이 있어서 심장에 문제가 있다고 진단을 내린 겁니다. 지휘관님, 옷을 벗어보시면 제가 어떻게 하면 좋을지 한번 보겠습니다."

지휘관 세르게이는 잠시 망설이더니 옷을 벗었다. 어깨와 가슴이 털로 뒤덮여 있었다. 허리는 구부정하고 배는 많이 튀어나와 있어서 조금 전에 물을 마셨던 바가지와 흡사한 모습을 하고 있었다. 아르세니가 긴 의자를 가리키면서 말했다.

"지휘관님, 여기에 엎드리세요."

세르게이는 마치 자신의 배가 아닌 것처럼 어색한 자세로 엎드렸다. 그가 의자 위에 엎드리자 의자가 삐거덕거렸다. 아르세니의 손가락은 털로 뒤덮인 지휘관의 등을 만졌다. 그의 손가락은 척추뼈를 하나하나 만지면서 위에서 아래로 내려왔다. 그러곤 그중 하나에서 손가락이 멈췄다. 손가락으로 그 뼈를 살짝 눌렀다. 그런 다음 손바닥으로 눌렀다. 아르세니는 척추에 대고 있던 손 위에 나머지 한 손도 얹고 척추를 강하고 리듬감 있게 누르기 시작했다. 암브로조는 환자의 통통한 뒷목이 떨리는 모습을 지켜봤다. 무언가 부러지는 소리가 작게 들리더니 지휘관이 외마디 비명을 질렀다.

"이제 됐습니다. 이제부터 심장 통증을 포함해서 그 어떤 통증도 없을 겁니다." 아르세니가 말했다.

지휘관 세르게이는 의자에서 일어나서는 등을 문질렀다. 그러곤 허리를 폈다. 하나도 아프지 않았다. 그가 물었다.

"의사 선생님, 제가 무엇을 해드리면 될까요?"

"한 가지만 부탁드리겠습니다. 틈새 바람을 조심하고, 무거운 물건 드는 것을 조심하십시오. 이것들은 지휘관님한테 날카로운 칼과 같습니다." 아르세니가 잠시 생각한 후에 대답했다.

БІ

군 지휘관 세르게이는 그들을 숙박 시설로 가지 못하게 하고 자기 궁전에서 지내도록 했다. 그로부터 사흘 동안 많은 이들이 그들을 찾아왔다.

지휘관의 장인인 페오그노스트가 왔는데 그는 오래전부터 등이 굽어 있었다. 늘 반쯤 인사하는 듯한 자세를 유지했고, 길지 않은 지팡이에 의지해서 걸었다. 아르세니는 환자를 긴 의자에 엎드리게 했다. 그는 휘어진 환자의 척추뼈를 하나씩 만졌고, 결국 그가 허리를 펴지 못하는 원인을 찾아냈다. 아르세니에게 치료를 받은 페오그노스트는 집으로 돌아갈 때는 지팡이 없이 갔다.

임신한 지휘관의 아내 포티니야가 와서 배 속의 아이가 너무 많이 움직인다고 호소했다. 아르세니는 한 손을 그녀의 배에 얹었다.

"임신 8개월째고, 사내아이가 태어날 겁니다. 아이가 활발하게 움직이는 건 지휘관의 아들이니 전혀 이상할 것이 없습니다." 아르세니가 그녀에게 말했다.

군 지휘관의 장모인 아가피야가 왔는데 그녀는 겨울에 넘어져서 부러진 손목뼈가 붙지 않아서 고생하고 있었다. 아르세니는 아가피야의 손목을 캔버스로 단단히 묶은 다음에 손목을 양손으로 잡았다.

"아가피야, 더는 슬퍼하지 마세요. 당신의 손자가 태어나기 전까지는 건강해지실 겁니다."

아르세니의 숙소에 공후의 집사인 예레메이가 왔는데 그는 치통을 호소했고, 사제의 아내인 세라피마는 머리가 계속 흔들려서 찾아왔으며, 소시민 미할코는 허벅지에 고름이 생겨서 찾아왔고, 그 외에도 프스코프에서 온 사람이 놀라운 능력으로 병을 치료한다는 소문을 들은 사람들이 그의 숙소에 찾아왔다. 아르세니는 그들의 병을 고쳐주거나 그들이 마음을 단단히 먹고 병을 이길 수 있도록 하면서 마음을 편안하게 해줬는데, 이는 많은 이들이 그와 만나는 것 자체로도 병이 치료될 것처럼 여겨졌기 때문이다. 그의 손을 만지려고 하는 이들도 있었는데, 그의 손에서 치유 능력이 나온다고 느꼈기 때문이다. 그러자 이 무렵 신기하게도 벨로제르스크에서 그를 부르던 첫 번째 별명인 '루키나 사람'이 그들의 귀에까지 가 닿았다. 그래서 아르세니의 집에 온 모든 사람들은 그가 루키나 사람이라는 것을 알았다. 그로부터 얼마간 시간이 흐른 후에야 사람들은 그의 진짜 별명이 '의사'라는 것을 알게 되었다.

키예프에 온 지 넷째 날이 되던 날 밤에 아르세니와 암브로조는 도시 밖으로 나가서 페체르스키 수도원 쪽으로 향했다. 그들은 숲이 우거진 산을 따라갔는데 아래에는 시커먼 드네프르강이 펼쳐져 있었다. 보이지는 않았지만 강은 호흡하고 있었고, 바다나 엄청난 양의 물이 느껴지듯이 강이 있다는 것이 느껴졌다. 아르세니와 암브로조가 수도원 앞에 다다랐을 때 날이 밝아왔다. 산 정상에서 서서히 아래로 내려가는 왼쪽 강변이 보였다. 동쪽을 향한 시야를 가로막는 것은 없었고, 시야는 평야 위로 날아서 먼 곳까지 펼쳐져 있는 루시까지 닿았다. 그곳에서는 거대한 붉은 태양이 마치 떠밀리듯 하늘 위로 올라가는 것이 보였다.

수도원 대문 앞에 있는 사람들이 그들이 뭐 하는 사람들인지 꼬치꼬치 캐물었다. 암브로조가 가톨릭 신자라는 것을 알게 되었을 때 그들은 그를 들여보내야 할지 고민했다. 그러다 그를 수도원 이구메노스*에게 보냈다. 이구메노스는 타국인이 수도원을 방문하는 것이 오히려 그에게 도움이 될 수 있다고 판단하고 두 사람에게 들어와도 좋다고 허락했다.

그들에게 양초를 하나씩 주고는 수도자가 그들을 성 안토니우스 기도 동굴과 성 페오도시의 키예프 동굴로 데리고 갔다. 그들은 성 안토니우스와 성 페오도시의 위력을 보았다. 그곳에는 아르세니가 알고 있거나 간혹 모르는 성인들을 포함해서 많은 성인들이 있었다. 그들을 안내하는 수도자가 그들 앞에서 걸었다. 한번은 모퉁이에서 그가 뒤로 돌았고, 양초 불빛에 비친 그의 눈이 반짝였다. 그가 한 성해함을 가리키면서 말했다.

"폴라츠크의 성녀 에브프로시니입니다. 이분은 두 분이 가시고자 하는 목적지로부터 돌아오셨습니다. 거룩한 땅이 혼란스러울

---

* 동방 정교회의 수도원장을 일컫는 명칭.

때에 이분의 성해가 이곳으로 옮겨졌답니다."

그러자 아르세니가 말했다. "에브프로시니여, 당신에게 평안이 있길 바랍니다. 우리는 폴라츠크에 잠깐 들렀지만 당신을 보지 못했습니다."

그러자 암브로조가 말했다. "그분은 1910년에 폴라츠크로 돌아갈 것 같습니다. 오르샤까지는 그분의 성해가 드네프르강을 따라 운송될 것이며, 오르샤부터 폴라츠크까지는 사람들이 성해를 직접 들고 운반할 것입니다."

하지만 수도자는 아무 말도 하지 않고 계속 가던 길을 갔다. 아르세니와 암브로조는 울퉁불퉁한 바닥을 두 발로 더듬으면서 그의 뒤를 따라갔다. 저기 위쪽에는 미명과 여름의 태양이 반짝이고 있었지만 이곳에는 양초 세 개만이 어둠을 찢고 있었다. 양초가 비추는 곳에서 어둠은 물러났지만 무언가 조심스러웠고, 불빛이 미치는 공간은 넓지 않았다. 어둠은 동굴의 낮은 천장 아래에서 양초를 쥔 손을 제외한 나머지 공간에 정체된 상태로 천장까지 닿아 있었고, 언제든 동굴 속을 가득 채울 준비가 돼 있었다. 굉장히 이른 시간이었지만 동굴 밖은 벌써 더웠고, 동굴 안은 선선했다.

암브로조가 물었다. "이곳은 항상 선선한가요?"

수도자가 대답했다. "이곳에는 본질적으로 극단적 성향을 지닌 추위와 더위 모두 존재하지 않습니다. 영원이 평화로운 상태로 접어들었고, 영원의 특성은 선선함이니까요."

아르세니는 한 성해함에 새겨진 글씨에 양초를 가까이 갖다 댔다. 그런 후에 조용히 말했다.

"건강하세요, 성 아가페토스여. 무척 만나 뵙고 싶었습니다."

암브로조가 물었다. "누구에게 건강을 빈 건가요?"

"이분은 성인인 아가페토스인데, 무료로 환자들을 치료해주는 의사이지요." 아르세니는 이 말을 하고 무릎을 꿇고는 아가페토스의 한 손에 입 맞추었다. 그러곤 말했다. "아가페토스여, 제가 환자들을 치료할 때 참으로 이상한 일이 일어나는데 말입니다……. 이 것이 무엇인지 정확히 설명할 수는 없습니다. 제가 약초를 이용해서 환자들을 고치는 동안은 모든 것이 대략적이나마 명확했습니다. 저는 그들을 치료하면서 하느님의 도움이 약초를 통해 온다고 알고 있었습니다. 그런데 말입니다. 이제 하느님의 도움이 저를 통해 오는 겁니다. 이해하십니까? 하지만 저는 제가 하는 치료보다 더 작을 뿐만 아니라 훨씬 작은 자여서 그럴 자격이 없으니 저는 이런 상황이 두려운 것인지 불편한 것인지도 잘 모르겠습니다."

수도자가 물었다. "그러니까 당신이 약초보다 훨씬 못한 존재라고 말하고 싶은 건가요?"

그러자 아르세니는 수도자를 향해 눈을 치켜뜨고 말했다.

"적어도 약초는 죄를 짓지 않으니 어떤 의미에서는 제가 약초만 못한 것 같습니다."

"하지만 약초는 의식이 없기 때문에 죄를 짓지 않는 것입니다. 이런데도 약초의 공을 인정할 수 있을까요?" 암브로조가 말했다.

수도자가 어깨를 들썩이면서 말했다. "그렇다면 의식적으로 죄를 짓지 않으려고 노력해야겠군요. 아주 간단한 이치죠. 그러니까 말입니다, 이런 일에 대해 논쟁을 할 것이 아니라 하느님의 능력을 인정해야 하는 것입니다."

세 사람이 계속 걸어갔고, 계속해서 새로운 성인들과 마주쳤다. 성인들은 움직이지도 않고 말도 걸지 않는 듯 보였지만 그런 그들이 무언가를 계속 말하고 있는 것 같았다. 그곳 지하에서는 평범하지 않은 움직임이 일어났고, 엄격함과 평안을 깨뜨리지 않는 형태의 목소리들이 들렸다. 성인들은 아르세니가 어렸을 때부터 읽거나 들어서 알고 있는 시편과 자신들의 전기에 있는 구절들로 말했다. 양초를 성인들 쪽으로 가까이 갖다 대자 바싹 마른 성인들의 얼굴과 반쯤 휘어진 갈색 뼈들 위로 그림자들이 움직였다. 성인들이 고개를 살짝 들고 미소를 지으며 보일 듯 말 듯 오라고 손짓할 것 같았다.

암브로조가 그림자의 움직임을 따라가면서 속삭였다. "성인들의 도시군요. 성인들은 우리에게 삶의 환각 같아요."

아르세니가 그의 말에 반대하며 역시 작은 목소리로 말했다. "아니요, 그들은 죽음의 환각이 잘못되었음을 증명하는 것입니다."

## Л

일주일 후에 키예프에서 상인들의 행렬이 베네치아로 출발했고 아르세니와 암브로조도 합류했다. 군 지휘관 세르게이는 그들을 보내면서 슬퍼했고, 그는 이 슬픔을 애써 감추려 하지 않았다. 지휘관은 그토록 훌륭한 의사와 헤어지고 싶지 않았다. 그들처럼 홀륭한 대화 상대와 헤어지는 것도 아쉬웠다. 순례자들이 그의 집에 머무는 짧은 시간 동안 그는 프스코프와 이탈리아의 삶과 전 세계 역사와 세상 종말의 시간을 계산하는 방법 등 새로운 정보를 많이 알게 되었다. 지휘관 세르게이는 자신의 도시를 방문한 손님들을 붙잡으려 애를 쓰긴 했지만 그들이 떠나지 못하게 하려는 의도는 아니었다. 아르세니와 암브로조가 어떤 이유로 여행을 떠나는지 알고 있었기 때문이다.

행렬은 40명의 상인과 노브고로드 출신의 두 명의 사신과 30명의 호위병들로 구성되었다. 호위 비용은 아르세니와 암브로조를 포함해서 행렬에 들어간 모든 사람에게서 거뒀는데 두 사람은 짐이 거의 없어서 그들에게서는 4두카트만 받았다. 상인 모두는 짐 싣는 말을 몇 필씩 데리고 갔고 그들 중 많은 이들은 이미 황소가 끄는 짐수레에 자기 짐을 싣고 이동하고 있었다. 상인들은 모두 성 소피아 대성당 앞 광장 전체를 자신들의 짐으로 가득 채웠다. 광장은 짐마차 삐걱거리는 소리, 말 울음소리, 황소의 포효, 상인 행렬을 호위하는 호위병들의 욕설로 시끄러웠다. 보통 호위병들이 그러하듯 그들은 퉁명스러웠다.

두 시간 동안 여행 준비를 하고 돈 계산을 마친 후에야 상인 행렬이 출발했다. 행렬이 골든게이트\*에 도달했을 때 마치 병목 사이로 지나가는 것처럼 밖으로 나가는 것이 무척 더뎠다. 도시에서 상품을 갖고 나갈 경우 돈을 지불해야 했다. 아르세니와 암브로조는

---

\* 키예프에 있는 고대 러시아 주요 방어 시설 중 하나.

팔 물건을 갖고 있지 않았기 때문에 돈을 요구받지 않았다. 그들이 가진 물건 중 값나가는 것은 은향로였지만 그들이 향로를 갖고 있다는 사실은 아무도 몰랐다.

상인들은 모피, 모자, 허리띠, 칼, 검, 자물쇠, 쟁기용 철, 캔버스, 안장, 창, 활과 화살, 장신구를 운송했다. 골든게이트에 서 있는 사람들이 봤을 때 상인들은 돈을 낼 이유가 있었다. 그들은 제품 하나하나에 대해 돈을 지불하는 것이 아니라 짐수레 하나를 도시 밖으로 내가는 데 대해 돈을 지불해야 했다. 따라서 짐수레에는 수레가 견딜 수 있을 만큼의 짐을 실었지만 이따금 그 이상을 싣기도 했다. 이런 경우 짐수레는 망가지기 일쑤였고, 그곳 법에 의하면 망가진 수레에 실린 짐은 키예프군 지휘관의 소유물이 되었다. 땅에 떨어진 짐들은 (떨어진 것은 가져갈 수 없었다) 인정사정없이 빼앗겼다. 골든게이트에 나 있는 길은 군데군데 움푹 파여 구멍이 나 있었다. 시간이 지나서 파였던 길이 평평하게 되더라도 또다시 길에는 고집스럽게 움푹 파인 곳이 생겼다. 중세 시대와 그 이후에도 세관원들은 여행객들을 다룰 줄 알았다.

키예프의 성벽에서 떨어져 나온 지 얼마 되지 않아서 상인 행렬은 멈춰 섰다. 그곳에 열 개의 짐수레가 기다리고 있었고, 그들은 골든게이트를 나올 때 싣고 온 짐의 일부를 옮겨 실어야 했다. 골든게이트를 빠져나올 때 그 모습 그대로 베네치아까지 갈 수 없으리라는 것은 상인들도 짐작하고 있었다. 그곳에 있는 짐수레에 짐을 옮겨 싣는 데에 또 몇 시간이 소요되었다. 상인 행렬이 짐을 모두 옮겨 싣고 출발하자 해가 벌써 낮게 걸려 있었다.

그들은 키예프에서 멀지 않은 곳에서 하룻밤을 묵었다. 상인 행렬 규모가 어찌나 컸는지 그들은 동시에 몇 군데의 마을에서 숙소를 수소문해야 했다. 상인들을 여러 마을에 있는 숙소에 배정한 후에 호위병 블라시가 암브로조와 아르세니에게 다가왔다. 그는 양손에 편곤을 들고 있었고, 허리춤에는 방어용 도끼가 꽂혀 있었다.

호위병 블라시가 물었다. "프스코프에서 오신 겁니까?"

두 사람이 대답했다. "프스코프에서 왔습니다."

"저도 그곳에서 왔고, 호위하는 일을 해서 돈을 벌고 있습니다. 같이 가시죠. 두 분을 좋은 숙소로 인도하지요."

아르세니와 암브로조는 크라쿠프로 향하는 폴란드인 상인 블라디슬라프가 묵는 한 농가에서 묵게 되었다. 그는 노브고로드에서 구입한 검은담비 가죽을 묶은 꾸러미 일곱 개를 갖고 있었다. 상인 블라디슬라프는 이 꾸러미 일곱 개를 그의 잠자리를 만들어둔 긴 의자 옆에 쌓아두었다.

가죽을 벗긴 지 얼마 안 되는지 가죽에서 담비 특유의 냄새가 강하게 났다. 상인은 자신이 구매한 제품에 대해 이야기하면서 자신의 커다란 귀의 귓불을 차례로 잡아당겼다. 농가 안이 더워서 귀가 뜨거워졌고, 그로 인해 엄청나게 큰 귀가 더 눈에 띄었다. 그의 통통한 손가락에는 반지 몇 개가 반짝였다. 이따금 그는 손가락을 검은담비 모피에 마치 풀 속에 넣듯 집어넣었고, 그러면 반지는 그 안에서 못 먹는 커다란 딸기처럼 희미하게 반짝거렸다.

상인 블라디슬라프는 흡족한 듯 말했다. "훌륭한 가죽이죠."

암브로조는 조심스럽게 물었다. "크라쿠프에는 이런 가죽이 없나요?"

상인은 언짢은 투로 말했다. "없다니요, 당연히 있습니다. 다만 가격이 다를 뿐이죠. 폴란드 왕국에는 없는 것이 없습니다."

그의 말에는 특유의 억양이 강하게 묻어났고, 일부 단어는 이해하기가 힘들었다.

아르세니는 긴 의자에 누우면서 우스티나에게 말했다. "우리가 여행을 시작할 때에 비해 이젠 사람들의 말에 믿음이 가지 않소. 사람들이 하는 말에 점점 더 믿음이 안 가오. 어떤 말은 이해하기도 전에 사라져버린다오. 솔직히, 내 사랑, 나는 이 점이 조금 걱정되오."

이 말을 끝내기가 무섭게 아르세니는 잠들었다.

## ΛΙ

새벽에 상인 행렬은 또다시 여행길에 올랐다. 여행 떠날 채비는 어제와 비슷했지만 다른 점도 있었다. 행렬에 속한 마지막 사람이 마을에서 나왔을 때에야 비로소 여행을 떠날 행렬이 맞춰졌다. 상인 행렬은 천천히 움직였다. 행렬의 움직임은 짐수레를 끄는 황소들이 움직이는 속도에 따라 달라졌는데 황소들은 천성적으로 느긋했다. 황소들이 무언가를 생각할 리 만무했지만 사색에 잠긴 것 같은 표정을 지었다. 오랫동안 비가 오지 않아서 상인 행렬은 발자국을 남기지 않고 이동했다. 그들이 가고 난 자리에는 건조한 공기 중에 떠도는 먼지 뭉치만 남아 있었다.

아르세니와 암브로조는 그들보다 조금 앞서가는 호위병 블라시를 발견했다. 어제만 하더라도 그는 그들보다 나이가 더 많은 것 같았지만 이제 보니 거의 사내아이에 가까운 것 같았다. 그는 루시인이었다. 회색 눈을 가지고 있었다. 그는 그들에게 손을 흔들며 뭐라고 말했다. 하지만 상인 행렬이 내는 소음 때문에 그들은 그가 하는 말을 못 들었다. 그러자 암브로조가 손으로 귀를 가리켰다.

그때 블라시가 소리 질렀다. "저는 잡스코비예에 살았어요. 잡-스코비-예." 이 말을 하면서 그는 미소 지었다. "이런 곳 들어본 적 있어요?"

두 사람은 알고 있었기에 고개를 끄덕였다. 잡스코비예라면 그들도 아는 곳이었다.

길은 좁았고, 아르세니의 말의 몸이 이따금 암브로조의 말에 닿았다. 아르세니는 자기 말의 고삐를 잡고 말했다.

"나는 이미 여러 해 동안 내가 죽인 우스티나를 구원하려고 애쓰고 있습니다. 하지만 내 노력이 은총받을 만한지 여전히 이해할 수 없어요. 나는 내가 옳은 길로 가고 있음을 가리키는 표지를 기다리는데 지금까지 그 어떤 표지도 보지 못했습니다."

암브로조가 대답했다. "표지를 따라가는 것은 쉽고, 표지가 있다면 용기는 필요 없겠지요."

"만약 내 구원을 위한 일이라면 이렇게 조바심을 내지 않았을 겁니다. 내 다리에 기력이 다하는 날까지 걷고 또 걸었을 테니까요. 지금 나는 내가 잘못된 길로 가고 있지는 않은지 걱정이 됩니다."

암브로조는 아르세니와 시선을 마주치며 말했다. "사실 움직임 자체가 힘든 것이 아니라 옳은 길을 선택하는 것이 어렵지요."

상인 행렬이 숲속을 지나고 있었다. 안장 위에 있는 아르세니의 몸이 흔들렸는데, 그가 암브로조의 말에 동의하면서 고개를 끄덕이는 것인지, 말의 움직임에 따라 몸이 흔들리는 것인지 알 수 없었다. 그들이 들판으로 나왔을 때 아르세니가 말했다.

"암브로조, 나는 다만 내가 아무리 노력해도 결국 우스티나를 돕지 못하고 내가 가는 길이 그녀에게 다가가는 것이 아니라 그녀로부터 더 멀어지는 길일까 봐 두렵습니다. 세상의 종말이 가까워오는 만큼 내가 길을 잃어서는 안 된다는 것은 당신도 알 겁니다. 만약 내가 잘못된 길로 들어섰다면 올바른 길로 돌아갈 시간이 없을 테니까요."

암브로조는 카프탄의 단추 몇 개를 풀면서 말했다.

"내가 좀 이해하기 힘든 말을 해볼까 합니다. 나 역시 시간이 없는 것 같긴 합니다. 그런데 말입니다, 세상에 있는 모든 것은 시간을 초월해서 존재한다고 생각합니다. 그렇지 않다면 도래하지 않은 미래를 알 수는 없을 테니까요. 내 생각에 시간은 하느님의 은총으로 우리에게 주어진 것이며, 우리가 혼돈에 빠지지 않기 위함인데, 인간의 의식은 모든 사건을 동시에 기억할 수 없기 때문입니다. 우리는 우리 스스로의 나약함으로 인해 시간 안에 갇혀 있는 것입니다."

아르세니가 물었다. "그렇다면 당신은 세상의 종말이 이미 도래했다고 생각하는 것인가요?"

"그럴 가능성도 배제하지 않습니다. 사람은 누구나 죽기 마련이고, 이것은 개개인에게 세상의 끝을 의미하기 때문입니다. 결국 전인류의 역사는 개인의 삶의 일부에 불과한 것이지요."

아르세니는 잠시 생각한 후에 말했다. "어쩌면 그 반대일지도 모르지요."

"저도 동의합니다. 이 두 개의 역사는 처음부터 함께 존재했으니까요. 아르세니, 여기에서 중요한 것은 모든 사람에게 세상의 종말은 그들이 태어나고 수십 년이 지난 후에나 도래할 것인데 누가 얼마나 더 살지는 각자의 운명에 달린 일이라는 것이겠지요." 이 말을 한 후에 암브로조는 말갈기 쪽으로 고개를 숙이고 숨을 내쉬었다. "아시다시피 나는 세상 종말이 걱정되긴 하지만 두렵지는 않습니다. 사실 나는 나 자신의 죽음이 더 두렵습니다."

길이 더 넓어졌고, 상인 블라디슬라프가 그들과 함께 나란히 걸었다.

상인이 말했다. "듣자 하니 두 분은 죽음에 대해 말하더군요. 러시아인들은 죽음에 대해 이야기하는 것을 무척 좋아하는 것 같습니다. 그런데 정작 삶에 대해서는 깊이 생각하지 못하는 것 같군요."

암브로조는 어깨를 들썩였다.

아르세니가 질문했다. "폴란드에서는 사람들이 죽지 않나요?"

상인 블라디슬라프는 목덜미를 잠시 긁적였다. 그의 얼굴에 의심이 묻어났다.

"물론 죽지만 점점 더 죽는 빈도가 낮아지고 있지요."

이 말을 한 후에 그는 말에 박차를 가해서 행렬의 선두를 향해 달렸다. 아르세니와 암브로조는 말없이 그의 뒷모습을 바라봤다.

이때 아르세니가 말했다. "아까 당신이 시간에 대해 한 말을 계속 생각하고 있어요. 성경에 등장하는 족장들이 얼마나 오랫동안 살았는지 기억합니까? 아담은 930년을 살았고, 셋은 912년을 살았으며, 므두셀라는 969년을 살았지요. 정말이지 시간이 축복이 될 수 없다고 생각합니까?"

"아르세니, 그는 천국에 들어가지 못했기 때문에 시간은 오히려 저주에 가깝습니다. 족장들이 그토록 오래 살 수 있었던 것은 당시만 하더라도 그들의 얼굴에는 천국 특유의, 시간을 초월하는 특성이 빛나고 있었기 때문입니다. 그들은 시간에 적응하는 중이었던 것입니다. 그때만 하더라도 영원성을 조금은 갖고 있었습니다. 그런 후에 그들의 수명이 줄어들기 시작했지요. 파라오가 노인 야곱에게 그의 나이를 물었을 때 야곱이 '이 세상을 떠돌기 벌써 백삼십 년이 됩니다. 얼마 되지는 않으나, 살아온 날날이 궂은 일뿐이었습니다. 소인의 조상들이 떠돌아다니시며 누리신 수에 미치려면 아직 멀었습니다'라고 대답합니다."

"암브로조, 당신은 이미 정해졌다고 여기는 인류의 역사에 대해 말하는군요. 어쩌면 당신 말이 옳을지도 모르지요. 하지만 개개인의 역사는 완전히 다른 것입니다. 사람은 완성된 채로 태어나지 않습니다. 사람은 학습을 하고 경험의 의미를 이해하며, 자신의 개인적인 역사를 만들어가는 것입니다. 이것을 위해 사람에게는 시간

---

\* 창세기 47편 9절.

이 필요한 것이지요."

암브로조가 아르세니의 어깨에 한 손을 얹고는 말했다.

"친구여, 나는 시간이 반드시 필요하다는 것을 의심하는 것이 아닙니다. 다만 우리가 속한 물질적 세계만이 시간을 필요로 한다는 것을 기억하면 됩니다."

아르세니가 말했다. "하지만 물질적인 세계에서만 행동할 수 있습니다. 바로 이 점이 나와 우스티나가 다른 점이랍니다. 우리 두 사람이 아니라 우스티나만을 위해서라도 지금 내게는 시간이 필요해요. 암브로조, 솔직히 나는 내 시간이 끝날까 봐 무척 두렵습니다. 나도 그녀도 아직 시간의 끝을 맞이할 준비가 안 돼 있어요."

암브로조가 말했다. "세상 그 누구도 시간의 끝과 마주할 준비가 된 사람은 없을 겁니다."


## 티


며칠 후에 상인 행렬은 지토미르*에 도착했다. 지토미르에서 나온 후에는 이자슬라우로 향했다. 이자슬라우에서는 크레메네츠로 향했다. 행렬이 크레메네츠에서도 떠났을 때 상인 블라디슬라프가 말했다.

"이제부터는 폴란드 왕국이 시작됩니다."

---

* 우크라이나 서북부에 위치한 도시.

그는 이 말을 굉장히 큰 소리로 천천히 말했기 때문에 주위에 있는 사람들이 뒤를 돌아볼 정도였다. 사실 여행을 하는 동안 일행은 처음으로 왕국에 가는 것이어서 폴란드 왕국에 무언가 특별한 것을 기대했다. 그래서 기분이 살짝 들떠 있었다. 상인 행렬이 앞서 갔지만 양쪽으로 그들이 지금껏 지나온 길에서 만난 것과 똑같은 숲과 들판과 호수가 펼쳐져 있었다. 몇몇은 숲과 들판과 호수가 예전에 봤던 것과 다르다고 말했다. 또 다른 사람들은 지금껏 봐온 것과 유사하다는 이유를 들면서 폴란드 왕국이 아직 시작되지 않았다고 말했다.

상인 일행은 황량한 곳에서 밤을 맞이했고 상인 블라디슬라프를 포함해서 그 누구도 그들이 이미 폴란드 왕국에 도착했는지, 아니면 여전히 리투아니아에 있는 것인지 말할 힘이 남아 있지 않았다. 이때 한 무리의 기수들이 말을 타고 상인들 옆을 지나갔다. 상인들은 그들이 어떤 땅에 와 있는지 기수들에게 물었지만, 그들은 몰랐는지 대답하기 싫었는지 대답하지 않았다. 그들은 상당히 침울한 사람들이었다.

결국 그들은 숲 옆에 있는 들판에 멈춰서 모닥불을 피웠다. 아르세니와 암브로조는 상인 블라디슬라프와 호위병 블라시와 함께 모닥불 옆에 자리를 잡았다. 잠자리에 들기 전에 호위병 블라시는 함께 있는 사람들에게 개의 머리를 한 사람들이 존재하는지 물었다. 호위병은 젊었고 지적 호기심이 강해서 대화를 통해 지식을 넓히는 것을 좋아했다.

이때 암브로조가 말했다. "조반니 데 피아노 카르피니라는 이탈리아 수도자는 루시에서 동쪽으로 여행을 하면서 이런 사람들을 보았습니다. 사람들에게 들은 얘기일 수도 있는데, 그렇게 되면 얘기가 달라지지요."

상인 블라디슬라프가 목을 가다듬은 후에 대화에 동참했다.

"폴란드 왕국에서 전체적으로 사람의 형상을 했지만 발끝은 소 발굽 같고 머리는 사람 머리이지만 얼굴은 개처럼 생겼으며, 두 단어는 인간의 언어로 말했지만 세 번째 단어를 말할 때는 개처럼 짖은 사람들을 봤답니다."

이 말을 들은 암브로조가 말했다. "폴란드 왕국은 무척 흥미로운 곳이군요. 이제 우리는 이곳에 오랫동안 머무르지 않고 지나가길 바라는 일만 남았군요."

상인 블라디슬라프가 하던 이야기를 계속했다. "특이한 사람들도 봤습니다. 귀가 어찌나 크던지 전신을 다 덮을 수 있을 정도였어요."

이때 아르세니는 자기도 모르게 상인 블라디슬라프의 귀를 쳐다봤다. 그의 귀 역시 작지는 않았지만 전신을 다 덮는 것은 불가능해 보였다.

호위병 블라시가 물었다.

"폴란드 왕국에는 냄새만 맡고 사는 사람들도 있나요? 그런 사람들 얘기를 들었거든요."

상인 블라디슬라프가 대답했다. "폴란드 왕국에는 없는 것이 없습니다. 위와 입이 작은 사람들이 있는데, 그들은 고기를 먹지 않고 끓이기만 합니다. 그러곤 고깃국이 들어 있는 항아리 위에 앉아 수증기를 마시는데 그렇게 냄새만 맡으면서 생명을 유지한답디다."

이 말을 들은 호위병 블라시가 믿기 힘들다는 투로 물었다. "아니, 정말 아무것도 안 먹고 산답니까?"

상인이 조심스럽게 말했다. "먹더라도 아주 소량만 먹지요."

모닥불이 다 타자 아무도 새 장작을 넣지 않았다. 호위병 블라시를 포함해 다들 잠잘 준비를 했다. 이날 밤에 그는 보초를 서지 않았다. 서서히 나머지 모닥불도 꺼졌는데 호위병 몇 명 앞에 놓인 모닥불만 남게 되었다. 그들은 아침까지 보초를 서야 했다. 얼마간 시간이 흐른 후에 이 모닥불도 꺼졌다.

아르세니는 부드러운 풀과 양치식물을 따다가 잠자리를 만들었다. 안장을 베개 삼아 벴다. 안장에서 가죽과 말의 땀 냄새가 났다. 후덥지근한 밤에는 특히 더 기분 나쁜 냄새였다. 이때 형체를 알수 없는 걱정이 그의 마음속에 들어왔다. 보름달 빛에 눈이 부셨다. 아르세니가 옆으로 돌아눕자 안장이 그의 광대뼈를 눌렀다. 잠시 망설인 후에 다시 등을 대고 바로 누웠다.

아르세니가 잠자리를 잡는 모습을 보면서 암브로조가 속삭였다. "안장은 그러려고 만들어진 게 아닙니다. 나한테 그것보다 좋은 게 하나 있습니다."

이 말을 하고 그는 아르세니에게 넓고 부드러운 허리띠를 건넸다. 아르세니는 거절하려고 했지만 그 즉시 마음을 고쳐먹고 허리띠를 받았다. 암브로조가 그를 염려해주는 데 대해 고마운 마음이 들어서 가슴이 뜨거워졌다. 아르세니는 누워서, 수없이 많은 시간이 흐른 후에 이제야 비로소 처음으로 혼자가 아니라는 생각을 했다. 그는 자신이 고독과 싸우느라 무척 지쳤다는 것을 깨달았다. 그래서 울기 시작했다. 그리고 눈물이 그렁그렁한 상태로 잠이 들었다.

## 51

꿈에서 아르세니는 누군가의 비명 소리를 들었다. 비명 소리는 한편으로는 전투적이고 또 한편으로는 절망적으로 컸다. 여러 명의 사람들이 비명을 지른다는 것을 알 수 있었다. 어쩌면 이 비명을 지르는 주체가 사람이 아닐 수도 있었다. 어쩌면 우스티나를 구원하기 위해 애쓰는 사람들이 지르는 비명일지도 몰랐다. 반대편에 있는 서로 다른 힘이 우스티나의 영혼을 잡아당기는 것 같기도 했다.

아르세니가 눈을 떴을 때 비명 소리를 꿈에서 들은 것이 아님을 깨달았다. 비명 소리는 야영을 하는 들판에서 멀리 떨어진 곳에서 들려왔다. 아르세니는, 허리춤에 묶여 있던 전투용 도끼를 풀고 그의 옆을 뛰어가는 호위병 블라시를 발견했다. 호위병은 비명이 들리는 쪽으로 뛰어갔다. 사위는 여전히 어두웠고 상인 행렬의 출발지인 동쪽에서만 날이 밝기 시작했다.

상인 행렬을 누군가가 덮쳤고 비명 소리는 가까운 곳에서 들렸다.

그리고 이것은 정말로 일어난 일이었다. 강도들은 그들을 덮치기 위해, 따뜻하게 녹인 몸이 여전히 잠들어 있어서 무방비 상태인 이른 아침을 선택했다. 먼저 그들은 밤새 보초를 선 호위병들을 덮쳤다. 그들은 우려와 달리 깨어 있지 않았고 깊은 잠에 빠져 있어서 저항하지 못했다. 강도들은 불 꺼진 모닥불 옆에서 잠든 이들의 목을 바로 벴다. 그중 한 명은 치명상을 당했는데, 바로 그가 소리를 질러서 다른 호위병들을 깨운 것이었다. 옷을 입고 자던 호위병들은 비명 소리를 듣고 곧장 몸싸움이 일어나는 곳으로 달려갔다.

강도들은 상대가 저항하리라는 것을 예상하지 못했다. 그들이 상대를 덮치면 호위병들을 포함한 모두가 갖고 있는 재산을 그대로 놔두고 도망가는 것을 늘 봐왔기 때문이다. 하지만 호위병들은 도망가지 않았다. 그들은 말없이 강하게 강도들에게 저항했고, 싸우면서 완전히 잠에서 깼다. 악당들은 그들이 승리하는 데에 시간이 걸릴 것임을 알았고, 대가를 치르고 승리하는 것은 계획에 들어 있지 않았다. 그래서 자기편 몇 명을 잃은 후에 후퇴하기로 마음먹었다. 크지 않은 소리로 후퇴 명령이 떨어졌고, 강도들은 상인들의 행렬이 자리 잡은 곳을 떠나기 시작했다. 몇 분이 지나자 말을 탄 강도들은 이미 동쪽을 향해 쏜살같이 달려가고 있었다. 아무도 그들을 쫓아가지는 않았다.

날이 완전히 밝자 몸싸움의 참상을 확인할 수 있었다. 꺼진 모닥불 옆에 목이 베인 네 구의 호위병 시신이 있었다. 그들은 잠이 든 채로 당했기 때문에 손에는 무기가 없었다. 강도들의 시신 세 구도 발견되었다. 목에 건 십자가 모양으로 보아 러시아인들이었다.

싸움이 일어났던 들판은 절망적인 비명 소리로 가득 차 있었다. 비명 소리는 잦아들다가 짐승 같은 힘을 갖고 다시 커지기를 반복했는데 이 비명 소리에는 더 이상 인간적인 것이 없었기 때문이었다. 아르세니는 비명 소리가 들리는 곳으로 향했다. 사람들이 비명을 지르는 사람을 에워쌌지만 그에게 다가갈 결심은 서지 않는 듯했다. 허리를 심하게 구부린 그 사람은 피가 흥건한 땅 위에서 이리저리 굴렀고 등에서 튀어나온 창자에 먼지와 소나무 가시가 붙은 채로 꿈틀거리고 있었다. 그가 경련으로 인해 잠시 허리를 폈을 때 아르세니는 비명을 지르는 사람의 얼굴을 보고 그가 호위병 블라시라는 것을 알게 되었다.

아르세니는 블라시 쪽으로 한 걸음 다가갔고, 그러자 그의 앞에 있던 한 무리의 사람들이 길을 비켜주었다. 그들은 누구든 먼저 그에게 다가가길 기다렸던 것이다. 그를 돕고자 하는 마음이 간절했기에 빠르고 넓게 아르세니에게 길을 내주었다. 아르세니는 환자를 보기 위해 허리를 숙였다. 말수가 적고 선한 블라시는 비명을 지르는 고통받는 육체로 변해 있었다. 아르세니는 자기 자신에게 이 육체에 영혼이 있는지 물었고, 아르세니는 없을 수 없다는 답변을 얻었다.

아르세니는 날카로운 칼로 고통받는 자의 옷을 찢었고, 그러자 알몸이 드러났다. 아르세니가 물을 부탁했다. 사람들이 그에게 물병을 갖다주자, 아르세니는 그들을 에워싸고 있는 사람들에게 블라시의 두 다리와 두 팔을 잡고 있으라고 명령했다. 그런 후에 땅 위에 있던 블라시의 창자를 살짝 들어서 물을 뿌려 씻어냈다. 그는 미끄러운 창자 표면에 점액질과 피가 뭉쳐 있는 것을 발견했다. 블라시는 자신이 낸 비명 소리 중 가장 큰 소리를 지르기 시작했다. 암브로조는 아르세니를 잡아주느라 그의 등에 몸이 닿았지만 블라시에게 일어나는 일을 볼 자신이 없어서 다른 쪽을 응시했다. 아르세니는 창자를 환자의 배 속에 넣고, 캔버스로 배를 칭칭 감았다. 몇 사람이 환자를 일으켜서 동물 가죽이 깔린 짐수레 위에 눕혔다. 그의 머리가 죽은 사람처럼 아래로 축 처졌다. 블라시는 의식을 잃었다.

아르세니가 우스티나에게 말했다. "이 사람은 얼마 지나지 않아 죽을 것 같소. 내 사랑, 나는 그에게 아무런 도움도 줄 수가 없구려. 하지만 죽기 전까지 고통은 조금 줄어들 거요."

살해당한 호위병들은 가장 가까운 러시아 마을에서 장사 지내기로 했는데 상인 블라디슬라프가 폴란드 왕국에는 폴란드 마을뿐만 아니라 국경 부근에 러시아 마을도 있다고 말했기 때문이다. 그들은 잠시 고민한 후에 강도들의 시신도 가져가기로 했는데 그들의 시신은 따로 묻기로 했다.

상인들의 행렬이 출발했다. 짐수레가 움직이자 호위병 블라시가 의식을 회복하고는 신음했다. 짐수레가 흔들려 고통스러워했다. 아르세니가 짐수레에 다가가서 고통스러워하는 그의 한쪽 어깨를 잡았다. 그러자 그는 또다시 잠에 빠져들었다. 하지만 아르세니가 그의 몸에서 손을 치우자 블라시는 다시 정신을 차리고 또다시 소리를 질렀다. 그래서 아르세니는 그의 옆에서 걸으면서 자신의 손을 그의 몸에 대고 갔다.

가장 가까운 시골에 도착하자 상인 행렬이 멈춰 섰다. 그들은 흔들리는 짐수레 안에서 기력을 잃은 블라시를 그곳에 두고 가기로 결심했다. 이곳은 폴란드 마을이었고 상인 블라디슬라프가 가서 수소문했다. 환자를 맡길 곳을 찾았지만 몇 차례에 걸쳐서 거절을 당한 후에야 상인은 그를 맡아줄 두 노인을 어렵게 찾아냈다. 그들의 이름은 타데우시와 야드비가였고, 그들에게는 자식이 없었다. 이 인자한 사람들은 환자를 돌볼 준비가 돼 있었다.

블라시를 타데우시와 야드비가의 집에 데리고 왔을 때 그가 눈을 떴다. 침대 머리맡에 있는 아르세니를 보자 그의 손을 잡았는데, 아르세니의 손을 잡으면 고통이 사라졌기 때문이다. 블라시가 입술만 움직여서 물었다.

"저를 여기에 두고 가실 겁니까, 아르세니?"

상인 행렬에 속한 상인들이 블라시를 쳐다보는데, 그들의 눈에 눈물이 그렁그렁 고여 있었다. 행렬에 속한 상인들은 전부 함께 떠나야 한다는 것을 알고 있는 눈이었다.

아르세니가 말했다. "슬퍼하지 말아요. 내가 당신과 함께 있겠습니다."

아르세니는 암브로조 쪽을 돌아봤다. 그러자 암브로조가 고개를 숙였다. 그는 상인들과 함께 나가서 잠시 후에 말 두 필을 이끌고 돌아왔다. 타데우시와 야드비가의 집 마당에서 아르세니와 암브로조는 상인 행렬이 힘겹게 여행길에 오르는 모습을 지켜봤다.

야드비가가 블라시를 위해 죽을 끓이려고 하자 아르세니가 말렸다. 그는 환자에게 물 외에 다른 것은 허락하지 않았다. 암브로조는 수시로 환자의 입술에 진흙으로 빚은 컵을 갖다 댔다. 블라시는 아르세니의 손을 계속 잡은 채로 허겁지겁 물을 마셨다. 그는 반쯤 의식을 잃은 상태로 하루를 보냈다. 저녁에 눈을 뜨고는 물었다.

"제가 죽을까요?"

아르세니가 대답했다. "우리 모두는 언젠가 죽습니다. 이 말이 위로가 됐으면 좋겠군요."

"하지만 저는 일찍 죽습니다."

블라시의 눈이 미세한 경련을 일으키며 천천히 감겼다. 아르세니가 환자를 향해 허리를 숙이고 말했다.

"'언젠가'라는 단어는 현상의 내용을 가리키는 것이 아닙니다. 이것이 흐르는 형태, 즉 시간과 연관이 있습니다. 암브로조는 존재하지 않는다고 부정하는 것이기도 합니다."

아르세니가 암브로조 쪽을 돌아봤다.

암브로조가 말했다. "나는 고갈되는 것은 시간이 아니라 현상이라고 생각합니다. 현상은 자신을 표현한 후에 자신의 존재를 중단합니다. 예를 들어 시인이 서른일곱 살에 요절하면 사람들은 그의 죽음을 슬퍼하며 그가 죽지 않았다면 쓸 수 있을 법한 것에 대한 이야기를 합니다. 하지만 그는 자신이 이루고자 한 모든 것을 표현하고 죽었을지도 모릅니다."

아르세니는 잠든 블라시를 가리키곤 말했다. "나는 당신이 누구를 염두에 두고 하는 말인지 모르겠지만 생각해볼 가치는 있다고 봅니다. 그렇다면 당신 생각에는 이 아이가 이미 자기 자신을 표현했다고 보는 것인가요?"

암브로조가 대답했다. "그건 아무도 모릅니다. 오직 하느님만 아시겠지요."

이때 블라시가 갑자기 아르세니의 한 손을 세게 잡고 말했다.

"저는 이 세계를 떠나는 것이 두려워요."

"두려워 말아요. 저세상이 더 나을 테니." 아르세니는 블라시가 잡지 않은 손으로 그의 이마에 맺힌 땀을 닦아주었다. 그리고 말했다. "나는 죽는 것은 두렵지 않지만 죽기 전에 끝내고 싶은 일이 있습니다."

"저는 혼자 죽는 것이 무섭습니다."

"당신은 혼자가 아닙니다."

"어머니와 형제들이 프스코프에 살고 있습니다."

"나는 당신의 형제요."

"나는 호위를 하려고 이곳으로 왔습니다. 돈을 벌려고 말입니다. 무슨 목적으로 이런 걸까요?"

"먹고살아야 할 테니까요."

"이제는 필요가 없게 됐군요. 내 손을 놓지 마세요."

"잡고 있습니다."

"제가 죽을 때까지 말입니다."

죽어가는 이가 눈을 감았다.

"새벽부터 수탉이 우는 소리가 들리십니까?"

아르세니가 대답했다. "아니요, 안 들립니다."

"나는 들립니다. 그들이 내게 내지르는 소리입니다. 영성체에 참례하지도 못하고 가게 돼서 안타깝습니다. 회개도 하지 못했습니다."

"내게 고백성사를 해요. 내가 당신의 고백성사를 예루살렘까지 갖고 가리다. 그러면 당신의 죄가 사라질 것입니다."

"하지만 그것은 내가 죽은 후에나 가능한 것이잖습니까. 그렇게 해도 고백성사가 받아들여질는지요?"

"시간의 존재 유무가 의문이라고 말했잖습니까. 어쩌면 '사후에' 라는 것 자체가 없을 수도 있어요."

그러자 블라시가 고백성사를 시작했다. 그동안 암브로조는 타데우시와 야드비가가 앉아 있는 현관 쪽으로 나갔다. 그들은 그에게 폴란드어로 뭐라고 말했다. 암브로조는 그들의 말을 알아듣지 못했지만 고개를 끄덕였다. 그는 그들이 선한 사람들임을 알 수 있었기 때문에 그들이 하는 모든 말에 동의했다.

블라시가 아르세니에게 속삭였다. "내 죄 중 하나라도 잊으시면 안 됩니다."

아르세니는 그의 머리를 쓰다듬으면서 말했다. "블라시, 잊지 않겠습니다. 다 잘될 겁니다, 내 말 들려요?"

하지만 블라시는 더는 아무 소리도 듣지 못했다.


## 31


블라시를 땅에 묻은 후에 아르세니와 암브로조는 여행길에 올랐다. 그들은 상인 행렬을 따라잡고자 빨리 갔다. 한밤중이 되자 정말로 일행을 따라잡았는데, 그들이 천천히 움직였기 때문이다. 다음 날 아침에 아르세니와 암브로조는 행렬과 함께 길을 떠났다.

숲을 지나자 들판이 나왔고, 폴란드 마을 다음에는 러시아 마을

이 나왔다. 부스크*에 사는 주민들은 대부분 폴란드인이었고, 네슬루호프에는 주민 대부분이 러시아인이었으며, 자피토프에는 러시아인과 폴란드인이 절반씩 살고 있는 듯했다. 하지만 리보프에는 누가 사는지 알 수 없었다. 리보프의 거리에서 소시민 스테판이란 자가 그들 일행을 맞이했다. 스테판은 술에 취해 혀가 꼬여 있었다. 그는 말을 타고 있는 상인들을 향해 주먹을 쥐어 보이면서 위협했다. 그러다 말똥을 밟고 미끄러져서 한 호위병의 말 밑으로 들어가게 되었다. 말이 발굽으로 스테판의 팔을 밟았고, 그의 뼈가 부러졌다. 사람들이 그런 스테판을 마차에 눕히고 아르세니에게 데리고 갔다.

아르세니가 스테판의 부러진 팔을 캔버스로 감으면서 물었다. "이보게, 자네 이름이 무언가?"

스테판이 성한 팔을 움직이면서 뭐라고 웅얼거렸다.

상인 블라디슬라프가 자신의 의견을 말했다. "그의 제스처로 봤을 때 사내의 이름은 스테판인 것 같습니다."

아르세니가 말했다. "이보게, 스테판, 하느님의 세계는 자네가 속한 지역보다 넓네. 사람들을 주먹으로 위협하지 않는 것이 좋을 걸세. 안 그러면 한쪽 팔을 잃을 수도 있으니 말일세."

리보프 다음에는 야로스와프**가 나왔고, 야로스와프 뒤에는 제슈프라는 도시가 나왔다.

---

* 우크라이나의 도시.
** 폴란드의 도시.

제슈프에서 아르세니가 우스티나에게 말했다.

"이곳 제슈프 사람들의 말에는 '슈, 제, 치'라는 자음이 많이 들어간다오. 그래서 이따금 갈증이 느껴진다오."

제슈프 다음에는 타르누프라는 도시가 나왔고, 타르누프 다음에는 보흐니아가, 보흐니아 다음에는 크라쿠프가 나왔다. 아르세니와 암브로조는 크라쿠프에서 상인 블라디슬라프와 작별 인사를 했다. 상인이 그의 도시에 초대했지만 그들은 초대를 정중히 사양했다. 그들은 앞으로 계속 이동해야 했다. 그들은 마지막으로 포옹하며 작별 인사를 했다. 상인의 눈에 눈물이 그렁그렁 맺혔다.

"이별은 늘 마음이 아픈 듯합니다."

아르세니가 말했다. "우리 인생이 이별의 연속이죠. 하지만 이것을 기억하면 함께 있는 시간을 더 많이 기쁘게 보낼 수 있습니다."

상인 블라디슬라프가 코를 풀고는 말했다. "제가 만난 모든 착한 사람들을 다 모아서 함께 지내고 싶습니다."

그러자 암브로조가 미소를 지으면서 말했다. "그렇게 되면 그들은 굉장히 빠른 속도로 악해질 겁니다."

크라쿠프를 떠나온 상인 행렬은 비스와강* 강변을 따라 걷기 시작했다. 이곳의 강은 아직 폭이 넓지는 않았다. 강을 따라 굽이굽이 걸어가면서 아우슈비츠까지 갔다. 이때 암브로조가 말했다.

"아르세니, 수 세기가 지난 후에 이곳이 정말 끔찍하게 변할 겁니다. 이미 그 징조가 보이고 있어요."

---

* 폴란드에서 가장 긴 강.

그다음부터는 실레시아가 시작되었다. 아르세니가 상인들에게 실레시아에 대해 꼬치꼬치 캐묻는 동안 그들은 어느새 모라비아에 와 있었다. 그는 모라비아가 실레시아보다 더 크다는 것을 전혀 추측할 수 없었기 때문에 서둘러 모라비아에 대한 모든 것을 알아봤다. 그곳에 사는 사람들은 슬라브어 외에도 독일어와 헝가리어를 구사했다. 남서쪽으로 이동하자 나머지 언어를 구사하는 경우가 줄어들더니 결국 독일어로만 소통이 됐다. 이렇게 해서 오스트리아에 들어섰다.

아르세니에겐 독일어가 낯설지 않았다. 그가 만난 사람들이 발음하는 단어들을 들으면서 그는 한때 자신이 벨로제르스크에서 상인 아파나시 블로하한테 독일어를 배울 때 읽으려고 했던 단어들의 뜻을 유추했다. 직접 만나보니 이곳 사람들이 발음하는 독일어는 아파나시가 발음하던 독일어와 너무 많이 달랐다. 사실 아파나시의 잘못은 크지 않았다. 오스트리아 사람들은 당시 오스트리아식 독일어를 구사하려고 노력했기 때문이다. 15세기 말에 오스트리아인들은 그들의 독일어가 독일인들의 독일어와 다른지, 만약 다르다면 어떤 차이가 있는지 아직 알지 못했다. 결국 발음상의 차이가 이 두 가지 질문에 대한 대답인 셈이었다.

# 베

빈에서 암브로조는 영성체에 참여하기 위해 슈테판 대성당*으로 갔다. 아르세니가 그와 동행하기로 마음먹었다. 그는 빈에는 정교회 성당이 있을 리 만무하다고 확신하며 암브로조와 함께 대성당으로 향한 것이었다. 그는 대성당의 내부를 보고 싶었다. 게다가 지금껏 단 한 번도 가톨릭 성당 미사에 간 적이 없었기에 어쩌면 한 번쯤 가보고 싶은 마음이 더 컸는지도 모른다.

아르세니는 슈테판 대성당에서 우스티나에게 말했다. "두 가지 상반된 인상을 받았소. 한편으로는 우리와 뿌리가 같기 때문에 무언가 친숙한 느낌이 있었다오. 하지만 또 다른 한편으로는 결국 우리가 서로 갈라졌기 때문에 이곳이 낯설다오. 우리의 하느님이 더 가깝고 더 따뜻한 반면에 그들의 하느님은 더 높은 곳에 계시고 좀 더 위엄이 있다오. 내 사랑, 이것은 어쩌면 오로지 나의 경솔한 판단일 뿐이고 라틴어를 모르는 무지로 인한 것일지도 모르오. 하지만 미사를 드리는 동안 내내 오스트리아인들을 관찰했지만 그들이 라틴어를 아는지는 잘 모르겠소."

빈에서 드레스덴에서 온 프란체스코회 수도자인 후고가 상인 행렬에 합류했다. 후고는 보헤미아에서 자신의 임무를 다했고, 이제는 로마로 향하는 것이었다. 그는 당나귀를 탔는데, 심지어 손가락을 하나씩 구부리면서 왜 당나귀를 타고 가는지 설명해주었다. 첫

---

* 오스트리아 최고의 고딕식 성당.

째, 그리스도가 당나귀를 타고 다니셨기 때문이다(그는 이때 십자성호를 그었다). 둘째, 당나귀는 덩치가 말보다 더 작아서 말보다는 신경을 덜 써도 된다. 셋째, 당나귀는 고집이 센 동물이고 진정한 수도자가 겸손해지기 위해서는 이런 것이 꼭 필요하기 때문이다.

그가 언급한 것은 모두 사실이었다. 게다가 기수로서의 수도자 후고는 당나귀 마음에 들지 않았기 때문에 당나귀는 평소보다 더 고집을 부렸다. 한편 후고는 사람이 좋고 붙임성이 있긴 했지만 몸이 뚱뚱하고 참을성이 없었다. 그는 늘 뒤꿈치로 당나귀의 옆구리를 때리면서 더 빨리 달리도록 재촉했지만 당나귀는 반대로 느긋함과 조용함을 가장 중시했다. 따라서 수다스러운 후고가 당나귀의 마음에 들지 않는 것은 놀랄 일도 아니었다. 그래서 후고가 말을 시작할 때마다 당나귀는 그의 무릎을 물려고 했다.

상인 행렬에 속한 다양한 사람들과 대화를 나눈 후에 (그들과 대화를 나누는 동안 그는 몇 번에 걸쳐서 당나귀에게 무릎을 물렸다) 프란체스코회 수도자는 아르세니와 암브로조에게서 떨어지지 않았다. 다른 사람들과 달리 그나마 그들은 독일어를 어느 정도 이해했다. 바로 이러한 이유로 후고는 상인 행렬에 속한 상인들과 대화를 할 때보다 두 사람과 대화를 할 때 마음이 더 편했다. 게다가 그 두 명의 순례자들과 함께 있는 동안은 당나귀도 더 얌전해지고 그의 무릎도 덜 무는 것 같았기 때문이었다.

빈을 떠난 후에 상인 행렬은 알프스산맥에 난 길로 지나갔다. 길과 산 사이에는 들판이 펼쳐져 있었다. 이 산맥의 모습은 뭔가 사람의 마음을 안심시켜주거나 게으른 인상을 주고 있었다. 하지만 겉으로 보이는 평안함에도 불구하고 정지된 것 같은 산맥의 모습은 진짜 모습이 아니었다. 자신의 자리에 고집스럽게 남아 있는 들판들과 달리 산맥은 움직였다. 산맥은 행렬에 가까이 다가오지도 않고 그렇다고 멀어지지도 않으면서, 상인 행렬을 오른쪽으로 이끌었다. 산맥은 상인 행렬이 움직이는 속도만큼 앞서갔는데, 상인들이 봤을 때 자신들이 산맥을 따라잡는 것은 불가능해 보였다.

멀리 보이는 들판 끝에서는 호밀이 고개를 숙이는 반대 방향으로 바람이 불어서 그곳에서 움직임이 시작되었다. 평야인 이곳은 산과 함께 움직였다. 그러자 산이 변했다. 산은 더 높고 더 험해졌고, 숲은 바위로 변했고, 바위는 눈으로 뒤덮였다. 아르세니는 난생처음으로 높은 산을 봤고, 산이 너무 아름다워서 눈을 뗄 수 없었다.

이렇게 해서 상인 행렬은 빈에서 그라츠로 갔고, 그라츠에서 클라겐푸르트로 향했다. 이곳 길은 산을 통과하기에 엄청나게 큰 지층 위에 나 있었다. 길 위의 절벽들이 점점 좁아졌다. 이따금 이 절벽들은 위에서 서로 만나기도 했고, 그럴 때면 사위가 어두워졌다. 가끔 산들이 다시 서로 갈라졌고, 그런 곳에서 여행자들은 쉬어 갔는데, 넓은 공터에서는 낙석의 위험에 노출될 가능성이 적었기 때문이었다.

후고는 이 쉼터에 계속해서 아일랜드 길에서 가져온 먼지를 뿌렸다. 이 먼지 때문에 뱀들이 죽는데, 그는 성 파트리키우스의 기도로 아일랜드에서 파충류가 사라졌다는 것을 알고 있었기 때문이다. 이 나라의 흙을 양서류나 파충류가 얼마나 견디기 힘들어했는지 배로 들어온 두꺼비도 아일랜드 해변에 던져지기가 무섭게 몸이 터져버리는 것이었다. 이것을 알고 있던 프란체스코회 수도자가 아일랜드에서 가져온 흙먼지는 알프스산맥을 지날 때도 그들을 지켜주었다.

후고는 멀리 떨어진 관목에 당나귀를 묶어놓고, 아펜니노산맥이 어떻게 남부 지방 바람의 뜨거운 공기를 식히는지, 알프스산맥의 절벽은 또 어떤 식으로 북풍 보레아스와 북극에서 불어오는 아크토스의 차가운 공기를 멈추는지를 당나귀에게 물릴 염려 없이 차분하게 이야기할 수 있었다. 또한 크라이니 세베르*에 있는 휘페르보레아산맥에 대해서도 아는 것이 있었는데, 이 산맥의 표면이 유리처럼 매끄러워서 태양 광선의 모습이 표면에 잘 드러난다고 했다. 산맥이 오목해서 태양 광선이 한곳에 잘 모이고, 그래서 공기가 뜨거워진다. 한데 산맥이 높아서 이 공기가 북극의 차가운 공기와 섞이지 못하기에 아주 좋은 기후가 만들어진다. 그래서 그곳에서 사는 휘페르보레아 사람들은 삶에 지쳤을 즈음 자연스럽게 아무런 이유도 없이 높은 절벽에서 바다로 뛰어들어 생을 마감하며 더는 죄도 짓지 않게 되는 것이었다.

적합한 때를 기다렸다가 후고는 새로 알게 된 사람들에게 다른 산들에 대한 이야기도 해주었다. 그는 구름까지 닿는 올림포스산과 숲속에서 가라앉고 있는 레바논과 정상이 하늘까지 닿아 있어서 일반인들은 올라가는 것이 불가능한 시나이산에 대해서도 이야기해주었다. 프란체스코회 수도자는 라베르나라는 산도 떠올렸는

---

* 주로 북극권의 북쪽에 위치한 러시아의 넓은 지역을 일컫는다.

데 그곳에 성 프란체스코가 머물면서 과거에 새들을 축복한 것처럼 산을 축복했다는 이야기도 했다. 후고는 알렉산드로스 대왕이 그 옆을 지나간 산도 언급했는데, 이 산은 용맹스러운 자들을 겁쟁이들로 만들고, 겁쟁이들을 용맹스러운 자들로 만든 적이 있다. 알렉산드로스 대왕은 여행에 무척 몰입했고, 그의 발아래에 길이 저절로 열렸다.

아르세니가 우스티나에게 말했다. "이따금 내가 알렉산드로스 대왕이 된 것 같은 생각이 들 때가 있소. 내 발아래에 있는 길도 저절로 길을 열어주는 것 같고 말이오. 그리고 내 사랑, 알렉산드로스 대왕이 그러했듯이 나 역시 이 길이 나를 어디로 인도할지 알지 못하오."

한번은 상인 행렬이 낙석을 맞은 적이 있었다. 바위들이 엄청난 속도로 떨어지면서 협곡에 천 번은 족히 되는 메아리를 남겨서 공포스러웠다. 잠시 후에 낙석이 더는 떨어지지 않고 조용해졌을 때 길옆에 있는 관목에서 말 한 마리가 신음 소리를 내면서 몸부림치는 것을 발견했다. 말은 경련을 일으키듯 앞을 향해 발길질을 했고, 말 엉덩이 밑에 깔린 나뭇가지가 부러지는 소리가 들렸다. 사람들이 말의 고통을 끝내줄 목적으로 칼로 찔러 죽이고자 했으나 아르세니가 그들을 막았다. 그는 관목 쪽에서 말에게 다가가서 말 갈기 위에 한 손을 얹었다. 그러자 말이 발길질을 멈췄다. 다가가서 보자 앞발에 피가 흐르는 것이 보였다. 아르세니는 말의 앞으로 가서 상처 난 말의 발을 만져봤다.

그런 후에 아르세니가 말했다. "이것은 죽음을 앞둔 말의 고통이 아닙니다. 죽기 직전의 발길질을 하는 것이 아니라 통증으로 인해 괴로워하는 것입니다. 한쪽 발이 심하게 염좌되었지만 골절은 아닙니다. 캔버스를 주시면 상처 난 다리를 천으로 감아서 출혈을 멈추도록 하겠습니다."

상인 일행 중 한 명이 그에게 큰 소리로 말했다. "여기 있습니다. 하지만 말의 발길질에 목숨을 잃을 수도 있으니 조심하세요. 게다가 우리는 말이 다 나을 때까지 기다리지 못한다는 것을 알아두세요."

아르세니는 말의 다리를 캔버스로 감았고, 옆에 앉아서 한 손으로 조심스럽게 캔버스를 다듬었다. 잠시 후에 말이 일어났다. 다리를 절뚝거리긴 했지만 걸었다. 상인들은 아르세니에게 감사를 표했지만 말을 구해준 것보다는 그들이 직접 목격한, 보고도 믿기 힘든 광경으로 인해서 오히려 더 감사했다. 그들은 말을 치료해준 것이 중요하지 않다는 것을 이해했다. 상인 행렬은 다시 이동하기 시작했다.

넓고 밝은 협곡이 나와서 세 명의 기수가 한꺼번에 나란히 길을 지나갈 수 있게 되자, 키가 작은 후고의 당나귀가 그 즉시 아르세니와 암브로조의 말 사이에 자리를 잡고 걸었다. 리드미컬한 말발굽 소리 사이로 장난감 북이 내는 소리와 유사한 당나귀 발굽 소리가 들렸다. 당나귀 발굽이 내는 쪼개질 듯한 소리에 후고의 양 볼과 턱이 흔들렸다. 보폭은 달랐지만 말 두 필과 당나귀는 나란히 걸었고, 당나귀로선 명예로운 일이었다. 한편 후고는 두 사람이 그의 말을 똑같이 잘 듣기만을 바랐다.

비가 올 때면 후고는 그들에게 먹구름과 구름의 습성에 대해 이야기해주었고, 날씨가 좋을 때면 낮과 밤의 천체가 헤엄치는 황도대에 대해 말했다. 프란체스코회 수도자는 알프스산맥에서 날씨가 급변하는 것을 관찰하면서 아르세니와 암브로조 두 사람에게 기후가 사람의 성격에 영향을 끼치는 일에 대한 자신의 지식을 애써 숨기지 않았다. 사람들이 속한 땅의 기후적 특성으로 판단하자면 로마인들은 침울하고, 그리스인들은 감정의 기복이 심하며, 아프리카인들은 교활하고, 갈리아인들은 험악하며, 영국인들과 튜턴인들은 몸집이 단단하다. 론강 골짜기에 부는 강하고 추운 바람으로 인해 그곳 사람들은 바람처럼 경솔하고 자신들이 내뱉은 약속을 지키지 않는다. 만약 민족들이 이동을 해서 기후가 바뀌게 되면 반드시 이러한 그들의 성향도 바뀌기 마련이다. 이를테면 롬바르드족들이 이탈리아로 이주하게 되면서 특유의 잔인함을 조금은 상실했는데, 이는 물론 그들이 이탈리아 여자들과 결혼한 영향도 있었지만 그보다 더 중요한 원인은 바뀐 기후였다.

그의 이야기를 들은 아르세니가 말했다. "후고 수도사님, 우리가 만약 당신을 만나지 않았다면 우리는 평생 이토록 유익한 많은 사실을 모를 뻔했습니다."

그가 겸손하게 대답했다. "많은 곳을 돌아다니다 보면 경험도 풍부해지는 법이지요."

그러자 암브로조가 말했다. "그런 경험은 시간을 압축하는 법이지요. 그러니까 시간을 더 알차게 쓸 수 있게 만들지요."

# 외

알프스산맥에서 여행하는 사람은 미로에서 움직이는 사람과 같
다. 그는 협곡의 모양에 맞춰 지그재그로 걸으며 그의 길은 절대
직선일 때가 없다. 협곡은 이따금 서로 연결되며 여행자는 큰 어려
움 없이 한 협곡에서 다른 협곡으로 이동할 수 있다. 하지만 사실
산은 인간을 자주 시험하기 때문에 늘 인간이 편리하게 이동하도
록 배려하지는 않는다. 따라서 협곡이 산으로 꽉 막혀 있는 경우도
흔하다. 이런 경우는 산을 탈 수밖에 없다.

상인 행렬이 처한 상황이 정확히 그러했다. 길이 굉장히 완만한
절벽을 따라 나 있었고 상인들은 위로 천천히 올라갔다. 경사가 심
하지 않을 때 후고 수도자가 빙하의 놀라운 특성에 대해 이야기했
는데, 빙하는 절벽 아래로 미끄러져 떨어질 뿐만 아니라 빙하 내부
에서도 끊임없이 움직여서 빙하의 윗부분은 서서히 아래로 내려
가고 반대로 아랫부분은 표면 위로 올라가서, 빙하와 빙하 사이의
깊은 틈이나 빙하 내부에 깊숙이 생긴 갈라진 틈으로 빙하 덩어리
가 떨어져서 이후에 빙하 조각을 빙하 표면 위에서 발견하게 되는
것이었다. 후고는 눈사태에 대해서도 이야기해주었는데, 눈사태는
작은 목소리로 소리를 질러도 발생할 수 있으며, 그러면 엄청난 양
의 눈이 형태가 없는 덩어리의 모습으로 점점 커지면서 아래로 떨
어지고, 떨어지면서 만나게 되는 모든 것, 즉 사람, 말, 마차 등을
모두 집어삼킨다. 이렇게 해서 눈사태 때에 눈 덩어리에 들어가게
된 것은 더 이상 눈 덩어리 밖으로 나오지 못하는데, 눈사태가 일

어난 후로 영원히 얼어버리기 때문이다.

시간이 점점 지날수록 절벽이 더 가팔라지고, 위로 올라가는 것도 힘들고 위험해졌다. 공기도 상당히 차가워졌다. 길도 좁아졌다. 올라가는 사람들의 오른쪽에는 깎아지른 듯한 절벽이 우뚝 서 있었고, 왼쪽에 있는 협곡 바닥에서는 물이 포효하듯 흘렀으며, 물이 튀기는 곳에는 무지개가 빛나고 있었다. 더 높이 올라가자 눈이 내렸고, 한편 협곡을 흐르던 물의 물방울과 수증기가 밑으로 떨어지더니 길 위에 얼어서 길이 미끄러워졌다.

후고의 당나귀의 두 다리가 이따금 양옆으로 벌어졌고, 심지어 발굽을 박은 말들도 심하게 미끄러졌다. 당나귀는 몇 번 앞발로 미끄러졌고, 후고는 당나귀에서 내렸다. 그는 더는 아무 이야기도 하지 않고 숨을 헐떡거리면서 아르세니와 암브로조 앞에서 걸었다. 이제 길이 좁아져서 말 두 마리만 나란히 갈 수 있었다. 조금 더 시간이 지나자 말을 타고 가던 사람들이 모두 내려서 말고삐를 잡고 걸었다. 짐수레를 끄는 황소들의 다리가 의지와 달리 십자 모양으로 엇갈리자 짐마차들의 주인들이 뒤에서 살짝 밀었다.

그러던 중 길이 다시 다른 방향으로 꺾어졌을 때 당나귀의 두 다리가 오른쪽을 향해 옆으로 넘어지며 우스꽝스럽게 미끄러졌는데, 후고 수도자도 덩달아 넘어졌다. 당나귀는 아래로 미끄러져서 천천히 회전하는데, 다들 부동자세로 희고 지나치게 큰 배가 살짝 흔들리는 모습을 지켜봤고, 여행용 가방은 그 배 위로 미끄러져 내렸으며, 당나귀의 두 다리는 절망적으로 흔들렸는데, 이런 행위는 아래로 떨어지는 속력만 더 올렸고, 후고 수도자도 함께 미끄러지고 있었으며, 손에서 밧줄을 놓지도 못하고 끌려갔는데…….

절체절명의 순간에 암브로조가 프란체스코회 수도자의 멱살을 낚아챘고, 수도자는 밧줄을 놓았으며, 그의 당나귀는 여전히 밑으로 미끄러져 내려가다 얼음 덮인 바위와 닿으며 무시무시한 소리를 내면서 절벽 끝까지 미끄러졌다. 그리고 공중에 걸렸다. 당나귀의 울음소리가 서서히 멀어졌고, 그대로 당나귀는 물살 속으로 떨어졌다.

후고가 자리에서 일어났다. 그는 말없이 그곳에 있는 모든 사람들을 한 번 돌아봤다. 그런 후에 절벽을 향해 몇 걸음 다가갔고, 그곳에 서 있던 사람들은 그가 잘못된 생각을 할 경우를 대비해서 그를 낚아챌 준비를 하고 있었다. 하지만 후고는 무릎을 꿇었다. 그가 기도를 하는 것인지 혹은 그냥 그렇게 무릎만 꿇고 있는 것인지는 알 수 없었다. 하지만 그가 자리에서 일어났을 때 한 손에는 당나귀 털 뭉치가 있었다. 그는 모든 사람들이 볼 수 있도록 당나귀 털을 들고 있었고, 눈에서는 눈물이 흘렀다.

그는 산에서 내려오는 내내 울었다. 다른 사람들과 함께 그는 짐수레가 지나치게 빠른 속도로 내려가지 않도록 잡고 걸었고, 눈물이 볼을 타고 시내처럼 흘러내렸다. 이따금 그는 품속에서 당나귀 털 뭉치를 꺼내서는 눈에 갖다 댔다. 평지에 다다랐을 때 키예프 출신의 상인 두 명이 후고 수도자를 모피를 실은 짐수레에 태웠는데, 그가 빨리 걸으면 숨이 찼기 때문이다. 죽은 동료로 인해 슬퍼하던 그는 문득 이제는 아무도 그의 몸을 물지 않는다는 사실을 깨달았다. 그렇다고 해서 자신의 당나귀를 잃은 고통이 사라지지는 않았지만 조금은 사그라들었다.


## K̃


알프스산맥의 마지막 협곡에서 나가는 길은 좁았다. 이곳은 아
치를 연상시켰는데, 아치 윗부분에는 길의 양쪽으로 절벽 위에 자
란 어린나무들이 있었고, 이 두 그루의 나무는 서로에게 기대고 있
었다. 마침 이 아치에 한 무리의 기수들이 나타났고, 이들이 일행
의 길목을 막아섰다. 일행의 꼬리 부분은 여전히 협곡을 지나고 있
었고, 일행의 앞쪽에 있던 호위병들은 더는 움직이지 않았다. 호위
병들은 기수들과 거리를 두고 다가가려 하지 않았는데, 그들의 모
습을 보고 불길한 기운을 느꼈기 때문이다.

후고 수도자가 모피 위에 앉은 채로 말했다. "이들은 강도들입니
다." 옆에 있는 사람들도 그 말에 동의하지 않을 수 없었다.

강도들은 자기들끼리 이탈리아어로 말했다. 상인들은 잠시 상의
를 한 끝에 암브로조에게 그들과 협상할 임무를 주었다. 호위병 몇
명이 암브로조와 동행하려고 했지만 그는 거절했다. 그는 말을 타
고 다가온 아르세니를 가리키면서 말했다.

"우리 둘이면 충분합니다."

후고 수도자가 끼어들면서 말했다. "셋이지요. 셋. 저도 이탈리
아어는 잘합니다. 게다가 오늘 이후로 저는 이제 잃을 것이 하나도
없습니다."

그러자 그들은 후고에게도 말을 주었는데, 강도들을 아래에서 위로 올려다보지 않고 그들과 같은 눈높이에서 대화할 수 있도록 하기 위함이었다. 상인 일행들은 잔인한 상대라도 수도자의 얼굴만 보면 부드러워질 것이라 생각했다. 이렇게 해서 세 명이서 말을 탄 채로 강도들이 있는 쪽으로 갔다.

강도들로부터 멀리 떨어진 곳에서부터 후고 수도자는 그들을 향해 소리 질렀다. "여러분께 평화가 깃들기를 바랍니다."

상대는 대답하지 않았고, 조금 더 가까이 다가갔을 때 후고 수도자가 다시 한번 인사를 했다.

그러자 흰 말을 타고 있는 강도가 말했다. "이보게, 이방인, 당신은 우리 나라 말을 썩 잘하지 못하는군. 대가를 지불해야겠어."

그러자 나머지 강도들이 웃음을 터뜨렸다. 말을 한 자가 헤트만* 같았다. 그는 젊지 않았고, 몸집이 육중했다. 그의 얼굴은 피에몬테 와인처럼 빨갰고, 벗어진 머리 정중앙에 검으로 벤 흉터가 있었다. 그의 말이 발굽으로 발길질을 했고, 이로써 기수가 참을성이 없음을 표현하고 있었다.

그의 말에 동의할 수 없다는 듯 후고가 말했다. "하느님 앞에서는 우리 모두 이방인이 아닙니다."

헤트만이 말했다. "그렇다면 우리가 여러분을 지금 바로 그분께로 보내드리지. 거기 가서 사이좋게 잘 지내시오. 하지만 당신네들 짐은 여기에 다 두고 가는 거요."

---

\* 코자크인의 우두머리.

강도들은 이번에도 웃었지만 조금 전보다는 좀 더 점잖았다. 그들은 아직 농담의 정도를 이해하지 못했다.

암브로조가 말했다. "우리에겐 훌륭한 호위병들이 있고, 그들은 도망치지 않을 겁니다. 확인된 사실입니다."

"확인되었을 수는 있지만, 우리가 확인한 건 아니지."

헤트만이 말고삐를 팽팽하게 잡아당기자 그의 말이 울부짖었다.

암브로조가 어깨를 으쓱하면서 말했다.

"후회하게 될 겁니다."

헤트만은 아무 말도 하지 않은 채 강도 몇 명과 함께 갓길로 갔다. 그들은 상당히 오랜 시간 동안 회의를 했다. 이들은 전쟁에 최적화된 사람들이 아니었기 때문에 싸움이 끝나지 못할 수도 있음을 깨달았다. 헤트만은 자신의 말을 암브로조에게 보내면서 말했다.

"호위병까지 포함해서 두당 10두카트를 우리한테 내면 그 누구의 피도 흘리지 않을 거요."

암브로조는 생각에 잠겼다.

이때 후고가 말했다. "두당 1두카트씩 받으시오. 예루살렘에서 예수님의 무덤에 들어가려면 두당 2두카트씩 내야 하는데 이것은 합당한 입장료요. 이 경우 우리에게서 돈을 갈취하는 이들은 기독교인들이니 당신들에게는 두당 1두카트씩 내면 될 것 같소."

헤트만이 놀란 투로 말했다. "지금 흥정을 하자는 거군."

후고 수도자가 설명했다. "난 다만 당신의 양심의 가책을 덜어주고자 애쓰는 것뿐이오."

다시 한번 협상안을 놓고 논의가 벌어졌고, 결국 양쪽 모두 받아들일 수 있는 협상안에 도달했는데, 이것은 상인 한 명당 5두카트를 내는 것이었다. 후고가 상인들에게 협상의 결과를 알리려고 다가갈 때 아르세니가 암브로조에게 말했다.

"당신이 지금 대화를 나눈 사람이 위독해요. 그의 머리에서 강한 소음이 들리고 있어요. 피가 뇌혈관을 누르고 있어서 혈관이 언제 터질지 모릅니다. 암브로조, 뇌혈관에 피가 너무 많이 몰려서 혈관이 부은 것이 보입니다. 이것은 통통한 지렁이가 잔뜩 모여 있는 모양과 흡사합니다. 하지만 아직 그의 혈행을 개선할 수 있어요. 그건 그가 생각을 바꿔야만 가능합니다."

아르세니의 말을 끝까지 들은 후에 암브로조가 헤트만에게 가서 말했다.

"당신 머릿속에서 당신을 괴롭히는 소음은 그곳에 자리 잡은 생각 때문이오. 이 소음으로 인해 당신 목숨이 위태롭지만, 내 동료 말로는 당신을 도울 수 있다고 합니다."

헤트만의 머릿속에 울리는 소음에 대해 알 리 없는 강도들은 또다시 웃었다. 하지만 헤트만은 웃지 않았다. 그가 물었다.

"그렇다면 당신 동료는 내게 그 대가로 무엇을 바라는가?"

"그는 정교회 신앙을 갖고 있는 사람이고, 당신이 생각을 바꿔주기만을 바라고 있소. 다시 말하면 '회개하는 것'인데, 그리스어로 '회개'란 '메타노이아'이고, 이것을 직역하면 회심하는 것을 뜻하오."

헤트만이 피식 웃으면서 말했다. "또다시 흥정하자는 거군. 하지만 흥정의 대상은 돈만 가능하지."

암브로조는 고개를 저으면서 말했다. "이것은 흥정이 아니라 조건이오. 내 동료가 당신을 돕기 위해 꼭 필요한 조건이지요."

대화를 하고 있는 둘을 향해 후고가 돈을 싣고 말을 타고 다가왔다. 헤트만은 그의 손에서 금화가 든 주머니를 받아서는 강도들 중 한 명에게 다시 세보라는 뜻으로 던졌다. 그곳을 떠나면서 그는 아르세니와 암브로조 쪽으로 뒤를 돌아봤다.

"사실 나는 아직 그 어떤 조건도 받아들인 적이 없소." 그는 절벽들로 인해 가려진 하늘의 일부를 손으로 가리키면서 말했다. "심지어 저분의 조건도 말이오."

상인 행렬은 말없이 강도들이 협곡을 떠나는 모습을 지켜봤다. 마지막 강도가 절벽 뒤로 사라졌을 때 상인들도 출발했다. 다들 이번에는 무사히 잘 넘겼다는 것을 이해하긴 했지만 기쁘지는 않았다.

키예프 출신의 상인이 한숨을 쉬면서 말했다. "세상에는 참 다양한 사람들이 존재하는 것 같습니다."

이때 암브로조에게 후고가 물었다. "저 사람이 뭐라고 하던가요?"

"사람들이 무척 다양하다고 말하더군요."

후고가 그의 말을 수긍하며 말했다. "정말 그런 것 같습니다."

그는 또다시 모피가 실린 짐수레에 올라탔다. 검은담비 털가죽 위에 조금 더 편하게 자리 잡은 후에 후고 수도자는 하던 이야기를 계속했다.

"세상에는 다양한 사람들이 존재하는 것 같습니다. 이를테면 소위 안드로진이라는 사람들이 존재한다고들 하죠. 그들의 몸은 한편으로 보면 남성적이고 또 다른 한편으로 보면 여성적인데, 이런 사람의 오른쪽 젖꼭지는 남성의 것을 닮았고, 왼쪽 젖꼭지는 여성의 것을 닮았다죠. 사티로스라고 하는 사람들도 존재합니다. 그들의 주거지는 산속 숲속에 자리 잡고 있으며, 그들의 동작은 빨라서 달릴 때는 따라잡는 것이 불가능하다고 합니다. 그들은 나체로 다니며 몸 전체가 털로 뒤덮여 있다고 하지요. 인간의 언어를 구사할 줄 모르며 소리만 지른다고 합니다. 스키아푸스라는 사람들도 존재하는데 이들은 자신들의 발로 만든 그림자 밑에서 휴식을 취한다고 하지요. 발이 얼마나 큰지 (이 말을 하면서 수도자 후고는 자기 발을 살짝 들어 보였다) 날이 더울 때면 차양처럼 이 발밑에 몸을 숨길 수 있다고 합니다. 다시 한번 말씀드리지만 세상에는 실로 다양한 생명체들이 존재하는데, 이를테면 개의 머리를 갖고 있는 괴물도 있고, 머리가 없는 생명체도 존재하며, 가슴에 이빨이 난 생명체도 있고, 팔꿈치에 눈이 달린 괴물도 있으며, 얼굴이 두 개인 괴물도 있고, 눈이 네 개가 달린 괴물이 있는가 하면, 머리에 뿔이 여섯 개 달린 괴물도 있고, 손과 발에 손가락과 발가락이 각각 여섯 개씩 달린 괴물도 존재한답니다."

아르세니가 그를 향해 몸을 돌리고는 물었다. "만약 이런 괴물들이 실제로 존재한다면 이들의 존재 목적은 무엇이란 말입니까?"

그러자 후고는 생각에 잠겼다.

"목적보다는 원인이 있지요. 사실 혼돈이 있은 후에 하느님은 세상에 있는 모든 생명체에게 자기 마음대로 살 수 있도록 허락하셨습니다. 그런데 그중 일부는 길을 잃었어요. 그들은 자신들이 원하는 대로 길을 떠났고 그들의 외모는 그들이 생각하는 대로 바뀌었답니다. 모든 것이 상당히 논리적이지요."

암브로조가 웃으면서 말했다.

"논리적이라고요? 이런 논리대로라면 외모가 끔찍할 수밖에 없는 끔찍한 생각을 하면서 사는 사람들을 알고 있답니다. 하지만 그들은 굉장히 멀쩡하게 생겼지요."

암브로조는 그의 대답을 기다리지 않고 말에 박차를 가하고는 앞으로 달려갔다. 잠시 상념에 잠긴 후에 아르세니도 그의 뒤를 따라갔다.

후고 수도자가 그들의 등 뒤에 대고 소리 질렀다. "예외 없는 규칙은 없다지 않습니까. 예를 들면 지구의 대척지에도 사람들이 산다고 하지요. 그들 대부분은 우리처럼 생겼다는 게 믿어지십니까?"

하지만 암브로조는 더 이상 그의 말을 듣지 못했다.

그러자 후고가 키예프 출신 상인들에게 말했다. "여러분은 이런 것이 마음에 드십니까?"

상인들은 고개를 끄덕였다. 그들은 독일어로는 한마디도 이해하지 못했다.

신이 난 후고는 이야기를 계속 이어나갔다. "하지만 저는 대척지에 사는 사람들에 대한 이야기는 그다지 믿음이 안 갑니다. 왜 그런지 아십니까? 만약 이 이야기를 진지하게 받아들이길 원한다면 지구가 둥글다는 걸 인정해야 한단 말입니다! 이것이 터무니없다거나 신성모독이라기보다는 무엇보다 이 이야기가 우습단 말입니다. 지구가 둥글다는 것을 인정하는 순간 우리는 지구 반대편에 사는 사람들이 물구나무를 서서 걸어 다닌다는 것을 받아들여야 할 테니까 말입니다."

후고 수도자가 큰 소리로 웃었다. 그런 그를 보면서 키예프 출신의 상인들도 미소를 지었다. 후고의 웃음소리가 어찌나 전염성이 강한지 잠시 후에는 상인 행렬에 속한 모든 이들이 웃었다. 이렇게 웃자 며칠 동안 죽음의 위협을 느꼈던 공포가 그들의 몸에서 나갔다. 이 웃음 속에는 앞으로는 지구상에서 가장 아름다운 도시 중 하나인 베네치아가 그들을 기다리고 있다는 기쁨이 서려 있었다.

다음 날 아침에 상인 행렬이 밤을 보낸 곳을 떠날 때 알프스산맥 쪽에서 기수 두 명이 말을 타고 왔다. 전날 만난 강도들이었다. 그들은 아르세니와 암브로조를 발견하고 다가왔다.

강도들이 암브로조에게 말했다. "우리 헤트만이 매우 위독합니다. 어제저녁에 갑자기 쓰러지시곤 지금까지 움직이지도 못하고 누워 있습니다. 당신 동료가 도와줄 수 있을까요?"

암브로조가 아르세니에게 그들이 한 말을 통역해주었다.

아르세니가 대답했다. "이미 늦어서 나도 어찌할 수 없다고 그들에게 전해주세요. 이 사람의 때가 다 돼서 오늘 저녁이면 죽을 겁니다. 그나마도 하느님이 그를 불쌍히 여기셔서 이렇게 빨리 죽는 겁니다."

아르세니의 대답을 끝까지 들은 후에 강도들이 말했다.

"아직은 말씀하실 수 있어서 이것을 당신께 전해달라고 부탁하셨습니다."

강도 한 명이 품에서 금화가 든 자루를 꺼내서 암브로조에게 건넸다. 그리고 이 돈은 돈을 냈던 사람들이 바로 돌려받았다. 상인 행렬은 베네치아로 향했다.

K̄a

베네치아 도시 입구에서 경비병들이 그들을 멈춰 세웠다. 그러곤 모두에게 남동쪽이 아니라 북쪽에서 왔다는 것을 증명하는 여행 증서를 갖고 있는지 물었다. 현재 소아시아에서 역병이 심하게 돌아서 정부 당국이 베네치아 공화국에 역병이 들어올까 염려한다고 했다. 당나귀가 절벽 아래로 떨어질 때 가방도 떨어져서 증서를 잃어버린 후고 수도자를 빼고 모두 증서를 갖고 있었지만 상인 일행 모두 한목소리로 수도자가 그들과 함께 알프스산맥을 건넜다고 확인해주었다.

그러자 프란체스코회 수도자가 한숨을 쉬면서 말했다. "산맥을 건너긴 했지만 그것이 옳은 결정이었는지는 잘 모르겠습니다."

모두 베네치아에서 작별 인사를 했다. 다들 이번에 헤어지면 영원히 볼 수 없음을 알았기 때문에 헤어지는 것을 무척 슬퍼했다. 바로 이것이 당시 작별 인사의 특성이라 할 수 있었다. 중세 시대에는 평생 사는 동안 만났던 사람을 두 번 보는 것이 쉽지 않았다.

후고 수도자는 아르세니와 암브로조에게 프란체스코 수도원에서 하룻밤 묵고 가라고 했다. 베네치아에는 그들이 묵을 수 있는 다른 숙소가 없었기 때문에 그들은 감사하면서 초대에 응했다. 후고 수도자가 길을 정확히 기억하지 못했기 때문에 수도원까지 가는 데는 상당히 오래 걸렸다. 그는 암브로조와 함께 말을 타고 가면서 길을 알려주었다. 거리들은 구불구불했고, 미로로 변하는가 하면 어느새 원점으로 돌아와 있기도 했다. 이렇게 해서 그들은 산마르코 광장에 세 번, 리알토 다리에는 두 번 갔다. 두 필의 말이 일렬로 걸어갔고, 말발굽 소리는 말발굽이 바닥에 부딪히면서 내는 반향에 묻혀서 잘 안 들렸다. 이따금 마주 오는 기수들이 지나갈 수 있도록 벽에 바짝 붙어야 했다. 암브로조는 미소를 지으면서 아르세니 쪽을 돌아봤다. 처음으로 그는 친구의 놀란 표정을 보았다.

아르세니는 정말로 놀랐는데, 전에 그는 단 한 번도 비슷한 광경을 본 적이 없기 때문이다. 한번은 그가 다리 위에 멈춰 서서 한 베네치아 할머니가 자기 집 문을 열고 바로 곤돌라에 타는 모습을 지켜보기도 했다. 곤돌라는 할머니의 발밑에서 위태롭게 흔들렸다. 아르세니는 고개를 돌렸다. 노가 수면을 가르며 첨벙거리는 소리가 나자 그제야 그는 소리가 나는 쪽으로 고개를 조심스럽게 돌렸다. 베네치아 할머니는 얌전히 곤돌라에 앉아 있었다. 그녀는 최근 50년 동안 늘 이런 식으로 집에서 나왔기 때문에 아르세니의 걱정을 알 리 없었다.

수도원에서는 여행객들을 호의적으로 맞이했다. 후고 수도자는 아르세니가 가톨릭 신자가 아니라고 말했고, 수도원장은 모호한 제스처로 대답했다. 이 제스처는 다양하게 해석이 가능했지만 수도원에서 묵으면 안 된다는 금지를 의미하는 것 같지는 않았다. 적어도 후고 수도자는 그렇게 받아들였다. 후고는 아르세니와 암브로조를 그들 세 사람을 위해 마련된 독방으로 데리고 갔는데, 그곳에는 이미 잠자리와 씻을 물이 준비돼 있었다. 한 시간 후에는 저녁 식사가 그들을 기다릴 터였다.

하지만 이들 세 사람 중 그 누구도 저녁 식사를 하러 가지는 않았다. 후고 수도자와 암브로조는 여행에 지쳐 깊은 잠에 빠져들었고, 아르세니는 처음 와본 베네치아라는 도시로 인해 굉장히 흥분한 상태였다. 그는 잠을 잘 수 없었다. 그래서 독방을 나와 조용히 아래로 내려가서 수도원 입구를 지키는 경비에게 인사를 하고는 밖으로 나갔다.

수도원은 운하 옆에 있었다. 거리 쪽에서 보면 다닥다닥 붙어 있는 다른 건물과 다를 바 없는 평범한 건물처럼 보였다. 건물들과 운하 사이에 좁은 포장도로가 나 있었고, 이곳에서는 건물에서 나올 때 배를 탈 필요가 없었다. 아르세니는 운하 쪽으로 몇 걸음 다가갔다. 그러곤 쪼그려 앉아서 선착장에서 해조류가 물살에 흔들리는 모습을 지켜봤다. 그곳 물은 그가 본 다른 지역의 물과 다른 냄새가 났다. 썩은 내가 났다. 후에 아르세니는 이 냄새를 떠올리며 행복해했는데, 그것이 베네치아 냄새였기 때문이었다.

저녁이 되었다. 건물들이 가로막고 있어서 해는 보이지 않았지만 마지막 햇빛이 힘겹게 도달한 벽은 오렌지빛을 띠거나 노란빛으로 변하고 있었다. 아르세니는 갈 수 있는 데까지 운하를 따라 걸었고 활 모양을 띤 다리를 건넜다. 처음에는 돌아올 때를 대비해서 지나온 길을 기억하려고 했지만 몇 개의 거리를 지나자 프란체스코 수도원으로 가려면 어느 방향으로 가야 하는지조차 알 수 없었다. 그는 지금껏 살면서 단 한 번도 이토록 놀라운 장소에 온 적이 없었지만, 본 것을 기억하는 것이 쉽지 않았다. 아르세니는 숲의 공간, 들판의 공간과 벨로오제로의 얼음으로 뒤덮인 인적이 드문 곳, 프스코프의 시골길을 느꼈고, 어딜 가든 힘들지 않게 길을 찾곤 했다. 하지만 물과 바위로 경계가 지어지는 곳에 온 후로 자신이 이 공간을 느낄 수 없다는 것을 깨달았다. 그는 이상하고도 아름다운 도시에서 언어도 모른 채로 혼자 길을 헤매고 있었다. 그를 도와줄 수 있는 유일한 사람은 여행에 지쳐 어디에 있는지도 알 수 없는 수도원에서 잠을 자고 있었다. 그러자 이상하게도 아르세니는 마음이 편안해졌다.

그는 길을 모른 채로 더 이상 길을 기억하려고 하지도 않고 걸었다. 일부 거리가 처음에는 익숙한 것처럼 느껴졌다. 하지만 잠시 후에 전에 본 적 없는 발코니와 박육조를 발견하곤 자신이 거리의 비슷한 모습에 속아서 다른 장소에 왔다는 것을 깨달았다. 날이 완전히 어두워지자 아르세니는 산마르코 광장으로 나왔다. 떠오르고 있는 달이 어둠 속에서 시커먼 산을 닮은 성당을 비췄다. 성당은 점령된 콘스탄티노플의 돌로 지어졌다고 암브로조가 아르세니에게 말한 적 있었다. 대리석 기둥에 몸을 기대자 기둥이 하루 동안 빨아들인 온기가 느껴졌다. 그는 이것이 비잔티움 제국의 온기일 거라 생각했다.

아르세니는 입구의 오른쪽에 앉아서 기둥에 기댔다. 피로가 느껴졌다. 조금 더 편하게 자리를 잡은 후에 무언가 부드러운 것을 건드렸다. 기둥과 기둥 사이에 있는 벽감 안에 한 아가씨가 앉아 있었는데, 그녀의 앳된 얼굴이 박육조에 있는 인물 중 하나처럼 보였다. 미동이 없어서 그랬을 수도 있었다. 아르세니가 한 손을 그녀의 눈에 갖다 대자 그녀가 눈을 깜빡였다.

아르세니가 말했다. "아이야, 평안하냐? 나는 다만 네 생명이 너를 떠나지는 않았는지 알고 싶었을 뿐이란다."

그녀는 놀라는 기색 없이 그를 쳐다봤다.

"내 이름은 라우라이고, 나는 당신의 언어를 이해하지 못해요."

"네가 어떤 일로 힘들어하는 것 같은데 네 슬픔의 원인이 무엇인지 모르겠구나. 가끔은 말을 못 알아듣는 사람에게 말을 하는 편이 더 좋을 때가 있단다. 어쩌면 너는 임신을 했는데, 아이 아비가 네 남편이 아니라서 네 아이를 그 남자의 자식으로 올릴 수 없기 때문일 수도 있겠구나. 절망에 빠져 있을 때면 자신의 고통을 말하고 싶지만 그 고통이 입 밖으로 나오면 모든 사람이 알게 될까 봐 두려워하기 마련이지. 사실 해결책이 전혀 없는 것도 아니란다. 아이의 아비는 아직 네 남편이 될 수 있단다. 혹은 다른 남자가 네 남편이 될 수도 있고, 얼마든지 있을 수 있는 일이란다. 너를 돕기 위해서 내가 너를 아내로 삼을 수도 있지만 나는 영원히 한 여자만 사랑하고 평생 사랑할 아내가 있기 때문에 그렇게 할 수 없을 것 같구나."

"사실 이젠 더 이상 두렵지 않아요. 모든 슬픔을 없애줄 방법을 하나 알고 있거든요. 만약 건강이 심하게 악화되면 절망에 빠진 내가 이용할 수도 있을 것 같아요."

"내겐 우스티나가 있었고 이름도 없는 사내아이가 있었는데, 나는 그들 둘을 지켜주지 못했단다."

"며칠 전에 누군가가 내가 나병을 앓고 있다고 말했어요. 손목에 반점이 생겼을 때만 해도 이것이 무엇을 의미하는지 몰랐죠. 한 여름에 목이 간지러웠을 때도 몰랐어요. 하지만 길에서 우연히 만난 사람이 나를 보고 나병을 앓고 있다고 말해주었어요. 그리고 나병으로 인해 우리 집이 저주받지 않도록 이 도시를 떠나서 나병 환자들이 사는 도시로 가라고 했어요. 나는 그길로 의사를 찾아갔고, 의사가 그 사람이 말이 맞는다고 확인해주었어요."

"그때부터 나는 그들과 대화를 하려고 애쓰지만 그들은 안타깝게도 대답을 못 하고 있단다. 사내아이는 아기 때 죽어서 대답을 못 한단다. 우스티나도 대답을 못 하기는 마찬가지지. 물론 그들이 처한 상황에서는 힘든 일이지. 나도 물론 이해한단다. 나도 이해는 한다만……. 그래도 나는 기다리고 있어. 단어가 아니라 어떤 신호라도 좋으니. 이따금 무척 힘들 때가 있단다."

"그래서 나는 집으로 돌아가지 않았어요. 우리 식구들이 나를 보내지 않고 나와 천천히 함께 죽는 쪽을 선택하리라는 걸 알고 있었거든요."

"하지만 나는 절망하지 않는단다. 기력이 있을 때는 우스티나에게 이곳에서 일어나는 일에 대해 이야기해주려고 노력하고 있어. 그녀는 생을 일찍 마감했기 때문에 그녀가 미처 살지 못한 부분을 채워주려고 노력하는 거란다. 하지만 쉽지는 않아. 사실 삶을 구체적으로 이야기한다는 것이 쉽지 않으니까 말이다."

"나와 세상 사이에 벽이 하나 생겼어요. 아직은 아무도 내가 병에 걸린 사실을 모르기 때문에 투명한 유리의 형태랍니다. 하지만 언젠가는 모든 것이 밝혀지겠지요. 의사가 내게 모든 것을 이야기해주었거든요. 나는 그가 이야기를 해주면서 뿌듯해하는 것 같은 기분이 들었어요. 어쩌면 그는 헛된 희망과 실망으로부터 나를 자유롭게 해주고 싶었는지도 모르겠어요.”

“사실 내 주변에서 일어나는 일들의 큰 줄기만 전달해줄 수도 있지. 일어난 일 중에서 중요한 것만 추려서 이야기하는 거야. 예를 들면 내가 그녀를 사랑하는 것 같은 것이지.”

“나는 나환자 수용소로 보내질 거예요. 얼마 후에는 코가 내려앉겠죠. 얼굴도 흉측하게 변할 거예요. 나는 이 얼굴을 태양 빛이 비추는 것을 창피하게 생각하겠죠. 나는 태양 빛을 쐴 자격이 없다는 것을 알게 될 거예요. 아름다운 것은 그 어떤 것도 누리거나 가질 자격이 없다는 것을요. 산 채로 죽을 수도 있겠지요.”

아르세니는 라우라의 두 손을 잡고 눈을 쳐다보았고, 그러자 지금 일어나고 있는 일의 본질이 보였다. 그는 라우라의 이마에 입맞추었다.

“아이야, 건강해지거라. 사람이 이 땅에 사는 동안은 많은 것을 바로잡을 수 있단다. 고칠 수 있는 병도 있다는 걸 명심하렴. 불치병이라도 말이야. 이것은 하느님의 자비 외에는 달리 설명할 길이 없지만 나병이 네 몸을 떠날 거란다. 지금 바로 네 가족에게 돌아가서 그들을 끌어안고 이제 절대로 그들과 헤어지지 말거라.”

아르세니는 라우라가 기진맥진한 것을 보고 그녀를 부축해서 집까지 데려다주었다. 밤이었고, 보슬비가 내리기 시작했다. 달이 있는 쪽은 아직 먹구름으로부터 자유로웠다. 달빛을 받으면서 축축한 곤돌라가 흔들리며 반짝였다. 곤돌라 바닥에서 물이 출렁거렸다. 라우라는 자기 집 문지방에서 (부모님 품에 안긴 채로) 아르세니를 보기 위해 뒤로 돌았다.

하지만 아르세니는 없었다. 유령 같은 도시는 사라지기 위해 존재했기 때문이다. 빗속에 녹아들기 위해서 말이다. 라우라는 이것을 알고 있었기에 놀라지 않았다. 그녀는 아르세니 옆에 있는 동안에도 그가 유령처럼 느껴졌다. 라우라는 그가 한 말을 똑같이 할 수는 없었지만 그가 한 말의 가장 중요한 의미를 깨달았기 때문에 기쁨으로 충만했다. 이제 그녀는 최근 며칠 동안 있었던 일을 악몽처럼 받아들였다. 그녀 자신도 무슨 일이 일어난 것인지 알지 못했지만 이제는 어서 속히 잠에서 깨고 싶었다.

아르세니는 수도원을 향해 걸어갔다. 하늘이 완전히 먹구름으로 덮이고 비가 억수처럼 쏟아지는 지금 오히려 그가 가야 할 방향을 알 것 같았다. 후고 수도자와 암브로조는 그가 없는 것을 눈치채지 못했다. 그들은 잠을 잤고, 꿈을 꾸었다.

후고 수도자의 꿈에 그의 다정한 당나귀가 나왔는데, 갈기를 잘 빗어 넘기고 한껏 꾸민 상태였다. 당나귀는 천천히 심연 위에서 날았고 그 모습은 페가수스를 연상시켰다. 등에는 보일 듯 말 듯 말 덮개가 흔들렸다. 후고 수도자가 꿈속에서 속삭였다. "나는 과거에 일어났던 일 중 그 어느 것도 사라지지 않는 것을 알고 있었어. 사람도 동물도, 심지어 나뭇잎조차도. 데우스 콘세르바트 옴니아(Deus conservat omnia)*." 그의 얼굴이 눈물로 흥건했다.

암브로조는 꿈에서 오룔 시에 있는 한 거리를 봤다. '러시아 리넨'

---

* 라틴어로 '하느님은 모든 것을 보존하신다'라는 뜻.

이라는 상점 계단에서 다섯 명으로 구성된 한 무리의 사람들이 사진을 찍었다. 왼쪽부터 오른쪽으로 마트베예바 니나 바실리예브나, 코로트첸코 아델라이다 세르게예브나가 뒤에 서 있고, 앞에는 로만초바 베라 가브릴로브나, 마르티로샨 몹세스 네르세소비치, 스코모로호바 니나 페트로브나가 앉아 있었다. 때는 1951년 5월 28일이었다. '러시아 리넨' 상점 50주년 기념으로 사장인 마르티로샨 씨가 직원들에게 파티를 열자고 제안했다. 여자들은 집에서 홀로데츠, 골룹치, 비네그레트, 플로프\*를 요리해서 가져왔다. 그들은 이 모든 것을 냄비에 담아 직장에 가져와서는 접시와 샐러드 그릇에 나눠 담았다. 비네그레트와 플로프를 차례로 잘 섞은 다음에 섞은 숟가락에 남은 소스를 혀로 핥았다. 몹세스 네르세소비치 씨는 샴페인 두 병과 아라라트 코냑 한 병을 가져왔다. 그는 각종 메달을 주렁주렁 목에 걸고 왔다. 여자들 몸에서 향수 냄새와 잘 다림질한 원피스 냄새가 났다. 또한 화창한 5월의 냄새가 났다. 몹세스 네르세소비치 씨가 건배사를 말했고, 다들 무척 즐거워했다. 가게 사장이 잔을 들자 그의 가슴에 있는 메달들이 기분 좋은 소리를 냈다. 그 후에 사진작가가 왔고, 가게를 배경으로 단체 사진을 찍어주었다. 2012년에 빛바랜 사진을 자세히 살펴보면서 니나 바실리예브나는 말했다.

"그날 몹세스가 가게 문을 일찍 닫겠다고 했죠. 사진 속에 있는 사람 중 살아남은 사람은 나밖에는 없답니다. 나는 그들의 무덤에도 갈 수가 없는데, 나는 툴라로 이사 왔고, 그들의 무덤은 여전히

---

\*  각각 고기 젤리, 소고기 요리, 샐러드, 볶음밥.

오룔에 있기 때문이죠. 정말 이 모든 일이 우리에게 일어난 일이
맞을까요? 그들을 볼 때면 나도 유령이 된 것 같은 기분이 들어요.
맙소사, 다들 너무 보고 싶어요."


$$\overline{\text{КВ}}$$


일주일 후에 아르세니와 암브로조는 성 마르코호(號)에 올라탔
다. 그 주에 후고 수도자는 수도원장에게 부탁해서 베네치아의 도
제*인 조반니 모체니고가 쓴 서한을 받아내는 데에 성공했다. 이
편지는 아드리아해를 끼고 있는 베네치아 공화국을 지날 때 그들
을 지켜줄 수 있었다. 이 무렵에 아르세니와 암브로조는 말 두 필
을 팔아야 했다. 앞으로 오랫동안 항해를 해야 했고, 아무도 이 동
물들이 긴 항해를 견딜 수 있을지 확신하지 못했다. 게다가 말 수
송비가 만만하지 않았다.

아르세니와 암브로조에게 자정 무렵까지 배로 오라고 했다. 선
착장까지는 후고 수도자가 동행했다. 다음 날 그 역시 베네치아를
떠나 로마로 가기로 돼 있었다. 프란체스코회 수도자들이 그에게
다른 당나귀를 선물했지만 그는 새 당나귀가 썩 마음에 들지 않았
다. 후고 수도자는 못마땅한 표정을 지으며 당나귀를 보다가 당나
귀 목덜미를 잠시 꼬집은 후에 말했다.

---

* 베네치아 공화국을 통치하던 최고 지도자의 명칭.

"이 동물은 지나치게 온순해서 저를 길들이지 못할까 염려됩니다."

그러자 프란체스코회 수도자들이 말했다. "그 점은 염려 마세요, 후고 형제님. 이 동물이 형제님을 온순하게 길들일 테니 근심 걱정은 벗어버리세요. 이 녀석도 고집이 있고 우리가 이 녀석과 헤어지고 싶은 바람에는 그런 이유도 있답니다."

선착장까지 아르세니와 암브로조가 짐 나르는 것을 도와주고 싶었던 후고 수도자가 그들의 짐을 새로 생긴 당나귀 등에 얹었다. 짐은 무겁지 않았지만 당나귀는 나르고 싶어 하지 않았다. 선착장으로 가는 내내 당나귀는 화가 난 듯 뒷발질을 하면서 안장 위에 얹힌 가죽 가방들을 벗어버리려고 했다. 당나귀는 가방들을 벽에 대고 문지르고 옆을 지나는 기수들의 발판에 걸리게 만들려고 애썼다. 그제야 후고 수도자는 안심이 됐다. 그는 자신의 심신을 수련할 기회가 생겼다는 것을 깨달았다.

선착장에서 후고 수도자는 배를 타고 떠날 두 사람과 포옹했다. 그는 울면서 말했다.

"가끔은 헤어질 때 너무 힘드니까 사람들에게 정을 줘도 될까 하는 생각이 들어요."

아르세니가 후고 수도자를 끌어안으면서 그의 등을 토닥거리며 말했다.

"친구여, 만남이 헤어짐보다 더 큰 법이랍니다. 만나기 전에는 허전하고 텅 빈 것 같지만 헤어지고 나면 이런 공허함이 없으니 말이지요. 만난 후에는 완전히 헤어지는 것이 불가능합니다. 헤어진 상대가 기억의 일부로 남게 되니 말이에요. 사람이 이 기억의 일부를 만든 것이고 기억은 이따금 자신을 창조한 사람을 소환해내지요. 그러니까 우리가 멀리 떨어져 있어도 소중한 사람들을 느끼는 게 아니겠습니까?"

갑판에 올라간 후에 아르세니와 암브로조는 후고 수도자에게 선착장에 서 있지 말라고 부탁했는데, 아무도 배가 정확히 언제 출발하는지 알지 못했기 때문이다. 프란체스코회 수도자는 고개를 끄덕이면서도 여전히 서 있었다. 배의 희미한 조명으로는 후고 수도자가 양손으로 계속해서 밧줄을 잡아당기고 있으며, 선착장을 떠나기 싫어하는 그의 당나귀가 얼마나 고집스럽게 버티는지 잘 보이지 않았다. 당나귀는 크레타섬에서의 군 복무를 위해 베네치아의 도제가 보내는 120명의 보병이 배에 타는 모습을 지켜봤다. 그들은 군복을 갖춰 입고 왔고, 배웅하는 여자들은 이토록 용맹스러운 모습을 한 그들과 헤어지는 것이 두 배나 슬펐다. 여자들은 그들의 이런 모습을 처음 본다고 생각했다. 어쩌면 이 모습이 마지막이 될지도 모를 일이었다.

새벽 4시, 해가 뜨기 직전에 배는 닻을 올렸다. 배는 천천히 항구를 빠져나갔고 날이 서서히 밝아와서 산마르코 대성당의 모습이 벌써 희미하게 보였다. 모든 여행객들이 선창에 있는 해먹에서 잠을 자는 동안 아르세니는 몇 시간 동안 갑판에 있었다. 그는 돛대가 삐걱거리는 소리와 돛이 바람에 펄럭이는 소리를 듣는 것이 좋았는데, 이것은 여행을 알리는 달콤한 음악이었기 때문이다. 아르세니는 검은 물이 서서히 장밋빛을 띠고, 장밋빛 물이 에메랄드빛을 띠는 것을 관찰했다.

그는 지금까지 살면서 보아온 물과 비교했을 때 이 물의 성분이 완전히 다른 것 같다고 생각했다. 파도에서 튕겨져 나온 물방울이 그의 팔에 닿아서 혀로 핥아보니 짠맛이 났다. 바닷물은 다른 색을 띠었고, 냄새도 그가 아는 물 냄새와 달랐으며 행태도 달랐다. 이 안에는 강물 표면에서 볼 수 있는 특유의 잔물결이 없었다. 백학이 참새와 다르듯 이 물은 강물과 호숫물과 달랐다. 아르세니가 분석한 결과, 물의 부피보다는 물의 움직임의 특성을 더 잘 이해하게 되었다. 커다란 파도가 일기도 했고, 바닷물의 동작은 웅장하면서도 느긋했다.

바닷물에 관심을 보이는 아르세니를 발견하고는, 얼굴이 조금 부은 듯하고 입술이 두꺼운 선장이 그에게 다가왔다. 아르세니가 후고 수도자와 독일어로 대화하는 것을 들은 선장이 독일어로 말을 걸었다.

"바닷물과 강물은 본질적으로 서로 다른 성향을 지니고 있습니다. 나리, 저라면 절대로 담수 위에서 항해하는 데에 동의하지는 않을 겁니다."

아르세니는 선장에게 경의를 표하는 뜻으로 고개를 숙였다. 브란덴부르크에서 온 성지 순례자 두 명이 물에 대한 두 사람의 대화에 관심을 보이며 다가왔다.

선장이 하던 이야기를 계속했다. "담수가 짠물보다 더 약하다는 것은 지극히 명백한 사실입니다. 만약 누군가가 이러한 사실을 의심한다면 저한테 설명을 해주면 좋을 것 같습니다. 이를테면 루앙에 있는 센강처럼 아주 강력한 담수의 흐름이 바닷물에 밀려서 사흘 동안 반대편으로 흐르는 이유 같은 것 말입니다."

순례자 빌헬름이 말했다. "어쩌면 담수 생각에 바닷물이 끔찍해서 그 앞에서 뒤로 물러서는지도 모를 일이지요."

순례자 프리드리히가 반론을 제기했다. "제 생각에는 강이 자신의 아버지인 바다에 경의를 표하며 길을 양보하는 것 같습니다. 썰물이 시작되면 강물이 순순히 바닷물을 따라가는 것이지요."

그러자 선장이 의아하다는 투로 말했다. "타국인인 당신은 그러니까 본질적으로 서로 다른 두 개의 물질 사이에 친자 관계가 성립한다고 생각하시는 건가요?"

순례자 프리드리히가 대답했다. "물론이지요. 예수 그리스도가 모든 선함과 지식의 원천이듯이 바다는 모든 강과 샘의 근원이니까요. 모든 깨끗한 것이 똑같은 원천으로부터 흐르는 것이 아니란 말입니까? 모든 영적인 흐름이 하나의 원천을 향해 가는 것과 같은 이치로 모든 물은 바다로 돌아갑니다."

순례자 빌헬름이 아르세니에게 물었다. "당신은 물의 순환에 대해 어떻게 생각하시나요?"

아르세니가 대답했다. "우리가 사는 땅은 인간의 몸을 연상시키고, 인간의 몸에 혈관이 많듯이 땅속에는 운하가 많이 있습니다. 인간이 땅의 어느 곳을 파도 물이 나올 겁니다. 땅 밑에 있는 물을 느낀 흐리스토포르 할아버지가 그렇게 말씀하셨습니다."

선장이 한숨을 쉬며 말했다. "제겐 할아버지가 두 분 계셨는데 두 분 모두 한 번도 뵌 적이 없습니다. 두 분 모두 선원이었고, 익사하셨거든요."

선장의 말을 들은 이들이 잠시 입을 다물었다.

잠시 후에 순례자 프리드리히가 조용히 입을 열었다. "담수가 염분이 있는 바닷물로 유입되는 것은 이 세계의 달콤함이 결국은 짜고 쓴 것으로 변하는 것과 같습니다."

$$\overline{K\Gamma}$$

베네치아에서 출발한 지 하루 하고도 한나절이 지난 후에 성 마르코호는 아드리아해를 건너서 파렌초*에서 400미터 떨어진 곳에 닻을 내렸다. 절벽 때문에 도시에 더 가까이 갈 수도 없었고 바다에 바람이 불지 않아서 앞으로 계속 갈 수도 없는 상황이었다. 수많은 여행객들이 갑판 위에 나와 있었다.

아르세니가 선장에게 말했다. "파렌초는 아름다운 도시군요."

선장이 대답했다. "파리스가 건설했기 때문에 도시가 아름다운 것입니다. 저도 들은 얘기입니다."

순례자 빌헬름이 말했다. "뭘 잘 모르고들 하는 말입니다."

"그렇다면 파리스와 파렌초라는 이름이 비슷한 이유는 무엇일까요?" 이 두 개의 고유명사를 발음할 때 선장의 두툼한 입술에서 침이 튀겼다. "파리스는 말입니다, 그리스인들이 헬레네를 훔친 후에

---

\* 크로아티아 서부의 도시. 아드리아해 이스트리아 반도에 있다.

도시를 건설한 겁니다."

순례자 프리드리히가 말했다. "그리스인들은 헬레네를 훔치지 않았습니다. 이 모든 것은 이교 신화에 있는 내용입니다."

선장이 음흉한 표정을 지으면서 말했다. "그렇다면 트로이아도 지어낸 이야기겠군요."

순례자 프리드리히가 그의 말을 긍정했다. "트로이아도 꾸며낸 이야기입니다."

선장은 어깨를 으쓱하며 혀로 축축한 입술을 핥았다. 그의 말에 덧붙일 말을 찾지 못했기 때문이다.

암브로조가 말했다. "친애하는 프리드리히, 저는 당신 말이 옳다는 확신이 들지 않는군요. 저는 어느 멋진 날에 누군가가 트로이아를 발견할 것 같은 예감이 든단 말입니다. 어쩌면 당신 고향 사람 중 누군가가 이 일을 할지도 모르지요.*"

그날 저녁 무렵에 바람이 불기 시작했다. 바람은 하루 종일 불었지만 그 후에는 달마티아 왕국의 수도인 자다르 항구로 들어갈 수밖에 없었는데, 이탈리아어로 '시로코***'라고 하는 바람이 반대편에서 불기 시작했기 때문이다. 바람이 언제 그칠지 알 수 없어서 여행객들은 인내심을 갖고 기다려야 할 터였다. 항구도시에 관심이 없는 120명의 보병들은 사이좋게 주사위 게임을 시작했다. 나머지 여행객들은 배에서 내렸다.

---

* 실제로 1870년에 독일 출신의 하인리히 슐리만이 발굴했다.
** 초여름에 아프리카에서 이탈리아를 향해 부는 더운 바람.

선착장에서 그들은 베네치아의 프라이토르*를 만났고, 그는 그들이 탄 배가 역병이 돌지 않는 곳에서 출발했는지 물었다. 그러자 그들은 동쪽이 아닌 베네치아에서 배가 출발했다고 확인해주었다. 게다가 프라이토르에게 베네치아의 도제가 써준 여행 증서를 보여주었고, 그러자 그는 원하는 사람은 누구나 도시와 성 안에 들어가도 좋다고 허락했다.

자다르 시는 성인의 유해가 묻힌 성 시므온 성당이 있는 곳으로 유명했다. 아르세니와 암브로조는 시므온에게 기도하기 위해 성당에 갔다. 아르세니는 썩지 않은 성인의 유해 앞에 무릎을 꿇고 말했다.

"주여, 이제는 말씀하신 대로 이 종은 평안히 눈감게 되었습니다. 주님의 구원을 제 눈으로 보았습니다.** 시므온이여, 저는 감히 상을 바라는 것이 아닙니다. 저는 다만 우스티나와 아이가 구원받기를 원할 뿐입니다. 당신이 어린 예수를 두 팔에 받아 안았듯이 이들을 두 팔로 받으셔서 하느님께 데리고 가주십시오. 이것이 제 기도와 부탁입니다."

아르세니는 시므온의 유해에 눈물이 떨어지지 않도록 하기 위해 엎드려서 이마의 윗부분이 유해에 닿도록 했다. 하지만 그의 속눈썹에 있던 눈물 한 방울이 유해에 떨어졌다. 그러자 아르세니가 생각했다. '어쩔 수 없군. 눈물 덕분에 성인이 나를 기억하겠군.'

---

\* 고대 로마의 법무관.

\*\* 루가의 복음서 2장 29~30절.

# КΔ

다음 날 아르세니와 암브로조, 브란덴부르크 출신의 순례자 두 명은 자다르 시에 있는 성 안을 거닐었다. 배로 돌아가기 직전에 점심을 먹기 위해 선술집에 들렀다. 베네치아 공화국 내에 있는 크로아티아인들이 특별한 날을 축하하는 것 같았다. 여행복 차림을 한 방문객들을 본 자다르 주민들은 그들을 경계했다. 튀르키예인들의 협박이 협박으로 그치지 않을 수 있었기 때문에 그들은 낯선 이들이 튀르키예인들이 보낸 첩자일 가능성을 배제하지 않았다. 술을 많이 마신 후여서 그들의 의심은 확신으로 바뀌었다. 이러한 확신에 마침표를 찍은 것은 순례자들이 내뱉은 독일어였는데, 독일어를 즉시 튀르키예어로 착각했기 때문이다. 신나게 놀던 이들은 약속이나 한 듯이 한꺼번에 자리에서 일어났고, 그들이 앉아 있던 긴 의자는 큰 소리를 내면서 뒤집혔다.

슬라브어를 이해하는 아르세니와 암브로조는 나머지 두 사람보다 일찍 그곳의 분위기를 파악했다. 하지만 슬라브어를 알아듣지 못하는 브란덴부르크 출신의 순례자들도 분위기가 심상치 않다는 것은 알 수 있을 정도로 상황이 좋지 않았다. 알아듣지 못하는 언어로 말하는 순례자 빌헬름을 향해 주석 잔이 날아갔다.

아르세니는 그들을 공격한 사람들을 향해 몇 걸음 다가가서 한 손을 앞으로 뻗었다. 잠시 이 제스처가 그들을 진정시키는 듯했다. 동작을 멈추고 아르세니의 손을 뚫어지게 쳐다봤다. 아르세니가 그들에게 러시아어로 말했다.

"우리는 순례자들이고 지금 성지 순례 중입니다."

자다르 사람들이 그가 하는 말을 못 알아들은 것은 아니지만, 어딘지 이상해 보였다. 하지만 그들의 말도 어눌해졌기 때문에 그들은 관대해지기로 마음먹었다. 그러곤 좀 더 차분해진 말투로 아르세니에게 말했다.

"그럼 십자성호를 한번 그어보시오."

아르세니가 십자성호를 그었다.

선술집 안이 다시 소란스러워졌다. 일촉즉발의 상황이었다.

"십자성호도 제대로 못 긋다니! 하긴 튀르키예 첩자한테서 제대로 된 십자성호를 바란 게 잘못이지!"

암브로조는 그들에게 가톨릭 신자들과 정교회 신자들은 성호를 긋는 방식이 다르다고 설명하려고 애쓰고 베네치아의 프라이토르에게 데려다달라고 요구했지만, 아무도 그의 말을 들어주지 않았다. 자다르 주민들은 포로들을 어떻게 하면 좋을지 상의했다. 잠깐 동안 열띤 논쟁을 벌인 끝에 첩자들을 교수형에 처해야 한다는 결론에 도달했다. 게다가 자다르 주민들은 시간은 문제 해결에 방해만 될 뿐임을 알고 있었기 때문에 일을 미루지 않기로 마음먹었다.

그들은 선술집 주인에게 밧줄을 갖다달라고 요구했다. 하지만 선술집 주인은 자기 선술집에서 죄인들의 교수형이 집행될까 염려되어 처음에는 밧줄을 갖다주지 않았다. 하지만 지금 상황에서 밧줄은 죄인들을 묶는 데만 사용할 것임을 알게 되고 나서는 (도대체 누가 선술집에서 사람들을 교수형에 처하겠는가?) 기쁜 마음으로 밧줄을 갖다주고, 심지어는 첩자들을 잡은 사람들에게 돈도 받지 않고 술을 한 잔씩 돌렸다. 포로들의 저항에도 불구하고 밧줄로 묶은 후에 그들은 급하게 술을 들이켰는데, 포로들로 인해 할 일이 많을 것이기 때문이다. 문지방에서 그들은 밧줄 하나를 더 부탁하고 포로들의 죽음을 위해 마지막으로 건배를 하는 동안 까맣게 잊고 있던 비누도 부탁했다.*

이때 암브로조가 아르세니에게 작은 목소리로 말했다. "이 얼마나 어리석은 죽음이란 말입니까."

아르세니가 반문했다. "어리석지 않은 죽음이 어디에 있단 말입니까? 거친 쇳덩어리가 완전한 인체를 파괴하는 것은 어리석지 않은가요? 새끼손가락에 있는 손톱도 만들지 못하는 인간이 인간의 머리로는 이해할 수도 없는 굉장히 복잡한 메커니즘을 지닌 인체를 파괴하는 것도 어리석기는 마찬가지입니다."

선술집에서 내려진 선고는 항구에서 이행하기로 결정되었다. 그곳에는 이 일을 실행하기에 적합한 대들보와 갈고리도 많은 데다 개방된 장소였기 때문에 다른 모든 첩자들에게 본보기가 될 수 있을 터였다.

암브로조는 한 번 더 자다르 주민들의 감성과 이성을 깨우려고 노력했다. 그는 순례자들 모두 베네치아의 도제가 써준 여행 증서를 갖고 있고, 수차례에 걸쳐서 가톨릭식으로 십자성호를 그어 보이겠다고 소리 질렀지만, 아무런 소용이 없었다. 이 사람들의 감성과 이성 모두 알코올로 인해 훼손돼 있었기 때문이다.

---

* 비누를 밧줄에 바르면 밧줄이 미끄러워져서 매듭이 쉽게 조여졌다.

아르세니는 자다르 주민들의 불신을 보고 놀랐다. 어쩌면 그들은 정말로 첩자들로 인해 곤욕을 치렀을 수도 있다고 생각했다. 또한 이 사람들이 사람을 가리지 않고 마침 누구든 교수형에 처하고 싶어 했을 가능성도 배제하지 않았다.

결국 그들은 암브로조의 입에 재갈을 물렸다. 그들은 잠시 회의를 한 후에 포로들이 모두 걸을 수 있도록 발에 묶여 있던 밧줄은 풀어주고 팔은 묶인 채로 놔두었다. 이제 암브로조는 소리를 지를 수도 없었고, 성호를 그을 수도 없었다.

그는 아르세니와 나란히 걸으면서 그들 앞에서 걷고 있는 브란덴부르크 출신의 순례자 두 사람을 봤다. 극적인 사건의 전개에도 불구하고 그들의 모습을 보고 있으면 미소가 절로 나왔다. 그들은 걸으면서 좌우로 휘청거렸고, 뒤로 묶인 두 팔은 엄숙한 분위기를 자아내서 흡사 교수 같았다. 또 유럽에 10년이나 15년쯤 후에 모습을 드러낼 펭귄과도 비슷한 부분이 있었다. 프리드리히와 빌헬름은 여전히 아무것도 이해하지 못했지만, 빠른 시일 안에 오해가 풀리길 바라고 있었다. 하지만 아르세니는 그들의 생각이 틀렸다는 것을 애써 설명하고 싶지 않았고, 암브로조 역시 동일한 마음을 갖고 있었지만, 설령 그들의 생각이 틀렸다는 것을 설명하고 싶다 하더라도 이제는 할 수 없는 상황이었다.

부두에서 아르세니가 우스티나에게 말했다. "내 사랑, 바로 이곳에서 내 인생 여정의 끝을 볼 가능성이 아주 높소. 하지만 이것은 당신을 향한 내 사랑의 끝은 아니오. 만약 슬픈 생각을 잠시 잊는다면 내 인생 여정이 이토록 아름다운 곳에서, 그것도 바다가 보이고 멀리 섬이 보이는, 하느님이 창조하신 세계의 아름다운 모습을 보면서 죽음을 맞이할 수 있기 때문에 기뻐할 수 있을 것 같소. 하지만 그보다도, 나와 달리 자신이 원한 것을 모두 이룬 경건한 성자 시므온 곁에서 내 생의 마지막 순간을 보낼 수 있게 되어서 기쁘오. 내 사랑, 내가 지금껏 한 일이 너무 적어서 아쉽지만 이제 하느님이 나를 데려가신 후에 내가 못다 한 모든 일을 직접 이루시리라는 것을 굳게 믿소. 이러한 믿음 없이는 당신과 나의 존재의 의미가 없었을 테니까 말이오."

해가 이미 낮게 걸려 있었다. 태양은 항구의 정박지로부터 지평선까지 자신이 갈 길을 그어놓았다. 가장 멀리 떨어져 있는 지점에서 태양이 질 것이라는 데에는 의심의 여지가 없었다. 햇빛이 아르세니의 눈을 정면으로 비췄지만 그는 실눈을 뜨지 않았다. 태양은 성 마르코호 갑판에 서 있던 선장의 눈도 정면으로 비췄고, 그는 반대편 갑판으로 이동했다. 그쪽에서 그는 항구에 권양기를 연결해놓은 기둥 너머로 매듭이 달린 밧줄을 던지는 모습을 발견했다.

이 모습을 본 선장이 갑판에 서 있는 사람들에게 알렸다. "누군가를 교수형에 처하려고 하나 봅니다. 누군지는 보면 알겠지요."

보병들을 포함해서 모두 관심을 보였다. 다들 기둥 옆에 선 사람들을 유심히 살펴봤는데, 그중에서도 매듭이 있는 밧줄을 목에 건 사람의 얼굴을 자세히 살펴봤다.

"설마 아르세니인가요?" 선장이 자신 없는 말투로 묻더니 외쳤다. "아르세니가 맞습니다!"

그가 갑판에 서 있는 사람들 쪽을 돌아보자 그들이 고개를 끄덕였다.

선장이 자다르 주민들에게 소리 질렀다. "이 사람은 아르세니입니다." 그가 손나팔을 하고 소리 질렀기 때문에 항구에 있는 모든 사람들에게 그의 말이 들렸다. "이 사람은 베네치아의 도제인 조반니 모체니고가 친히 보호하는 사람이고, 누구든 이분을 향해 손을 들어 해하는 자는 사형을 면치 못할 것이오!"

자다르 주민들이 잠시 하던 일을 멈췄다. 그들은 선장을 알고 있었고, 그들이 들은 말을 확인하기 위해 성 마르코호를 향해 몸을 돌렸지만 선장은 이미 사다리로 뛰어 내려오고 있었다. 그 무렵 주사위 놀이에 지친 120명의 보병도 모두 갑판에서 그들을 내려다봤다.

선장이 내려가면서 다시 한번 소리 질렀다. "내가 하는 말 들었습니까? 그를 해하려고 손을 드는 사람은 모두 사형에 처해질 겁니다!"

하지만 이제 자다르 주민들은 아르세니를 해하려고 손을 들지 않았다. 그가 말하기 전에 이미 자신들이 무고한 사람들을 해하려 했으며, 관성의 법칙에 이끌려 그들을 교수형에 처하려 한 것임을 깨닫기 시작했다. 다만 이것을 멈출 자그마한 이유를 찾고 있었고, 이제 그 이유가 발견된 것이었다. 그들의 분노는 발생했을 때처럼 순식간에 사라졌다.

자다르 주민들이 말했다. "우리는 아무도 교수형에 처하지 않습니다. 당신이 한 말 덕분에 모든 상황이 명료해졌고, 덕분에 모든 의문이 해결되었습니다."

선장은 아르세니에게 달려가서 목에 걸린 밧줄 매듭을 벗겨내고, 암브로조의 입에 물려 있던 재갈을 없앴다.

프리드리히가 모두를 향해 소리 질렀다. "저와 제 동료 빌헬름은 이분들이 우리한테 원하는 것이 무엇인지 끝내 알아내지 못했습니다. 우리에 대한 불만의 본질이 무엇이며, 무슨 연유로 이분들이 아르세니를 교수형에 처하려고 하는지 알고 싶었습니다. 우리는 이분에게서 그 어떤 죄도 발견하지 못했으니까 말입니다."

그러자 아르세니가 그들을 향해 감사하다는 뜻으로 고개를 숙였다. 암브로조는 웃으면서 말했다.

"동방어 중에서 독일어가 가장 중요하다고 농담한 아일랜드 출신 수도자의 말이 방금 떠올랐습니다. 그의 농담은 단순한 농담이 아니라 먼 미래를 내다본 말이었는데, 당신이 하는 말을 이분들이 튀르키예어로 알아들었으니 말입니다."

성 마르코호 갑판에 왔을 때에야 비로소 아르세니가 물었다.

"암브로조, 미래를 내다볼 줄 아는 당신 은사의 힘으로 당신은 우리가 죽지 않으리라는 것을 알고 있었습니까?"

"사실 자기 자신의 미래를 보는 것이 가장 어려운 것이고, 그래서 다행이기도 하지요. 물론 저는 살고 싶었습니다. 이 생이 아니면 다음 세상에서라도 말이지요."

ΚΕ

이틀 후에 시로코가 잦아들었고, 배도 돛을 올렸다. 갑판의 왼쪽에 서서 아르세니는 경건한 시므온에게 말했다.

"선생이여, 영광받으소서. 당신의 기도 덕분에 내가 기다리는 시간이 더 늘었습니다. 그러니 이제는 내 기다림이 헛되지 않도록 기도해주십시오."

다음 여정 중에 만나게 될 대도시는 스플리트와 라구사였다. 하지만 바람이 계속 잘 불어주어서 두 도시 모두 들르지 않고 지나쳤다. 성 마르코호의 선장은 뭍보다 물을 더 많이 신뢰했고, 꼭 필요한 상황이 아니면 항해를 계속했다.

지중해에 나오고 나서야 처음으로 배가 심하게 흔들렸다. 선창에서는 환기가 잘되지 않아, 배가 흔들릴 때 사람들의 몸에서 나온 토사물 냄새가 오랫동안 났기 때문에, 선장은 속이 안 좋은 사람들에게 되도록 갑판에 가까운 쪽에 있으라고 부탁했다. 난바다로 나갈 때도 성 마르코호는 근처 섬이나 도시의 바닷가를 벗어나지 않으려고 노력했다.

케르키라섬 항만에 배를 대본 사람이라면 누구나 아는 모래톱을 잘 피해 갔다. 그들은 섬에서 800미터 정도 떨어진 곳에서 멈춰서 담수와 식료품을 보충했다. 섬 주민들은 이 모든 것을 큰 바지선으로 옮겼고, 소리를 지르면서 배에 실었다. 아르세니는 섬사람들이 배로 실어 온 물건을 선원들이 선창에 가져가는 모습을 지켜봤다. 야채 외에도 갑판에는 살아 있는 병아리들이 들어 있는 상자도 스무 개가 있었다. 물과 야채 모두 선장이 직접 맛을 봤다. 병아리들은 만져봤다. 선장은 섬사람들이 배로 실어 온 물을 반 잔 정도 마신 후에 말했다.

"아무 맛이 안 나는 물이긴 하지만 대단히 유감스럽게도 바닷물은 마시면 안 됩니다."

케팔로니아섬에서는 배를 선착장에 대놓고, 여행하는 동안 먹어치운 가축을 대신해서 수소 세 마리를 샀다. 수소들을 선창으로 모는 동안 선원 한 명이 뿔에 걸려서 몸이 들렸다. 아르세니는 선원을 살펴봤고, 출혈이 심하긴 하지만 상처는 심하지 않은 것을 발견했다. 수소의 뿔이 선원 엉덩이의 부드러운 표피에 박히긴 했지만 생명과 직결되는 장기는 건드리지 않았다. 부상의 특성상 선원은 해먹에 누울 수가 없었기 때문에, 아르세니는 그를 부엌에서 쓰는 커다란 수납장 위에 눕혔다. 선장은 아르세니에게 감사를 표하고 선원에게는 이제 최대한 엎드려 있어야 한다고 말했다. 선원도 다른 방식으로는 누울 수가 없었기 때문에 그럴 수밖에 없다는 것을 알고 있었지만 선장에게 감사를 표했다. 아르세니는 그곳 분위기가 무척 마음에 들었다.

아르세니는 선장도 마음에 들었다. 선장은 위기일발의 순간에 아르세니를 구해준 후에도 그를 관심 있게 지켜봤다. 한번은 잠시 시간이 있을 때 선장이 아르세니에게 짠물이 만들어지는 원리를 이야기해주었다. 그의 설명에 따르면 뜨거운 태양 아래에서 태평양에 있는 바닷물에서 물이 증발하고 그렇게 만들어진 소금물이 다른 바다로 흘러 들어간다는 것이었다. 이러한 물의 변화는 아를*이라는 도시에서 멀지 않은 곳에 있는 에익스**에 위치한 호수에서 아

---

\* 프랑스 남부의 도시.

주 잘 드러난다. 추운 겨울이 되면 이 호수의 물이 얼고, 무더운 여름이 오면 자연스럽게 얼음은 소금으로 변한다. 북쪽에 위치한 대륙 주위에 있는 대양은 겨울에는 얼고 한여름에는 물이 말라 소금만 남기 때문에 이곳에 있는 대륙을 에워싼 대양으로 항해하는 것이 불가능함을 알 수 있다.

선장이 결론을 말했다. "사실상 우리는 얼음과 소금 사이에 있는 좁은 통로를 통해 항해를 하고 있는 것입니다."

아르세니는 선장에게 좋은 정보를 이야기해준 데 대해서 감사를 표했다. 그는 선장에게 자신의 목숨을 구해준 것에 대해 고마운 마음을 갖고 있는 것 외에도 자신의 한계를 정확히 이해하는 항해자에 대한 존경심을 갖고 있었다.

크레타섬에 다 왔을 때 선장은 배에 탄 사람들에게 제우스가 에우로페를 납치한 이야기를 해주었다. 하지만 브란덴부르크 출신의 순례자들은 선장의 말에 이의를 제기하며 그가 경신(輕信)한다며 비판했다. 하지만 선장은 그들의 비난에 아랑곳하지 않고 미노타우로스, 테세우스, 아리아드네에 대해 자신이 아는 것을 이야기했다. 그는 시각적인 이해를 극대화하기 위해 선원에게 실패를 가져오라고 명하고는 돛대와 로프 사이를 왔다 갔다 하면서 실패를 갑판 위에 펼쳐놓았다. 순례자들은 비판하면서도 함께 이 행위들을 했다. 한편 선장은 부자연스러울 만큼 차분한 톤으로 말을 계속했고, 사람들의 성향을 조금이라도 아는 사람이라면 누구나 그의 신

---

** 영국 잉글랜드 동부의 주.

경이 무척 곤두서 있다는 것을 알 수 있을 정도로 화가 나 있었다. 하지만 사람들의 성향에 대해 잘 모르는 순례자 빌헬름이 말했다.

"이 모든 것은 이교도적 신화에 불과하니, 요즘 시대에 이런 것을 믿는 것은 창피한 일입니다."

그러자 선장은 말없이 순례자 빌헬름을 끌어안고 갑판을 향해 한 걸음 걸어갔다. 순례자 빌헬름은 이교에 저항하며 고통받기로 마음먹었는지 조금도 저항하지 않았다. 다른 사람들은 선장으로부터 조금 떨어져 있었고, 두 팔로 순례자를 끌어안고 있는 선장과 갑판 사이의 거리는 아주 가까웠기 때문에 다른 사람들이 손을 쓸 시간도 없을 터였다. 선장의 얼굴을 본 사람들은 그가 무엇을 하려는지 이해했고, 선장 역시 이를 애써 숨기지 않았기 때문에 사람들은 이미 빌헬름이 갑판에서 떨어지는 모습을 상상했다. 소용돌이 위에 멈춰 있는 빌헬름의 모습도 상상했다. 아르세니를 포함해서 모두들 소용돌이가 그를 삼킨 모습을 상상했다.

하지만 아르세니는 이것을 다른 사람들보다 조금 먼저 발견했고, 선장이 빌헬름을 갑판 위로 들어 올렸을 때 이미 그의 앞에 서 있었다. 아르세니는 있는 힘껏 순례자를 잡아서 배에서 떨어지지 않도록 했다. 여전히 방관자적 자세를 유지하며 빌헬름을 지키려는 자와 던지려는 자 사이의 싸움은 예상과 달리 길지 않았다. 선장은 잔인한 사람이 아니었고, 순간적으로 끓어오르던 화가 잦아들자 순례자 빌헬름을 놓아주었다. 다행히도 선장은 가슴속 깊숙이 순례자를 향한 증오를 갖고 있지는 않았다.

아르세니가 우스티나에게 말했다. "내 사랑, 이번에 나는 시간을 앞지르는 데 성공했소. 그러니까 이것은 시간이 전능하지 않다는 것을 의미하오. 나는 아주 짧은 순간만큼 시간을 앞질렀을 뿐이지만 덕분에 한 사람의 소중한 목숨을 살렸다오."

선장은 시간이 지나자 진정했고, 브란덴부르크 출신의 순례자들에게 배에서 내려서 그가 지금까지 존재한다고 알고 있는 미로 쪽으로 함께 가자고 제안했다. 순례자들은 공연한 시간 낭비라고 여기며 거절했지만 갑판에 서 있던 사람들 중에 브장송* 출신의 장이라는 수도자가 미로는 실제로 존재한다고 말하며 선장의 말을 확인해주었다.

언젠가 그가 크레타섬에 머물렀고, 그때 다른 수도자들과 미로에 직접 가보기도 했다는 것이었다. 장 수도자는 미로에서 이동할 때의 어려움은 복잡한 동굴 내부보다는 어둠 때문에 더 컸는데, 수도자 한 명의 촛불이 옆을 날아가던 박쥐 때문에 꺼지자 그 즉시 길을 잃었다고 했다. 사흘 후에나 그를 찾을 수 있었는데, 그나마도 미로의 길을 그들보다는 잘 아는 그 지역 주민 덕분이었고, 발견 당시 그는 배고픔과 갈증에 시달리며 일시적이나마 정신 질환 증세를 보였지만 그곳에서 나간 후에 사람들의 보살핌을 받자 정신병은 나았다. 미로 자체는 장 수도자에게 아무런 인상을 주지 못했고, 버려진 채석장같이 느껴졌다.

선장은 브란덴부르크 출신의 순례자들에게 아까 했던 제안을 다시 한번 했고, 그들은 이번에도 그의 제안을 거절했다. 순례자들은

---

* 프랑스 동부의 도시.

살면서 채석장은 원 없이 봤지만, 채석 작업을 하는 동안 허무맹랑한 이야기를 이렇게 많이 하지는 않았다고 말했다.

크레타섬에 도착하자 보병들이 배에서 내렸다. 최소 120명의 여자들이 선착장에 마중 나와 있었다.

암브로조가 물었다. "이들은 베네치아에서 배웅했던 여자들일까요?"

아르세니가 대답했다. "무척 닮긴 했지만, 다른 여자들입니다. 달라도 너무 다른 여자들이지요. 마침 베네치아에서 저는 세상에는 유사한 일이 일어나긴 하지만 똑같은 일이 반복되지는 않는다는 생각을 했었습니다."

$$\overline{KS}$$

크레타섬 다음 여정은 사이프러스였다. 사이프러스에는 저녁 늦게 도착해서, 배에서 내리지 않았다. 그들은 산등성과 사이프러스나무 꼭대기를 봤다. 처음 보는 새들의 지저귐을 들었는데, 그중한 마리는 돛대 위에 앉아 있었다. 새는 흔들리는 배 위에서 노래하는 것이 마음에 드는 모양이었다.

선장이 농담조로 새에게 말을 걸었다. "새야, 넌 누구더냐?"

하지만 새는 그의 질문에 대답은 하지 않고 여전히 자기가 부르고 싶은 노래를 불렀다. 깃털을 다듬을 때만 잠깐씩 멈출 뿐이었다. 새는 돛대 위에서 배에 물과 식료품을 싣는 모습을 관찰했다.

산등성이 밝아지기 시작했을 때 성 마르코호도 출항했다.

아침부터 강한 바람이 불었다. 여행객들은 낮에 무슨 일이 생길지 미리 생각하기도 싫었다. 선장은 바다로 나가면 선선해질 것을 기대하며 출항을 서둘렀다. 더위를 잔뜩 먹어서 지친 승객들의 기운을 북돋우기 위해서 선장은 해박한 자연과학 지식을 나누기로 마음먹었다. 하늘 위에서 이글거리는 태양을 보면서 선장은 공기를 에워싸고 천체를 식히는 물에 대한 이야기를 해주었다. 그는 이 물이 소금물임을 의심하지 않았다. 그의 생각에 이 이야기는 몇 가지 이유로 인해 하늘 위에 자리 잡게 된, 지극히 평범한 바다에 대한 이야기라는 것이었다. 선장이 물었다. "그렇다면 어찌해서 영국 사람들이 교회에서 나와서 하늘에서 밧줄에 묶인 채로 내려온 닻을 발견했으며, 그 후에 하늘 위에서 닻을 올리려는 선원들의 목소리가 들렸고 결국 선원 한 명이 닻이 묶인 밧줄을 타고 내려왔을 때 땅에 거의 닿았을 즈음 마치 물에 빠진 것처럼 죽음을 맞이한 이유는 또 무엇이란 말입니까? 땅 위에 있는 물과 우리가 지금 항해하는 바닷물이 서로 연결돼 있는지가 의문입니다." 앞으로 있을 항해의 안전이 이 질문에 대한 대답에 달려 있을 텐데, 선장이 우연히 창공 위에 있는 물로 간다 하더라도 (그는 이마에 맺힌 땀을 닦아냈다) 자신이 또다시 창공 아래에 있는 물로 배를 내릴 수 있으리라는 보장을 전혀 할 수 없었기 때문이다.

하지만 그날 아침에 위험은 훨씬 가까이에 와 있었다. 위험은 창공 아래에 위치하고 있었고, 이 위험은 선장이 이미 오랫동안 성 마르코호를 이끌고 항해하는 물에 도사리고 있었다. 낮에는 더위가 가고 공기가 후텁지근해졌다. 바람이 잔잔해져서 돛대에 매달린 돛은 내려가 있었다. 태양이 물안개 속으로 숨었다. 태양은 광기를 잃은 채 하늘 위로 형체가 없는 거대한 양의 광선을 흘려보냈다. 지평선에 회색빛 먹구름이 나타나 빠른 속도로 다가왔다. 동쪽에서는 폭풍이 몰려오고 있었다.

선장이 돛을 접으라고 명령했다. 그는 폭풍이 옆으로 지나가길 바랐지만 폭풍이 바로 옆을 지날 때는 돛을 접지 못하리라는 것을 알고 있었다. 시간이 지날수록 먹구름은 정말로 배 쪽이 아니라 점점 더 남쪽으로 기울었다. 바람이 일고 파도의 맨 윗부분에 하얀 거품이 일었지만 폭풍 자체는 오른쪽 측면을 따라 상당히 멀리 떨어져서 지나가고 있었다. 배와 지평선 사이 중간 지점 바다에 납빛 먹구름이 납빛 태양 광선을 내려보냈고, 선장이 말한 창공 위에 있는 물과 아래에 있는 물의 결합도 이루어졌다. 어두운 하늘에 번개가 자주 번쩍거렸지만 천둥소리는 들리지 않았고, 이것은 폭풍이 정말로 배에서 먼 곳에서 일고 있다는 것을 의미했다. 하늘에서 배의 왼쪽 측면을 따라 빛이 여전히 비추고 있었다. 성 마르코호는 폭풍의 경계선에 위치했다.

배가 흔들리자 아르세니는 메슥거렸다. 그는 침을 몇 번 삼켰다. 배 밖으로 몸을 심하게 기울인 후 자신의 목에서 흘러내리는 침을 멍하니 관찰했다. 침은 성난 파도가 출렁거리는 바다 속으로 사라졌다. 파도에 거품이 일고 소용돌이가 생겼다. 파도가 몸에 잔뜩 힘을 주고 넘실거렸다. 배 뒤에서도 파도의 기세는 대단했다. 파도가 천천히 비상하는 것을 보지 않고 듣기만 해도 등 뒤에서 살인자가 다가오는 것 같은 기분이 느껴졌다. 이것은 처음으로 선미를 위협하는 커다란 파도였다(이때 암브로조는 고개를 들었다). 파도는 갑판 위에서 멈추더니 (이때 암브로조는 아르세니를 향해 한 걸음 다가가려고 했다) 아르세니의 등을 내리치면서 (암브로조가 소리지르려 했다) 아래로 떨어졌고, 이로 인해 아르세니는 난간을 놓치고 아래로 떨어졌다.

암브로조는 난간 위로 몸을 숙인다. 아래쪽에는 물밖에는 없다. 서서히 물이 빠지면서 아르세니의 얼굴도 보인다. 그의 머리카락이 물속에서 풀어지자 후광처럼 빛난다. 아르세니는 암브로조를 쳐다본다. 선장과 선원 몇 명이 암브로조를 향해 달려온다. 암브로조는 난간 위에 말 탄 자세로 앉은 후에 나머지 다리 한쪽을 바다 쪽으로 빼고는 물속으로 뛰어든다. 아래로 떨어지는 동안 공기를 들이마신다. 아르세니는 암브로조를 쳐다본다. 선장과 선원들은 여전히 그를 향해 달려오고 있다. 파도가 암브로조를 삼킨다. 그는 수면위로 모습을 드러내고는 또다시 공기를 들이마신다. 아르세니가 보이지 않는다. 암브로조는 잠수한다. 납빛 물속에서, 바다가 거대해서 아르세니를 찾을 수 없으리라는 생각이 서서히 고개를 든다. 암브로조가 물속에 가라앉아야만 그를 찾을 것이라는 생각이 드는 것이다. 그래야만 암브로조에겐 아르세니를 찾을 수 있는 시간이 있을 것이다. 이 생각을 하자 바닷속에 가라앉을 것 같은 두려움이 사라진다. 조금 전까지만 해도 공포에 얽매여 몸을 자유로이 움직일 수 없었다. 암브로조는 수면 위로 올라가서 공기를 들이마신다. 또다시 잠수를 한다. 손에 미끄러운 선체의 측면이 느껴진다. 숨을 들이마신다. 다시 잠수를 한다. 그의 손에 아르세니의 손이 닿는다. 암브로조는 있는 힘껏 그의 손을 잡는다. 물속에서 아르세니의 고개를 들어 물 밖으로 올린다. 배에 있는 사람들이 그들을 향해 밧줄이 연결된 통나무를 던진다. 아르세니가 통나무를 잡자 배에 있는 사람들이 그를 위로 끌어당긴다. 아르세니가 통나무를 놓친다. 그러자 암브로조가 그가 다시 통나무를 잡을 수 있도록 도와준다. 하지만 이번에도 통나무는 아르세니의 손에서 미끄러져 나간다. 밧줄과 통나무를 연결해서 만든 사다리를 배의 측면에서 그들을 향해 던진다. 암브로조는 아르세니의 두 다리를 사다리에 넣어서 그네처럼 만든다. 아르세니가 밧줄을 잡는다. 암브로조가 한 손으로는 아르세니를 안고 다른 한 손으로는 밧줄 사다리를 잡는다. 열 쌍의 손이 그들을 위로 끌어 올린다. 두 사람은 물 위에서 좌우로 흔들린다. 만약 그들이 배에 부딪히면 그들은 살아남기 힘들 것이다(그들은 더는 죽음이 두렵지 않다). 선원들의 눈이 슬프다. 배를 덮친 파도가 잦아들고 (물 밖으로 드러난 해조류와 조개에서 남은 물이 흘러내린다) 파도와 함께 바다의 수면이 낮아진다. 계단은 낮아진 수면 위에 걸려 있다. 다음 파도는 배의 측면을 완전히 집어삼키면서 암브로조와 아르세니의 허리까지 찬다. 하늘의 절반에는 여전히 먹구름이 없다. 결국 두 사람을 갑판 위로 끌어 올린다.

바다는 사납게 출렁거렸지만 아직 폭풍은 아니었다. 폭풍은 처음에는 남쪽으로 틀면서 결국 자신의 방향을 분명하게 정하고 그들을 향해 다가왔다. 선장은 말없이 납빛 파도로 이루어진 거대한 벽이 성 마르코호를 향해 움직이는 모습을 지켜봤다. 빠르지는 않았지만 확고한 방향성을 지니고 있었다. 하늘 위에는 먹구름이 점점 더 많아졌고, 멀리서 반짝이는 번개는 이제 천둥을 동반하기 시작했다.

날이 어두워졌다. 밤처럼 어둡지는 않았기 때문에 밤의 어둠이 주는 특유의 평온함은 없었다. 불안감이 서린 어둠이었고, 이것은 빛을 삼킨 낮에 생긴 어둠이었다. 어둠은 소용돌이치면서 올라가는가 하면, 먹구름의 밀도에 따라 진해졌다가 옅어지기를 반복하는 등 다양한 모습을 띠었으며, 어둠의 경계는 여전히 가느다란 빛이 보이는 지평선 쪽에 있었다.

선원들이 아르세니와 암브로조를 선창으로 데리고 갔다. 내려가기 직전에 아르세니가 뒤를 돌아봤다. 마치 그의 움직임을 포착이라도 했다는 듯이 번개가 내리쳤고, 난생처음으로 엄청난 굉음의 천둥소리를 들었다. 이 소리와 함께 하늘이 갈라졌고, 뿌리에 붙은 수많은 잔뿌리 같은 번개들을 따라 하늘 위에 틈이 생겼다. 그 틈 사이로 물이 나왔다. 어쩌면 이것은 천공에 있는 바닷물일지도 몰랐다.

아르세니의 입에서 바닷물이 흘러나왔지만 그의 몸속에는 바닷물이 아직 남아 있었다. 아르세니와 암브로조는 해먹에서 떨어졌고, 바닥 위를 굴렀다. 결국 두 사람 모두 반쯤 의식을 잃었다. 바닥에 떨어진 양초의 불도 꺼졌다. 아르세니는 속에 있는 음식을 모두 토한 후에 더 토할 것이 없자 쓸개즙만 나왔다. 그는 배가 바닷물속에 가라앉으면 적어도 토하는 건 멈추리라 생각했다. 바다 밑으로 가라앉으면 바다의 차가운 평안함에 둘러싸일 것이다.

선창은 아르세니에게는 어둡고 후텁지근했다. 두 가지 재난이 겹치자 더 강력해졌다. 어둠 속에서 후텁지근했다. 후텁지근한 어둠이었다. 이 둘은 서로 떼어낼 수 없는 본질이었다. 아르세니는 자신이 죽어간다고 생각했다. 그가 만약 지금 바로 공기를 마시지 않는다면 즉시 죽으리라고 말이다. 그는 암브로조가 발견하지 못한 문을 손으로 더듬어서 찾아냈다. 이 문을 열면 갑판과 연결된 계단이 나오도록 돼 있었다. 문을 밀었다. 그러자 계단 위로 미끄러졌다. 계단을 따라 기어갔다. 계단을 따라 밑으로 내려갔다가 다시 기어갔다. 그러곤 난간에 부딪혔다. 갑판과 연결된 문까지 기어가서 문을 열었다. 그러자 강풍이 그를 덮쳤다.

그는 그 광경이 너무나 끔찍해서 자기가 비명을 지른다는 사실도 인지하지 못한 채 소리를 지르기 시작했다. 다가오는 죽음보다는 재난의 엄청난 위엄이 두려웠다. 강풍은 아르세니의 입에서 비명을 빼앗고는 순식간에 150킬로미터 밖으로 던져버렸다. 그의 비명은 아직 먹구름이 드리워지지 않은, 얼마 남지 않은 맑은 하늘의 얇고 긴 조각에서만 들릴 수 있었다. 하지만 얇은 띠처럼 남아 있는 하늘의 일부는 이미 분홍빛을 띠고 있었고, 이를 통해 밤이 오고 있으며 마지막 남은 깨끗한 하늘의 일부도 곧 사라지리라는 것을 알 수 있었다. 한편 온 세상을 집어삼키는 어둠은 절망을 품고 있기 때문에 아르세니는 또다시 비명을 지르기 시작했다.

파도가 여러 차례에 걸쳐서 배의 측면을 강타해서 배 안에 있는 모든 것이 흔들렸지만 배는 부서진 곳 하나 없이 온전했기 때문에 아르세니는 놀랐다. 거대한 파도가 배를 들어 올렸다가 배 밑으로 사라지기를 반복했다. 배는 볼썽사납게 옆으로 심하게 기울어서 파도를 향해 인사를 하는 것 같았고, 파도의 윗부분이 돛대에 닿을 듯 말 듯 했다. 배는 소용돌이 속에서 뱅글뱅글 돌고 위로 살짝 튀어 올랐다가 물속으로 들어갔다.

아르세니는 여전히 갑판과 연결된 문 밖에 서 있었다. 그런 그의 옆을 갑판에 있는 선원 두 명이 힘겹게 지나고 있었다. 그들은 몸을 반쯤 구부리고 두 다리를 넓게 편 채로 걸었다. 포옹을 하려는 듯이 두 팔을 넓게 벌리고 있었다. 그들은 돛대에 묶여 있는 밧줄을 잡아당길 요량으로 배의 측면 쪽으로 끌고 갔는데 그들의 몸도 밧줄에 묶여 돛대와 연결되어 있었다. 그들은 계속 미끄러졌고, 무릎이 갑판 바닥에 부딪혔다. 그들의 이해할 수 없는 작업을 보며 아르세니는 그들이 춤추거나 기도하는 것 같다고 생각했다. 어쩌면 그들은 정말로 기도를 하고 있었는지도 모르겠다.

아르세니는 배의 왼쪽 측면으로 거품이 인 거대한 파도가 몰려오는 모습을 발견했다. 사위가 어두웠지만 거대한 파도는 잘 보였고, 거대한 파도의 꼭대기는 어디로부터 오는 것인지 알 수 없는 빛을 향해 이동하고 있었다. 깜빡이는 이 빛이야말로 가장 무시무시한 것이었다. 거대한 파도는 갑판보다 훨씬 더 높이 올라가 있었다. 거대한 파도와 비교하면 배는 너무 작아서 장난감처럼 보였다. 아르세니는 선원들을 구하기 위해 있는 힘껏 소리를 질러보았지만 소리는 나오지 않았고, 선원들은 이상한 행동을 계속했다. 그들이 상의에 붙은 모자를 쓴 모습은 《알렉산드리아》에 나오는 괴물을 연상시켰다. 그들 뒤로 늘어뜨린 밧줄은 동물의 꼬리 같았다.

파도는 배를 내리치지 않고 배를 집어삼킬 듯이 덮쳐서 갑판 위에 바닷물이 흥건했다. 아르세니는 아래로 쓰러졌고, 그때부터는 갑판 위에서 무슨 일이 벌어지는지 보지 못했다. 정신이 들자 그는 또다시 출구를 향해 위로 올라가려고 했다. 문밖에는 선장이 서 있었다. 그는 기도했다. 갑판은 텅 비어 있었다. 아르세니가 전에 갑판에서 본 것 중에 많은 것이 사라지고 없었다. 우선 대포, 난간, 돛대가 보이지 않았다. 밧줄을 잡아당기던 선원 두 명도 보이지 않았다. 아르세니는 선장에게 그들이 살아남았는지 물어보려다가 관두었다. 선장은 인기척을 느끼고 뒤를 돌아봤다. 선장이 아르세니에게 뭐라고 소리 질렀다. 하지만 아르세니는 그가 하는 말을 못 들었다. 그러자 선장은 몸을 숙여 아르세니의 귀에 대고 소리 질렀다.

"당신은 성 게르마누스를 보셨습니까?"

아르세니는 부정의 의미로 고개를 가로저었다.

"저는 봤습니다." 이 말을 하고 선장은 아르세니의 머리를 자신의 머리에 기대게 했다. "저는 그분의 기도 덕분에 우리가 살아남을 것이라고 믿습니다."

폭풍이 잦아들진 않았지만 더 강해지지도 않았다. 배는 여전히 좌우로 흔들렸지만 전보다는 덜 위협적이었다. 어쩌면 밤이 된 탓에 사위가 어두워서 커다란 파도가 보이지 않았기 때문인지도 모른다. 어느덧 배는 무기력하게 자연재해의 일부가 돼 있었다.

## K3

다음 날 아침에 아르세니가 갑판으로 나갔을 때 구름 한 점 없는 하늘에서 태양이 빛나고 있었다. 산들바람이 불었다. 돛대 세 개 중에 두 개가 부러졌고, 갑판 위에 있던 모든 것은 씻겨 나갔거나 휘어져 있었다. 선원들과 순례자들은 고인을 위한 기도문을 읊었다. 그들의 팔과 얼굴 여기저기에 상처가 나 있었다.

아르세니는 낯익은 몇 명의 얼굴을 보지 못했다. 그는 죽은 선원들의 이름을 알지 못했고, 함께 지내는 동안 인사말 같은 짧은 한마디라도 거의 들은 바가 없었지만 그들의 부재는 컸다. 그는 이제 그들의 인사를 듣지 못할 것이다.

아르세니가 속삭였다. "영원히."

그는 그들이 마지막으로 갑판 위에서 춤과 비슷한 행위를 하던 일을 떠올렸다. 그는 바닷물 속에서 헤엄치는 선원들의 모습을 상상했다. 어떤 폭풍이 와도 그들을 건드릴 수 없을 정도로 많은 물 속에서 말이다.

기도를 한 후에 선장은 갑판에 모인 사람들에게 말했다.

"오늘 새벽에 저는 성 게르마누스를 일곱 번 뵈었습니다. 그는 이번에도 촛불의 형태로 나타나셨는데, 보는 사람에 따라서는 반짝이는 별이라고 생각할 수도 있었을 것입니다. 불꽃은 선명했다가 약해지기를 반복했는데, 대략 돛대의 절반 정도 크기였고, 계속 배 위에 떠 있었습니다. 예를 들어 그분을 잡으려고 하면 사라지고, 만약 움직이지 않고 '주님의 기도'를 외우면 그대로 15분 혹은 최대 30분까지 있었고, 그분이 나타난 후에는 매번 바람이 더 조용해지고 파도도 더 작아졌습니다. 만약 몇 대의 배가 함께 움직이면 성 게르마누스를 본 배는 살아남지만, 성 게르마누스를 보지 못한 배는 가라앉거나 산산조각 날 것입니다. 양초 두 개가 동시에 나타나는 경우는 드물지만 이런 일을 겪은 배는 반드시 살아남지 못할 것인데, 양초 두 개는 성자가 나타난 것이 아니라 유령이 보인 것이기 때문입니다."

순례자 빌헬름이 말했다. "악마는 절대 혼자 나타나지 않고 무리를 지어서 나타나기 때문이지요."

순례자 프리드리히가 거들었다. "하느님의 것과 진실한 것은 모두 하나이지만, 모든 악마적인 것과 거짓된 것은 많은 것과 같은 이치입니다."

브란덴부르크 출신의 순례자들은 더는 선장과 논쟁을 하지 않았고, 선장은 이것이 기뻤다.

암브로조는 무언가 골똘히 생각하면서 북쪽을 바라봤다. 그는 1865년 10월 1일에 백해에서 일게 될 폭풍을 보았다. 솔로베츠키 수도원의 증기선 '베라호'*가 안제르섬으로부터 볼쇼이 솔로베츠키섬을 향해 가고 있었다. 증기선은 비시니 볼로초크**에서 순례자들을 태워서 이동 중이었다. 배의 측면에 달린 구명보트가 떨어

---

\* 솔로베츠키 수도원이 솔로베츠키 제도에 위치하고 있기 때문에 순례자들을 운송하기 위해 19세기 후반에 해당 배를 구비해서 운행했다.

\*\* 러시아 트베리주에 위치한 도시.

졌고, 선창에 있는 배수펌프가 고장 나서 배에 들어온 물을 밖으로 내보낼 수도 없게 되었다. 배는 바다 위에서 톱밥처럼 힘없이 흔들렸다. 순례자들은 속이 메슥거렸다. 폭풍이 일어날 만한 그 어떤 전조도 없었다는 점에서 놀라웠다. 먹구름도 없었고 비도 내리지 않았지만 허리케인급 바람이 불었다. 그리고 선체의 오른쪽 측면에 볼쇼이 솔로베츠키섬이 흰색 점처럼 깜빡거리는 것이 보였다. 순례자 한 명이 선장에게 물었다.

"바로 섬으로 가지 않는 연유가 무엇입니까?"

선장은 타륜에 시선을 고정한 채로 그의 말을 듣지 못했다는 제스처를 했다.

그러자 순례자는 선장의 귀에 대고 소리 질렀다. "왜 우리는 섬을 향해 바로 가지 않고 오히려 섬에서 멀어지는 겁니까?"

"우리는 바람의 방향대로 움직이기 때문입니다. 이렇게 하지 않으면 배의 측면을 강타하는 파도에 배가 난파될 것입니다."

베라호 선장의 긴 턱수염이 바람에 나부꼈다.

솔로베츠키 제도 출신의 수도자들은 동요하지 않았다. 수영을 할 줄 모르는 이들도 차분하기는 마찬가지였다. 백해를 항해하는 선원들은 통상 수영을 할 줄 모른다. 수영할 수 있어도 도움이 안 되기 때문이다. 백해의 물이 너무 차서 몇 분 이상은 버티기 힘든 탓이다.

성 마르코호의 선장은 죽은 선원들을 잃은 슬픔이 컸기에 흐르는 눈물을 닦아냈다. 그리고 자신을 살려주신 하느님과 성 게르마누스에게 감사 기도를 올렸다. 그는 태양 빛으로 가득 찬 갑판에

서서 길고 진한 아침 그림자를 감상했다. 그러곤 건조되고 있는 나무 냄새를 들이마셨다. 갑판에 누워서 볼을 대고 까칠까칠한 갑판의 나무 표면을 느껴보고 싶었지만 실행에 옮기지는 않았다. 선장답게 감정을 절제해야 했다. 그는 선장이 이성적이지 못하고 감상적이면 선원들이 폭동을 일으킬 것이라고 생각했다. 그는 하나밖에 남지 않은 돛으로 가장 가까운 해안에 배를 정박하기로 결정했다. 다른 방도가 없었다. 바람 한 점 없이 잔잔한 바다 위를 하루 동안 항해를 한 끝에 황금빛 노을이 질 무렵에 성 마르코호는 자파* 해변에 정박했다.

## КИ

이곳은 중동 지역이었다. 아르세니는 이 지역에 대해 많은 얘기를 들었지만 정확하게 어떤 곳인지는 알지 못했다. 프스코프에 있는 동안 중동 지역 특산물을 본 적 있었다. 심지어 중동 지역 출신인 사람들도 봤지만 그곳에서 본 사람들은 북방의 러시아 도시의 삶에 익숙해져서 얌전하고 목소리도 크지 않았다. 그들은 온화하고 차림새가 말쑥했다. 작은 목소리로 말했고, 수수께끼 같은 미소를 짓곤 했다. 몸에서는 이국적인 풀 내음과 향기가 났다. 하지만 자파에 사는 사람들은 그들과 전혀 달랐다.

---

* 이스라엘 텔아비브에 위치한 지역.

422

여행객들을 에워싼 자파 주민들은 주로 아랍인들이었는데, 떠들썩했으며 목소리도 크고 팔을 바쁘게 놀렸다. 자파 주민들은 계속 그들의 옷을 잡으면서 관심을 끌려고 애썼다. 이들은 너덜너덜한 가운을 활짝 펼치고는 자신의 가슴을 때렸고, 기름때가 잔뜩 묻은 소매로 이마와 목에 흘러내린 땀을 닦았다.

아르세니가 암브로조에게 물었다. "이들은 우리에게 무엇을 원하는 것일까요?"

암브로조는 어깨를 으쓱하면서 말했다.

"글쎄요, 대부분의 사람들이 그렇듯 돈이 아닐까 싶습니다."

이때 한 아랍인이 아르세니에게 낙타를 데리고 와서는 그의 한 손에 낙타 고삐를 쥐여주려고 애썼다. 그는 두 손으로 아르세니의 손가락에 고삐를 쥐여주려고 했지만 아르세니가 고삐를 잡지 않아서 고삐가 자꾸 그의 손가락에서 미끄러졌다. 그러자 아랍인이 구부린 손가락을 하나하나를 펴면서 낙타 가격을 보여주었다. 손을 들 때마다 편 손가락 개수가 줄어들었다. 아르세니는 특이하게 생긴 동물을 쳐다봤고, 동물은 아르세니를 내려다봤다. 아르세니는 생각했다. '이 동물은 무척 거만한 표정을 짓고 있군.' 아랍인은 손으로 자신의 가슴을 치며 드디어 아르세니의 손에 낙타 고삐를 쥐여주고는 떠나는 시늉을 했다.

아르세니는 자기도 모르게 고삐를 잡아당겼고, 낙타는 사색에 잠긴 듯한 표정을 지으며 그를 쳐다봤다. 낙타의 성격은 자신을 무척 피곤하게 하는 주인과 반대인 것 같았다. 낙타는 주인이 갑자기 사라진 것을 오히려 기뻐하며 주인이 가는 쪽은 보지도 않았다. 아르세니의 손이 움직이는 것을 보고 또다시 낙타 옆에 아랍인이 나타나서는 낙타의 가격을 손가락으로 가리켰다. 이번에는 구부렸던 손가락을 모두 폈다. 아르세니는 미소를 지었다. 아랍인도 잠시 생각한 후에 덩달아서 웃었다. 낙타도 이빨을 보이며 웃었다. 녹록지 않은 삶 속에서도 그들 모두는 웃음을 잃지 않았다.

자파에서의 삶은 실로 녹록지 않았다. 2세기 전에 이집트 술탄의 근위병들에 의해 폐허로 변한 도시는 결국 재건되지 못했다. 도시는, 항구의 모습을 여전히 지니고 있는 도시에 정박하는 많지 않은 배들 덕분에 유령처럼 신비스러운 삶을 살아가고 있었다. 아니, 자파는 죽은 도시가 아니었다. 아르세니와 암브로조는 이곳에서 이틀을 보낸 후에 이곳에서는 밤마다 사건과 열정이 있는 삶이 흘러간다는 것을 깨달았다. 그들은 이외에도 첫날 저녁에 굉장히 활발한 것처럼 보였던 자파의 주민들이 행동은 느리지만 관찰력을 지녔다는 것을 발견했다.

낮 동안 자파 주민들의 삶을 이끄는 것은 다름 아닌 관찰력이었다. 폭염이 기승을 부리는 낮에 이 사람들은 진흙집 마당에서 시간을 보내면서 축 늘어진 몸으로 잔잔한 바닷바람을 쐬었다. 그들은 부서진 방파제 난간 위에 누워서 낚시 보트나 (드물게) 배들이 항구에 들어오는 모습을 관찰하곤 했다. 이따금 이들은 짐 내리는 것을 도와주기도 했다. 하지만 저녁이 되면 자파 주민들은 활발하게 움직였다. 그들은 낮 동안 축적된 에너지와 온기를 서로에게 전달하거나 타지인들을 향해 쏟아놓았다. 사람들은 해가 지기 전 두 시간 동안 물건을 팔고 물물교환을 하거나 거래를 하고, 서로 합의를 하고 살인을 했다.

다음 날 해가 지기 전에 아르세니, 암브로조 그리고 다른 순례자들은 예루살렘으로 가는 것과 관련하여 아랍인들과 거래를 하는 데에 성공했다. 그들은 여행객들에게 낙타나 당나귀를 데리고 가는 대가로 반 두카트를 요구했고, 둘 중 어떤 동물을 데리고 갈지는 여행가들이 선택하면 되는 것이었다. 아르세니와 암브로조를 포함한 많은 이들이 도보로 가고 싶어 했지만 그곳 주민들은 그렇게 하면 일행으로부터 뒤처진다고 말했다.

그러자 암브로조가 역관을 통해서 상인 일행은 원래 천천히 이동한다고 말했다.

아랍인들이 대답했다. "일반적으론 그럴지 몰라도 지금은 아닙니다. 눈 깜짝할 사이에 일행은 떠나고 혼자 뒤처질 것입니다."

그들은 당나귀와 낙타를 돈을 내고 빌리는 것은 논쟁을 할 문제가 아니라는 것을 깨달았다. 후고 수도자가 타던 두 마리의 당나귀를 기억하고 있었던 까닭에 아르세니와 암브로조는 낙타를 선택했다. 프리드리히와 빌헬름은 당나귀를 타기로 결정했다.

상인 행렬이 떠나려면 아직 시간이 있었지만 순례자들은 시내로 돌아가지 않고 항구에 남았다. 그들 일부는 낮 동안 뜨겁게 달궈진 바위에 기대서 잠을 잤다. 대화를 나누거나 여행을 하는 동안 닳거나 구멍이 난 옷을 수선하는 이들도 있었다. 암브로조는 성상화 앞에 놓아두는 등잔을 꺼내서 거기에 보석을 끼웠다. 그는 이미 성지에 갔었고 등잔을 원래대로 아름답게 만들기로 마음먹었다. 그는 여섯 개의 보석을 홈에 넣고 가브리일 시장이 보여준 것처럼 홈을

에워싼 뾰족한 돌기들을 구부려서 고정했다.

상인 행렬의 보호를 목적으로 순례자들에 의해 고용된 아랍인들은 암브로조가 하는 행위를 말없이 관찰했다. 이들은 인당 1두카트 반을 요구했고, 순례자들은 예루살렘까지 가는 길이 멀지 않기 때문에 비싸다고 생각했다.

아랍인들이 이들의 말을 반박했다. "길이 멀지는 않지만 위험합니다. 곳곳에 죽음이 도사리고 있소. 목숨 걸고 하는 일인 만큼 그에 합당한 대가가 있어야 하오."

K.Q

낙타 등에 타는 방법은 말에 타는 방법과 다르다. 아랍인은 아르세니가 낙타 등에 타는 것을 도와주면서 낙타가 무릎을 꿇도록 만들었다. 아르세니는 동물이 무릎을 꿇을 줄 아는 것을 보고 놀랐고, 두 개의 낙타 혹 사이에 자리를 잡고 앉았다. 낙타가 무릎을 펴고 일어났을 때 아르세니는 하마터면 땅에 떨어질 뻔했다. 낙타가 일어날 때 뒷다리를 먼저 펴기 때문에 기수의 몸이 앞으로 쏠리는 것이다. 낙타는 무릎을 펴고 일어난 후에 슬픈 눈으로 아르세니를 쳐다봤다. '낙타는 무엇 때문에 슬퍼했으며 무엇을 예감한 것일까?'

상인 행렬은 새벽 미명에 출발했다. 아랍인들의 예상과 달리 행렬은 천천히 움직였다. 순례자들의 얼굴에 날이 밝아오는 사막의 모든 색감이 표현되었다. 해가 굉장히 빠른 속도로 떴고, 그와 비숫한 속도로 밤의 선선함이 물러가고 더위가 찾아왔다. 순례자들의 얼굴은 땀과 일행보다 앞서가는 아랍인들이 타고 있는 말의 발굽이 만들어내는 먼지로 뒤덮였다.

두 시간이 지나자 아랍인들은 인당 1두카트씩을 더 내라고 요구했다. 그들은 멀리서 맘루크*들을 보았고, 맘루크들로부터 그들을 보호하려면 돈을 따로 더 내야 한다고 설명했다. 양측이 서로 흥정을 하는 동안 아랍인 한 명이 길을 확인하겠다면서 말을 탄 채로 멀리 갔다. 결국 아랍인들에게 인당 1두카트씩 더 주기로 결정됐다.

이따금 아랍인들은 일행에 뒤처져서 자기들끼리 무언가를 상의했다. 브란덴부르크 출신의 순례자들은 그들이 보았다는 맘루크들과 그들의 행동이 걱정되었고, 일행은 자파로 다시 돌아가자고 설득했다. 아랍인들은 돌아가자는 부탁을 거절했고, 맘루크들과 관련해서는 사막에서 여행객들이 자주 보는 신기루였다고 서둘러 해명했다. 그러자 브란덴부르크 출신의 순례자들과 그들 뒤에 오는 다른 일행이 아랍인들에게 추가로 지급한 두카트를 돌려달라고 요구했고, 아랍인들은 이 또한 거절했다.

이때 암브로조가 말했다. "예감이 좋지는 않지만 지나치게 가까운 미래는 알 수가 없습니다. 그 누구도 쉬운 길을 보장하지 못했기 때문에 편한 길을 기대할 수도 없었지만 과거에도 상황은 마찬가지였어요. 우리는 성스러운 도시에 거의 다 왔고 우리가 도시에

---

*   9세기 중엽부터 이슬람 사회의 군인 엘리트 층을 형성한 백인 노예로, 대부분 어린 시절부터 노예가 되어 군인으로 길러진다.

가까이 가는 것에 대한 저항은 세 배나 커지고 있습니다."

이때 순례자 프리드리히가 말했다. "한나절만 더 가면 도시에 도착하는데 여기에서 되돌아간다면 속상할 것 같습니다."

순례자 빌헬름이 반박했다. "모세는 가나안 땅을 멀리서 볼 수는 있었지만 들어가지는 못했습니다."

프리드리히가 물었다. "우리 중 모세와 닮은 자가 있단 말입니까?"

암브로조가 말했다. "약속된 땅으로 가는 사람은 누구나 모세와 같은 사람입니다. 안 그런가요, 아르세니 형제님?"

아르세니는 말없이 암브로조를 쳐다봤고, 암브로조의 머리가 그의 몸 위로 조금 올라간 것 같은 기분이 들었다. 그의 머리는 여전히 말을 하고 있었지만, 몸과 완전히 분리된 것 같았다. 암브로조의 몸이 뿌연 안개에 가려졌다. 처음에 그의 몸은 불투명했지만 잠시 후에는 완전히 사라졌다. 다른 사람들의 몸은 아직 안개 사이로 보였지만 그들의 몸도 언제 사라질지 몰랐다. 그들 역시 암브로조처럼 자신의 투명한 몸을 잠깐씩 보여주면서 나타났다 사라지기를 반복했다. 아르세니는 자신이 곧 의식을 잃을까 겁이 났다. 다행히 그런 일은 일어나지 않았다.

상인 행렬의 이동은 더 느려졌다. 갑자기 불어닥친 뜨거운 모래 바람이 행렬에 속한 사람들의 눈에 들어갔다. 낙타는 식물에 난 가시를 씹으려고 멈춰 섰고, 당나귀들은 아무런 이유도 없이 멈추곤 했다. 이제 하늘은 땅처럼 노랗게 변했는데, 태양이 하늘 전체를 뒤덮었기 때문이었다. 햇빛과 황사로 인해 눈물이 났지만 눈물은 볼까지 떨어지지도 못한 채 속눈썹에서 말라버렸다. 따라서 순례자들이 처음에는 햇빛과 황사로 인해 맘루크들을 발견하지 못했다.

처음에는 햇빛으로 인해 눈이 부셔서 혹은 황사가 소용돌이쳐서 앞이 보이지 않았고, 그런 후에는 햇빛과 모래바람이 무질서하게 뒤섞이는 듯 보였다. 하지만 이것은 행렬에 속한 이들의 착각이었다. 이 모래바람은 바로 상인과 순례자들로 이루어진 행렬을 향해 달려오고 있었다. 팔레스타인에 사는 이집트인들은 전속력으로 달려왔고, 찾는 대상도 확실한 것 같았다. 맘루크들이 가까이 다가왔을 때 순례자들은 그들 중에서 길을 확인하겠다고 떠났던 아랍인을 발견했다. 말을 탄 맘루크들이 상인 행렬을 에워쌌다.

맘루크들은 솜을 누빈 빨간색 가운을 입고 있었는데 머리에는 노란색 터번이 우뚝 솟아 있었다. 맘루크들은 터번 덕분에 햇빛은 피할 수 있었지만 더위까지 피하지는 못하는 것 같았다. 야외에서도 가운에서 나는 쾨쾨한 냄새가 코를 찔렀다. 맘루크들에 둘러싸인 순례자들은 이러한 악취를 들이마시고 있었다. 한편 아랍인들은 그들로부터 떨어진 채로 무리를 지어서 사태의 추이를 살피고 있었다. 그들은 관여하고 싶은 마음이 전혀 없는 것 같았다.

맘루크들의 우두머리로 보이는 자는 금색 실로 수를 놓은 허리띠를 매고 있었는데 순례자들에게 당나귀나 낙타에서 내리라고 명령했다. 당나귀를 탄 자들은 그의 말이 떨어지기가 무섭게 당나귀에서 내렸지만, 낙타를 타고 있는 이들은 내리는 것이 생각만큼 쉽지 않았다. 브장송 출신의 장 수도자는 낙타를 타고 있었고, 낙타에서 내리려고 했지만 뜻대로 되지 않았다. 그는 낙타의 혹을 잡고 매달려 있었다. 혹에서 뛰어내리는 것은 두려웠고, 그의 두 다리는 공중에 매달려서 이리저리 흔들렸다. 이 모습을 본 맘루크들과 아랍인들은 큰 소리로 웃었다. 결국 맘루크 한 명이 수도자의 두 팔을 채찍으로 내리쳤고, 그제야 수도자는 땅에 쓰러졌다. 이로 인해 낙타가 울부짖기 시작했다. 낙타가 앞다리로 발길질하다가 땅 위에 누워 있는 장 수도자의 머리를 발굽으로 밟았다. 그러자 사람들은 또다시 자지러질 듯이 웃었다. 맘루크들의 우두머리만이 보일 듯 말 듯 조용히 웃었다. 체면상 큰 소리로 웃을 수가 없는 듯했다. 장 수도자는 술에 취한 사람처럼 먼지 구덩이 속에서 두 손으로 무언가를 더듬어 찾았다. 그의 흰머리가 금세 피로 물들었다.

낙타의 주인들이 낙타들을 향해 다가왔다. 그들이 낙타들의 다리를 지팡이로 살짝 치자 낙타들이 무릎을 꿇었다. 그러자 순례자들이 힘들게 낙타 등에서 내려오면서 저린 다리를 접었다 폈다 하면서 근육을 풀었다. 아르세니가 장 수도자에게 다가가려고 하자 맘루크가 그를 주먹으로 내리쳐서 나가떨어졌다. 아르세니는 코피가 나는 것을 느꼈다. 의식이 흐릿한 장 수도자는 여전히 이상한 행동을 계속했다. 자리에서 일어나려고 하는 그의 모습은 등에 떨어진 딱정벌레를 연상시켰다. 기민한 기마병들은 이 모습이 너무 웃겨서 이처럼 재미있는 행위를 멈출 마음이 없어 보였다.

아르세니가 맘루크들의 대장의 얼굴을 쳐다보자 덜컥 겁이 났다. 대장의 미소는 금세 일그러졌다. 그의 표정은 웃음도, 증오도, 심지어 경멸도 표현하고 있지 않았다. 관자놀이 혈관이 부풀어 오를 때마다 먹잇감을 향한 사냥꾼 특유의 강렬한 본능이 꿈틀대는 것이 느껴졌다. 고양이는 배가 불러도 날개를 다친 새를 향해 달려드는데, 이것이 대를 이어서 내려오는 본능이며, 새는 먹잇감처럼 행동하고 사냥꾼이 먹잇감을 향해 무력을 행사하는 습성은 허기나 성욕보다 더 강하기 때문이다.

음욕이 가득한 큰 목소리로 맘루크 대장이 한 손을 흔들자 장 수도자의 가슴에 창이 박혀 흔들렸다. 장 수도자는 창이 흔들리거나 그의 갈비뼈를 부러뜨리지 않도록 하기 위해 창을 낚아챈 후에 창과 함께 옆으로 돌아누웠다. 이번에도 그는 비명을 질렀고, 이 비명에 맘루크들은 황홀감에 빠져들었다. 그들은 대장이 한 손을 내밀자 그에게 새로운 창을 건넸고, 그는 또다시 소리를 지르면서 창을 던졌고, 창은 장 수도자의 옆구리에 맞았다. 수도자는 소리를 지르고 먼지 구덩이 속에서 몸부림쳤고, 대장이 또다시 한 손을 뻗어 창을 던지자 이번에는 수도자의 등에 창이 꽂혔다. 장은 더는 소리 지르지 않았다. 경련을 일으키더니 숨을 거뒀다. 아르세니는 이때 살해당한 자의 얼굴이 암브로조의 얼굴 같아 보였다.

이때부터 맘루크들은 순례자들을 찾아 나섰다. 장 수도자가 죽자 아무도 저항할 엄두를 내지 못했다. 맘루크들은 둘씩 짝을 지어서 순례자들을 한 명씩 한쪽으로 끌고 갔다. 몸수색을 끝낸 순례자들은 일행의 선두로 가라고 명령했다. 맘루크들이 일하는 방식에는 습관과 경험이 느껴졌다. 그들은 먼저 가방을 뒤졌고, 그런 후에는 몸수색으로 넘어갔다. 그들은 경험상 사람들이 돈을 어디에 넣어두는지 잘 알고 있는 듯했다. 그들은 안감과 이중으로 된 가방 바닥을 칼로 찢고, 소매 커프스를 풀고, 부츠 밑창을 뜯어냈다. 중세 시대 사람들의 돈은 종이돈이 아니었기 때문에 숨기기가 여간 까다로운 것이 아니었다.

아르세니의 차례가 되었다. 맘루크들은 칼로 한 번에 안감을 찢어서 발견한 돈만 빼앗아 갔다. 짐이 든 자루는 열어보지도 않았다. 그들은 아르세니에게 그가 타고 온 낙타와 함께 앞으로 가라는 신호를 했다. 아르세니는 땅에 있는 암브로조의 머리를 보았기 때문에 움직이지 않고 서 있었다. 암브로조의 눈이 아르세니를 뚫어지게 쳐다봤다. 반쯤 열린 입 밖으로 혀가 보였다. 코에서는 코피가 흘렀다. 맘루크가 아르세니를 발로 차며 앞으로 가라고 밀었다. 아르세니는 억지로 부자연스럽게 몇 걸음 걸었다. 앞으로 가면서도 시선은 여전히 뒤를 향했다. 시선을 계속 암브로조의 머리에 고정한 채로 걸었다.

자신의 일을 마친 맘루크 두 명이 암브로조를 한쪽으로 옮겼다. 그들은 암브로조의 두 팔을 올리고 몸수색을 했다. (이때 아르세니는 그의 옆에 있는 맘루크를 밀치고 암브로조 쪽으로 한 발을 내디뎠다.) 암브로조는 그의 카프탄을 찢어서 금화를 꺼내는 모습을 차분하게 관찰했다. 그의 짐이 든 자루는 아르세니의 것처럼 대충 검사했다. 암브로조를 풀어주려고 할 때 아랍인이 나타나서 맘루크와 눈빛을 교환하더니 고갯짓으로 그의 짐이 든 자루를 가리켰다.

맘루크가 암브로조의 자루에서 등잔을 꺼냈다. 한낮의 태양 아래에서 등잔에 박힌 보석들이 반짝거렸다. 암브로조는 맘루크에게서 등잔을 빼앗고는 역관에게 무슨 말을 했다. (아르세니는 포승을 뿌리치고 암브로조 쪽으로 다가갔다.) 역관은 햇빛을 받아 반짝거리는 보석에 시선을 빼앗긴 채로 그의 말을 통역했다. 맘루크가 등잔을 빼앗으려고 손을 뻗었지만 암브로조는 그가 등잔을 만지지 못하게 하면서 등잔을 쥔 자기 손을 옆으로 치웠다. 암브로조는 수가 놓인 허리띠를 맨 맘루크 대장이 뒤에서 말을 타고 그를 향해 오는 것과 칼을 위로 든 것을 보지 못했고, 아르세니는 있는 힘껏 맘루크의 한쪽 다리에 매달렸다.

암브로조는 상트페테르부르크에 있는 페트로파블롭스크 성당의 첨탑을 향해 십자가를 지닌 천사가 천천히 내려오는 모습을 보았다.[*] 천사는 잠시 착지 지점을 치밀하게 확인하느라 공중에 멈춰 있더니 확인이 끝난 후에는 첨탑 끝에 있는 금도금한 사과 모양 조각상 위에 천천히 십자가를 내려놓았다. 그 후로 천사가 사라졌고, 복구 작업을 하고 나서야 천사는 원래 자신이 있던 자리로 돌아갔다. 헬기 MI-8 한 대가 날개를 열심히 돌리면서 그 위에 떠 있었다. 이렇듯 쉽지 않은 여건 속에서 고공 작업자 알베르트 미하일로비치 튜큐넨은 특수 합금으로 제작된 볼트로 십자가를 고정했다. 고공 작업자의 긴 머리카락이 바람에 나부끼며 그의 눈을 찌르고 입에 들어왔다. 튜큐넨은 천사가 달려 있는 첨탑 위로 내려오면서 자신이 헬기 밑에서 무언가를 조립할 때면 늘 쓰곤 하는 비니를 두고 온 것을 후회했다. 그는 자신의 건망증과 상공에 올라올 때면 늘 머리를 자르겠다고 다짐하고는 땅에 내려오면 남몰래 긴 머리를 자랑스러워하며 자신과의 약속을 깬 스스로를 원망했다. 그는

---

[*] 실제로 천사 모양을 한 조각상이 첨탑 꼭대기에 있는 십자가를 잡고 있다.

진심으로 자기 자신을 원망했지만 천사가 옆에 있었기 때문에 표현에 있어서 선을 넘지는 않았다. 여러 가지 난관은 있었지만 지상으로부터 122미터 높이에 있는 알베르트 미하일로비치의 눈에는 토끼섬, 상트페테르부르크, 심지어 나라 전체가 한눈에 보였다. 이외에도 그는 먼 팔레스타인에서 금도금되지 않은 진짜 천사가 이탈리아인 암브로조 플레키아의 영혼을 가져가는 모습도 보았다.

평안의 책

ã

아르세니가 루시에 돌아온 것은 1480년대 중반이었다. 조금 더
정확히는 1487년 10월에 이미 프스코프에 와 있었는데 이때는 흑
사병이 그곳에서 시작된 시기이기도 했다. 아르세니가 프스코프에
돌아올 무렵에는 몇몇 사람들이 그를 잊은 뒤였다. 시간이 많이 흘
렀다기보다는 (사실 그가 떠난 후로 그리 많은 시간이 흐르지는 않
았다) 인간의 기억력이라는 것이 좋지 못해서 친인척들만 기억하
기 때문이다. 친인척 관계가 아닌 이들은 (모두에게 아르세니는 그
런 사람이었다) 대부분 기억에서 사라지기 일쑤였다. 떠난 사람은
쉽게 잊는 데다 통상 그의 모습을 애써 재현해내지는 않는다. 물론
사진을 보면 기억하는 경우가 있긴 했다. 하지만 중세 시대에는 사
진이 없었기 때문에 망각을 돌이킬 수는 없었다.

프스코프의 많은 주민들은 아르세니를 보고도 기억해낼 수 없었

는데, 그를 못 알아봤기 때문이었다. 아르세니는 유로디비의 도시에 온 사람과 닮지도 않았고, 순례자의 도시를 떠났던 사람 같지도 않았다. 아르세니는 변했다. 검게 그을린 얼굴은 러시아인들과 달랐고, 그런 얼굴로 인해 밝은 머리카락이 더 밝아 보였다. 얼핏 보면 중동의 뜨거운 태양 아래에서 머리카락이 탈색된 것처럼 보였지만 조금 더 가까이 다가가서 자세히 보면 아르세니의 머리카락은 밝은색이 아니라 백색에 가깝다는 것을 알 수 있었다.

아르세니는 백발이 되어 돌아왔다. 콧부리 위로 이마 전체를 가로지르는 흉터가 깊고 슬픈 주름처럼 보였다. 아르세니의 얼굴에 생긴 진짜 주름과 함께 흉터는 그의 얼굴에 성상화 특유의 슬프면서 차분한 표정을 만들어주었다. 어쩌면 백발도 흉터도 아니고 아르세니의 이러한 표정으로 인해 프스코프인들이 그를 못 알아봤는지도 모를 일이다.

그는 프스코프에 돌아와서 아무에게도 아무 말도 하지 않았다. 말수 자체가 적은 편이었다. 유로디비로 행세하던 때만큼 말수가 적은 것은 아니었을지도 모르지만 이제 그가 하는 말은 침묵과는 다른 고요 같았다. 그는 가브리일 시장을 찾아가서 말했다.

"평안하시길 바랍니다, 시장님. 시장님, 저를 용서하세요."

가브리일 시장은 아르세니의 눈에서 힘들었던 그의 모든 여정을 보았다. 암브로조의 죽음도 보았다. 그래서 그는 아무것도 묻지 않았다. 아르세니를 끌어안고 그의 한쪽 어깨에 얼굴을 묻고 울었다. 아르세니는 움직이지 않고 그 자리에 서 있었다. 아르세니는 시장의 뜨거운 눈물이 목을 타고 흘러내리는 것을 느꼈지만 정작 그 자신은 울지 않았다.

가브리일 시장이 말했다. "우리 집에 머무시오."

아르세니는 고개를 숙였다. 그는 이제 자신이 머무는 곳에 많은 의미를 부여하지 않았다.

아르세니는 유로디비 포마에게 가려고 했지만 그 무렵 포마는 이 세상 사람이 아니었다. 포마는 아르세니가 떠나고 얼마 안 있어서 자신의 죽음을 예언하고는 프스코프 주민들과 작별 인사를 했다. 죽음을 앞두고 기력이 쇠해가는 와중에도 포마는 힘을 내서 마지막으로 도시를 한 바퀴 돌면서 가장 뻔뻔한 악마들을 골라 그들을 향해 돌을 던졌다. 다들 포마가 죽어간다는 것을 알고 있었기에 그가 마지막으로 도시를 둘러볼 때 도시에 사는 모든 사람들이 그와 동행했다. 포마의 두 다리에 힘이 빠져서 엉키자 사람들이 그가 걸을 수 있도록 도와주었다.

"사망의 어둠이 나를 에워싸고 빛이 내 눈으로부터 멀어졌구나." 포마는 도시의 절반을 걸은 후에 소리 질렀다.

그가 더는 아무것도 볼 수 없었기 때문에 사람들이 그의 손에 돌멩이를 쥐어줬고, 그러자 그는 마지막 남은 힘을 이용해 악마들을 향해 돌멩이들을 던졌다. 이렇게 하면서 그는 도시의 나머지 절반을 돌았는데, 눈이 멀자 그의 영적인 눈이 더 밝아졌기 때문이다.

도시에서 악마들이 사라져서 깨끗해지자 포마는 교회 입구에 반쯤 누워서 말했다. "내가 악마들을 영원히 내쫓았다고 생각하는 건 아니지요? 짧으면 5년, 길어야 10년 정도일 겁니다. 그다음은 어떻게 하실 겁니까? 이제 적어보세요. 머지않아 이곳에 흑사병이 돌겠지만 예루살렘에서 돌아온 하느님의 종인 아르세니가 여러분을 도와줄 겁니다. 때가 되면 아르세니도 이곳을 떠날 겁니다. 그러면 여러분은 마음을 단단히 먹고 정신을 집중해야 할 겁니다. 여러분 모두 어른이니까 말입니다."

포마는 자기가 한 모든 말을 사람들이 받아 적은 것을 확인한 후에 눈을 감고 죽었다. 하지만 잠시 후에 아주 잠깐 동안 눈을 뜨고는 덧붙였다. "추신. 아르세니가 오면 벨로오제로의 성 키릴 수도원에 가보라고 하세요. 끝."

이 말을 마지막으로 남기고 유로디비 포마는 죽었다.

Ꞵ̃

아르세니는 포마가 남긴 편지를 다 읽은 후에 잠시 생각에 잠겼다. 시장의 집 옆에 지은 별채에서 시장의 배려로 7일간 지내는 동안 별채에만 머물렀다. 그곳에서 더 지낼 수도 있었겠지만 8일째 되는 날에 역병이 돈다는 소식이 프스코프 전체에 퍼졌다. 시장이 아르세니가 묵고 있는 별채에 들어와서 말했다.

"포마가 말한 대로 되었소. 우리는 하느님의 은총과 아르세니 당신의 위대한 재능만 믿소."

아르세니는 성상화를 향해 무릎을 꿇고 가브리일 시장을 등지고 있었다. 그렇게 그는 기도했는데 그가 시장이 한 말을 들었는지는 알 수 없었다. 시장은 잠시 더 서 있다가 그가 한 말이 아니어도 아르세니가 지금의 모든 상황을 충분히 이해할 것이라 생각하며 조금 전에 자신이 한 말을 되풀이하지 않았다. 그리고 가브리일 시장은 마룻바닥이 삐거덕거리지 않도록 조심해서 걸으면서 밖으로 나갔다. 다음 날, 기도를 마친 아르세니도 밖으로 나갔다.

현관 앞에는 한 무리의 사람들이 그를 기다리고 있었다. 아르세니는 말없이 그들을 한 번 둘러봤다. 사람들 역시 아무 말도 하지 않았다. 달리 말이 필요 없다는 것을 이해하고 있었기 때문이다. 그들은 포마의 예언을 기억하고 있었고, 따라서 그들이 처한 곤경에서 그들을 도와줄 수 있는 유일한 사람은 아르세니뿐임을 알고 있었다. 한편 아르세니는 자신의 능력의 한계를 알고 있었고, 사람들 역시 그의 지식에 대해 알고 있었으며, 사람들이 그에 대해 안다는 사실이 아르세니에게도 전달되었다. 사람들의 생각 속에 근거 없는 기대가 남고 아르세니가 이 기대를 저버릴 수도 있다는 두려움이 사라질 때까지 아르세니와 사람들은 서로를 쳐다봤다. 그후에 아르세니는 현관에서 내려가서 역병을 치료하러 갔다.

그는 이 집 저 집을 다니면서 아픈 사람들을 진찰했다. 부어오른 림프선종을 치료하고, 빨은 황과 달걀노른자를 주고, 토사로 더럽혀진 몸을 닦아주고, 측백나무 톱밥을 태운 연기로 그들의 집을 소독했다. 살 가망이 없는 사람들도 그를 놓아주려고 하지 않았는데, 그가 옆에 있으면 통증이 완화되고 잠시나마 절망적인 상황을 잊을 수 있었기 때문이다. 그들은 아르세니의 손을 잡고 놓아주지 않았으며, 그들의 손을 뿌리칠 자신이 없던 아르세니는 그들이 숨을 거둘 때까지 몇 날 며칠 밤을 그들과 함께했다.

아르세니가 우스티나에게 말했다. "마치 내가 먼 과거로 돌아온 것 같은 기분이 드는구려. 사람들도 그때 치료하던 사람들과 비슷하고 증상도 비슷해서 한때 내가 치료했던 사람들을 다시 만난 것 같은 기분도 든다오. 시간이 과거로 돌아갔거나 내가 어떤 원점으로 다시 돌아가는 건 아닌가 하는 생각이 든다오. 그렇다면 돌아가는 길에 당신을 만날 수 있지는 않을까 하는 생각도 해본다오."

아르세니의 손은 과거에 환자들을 치료하던 일을 금세 기억해 냈고, 이제는 손이 스스로 흑사병으로 생긴 염증을 치료했다. 그는 자신의 노력한 손동작을 보면서, 손이 하는 행위들이 습관처럼 굳어져버리는 바람에 환자들을 치료하지만 의술과는 직접적인 연관이 없는 바로 그 놀라운 치유의 은사를 겹쳐서 사라지게 하지는 않을까 하는 두려운 마음이 들었다. 아르세니는 환자들을 치료하면서, 빻은 황을 달걀노른자에 섞은 것 때문이 아니라 바로 이러한 그의 능력으로 인해 병이 낫는 것이라는 확신이 점점 더 강해졌다. 황과 달걀노른자가 도움이 되지 않는 것은 아니지만 아르세니가 느끼기에 이것들이 질병 치료에 직접적인 도움을 주는 것 같지는 않았다. 중요한 것은 아르세니 내면의 작업, 즉 환자와 혼연일체가 되어서 기도에 집중할 수 있는 그의 능력이라고 여긴 것이다. 만약 환자가 건강을 회복하면 이것은 곧 아르세니가 치유되는 것과 같았다.

만약 환자가 죽어가면 아르세니도 환자와 함께 죽어갔다. 그리고 환자는 죽고 자신은 살았다는 것을 깨달으면, 눈물을 펑펑 흘리면서 환자는 죽고 자신은 살아 있는 것을 부끄러워했다. 그러던 어느 날 아르세니는 그들의 죽음의 원인이 병이 깊어서가 아니라 그의 기도가 약한 탓임을 깨달았다. 그는 자신 때문에 환자들이 죽었다고 여기며 죄책감으로 인해 매일 회개 기도를 했다. 그는 모든 환자를 대할 때 마치 그 전에 수많은 환자를 치료한 적이 없이 그가 첫 환자인 것처럼 치료했으며, 환자에게 깨끗하고 놀라운 치유의 능력을 행사했는데, 이것만이 완치될 희망을 주었기 때문이다.

아르세니는 질병을 치유하려고 애썼을 뿐만 아니라 공포를 극복하려고 노력했다. 도시 이곳저곳을 다니면서 사람들에게 두려워하지 말라고 당부했다. 아르세니는 그들에게 계속해서 조심하라고 조언하면서 위험한 결과를 초래할 수 있는 공황 상태에 빠지지 말라고 했다. 그는 하느님이 원치 않으시면 사람의 머리에 있는 머리카락 한 올도 떨어지지 않을 것임을 상기시키며 집에만 있지 말고 가까운 이들을 도우라고 호소했다. 하지만 많은 이들은 이것을 잊곤 했다.

역병이 돌기 시작한 처음 몇 주간 아르세니는 자신이 견뎌내지 못할 거라 생각했다. 그는 기진맥진했다. 집에 갈 힘이 없어서 자주 환자의 집에서 쪽잠을 잤다. 하지만 얼마간 시간이 지나자 아르세니는 처음보다 몸이 덜 피곤한 것을 깨닫고 그런 자신의 모습에 놀랐다.

아르세니가 우스티나에게 말했다. "지금 나는 적응하지 못할 것 같다고 생각한 일에 적응하고 있는 듯하오. 내 사랑, 이번에도 깨달은 사실은 기력보다는 의지의 문제라는 것이오."

아르세니는 하루에 두세 시간씩만 잤고, 자는 동안에도 자신을 에워싸는 슬픔으로부터 자유롭지 못했다. 꿈속에서 병으로 인해 몸에 부종이 생긴 환자들을 봤고, 그들은 그에게 병을 고쳐달라고 했지만, 그는 그들이 이미 죽었다는 것을 알고 있었기 때문에 아무런 도움도 줄 수 없었다. 그의 꿈은 과거에 실제로 일어났던 일을 나타냈다. 시간이 정말로 다시 과거로 돌아가고 있었다. 그가 겪은 사건들이 너무 크고 강렬해서 시간은 이 사건들을 담을 수 없었다. 시간은 마치 여행객의 여행 가방에서 내용물이 솔기를 따라 흘러내려서 여행객에게 내용물이 보이듯 하였고, 그는 그것을 처음 보는 것처럼 자세히 살펴봤다.

Г̃

아르세니는 성묘 교회에 있는 예수의 분묘 앞에서 말했다. "하느님, 하느님께 오기 전에 살았던 제 삶과 제가 주님 앞에 있습니다. 또한 형용할 수 없는 주님의 은총로 인해 앞으로 제가 살아갈 삶도 있습니다. 사실 예루살렘에 도착하기 직전에 강도를 만나 칼로 베임을 당해서 지금 이곳에 오게 되리라고는 생각도 못 했기 때문에 지금 이렇게 주님 앞에 서 있는 것을 저는 하느님의 한량없는 은총이라고 생각합니다. 저와 제가 영원히 잊지 못할 소중한 벗인 암브로조는 강물에 빠져 익사한, 프스코프 시장의 딸인 안나를 기리기 위해서 등잔을 가져오고 있었습니다. 하지만 지금 제게는 등잔도, 제 벗인 암브로조도 없고, 제가 여행길에서 본 많은 이들 역시 저의 죄로 인해 잃고 말았습니다. 지금 이곳에서 저는 벗을 위해 자기 목숨을 바친 호위병 블라시를 떠올립니다. 블라시는 현재 휴거를 기다리며 폴란드 땅에 묻혀 있기 때문에 제가 주님 앞에서 그의 죄를 고백하겠노라고 약조하였나이다. 우리의 그리스도시여, 주의 종들을 의인들과 함께 안식케 하시고, 자애로우신 이여, 주는 선하시니 그들이 고의로 또 고의가 아니게, 알게 또 모르게 범한 모든 잘못을 너그러이 봐주시어 성경에 기록된 대로 주의 궁전에 들이소서. 이것은 당신의 종인 우스티나와 관련된 기도이며 제 삶에서 가장 중요한 기도이기도 합니다. 만약 이생의 공후의 그물에 걸려들지 않았다면 그녀의 남편이 될 수도 있었겠지만 지금 저는 그녀의 남편으로서 주님께 부탁드리는 것이 아닙니다. 만약 제가 악마의 덫에 걸리지 않았다면 남편이 되었을 수도 있겠지만, 지금 저는 그녀의 남편이 아니라 그녀를 죽인 살인자로서 하느님께 부탁드립니다. 제가 저지른 죄로 인하여 저는 이생과 사후 세계 모두에서 그녀와 연결되어 있습니다. 우스티나를 죽게 만든 후 저는 그녀가 하느님이 주신 재능을 펼치고 발전시키고 하느님의 빛을 통해 빛날 수 있는 기회를 빼앗았습니다. 저는 그녀를 위해 제 목숨을 바치고 싶었는데, 더 정확히 말씀드리면 제가 빼앗은 그녀의 목숨 대신 제 목숨을 바치고 싶었습니다. 이 일을 하기 위해서는 제 영혼을 파멸에 이르게 할 수 있는 대죄를 지어야 하는데 누가 이런 생명을 필요로 할까요? 그래서 저는 제가 사용할 수 있는 유일한 방법으로 그녀를 위해 제 목숨을 바치기로 마음먹었습니다. 저는 제 힘이 닿는 대로 우스티나의 이름으로 그녀를 대신해서 제 이름으로는 절대로 하지 않았을 선한 일들을 하려고 노력했습니다. 물론 사람 한 명 한 명은 대체 불가한 존재라는 것을 알고 있고, 특별히 착각한 것도 아니지만 달리 제가 제 죄를 뉘우칠 방법이 어디 있었 겠습니까? 하지만 슬프게도 제 노력의 열매는 너무도 미약하고 볼 품없어서 저는 수치스러움 외에는 아무런 감정도 느끼지 못했습니다. 하지만 저는 이 일을 관두지 못했는데, 다른 일을 더 잘할 자신이 없었기 때문입니다. 저는 제 인생 여정에 대한 확신이 없고, 그래서 앞으로 나아가는 것이 점점 더 힘듭니다. 알 수 없는 길을 따라 오래도록 혹은 아주 오랫동안 걸을 수는 있지만 그 길을 따라 영원히 걸어서는 안 됩니다. 그 길이 우스티나를 구원해줄까요? 만약 제가 어떤 표지를 받거나 희망이 조금이라도 있다면……. 전 늘 우스티나와 대화를 하며 그녀에게 이 세상에서 일어나고 있는 일과 제 생각에 대해 이야기하고 있는데, 저는 그녀가 언제든 이 세상에서 무슨 일이 일어나는지 알기를 원하기 때문입니다. 하지만 그녀는 말이 없습니다. 그녀는 심성이 착하기 때문에 저를 용서하지 못해서 그토록 오랫동안 침묵하는 것은 아닐 것입니다. 그보다 그녀는 제게 대답할 수가 없어서 침묵하거나 저를 나쁜 소식으로부터 다만 보호하고 싶은 것일지도 모릅니다. 가슴에 손을 얹고 생각해보면 제가 복된 소식을 기대할 수는 없을 것 같아서 그런 듯합니다. 저는 제 사랑으로 그녀의 사후에 그녀를 구원할 수 있다고 믿지만 믿음 외에도 한 방울의 확신이 필요합니다. 그리스도시여, 제 길이 올바르며 제가 가진 확신을 갖고 가장 어려운 길을 따라 걸어도 되고, 아무리 오래 걸어도 더 이상 피로를 느끼지 않으리라는 것을 알 수 있도록 제게 어떤 형태로든 표지를 주십시오."

예수의 분묘 앞에 서 있던 원로가 물었다. "당신은 어떤 표지와 어떤 확신을 원합니까? 모든 길은 저마다 위험을 내포하고 있다는 것을 모르십니까? 모든 길이 이렇다는 것을 모른 채로 앞으로 가는 것이 의미가 있을는지요? 믿음이 적다고 말하면서 확신까지 원하다니요. 미래를 안다면 영적인 노력을 할 필요가 없어지지요. 하지만 믿음을 얻기 위해서는 스스로가 노력을 해야 합니다. 확신은 평안의 다른 말이며, 믿음은 행위와 연결돼 있기 때문입니다."

아르세니가 물었다. "하지만 하느님을 경외하는 이들은 평안의 조화를 추구하지 않습니까?"

원로가 대답했다. "그들은 믿음을 갖고 자신의 길을 걸었습니다. 그들의 믿음은 너무나도 강해서 확신이 되었지요."

아르세니가 말했다. "저는 다만 방향성 정도라도 알고 싶은 겁니다. 저와 우스티나가 가야 할 길 말입니다."

원로가 물었다. "예수님이 걸으신 길로 가면 되는 것 아닌가요? 어떤 길을 더 찾고 있는 것일까요? 그리고 당신이 이해하는 길이라는 것이 이미 지나온 길은 아닐까요? 당신은 의문을 해소하지 않은 채 예루살렘까지 오셨지요. 이를테면 벨로오제로의 성 키릴 수도원에서 의문을 해소할 수도 있었지만 그러지 않으셨지요. 여행이 의미 없다고 말씀드리는 것은 아닙니다. 여행엔 여행 나름의 의미가 있습니다. 다만 형제님이 좋아하는 알렉산드로스 대왕과 같은 길은 가지 않았으면 합니다. 그분은 목적 없는 길을 갔으니까 말입니다. 수평적인 행위에 지나치게 몰입하지 마십시오."

아르세니가 물었다. "그렇다면 무엇에 열중해야 할까요?"

원로는 위를 가리키면서 대답했다. "수직적인 행위에 집중해야 하지요."

성당의 둥근 지붕 한가운데에 동그랗고 검은 구멍이 뚫려 있었는데, 하늘과 별들이 보이도록 이렇게 만들어둔 것이었다. 별이 보이긴 했지만 빛바랜 모습을 띠고 있었다. 아르세니는 날이 밝고 있다는 것을 깨달았다.

$$\tilde{\text{A}}$$

2월 즈음 역병이 잦아들기 시작했다. 겨울이 끝날 무렵 추위가 얼마나 매섭던지 병균이 죽을 정도였다. 2월이 되자 아르세니의 일은 현저하게 줄었지만 체력은 한계에 다다랐다는 것을 느꼈다. 수개월 동안 병마와 싸워 이기느라 기진맥진한 데다 춘곤증까지 더해져서 더 힘들었다. 아침에 일어나는 것이 점점 더 힘들어졌다. 아르세니는 왕진을 하러 나가면서 가는 길에 몇 번씩 앉아서 쉬었다. 아르세니가 기진맥진한 것을 본 가브리일 시장이 말했다.

"프스코프 주민들이여, 이곳에 있는 수많은 환자를 돌보느라 이분은 이제 기진맥진한 상태요. 그러니 이제 이분을 더는 힘들게 하지 말아주시기 바랍니다."

2월 말경에 더 이상 그 누구도 역병에 감염되지 않았다. 아르세니는 쉴 수 있게 되자 잠을 잤다. 그는 정확히 반달, 즉 15일 밤낮으로 잠을 잤다. 아르세니는 역병이 도는 동안 에너지를 미래에 쓸 것까지 빌려 쓴 것임을 알고 있었고, 이제 그렇게 쓴 에너지를 다시 채우고 있었다. 이따금 목이 말라서 잠에서 깰 때도 있었지만 물을 마신 후에는 다시 바로 잠에 빠져들었는데, 눈꺼풀이 떠지지 않았기 때문이었다. 그는 예루살렘과 팔레스타인으로 가는 길과 암브로조의 생전 모습이 나오는 꿈을 계속 꾸었다. 16일째 되던 날 아르세니의 기나긴 잠이 끝났고, 그는 체력이 다시 서서히 돌아오는 것을 느꼈다.

잠에서 깬 후에 아르세니는 봄이 왔다는 것을 깨달았다. 그는 한 해를 봄을 기준으로 측량해왔다. 다른 계절과 달리 봄의 도래가 가장 눈에 띄었고 강렬했다. 보통 아르세니는 봄이 오길 기다렸지만 지금은 봄의 한가운데에서 잠을 깼고, 그의 모습은 마치 어느 화창한 날 잠을 깨서 해가 중천에 떠 있는 것을 보고 바닥에 있는 태양의 밝은 빛이 흔들리는 것과 햇빛을 받아 은빛으로 반짝이는 거미줄을 보며 감사의 눈물을 흘리는 사람과 흡사 닮아 있었다. 아르세니는 냄새와 공기의 상태로 판단했을 때 이 봄이 자신이 어렸을 때 겪었던 봄과 정확히 일치한다고 생각할 뻔했으나 그 즉시 정신을 차렸다. 아르세니는 이제 과거의 그가 아니었으며, 따라서 현재의 봄도 어린 시절의 봄과 완전히 다를 터였다. 과거의 봄과 달리 현재의 봄은 더 이상 온 세상을 가득 채우지 못했다. 봄은 아름다운 꽃과 같았지만 아르세니는 오래전부터 이 정원에는 다른 식물들도 있다는 것을 알고 있었다.

그는 프스코프를 향해 걸어갔고, 나무가 깔린 길에서 그의 발걸음에 맞춰 나무 부딪히는 소리가 났다. 나무들에는 새순이 돋아났고, 공기 중에는 겨울이 끝난 후에 처음으로 먼지가 날아다녔다. 성 요한 수녀원을 향해 다가가 벽에 난 구멍을 찾아서 공동묘지 안으로 들어갔다. 벽 옆에 있는 낯익은 나무들을 보고는 눈물을 흘렸는데, 이 나무들은 이제는 돌아오지 않는 지난 삶과 맞닿아 있었기 때문이다.

공동묘지에서는 수녀원장과 수녀들이 그를 이미 기다리고 있었다. 수녀원장이 말했다.

"포마의 예언은 필연성을 띱니다. 이것은 피하고 싶어도 피할 수 없다는 것을 의미하지요. 그러니 형제님은 벨로오제로의 성 키릴 수도원으로 떠나야 하고, 빠르면 빠를수록 좋습니다."

가브리일 시장은 자신의 궁에서 어깨를 으쓱하기만 할 뿐이었다. 그 역시 포마의 예언을 기억하고 있었지만 마음속 깊숙이 아르세니가 세상 종말까지 프스코프에 있기를 바랐다. 그랬다면 그의 마음이 더 편안했을 것이다. 하지만 시장은 아르세니가 계속 그곳에 남아 있으리라는 확신이 들지 않았다.

성 키릴 수도원 측에서 전갈을 보내왔다. "우리는 그를 맞이할 준비가 돼 있습니다. 가브리일 시장님께는, 불만을 갖고 바퀴 밑에 나무 막대기를 놓아서 그가 출발하는 것을 방해하는 일은 없도록 해달라고 전해주십시오. 물론 그가 걸어서 오는 것이 아니라면 말입니다."

그러자 가브리일 시장이 이해할 수 없다는 투로 말했다. "몸이 이토록 쇠약한 사람을 어떻게 걸어가게 놔둔단 말입니까? 그가 프스코프와 이 일대에 행한 공로에 부합하는 것을 준비하는 게 마땅하겠지요."

이들은 아르세니에게 시장의 마차를 제안하고 싶어 했지만 그는 말을 선택했다. 마차는 몸이 허약한 여자나 아이들을 위한 것이었다. 모두들 이것을 알고 있었기에 아르세니가 남자에게 적합한 것을 타고 가고 싶어 하는 마음을 이해했다. 그의 몸은 아직 완전히 회복되지 않았지만 아무도 그가 말을 타고 가는 것을 만류하려 들지 않았다. 시장은 다만 만일을 대비해서 다섯 명이 그를 수행하는 것만은 고집을 부렸다. 당시는 힘든 시기였고 예기치 못한 상황은 자주 발생했다.

아르세니를 배웅하기 위해 프스코프 주민 전체가 나오다시피 했다. 그의 혈색은 창백하다 못해 투명했지만 말안장 위에 안정적으로 앉아 있었다.

성 요한 수녀원의 수녀원장이 말했다. "그는 가는 길에 건강을 완전히 회복할 겁니다. 여행만큼 훌륭한 약도 없는 법이니까요."

평소에는 감정을 드러내지 않던 가브리일 시장이 흐르는 눈물을 숨기지 않았다. 그는 아르세니를 더 이상 보지 못하리라는 것을 알고 있었다. 아르세니가 떠남으로 인해 프스코프인들은 조금 두려웠다. 그들은 다만 역병이 사라졌고 도시에 일상이 돌아오고 있다는 것과 이러한 상태가 적어도 앞으로 5년간은 지속되리라는 생각을 하자 안심이 되었다. 세상 종말이 도래할 것이므로 프스코프 주민들은 새로운 역병이 돌 수 있다는 우려도 하지 않았다.

아르세니는 여행을 하는 동안 정말로 건강을 회복했다. 들판과 숲의 풀이 출렁이며 내는 소리를 들으면서 말이다. 러시아 땅은 치유의 능력이 있었다. 당시만 하더라도 러시아 땅은 무한하지 않았고, 힘을 빼앗아 가지 않고 오히려 여행자들에게 에너지를 주었다. 말발굽 소리를 듣는 것도 기분이 좋았다. 아르세니는 동행인들을 뒤돌아보지 않고, 그의 뒤에서 조금 뒤처져서 세상에서 가장 소중한 벗인 암브로조가 말을 타고 오고 있으며 그의 뒤에는 상인 행렬이 있고 상인 행렬 안에는 그가 과거 언젠가 헤어졌던 모든 이들이 있다고 상상했다.

기수들은 빨리 달렸다. 서둘러 가야 할 곳이 있었다기보다는 (아르세니는 영원을 향해 달렸기 때문에 서두를 이유가 없었다) 빠른 동작이 아르세니의 내면에 부합했고 사기를 높여주었기 때문이다. 하지만 기수들보다 더 빨리 달린 것은 아르세니의 위대한 명성이었다. 그의 명성은 그들 모두를 앞질러 가면서 그들을 향해 다가오는 수많은 사람들이 길을 내도록 만들었다. 사람들을 만나면 아르세니는 말에서 내렸다. 그는 그에게 말을 걸고 싶어 하는 모든 사람들의 말을 끝까지 들어주려고 애썼다.

많은 이들이 그가 병을 치료해주길 원했다. 그러면 아르세니는 그들을 한쪽으로 데리고 가서 그들의 몸을 자세히 살펴봤다. 그는 자신이 이 사람들을 도울 수 있는지 확인하고자 했다. 치료할 수 있는 환자라면 치료해주었다. 하지만 도와줄 수 없는 상황이라면 기운을 북돋울 수 있는 말로 위로하려 애썼다. 이를테면 이런 식이었다.

"당신의 병은 내 능력을 넘어서지만 하느님의 자비는 인간의 능력 위에 있습니다. 기도하고 절망하지 마십시오."

혹은 이렇게 말하기도 했다.

"통증이 죽음보다 더 두렵다는 것을 압니다. 당신의 죽음은 고요할 것이며 고통스럽지 않을 것입니다."

질병과는 무관한 질문을 하는 이들도 많았다. 그들은 다만 소문으로만 듣던 사람과 얘기를 나누고 싶었을 뿐이었다. 그런 경우 아르세니는 그들과 대화하지 않고 한 손을 그들의 몸에 갖다 댔다. 그의 손길은 그 어떤 말보다 더 깊이가 있었다. 그러면 질문했던 사람의 머릿속에 질문에 대한 해답이 떠올랐는데, 해답을 알고 있다는 것을 인지하지 못한 채로 질문하는 경우가 종종 있기 때문이다.

마지막으로, 병에 걸리지도 않았고 질문도 전혀 하지 않는 사람들이 굉장히 많았는데, 대부분의 사람들은 건강하며 질문도 하지 않기 때문이었다. 이 사람들은 아르세니를 보는 것만으로도 복을 받을 수 있다는 소문을 들었기 때문에 그를 보러 온 것이었다.

아르세니가 길에서 사람들을 만나는 데에는 시간이 꽤 많이 걸렸고, 여정도 상당히 길어졌다. 하지만 아르세니는 서두르려 하지 않았다.

아르세니는 우스티나에게 말했다. "만약 내가 이 사람들의 말을 귀담아들어주지 않고 이 길을 간다면 이 길은 무의미할 것이오. 내 사랑, 당신을 구원할 수 있는 것은 우리가 함께 행하는 선한 일인데, 우리 둘이서만 할 수 있겠소? 그렇지 않소. 이것은 다른 사람들을 통해서만 할 수 있고 하느님이 우리를 긍휼히 여기셔서 우리에게 이 사람들을 보내시는 것이라오."

사람들은 아르세니가 도착하기 며칠 전부터 그가 올 것을 알고 있었기 때문에 그가 누구 집에서 묵을지 미리 정해놓았다. 이 사람들은 아르세니가 최대한 편하게 지낼 수 있도록 노력함과 동시에 그로 인해 자신들이 복을 받길 원했다. 아르세니의 명성과 함께 그가 누군가의 집에 머무르면 그를 환대한 주인집에 큰 복이 깃든다는 소문이 퍼졌기 때문이었다. 한편 아르세니는 주로 정해진 집에서 묵었지만, 무리 속에 있는 사람의 눈을 보고 그에게 묻기도 했다.

"이보게, 벗이여, 오늘 밤 자네 집에서 묵어도 되겠나?"

그러면 아르세니에게 선택받은 사람의 삶은 적어도 같은 고향 사람들이 보기에 그날부터 변했다. 아르세니 자신의 삶도 변하는 것을 느꼈다. 그는 지금껏 단 한 번도 이토록 힘이 솟는 것을 경험한 적이 없었다. 그는 자신에게 도움을 요청하는 사람들을 도우면서 몸을 사리지는 않았지만 자신이 사용한 것보다 훨씬 많은 힘을 얻었다. 그는 이런 사실을 느낄 때마다 매번 몰랐던 사실을 알게 된 것처럼 놀랐다. 아르세니는 그가 만난 사람들이 그에게 이러한 힘을 준다는 것을 느꼈다. 그는 이렇게 얻은 힘을 꼭 필요한 사람들에게만 전해주었다.

아르세니와 일행은 그가 수년 전에 벨로제르스크에서 프스코프로 향하면서 거쳐 갔던 장소들을 지나갔다. 그는 그때 보았던 언덕, 강, 교회와 집들을 알아봤다. 그곳 사람들도 알아본 것 같았지만 확신할 수는 없었다. 사람들은 더 빨리 변하기 때문이다.

아르세니는 유년 시절에 겪은 슬픈 사건들도 기억났지만 그의 추억들은 따뜻했다. 이것은 이제는 다른 누군가에 대한 기억이었다. 그는 오래전부터 시간이 연속성을 갖지 않고 시간의 부분들이 서로 연결되지 않은 것 같다는 인상을 지울 수가 없었는데, 이것은 루키나 마을 출신의 금발 머리 사내아이와 머리가 하얗게 세서 거의 노인이 되다시피 한 사람 사이에 이름 외에는 연결 고리가 없는 것과 유사했다. 게다가 엄밀히 말하면 사는 동안 그의 이름 역시 바뀌었다.

어느 부잣집에서 아르세니는 베네치아산 거울 속에 있는 자신을 보게 되었는데, 그는 정말로 노인이 돼 있었다. 그는 무척 놀랐다. 하지만 아르세니는 지나간 젊은 시절이 전혀 아깝지 않았는데, 전에도 자신이 변하고 있음을 느꼈기 때문이다. 그래도 거울 속 시선은 강렬한 인상을 남겼다. 머리카락은 긴 백발이었다. 날카로운 광대뼈 쪽으로 눈꼬리가 처져 있었다. 그는 자신이 그렇게 심하게 변하리라고는 생각하지 못했다.

그가 우스티나에게 말했다. "날 봐요, 내가 어떻게 변했는지. 아무도 내가 이렇게 변하리라고는 생각하지 못했을 거요. 내 사랑, 당신도 이런 내 모습을 못 알아봤을 거요. 나도 이런 내 모습이 낯설기 때문이오."

아르세니는 말을 타고 가면서 자신의 몸이 예전만큼 유연하지 않다는 생각을 했다. 전보다 더 쉽게 다치기도 했다. 이제 몸은 어떤 외부 충격이 있은 후뿐만 아니라 그런 충격이 없어도 통증을 느졌다. 조금 더 정확히는 이따금 아무 이유 없이 누구한테 맞은 것 같은 기분이 들었다. 몸 이곳저곳이 쑤시고 아픈 통증을 통해 몸은 자신의 존재를 상기시켰다. 과거에 아르세니는 다른 사람들의 몸을 영혼이 담긴 그릇 다루듯 소중하게 여기며 치료하느라 자기 몸에 대해서는 잊고 지냈었다.

한번은 벨로오제로의 성 키릴 수도원으로 가는 길에 그는 영혼이 이미 거의 빠져나온 몸을 발견했다. 몸은 연로한 노인의 것이었고, 노인은 아무런 감정이 실리지 않은 파란 눈동자로 아르세니를 쳐다보고 있었다. 노인의 가족이 그의 기력이 쇠한 것을 알고 아르세니에게 데리고 온 것이었다. 아르세니는 파파노인의 파란 눈을 자세히 들여다보고, 그의 마음속에 있는 것은 이미 모두 퇴색했지만 눈빛은 초롱초롱한 것을 보고 놀랐다.

아르세니가 물었다. "영감님, 살고 싶으십니까?"

노인이 대답했다. "죽고 싶습니다."

아르세니가 가족에게 말했다. "그의 영혼은 이미 오래전에 죽었는데 몸이 그를 놓아주지 않는군요. 당신들은 왜 빈 껍데기를 쥐고 놓지 않는 겁니까? 여러분이 사랑하던 그는 이제 여기에 없습니다."

친지들이 그의 말에 동의하면서 말했다. "저희도 압니다. 할아버지께는 과거의 따뜻함이 없습니다. 할아버지께 '오래 사세요'라고 하면 할아버지는 '꺼져버려'라고 말씀하시죠……. 어찌나 끔찍한 변화를 겪으셨는지. 하지만 뭐라도 해야 하지 않을까요?"

아르세니가 대답했다. "아무것도 할 필요 없습니다. 40일만 지나면 모두 해결될 테니까요."

그리고 그의 말대로 되었다. 아르세니가 성 키릴 수도원에 도착한 날 노인은 운명을 달리했다.

5

아르세니가 저녁 무렵에 수도원에 도착했을 때 많은 사람이 그를 맞이했다. 아르세니는 수도원의 벽을 보고는 어렸을 때 흐리스토포르 할아버지와 함께 여행을 갔던 일이 떠올랐다. 밤에 함께 마차를 탔던 일과 그의 머리 위에서 마을의 남자들이 나눈 나지막한 대화도 기억났다. 그를 사랑하던 흐리스토포르 할아버지가 돌아가시고 남은 것은 뼈밖에 없다는 생각을 했다. 그래서 이제 이 뼈를 향해 다가간다고 생각하니 기뻤다. 뼈들이 주는 친근한 온기가 느껴지기 시작했다. 흐리스토포르 할아버지의 얼굴을 기억해내려고 해봤지만 잘되지 않았다.

아르세니는 말에서 내린 후에 무릎을 꿇고 수도원 대문 앞에 있는 땅에 입 맞추었다.

아르세니가 우스티나에게 말했다. "내 사랑, 오랜 방랑 끝에 드디어 집으로 돌아왔군요."

인노켄티 원로가 그의 말을 반박했다. "당신의 여행은 이제 막 시작되었습니다. 방향만 다를 뿐입니다."

아르세니는 고개를 들어서 원로의 얼굴을 올려다보았다.

"원로님, 우리 구면인 것 같습니다만. 예루살렘에서 같이 담소를 나누지 않았습니까?"

인노켄티 원로가 대답했다. "충분히 있을 법한 일이지요."

그는 이 말을 하고는 아르세니의 한 손을 잡고 수도원 안으로 데리고 갔다. 수도원에 들어간 후에 그가 말했다.

"우리는 보통 수도원에 오고 7년쯤 지나서 삭발례를 한답니다. 하지만 아르세니, 당신이 지금까지 수도자적인 삶을 살았다는 것을 우리가 알기 때문에 수련을 더 받을 필요는 없는 것 같습니다. 게다가 아시다시피 현재 상황이 오랫동안 머리카락을 휘날리며 다닐 상황은 아닙니다. 만약 정말로 우리가 세상 종말을 보게 된다면 머리를 깎고 맞이하는 편이 좋을 듯싶으니까 말입니다. 하긴, 큰 의미는 없을 것 같기도 하지만 말입니다."

이 말을 하면서 원로는 한쪽 눈을 찡긋했다.

아르세니와 동행한 무리가 웅성거렸다. 그들 모두 세상 종말에 대한 문제에 지나치게 예민했기 때문이다. 사람들은 자신들 앞에 있는 수도자들을 보면서 세상 종말에 대한 설명을 듣길 바랐다. 그들은 아르세니에게 치유의 은사가 있다는 것을 알고 있었지만 예언의 은사를 가졌을 가능성 역시 열어두었다. 그들은 사실상 병의 치료보다는 세상 종말에 대해 아는 것에 더 중점을 두었는데, 세상의 종말이 정말로 머지않았다면 병을 치료하는 것이 아무런 의미가 없기 때문이었다.

사람들이 소리 질렀다. "그러니까 도대체 세상의 종말이 언제 도래한다는 겁니까? 우리의 무례함을 용서하세요. 하지만 우리가 일을 계획하고 영혼을 구원하려면 알아야 하기 때문입니다. 우리는 이미 수차례에 걸쳐서 확답을 구하고자 수도원에 찾아갔지만 지금 껏 확답을 얻지 못했습니다."

인노켄티 원로가 사람들을 향해 험악한 표정을 지으면서 말했다. "그날과 그 시간은 하느님 외에는 그 누구도 알지 못합니다. 모든 그리스도인이 늘 깨어서 세상의 종말을 준비해야 하거늘 어찌하여 정확한 날짜를 알고자 한단 말입니까? 이곳에 서 있는 사람들 중 가장 어린 사람도 70, 80년 이상을 살지 못하거늘. (이 말을 들은 어린아이들은 울기 시작했다.) 지금 이곳에 서 있는 사람 중 그 누구도 100년 뒤에 있을 사람은 없다고 생각합니다. 이때를 영원에 비할 수 있다고 보십니까? 그래서 (원로는 어린 사람들을 보면서 말했다) 여러분은 자신의 죄로 인해 눈물을 흘리십시오. 하지만 중요한 것은 늘 깨어서 기도하는 것입니다. 또한 여러분의 영혼을 위해 기도할 사람이 한 사람 더 늘었다는 사실로 인해 기뻐하십시오. 아르세니와 작별 인사를 하십시오. 그러면 암브로시우스를 얻을 것입니다."

이 말을 한 후에 인노켄티 원로는 아르세니를 이구메노스에게 데리고 갔다. 통상 수도자의 이름은 속세에서 쓰던 이름의 첫 글자로 시작하는 이름을 받았다. 아르세니는 자신에게 어떤 이름을 제안할지 이미 알고 있었고, 그 이름을 생각하자 마음속으로 무척 기뻤다.

인노켄티 원로가 말했다. "우리는 성 암브로시우스의 이름을 당신에게 주기로 했습니다. 당신의 벗에 대한 소식은 많이 들었답니다. 당신의 진정한 벗을 다른 방식으로 발음하는 이름인 만큼 늘 당신의 벗을 생각할 수도 있을 테니 말입니다. 이 이름을 이탈리아

식으로 발음해서 당신의 벗을 기억할 수 있길 바랍니다. 앞으로 당신은 동시에 몇 개의 인생을 살게 되는 것일까요?"

주교의 축복이 있은 후에 이구메노스는 아르세니의 새 이름을 확정했다. 7일 동안 엄격한 금식을 한 후에 아르세니는 삭발례를 받았다.


## $\bar{3}$

암브로시우스가 우스티나에게 말했다. "산 사람들 중에 아르세니라는 이름을 가진 자를 찾지 마시오. 이제 내 이름은 암브로시우스니까 말이오. 내 사랑, 우리가 시간에 대해서 한 말 기억하오? 이곳의 시간은 우리가 아는 시간과 다르다오. 시간은 더는 앞으로 나아가지 않고 순환한다오. 시간을 가득 채우는 사건들이 반복되기 때문이라오. 내 사랑, 이곳에서의 사건들은 주로 예배와 연관이 있소. 매일 제1시과와 제3시과에 우리는 빌라도가 우리 주 예수 그리스도를 재판한 일을 기념하고, 제6시과에는 예수님이 십자가를 지고 걸어가신 일을, 그리고 제9시과에는 예수님이 십자가에 달리신 일을 기념한다오.* 우리의 성무일도(聖務日禱)는 이렇다오. 하지

---

* 초대교회 때부터 그리스도인들은 매일 정해진 시간에 공동체로 모여 예배를 드렸는데, 이를 '시과'라고 일컫는다. 제1시과는 현대 시간 오전 6~9시에, 제3시과는 오전 9시~정오에, 제6시과는 정오~오후 3시, 제9시과는 오후 3~6시에 거행한다.

만 모든 요일은 사람처럼 형태와 의미가 있다오. 월요일은 천사들을 위한 날이며, 화요일은 예언자, 수요일과 금요일은 예수 그리스도가 십자가에 매달려 돌아가신 것을 기억하는 날이고, 토요일에는 죽은 이들을 기념하며, 가장 중요한 일요일은 주님의 부활을 기리는 날이라오. 내 사랑, 매주 일주일 동안 반복되는 예배는 이렇다오. 주기 중 가장 큰 주기는 1년 주기라오. 이 주기는 태양과 달에 의해 정해지는데, 당신이 이 땅에 있는 우리 모두보다 달과 태양에 더 가까울 것 같소. 태양의 움직임에 따라 열두 개의 축일과 성인들을 기념하는 날들이 정해지며, 달을 보고 부활절이 언제인지 가늠하며, 부활절을 기준으로 여러 축일들이 존재한다오. 당신에게 내가 수도원에 온 지 얼마나 됐는지 말하고 싶지만, 무슨 연유에서인지 생각을 집중할 수가 없구려. 나도 잘 모르는 것 같다는 생각도 든다오. 내 사랑, 이곳에서의 시간은 매우 불안정하다오. 주기가 닫혀 있어서 영원과 동일하기 때문이라오. 내가 대략적으로나마 말할 수 있는 유일한 것은 지금이 가을이라는 것 정도인 듯하오. 나뭇잎들이 떨어지고, 수도원 위로 먹구름이 빠르게 이동하고 있소. 이 먹구름들은 수도원 꼭대기에 있는 여러 개의 십자가에 닿을 듯하다오."

암브로시우스는 호숫가에 서 있었고 바람이 그의 얼굴을 할퀴고 있었다. 그는 수도원 벽을 따라 인노켄티 원로가 그를 향해 천천히 다가오는 모습을 바라봤다. 원로가 걸친 망토가 그의 다리를 덮고 있어서 발걸음이 보이지 않았기 때문에 그가 정말로 걷고 있는지도 확신할 수 없었다. 하지만 그는 분명 접근하고 있었다.

인노켄티 원로가 말했다. "수도원의 시간은 정말로 영원과 연결돼 있지만 영원과 동일하지는 않습니다. 암브로시우스, 산 사람들의 길은 주기 안에 갇혀 있을 수 없습니다. 산 자들이 수도자들이라 하더라도 그들의 삶의 여정은 열려 있습니다. 출구 없이 어찌자유의지가 있겠습니까? 우리가 기도를 하면서 이미 지난 사건들을 떠올린다 하더라도 우리는 이것들을 단순히 떠올리기만 하는 것은 아닙니다. 우리는 이 사건들을 한 번 더 떠올리며 마음 아파하고, 이 사건들은 우리 머릿속에서 한 번 더 일어나게 됩니다."

위로 날아 올라가는 노란 낙엽들과 함께 늙은 원로는 암브로시우스 옆을 지나가더니 이내 시야에서 사라졌다. 수도원 벽 옆에 있는 호숫가는 또다시 텅 비었다. 완전히 텅 비어서 (마치 아무도 이곳을 지나간 적이 없는 것처럼) 도보로 지나가기에 적합하지 않은 듯 보였다. 암브로시우스가 호숫가에 있을 수 있는 유일한 이유는 호수가 움직이지 않기 때문인 것 같았다.

암브로시우스가 원로에게 물었다. "원로님은 이곳에서의 시간이 순환하지 않고 어떤 열린 형태를 띤다고 생각하시는 것인가요?"

원로가 대답했다. "바로 그겁니다. 기하학을 좋아하는 사람으로서 시간의 움직임은 와선과 같다고 할 수 있습니다. 반복이긴 하지만 무언가 새롭고 조금 더 높은 수준에서의 반복인 것입니다. 혹은 새로운 사건을 겪긴 하지만 완전히 새롭다고 말할 수는 없는 것입니다. 과거에 겪은 일에 대한 기억을 갖고 있으니까 말입니다."

먹구름 뒤에서 가을 태양이 희미하게 모습을 드러냈다. 맞은편 벽에서 인노켄티 원로가 모습을 드러냈다. 암브로시우스와 대화를 나누는 동안 원로가 수도원을 한 바퀴 돌았던 것이다.

암브로시우스가 그에게 말했다. "원로님도 지금 한 바퀴 도셨지 않습니까."

"아니요. 이것은 와선에 있는 원입니다. 암브로시우스, 조금 전처럼 나뭇잎들을 흝으면서 걷고 있긴 하지만, 이제 먹구름 뒤에 있던 해가 그 모습을 드러냈고, 이제 내 모습도 조금은 변했다는 것을 명심하세요. 심지어 내 몸이 땅 위에 조금 떠 있는 것 같은 기분마저 듭니다. (이 말을 하면서 인노켄티 원로는 땅에서 발을 떼고 천천히 유영하듯 암브로시우스 옆을 지나갔다.) 물론 높이는 미미하지만 말입니다."

그러자 암브로시우스가 고개를 끄덕이면서 대답했다. "그 정도면 훌륭하신걸요. 지금 하신 말씀을 동작으로 표현해주신 덕분에 이해가 더 잘됩니다."

원로가 하던 말을 계속했다. "유사한 사건들이 존재하지만 이 유사한 것을 토대로 전혀 다른 것이 생성되기도 합니다. 구약은 아담이 열었고, 신약은 예수 그리스도가 엽니다. 구약에서 아담이 먹은 달콤한 사과는 신약에서 예수 그리스도가 마신 신 포도주로 변하지요. 선악과를 열매 맺는 나무는 인간을 죽음에 이르게 하지만, 십자가에 쓰인 나무는 인류에게 영생을 선사하지요. 암브로시우스, 반복되는 사건들은 우리가 시간을 극복하고 구원받도록 하기 위함임을 명심하세요."

"제가 우스티나를 다시 만날 수 있다고 말씀하고 싶으신 겁니까?"

"개선할 수 없는 일은 없다고 말씀드리는 겁니다."

Й

암브로시우스는 수도원 생활에 적응한 후에 부엌일을 자청했다. 부엌일은 수도원에서 해야 하는 일 중 가장 힘든 일로 간주되었다. 예배를 준비하는 일을 한 후에는 많은 이들이 부엌일을 했지만, 그들 대부분은 부엌일을 좋아하지 않았다. 자발적으로 부엌일을 맡은 사람도 부엌에서 하는 노동을 수련으로 여겼다. 암브로시우스는 그들과 달리 부엌일을 수련의 하나로 생각하지 않았다. 그는 이 일을 좋아했다.

암브로시우스는 물을 길어 나르고 장작을 패는 일이 마음에 들었다. 처음 한동안은 미숙한 탓에 물집이 생기기도 했다. 물집이 터지면서 도끼 손잡이에 어둡고 축축한 얼룩을 남겼다. 겨울을 대비해서 장작을 팰 때 장갑을 끼고 하면서부터는 손에 물집이 더는 생기지 않았다. 그 후에 장작을 팰 때는 장갑을 안 꼈지만, 물집이 생기지 않았다. 손바닥 피부가 거칠어진 탓이었다. 게다가 어느 순간부터 피로감도 전보다 덜 느꼈다. 그는 도끼로 통나무의 한가운데를 내리치는 법을 터득했고, 그러면 통나무는 짧고 경쾌한 소리를 내면서 두 조각으로 갈라졌다. 이것은 마치 나무로 만든 커다란 꽃의 두 개의 꽃잎 같았다. 만약 그가 통나무의 한가운데를 정확하게 찍지 못하면 소리는 달라졌다. 가늘고 거짓된 소리를 냈다. 일을 잘못했을 때 나는 소리였다.

한밤중에 모두가 자고 있을 때 암브로시우스는 등잔에 있는 양초에 불을 붙이고 한 손바닥으로 가리고는 수도원 마당을 따라 걸었다. 한밤중의 신선한 공기와 밀랍 초에서 나는 꿀 향을 맡으면서 천천히 걸었다. 한쪽 손바닥으로 가려서 암브로시우스의 모습을 비추지 않는 양초는 멀리서 보면 독립적인 생명체 같았다. 공기와 섞이며 양초 불빛은 부엌으로 향했다.

양초의 불로 거대한 난로에 불을 붙였다. 잠시 후에 난로는 빨갛게 달아올랐다. 너무 뜨거워서 그 옆에 있는 것이 힘들 정도였다. 한편 암브로시우스는 난로 위에서 수도원 수도자들을 위한 음식을 만들었다. 그는 항아리를 놓는가 하면 치우기도 하고, 물을 붓기도 하고, 난로에 장작을 더 넣기도 했다. 난롯불에 암브로시우스의 턱수염, 눈썹, 속눈썹이 그슬렸다.

암브로시우스는 자기 자신에게 말했다. "이 불을 참아야 해. 이 불길로 영원한 지옥 불을 면할 테니 말이야."

암브로시우스는 커다란 항아리에다가 시*를 끓였다. 그는 여기에 생양배추나 절인 양배추를 넣는데 이따금 비트나 야생 소리쟁이를 넣기도 했다. 양파, 마늘을 첨가하기도 하고, 삼과 기름을 첨가하기도 했다. 죽으로는 완두콩죽, 귀리죽, 메밀죽을 끓였다. 특정 음식을 먹지 못하는 금식 기간에는 '시'라는 수프 외에도 1인당 삶은 달걀을 두 개씩 주었다. 이럴 때는 수도자들이 호수에서 잡은

---

\* 러시아 전통 수프로, 양배추에 다양한 식재료를 넣어서 끓인다.

물고기를 프라이팬에 구워 먹었다. 혹은 생선으로 '우하'라는 국을 끓여 먹기도 했다. 성모안식축일 금식 기간*에는 꿀에 절인 오이가 나왔다. 대금식 주간에는 보통 식용유를 넣은 양배추 샐러드, 잘게 썬 순무, 갈아서 꿀에 버무린 월귤이 나왔고, 토요일과 일요일에는 양파를 곁들인 캐비어나 고추를 곁들인 연어알이 나왔다. 그는 수도자들에게 음식 시중을 들면서 보통 그들과 함께 식사를 하지 않고 식사 시간 후에 부엌에서 식사를 했다. 암브로시우스는 빵을 먹고 물을 마셨고, 자신이 만든 음식에는 손을 대지 않았다. 음식은 불 앞에 앉아서 먹었다.

한번은 그가 불 속에 있는 자기 얼굴을 본 적이 있었다. 흐리스토포르 할아버지 집에 있는 금발 사내아이의 얼굴이었다. 사내아이의 발치에 늑대 한 마리가 몸을 동그랗게 말고 누웠다. 사내아이는 난로 안을 들여다보다가 자신의 얼굴을 발견한다. 소년의 얼굴을 꽁지머리를 한 백발이 에워싼다. 얼굴에는 주름이 가득하다. 두 얼굴은 너무나도 달랐지만 소년은 이것이 자기 얼굴임을 안다. 수년 후 자신의 모습이리라. 게다가 다른 상황에 처한 모습일 것이다. 이것은 난로 앞에 앉아서 금발 소년의 얼굴을 보는 자의 얼굴이며, 그는 아무도 자신을 방해하지 않길 원한다.

수도자 멜레티가 문지방에 서서 발의 먼지를 털어내고 입술에 손가락을 갖다 대고는 누군가의 귀에 대고 루시 사람들을 치료하는 의사 암브로시우스가 지금 바쁘다고 속삭인다. 난로 속 불을 관

---

\* 8월 1일부터 시작해서 성모안식축일 전날인 8월 14일에 끝나는 엄격한 금식 기간.

찰하고 있다고 말이다.

"멜레티, 그 여자를 들여보내세요." 암브로시우스가 시선은 여전히 난로에 둔 채로 말한다. "여자여, 그대가 원하는 것이 무엇인가?"

"살고 싶습니다, 의사 선생님. 저를 좀 도와주세요."

"죽고 싶지는 않다는 건가?"

"죽고 싶어 하는 사람들도 있으니까요." 멜레티가 설명한다.

"암브로시우스, 저한테는 아들이 하나 있어요. 아이를 생각해서라도 도와주세요."

"이런 모습인가?" 암브로시우스가 난로 속 불길 사이로 언뜻 보이는 소년의 모습을 가리키며 묻는다.

"공후 부인, 무릎을 꿇다니 공연한 짓을 하는군요. (멜레티는 긴장해서 손톱을 물어뜯는다.) 이분은 이런 행동을 좋아하지 않으십니다."

암브로시우스가 불길로부터 고개를 돌린다. 그러고는 무릎을 꿇고 있는 공후 부인에게 다가가서 같이 무릎을 꿇는다. 멜레티는 뒷걸음질 쳐서 나간다. 암브로시우스가 공후 부인의 턱을 잡고 눈을 바라본다. 그러곤 손등으로 눈물을 닦아준다.

"여인이여, 당신 머리에 혹이 있소. 그래서 시력이 나빠지는 것이오. 청력도 무뎌지고 있고."

암브로시우스는 그녀의 머리를 꼭 끌어안는다. 공후 부인은 그의 심장 소리를 듣는다. 노인의 숨소리는 고르지 않다. 그의 셔츠 안에 있는 십자가 목걸이의 차가운 감촉도 느낀다. 단단한 갈비뼈도 느껴진다. 그녀 스스로도 자기가 이 모든 것을 느낀다는 사실이 놀랍다. 문밖에서는 멜레티가 홰로 사용할 나무를 자르고 있다. 아무런 감정이 드러나지 않는 표정이다.

"주님과 동정녀 마리아를 믿고 도움을 구하시오." 이 말을 하면서 암브로시우스는 마른 입술로 그녀의 이마에 입 맞춘다. "이제 머릿속에 있는 혹이 줄어들 겁니다. 안심하고 더는 슬퍼하지 마시오."

"암브로시우스, 당신은 왜 우시는 겁니까?"

"기뻐서 웁니다."

암브로시우스는 말없이 늑대 쪽으로 몸을 돌린다. 늑대가 그의 눈물을 핥는다.

ǎ

부엌에 혼자 있을 때면 암브로시우스의 눈물이 끊임없이 얼굴을 적셨다. 눈물이 볼에 난 주름을 타고 흘러내렸지만 눈물은 그 주름만으로는 성에 차지 않았다. 그러자 눈물이 새로운 길을 만들었고, 이렇게 해서 암브로시우스의 얼굴에 새로운 주름이 생겼다.

그가 처음에 흘린 눈물은 슬픔에 기인한 것이었다. 암브로시우스는 우스티나와 아기의 죽음으로 인해 울었고, 그들 다음에는 그가 살면서 사랑한 모든 사람들로 인해 눈물을 흘렸다. 또 그를 사랑했지만 그로 인해 기쁨을 얻지 못한 이들을 위해 울었다. 그들 외에도 그를 사랑하지 않고 이따금 괴롭힌 이들과 그를 사랑하면서 괴롭힌 이들을 위해 울었는데, 그들이 이렇게 자신들의 사랑을 표현했던 탓이다. 그는 자신과 '자신의' 삶으로 인해 울었는데, 정확히 무엇을 놓고 울어야 할지 알지 못했다. 그는 우스티나 몫의 삶을 살면서 그 삶이 그녀에게 속하길 바랐고, 그가 아직 죽지 않았다면 그의 삶은 어디에 있는 것인지 알지 못했다. 마지막으로 자신이 살려내지 못한 이들을 위해 서럽게 울었는데, 그런 이들이 많았기 때문이다.

얼마간 시간이 흐른 후에 슬픔의 눈물은 감사의 눈물로 바뀌었다. 그는 모든 이름 위에 뛰어난 이에게, 우스티나에게 희망이 있고 암브로시우스 자신이 살아 있는 동안은 그녀의 구원을 위해 기도하고 그녀의 영혼 구원을 위해 애쓸 수 있게 해주신 데 대해 감사를 드렸다. 암브로시우스의 감사의 눈물은 그가 아직 살아 있어서 선한 일들을 행할 수 있음에 기인한 것이었다. 암브로시우스는 그가 치료해준 수많은 이들로 인해서도 주님께 감사를 드렸는데, 그들이 죽어서 더 이상 선한 일들을 행할 수 없게 되었을 때에 그들을 살려주셨기 때문이다.

눈물은 얼굴뿐만 아니라 마음도 적셨다. 암브로시우스는 난생처음으로 마음에 평안이 찾아온 것을 느꼈다. 암브로시우스의 마음에 서서히 찾아오는 평화는 수많은 사람들로부터 존경을 받는 것에 기인한 것도 아니고 (그에 대한 명성은 그 어느 때보다 컸다) 존경받아 마땅한 수많은 사람들의 마음속에 자리 잡는 평정심으로 인한 것도 아니었다. 그의 마음에 깃든 평화는 그가 수도원에서 하루하루 살아갈수록 더 커져가는 희망에 기인한 것이었다. 이제 그는 자신이 가는 길이 옳다는 것을 의심하지 않았는데, 그 길이 그가 갈 수 있는 유일한 길이라 믿었기 때문이었다.

타오르는 불길을 봐도 더는 두렵지 않았다. 사실 두려움이 완전히 사라진 것은 아니었지만 이따금 앞으로 있을 영원한 불에 대한 생각을 내려놓고 과거에 대한 회상을 하는 동안은 두려움을 잊을 수 있었다. 이제 그는 어린 시절만 본 것이 아니었다. 그는 프스코프에서 보낸 시절과 여행을 갔을 때의 일도 떠올랐다. 뜨거운 난로 앞에서 눈을 감으면 암브로시우스의 머릿속에 예루살렘이 떠올랐다. 겟세마네 동산에 있는 나지막한 나무들. 바싹 마른 커다란 나무줄기들. 끝이 꺾인 나뭇가지들. 박제된 비명처럼 휘어지고 망가진 나무들. 하느님을 향해 가는 동안 수 세기에 걸쳐 닳아서 매끄러워진 포장도로의 블록들. 블록들은 햇볕의 온기를 밤새도록 보존한다. 감기 걸릴 염려 없이 누워도 될 정도이다. 자려고 따뜻한 블록에 누웠을 때 암브로시우스가 깨달은 사실이었다. 더는 잠을 잘 데가 없을 때 말이다. 그가 아직 아르세니였을 때 일어난 일이었다.

예루살렘 부근에서 맘루크의 장검에 맞은 후 그를 치료해준 이들이 있었다. 유대인 할아버지와 할머니였다. 그들은 맘루크가 무서워서 예루살렘 밖에서 살고 있었다. 그들에게는 자식이 없었는데, 이것은 그들의 얼굴을 봐도 알 수 있었다. 그들의 이름은 타데우시와 야드비가였다. 그들이 그를 간호해주었다. 아니, 그들은 블라시를 간호했고, 죽어가는 아르세니를 간호해준 사람들은 다른 사람들이었다. 어쩌면 아브라함과 사라인지도 모른다. 노인들은 늘 누군가를 돌봐주기 마련이니까 말이다. 결국 죽어가던 아르세

니는 죽지 않고 살았다. 노인들은 그에게 여행길에 먹으라며 호밀
빵과 물, 약간의 여비를 주었고, 그는 그길로 예루살렘으로 떠났다.

$$\tilde{I}$$

환자들은 여전히 암브로시우스를 찾아왔다. 그를 찾아오는 환자
의 수를 제한했지만 여전히 많은 환자들이 찾아왔다. 그를 찾는 사
람 수가 줄어든 데는 몇 가지 이유가 있었다. 가장 중요한 원인 중
하나는 인노켄티 원로가 사람들에게 공연한 일로 암브로시우스를
찾아오지 못하도록 금했기 때문이다. 치아 치료나 사마귀를 없애
는 것과 같은 경우로 암브로시우스를 찾는 것은 옳지 않다고 여겼
는데, 그가 그들을 치료하는 동안 더 위중한 환자들을 치료하지 못
할 수 있기 때문이었다.

원로는 사람들에게 말했다. "이런 문제는 여러분이 거주하는 곳
에서 해결하시기 바랍니다."

방문객이 많으면 암브로시우스만 신경이 쓰이는 것은 아니었다.
속세에서 멀어진 수도원 내에 있는 수도자들도 많은 방문객으로
인해 불편하긴 마찬가지였다. 게다가 많은 수도자들은 사람들이
종종 기도와 회개, 구원에 대해서는 생각하지도 않고 바로 암브로
시우스에게 가는 것이 염려스러웠다.

수도원의 살림을 맡고 있는 수도자가 말했다. "이 사람들은 그들
의 병을 치유하는 이가 수도원에 있는 암브로시우스 형제가 아니

라 하늘 위에 계신 하느님이라는 사실을 망각하고 있습니다."

수도원에 온 사람들을 제일 먼저 맞이하는 사람은 멜레티 수도자였고, 그들을 어떻게 할지를 결정하는 것 역시 그의 몫이었다. 일부는 도착하기가 무섭게 그들의 말을 끝까지 들어보지도 않고 바로 집으로 보냈다. 대부분이 정력을 잃었거나 가져본 적이 없는 사내들이었다. 멜레티는 자신의 경험에 미루어 봤을 때 정력을 잃는 것보다 되찾거나 없는 정력을 얻는 것이 훨씬 어렵다고 말하며 그들을 돌려보냈다. 다만 결혼을 했지만 자녀가 없는 사람들은 예외적으로 치료를 허용했다. 멜레티는 이런 사람들의 경우에만 그들이 기도를 올린 후에 암브로시우스에게 데리고 갔다. 수도원에 다녀간 후에는 그들에게 동침을 하고 싶은 욕구가 생겼다. 하지만 아이가 태어난 후에는 멜레티가 정력을 없애달라는 기도를 했고, 그러면 그 즉시 욕구가 사라졌다.

인노켄티 원로와 멜레티 수도자의 엄격함이 암브로시우스를 보려고 물밀듯이 밀려드는 사람들의 수를 줄인 유일한 이유는 아니었다. 벨로제르스크 지역에 사는 많은 사람들은 세상의 종말이 가까이 다가오기 때문에 그를 찾아갈 필요성을 못 느꼈기에 그에게 가지 않은 것이었다. 조금만 기다리면 무시무시한 사건이 일어날 것이므로 그때까지 조금만 견디면 될 것 같다고 생각했기 때문이다. 최악의 경우 많은 사람들은 죽음의 시간을 미루는 것은 큰 의미가 없다고 여겼기 때문에 스스로 죽어버리면 된다고 생각했다.

하지만 죽음을 거부할 뿐만 아니라 세상에 종말이 온다 하더라도 죽음을 극복하고 싶다는 생각을 가진 이들도 있었다. 바로 그들 사이에서 암브로시우스에게 영생을 할 수 있는 묘약이 있다는 소문이 퍼지기 시작했다. 암브로시우스가 아직 아르세니였을 때 예루살렘에서 가져왔다는 것이었다.

터무니없는 소문이었지만 수도원의 수도자들은 그 소문을 듣고도 놀라지 않았다.

인노켄티 원로가 말했다. "세상 종말 얘기만 나오면 다들 예민합니다. 그러니 암브로시우스로부터 영생의 묘약을 기다리는 것이지요. 육체의 영생을 구한다면 의원을 찾지 않겠습니까?"

멜레티는 그들 중 많은 이들에게 암브로시우스에게는 그 어떤 묘약도 없다고 설명하려 애썼지만, 그의 말을 믿는 사람은 없었다. 일부는 심지어 필요한 순간에 묘약이 모자랄 것이 두려워 수도원 벽 옆에 자리를 잡고 집처럼 꾸며놓고 그곳에서 기거했다. 그들은 수도원이 새로운 노아의 방주라 여기고 종말의 순간에 그들을 안으로 들여보내줄지도 모른다고 생각했다.

그들의 수가 100명이 넘자 암브로시우스가 그들을 보려고 나왔다. 그는 그들이 만들어놓은 움막을 한참 동안 본 후에 그들에게 자기를 따라오라는 손짓을 했다. 수도원 대문으로 들어온 후에 암브로시우스는 그들을 성모 안식 성당으로 인도했다. 마침 성당 미사가 끝나고 있었고, '왕의 문'*에서 인노켄티 원로가 성작(聖爵)**

---

\* 신자들이 모여 있는 회중석과 성직자들이 전례를 집전하는 지성소를 성상화로 장식된 칸막이로 분리하는 성화 벽이 있고, 성화 벽 중앙에 성직자만이 출입이 가능한 '왕의 문'이 있다.

\*\* 성혈로 축성될 포도주가 담긴 잔.

을 들고 나왔다. 격자무늬로 된 창문으로 아침 햇살이 들어왔다. 아직은 약한 햇살이었다. 햇살은 향로에서 나오는 자욱한 연기를 뚫고 천천히 안으로 스며들었다. 햇살은 먼지를 하나씩 차례대로 삼켰고, 햇살 안에 들어온 먼지 입자들은 사색에 잠긴 듯 브라운운 동을 하며 회전을 시작했다. 햇살이 은잔에 닿아 반짝거리자 성당 안이 밝아졌다. 너무 눈이 부신 나머지 성당 안에 들어온 사람들이 인상을 찌푸렸다. 잔을 가리키며 암브로시우스가 말했다.

"여기에 영생의 묘약이 있으며, 모두 마셔도 남을 만큼 충분합니다."

ai

한때 수도원에 필경사가 모자라서 이구메노스가 부엌일을 하던 암브로시우스를 책을 쓰는 독방으로 보냈다. 거기에는 총 세 명의 필경사가 있었다. 필사본은 인노켄티 원로가 가져왔다. 책의 필사본 페이지 여기저기에 그는 '여기서부터 여기까지'라고 흘려 써놓았다. 암브로시우스는 이 표시를 반드시 따랐다.

암브로시우스는 매일 깃털을 뾰족하게 만들고 종이에 줄을 긋는 등 표시를 하며 하루 일과를 시작했다. 손으로 베껴 적은 책이 덮이지 않도록 나무 막대기를 끼워 넣었다. 필사본 종이 위에 가늘게 자른 종이를 대서 필요한 곳을 짚어가면서 했다. 그는 왼손으로는 종이 끝을 잡고 오른손으로는 필사를 했다. 한 줄 한 줄 필사할 공간을 보여주면서 가느다란 종이가 점점 아래로 내려갔다.

"후에 어떤 형제가 오랜 병 끝에 죽었다. 친구 하나가 그의 시신을 해면으로 닦고는 자신의 친구가 누울 무덤을 보기 위해 동굴로 들어가서 이에 대해 성 마르코에게 물었다. 그러자 마르코가 그에게 말하길 '가서 형제에게 내일까지 기다리라고 하거라. 내가 그를 위해 무덤을 파면 그가 평안히 떠날 것이니라.' 그러자 마르코를 찾아온 형제가 말하길 '마르코여, 제가 이미 해면으로 그의 시신을 닦았거늘 어찌 그런 말씀을 하십니까? 누구에게 전하란 말씀이십니까?' 그러자 마르코가 대답하길 '보다시피 그를 묻을 곳이 예비되지 못하였구나. 네게 명하노니 죽은 이에게 가서 죄인 마르코가 하는 말을 전하라. 네가 오늘 하루를 더 살고 내일이면 사랑하는 주님의 품에 안길 것이다. 내가 네가 묻힐 곳을 예비하면 너를 묻기 위해 사람을 보낼 것이다.' 성자의 말을 들은 형제가 수도원에 도착하여 죽은 이를 위해 곡을 하는 모습을 목도하였다. 그러곤 죽은 이의 옆에 서서 '마르코가 네게 말씀하시길 형제여, 네가 누울 곳이 예비되지 못하였으니 내일까지 기다리라'라고 말하자 그곳에 있는 모든 사람들이 이 말을 듣고 놀라니라. 형제가 모든 사람이 듣는 데서 이 말을 하기가 무섭게 죽은 이가 눈을 떴고, 그의 영혼이 다시 그에게로 돌아왔다. 그렇게 그는 하루를 더 살았고, 밤새 눈을 뜨고 아무에게도 아무 말도 하지 않았다.

한 군인이 회개를 한 후에 한 농부의 아내와 간음했다. 간통을 한 후에 그는 죽었다. 하지만 부근에 있는 수도원에 있는 수도자들이 그를 불쌍히 여겨 수도원 교회에 그를 묻었고, 그때가 제3시과가 거행되는 때였다. 그들이 제9시과를 거행할 때 그들은 무덤에서 '하느님의 종들이여, 저를 불쌍히 여기시옵소서'라는 통곡하는 소리를 들었다. 그들이 무덤을 파내자 그곳에 앉아 있는 군인을 발견했다. 그들이 그를 그곳에서 꺼낸 후에 무슨 연유로 그곳에 있었는지 자세히 물었다. 하지만 그는 훌쩍거리며 그들에게 아무 말도 하지 못했고, 다만 자신을 젤라시오 주교에게 데려다달라고 부탁할 뿐이었다. 그리고 나흘이 지나서야 그는 주교에게 그가 겪은 일을 이야기할 수 있었다. 죄를 짓고 죽으면서 어떤 괴물들을 보았는데 그들의 모습은 그 어떤 고통보다 더 끔찍했으며, 그들을 보자 그의 영혼이 갈팡질팡했다고 한다. 그들 외에도 흰색 제의(祭衣)를 입은 잘생긴 청년 두 명도 보았고, 그의 영혼이 그들의 품에 안기기 위해 날아갔다. 그들은 그의 영혼을 공중으로 들어 올려 텔로니아*로 데리고 가면서 이 군인이 행한 선한 일들이 담긴 궤를 가져갔다. 궤 안에는 텔로니아에 기록된 악한 일에 대응할 선한 일이 있었고, 그들은 선한 일을 궤 안에서 꺼내서 그것으로 악한 일을 덮었다. 하지만 간음과 관련된 텔로니아의 마지막 계단에서 선한 일이 모자랐다. 악마들이 그가 청소년기부터 지은 모든 육적인 음란한 죄를 들춰내자, 천사들은 그가 회개하기 전에 지은 모든 죄를 하느님이 용서하셨다고 말했다. 하지만 이 말을 들은 무시무시한 적들은 '그 말은 사실이지만 회개한 후에 그는 농부의 아내와 간통했고, 그 즉시 죽었다'고 말했다. 이 말을 들은 천사들은 슬퍼하

---

\* 사후에 지나게 되는 심문대로, 어둠의 지배자들이 지키고 있다.

고 그를 떠났는데, 더 이상 이 죄를 덮을 선한 일을 찾지 못했기 때문이다. 그러자 악마들이 그를 하늘 높이 끌고 갔고 땅이 갈라지더니, 악마들이 그를 좁고 어두운 곳으로 던졌다. 그는 그곳에 울면서 있었고, 제3시과부터 제9시과를 거행하는 동안 갑자기 그곳으로 내려온 두 명의 천사들을 보았다. 그가 그들에게 간청하기를 감옥에서 나가서 그 무시무시한 불행으로부터 벗어나게 해달라고 하였다. 그러자 그들이 말하길, '이곳에 온 사람들 중 부활하기 전에는 이곳을 나간 자가 없으니 공연한 부탁 마시오.' 하지만 군인은 여전히 울며 땅에 다시 돌아가면 그곳에 사는 사람들을 위해 살겠다고 말하며 간청하였다. 천사 한 명이 자기 친구에게 묻기를, '자네가 이 사람을 책임지겠나?' 이 말을 들은 두 번째 천사가 말하길 '내가 책임지겠네'라고 하였다. 그들은 군인의 영혼을 관 속에 가져가서 영혼에게 몸으로 돌아가라고 명하였다. 그의 영혼이 구슬처럼 빛났고, 죽은 그의 육체는 바다 이끼처럼 검은색을 띠고 악취를 풍겼다. 육체를 본 군인의 영혼은 어두운 그의 육체에 들어가고 싶지 않다고 소리 질렀다. 천사들이 말하길 '너는 죄를 지은 육체를 통해서만 회개를 할 수 있느니라.' 그의 영혼이 입을 통해 몸 안에 들어갔고, 그가 다시 살아났다. 그의 이야기를 다 들은 후에 젤라시오 주교는 군인에게 먹을 것을 주라고 명하였다. 하지만 그는 먹을 것에 입맞춤만 할 뿐 먹지는 않았다. 그러곤 40일 동안 먹지도 자지도 않고 그가 본 것을 이야기하며 사람들에게 회개하라고 했으며, 3일 동안 자신이 죽었던 사실을 알게 되었다. 사람들의 신뢰를 받는 사제들이 이 일에 관하여 우리의 영혼 구원을 위해 이야기했다.

테오필로스 황제\*는 성상 파괴 운동을 했고, 이로 인해 테오도라 황후가 큰 슬픔에 잠겼다. 이에 하느님이 진노하셔서 테오필로스가 중병에 걸렸다. 위턱과 아래턱이 갈라져서 입을 다물 수 없었고, 그로 인해 그의 모습이 흉측하고 무시무시했다. 테오도라 황후가 동정녀 마리아의 성상을 그의 입에 갖다 댔고, 그러자 입이 다시 붙었다. 곧 테오필로스는 결국 그 병을 앓다가 이생을 떠났다. 황후는 남편이 이단들과 함께 고통을 받게 될 것을 알고 있었기 때문에 슬퍼하며 그를 어떻게 하면 도울 수 있을지 끊임없이 생각했다. 그녀는 추방당한 자들과 옥에 갇힌 자들을 풀어주고 총대주교에게 모든 주교들, 사제들과 수도자들이 주님께 기도하여 테오필로스 황제가 고통받지 않도록 기도해달라고 간청했다. 총대주교는 처음에 꿈쩍도 하지 않았지만, 황후의 간청에 감동받고 '주님 뜻대로 될지어다'라고 말했다. 그리고 모든 주교, 사제, 수도자들에게 테오필로스 황제를 위해 기도하라고 명하였다. 총대주교 자신은 모든 이단 황제들의 이름을 써서 아야 소피아 성당 식사 시간에 성당에 갖다 놓았다. 그리고 그들은 테오필로스 황제를 위해 사순절 금식 첫째 주에 기도했다. 금요일에 총대주교가 자신이 쓴 것을 가져가려고 왔더니 종이에 적힌 모든 이름이 그대로인데 테오필로스의 이름은 하느님의 심판에 의해 부드러워졌다. 천사가 그에게 말하길 '오, 주교여, 네 기도가 상달되었고 테오필로스 황제가 자비

---

\*  829년부터 842년까지 비잔티움 제국의 황제였다.

를 얻었으니 더 이상 이 일로 인해 하느님을 노엽게 하지 말라. 형제여, 우리는 우리 주 하느님이 인간을 사랑하심을 보고 놀라며, 얼마나 많은 주교들과 사제들이 기도를 할 수 있는지 알고 있다. 우리는 테오도라 황후의 믿음과 하느님을 향한 사랑에 놀랐는데, 이런 여인들은 남편이 죽은 후에도 자신의 남편을 구원할 이들이기 때문이다. 하지만 영혼이 하나이고, 모두의 삶에 주어진 시간이 다르기 때문에, 타인의 노력으로 구원받을 기대는 하지 않는 것이 좋겠구나.'"

현재 암브로시우스의 필사본은 (상트페테르부르크) 러시아 국립도서관 내 벨로오제로의 성 키릴 수도원 관련 자료를 모아둔 곳에 보관되어 있다. 이 자료들을 연구하는 모든 연구자들은 모두 이 자료들을 쓴 사람의 손이 단단하고, 필체가 동그란 편이라고 말한다. 이것을 통해 암브로시우스의 내면 역시 흔들림이 없음을 알 수 있다는 것이다. 단어 끝에 있는 연음부호를 길게 그린 것은 당시에 그가 부엌일을 완전히 그만두고 육체의 필요를 채워주는 문제에 큰 관심을 보이지 않았음을 의미한다.

## БІ

암브로시우스는 인노켄티 원로에게 하는 고백성사에서 말했다.
"예배를 드리는 동안 집중하지 않을 때도 있었고 이따금 다른 사람들의 일에 대해 생각한 적도 있습니다. 어제만 하더라도 평생 잊을 수 없는 암브로조를 꿈에서 본 것이 떠올랐습니다."

원로가 물었다. "짧게 요약하면 어떤 내용이었습니까?"

"때는 1907년 8월 30일이었습니다. 열두 살짜리 프란체스카 플레키아라는 계집아이가, 암브로조의 형제인 알베르토 플레키아의 후손인데, 알 수 없는 공포로 인해 잠에서 깨어납니다. 공포는 복부쯤으로부터 올라옵니다. 갑자기 배가 아파서 침대에서 뛰어내리고는 집 마당에 있는 화장실로 뛰어갑니다. 그곳에 가자 속이 편해집니다. 프란체스카는 화장실 문을 조금 열고는 집 마당에서 일어나는 일을 관찰합니다. 할머니는 흔들리는 아침 햇살을 맞으며 마당에 서 있습니다. 아침 햇살이 우산소나무 가지 사이로 비집고 들어와서 햇살이 흔들리는 것입니다. 할머니는 혈색이 창백하고 얼굴에 주름이 많습니다. 사색에 잠긴 것처럼 보입니다. 프란체스카는 지금껏 단 한 번도 할머니의 그런 모습을 못 보았다는 생각을 하자 슬퍼집니다. 이 또한 우산소나무의 영향인지도 모릅니다. 어쩌면 누군가 할머니를 관찰하고 있다는 사실을 모른 채 긴장을 풀고 있었던 때문인지도 모릅니다. 프란체스카는 사람들과 함께 있을 때는 젊어 보이다가 모퉁이 뒤로 가면 바로 늙어버리는 사람을 본 적이 있습니다. 어떤 일들은 자기 자신이 노력하기에 달려 있지만 늘 긴장하는 것은 불가능한 법입니다. 프란체스카는 할머니가 정말로 늙었다는 것을 깨닫습니다. 아이는 할머니가 결국 어떻게 될지도 압니다. 계집아이의 배에 또다시 경련이 일어나서 눈물이 흐릅니다. 할머니는 마당에 있는 야외 부엌으로 사라집니다.

마당으로 프란체스카의 언니 마르가리타가 나옵니다. 하지만 화장실에 누가 있는 것을 보고는 다시 집 안으로 들어갑니다. 프란체스카의 어머니가 나옵니다. 어머니는 오늘 결혼하는 마르가리타가 결혼식 때 입을 웨딩드레스를 두 손으로 들고 있습니다. 어머니는 드레스에 있는 보이지 않는 작은 먼지를 입으로 불어서 털어내고는 다시 집으로 들어갑니다. 밖에 있던 아버지가 집으로 들어갑니다. 두 팔을 뻗어서 엄청나게 큰, 흰 장미 꽃다발을 들고 집 안으로 들어갑니다. 그런 후에 거즈로 싼 장미 꽃다발은 물이 담긴 양동이에 꽂혀 있습니다. 거즈 때문에 아버지 얼굴이 전혀 보이지 않습니다. 집에서 마르가리타가 나와서 프란체스카에게 서두르라고 부탁합니다. 아버지는 컵에 있던 물을 입 안 가득 머금고 요란한 소리를 내면서 꽃에 뿌립니다. 프란체스카는 어젯밤 꿈에 잘린 머리가 나왔다는 사실이 떠오릅니다.

마르가리타는 오늘 막 열여덟 살이 되었습니다. 그녀는 레오나르도 안토니오와 결혼합니다. 프란체스카는 벌써 몇 달째 레오나르도를 사랑하고 있습니다. 그는 표범처럼 유연하고, 프란체스카는 그의 이름을 생각하면 늘 그의 유연함이 떠오릅니다. 무엇보다 그의 마음과 지식이 섬세하다는 생각도 합니다. 이따금 그녀는 레오나로도의 우수에 찬 시선을 발견하곤 그가 마르가리타에게 구애하는 유일한 이유는 사람들의 시선을 끌지 않기 위함이라고 생각합니다. 프란체스카 옆에 있고 싶어서 말입니다. 만약 그것이 사실이라면 그가 마르가리타와 결혼하는 이유를 알 수 없습니다. 프란체스카는 또다시 웁니다.

마르가리타는 프란체스카가 자기를 못 들어오게 하려고 일부러

화장실에 그렇게 오랫동안 있는 것이라고 생각합니다. 그녀가 어머니에게 불만을 토로합니다. 프란체스카는 마르가리타가 자기 옷에 대변을 봤으면 하는 막연한 바람을 갖고 있습니다. 어머니가 화장실에 있는 프란체스카를 끌어냅니다. 어머니는 내일이면 프란체스카가 길을 떠날 것임을 알고 있기 때문에 그런 그녀를 생각해서 그러는 것입니다. 어머니는 그녀가 있는 동안 온기를 조금이라도 더 전해주고 싶어 합니다. 프란체스카는 가톨릭 여자 기숙학교에 입학해 피렌체로 떠납니다. 인생에서 뭐라도 달성하기 위해서는 이곳 마냐노에 있는 교구 학교에 다니는 것만으로는 충분하지 않습니다. 프란체스카는 두렵습니다.

결혼식에 참석한 사람들은 산에서 천천히 내려옵니다. 결혼식 행렬은 마냐노로부터 성 세쿤두스 성당이 홀로 자리 잡고 있는 골짜기를 향해 이동 중입니다. 이곳은 아름다운 로마네스크 양식으로 12세기에 지어진 성당입니다. 정기적으로 예배를 드리지는 않지만 마냐노 주민들의 결혼식을 위해 개방합니다. 앞에는 전구로 꽃을 둘러 장식한 마차가 가고 있는데, 마차에는 신랑, 신부, 그들의 부모들과 증인들이 타고 있습니다. 마차는 천천히, 그것도 아주 천천히 이동합니다. 그들은 결혼식에 참석하는 수많은 손님들에 둘러싸여 있습니다. 길이 넓어서 손님들은 마차와 나란히 걸을 수 있습니다. 결혼식 행렬은 검은색 덮개가 씌워진 삼각대 뒤에 숨은 사진사 쪽으로 걸어갑니다.

실크해트를 쓴 마부들은 가파른 내리막길에서 말들의 고삐를 잡으면서 속력을 늦춥니다. 면사포가 바람에 날려 도보로 이동 중인 결혼식 행렬 위를 희고 투명한 깃발처럼 흘러갑니다. 길 위에 드리워진 나뭇가지들이 바람에 이리저리 흔들리며 쏴쏴 소리를 냅니다. 잘 익은 밤송이들이 결혼식 행렬을 향해 떨어집니다. 밤송이 하나가 한 마부의 실크해트 위에 떨어져 튕겨 나가면서 통통거립니다. 마부를 포함해서 모두가 웃습니다. 마차 바퀴가 땅에 떨어진 밤송이를 밟고 지나가자 바작바작 소리가 납니다.

성 세쿤두스 성당 안은 춥습니다. 이것은 수 세기에 걸쳐서 굳어진 냉기이며, 결혼식 참석자들은 조금 겁이 납니다. 그중 신부가 가장 연약해 보입니다. 그녀는 음침한 무덤 속에 잠깐 날아든 나비 같습니다. 사제가 미소를 짓습니다. 프란체스카 등 뒤에 뚱보 실비오가 서 있습니다. 그는 그녀의 등에 대고 숨을 쉽니다. 숨을 쉬면서 쌕쌕거립니다. 그녀는 등 뒤로 느껴지는 그의 입김으로 인한 온기에 기분이 좋아집니다. 그런 뚱보의 콧바람으로 기인한 온기라 할지라도 이것은 생명의 호흡이기 때문입니다.

성당이 아주 오래되었다는 점을 감안하면 프란체스카는 결혼식에 참석한 사람들의 무리를 이해할 수 없습니다. 이들은 순식간에 사라져버릴 유령들의 무리여서 그녀는 영원과 단둘이 남게 될 것만 같습니다(그동안 얼마나 많은 사람들이 성당을 거쳐 갔던가!). 프란체스카는 그들 모두가 해골이 된 모습을 상상해보려고 애씁니다. 교회 전체가 해골로 가득 차 있는데 그중 하나는 면사포를 쓰고 있다고 말입니다.

성당 밖으로 나오자 모두 인상을 찌푸립니다. 신랑 신부를 향해 사람들이 동전과 곡물들을 던집니다. 결혼식 행렬은 다시 마냐노로 돌아갑니다. 돌아가는 길에 프란체스카는 사제에게 자기 꿈 얘기를 합니다. 머리가 잘려 나간 목에서 피거품이 나오는 것을 봤다고 말입니다. 날카로운 흉기로 잘린 대동맥에서 피가 솟구치는 모습을 묘사합니다.

그러자 사제가 말합니다. '이번 꿈은 암브로조 플레키아에 대한 꿈인 것 같습니다. 자매님의 친척이니, 꿈에 나올 만도 하지요. 만약 그가 또 자매님 꿈에 나오면 꿈 내용을 메모해주세요. 사실 암브로조 플레키아에 대한 자료가 필요한데 우리가 가진 자료는 너무 적기 때문입니다.'

시골 광장에 잔칫상이 차려졌습니다. 식탁 옆에 등받이 없는 의자 여러 개를 놓고 그 위에 넓은 판자를 올려놓았습니다. 판자를 덮개로 덮었습니다. 풍요로운 식탁 앞에서 모두 기분이 들떠 있습니다. 다들 신혼부부를 위해 기뻐합니다. 루이지 할아버지는 담뱃잎으로 담배를 직접 말고는 두 손가락으로 잡고 이어 붙입니다. 손가락에 굳은살이 박여서 구부려지지 않습니다. 얼굴은 경석처럼 얽었습니다. 그는 이토록 풍성한 결혼식은 본 적이 없다고 말합니다. 그가 말하자 입에서 연기가 나오고 아득하게 느껴집니다.

저녁이 되자 식탁 여기저기에 초를 세워둡니다. 양초 그림자들이 주황색 파사드 위에서 춤을 춥니다. 촛불을 끄는 식탁도 눈에 띕니다. 그러면 바람이 일지 않는 공기 중에 연기가 한참 동안 유영합니다. 이따금 식탁 앞에 앉아 있던 커플들이 일어나서 어둠 속으로 사라집니다. 하지만 멀리 가지는 않습니다. 집들의 따뜻한 벽에 기댄 채 서 있습니다. 가끔 와인 한잔을 하려고 다시 돌아옵니다.

프란체스카도 자리에서 일어납니다. 그녀는 자신이 더 이상 이 세계에 속하지 않는다는 것을 알기에 불행하다는 생각을 합니다. 게다가 자신이 어떤 세계에 속한 것인지 알지 못합니다. 그들은 잔치를 즐기지만 그녀는 더는 이곳에 있지 않습니다. 그들은 연회를 즐기지만 그녀는 음식을 한 조각도 삼킬 수 없었습니다. 프란체스카가 문지방에 서자 그녀의 모습이 더 이상 보이지 않습니다. 어둠이 그녀를 삼킵니다. 그러자 마음이 편안해집니다.

이때 누군가 한 손으로 그녀의 얼굴을 쓰다듬습니다. 누군가의 손가락 하나가 그녀의 이마에서 코로, 코에서 턱으로 움직입니다. 프란체스카는 미동도 하지 않습니다. 누군가가 그녀의 머리카락을 쓰다듬습니다. 그녀는 등 뒤로 문의 차가운 손잡이를 느끼며 한 손으로 손잡이를 찾습니다. 그러곤 있는 힘껏 손잡이를 잡아당깁니다. 그녀의 입술이 그의 입술에 닿습니다. 벽감의 어둠 속에서 나와서 그가 뒤돌아섭니다. 그 사람은 레오나르도입니다.

다음 날 아침에 프란체스카는 피렌체로 떠나고 그 후로 다시는 마냐노에 돌아오지 않습니다. 가톨릭 여자 기숙학교를 졸업하고 스무 살이 되던 해에 마시모 토티라는 중위와 결혼합니다. 그들은 로마로 이사했습니다. 1915년에 토티 중위는 전쟁터로 떠났고, 첫 번째 전투에서 전사합니다. 그 무렵 프란체스카는 이미 고인이 된 중위의 아들 마르첼로를 낳았습니다. 프란체스카는 아들을 키우면서 대학교의 물리학부에서 공부하며 신발 가게에서 일했습니다. 이따금 그녀는 모두 다 버리고 마냐노로 떠나고 싶은 마음이 들었습니다. 대학을 졸업한 후에는 물리학 선생 학위를 받았습니다. 그녀는 나폴리의 학교에서 월급의 절반을 받으면서 일할 수 있는 자리를 힘들게 구했습니다. 생활비가 터무니없이 부족했습니다. 어떻게든 살기 위해 프란체스카는 로마로 돌아가서 시체 안치소에서 일하기 시작했습니다. 시체 안치소 일은 벌이가 나쁘지 않았습니다. 당직까지 서야 해서 시간이 많지는 않았지만 짬이 날 때마다 제임스 조이스의 책을 읽었습니다. 이따금 암브로조가 꿈에 나오면 그 꿈을 메모했습니다. 결국 그녀는 《암브로조 플레키아와 그의 시간》이라는 책을 출간했습니다. 메모한 꿈에 대한 자료를 담은 책에서 프란체스카는 아인슈타인의 상대성이론도 발전시켰습니다. 천재 물리학자의 연구와 달리 이 책은 누구나 이해하기 쉬운 말로 쓰여 있어서 엄청난 성공을 거둡니다. 프란체스카는 부와 명예를 얻습니다. 시체 안치소 일도 그만두었습니다. 그녀는 오스티아* 해안가에 저택을 한 채 사서 그곳에서 죽기 전까지 28년간 살았습니다. 어느 날 가장 마지막에 있었던 한 인터뷰에서 어떤 날이 평생 가장 많이 기억에 남았느냐는 질문을 받았습니다. 그러자 프란체스카는 잠시 생각하더니 다음과 같이 대답했습니다.

'우리 언니 마르가리타가 결혼하던 날인 것 같습니다.'"

---

* 이탈리아 로마 시 서남쪽 약 20킬로미터에 있는 고대 로마의 도시.

# 口

하루는 수도원에 모스크바의 보야르* 프롤이 보낸 사람들이 왔다. 프롤은 아내인 아가피야와 15년 동안 함께 살았지만 그들에게는 자식이 없었다. 수도원에도 수없이 가보고 용하다는 의사들을 초대해 진료를 받아보았지만 부인 아가피야의 태는 열리지 않았다. 서서히 그들의 희망이 사라져갔고, 천지창조력 7000년이 다가오자 아이를 갖겠다는 희망은 완전히 사라졌는데, 세상의 종말이 다가왔기 때문에 남은 생애가 짧고 낙이 없다고 간주되었기 때문이었다. 벨로오제로의 성 키릴 수도원에 거하는 용한 치료자에 대한 소문이 프롤의 귀에까지 들어갔지만 그가 기뻐하지 않은 이유가 바로 이것이었다.

프롤은 자기 집에 있는 사람들에게 말했다. "어차피 곧 죽을 텐데 자식은 낳아서 뭣 하오?"

그들이 그의 말을 반박했다. "모든 인간은 결국 죽기 위해 태어나지 않습니까? 현재까지 다른 운명을 타고난 사람을 본 적이 없습니다."

보야르가 대답했다. "에녹과 엘리야는 죽음을 보지 않고 하늘로 승천했지만 그들 역시 본 적이 없기는 마찬가지이지요."

그러자 그의 집에 있는 사람들이 말했다. "하느님에 의해 목숨이 끊어지기 전까지 삶은 지속되어야 합니다."

---

\*    10~17세기 러시아 봉건귀족의 최상층.

프롤은 잠시 생각한 후에 그 말을 수긍하고는 말했다.

"성 키릴 수도원에 가서 암브로시우스 수도자에게 내 태의 문이 열리도록 기도를 부탁하시오."

보야르 프롤이 보낸 이들이 길을 떠났고, 20일 동안 말을 타고 달렸다. 21일째 되는 날 아침에 그들이 수도원 안으로 들어갔을 때 그들을 맞이한 것은 암브로시우스였다. 그는 그들에게 아무것도 묻지 않고 말했다.

"여러분의 방문이 헛되지 않고 거룩하신 성모님의 기도로 하느님이 보야르 부인의 태의 문을 여실 것입니다."

이 말을 한 후에 암브로시우스는 보야르와 그의 부인에게 전해 주라며 프로스포라* 두 개를 그들에게 내밀었다. 그들은 그의 손에 입 맞춘 후에 예배를 드리러 갔다. 그들은 반일 동안 무릎을 꿇고 있었고, 나머지 반일과 밤에는 여독을 풀기 위해 쉬었다. 미명에 보야르가 보낸 사람들이 되돌아갈 때 가는 길이 수도원에 올 때보다 두 배는 짧게 느껴졌는데, 프로스포라의 향이 허기를 채워줬으며, 그것을 보고 있으면 피로가 사라졌기 때문이다. 그들이 모스크바로 돌아왔을 때 보야르는 그들에게 제일 먼저 프로스포라에 대해 물었다. 그들은 그에게 프로스포라를 건넸고, 2년 동안 그는 두 명의 아이를 낳았는데, 먼저 사내아이가 태어났고, 후에 계집아이가 태어났다.

보야르의 집에 있던 사람들이 그에게 물었다. "프로스포라가 있

---

* 성찬 성사에 사용하기 위해 누룩 없이 만든 둥근 빵.

으리라는 것을 어떻게 아셨습니까?"

보야르가 이야기하길, 한밤중에 그가 보낸 이들이 여독을 풀기 위해 수도원에서 쉴 때 그와 아내의 꿈에 프로스포라 두 개를 갖고 있는 성스러운 노인이 나왔다고 했다. 노인은 입을 열지 않고 말했지만 그의 말소리는 또렷하게 들렸다고 한다.

"아들과 딸의 위로를 받을 겁니다. 우리는 이곳에서 금년 부활절 전까지는 아무 일도 일어나지 않도록 기도할 것입니다. 그리고 무사히 부활절을 맞이하면 그제야 세상에 종말이 아직 오지 않았다는 희망을 가질 수 있을 테니 말입니다."

## A̅I̅

천지창조력 7000년 부활절에 성 키릴 수도원의 모든 종이 울려 퍼졌다. 이 종소리는 벨로제르스크 땅 위로 퍼지면서 주님이 인간들에게 한량없는 은총을 베푸시고 아직 회개할 시간을 주셨다는 사실을 더 큰 소리로 알렸다. 천지창조력 7000년에 부활절을 맞이하게 되리라는 것을 아무도 몰랐기 때문에 예전처럼 부활절을 기념하기로 결정했다.

많은 이들의 눈에서 감사의 눈물이 흘렀다. 연인들은 헤어짐이 보류되었기에 위로를 받았고, 일을 끝내지 못한 이들은 일을 끝낼 시간을 얻었기에 안심했지만, 세상의 종말을 간절히 기다리던 이들은 기뻐하지 않았는데, 기대했던 일이 일어나지 않았기 때문이었다.

천지창조력 7000년에 암브로시우스는 인노켄티 원로에게 말했다. "혼자 있을 곳을 찾습니다."

인노켄티 원로가 대답했다. "압니다. 사람들과 교제를 할 때가 있으면, 홀로 보내야 하는 시간도 있는 법이지요."

"저는 지금껏 오랫동안 세상에 대해 알려고 노력했고, 이제 제 안에 너무 많은 지식이 쌓여서 제 안에 있는 지식으로도 세상을 공부할 수 있습니다."

"이제 세상 종말에 대해서 어느 정도 안심했으니 혼자 시간을 보낼 때가 되었습니다. 암브로시우스, 이제 준비하고 올해에 수도서원을 하시오."

암브로시우스에게 준비란 환자를 치료하는 것이었다. 가까운 미래에 종말이 오지 않으리라는 사실이 확실해지자 그를 찾는 환자의 수가 열 배나 늘었다. 세상 종말이 오지 않고 당분간 더 살 수 있다는 희망이 생기자 얼마 전에 병이 난 사람들 외에 아파도 참았지만 치료를 받기로 마음을 바꾼 사람들도 진료를 받으러 왔다.

지나치게 많은 방문객으로 인해 수도자들은 곤혹스러워했으며, 기도에도 집중할 수가 없었다. 일부 수도자들은 이 일에 대해 이구메노스에게 불만을 토로했다.

이구메노스는 불평을 쏟아놓은 수도자들에게 물었다. "전에는 과연 기도에 집중하였단 말이오?"

그들이 대답했다. "과거에도 집중하지 못했습니다."

이구메노스는 솔직하게 대답해준 수도자들에게 감사를 표했다.

하지만 암브로시우스 자신도 지금 일어나는 일이 옳은지에 대해 의구심이 들었다. 수도원의 살림을 맡아보던 신부님이 수도원을 찾는 많은 사람들이 기도나 회개에 대해서는 생각하지도 않고 자신의 건강만 생각한다고 한 말을 이따금 떠올렸다. 이 말로 인해 암브로시우스는 자신이 옳은 일을 하는지에 대해 의심을 품게 되었다. 그는 마음이 편하지 않았지만 인노켄티 원로는 곁에 없었다. 그 무렵 인노켄티 원로는 수도원에서 걸어서 하루 거리에 있는 은둔지로 옮겼다. 암브로시우스는 거리를 초월하여 인노켄티와 소통이 가능하다는 것을 알고 있었기 때문에 수도원에서 그에게 말했다.

"사람들이 제 치료에 익숙해질까 염려됩니다. 너무 익숙해져서 영혼이 움직이지 않는 것 같습니다."

멀리 떨어진 은둔지에서 인노켄티 원로가 대답했다. "치료를 쉽게 받는다는 것이 무엇을 의미하는지 아십니까? 치유의 은사는 그것을 사용하라고 받은 것일 테니 사용하시오. 형제님이 곁에 없으면 그들도 더는 치유를 받지 못할 테니 말입니다. 하지만 치유의 기적만은 영원히 기억할 겁니다."

13

천지창조력 7000년 8월 18일 성모 안식 성당에서 암브로시우스는 수도서원을 했다. 수도서원 의식은 그가 몇 년 전에 수도복 망토를 받기 위해 삭발례를 받은 것과 유사했다. 하지만 이번 수도서원이 더 성대하고 엄숙했다.

아르세니는 성찬 예배 중 소입당 절차* 때 적당히 성당으로 들어갔다. 성당에 들어가면서 머리에 쓴 모자를 벗고 발에 신은 신발을 벗었다. 그런 후에 세 번에 걸쳐서 머리가 땅에 닿도록 절했다. 그의 눈은 곧 성당 내부의 어둠에 익숙해져서 예배에 참석한 자들의 얼굴이 보였다. 성가대에 흐리스토포르와 닮은 사람이 서 있었다. 어쩌면 정말로 흐리스토포르일지도 몰랐다.

암브로시우스가 성가대 성가를 작은 목소리로 따라 했다. "모든 이의 동역자이며 병든 이들의 치료자이신 주여, 내가 죽어 임종하기 전에 나를 구원하소서."**

열린 문틈으로 늦여름 바람이 불어왔다. 촛불이 흔들리려고 했지만 한 방향으로 향하면서 안정을 되찾았다. 그가 어렸을 때 이 성당에서 흐리스토포르와 같이 서 있었을 때도 촛불이 이렇게 움직였다. 이것이 암브로시우스와 당시를 연결하는 유일한 것이었는데, 그 자신도 변했고 흐리스토포르는 무덤 속에 누워 있었기 때문이다. 물론 지금도 그의 모습이 그대로 보존되었다고 보장할 수는 없을 것이다. 암브로시우스는 이제 흐리스토포르 할아버지의 생전 모습을 더는 기억하지 못한다. 흐리스토포르 할아버지가 여기에 있다니 말도 안 된다. 아니, 이 사람은 흐리스토포르가 아니었다.

이구메노스가 암브로시우스에게 물었다. "하느님의 계명에 따라

---

* 성찬 예비 시 복음경을 들고 행렬하는 것을 의미한다.
** 수도 생활의 최고 단계인 대스키마 서원식에서 불리거나 읽히는 구절이다.

만들어진 세상과 이 세상에 속한 것을 부인하느냐?"

암브로시우스가 대답했다. "부인합니다."

이때 문이 큰 소리를 내면서 닫혔고, 촛불이 안정을 찾았다. 이제 촛불은 전혀 흔들리지 않았다. 암브로시우스는 생각했다. '내 마음도 이 촛불처럼 감정의 변화가 없고 평온한 상태여야 하는데, 하지만 내 마음속은 여전히 우스티나로 인해 평안이 없구나.'

이구메노스가 말했다.

"가위를 들고 나한테 주시오."

그래서 암브로시우스는 그에게 가위를 건네주고 손에 입 맞추었다. 하지만 이구메노스는 손가락을 폈고, 가위가 바닥에 떨어졌다.

그러자 암브로시우스가 가위를 주워다가 다시 이구메노스에게 건넸고, 이구메노스는 또다시 가위를 던졌다.

이번에도 암브로시우스는 가위를 들었고, 이구메노스는 세 번째로 가위를 바닥에 던졌다.

암브로시우스가 가위를 또다시 주웠을 때 그곳에 있던 모든 사람들은 암브로시우스가 스스로 삭발을 할 거라고 확신했다.

하지만 이구메노스가 삭발을 시작했다. 그는 암브로시우스의 머리에서 십자가 모양으로 머리카락 두 움큼을 잘라서 머리카락 속에 흘러드는 지혜의 골짜기를 남겨두도록 했다. 암브로시우스의 시선이 바닥에 떨어진 백발을 향할 때 그는 자신의 새로운 이름을 들었다.

"우리 형제 라우루스가 성부와 성자와 성령의 이름으로 삭발하나이다. 그를 위하여 말씀드립시다. 주여, 자비를 베푸소서."

수도자들이 대답했다. "주여, 자비를 베푸소서."

암브로시우스가 수도서원을 한 8월 18일은 성 플로루스와 성 라우루스*의 날이었다. 이날부터 암브로시우스는 라우루스로 불리기 시작했다.

인노켄티 원로가 은둔지에서 말했다.

"라우루스는 좋은 이름입니다. '라우루스'라는 약초와 이름이 동일하기 때문이지요. 이 약초는 사시사철 푸르며 영생을 상징합니다."

라우루스가 말했다. "저는 이제 제 삶이 하나라는 생각이 들지 않습니다. 저는 아르세니였고, 우스틴이었고, 암브로시우스였으며, 이제는 라우루스가 되었습니다. 서로 닮지도 않았고 서로 다른 이름과 서로 다른 몸을 가진 네 사람의 삶을 살았습니다. 루키나 마을의 금발 소년이 저와 어떤 공통점을 갖고 있을까요? 기억을 함께 공유하는 것일까요? 하지만 제가 오래 살면 살수록 제가 가진 기억이라는 것은 지어낸 게 아닌가 하는 생각이 듭니다. 어느 순간부터 제 기억을 신뢰하지 않게 되었으며, 이로 인해 저는 서로 다른 시대에 저였던 사람들과 저를 더 이상 연관 지어 생각할 수 없습니다. 삶은 모자이크와 유사해서 여러 조각으로 흩어질 수 있기 때문이기도 합니다."

---

* 그리스 전승에 의하면 성 플로루스, 성 라우루스, 성 프로쿨루스, 성 막시무스는 일리리아의 이교도 신전 공사장에서 일하던 석공들로, 공사를 하던 중 그리스도교로 개종하고는 이교 신상들을 끌어 내리고 그리스도교 예배용 건물을 짓는 데 사용함으로써 고발되었다. 결국 모두 리키니우스 황제에 의해 우물에 던져져 순교하였다.

인노켄티 원로가 대답했다. "모자이크가 된다고 해서 여러 조각으로 흩어진다는 보장은 없지요. 가까이에서 보면 조약돌 하나하나는 서로 전혀 닮지 않았다고 여겨집니다. 라우루스, 조약돌 하나하나에는 무언가 더 중요한 것이 있는데 이것은 멀리서 바라보는 사람을 향하고 있다는 것입니다. 모든 조약돌을 한꺼번에 쥘 수 있는 사람을 만나려는 것입니다. 바로 그가 조약돌 전체를 한눈에 볼 수 있는 것입니다. 라우루스, 형제님의 삶도 그러하답니다. 당신은 하느님 안에서 자신을 활짝 열었습니다. 삶의 단일성을 깨고 자신의 이름을 부정하고 자기 자신을 부인했습니다. 하지만 모자이크 같은 형제님의 삶에는 삶을 구성하는 모든 것을 하나로 통일하는 것이 있는데, 그것은 그분께 나아가고자 하는 마음입니다. 하느님 안에서 당신 삶의 여러 조각도 하나가 될 것입니다."

## 51

수도서원을 하고 3주 후에 라우루스는 수도원을 나와 은둔지를 찾기 위해 길을 떠났다. 이것은 라우루스 자신이 추구하는 바였지만 이구메노스와 수도원의 다른 수도자들 역시 반대하지 않았다.

이상하게도 라우루스가 떠나고 나자 그들의 마음이 오히려 조금 편안해졌는데, 병을 치유받고자 하는 사람들이 수도원의 정해진 삶의 규율을 깨뜨렸었기 때문이다. 수도원을 방문한 사람들을 위해 특별히 수도원 문을 열어주긴 했지만 수도원 담장 밑에서 기다리는 사람들의 무리로 인해 수도자들은 난처했었다.

이구메노스와 수도자들은 라우루스를 만나러 온 사람들을 이해하려고 노력했다. 그들은 "산 위에 있는 마을은 드러나게 마련이다. 등불을 켜서 됫박으로 덮어두는 사람은 없다. 누구나 등경 위에 얹어둔다. 그래야 집 안에 있는 사람들을 다 밝게 비출 수 있지 않겠느냐?"*는 성경 말씀을 기억하고 있었다. 많은 수도자들이 공동생활을 하는 수도원에서 수도원의 힘은 무엇보다도 모두 함께 힘을 모아 기도를 하는 것에 있다고 믿는 사람들에게는 이 빛이 지나치게 밝게 여겨질 수는 있다. 정말로 그렇게 여겨진 것 같았다.

라우루스는 커다란 빵 한 덩어리만 갖고 수도원을 떠났다. 수도자들은 앞으로 어떤 일이 닥칠지 모르니 필요한 것을 더 가져가라고 설득하려 했지만 라우루스는 말했다.

"만약 새로 자리 잡은 장소에서 주님과 그의 어머니 성모님이 저를 잊으신다면 제가 살 이유가 없지 않습니까?"

라우루스는 그의 마음이 편안할 것 같은 장소를 찾아 길을 떠났다. 그는 지나온 길을 기억하지 못한 채 습한 가을 숲을 지나갔다. 사실 돌아갈 생각이 없었기 때문에 길을 기억할 필요가 없었다. 그는 자신의 발걸음이 더 중요한 다른 여정의 시작이라 여겼다.

라우루스는 반쯤 썩은 나뭇가지를 밟고 갔기 때문에 나뭇가지들은 그의 발밑에서 힘없이 부서질 뿐 바스락거리지 않았다. 새벽이 되면 누런 나뭇잎에 하얀 성에가 끼었다. 정오쯤 되면 성에는 작은

---

* 마태오의 복음서 5장 14~15절.

496

물방울로 변하고 햇빛을 받아서 차갑게 반짝거렸다. 숲속에 있는 검은색 호숫물로 목을 축였다. 매번 물을 마시려고 몸을 숙이면 양쪽 어깨에 흰색 십자가가 그려진 두건*을 두른 백발노인의 모습이 물 위에 나타났다. 라우루스는 나뭇가지로 인해 여기저기에 선이 그어진 하늘을 향해 눈을 치켜뜨고는 호숫물에 비친 노인을 가리키며 우스티나에게 말했다.

"이곳에 나밖에 없으니 이 모습은 내 모습이라고 생각할 수밖에 없구려. 나는 여전히 당신 이름으로 살고 있고 당신은 하나도 변하지 않았지만, 내 사랑, 당신은 나를 더 이상 못 알아볼 듯하오."

이따금 라우루스는 물 위에 비친 상을 이미 여러 해 전에 본 것 같았지만 언제 어떤 상황에서 보았는지는 기억해낼 수 없었다. 라우루스는 생각했다. '꿈은 어떤 형상을 보여줄 때 시간 같은 정해진 규칙을 준수하지 않으니, 어쩌면 꿈에서 본 것인지도 모른다.'

라우루스는 수도원을 떠날 때 가져온 빵을 조금씩 매일 떼어 먹었지만 빵은 줄어들지 않았다. 이러한 상황을 의아하게 여긴 그가 인노켄티 원로에게 물었다.

"원로님, 제가 어쩌면 빵을 먹고 있다고 착각하는 것은 아닐까요?"

원로가 화를 버럭 내며 말했다.

"다 큰 성인인 데다 의사인 자가 어찌 아이처럼 생각한단 말입니

---

* 수사나 수녀 등 수도자들이 머리에 착의하는 두건인데, 그중에서도 정수리가 둥글거나 뾰족한 것을 뜻한다.

까! 과연 인간의 몸이 음식을 먹지 않고 살 수 있습니까? 어디 한 번 말해보시오. 어떤 생물학적 법칙에 의거한단 말입니까? 그러니 당신이 빵을 먹고 있다는 데는 의심의 여지가 없습니다. 다만 빵이 매일 날이 갈수록 더 커지기 때문에 그렇게 쉽게 길을 떠날 수 있는 것입니다."

인노켄티 원로의 설명을 듣고 안심한 라우루스는 길을 계속 갔다. 길에서 괜찮은 장소를 많이 봤지만 마음을 정할 수 없었다. 매번 마음속으로 이곳은 그의 여행의 종착지가 아닐 거라 생각했다. 어떤 곳은 지나치게 좁았다. 그곳에 있는 나무들이 너무 붙어 있어서 라우루스의 생각에 누구든지 그곳에서 살면 답답할 것 같았다. 어떤 곳은 지나치게 넓어서 그곳에 자리를 잡는 것, 즉 마음이 그곳에 자리를 잡는 것을 위해서는 많은 노력이 필요해 보였다. 흐리스토포르가 남긴 메모에 러시아인들이 많은 장소를 정복하겠지만 이 공간을 자기 것으로 만들지는 못하리라는 말이 있었다. 라우루스 역시 러시아인이었기에 자신도 이런 일을 겪을까 우려되었다.

그는 여러 날 동안 이곳저곳을 돌아다녔고, 어떤 숲에 있는 나무에서는 자신이 도끼로 자른 흔적을 발견하기도 했다. 어느 날 밤에는 그의 꿈에 높은 장소가 나왔다. 이곳은 키 큰 소나무들이 에워싸고 있는 공터였다. 공터 끝을 따라 관목이 자라고 있었고, 빽빽한 관목 수풀 사이로 바위 동굴 하나가 보였다. 햇살이 소나무 줄기 사이로 자유자재로 드나들어서 그곳을 밝고 편안하게 만들어줬다.

아침에 잠을 깬 라우루스는 그곳으로 갔다. 그는 아무런 의심 없이 길을 아는 사람처럼 그곳을 향해 성큼성큼 다가갔다. 날이 저물 때 즈음 라우루스는 자신이 찾던 곳에 도착했다. 꿈에서 본 곳과 완벽하게 일치하는 것 같았다. 감사기도문을 읽은 후에 라우루스는 땅에 입 맞추고는 말했다.

"이곳은 영원히 나의 안식처, 여기가 좋으니 나 여기 살리라."*

그리고 또 말했다.

"광야여, 어미가 제 자식들을 그리하듯 나를 받아다오."**

그는 나뭇가지들을 모으고 풀을 좀 베어 동굴 안에 쌓아두었다. 그러곤 그곳에 누워 잠을 청했는데 마치 자기 집처럼 잠이 잘 왔다. 꿈을 꾸면서도 행복했는데, 이곳이 그의 마지막 집임을 알고 있었기 때문이다.

## 31

라우루스는 며칠 동안 공을 들여서 새 거처를 집처럼 만들었다. 그가 자리 잡은 동굴은 거대한 바위 두 개로 만들어진 곳인데, 그 위를 더 큰 바위가 덮고 있는 구조였다. 위를 덮고 있는 커다란 바위 한쪽의 경사진 면이 바닥에 닿아서 세 번째 벽이 되었다. 네 번째 벽은 라우루스가 직접 만들기 시작했다.

도구라고는 수도원에서 가져온 칼이 전부였다. 라우루스는 동굴

---

\* 시편 132편 14절.
\*\* 러시아 발라암 성가 일부.

근처에서 쓰러진 나무줄기들을 발견하고 동굴 쪽으로 끌어오려고
시도했다. 가장 두꺼운 나무줄기는 가져갈 생각조차 하지 않았다.
중간 정도 두께의 나무줄기 하나를 그러안아서 움직여보려고 했
지만 그마저도 뜻대로 되지 않았다. 갑자기 빨리 뛰는 심장 때문에
잠시 숨을 고른 후에 라우루스는 나무를 움직이지 못한 원인이 나
무의 무게 때문인지 자신이 노쇠한 때문인지 잠시 생각한 후에 아
무래도 자신이 늙은 탓이라고 결론 내렸다.

그는 큰 나무들이 쓰러질 때 같이 쓰러진 어린나무들의 가는 줄
기를 잡았다. 이 나무들을 동굴을 구성하는 두 개의 커다란 바위
쪽으로 끌고 가서 줄기의 아랫부분을 땅속에 묻고 윗부분은 표면
이 고르지 않은 바위에 붙였다. 그리고 덩굴식물로 만든 두꺼운 밧
줄을 이용해서 줄기들을 묶었다. 줄기 사이에 벌어진 부분은 풀과
이끼로 메웠다. 라우루스는 연결한 나무줄기로 문도 만들었다. 벽
에 고정하는 경첩 없이 문을 기대놓았을 뿐이었지만 제대로 만든
문인 만큼 추위를 잘 막아주었다.

벽을 만든 후에 라우루스는 두꺼운 줄기들을 가져왔더라면 서로
이토록 바짝 붙여놓을 수 없었을 테니 가는 줄기를 쓰길 잘했다는
것을 깨달았다. 그리고 그는 우스티나에게 말했다.

"사람의 능력 안에서 하는 일이 가장 좋다오. 내 사랑, 그의 능력
을 넘어서는 것은 말이오, 유익하지 않다오."

그런 후에 라우루스는 바닥에 이리저리 굴러다니는 바위들을 쌓
아서 아궁이를 만들었다. 그는 자신이 늙었다는 것을 이해했기에
건강을 더 이상 과신해선 안 된다고 생각했다. 라우루스는 얼어 죽

지 않도록 가장 추운 날에만 아궁이에 불을 때기 시작했다. 새 거처에 적응한 후로는 일주일에 한 번씩 불을 땠다. 토요일마다 부싯깃과 부시를 이용해 불을 피웠는데, 부싯깃으로 사용하는 마른 땔감은 천장 아래에서 발견한, 땅 밑으로 깊숙이 들어간 곳에 늘 보관했다. 라우루스는 아침부터 밤까지 불을 때면서 그가 모은 나뭇가지로 땐 불이 만들어낸 건조한 연기가 천천히 문틈으로 빠져나가는 모습을 지켜봤다. 하루 동안 불을 때면 동굴을 구성하는 바위들이 엄청나게 많은 온기를 빨아들여서 다음 주 토요일까지 불을 때지 않아도 따뜻했다. 물론 아주 가끔은 온기가 토요일 전에 사라지기도 했다. 동굴 안이 그 전에 추워지더라도 라우루스는 자신이 정한 날까지 참고 기다렸다가 불을 땠다.

라우루스는 새 거처가 마음에 들었다. 그곳은 매서운 북풍을 막아주었으며 예상보다 넓었다. 입구 쪽에 가까운 곳에서는 일어서도 머리가 천장에 닿지 않았다. 물론 한쪽 면이 경사진 곳은 몸을 숙여야 했다. 이따금 라우루스는 바위의 한쪽 면이 경사진 것을 잊고 바위에 머리를 세게 부딪히곤 했다. 그러면 흘러내리는 눈물을 닦으며 거만하게 고개를 꼿꼿하게 세운 자신을 나무랐다. 그는 이토록 쉬운 사실을 망각하는 자신의 모습을 보며 멋쩍은 미소를 지었다.

라우루스는 자신을 어린아이처럼 대하고 있음을 알고 있었다. 난생처음으로 마음이 무척 편안했다. 그는 "이곳은 영원히 나의 안식처"라는 말을 되뇌며 자기 마음속 깊이 자리 잡은 평안으로 인해 적이 놀랐다. 땅 밑으로 지하수가 흘러가는 소리가 들리는 것도 같았다. 하늘 위에서 구름이 호흡하는 소리도 들리는 듯했다. 과거에도 많은 일을 겪었지만 어쨌든 그 모든 일은 사람들과 함께 있을 때 생긴 일들이었다. 이제 그는 절대적으로 혼자였다.

하지만 외롭지 않았는데, 버림받은 사람이라는 기분이 들지 않았기 때문이었다. 그가 언젠가 만난 사람들이 마치 그와 함께 있는 것 같은 기분이 들었다. 그들은 저세상으로 떠났든지 여전히 살아 있든지와는 상관없이 그의 마음속에서 조용히 자신들의 삶을 살고 있었다. 그는 그들이 한 모든 말과 억양과 동작들을 기억하고 있었다. 그들이 과거에 한 말들은 새로운 말들을 낳았고, 이 말들은 후에 생길 사건들과 라우루스 자신이 한 말들과 서로 조화를 이루었다. 무척 다채로운 형태이긴 하나 삶은 계속되고 있었다.

수백만 개의 부분으로 이루어진 삶의 모습이 그러하듯 그의 삶은 어지러이 움직였지만 동시에 이 안에는 어떤 통일된 방향성이 존재했다. 라우루스는 삶이 시작 지점을 향해 이동하는 것 같은 기분이 들기 시작했다. 하느님이 창조한 천지가 창조되던 시점이 아니라 천지의 일부인 그의 삶이 시작되던 지점 말이다.

과거에는 최근에 일어난 사건들을 자주 생각했지만 이제 라우루스의 머릿속은 점점 더 자주 어린 시절에 대한 기억을 떠올렸다. 가을 숲을 걸으면서 이따금 한 손으로 흐리스토포르의 손을 잡고 있는 것 같은 기분이 들었다. 할아버지의 손은 까끌까끌했지만 따뜻했다. 흐리스토포르를 아래에서 위로 올려다보면서 라우루스는 결국 호숫물에 비친 얼굴을 어디에서 봤는지 기억해냈다. 그것은 흐리스토포르의 얼굴이었던 것이다. 나이를 먹으며 할아버지의 얼굴을 갖게 된 것이었다.

흐리스토포르는 짐승 발자국을 따라 그를 데리고 가면서 이따금 숨을 돌리기 위해 멈췄다. 그는 그들이 속한 계절에 땅을 뒤덮는 약초나 한파로 인해 생긴 약초 뿌리의 성질에 대해 이야기해주었다. 추위를 피해 남쪽으로 이동하는 철새들의 이동 경로나 이러한 새들의 타국에서의 녹록지 않은 삶과 놀라운 귀소본능에 대해서도 이야기해주었다.

한번은 흐리스토포르가 그에게 말했다. "라우루스야, 새들뿐만 아니라 사람들도 그런 본능을 갖고 있단다. 삶에는 어떤 완결성 같은 것이 필요하니까."

그러자 라우루스가 물었다. "왜 저를 라우루스라 부르시죠? 할아버지는 저를 아르세니라고 알고 계시잖아요."

흐리스토포르가 대답했다. "그게 무슨 상관이냐? 너도 새가 되려 했던 적이 있단 걸 기억하느냐?"

"기억해요. 잠깐 동안이었지만 날기도 했었죠……."

소년이 피곤해하면 할아버지는 등에 멘 가방 속에 그를 앉혔다. 그대로 그는 아이를 집까지 데리고 갔고, 할아버지의 발걸음이 주는 리듬감에 아이의 눈이 스르륵 감겼다. 꿈에서 그는 칼라드리우스 새가 된 자신을 보았다. 새는 환자의 몸에 있던 궤양들을 갖고 하늘 높이 날아올라 하늘 위에서 뿌린다. 한밤중에 잠에서 깨면 어느새 그는 난로 위 자기 잠자리에 누워 있는 것이었다. 그리고 동굴 구석에서 규칙적으로 물방울이 떨어지는 소리에 귀를 기울였다.

# 빵

11월이 되자 라우루스가 수도원에서 가져온 빵의 크기가 현저하게 작아졌다. 라우루스는 빵이 줄어드는 것을 알고 있었지만 걱정은 하지 않았다. 그가 이 땅에 존재할 이유가 있다면 일용할 양식을 얻을 수 있으리라 생각했기 때문이다. 그리고 그의 생각은 옳았다.

어느 날 아침에 라우루스는 동굴 근처에서 누군가의 조심스러운 발소리를 들었다. 동굴 밖으로 나가자 양손에 빵을 들고 있는 사람이 보였다.

그 사람이 말했다. "저는 제분업자 티혼이라는 사람인데 빵을 드리려고 가져왔습니다."

그의 옷에는 밀가루가 묻어 있었고, 나이는 서른쯤 돼 보였다. 제분업자는 라우루스에게 허리를 숙여 인사를 한 후에 빵을 건네고는 떠났다.

다음 날에는 다리를 심하게 저는 자기 아내를 데리고 그의 동굴로 돌아왔다.

제분업자의 아내가 말했다. "한쪽 발에 맷돌이 떨어진 후로 이쪽 다리로 걷지를 못한답니다. 건강도 하루가 다르게 나빠지고 있어요."

라우루스가 물었다. "남편이 안고 온 것도 아닌데 어떻게 그런 다리를 하고 이곳까지 오셨소? 건강한 자도 오기 힘들어할 만한 곳인데 말이오."

제분업자 티혼이 말했다. "사실 그렇게 어려운 일은 아닙니다. 라우루스, 선생님의 거처는 루키나 마을에서 도보로 한 시간 반이면 오는 곳이니까요. 선생님이 숲속을 거니시는 것을 본 사람들로 인해 이제 마을 사람 중에 선생님이 이곳에 사시는 것을 모르는 자가 없을 정도입니다."

라우루스는 그를 찾아온 두 사람을 빤히 쳐다봤다. 그제야 그는 자신이 오랫동안 찾아 헤맸다고 생각했지만 실은 마을로부터 멀리 가지 못했다는 것을 깨달았다. 길을 잃었다고 생각했지만 결과적으로 그가 와야 할 곳에 온 것이라는 사실도 깨달았다.

제분업자 티혼이 부탁했다. "라우루스, 우리를 좀 도와주십시오. 이렇게 아픈 다리로는 제분소 일을 돕지 못합니다."

제분업자 아내의 볼을 타고 눈물이 흘러내렸는데, 다리가 아픈 것으로 그치지 않고 목숨이 위태롭다는 것을 이해했기 때문이다. 라우루스는 그녀에게 아픈 발을 칭칭 감은 숄을 풀라는 신호를 주었다. 그녀가 그의 말대로 하자 라우루스가 그녀의 발 옆에 쪼그리고 앉았다. 발은 부었고 피부에 괴사가 시작되었다. 그는 다친 부위를 천천히 촉진했다. 제분업자 티혼은 돌아섰다. 라우루스가 두 손으로 아픈 발을 꼭 누르자 여자가 비명을 질렀다. 그런 후에 다시 환부를 숄로 칭칭 감았다.

라우루스가 말했다. "여자여, 울지 마시오. 당신의 발은 회복될 것이고, 제분소로 돌아가서 남편을 돕게 될 거요."

제분업자의 아내가 물었다. "예전처럼 돌아갈 수 있을까요?"

라우루스가 대답했다. "아니, 과거와 똑같지는 않을 거요. 세상 그 무엇도 과거와 동일하게 반복되지는 않으니 말이오. 당신도 그러길 원하지 않을 거고."

그들은 라우루스에게 허리를 숙여 인사를 한 후에 떠났다.

그날부터 루키나 마을 사람들이 그를 찾아왔다. 사람들은 수도원에서 수도서원을 한 라우루스가 제분업자 아내의 병을 고쳐주었다는 것을 알고 자신들의 병도 고쳐줄 거라 생각했다. 그들은 제분업자로부터 라우루스에게 빵을 주게 된 경위와 허리를 숙여 감사를 표했다는 이야기를 들은 후에 그에게 음식을 가져오기 시작했다. 라우루스는 사람들이 음식을 가져올 때면 매번 그러지 말라고 부탁했다. 하지만 그들은 빵이나 삶은 순무나 오트밀죽 등을 토기에 담아서 가져왔다. 제분업자의 이야기로 미루어 짐작했을 때 이런 유의 선물은 그에게 해가 되지 않으리라는 것을 알 수 있었다. 게다가 루키나 마을 사람들은 이미 오래전부터 대가를 지불한 노동만이 좋은 결과를 가져온다고 생각해온 터였다. 이것이 육체적인 노동이 아니라 의술을 펼치는 일이라 할지라도 말이다.

라우루스는 거절이 불가능하다는 것을 깨달은 후부터 가져오는 음식을 새들과 동물들에게 나눠주기 시작했다. 그가 빵을 둘로 나눠서 양쪽으로 크게 벌린 양손에 올려두면 새들이 그의 두 손에 앉았다. 새들은 빵을 쪼아 먹고 그의 따뜻한 양어깨에서 쉬었다. 오트밀죽과 순무는 보통 곰이 먹었다. 곰은 겨울잠을 자기에 적합한 굴을 찾아다녔지만 찾지 못했고, 이로 인해 슬퍼했다.

곰은 라우루스가 있는 동굴에 와서 밖은 춥고 먹을 것이 없으며 잠잘 곳이 없다며 투덜댔다. 그래서 라우루스는 밖이 정말 추운 날이면 곰에게 동굴 안으로 들어와서 몸을 녹이도록 허락했으며, 다만 곰이 잘 때 코를 골지 않고 그의 기도를 방해하지 않도록 주의를 주었다. 하지만 곰에게 어디까지나 임시 거처를 허락한 것이었다. 12월 말에 곰은 결국 자신이 잠을 잘 굴을 찾았고, 라우루스는 안도의 한숨을 내쉬었다.

그해 겨울부터 라우루스는 더 이상 날짜 계산을 하지 못하게 되었다. 이제 그는 하루의 시간과 요일 그리고 계절을 포함한 시간을 순환하는 시간으로만 느꼈다. 그는 1년 동안 있는 모든 일요일은 알았지만 정확히 몇 년인지는 아무리 기억하려 해도 할 수 없었다. 이따금 사람들이 그에게 올해가 몇 년이라고 얘기해줄 때도 있지만 그는 그 즉시 잊어버렸는데, 이런 유의 지식을 가치 있다고 여기지 않은 지 오래되었기 때문이다.

따라서 그의 기억 속에 있는 사건들은 더는 시간과 연관되지 못했다. 그 사건들은 그의 삶 속에서 시간과 연관 없이 특이한 순서로 조용히 이리저리 흘러갔다. 그중 일부 사건들은 이미 겪은 일이 오래전 기억의 심연에서 떠오르듯 나타났고, 어떤 사건들은 이러한 심연 속으로 영원히 가라앉기도 했는데, 이러한 사건들이 아무런 도움이 되지 않았기 때문이다. 이미 지난 사건은 서서히 희미해져갔고 점점 공통의 선과 악으로 변하면서 사건의 자세한 경위와 색채를 상실했다.

시간을 나타내는 단어들 중 시간이 가면 갈수록 '어느 날'이란 표현을 떠올리는 날이 잦았다. 그는 이 표현이 마음에 들었는데, 이것이 시간의 저주를 극복하는 표현이었기 때문이다. 이것은 모든 사건이 일회성을 띠며 반복되지 않는다는 것을 확인해주었다. 어느 날 그는 이 표현만으로도 충분하다는 것을 깨달았다.

(어느 날) 라우루스가 사는 동굴에 사람들이 노브고로드의 보야르의 부인인 옐리자베타를 데리고 왔다. 그녀는 수년 전에 미끄러지면서 머리를 바위에 부딪혔다고 했다. 그때부터 시력이 나빠지더니 얼마 후에는 사물의 실루엣만 보였다. 그런데 요 며칠 전부터는 그마저도 보지 못하고 있다고 했다.

라우루스가 동굴에서 나오자 그녀가 말했다.

"샘물로 제 눈을 씻어주시면 제가 다시 앞을 보게 되리이다."

라우루스는 그녀의 믿음에 놀라서 그녀가 말한 대로 해주었다. 그러자 그녀는 그 즉시 라우루스의 얼굴선을 보았고, 그의 등 뒤에서 그녀를 수행하는 사람들의 움직임도 눈에 들어왔다. 보야르의 부인인 옐리자베타는 그들을 한 손가락으로 가리키면서 그들의 이름을 한 명 한 명 부르기 시작했다. 또 라우루스가 기거하는 동굴 주변에 자라는 풀과 꽃들의 이름도 말했다. 눈이 아직 흐릿하게 보여서 가끔 사실과 다른 말을 할 때도 있었지만 중요한 것은 이제 그녀가 빛을 보았다는 것이다. 수시로 고개를 들고 실눈을 뜨지 않고 여름의 강렬한 햇빛을 봤지만 눈은 아프지 않았고, 태양 빛은 아무리 봐도 질리지 않았다. 초가을 무렵에 옐리자베타 부인의 시력은 완전히 돌아왔다.

(어느 날) 사람들이 라우루스가 머무는 동굴에 쇠사슬에 묶인 하느님의 종 니콜라이를 데리고 왔다. 열 명의 사람들이 그를 끌고 왔는데, 그보다 적은 수의 사람으로는 그의 움직임을 제어할 수 없었을 것이기 때문이다. 니콜라이는 키는 크지 않았지만 몸에 악마가 들어가 있어서 힘이 엄청나게 셌다. 겉모습도 끔찍했다. 니콜라이는 짐승처럼 으르렁대고 짖어대고 이빨로 쇠사슬을 물어뜯었고, 쇠사슬에 부러진 이빨이 보였다. 입술에는 피거품이 일었다. 게다가 눈알을 미친 듯이 굴리는 통에 흰자만 보일 정도였다. 관자놀이와 목에는 정맥이 불룩 튀어나와 있었다. 옷은 거의 걸치고 있지 않았는데, 옷을 입히는 족족 조각조각 찢어버렸기 때문이었다. 그의 몸 안에 있는 낯선 힘이 몸을 데워주고 있었기 때문에 추운 겨울이었지만 그는 추위를 느끼지 않았다.

라우루스가 니콜라이의 몸을 잡고 있는 사람들에게 말했다. "그를 놓아주십시오."

그러자 그의 몸을 잡고 있던 사람들이 서로 시선을 교환했다. 잠시 주저하더니 이내 그들은 쇠사슬을 던지고 니콜라이한테서 떨어졌다. 잠시 정적이 흘렀다. 니콜라이는 더는 개처럼 짖지도 않고 몸부림치지도 않았다. 허리를 반쯤 구부린 상태로 서서 라우루스의 눈을 빤히 쳐다봤다. 입도 반쯤 벌린 상태였다. 입에서 흐르는 침이 이리저리 흔들렸다. 라우루스가 니콜라이를 향해 한 걸음 다가가서 그의 머리에 한 손을 얹었다. 그대로 그들은 잠시 서 있었다. 라우루스의 눈은 감겨 있었고 입술은 움직였다. 라우루스의 이마가 니콜라이의 이마에 닿을 때까지 두 사람의 머리는 서로를 향해 천천히 다가갔다.

라우루스가 큰 소리로 말했다. "우리 구세주 예수 그리스도의 이름으로 명하노니 하느님의 종 니콜라이의 몸에서 나오라."

라우루스가 이 말을 하자 니콜라이는 마치 안으려는 듯이 라우루스를 향해 두 팔을 뻗었다. 그의 몸에서 힘이 빠져나갔다. 쇠사슬 소리를 내면서 니콜라이는 천천히 땅에 앉았다. 그는 눈 덮인 땅 위에서 라우루스 발치에 누워 있었지만 아무도 그에게 다가갈 엄두가 나지 않았다. 니콜라이는 마치 죽은 사람처럼 눈을 뜨고 있었지만 분명 살아 있었다.

라우루스가 말했다. "악령들은 그를 떠났지만 그의 영혼이 회복하기 위해서는 시간이 필요합니다. 새벽까지 쉴 수 있게 하시고 아침이 되면 그가 영성체에 참례하도록 하십시오."

그래서 사람들은 니콜라이를 루키나 마을에 데리고 갔고, 그는 그곳에서 밤새도록 의식을 잃고 누워 있었다. 이른 아침이 되어 그가 눈을 뜨자 하느님의 말씀대로 살아가는 사람이 보통 그러하듯 이성의 빛이 반짝였다. 악령들이 니콜라이의 몸에서 나갈 때 그가 갖고 있던 고통스러운 힘도 함께 빠져나갔기 때문에 아직 기력이 많이 약한 상태였다.

그를 에워싼 사람들이 기도하고 니콜라이가 스스로 기도를 해서, 성당까지 가서 영성체에 참례할 힘을 얻었다. 영성체에 참례한 후 기력이 회복되었는데, 그리스도의 몸을 먹고 그의 피를 마신 후에 새로운 힘을 얻었기 때문이다. 니콜라이는 그와 동행하는 사람들과 함께 성당에서 바로 라우루스가 있는 동굴로 향했다.

라우루스는 그들을 맞이하러 동굴 밖으로 나와서 말없이 그들을 축복했다. 그러자 모두 라우루스 앞에 무릎을 꿇었는데, 이 사람이 가진 힘이 악령의 힘보다 더 강했기 때문이다. 그 후에 그곳에 모인 모든 이들이 니콜라이에게 그를 라우루스가 거하는 동굴에 데리고 가는 동안 그가 그토록 격렬하게 저항하고 초인적인 힘으로 소리를 지른 연유를 물었다. 그러자 니콜라이가 대답했다.

"여러분은 억지로 이곳으로 끌고 오면서 저를 때렸고, 악령들은 이곳에 오지 못하도록 저를 때렸기 때문에 누구의 말을 들어야 할지 몰랐습니다. 양쪽으로부터 매를 맞았기 때문에 두 배나 크게 소리를 질렀던 것입니다."

그러자 모두가 그 일어난 일로 인해 놀랐고, 하늘에 계신 하느님과 그가 세상에 보내신 등불과 같은 라우루스를 찬양했다.

$$\tilde{K}$$

대기근이 있던 해에 아나스타시야라는 소녀가 순결을 잃고 라우루스를 찾아왔다. 그녀는 울면서 라우루스 앞에 무릎을 꿇고 간청했다.

"저는 잉태했지만 남편이 없기 때문에 아이를 낳을 수 없습니다. 아이가 태어나면 사람들이 아이를 제 죄의 열매라 부를 테니까 말입니다."

그러자 라우루스가 물었다. "여자여, 내가 어떻게 해주길 원하느냐?"

"제가 말하지 않아도 아시지 않습니까. 제 입으로 직접 그 말씀을 드리자니 두렵습니다."

"여자여, 내가 안다. 하지만 그대도 내가 어떤 대답을 할지 알지 않느냐? 그런데 왜 내게 왔느냐?"

"만약 제가 루키나 마을에 있는 주술사에게 도움을 구하면 마을 사람들 모두가 제가 지은 죄를 알게 될 것입니다. 제 죄의 열매가 몸 안에 들어왔을 때처럼 몸에서 나갈 수 있도록 기도만 해주십시오."

라우루스의 시선이 잠시 소나무 꼭대기 위에 걸렸다가 납빛 하늘 위에서 흔들렸다. 그의 속눈썹에 내린 눈이 얼었다. 숲속 빈터에도 첫눈이 내렸다.

"그런 기도는 할 수 없단다. 기도를 할 때는 납득할 만한 이유가 있어야 하며, 그래야 응답을 받을 수가 있단다. 그런데 너는 내게 살인을 할 수 있게 해달라고 기도를 부탁하지 않느냐."

아나스타시야는 천천히 자리에서 일어났다. 그러곤 쓰러진 나무 위에 앉아서 주먹 쥔 양손으로 턱을 괴었다.

"저는 고아이고, 지금 기근으로 인해 아이에게 젖을 주지 못할 거예요. 이래도 이해 못 하시겠어요?"

"아이를 낳으면 분명 키울 방도가 있을 거다. 내 말을 믿고 그대로 하렴."

"선생님은 저와 이 아이 두 명을 죽이시는 거예요."

라우루스는 아나스타시야 옆에 앉았다. 그러곤 그녀의 머리를 쓰다듬었다.

"제발 부탁이니 그렇게 해주렴."

아나스타시야가 돌아앉았다. 그러자 라우루스가 무릎을 꿇고 머리를 아나스타시야의 두 다리에 갖다 댔다.

"너와 아이를 위해 매시간 기도하마. 내가 말년에 얻은 아이처럼 돌보마."

아나스타시야가 물었다. "선생님의 영혼 구원을 위해 제 청을 거절하시는 거예요?"

라우루스가 조용히 말했다. "아무래도 내 영혼이 구원받기는 힘들 것 같구나."

아나스타시야가 떠나면서 뒤돌아 라우루스를 봤을 때 그는 울고 있었다. 소녀는 그런 그가 딱했다.

$$\overline{Ka}$$

그해 겨울은 예상과 달리 무척 추웠다. 하늘에서는 눈이 아니라 먼지가 흩날렸다. 반짝거리는 흰 먼지는 나무와 관목에 쌓였다. 사실 관목도 더 이상 보이지 않았다. 처음에는 관목이 눈 더미로 변했고, 그 후에는 숲에 끝없이 내리는 눈으로 인해 그마저도 보이지 않았다. 겨울이 막 시작되었을 때 이미 라우루스는 우스티나에게 말했다.

"내 사랑, 올해 겨울이 지금껏 내가 겪은 겨울 중 가장 추운 겨울인 것 같소. 어쩌면 내 몸이 이제 어려움을 이겨낼 힘을 상실했는지도 모르오. 내 육체가 수명을 다하기 전에 영혼과 분리되지 않도록 일주일에 두 번씩 불을 때봐야겠소.”

하지만 라우루스는 일주일에 두 번씩 불을 땔 수 없었다. 그가 겨우내 쓰려고 모아둔 땔감은 빠른 속도로 사라졌고, 두껍게 쌓인 눈 속에서 땔감을 찾는 일은 여간 힘든 일이 아니었기 때문이다. 라우루스는 가슴까지 찬 눈을 뚫고 가장 가까운 곳에 위치한 나무까지 가서 가지를 꺾었지만 이것은 엄청난 노력을 요하는 일이었다. 이렇게 해서 그는 겨우 한두 개 정도의 나뭇가지를 갖고 동굴로 돌아와서는 한참 동안 거친 숨을 몰아쉬었다. 그러곤 난로 위에 마련된 잠자리에 힘없이 쓰러졌고, 기침을 하며 또 한참 동안 숨을 몰아쉬었다. 땔감을 아끼기 위해 불을 자주 때되 장작을 조금씩만 썼다. 그 정도의 온기로 동굴의 바위는 데워지지 않았기 때문에 동굴 안은 항상 추웠다.

게다가 눈이 많이 내리기 전에 루키나 마을 사람들이 가져오던 식량도 끝을 보이기 시작했다. 전에 마을 사람들이 그에게 먹을 것을 가져오면 그는 이미 먹을 것이 충분하다며 거절했다. 여름과 가을에는 정말로 배를 불리고도 남을 정도로 풀이나 뿌리류가 많았지만 눈이 많이 오자 더 이상 구하기가 힘들었다. 눈이 너무 많이 내린 탓에 환자들의 발길도 끊기면서 먹을 것을 가져오는 사람도 없었다. 이토록 힘든 시기에 사람들이 그를 의도적으로 괴롭힐 목적으로 그에게 오지 않았다기보다는 그들도 힘들었기 때문에 그를 챙기지 못한 것이었다. 눈과 함께 기근이 왔고, 모두에게 힘든 시기가 도래한 탓이었다.

겨울이 중반으로 접어들 즈음 라우루스는 동굴 밖으로 거의 나오지 않았다. 그렇게 남은 힘과 온기를 아끼고 있었다. 그러던 어느 날 동굴 구석에서 오래전에 수도원에서 나오면서 가져온 빵 조각들을 발견했다.

라우루스가 우스티나에게 말했다. "오래된 빵이나마 많지는 않지만 아껴 먹는다면 얼마간은 버틸 수 있을 것 같소. 내 사랑, 나와 같은 상황에 놓인 사람은 주어진 것에 만족할 줄 아는 것이 중요하다오."

먹을 것을 찾은 후에 라우루스는 몸을 녹일 방법도 찾았다. 그는 예루살렘 생각을 했다.

라우루스는 아침부터 밤까지 햇살로 가득 찬 거리 이곳저곳을 배회하는 상상을 했고, 잠에 빠져들면서도 달궈진 바위들에서 나는 냄새가 나는 것 같았다. 그는 까끌까끌한 바위 표면을 쓰다듬었다. 그러자 바위들은 차가워진 라우루스의 두 손에 온기를 전해주었고, 더는 춥지 않았다. 그는 2월 3일에 감람산에서 인노켄티 원로를 만났다. 원로의 얼굴이 까맣게 탄 걸로 봤을 때 그가 예루살렘에 온 지 꽤 됐다는 것을 알 수 있었다. 인사 대신 원로는 성전산을 가리키며 조용히 찬양했다.

"주님, 이제는 말씀하신 대로 이 종을 평안히 눈감게 하시나이다……"*

---

\*　성 시므온의 찬가.

인노켄티 원로는 두건을 벗고 찬양했고, 그러자 2월의 따뜻한 바람에 백발이 나부꼈다. 거룩한 땅의 곤충들과 땅에서 뽑힌 마른 풀들이 공기 중에 떠다녔다. 그것들은 태곳적의 예루살렘의 먼지와 섞여 서 있는 사람의 눈에 들어갔다. 인노켄티 원로의 속눈썹에 눈물이 반짝거렸다. 그는 이미 입을 닫았지만 그의 노래는 여전히 기드론 시내\* 위에 울려 퍼졌다. 라우루스는 그를 보며 경건한 시므온이 361세 때 이런 모습이었을 것이라고 생각했다.

인노켄티 원로가 웃으면서 말했다. "오늘날에도 경건한 시므온을 기억하는데 이것을 잊고 있었단 말입니까? 게다가 나를 곧 찾아올 안식을 위한 찬가야말로 바로 지금 이곳에서 불러야 할 찬가가 아니란 말입니까?"

라우루스가 그에게 말했다. "원로님이 저에게 다가오시는 모습을 보고 이것을 깨달았습니다. 홀가분한 모습으로 다가오셨지요. 봐야 할 모든 것을 본 사람처럼 말입니다. 솔직히 원로님을 여기에서 뵐 줄은 몰랐지만 다시 생각해보니 작별 인사를 하기에 이곳만 한 곳이 없을 것 같기도 합니다."

인노켄티 원로가 라우루스를 끌어안았다.

"슬퍼하지 마시오, 라우루스, 그대도 시간에 갇혀 살 날이 얼마 남지 않았으니 말입니다."

그들은 산 정상에 서 있었다. 라우루스는 원로의 한쪽 어깨에서 먹구름이 나와 그를 향해 다가오는 것을 보았지만 그 먹구름이 비

---

\*   감람산과 예루살렘을 가르는 협곡을 따라 흐르는 시내.

를 뿌리지 않으리라는 것을 알고 있었다.

K̅B̅

봄이 되자 새해에도 기근이 끝나지 않을 것을 알 수 있었다. 땅 밑에서 밀 이삭이 싹을 틔우고 유실수의 꽃이 막 지던 5월 말이 되자 가장 강력한 추위가 마을을 강타했다. 따뜻한 날들이 이어지던 5월에 갑자기 찾아와서는 하루 동안만 기승을 떨쳤다. 자라거나 꽃을 피울 수 있는 것은 그날 밤에 모두 죽었다.

수많은 재난을 겪은 루키나 마을 사람들이었지만 5월에 그런 추위를 기억하는 사람은 없었다. 마을의 제분소 주인은 이 추위를 악마의 입김에 비유했는데 그의 입김이 닿는 곳이면 모두 얼어버렸기 때문이다. 그의 비유 덕분에 많은 사람들은 그들이 보고 있는 자연현상에 눈을 떴고, 이런 일이 발생하는 원인을 따져보았다. 이런 일은 우연히 일어나지 않기 때문이었다.

원인을 찾는 데 오래 걸리지는 않았다. 고대 러시아 사람들의 옷은 품이 넓었지만 봄이 될 무렵에 고아인 아나스타시야가 임신했다는 사실을 모르는 사람은 없었다. 강추위가 강타한 후에 사람들은 그녀에게 아이 아빠가 누구인지 물었지만 그녀는 대답을 거부했다. 그러자 더 이상 그녀에게 묻지 않았는데, 루키나 마을 사람들 모두 그녀가 말하지 않아도 아이 아빠가 누구인지 알 수 있었기 때문이었다. 아이 아버지는 차가운 입김으로 밀과 모든 유실수의 열매를 얼려버린 자였다. 해결책은 하나밖에 없었고, 아무도 이것이 무엇인지 말하지는 않았는데, 어떻게 행동해야 할지 말하지 않아도 알 수 있었기 때문이다.

6월의 어느 달 밝은 밤에 아나스타시야의 낡은 농가가 불에 타기 시작했다. 루키나 마을 사람들 모두 깨어 있었지만 그 누구도 농가의 불을 끄는 사람은 없었다. 많은 이들은 악령과 아나스타시야가 연관이 있다 하더라도 그녀가 딱했기 때문에 울면서 기도했다. 또한 부모 없이 사는 고아가 악마의 쉬운 먹잇감이 되었다 하더라도 이것은 그녀의 잘못만은 아니며 그녀도 어찌할 수 없는 상황이란 것도 존재한다고 생각했다. 하지만 루키나 마을을 기근으로부터 구하려는 생각 하나가 마을 사람들의 선량함을 쇠사슬로 묶고 있었다. 그들은 아나스타시야가 사는 농가를 에워싸서 그녀가 집에서 빠져나오지 못하도록 했고, 죽기 직전에 지르는 비명 소리를 듣지 않기 위해 양손으로 귀를 막았다. 하지만 농가가 불타는 소리로 인해 그들은 그녀의 비명을 듣지 못했다.

농가가 다 탔을 때 가장 용감한 사람들은 아나스타시야한테서 남은 것이 있으면 사시나무 창으로 찔러서 찾기 위해 잿더미를 파헤쳤다. 하지만 잿더미 속에서 그 어떤 흔적도 발견하지 못한 마을 사람들은 그녀가 재난의 원흉이라고 전보다 더 크게 확신했는데, 그도 그럴 것이 아무런 죄가 없는 사람이 죽으면 남는 것이 있을 것이기 때문이었다. 그래서 다들 아나스타시야는 연기가 사라지듯이 사라졌고, 밀랍이 불길 속에서 녹듯이 하느님을 사랑하는 사람들을 두려워하며 십자성호를 긋는 사람들 앞에서 죽었다고 확신했다.

하지만 아나스타시야는 사라지지 않았다. 그녀는 결국 일이 이렇게 될 줄 알고 집이 불타던 날 밤에 몰래 루키나 마을을 빠져나갔다. 속이 메슥거리고 현기증이 나며, 무엇보다도 배가 무거운 데다 배 속에 있는 아이가 이리저리 흔들려서 도망치는 것이 쉽지는 않았다. 그보다 더 난감한 것은 도망갈 데가 없다는 것이었다. 이 세상에서 그녀가 기댈 수 있는 사람은 일이 잘될 거라고 예언한 라우루스 원로밖에는 없었다. 그런데 그의 예언은 (아나스타시야는 걸으면서 뺨을 타고 흘러내리는 눈물을 닦았다) 실현되지 않은 것 같았다.

걸어가던 아나스타시야는 자신을 향해 달려드는 나뭇가지에 얼굴과 두 팔을 긁히면서 그녀를 도와주길 거부한 원로를 원망하며 그로 인해 자신이 화를 당했다고 생각하기에 이르렀다. 자정이 지난 지 얼마 안 되어 라우루스가 사는 동굴 앞에 도달했고, 마음속에 있던 노여움은 사라지고 온몸의 힘도 빠졌다. 그녀에겐 더 이상 원망할 힘도, 흘릴 눈물도 남아 있지 않았다. 아나스타시야는 거칠게 숨을 몰아쉬면서 땅에 털썩 주저앉으며 라우루스를 불렀다. 그리고 구토했다.

양손에 물그릇을 들고 라우루스가 동굴 밖으로 나왔다. 그는 아나스타시야의 얼굴과 두 팔을 씻어주었다.

아나스타시야가 속삭였다. "사람들이 저를 불에 태워 죽이려고 했어요. 그들은 제 배 속에 악마의 자식이 있다고 생각해요."

라우루스는 말없이 아나스타시야를 바라봤다. 눈에는 눈물이 고여 있었다.

아나스타시야가 소리 질렀다. "뭐라고 말 좀 해보세요!"

라우루스는 한 손을 그녀의 이마에 갖다 댔고, 아나스타시야는 서늘함을 느꼈다.

$$\overline{\text{КГ}}$$

라우루스는 동굴을 반으로 나눈다. 그는 아나스타시야와 함께 나뭇가지를 모아 덩굴식물로 만든 밧줄로 연결해서 동굴 내에 벽을 하나 만든다. 외벽에 구멍을 만들어서 아나스타시야가 드나들 수 있도록 한다. 양치식물을 꼬아서 만든 밧줄로 나뭇가지를 연결해서 만든 문을 이 구멍에 세워둔다. 그들은 이렇게 해서 만든 두 번째 문을 남의 눈에 띄지 않게 하려고 노력한다.

날이 좋을 때면 아나스타시야는 동굴 뒤에서 산책을 하고, 라우루스는 루키나 마을 사람들이 그를 찾아올 때 지나다니는 오솔길에 가 있다. 그는 환자들을 동굴 앞에 있는 숲속 초지에서 진찰하고 그들이 떠나면 아나스타시야에게 신호를 준다.

라우루스가 우스티나에게 말한다. "사람들이 그녀의 존재를 모르는 것이 낫소. 내 사랑, 이 사람들의 머릿속에는 아직 어두운 그늘이 너무 많아서 그들이 무슨 생각을 하는지 전혀 알 수가 없기 때문이라오."

아나스타시야가 라우루스에게 부탁한다. "저랑 얘기하세요. 나는 말을 안 하는 사람과 있는 것이 견디기 힘들어요."

라우루스가 대답한다. "그래, 너와 얘기하마."

환자들이 다시 먹을 것을 가져오지만 전보다는 양이 훨씬 많이 줄었는데, 근처 마을에 기근이 들었기 때문이다. 게다가 그들은 라우루스가 사례비를 받지 않는 데에 익숙해져 있다. 하지만 이제 라우루스는 그들이 가져오는 것을 거절하지 않는다. 그는 환자들을 치료해주고 그들이 가져온 것을 감사히 받는다. 환자들은 그런 그의 모습을 보고 의아해한다. 라우루스가 과거에 먹을 것이 풍족할 때는 아무것도 받지 않으려 하더니 이제 기근이 들자 고기를 포함해서 전부 받는다고들 말한다. 환자들은 시련이 닥치면 금욕주의자들도 변질된다며 씁쓸해한다. 그들은 그런 그의 모습이 조금 언짢지만 티 내지 않는다. 라우루스는 그들의 건강을 회복시켜주고 목숨을 구해주는데, 이 두 가지 없이는 음식도 아무 소용이 없음을 알기 때문이다.

라우루스는 그들에게 아무것도 설명하지 않는다. 그는 아나스타시야가 잘 먹어야 한다는 것을 알고 있고 그녀가 그렇게 하도록 예의 주시 하고 있다.

아나스타시야가 말한다. "지금껏 이렇게 잘 먹은 적은 없어요."

라우루스가 대답한다. "지금 너는 네 아들 몫도 함께 먹는 거란다."

"이 아이가 사내아이라는 것을 어떻게 아세요?"

라우루스가 아나스타시야를 한참 동안 보고는 말한다.

"그런 예감이 드는구나."

그러던 어느 날 라우루스가 우스티나에게 말한다.

"내 사랑, 아무래도 예전에 당신한테 그랬던 것처럼 이 아이에게도 글을 가르쳐야 할 것 같소. 당신 그때 기억하오? 어쩌면 나중에 이 아이는 루키나 마을에서 들을 수 없는 내용을 읽을 일이 생길지도 모르니 말이오."

라우루스는 아나스타시야에게 글을 가르치기 시작한다. 놀랍게도 아나스타시야는 글을 쉽게 깨친다. 라우루스에게 책은 없지만 대신 자작나무 껍질이 있어서 그는 껍질 위에 아나스타시야가 읽을 내용을 쓴다. 하지만 나무 막대기를 이용해 땅에 글씨를 쓰는 일이 더 잦았다. 그는 새 글을 쓰기 위해 전에 써놓은 글을 지운다. 가끔은 지우지 않고 놔둘 때도 있다.

라우루스에게 찾아온 사람들은 이 글을 보지만 누구를 위해 쓴 것인지는 알지 못한다. 다만 그 글을 밟지 않으려고 노력할 뿐이다. 그들은 땅에 뭐라고 적혀 있는지 알지 못하지만 슬라브어 글자들은 성스러운 내용들을 나타낼 수 있기 때문에 슬라브어로 쓰인 글은 성스럽다고 믿고 있다. 슬라브어 외의 글자를 본 적은 없다. 그들은 보폭을 지나치게 크게 해서 땅에 적힌 글을 피해 까치발로 이동한다.

"우리가 경건한 아리스티데스에게 묻기를 '사람이 몇 년 동안 사는 것이 좋습니까?'

아리스티데스가 대답하길 '이성적인 판단이 가능할 때까지가 좋으니 그 이후에는 사는 것보다 죽는 것이 낫기 때문이니라.'"

그들은 아리스티데스와의 대화를 결국 다 읽지 못하고 떠난다. 그들은 라우루스에게 허리를 숙여 인사를 한 후에 장수를 빈다.

라우루스는 속으로 그들의 말에 대답한다. '큰일 날 소리 하지 마시오.'

아나스타시야는 자기 전에 그에게 이야기를 해달라고 부탁한다. 라우루스는 예루살렘으로 떠났던 이야기를 해주고 싶지만 기억나지 않는다. 그는 한참 동안 생각한 후에 알렉산드로스 대왕의 이야기를 떠올린다. 저녁마다 라우루스는 아나스타시야에게 마케도니아의 왕인 알렉산드로스 대왕의 여행과 그가 본 야만인들과 페르시아 황제인 다리우스 3세와의 전투에 대해 이야기해준다. 아나스타시야는 알렉산드로스 대왕이 겪은 일들에 몰입한다. 이 이야기들 덕분에 아나스타시야 자신의 삶에서 겪는 다양한 사건들을 잠시 잊게 되면서 마음 편히 잠드는 것이다. 한편 알렉산드로스 대왕은 철로 만든 방패 위에 상아로 만들어진 천장 아래에 누워 있다. 그는 서글펐다. 자신이 무엇을 위해 이토록 열심히 원정을 했는지 이해하지 못한다. 무슨 목적으로 전쟁을 했는가 말이다. 그리고 그는 자신의 제국이 순식간에 찢어질 것을 알지 못하고 죽을 것이다.

여전히 몽롱한 채로 눈을 뜨고 아나스타시야가 말한다.

"알렉산드로스 대왕의 삶은 참 이상하군요. 그의 삶은 역사적으로 어떤 목적을 갖고 있나요?"

라우루스는 아나스타시야의 눈을 뚫어지게 쳐다보면서 그 안에서 자기가 묻고 싶은 질문을 찾는다. 그리고 아직 잠이 덜 깬 그녀의 한쪽 귀에 대고 속삭인다.

"개인의 삶은 역사적 목적을 갖고 있지 않단다. 혹은 목적은 부차적이라고 볼 수도 있지. 내가 보기엔 알렉산드로스가 죽기 직전에야 이러한 사실을 깨달은 것 같구나."

이른 아침에 그들은 사람들이 웅성거리는 소리에 잠에서 깬다. 라우루스가 동굴 밖으로 나오자 루키나 마을 남자들이 보인다. 그들은 양손에 쇠스랑과 나무 작살을 들고 있다. 라우루스는 말없이 그들을 바라본다. 그들 역시 잠시 말이 없다. 그들의 얼굴에는 완두콩만 한 땀이 맺혔고, 머리카락은 이마에 붙었다. 그들은 여전히 거칠게 숨을 몰아쉬고 있다.

대장장이 아베르키가 말한다.

"원로님, 작년에 우리 마을에 기근이 난 걸 알고 있을 겁니다. 기근의 원인은 아나스타시야가 악마와 놀아났기 때문이죠."

라우루스는 정면을 응시하지만 그가 누구를 보는지는 알 수 없다.

대장장이가 계속해서 말한다. "우리는 아나스타시야를 불태웠습니다. 하지만 기근은 여전히 기승을 부리고 있습니다. 원로님, 이것이 무엇을 의미하는지 아시니까?"

라우루스는 대장장이 쪽으로 시선을 돌리고 말한다.

"이것은 여러분의 머릿속에 악한 생각이 있다는 것을 의미합니다."

"원로님, 당신이 틀렸습니다. 이것은 우리가 그년을 불에 태우지 못했다는 것을 의미합니다."

제분업자 티혼이 한숨 섞인 목소리로 말한다. "그년의 뼈를 하나도 못 찾았다 이겁니다."

라우루스는 티혼 쪽으로 몇 걸음 다가간다.

"티혼, 자네 부인은 건강한가?"

제분업자가 대답한다. "네, 모두 하느님의 은총 덕분입니다."

이 말을 하고 그는 셔츠 옷자락에 묻은 밀가루를 발견하곤 가루를 털어낸다.

대장장이 아베르키가 말한다. "아나스타시야가 여기에 있는 걸 본 사람이 있습니다. 그년이 동굴 안으로 들어가는 것도 봤고 말입니다……. 원로님, 그년이 여기에 있다는 걸 알고 왔습니다."

함께 온 마을 사람들은 대장장이 아베르키를 보고 라우루스는 보지 않는다.

이때 라우루스의 목소리가 들린다. "내 방에 들어가는 것을 금하오."

대장장이 아베르키가 조용히 말한다. "원로님, 용서하십시오. 하지만 우리에겐 돌봐야 할 처자식이 있습니다. 그러니 동굴 안에 들어가야겠습니다."

그가 천천히 동굴 쪽으로 걸어가더니 이내 사라진다. 잠시 후에 동굴 안에서 비명이 들린다. 곧 대장장이 아베르키가 동굴 밖으로 나온다. 그는 아나스타시야의 머리채를 쥐고 있다. 머리카락은 아마 줄기처럼 붉은 그의 주먹에 감겨 있다. 아나스타시야는 소리를 지르면서 아베르키의 허벅지를 물려고 한다. 아베르키는 무릎으로 그녀의 얼굴을 때린다. 아나스타시야가 순순히 아베르키의 한 손에 머리를 맡긴다. 커다란 그녀의 배가 이리저리 움직인다. 마을 남자들이 봤을 땐 곧 배가 아나스타시야의 몸에서 분리되고 거기에서 괴물 같은 아이가 나올 것만 같다.

서 있는 남자들이 소리 지른다. "이년은 악마의 조종을 받고 있어요."

그들은 아나스타시야에게 다가갈 결심이 서지 않아 이렇게 소리를 지르면서 용기를 내고 있었다. 그들은 그녀의 머리를 쥐고 있는 대장장이의 용기에 감탄하는 중이다.

라우루스가 숨을 거칠게 몰아쉬며 말한다. "악마의 조종을 받는 사람들은 여러분입니다. 이것은 대죄입니다."

아나스타시야가 눈을 뜬다. 잔뜩 겁에 질려 있다. 고개가 뒤로 젖혀진 탓에 눈의 살기가 어찌나 크던지 다들 자기도 모르게 뒷걸음질 친다. 대장장이 아베르키 역시 순간 겁이 난다. 그는 아나스타시야를 밀친다. 소녀는 대장장이와 라우루스 사이에 누워 있다. 아베르키는 용기를 내서 라우루스를 향해 몸을 획 틀고는 말한다.

"이년은 아이 아비의 이름을 말하지 않았습니다. 아비가 사람이 아니기 때문이겠지요!"

아나스타시야는 한쪽 팔꿈치를 괴고 몸을 조금 일으킨다. 그녀는 쉰 목소리로 소리 지른다. 서 있는 사내들의 귀에 닿는 그녀의 목소리를 그들은 영원히 잊지 못할 것 같다.

그녀는 바닥을 괴지 않은 나머지 팔로 라우루스를 가리키며 말한다.

"이분이 제 아이의 아비입니다!"

다들 입을 다문다. 때마침 아침 바람도 잦아들고 나무도 더 이상 바람에 흔들리지 않는다.

마을 사람 중 한 명이 묻는다. "이 말이 사실입니까? 원로님, 이년이 거짓말을 하는 거지요?"

라우루스가 고개를 들고 모두를 향해 빛바랜 시선을 던지며 말한다.

"아니요. 아이의 말이 사실이오."

모두들 한숨을 내쉰다. 소나무 꼭대기가 또다시 흔들리고 구름이 움직이기 시작한다. 대장장이 아베르키의 입술에 미소가 스친다.

"그런 거였군요……."

아베르키의 미소는 이내 사라졌지만 이로 인해 무례함이 강하게 느껴진다.

제분업자 티혼이 누군가의 귀에 대고 속삭인다. "모두가 하는 일이군요. 한 사람도 빠짐없이 말입니다. 이건 그러니까 그 누구도 안전할 수 없는 영역이라 그 말입니다."

라우루스를 찾아온 사람들이 하나둘씩 숲속으로 사라진다. 그들이 가져온 쇠스랑과 작살은 관목의 나뭇가지로 변한다. 그들의 목소리도 서서히 사라진다. 그들의 목소리는 새들이 큰 소리로 지저귀는 소리에 섞여 더 이상 구별되지 않는다. 나무줄기들이 서로 부딪히면서 내는 소리 속에도 파묻힌다. 라우루스는 무심한 표정을 지으며 그들의 목소리가 사라지는 것에 귀를 기울인다. 그는 늙은 소나무 줄기에 한쪽 볼을 대고 앉아 있다. 소나무 껍질은 마치 나무판을 겹겹이 붙여놓은 것 같다. 나무껍질에는 주름이 많고 겉면이 꺼칠꺼칠하며, 이끼가 끼어 있는 곳도 있다. 나무 위아래로 개미들이 바삐 움직인다. 개미들은 이끼 안에서 분주하게 움직인다. 라우루스의 턱수염 안에도 개미가 들어온다. 개미들은 그와 소나무를 구별할 마음이 없고, 그는 그런 개미들을 이해한다. 사실 그 역시 자신이 나무가 된 것 같다는 생각이 든다. 이미 나무가 되기 시작했고, 거부하는 것은 힘들다. 조금만 더 지나면 원래 모습으로 돌아오지 못할 것이다. 아나스타시야의 목소리가 나무로 변하는 그를 흔들어 깨운다.

"저 때문에 그들에게 거짓말을 하셨군요." 그녀의 목소리가 단어를 만든다. "거짓말. 그들에게 거짓말을 하셨군요."

"정말로 내가 그들에게 거짓말을 했다고 생각하느냐?"

다음 날부터 라우루스가 묵는 동굴 주위에 많은 사람들이 모여든다. 그와 아나스타시야에 대한 소문은 순식간에 퍼져서 이제 주변 마을 사람들은 그들을 보기 위해 온다. 녹록지 않은 삶을 사는 사람들이지만 호기심을 멈출 수는 없었는데, 많은 이들에게는 다른 사람이 타락하는 것을 자기 눈으로 직접 보고 싶은 바람이 허기보다 더 크기 때문이다. 중세 시대에 물의를 일으킬 만한 사건은 흔치 않았는데, 라우루스에게 일어난 일이 그런 사건 중 하나인 이유는 이번 일이 경건한 자의 타락에 관한 사건이기 때문이다.

근처 마을과 멀리 떨어진 시골에 사는 사람들이 이 사건을 듣고 기뻐하기보다는 비상식적이고 변절과 적개심으로 얼룩진 자신들의 삶이 두 사람의 삶보다 조금 나아 보인다고 생각한다. 그들은 이번 사건으로 인해 그들에게 질문을 많이 하는 것은 불필요하다는 것을 깨닫는다. 많은 사람들은 지나치게 높이 올라가면 이렇듯 급격한 추락이 불가피하다고 말하며 라우루스를 안쓰러워한다. 따라서 그들 역시 앞으로 그토록 높이 올라갈 생각을 하지 않는다는 것은 놀랄 만한 일이 아니다.

일주일이 지나자 라우루스를 찾아오는 사람들의 수가 급격히 줄어든다. 이제 그를 찾는 사람들의 수는 사람들의 마음이 완악하지 않던 과거보다 훨씬 더 줄어든다. 가장 큰 원인은 배고픔인데, 이런 시기에 보통 사람들은 질병 치료에 대해 생각할 여유가 많지 않기 때문이다.

하지만 그보다 더 근본적인 이유는 다른 데 있다고 할 수 있다. 그 일이 있고 나서 많은 이들은 라우루스의 치유 능력을 의심하고 있다. 사실 사람들은 그의 능력이 다른 의사들과 달리 인간의 몸을 아는 지식에만 기초한 것은 아님을 늘 알고 있었기 때문이다. 라우루스는 단순히 병을 치료한 것이 아니라 이적을 행했으며, 이적은 경험과는 무관한 것이다. 라우루스의 치유 능력은 하느님으로부터 부여받은 것이며, 이것을 움직이는 힘은 금욕적인 생활과 가까운 이들을 많이 아끼는 사랑이 있을 때 가능한 것이다. 아무도 이 사랑이 이런 형태를 나타낼 줄은 (사람들은 이 말을 하면서 이따금 입을 주먹으로 가리고 다 같이 웃는다) 예상하지 못했다. 자격 있는 사람만이 누군가를 치유할 수 있다고 여기는 사람들의 입방아에 그의 행위가 오르내린다. 라우루스는 더 이상 그럴 자격이 없다.

오래전부터 그를 찾아오던 사람들 중에 여전히 오는 사람들이 있긴 하지만 그런 사람들도 그를 전적으로 신뢰하지는 못하고 주로 심각하지 않은 경우에 찾아온다. 이제 라우루스는 치통이나 사마귀 같은 것을 치료하는 일이 점점 더 잦아진다. 더 심각한 질환으로 찾아오는 경우도 있긴 하지만 이런 병을 앓고 있는 환자들도 그와 같은 의사에게 이런 병의 치료를 맡겨도 될지 확신을 못 하기는 마찬가지다.

이 무렵 라우루스는 또 한 번의 시련을 겪는데, 자신이 이제는 가벼운 질환조차 치료하지 못한다는 것을 깨닫는다. 그는 치유 능력이 더 이상 그의 손에서 나오지 않는다는 것을 느낀다.

라우루스가 우스티나에게 말한다. "모든 치유의 은사는 무엇보다도 믿음에서 나온다오. 내 사랑, 그들이 더 이상 나를 믿지 않고, 이로 인해 나는 더 이상 그들과 교감할 수가 없다오. 이제 나는 그들을 도울 수가 없을 것 같소."

볼을 타고 눈물이 흘러내린다.

라우루스는 몇몇 사람들이 가져오는 식량을 아나스타시야에게 양보한다. 다행히도 라우루스가 수도원에서 나올 때 가져온 빵이 아직 조금 남아 있다. 그는 감사한 마음으로 그 빵을 먹으며 두려움을 느낀다.

8월 초부터는 아무도 라우루스를 찾아오지 않는다. 예상했던 일이다. 다들 그의 치유 능력이 사라졌다는 것을 알기 때문에 라우루스를 찾아가는 일은 공연한 일이라 생각한다. 물론 그를 찾아가고 싶은 사람이 없는 것은 아니었지만 그에 대한 부정적인 인식이 그들에게도 전달된다. 그들은 루키나 마을에서 라우루스에 대한 소식을 들은 후에 그를 찾아가는 것이 불편해진다. 다른 사람들의 눈에 순진한 사람으로 비춰지거나 그보다 더 죄에 동참하는 사람처럼 비춰질 것이 두렵다.

라우루스는 외롭다. 그가 은둔 생활을 위해 사람들을 떠났을 때는 버림받았다는 기분이 들지 않았기 때문에 외로움을 느끼지 못했다. 이제 세상이 그를 외면하고 있으며, 이것은 그때와는 전혀 다른 상황이다. 라우루스는 두렵다. 그는 아나스타시야가 곧 몸을 풀 것임을 안다. 하지만 그는 자신이 어떻게 행동해야 할지 모른다.

아나스타시야도 두렵기는 마찬가지다. 그녀는 라우루스가 걱정하는 것을 느끼고 있지만 그가 걱정하는 이유를 알지 못한다. 그녀는 라우루스처럼 위대한 의사가 책임감을 요하긴 하지만 사실상 일상에서 늘 마주하는 일인 출산을 앞두고 초조해하는 것을 보고 놀란다. 라우루스는 그녀에게 몇 번이고 루키나 마을에서 산파를 찾아 출산을 하라고 제안했지만 그녀는 단번에 거절한다. 그녀는 루키나 마을에 가면 어떤 일을 당할지 알지 못한다. 그래서 그곳으로 돌아가는 것이 두렵다.

라우루스와 단둘이 있는 것이 두려울 때도 있다. 이따금 아나스타시야는 그의 이성이 흐려지는 것 같다는 생각이 들곤 한다. 가끔 라우루스는 그녀를 우스티나라고 부른다. 그는 그녀에게 산파의 도움을 거절하면 안 된다고 말한다. 만약 마을에 가는 것이 두렵다면 산파를 이곳으로 부르면 된다고 말한다. 라우루스의 몸이 땀으로 흠뻑 젖고 오한을 느낀다. 그녀는 그의 그런 모습을 한 번도 본 적이 없다.

아나스타시야는 그가 그녀를 우스티나라고 부르며 하는 말을 듣고 8월의 어느 화창한 날 아침에 그에게 "네"라고 말한다. 루키나 마을에 가지는 않겠지만 이곳으로 산파를 부르는 것에는 동의한다고 말이다. 라우루스는 그녀의 한쪽 손을 자신의 가슴에 갖다 대고 지그시 누른다. 아나스타시야는 그의 심장이 심하게 빨리 뛰는 소리를 듣는다. 그녀는 출산이 가까운 것을 느낀다.

라우루스는 동굴에 온 이후로 처음으로 은신처를 떠난다. 그는 치료를 받기 위해 온 사람들이 다니던 오솔길을 따라 걷는다. 이번에는 그가 도움을 요청할 차례다. 이제 그를 찾아오는 사람이 없기 때문에 산파를 부르러 보낼 사람이 없다. 라우루스는 걸으면서 그가 없는 동안 아나스타시야가 어떤 기분을 느낄지 생각한다. 서두르려 하지만 숨이 차서 그럴 수 없다. 루키나 마을로 들어가기 직전에 라우루스는 잠시 멈추고 숨을 깊게 들이마신다. 눈을 감고 숨을 쉰다. 그러자 숨 쉬기가 편해졌다. 그는 숨을 고르며 마을 안으로 들어간다.

사람들이 집 문 밖으로 나온다. 그들은 말없이 라우루스를 에워싼다. 그리고 그에게서 눈을 떼지 않는다. 마을 사람들은 그런 짓을 하고도 그가 마을에 찾아온 것을 보고 믿을 수가 없다. 성 키릴 수도원의 수도자들 역시 그렇게 갑작스럽게 그들을 찾아올 수 있다. 라우루스는 마을 사람들에게 말하면서 숲을 가리킨다. 갑자기 불기 시작한 바람 소리 때문에 그의 말이 들리지 않는다. 그는 도움을 요청한다. 그의 입술이 움직인다. 마을 사람들은 그가 도움을 요청한다는 것을 알지만 도움을 줄 수 없다. 마침 산파가 마을에 없기 때문이다. 지금껏 단 한 번도 마을을 떠난 적 없던 산파가 하필 지금 떠나고 없는 것이다. 그녀를 대신할 사람도 없다. 단 한 명도 말이다. 그들도 도와주고 싶지만 그럴 수가 없다.

라우루스는 그를 에워싼 사람들을 돌아보고 그들 앞에 무릎을 꿇는다. 그는 아무 말도 하지 않는다. 그가 치료해준 귀로 그의 말을 듣는다. 그가 치료해준 눈으로 그를 바라보는 사람들도 있다. 그는 지난 수년 동안 그들에게 의술을 펼쳤고, 이제는 그가 그들에게 자비를 구하고 있다. 많은 이들이 그런 그를 보며 눈물을 흘린다. 이 모든 것이 비인간적으로 느껴지지만 그들이 그를 위해 할 수 있는 일이 없다. 그들은 그에게서 등을 돌리고 눈물을 훔친다. 그리고 그를 위에서 아래로 훑어본다. 라우루스의 실루엣이 그들의 눈에서 흔들리고 실루엣의 형태와 선이 바뀐다. 그가 일어난다. 그들로부터 멀어진다.

라우루스는 어느덧 자기가 살던 집으로 걸어가고 있다. 그의 다리가 여전히 그곳으로 향하는 길을 기억하고 있다. 그와 흐리스토포르 할아버지는 수없이 많이 그 길을 걸었다. 그곳에서 할아버지를 보길 바라는 걸까? 흐리스토포르 할아버지는 이미 오래전에 돌아가신 것 같다. 너무 오래전에 있었던 일이라 까마득하다. 아니, 할아버지는 돌아가셨고 묘지에 누워 계신다. 그가 직접 무덤을 가죽옷으로 덮어드렸었다. 그렇다면 그는 무슨 목적으로 그곳으로 가는 것일까?

흐리스토포르 할아버지는 자기 무덤에 그대로 누워 계신다. 돌아가신 이래로 지금까지 그곳에 계신다. 그의 무덤은 담장 옆에 풀이 무성하게 나 있는 곳에서 어렵지 않게 찾을 수 있다. 물론 이것이 그의 무덤이 맞는다면 말이다. 하지만 흐리스토포르의 집은 없다. 흐리스토포르가 생전에 예견했듯이 집이 있던 자리에는 성당이 있다. 묘지에 있는 성당은 집보다 더 중요한데 묘지 자체가 집이기 때문이다.

성당 문이 열려 있다. 성당 안에 들어가기에 앞서 라우루스는 8월의 냄새를 들이마신다. 그러곤 끈적거리지 않는 자작나무 나뭇잎들을 자세히 살펴본다. 뜨거운 여름에 조금은 지치고 노랗게 변하기 시작한 나뭇잎들이 보인다. 난간에 햇살이 아른거린다. 거미 한 마리가 생각에 잠긴 듯 조심스럽게 미끄러져 내려간다. 집에 돌아왔지만 그의 집은 하느님의 집이 되어 있다.

성당 안에 촛불이 켜져 있다. 성화 벽에 있는 왕의 문에서 성 키릴 수도원의 이구메노스인 알리피가 나온다. 그는 두 손으로 성작을 들고 있다.

"라우루스, 왔습니까?"

"네, 왔습니다."

"인노켄티 원로가 돌아가셔서 오늘 그대를 맞이하실 수 없었습니다. (알리피는 천천히 라우루스 쪽으로 다가온다.) 그래서 나한테 부탁하셨습니다."

라우루스의 등 뒤로 따뜻한 바람이 부는 소리가 들린다. 촛불이 흔들리면서 성상화에 생기를 부여한다. 영성체에 참례한 후에 라우루스가 말한다.

"저도 부탁이 있습니다. 제가 제 몸으로 죄를 지었으니 제 영혼이 육체를 떠나면 장례식을 치르지 말아주십시오. 밧줄로 두 다리를 묶고 늪에 던져서 짐승과 뱀의 먹이가 되도록 해주십시오. 그거면 됩니다."

라우루스는 교회 문 앞에 서서 알리피의 슬픈 표정을 관찰한다. 그리고 말한다.

"이것은 제 유언입니다. 꼭 이대로 해주십시오."

라우루스는 저녁이 되어서야 자신이 거하는 동굴에 도착한다. 산모에게 진통이 시작된다. 그는 그녀를 동굴 안 잠자리에 눕히고 아기를 씻길 물을 준비한다. 탯줄을 끊을 가위도 준비한다. 동굴 앞에 있는 빈터에는 불을 피운다. 라우루스는 침착하다. 그의 두 손에 다시 치유의 능력이 느껴진다.

아나스타시야는 어두운 동굴 안에 누워 있고 싶지 않아서 동굴 앞에 있는 빈터에 잠자리를 준비해달라고 부탁한다. 라우루스는 하늘을 본다. 하늘에 먹구름은 없다. 석양이 살짝 물들긴 했지만 구름이 밝은색을 띠고 있는 걸로 봐서 비가 올 것 같지는 않다. 그는 동굴 앞 빈터에 그녀의 잠자리를 만들어준다. 그녀는 얼굴을 동굴 쪽으로 향하고 눕는다. 동굴로 통하는 두 개의 입구를 보며 그녀는 이것이 어둠으로 가득 찬 두 개의 커다란 눈동자와 같다고 생각한다. 동굴은 머리 같다. 그녀는 몸을 반대 방향으로 돌릴 수 있도록 도와달라고 부탁한다. 이제 그녀는 숲을 본다. 숲은 높고 선하다. 쾌적하다. 고요하다.

그녀가 라우루스에게 부탁한다. "내 곁에 있어줘요."

라우루스가 대답한다. "내 사랑, 나는 여기에 있다오. 이제 당신은 혼자가 아니라오."

그가 두 손으로 그녀의 한 손을 잡자 그녀의 손에 차가운 기운이 스며든다. 그는 손을 통해 그녀의 통증을 느낀다. 통증 한 방울 한 방울을 빨아들인다. 이따금 모닥불에 나뭇가지를 넣기 위해 일어난다. 어두워지자 그의 얼굴만 보인다. 모닥불 불길이 그의 얼굴을 비춘다. 울퉁불퉁한 그의 주름이 움직인다. 모닥불이 타닥타닥 타면서 불똥이 튄다. 불똥은 소나무 꼭대기까지 올라간다. 그중 몇 개는 그러다 꺼진다. 하지만 일부는 하늘 위에 이제 막 나타나는 별들과 섞이기 위해 더 높이 날아간다. 그녀의 눈은 하늘로 향하고 있고, 그녀는 이 모든 것을 본다. 그녀의 눈에 모닥불의 섬광이 맺힌다.

라우루스가 한 손을 그녀의 배 위에 올려놓는다.

"이렇게 하면 좀 낫소?"

"나아요."

그녀가 비명을 지른다. 숲 전체가 비명을 지른다.

"조금만 참아요, 내 사랑. 거의 다 왔소."

그녀는 참는다. 그러면서 여전히 소리 지른다.

라우루스의 손에 아이의 머리가 닿는다. 아이의 머리는 그의 두 손에 꼭 달라붙기라도 한 것처럼 붙어서 부드럽게 밖으로 나온다. 머리 다음엔 어깨가. 어깨 다음에는 배. 무릎. 그러곤 발뒤꿈치가 나온다. 라우루스가 탯줄을 자른다. 아이를 따뜻한 물로 씻긴다.

"내 사랑, 이렇게 아이가 태어났소."

그는 그녀에게 아이를 보여주고, 그의 주름진 볼에 눈물이 반짝인다. 모닥불 불빛으로 인해 사내아이가 비현실적인 분홍빛을 띤다. 어쩌면 아직 피가 완전히 씻겨 나가지 않은 탓인지도 모른다. 사내아이의 폐에 공기가 가득 차자 아이는 우렁차게 운다. 그녀는 아이의 울음소리를 하나도 남김없이 빨아들인다. 그녀는 아이를 끌어안고 가슴에 갖다 댄다. 그녀의 눈이 반쯤 감겨 있다. 실로 오랜만에 마음이 편안하다. 그녀는 잠이 든다. 부드럽고 따뜻한 풀 위에서 라우루스는 아기를 깨끗한 숄로 감싼다. 그리고 두 팔로 아기를 안는다. 라우루스 역시 마음이 편안하다.

이른 아침에 아나스타시야는 찬 기운으로 인해 잠에서 깬다. 모닥불이 꺼져 있다. 라우루스는 등을 소나무에 기댄 채 비스듬히 앉아 있다. 두 팔로 아기를 안고 있다. 아기는 새근새근 잠들어 있다. 라우루스의 품 안에서 아기는 따뜻한 듯하다. 아나스타시야는 라우루스의 품에서 아기를 데려다가 젖을 준다. 아기는 잠에서 깨서는 쪽쪽거리면서 정신없이 젖을 먹는다.

라우루스의 눈이 감겨 있다. 그의 눈꺼풀에 아침 햇살이 닿는다. 아침의 차가운 공기 사이로 햇살이 미끄러져 내려온다. 소나무의 침엽이 반짝인다. 그림자는 길다. 사방은 이제 막 잠에서 깬 숲 내음으로 가득하다. 이끼는 부드럽다. 나뭇잎을 집으로 삼고 낮을 생명으로 삼는 존재들로 가득하다. 아나스타시야는 라우루스 앞에 무릎을 꿇고 앉아서 한참 동안 그를 본다. 그의 한 손에 입술을 갖다 댄다. 서늘하긴 하지만 아직 차갑지는 않다. 아나스타시야는 라우루스 옆에 앉는다. 그리고 그에게 기댄다. 아나스타시야는 라우루스가 죽었다는 것을 안다. 그녀는 잠을 자고 있을 때부터 이러한 사실을 알고 있었다.

아나스타시야가 라우루스에게 말한다. "나는 당신의 마지막 모습을 보지 못했지만 내 아이가 당신을 배웅했군요."

로스토프, 야로슬라블, 벨로제르스크의 대주교인 요나가 네로호 변을 따라 걷고 있다. 그는 아침 예배 직전이면 늘 그곳에서 산책

한다. 이곳은 세상에서 가장 깊은 호수이지만, 호숫물의 표면만이 깨끗하다. 호수 깊숙이 바닥에는 토사가 있어서 그곳에 빠진 사람은 아무도 놓아주지 않는다. 요나는 이것을 알고 있다. 그는 호수 안에 깊숙이 들어가면 위험하다는 것을 알면서도 호수의 깊은 곳을 보며 감상한다. 수도서원에서 받은 수도명처럼 그는 호수 깊은 곳을 두려워하지 않지만 사제들에게는 호숫가를 벗어나지 말라고 조언한다. 요나는 호숫물 위로 미끄러져 오는 사람을 보며 놀란다.

대주교 요나가 묻는다. "물 위를 걷는 그대는 누구인가?"

"하느님의 종 인노켄티입니다. 하느님의 종 라우루스의 죽음에 대해 보고드립니다."

요나는 고개를 내저으며 말한다. "거기 깊은 곳을 조심하시오."

요나는 인노켄티의 미소를 보며 자신이 공연한 말을 했다는 것을 이해한다. 인노켄티는 여전히 미소를 띠며 페름과 볼로그다의 주교인 피티림이 선잠을 자는 동안 꿈에 나타난다. 피티림의 꿈에서도 인노켄티는 라우루스의 죽음에 대해 알린다.

주교 피티림은 인노켄티에게 말한다. "그를 아직 땅에 묻지 말라고 부탁하시오."

인노켄티가 대답한다. "걱정하지 마십시오, 주교님. 그런 일은 없을 것이기 때문입니다."

아나스타시야는 아이를 데리고 루키나 마을로 간다. 그녀 주위로 마을 사람들이 모여든다. 아나스타시야는 라우루스의 죽음을 그들에게 알린다. 그녀는 아이의 진짜 아비는 제분업자 티혼이며 그가 이 일을 발설하면 죽이겠다고 협박했노라고 말한다.

마을 사람들이 티혼에게 말한다. "만약 이 아이가 말한 것이 사실이라면 차라리 인정하게. 죄 없는 하느님의 사람이 억울하게 누명을 썼으니 최후의 심판 때에 벌을 받을 것이기 때문일세."

얼마간 제분업자 티혼은 자신의 죄를 인정하지 않는다. 그는 이땅의 재판과 하늘의 심판 중에 어느 것이 더 무서울지 생각하며 침묵을 지킨다. 저울질을 끝낸 후에 제분업자가 말한다.

"기근이 심하던 때에 밀가루를 주면서 아나스타시야를 겁탈하고 이것이 밝혀질 것이 두려워 사람들에게 말하면 죽이겠다고 겁박한 것을 여러분이 모두 듣는 가운데 인정합니다. 솔직히 여러분한테 이 일을 말한다 한들 아무도 믿지 않았겠지만 말입니다. 제 아내는 당시에 이제는 고인이 된 라우루스에게 치료를 받았고 더 이상 젊지도 않고 과거의 아름다움도 잃었는데 젊고 싱싱한 여자아이를 보고 순간 욕정을 억누르지 못했습니다."

루키나 마을에 이구메노스 알리피가 온다. 그는 슬픔에 잠겨 있다. 알리피는 주교들이 도착하기 전에는 시신에 손대는 것을 금한다. 예배를 드린 후에 그는 7세 이상의 마을 사람들을 영성체에 들여보내지 않는다. 마을 사람들은 걱정한다. 알리피가 떠난다.

라우루스의 죽음에 대한 소식은 순식간에 퍼진다. 루키나 마을 사람들이 가장 먼저 알게 되는데 머지않아 루키나 마을에 있는 농가는 사람들로 가득 차게 된다. 인근 마을에 있는 집들도 사람들로 가득 찬다. 후에 이곳을 찾는 사람들은 마을 부근에 움막을 짓는다. 때가 여름이었기 때문에 야외에서 잠을 자는 사람들도 있다. 그들 모두는 하느님의 사람을 묻을 때 기적이 생긴다는 것을 알고 있다.

그를 보기 위해 몸이 불편한 자들, 맹인들, 절름발이들과 나병 환자들, 농인들과 아이들과 비음 섞인 목소리를 내는 이들이 모여든다. 먼 곳에서 기력이 많이 쇠한 이를 데리고 오기도 한다. 귀신들린 자를 밧줄이나 쇠사슬에 묶어서 데리고 오기도 한다. 정력이 약한 남자들, 아이를 낳지 못하는 여자들, 남편 없는 여자들, 과부들과 고아들도 온다. 수도성직자들*과 재속성직자들**, 그리고 성 키릴 수도원의 수도자들, 크고 작은 공국의 공후들, 보야르들과 시장들과 천부장들도 온다. 한때 라우루스에게 치료를 받은 이들과 그를 한 번도 본 적은 없지만 그에 대해 많이 들은 이들과 그가 생전에 어디에서 어떻게 살았는지 보고자 하는 이들과 마지막으로 사람들이 많이 모이는 것을 좋아하는 사람들이 모여든다. 그곳에 모여든 사람들이 보기에 러시아 땅에 사는 모든 사람들이 그곳에 온 것 같다는 생각이 든다.

라우루스의 시신은 여전히 동굴 입구에 있는 소나무 아래에 있다. 시신은 부패하지 않지만 시신을 지키는 사람들이 시신의 부패를 예의 주시 한다. 그들은 매시간 시신에 다가가서 시신에서 나오는 냄새를 맡는다. 코에 힘을 줘가면서 냄새를 맡아보지만 풀 내음과 솔방울 냄새만 날 뿐이다. 그들은 영문을 알 수 없다는 투로 큰 소리로 사람들에게 알리지만 마음속 깊숙이 그들 스스로 그렇게

---

\* 수도서원을 한 독신 남성으로 구성된다.
\*\* 주로 기혼 남성으로 구성되며 간혹 수도서원을 하지 않은 독신 남성도 있다.

540

되리라는 것을 확신하고 있다.

천지창조력 7028년 예수님 탄생 1520년이 되는 해 8월 18일에 그를 보기 위해 온 18만 3000명의 사람들이 라우루스의 시신을 들어 올려서 숲길을 따라 시신을 나른다. 새들의 노랫소리에 맞춰서 시신을 옮긴다. 시신은 가볍다. 18만 3000명의 사람들이 숲의 경계선에서 기다린다.

라우루스의 시신이 숲에서 나오자 모두 무릎을 꿇는다. 제일 먼저 그를 본 사람들이 무릎을 꿇고 그 뒤에 있는 사람들이 순차적으로 무릎을 꿇는다. 주교들과 수도자들이 그의 시신을 받는다. 그들은 시신을 머리 위로 들고 나르는데, 그들이 앞으로 나아가면 그들 앞에 있는 사람들이 홍해가 갈라지듯이 길을 내준다. 그들은 흐리스토포르의 집이 있던 자리에 세워진 성당을 향해 간다. 그곳에서 장례식이 거행된다. 수만 명의 사람들이 조용히 밖에서 기다린다.

밖에 있는 사람들은 성당에서 드리는 예배를 듣지 못한다. 사람들은 이구메노스 알리피가 성당 입구에서 낭독하는 라우루스의 유언부터 듣지 못한다. 하지만 알리피는 분명 유언을 낭독한다. 그가 낭독하는 유언은 물수제비를 뜰 때 생기는 원처럼 사람들 사이에 퍼진다. 잠시 후에 사람들이 입을 다무는데 곧 놀라운 것을 볼 것이기 때문이다.

쥐 죽은 듯이 고요한 가운데 라우루스의 시신을 사람들 사이로 옮긴다. 풀밭 끝에 있는 풀 위에 시신을 놓는다. 풀이 시신 양옆으로 갈라지며 그의 몸 전체를 받아들일 준비를 하는데 시신과 풀은 서로 이질감이 없기 때문이다. 이곳에서 흐리스토포르가 라우루스에게 하늘과 땅이 만나는 것을 보여주었다.

라우루스의 두 다리를 밧줄로 묶는데, 밧줄 끝이 양쪽으로 갈라진다. 무리 안에서 누군가가 비명을 지른다. 누군가 시신에 달려들어 밧줄을 풀려고 하지만 그 즉시 사람들에 의해 제지당하고 끌려간다. 위에서 보면 그곳에 서 있는 사람들은 엄청나게 많은 점처럼 보이고 라우루스만이 긴 선의 형태를 띤다.

밧줄의 한쪽 끝으로 로스토프, 야로슬라블, 벨로제르스크의 대주교인 요나가 다가온다. 밧줄의 나머지 끝부분에는 페름과 볼로그다의 주교인 피티림이 다가온다. 그들은 무릎을 꿇고 속으로 기도한다. 그들은 밧줄의 양쪽 끝을 두 손으로 잡고 밧줄에 입 맞추며 자리에서 일어선다. 일어서면서 십자성호를 긋는다. 성직자들의 망토 끝자락과 턱수염의 끝부분이 동시에 위로 흔들린다. 그들의 실루엣이 바람에 의해 일그러지는데 오른쪽 부분이 넓어진다. 그들은 한 몸처럼 움직인다. 시선은 위로 향한다.

대주교 요나가 보일 듯 말 듯 고개를 끄덕이자 주교와 대주교가 첫발을 내딛는다. 그들 뒤에 끝도 없이 모여 있는 무수히 많은 사람들도 그들 뒤를 따라 걷는다. 무리가 끊임없이 한숨을 내쉬는 소리에 바람 소리가 묻힌다. 라우루스의 가슴 위에 얹힌 두 팔이 경련을 일으키더니 마치 누군가를 끌어안기라고 하려는 듯이 양옆으로 벌어진다. 두 팔이 뒤로 늘어뜨려진다. 손가락으로 풀을 만지는데 마치 묵주를 만지는 것 같다. 눈꺼풀이 흔들려서 다들 라우루스가 곧 잠에서 깰 것만 같다.

주교들의 등 뒤로 숨죽이며 통곡하는 소리가 들린다. 통곡 소리는 점점 더 커진다. 통곡은 곡소리로 변하더니 모든 사람들의 머리 위로 퍼진다. 요나와 피터림은 말없이 계속 걷는다. 그들의 눈물은 바람에 의해 풀밭 반대편으로 날아간다.

라우루스는 풀 위로 부드럽게 미끄러져 간다. 그의 바로 뒤에는 프스코프의 시장 가브리일이 있다. 그는 머리가 하얗게 세고 노쇠해서 사람들의 부축을 받으며 걷는다. 사람들이 그를 거의 끌고 가듯 하지만 목숨은 붙어 있다. 가브리일 뒤에는 노브고로드의 보야르 프롤과 그의 아내 아가피야가 아이들과 함께 걷고 있다. 자녀의 수가 해를 거듭할수록 많아진다. 그 뒤로는 다시 앞을 보게 된 보야르의 부인 옐리자베타와 악귀로부터 벗어나서 다시금 이성적으로 생각하고 예전처럼 좋은 기억력을 갖게 된 하느님의 종 니콜라이가 따라온다. 그리고 눈을 뜨고 이성적인 판단을 하게 된 수많은 사람들이 그들 뒤를 따른다. 행렬 끝에는 단치히 자유시에서 장사를 목적으로 온 지크프리트라는 상인과 자신의 행동을 후회하는 대장장이 아베르키가 있다.

상인 지크프리트가 말한다. "당신네들은 참 이상한 사람들이오. 여러분의 병을 치유해주고, 평생 자신의 삶을 여러분을 위해 바친 사람을 평생 괴롭히다니 말이오. 그가 죽자 그의 두 다리를 밧줄로 묶어 끌고 가면서 서럽게 눈물을 흘리니 말이오."

대장장이 아베르키가 대답한다. "당신은 이곳에 온 지 1년 하고도 8개월이나 됐는데 아직까지 우리를 전혀 이해하지 못하는군요."

지크프리트가 묻는다. "당신들은 스스로를 이해합니까?"

"우리 말이오?" 대장장이가 잠시 생각하더니 지크프리트를 보면서 대답한다. "우리 역시 우리 자신을 이해하지 못하기는 마찬가지라오."

# 옮긴이의 말

사실 이 책《라우루스》의 번역을 제안받았을 때 이미 번역 출간한《비행사》의 작가였기 때문에 기쁘고 반가웠다. 2005년부터 번역을 했으니 이젠 익숙해질 때도 되었다고 생각했지만, 그런 마음이 고개를 들려고 할 때 즈음 어김없이 번역 텍스트는 무수히 많은 과제와 고민거리를 안겨주곤 했다.

러시아 작가들의 경우 본업이 따로 있는 경우가 꽤 있다. 체호프는 의사였고, 류드밀라 울리츠카야는 생물학을 전공하고 유전공학연구소에서 일한 바 있다. 빅토리아 토카레바는 음악 선생님이었다.《라우루스》의 작가 예브게니 보돌라스킨은 어문학 박사이며 문학평론가이다. 고대 러시아 문학과에서 박사 과정을 시작해서 9세기 비잔틴 연대기 학자인 게오르기오스 하마르톨로스 연대기의 번역본에 관해 논문을 쓰고 박사 학위를 받았다. 이 작가들은 전공을 맞혀보란 듯이 소설 여기저기에 실마리가 될 만한 전문 용어들을 섞어둔다. 그러면 옮긴이는 의학, 생물학이나 물리학, 음악 전문 용어들이나 고대 러시아어 등과 씨름하며 소설 속 인물들과 흥미진진한 모험을 하게 된다.

전작을 번역해봤기에《라우루스》의 번역은 아주 조금이나마 쉽지 않을까 하는 비논리적인 착각에 잠깐 빠졌었다. 유감스럽게도,

두 작품 모두 잊힌 과거에 대한 이야기를 한다는 점에서는 비슷할지 모르나 《라우루스》는 무려 15세기 중세 러시아에 살았던 주인공의 생애와 당시 시대 상황을 그리고 있기 때문에 번역하는 것이 훨씬 힘들고 조심스러웠다.

보돌라스킨은 풍부한 지식과 뛰어난 작가적 상상력, 고대 러시아어 및 문학에 대한 해박한 지식을 바탕으로 수많은 약초와 그 효능, 병명, 정교회 축일 등을 《라우루스》에 녹여내며 독자들을 다채롭고 신비스러운 지적 세계로 인도한다.

무엇보다도 번역하기 어려웠던 부분은 잊을 만하면 등장하던 고대 러시아어 문장들이었다. 성경 구절과 마케도니아의 왕 알렉산드로스 대왕에 대한 이야기 역시 흥미롭지만 많은 의문을 던지며 고민의 여지를 남겼다.

15세기에 살았던 의사의 생애를 그리고 있지만, 정작 작가는 이 소설을 특정 시대에 국한된 작품이라 생각하지 않는다고 말했기 때문에 21세기를 사는 현대인들이 작품의 예스러운 문장을 읽어도 이질감이 덜해야 한다는 임무 역시 이행해야 했다.

그래도 아래와 같이 시적 감수성이 풍부하고 섬세한 문장들을 접할 땐 작가가 단어라는 실로 짠 레이스 같은 문장들을 눈으로 더듬으며 넋을 잃고, 잠시나마 이 책을 번역해야 한다는 사실을 잊어본다.

　　그는 몇 시간이고 같은 자세로 우스티나를 예술 작품 보듯 감상하곤 했다. 그녀의 손을 잡고 천천히 팔을 들어 올리면서 보일 듯 말 듯 한 금빛 솜털을 입술로 느끼곤 했다. 또, 그녀의 무릎을 베고 누워 목과 턱 사이의 비현실적인 선을 손가락 끝으로 쓰다듬었다. 속눈썹을 혀로 핥아보기도 했다. 그녀가 머리에 쓴 숄을 조심스럽게 벗기곤 머리카락을 풀어 헤쳤다. 그러곤 머리를 땋아줬다. 다시 머리를 풀어 헤치고 머리카락을 천천히 빗으로 빗어줬다. 머리카락이 호수이고 빗이 작은 돛단배라고 상상하면서 말이다. 황금빛 호수를 따라 미끄러져 내려가면서 그는 그 빗 속에 있는 자기 자신을 발견하곤 했다. 그는 가라앉는 듯한 기분이 들었지만 가장 두려운 것은 자신이 구조되는 것이었다.

얼마나 사랑하면 이런 생각을 할 수 있을까? 얼마나 사랑하면 머리카락을 호수라 여기고 빗이 작은 돛단배라 상상하면서 그 빗 속에 있는 자기 자신을 발견할 수 있을까? 무엇보다 자신이 구조될까 두려웠다는 주인공의 생각을 읽는 것만으로도 잠시나마 행복했다. 게다가 '천천히'란 단어가 주는 느린 리듬감은 또 얼마나 감미로운가. 작가는 '천천히'를 다소 건조한 사전적 의미를 더 발전시켜, 여기에 움직임이 느릴 때만 느낄 수 있는 감성을 불어넣었다.

잠시 후에 장작이 그의 손에서 떨어졌고 요란한 소리를 내면서 바닥을 굴렀다. 아르세니가 우스티나의 붉은색 셔츠에 얼굴을 파묻었다. 뒤통수에서 다정하고 조심스러운 그녀의 손길이 느껴졌다. 그는 우스티나를 안아서 조심스럽게 의자에 눕혔고,

그녀의 셔츠가 천천히 주름이 지면서 올라가기 시작했다. 배가 보이자 그는 배에 입술을 갖다 댔다. 우스티나의 배는 골짜기처럼 납작했고, 피부는 탄력이 있었다.

옮긴이는 작가가 묘사하는 상황을 독자들이 정확하게 상상할 수 있도록 번역해야 한다. 또 그랬으면 좋겠다는 간절함을 담아 작업하게 된다. '셔츠가 천천히 주름이 지면서 올라가기 시작했다'라는 부분에서 구겨지는 것이 아니라 '천천히 주름이 진다'라는 표현이 무척 마음에 드는데, 이 표현에서 주인공의 설렘, 사랑, 기대가 느껴지기 때문이다. 조심스럽고 느리며 잔잔한 이 그림 역시 숨죽이고 보고 싶은 장면 중 하나이다.

가끔 문을 두드리는 소리가 들렸지만 자신이 그렇게 부동자세로 앉아 있기 전에 문을 잠가둔 사실로 인해 조용히 기뻐했다. 그는 사람들이 부르는 소리에 응하지도 않았고 마당에서 들리는 발소리에도 관심을 기울이지 않았다. 이런 소리들이 잦아들면 아르세니는 또다시 평안을 회복하고 그 안에 빠져들었다. 그의 마음속에 평안함이 점점 더 깊이 자리 잡아갔다. 그리고 평안의 가장 깊은 곳 어딘가에 마치 눈 덮인 땅에서 꽃 한 송이가 조심스럽게 자라듯 곧 우스티나를 만나게 되리라는 희망이 조금씩 싹을 틔우고 있었다.

이 단락을 읽으면서 '평안'이란 무엇인지 생각해보았다. 주인공이 생각하는 '평안'이란 드디어 사랑하는 우스티나와 단둘이 있을 수 있는 상태며, '눈 덮인 땅에서 조심스럽게 자라나는 꽃 한 송이'는 '희망'으로, 곧 주인공 아르세니의 죽음을 의미한다. 즉 죽음을 통해 사랑하는 연인을 만날지도 모른다는 희망은 죽음을 통해 비로소 완전한 평안이 완성된다는 것을 의미할 것이다.

현대 러시아 문학에서 역사소설은 큰 인기를 얻고 있다. 현대 러시아 작가들은 현대에 일어나는 사건들의 이해를 돕기 위해 독자들을 과거로 인도한다. 그중에서도《라우루스》는 현대 러시아어와 고대 러시아어가 조화롭게 혼재하는 작품이라는 점에서 특별한 의미를 지닌다. 15세기 중세 시대의 루시(고대 러시아)인 시대적 배경을 고려했을 때, 고대 러시아어적 요소를 넣지 않을 수 없었을 것이며, 소설 속에서 고대 러시아어는 시의적절하게 현대 러시아어와 조화를 이루고 있다. 덕분에 소설은 특정 시대에 얽매이지 않고 과거와 현재를 자유자재로 드나들며 과거부터 지금까지 여전히 우리 삶에 의문을 던지는 문제들을 제시하며 생각할 거리를 제시한다.

《라우루스》의 주인공과 관련한 특징이라고 하면 그가 평생 사는 동안 여러 이름을 소유했다는 것이다. 아르세니로 태어나 우스틴, 암브로시우스, 라우루스라는 이름을 소유하며 자신의 치유의 은사를 병든 자들을 치유하는 선한 일에 썼다. 작가는 11, 12세기부터 존재했지만 지금은 거의 사라진 '성자전'이라는 장르를 사용하여 주인공을 치유의 은사가 있는 의사, 약초 전문가, 바보 성자 유로디비로 묘사한다. 소설 속에서 유로디비는 자신이 속한 지역에서 악마를 몰아내는 역할을 한다. 카르프처럼 말을 거의 못하는 유로디비가 있는가 하면 포마처럼 말을 잘하는 유로디비도 있다. 성자이며 수도자이자 치유자였던 그의 삶을 섬세하게 어루만지는 작가의 놀라운 재능에 감탄하며 작가와 작품의 명성에 맞는 번역서로 나오길 희망하면서 또 한편으로는 누가 되지는 않을까 하는 걱정이 고개를 든다. 어쩌면 한국어로 번역하기도 전에 이미 33개국 이상의 언어로 번역 출간되었다는 소식을 먼저 접했기 때문인지도 모른다.

그럼에도 설렘 섞인 걱정을 뒤로하고, 정말 역사가 반복되는 것이라면 《라우루스》가 21세기의 역사를 이해하는 데 도움이 될지도 모른다는 씨앗 같은 작은 희망을 품속에 간직한 소중한 보물처럼 품어본다.

승주연

# 라우루스

1판 1쇄 발행  2023년 9월 20일

지은이 · 예브게니 보돌라스킨
옮긴이 · 승주연
펴낸이 · 주연선

**(주)은행나무**
04035 서울특별시 마포구 양화로11길 54
전화 · 02)3143-0651~3  |  팩스 · 02)3143-0654
신고번호 · 제 1997—000168호(1997. 12. 12)
www.ehbook.co.kr
ehbookehbook.co.kr

ISBN 979-11-6737-044-0 (03890)